REDRUM

DER LEICHENKÜNSTLER
1. Auflage
(Deutsche Erstausgabe)

Verleger: Michael Merhi
Lektorat: Jasmin Kraft/Marion Mergen
Korrektorat: Stefanie Maucher
Umschlaggestaltung und Konzeption:
MIMO GRAPHICS unter Verwendung einer
Illustration von Shutterstock

ISBN: 978-3-95957-798-4

E-Mail: merhi@gmx.net
www.redrum-verlag.com

Facebook-Seite: REDRUM BOOKS
Facebook-Gruppe:
REDRUM BOOKS - Nichts für Pussys!

MOE TERATOS

DER LEICHENKÜNSTLER

Zum Buch:

Für Michael Stalzer ist die Familie das Wichtigste auf der Welt. Aber anders, als man vielleicht glauben mag. Sein Leben als Ehemann und Familienvater ist reine Fassade. Und auch seine Arbeit als Bestatter ist letztlich nur Mittel zum Zweck, denn Michael Stalzer ist der Leichenkünstler. Im Darknet stellt er seine morbiden Werke zur Schau. Der Leichenkünstler hat viele Bewunderer, doch nicht jeder findet Gefallen an den kreativ gestalteten Leichen, die selten tot waren, als sie der Kunst zum Opfer fielen. Wie der ambitionierte Privatdetektiv Karl Heinz Kellerer, der für seinen Ehrgeiz teuer bezahlen muss ...

Zur Autorin:

Wenn Moe Teratos eine Geschichte schreibt, hat sie immer ein klares Ziel vor Augen: Menschen müssen sterben. Möglichst viele. Und dabei ist es ihr egal, ob sie den Figuren Zombies, Wesen aus einer anderen Welt, Mutanten oder – was ihre Lieblingsvariante ist – einen Serienkiller auf den Hals hetzt.

Bei einer Sache kann man sich bei ihren Büchern also sicher sein: Gestorben wird immer. Mal geht es schnell und schmerzlos, mal langsam und qualvoll.

Wenn sie sich nicht der Welt von Gewalt und Tod hingibt, lebt sie zusammen mit ihren Katzen und ihrem Mann ein ziemlich spießiges Leben in Duisburg.

MOE TERATOS

DER LEICHENKÜNSTLER

THRILLER

Die folgende Geschichte ist rein fiktiv. Ähnlichkeiten mit lebenden oder toten Personen sind unbeabsichtigt und basieren auf Zufall.

REDRUM BOOKS weist darauf hin, dass Moe Teratos teils sehr drastischer und extremer Schreibstil für sensible Personen ungeeignet sein könnte.

Das Lesen ihrer Bücher erfolgt auf eigene Gefahr.

1

Ich war ein liebender Familienvater (nach außen hin), ein guter Ehemann und ein noch besserer Serienkiller. Das alles unter einen Hut zu bekommen, war nicht leicht. Wenn mich der Drang überkam, musste ich ihm nachgehen, egal ob ich die Schulaufführungen meiner Tochter oder das Fußballspiel meines Sohnes verpasste. Wenn der Drang mich rief, war ich sein Sklave und gehorchte ihm, wie an diesem Samstagmorgen. Wir saßen am Frühstückstisch und meine Frau Linda presste Orangen aus, als das Kribbeln in meinen Händen begann. Mancher Mann würde dieses Gefühl als Vorbote eines Herzinfarktes deuten. Ich wusste, dass es der Anfang von etwas Wunderbarem war.

Ich nahm mein Handy und tat, als würde ich eine Nachricht lesen. Linda kam mit dem Orangensaft zurück an den Tisch und deutete meine Gestik wie erwartet.

»Wieder die Arbeit?«

»Ein Verstorbener im Krankenhaus. Die fragen, ob ich mich darum kümmern kann.«

»Muss das sein? Kannst du das nicht Patrick machen lassen oder den Auftrag an die Konkurrenz abtreten? Wir wollten ins *Centro* fahren und Maria Sachen für die Klassenfahrt kaufen.«

Als ich nicht reagierte, legte sie nach: »Michael, hörst du mir zu?«

»Ja, sicher, aber du sagst es selbst. Maria braucht neue Klamotten und die Klassenfahrt ist noch nicht komplett bezahlt. Wir brauchen das Geld. Und Patrick kann ich nicht bitten, du weißt, dass heute der Kaiserschnitt seiner Tochter ansteht. Und die Konkurrenz ist vor wenigen Wochen in Rente gegangen.«

»Stimmt«, pflichtete sie mir gedankenverloren bei und starrte auf den Orangensaft.

»Ich glaube nicht, dass Maria etwas dagegen hat, wenn sie mit ihrer Mutter allein einkaufen geht, oder?«

Meine Tochter blickte genervt von ihrem Handy auf. Ich mochte es nicht, dass sie es am Tisch benutzte, aber es ihr zu verbieten, war fast unmöglich. Mit ihren vierzehn Jahren war es für sie lebensnotwendig, ständig und überall mit ihren Freunden in Kontakt zu stehen. Zumindest hatte sie welche, im Gegensatz zu unserem sechzehnjährigen Sohn Connor. Umgangssprachlich würde man ihn als *Nerd* bezeichnen. Neben seiner Ausbildung zum Computertechniker kannte er nur seinen heimischen PC und die Spiele, die er zusammen mit Onlinebekanntschaften stundenlang darauf daddelte. *Daddeln* war ein Wort, das er dafür verwendete. Eine schwachsinnige Bezeichnung, aber es drückte genau das aus, was Connor tat, wenn er die Maus und die Tastatur fluchend malträtierte.

»Gut, dann geh«, räumte Linda ein. »Willst du dir was zu essen für unterwegs mitnehmen?«

»Nein danke, ich bin satt.«

Ich stand auf, suchte meine Sachen zusammen und verließ das Haus, das wir uns vor ein paar Jahren gekauft hatten. Wir waren glücklich in dem kleinen Stadtteil von Duisburg. Hier lebten Familien wie wir, die am Wochenende den Grill anzündeten und ihren Garten pflegten. Ganz normale Leute. Wir fielen nicht auf, und das war alles, was ich immer gewollt hatte. Sicher, die Nachbarn waren pikiert und sahen mich schräg von der Seite an, als ich das erste Mal mit meinem Dienstfahrzeug – einem schwarzen Leichenwagen – vorfuhr. Nach ein paar Wochen hatten sie uns jedoch kennengelernt und schienen froh zu sein, jemanden mit meinem Berufsstand in ihrer Nähe zu haben. Manche wollten Details über meine Arbeit erfahren. Der Tod faszinierte auf seine makabre Art jeden – insbesondere einen Künstler wie mich, der dem Tod das Schönste entlockte.

Eine halbe Stunde später stand ich vor meinem Bestattungsinstitut. Mit dem Leichenwagen konnte ich nicht auf die Suche gehen. Dafür stieg ich in den Smart, den ich ohne Lindas Wissen gekauft hatte. Weniger auffällig und praktisch. Eine Bewusstlose auf dem Beifahrersitz sah aus wie eine Frau, die während der Fahrt eingeschlafen war.

Bevor ich losfuhr, kam Patrick aus dem Institut gelaufen, das meinen Namen trug: *Michael Stalzer Bestattungen.* Ich war unendlich stolz gewesen, als das Schild vor ein paar Jahren angebracht worden war.

Ich kurbelte das Fenster runter. »Was machst du hier? Ich dachte, du bist den ganzen Tag bei deiner Tochter im Krankenhaus.«

»Ich habe das Willkommensgeschenk für meine Enkelin gestern in meinem Schrank vergessen.« Patrick betrachtete den Smart. »Ist es so weit?«

»Ja, und ich muss schnell eine finden, sonst platze ich vor Anspannung.«

»Veranstalte bitte nicht wieder so eine Sauerei und wenn, mach gefälligst hinterher sauber.« Patrick winkte ab. »Ach, was rede ich da? Ich räum ja doch wieder auf.« Er schaute auf die Uhr. »Ich muss mich jetzt wirklich sputen, wir sehen uns vielleicht heute Abend noch mal.«

Patrick rannte zu seinem Wagen, den er auf der Straße vor meinem Institut geparkt hatte. Durch den Druck in meinem Inneren trug ich Scheuklappen und hatte seinen Honda gar nicht bemerkt.

Er war seit der Schule mein bester Freund und, seit ich das Geschäft eröffnet hatte, mein einziger Mitarbeiter im Institut. Er wusste über mich und meinen Drang Bescheid, er kannte jedes Opfer, hatte manche mit eigenen Augen gesehen. Aber er schwieg. Ich weiß nicht, ob ihm die Frauen, die ich tötete, egal waren oder ob er auf eine verschrobene Art Gefallen daran fand, ihre Leichen zu betrachten. Ich hatte ihn nie danach gefragt. Und ihn hatte es nie interessiert, warum ich mordete. Wir waren beide damit zufrieden, wie es zwischen uns lief und weder er noch ich hatten vor, daran etwas zu ändern.

Ich fuhr zu einem meiner bevorzugten ›Jagdgebiete‹. Dafür musste ich aus Duisburg raus und nach Mönchengladbach. Hier gab es einen der am besten ausgestatteten Straßenstriche in meiner Umgebung. Ich besorgte mir meine Damen immer im Wechsel aus einer der umliegenden Städte. Bisher hatte ich keinen Bericht gelesen, in dem es hieß: ›In Nordrhein-Westfalen geht ein Hurenkiller um‹. Das lag zum einen daran, dass ich niemals zweimal hintereinander am selben Ort wilderte, zum anderen wurde nie eine Leiche gefunden. Und natürlich lag es auch daran, dass Prostituierte, in vielen Augen der Abschaum der Gesellschaft, selten vermisst gemeldet wurden. Perfekt für Menschen wie mich. Ich war nicht der erste Mann, der sich dem klassischen Klischee des hurenmordenden Serienkillers bediente. Ich würde auch nicht der letzte sein. Gab es eigentlich eine Zusatzversicherung für Prostituierte? Eine Gefahrenzulage? Ich lachte und bog in eine schmale Seitenstraße ein. Sofort erblickte ich eine Frau, die ihren verführerischen Blick auf mein Auto richtete und zum Rand des Bürgersteigs flanierte. Ein winziger Moment reichte mir, um zu erkennen, dass sie nicht diejenige welche war. Zu alt.

Ein paar Meter weiter stand die nächste Hure. Zu jung. Und noch zwei Mädchen, die minderjährig waren; ich ließ sie links liegen. Dann krampfte sich mein Magen zusammen, als ich sie entdeckte. Ich hatte keinen bestimmten Typ. Mir war egal, ob meine Kunstwerke dick, dünn, brünett oder blond waren. Nur das Alter musste in etwa stimmen und mein innerer Dämon musste mir zuschreien: *Ja! Ja, verdammt! Die ist es!*

»Wie wäre es mit uns beiden?«, fragte die Auserwählte, als ich neben ihr anhielt.

»Wie viel?«

»'n Zwanni fürs Blasen und 'n Fuffi für das Komplettprogramm. Wenn du ohne Gummi willst, 'n Hunni.«

»Ich nehme das für fünfzig«, sagte ich und bat sie, zu mir in den Smart zu steigen.

Mit der routinierten Selbstverständlichkeit einer Prostituierten stieg sie zu einem Fremden in den Wagen und wollte mir die Hose öffnen, ehe ich losgefahren war.

»Moment, Moment!«

»Kommst nicht von hier, oder? Sieht man jedenfalls am Kennzeichen.«

»Stimmt.« Ich lachte nervös, um sie glauben zu lassen, dass ich das zum ersten Mal machte. »Gibt es in der Nähe ein Waldstück, wo wir uns vergnügen können?«

»Jo, sicher. Ich sag dir, wo du lang musst.«

Sie leitete mich durch ein Labyrinth aus Straßen, auf denen der Verkehr tobte. Manch einer denkt wahrscheinlich, es sei riskant, sich seine Opfer am helllichten Tag und im Gewusel der Wochenend-Einkaufswütigen zu schnappen. Aber gerade dann war das Risiko weitaus geringer, dass jemand einen sah oder wiedererkannte. So war ich nur einer von vielen.

Ich fragte sie nach ihrem Namen.

»Honey, ich bin süß wie Honig«, antwortete sie und kicherte. Ja, das konnte ich bestätigen. Sie roch gut, sie war sympathisch. Keine dieser Crack-Nutten, die schon halbtot waren, bevor ich mein Werk überhaupt begonnen hatte.

»Da rein.« Honey deutete auf einen Feldweg. »Hier stört uns keiner.«

Kaum hatte ich den Motor abgeschaltet, fummelte sie wieder an meiner Hose herum.

»Moment, warte mal!« Ich schlug ihre Hand weg.

Sie zog die Augenbrauen zusammen. »Aua, das tat weh.«

»Findest du? Dann warte erst den Rest ab.« Ich lachte.

Sie nicht. Ihre Hand tastete nach der Autotür, versuchte, sie zu öffnen. Ihr Nutten-Instinkt warnte sie, dass etwas nicht stimmte. Honey brauchte keine zwei Sekunden dafür. Eine erfahrene Hure konnte im Gesichtsausdruck eines Freiers lesen wie in einem Buch.

»Vergiss es«, sagte sie und wollte aussteigen. »Auf Pisser wie dich habe ich keinen Bock.«

Ich packte sie an den Haaren und zerrte sie zurück ins Auto, woraufhin sie schrie und mich am Arm kratzte. Eine Wunde, die ich später meiner Frau plausibel erklären musste.

Ich zog sie an mich, legte meinen Arm um ihren Hals. Drückte zu. Meine Armmuskeln spannten sich. Honey, das süße Ding, röchelte und trat mit den Füßen um sich. Sie traf die Tür und beschmutzte sie mit Dreck von ihren Sohlen.

»Je mehr du dich wehrst, desto schmerzhafter wird es für dich.«

»Bruuuumaaaa!«

Keine Ahnung, was sie damit sagen wollte, mehr als das Geräusch eines sterbenden Bären kam nicht heraus. Sie wehrte sich zwar vehement, schlussendlich wurde sie dann doch bewusstlos. Ich ließ sie sofort los. Töten wollte ich sie jetzt noch nicht, nur gefügig machen. Auf direktem Weg fuhr ich mit ihr zurück nach Duisburg.

Ich parkte den Smart in der Garage, von wo aus die Toten in das Institut befördert wurden. Honey murmelte irgendetwas von ihrer *Kleinen*, behielt dabei aber die Augen geschlossen. Vielleicht träumte sie ihren letzten

Traum. Ich wünschte ihr, dass es ein schöner war, einer, der sie auf Engelsschwingen ins Jenseits begleitete. Sie tat mir nicht wirklich leid, genauso wenig, wie es ein Rindvieh tat, das für meinen Sauerbraten starb. Honey war einfach zur falschen Zeit am falschen Ort gewesen und ich war ihr dankbar, dass sie diejenige sein würde, die meinen Durst für ein paar Wochen stillte.

Ich verfrachtete sie in den kühlen Raum, in dem wir die Verstorbenen herrichteten. Weiße Fliesen an der Decke, den Wänden und auf dem Fußboden sowie ein unter dem Arbeitstisch eingelassener Abfluss stellten eine problemlose Reinigung sicher. Egal, ob wir die Spuren eines ›Kunden‹ oder einer meiner ›Damen‹ beseitigen mussten. Und niemand außer Patrick und mir betrat diesen Raum. Kein Polizist, kein Angehöriger – hier hatten nur wir Zutritt.

Einen besseren Beruf hätte ich mir nicht aussuchen können. Was war einfacher, sein zweites Leben als Serienkiller zu verbergen, als eine sichere und saubere Möglichkeit, die Leichen problemlos zu entsorgen, indem man sie in seinem eigenen Krematorium einäschern ließ? Mit gefälschten, nicht zurückverfolgbaren Papieren versteht sich. Die Urnen meiner Opfer sammelte ich im Keller und besuchte sie dann und wann, wenn ich mich an jedes einzelne erinnern wollte. Sie waren meine Trophäen und manchmal konnte ich allein durch die Erinnerungen an die Frauen meinen Drang unter Kontrolle halten. Aber nicht heute. Er kam rasch und heftig, keine Zeit zum Sinnieren im Keller. Ich brauchte Blut, Fleisch, Schreie. Und das Geld, das sie mir einbringen würde.

Ich kettete Honey auf den Metalltisch, den Patrick gestern nach einem Rentner, der über zwei Wochen in seiner Wohnung einsam verwest war, gereinigt hatte, und strich ihr das Haar aus der Stirn. Es war fein und brünett, sauber und aromatisch.

Sie war noch immer bewusstlos, während ich alles vorbereitete. Ich holte mein Werkzeug, stellte die Kamera auf und platzierte den Fotoapparat in Griffnähe. Auffangschalen, Nadel, Faden – das volle Programm. Der Moment war gekommen, meine künstlerische Ader auszuleben. Honey würde nicht mehr lange so makellos schön aussehen wie jetzt.

Ich schnitt ihr die Kleidung vom Leib. Ihre Haut war zart und bleich und genauso wohlduftend wie ihre Haare. Die Brüste straff, der Schambereich rasiert, Tattoos auf dem Körper verteilt. Sie war genau die Frau, nach der mein Drang verlangte. Sie mochte zwar eine Hure sein, aber sie war auch auf ihre Art verletzlich und unschuldig, sobald sie nackt vor mir lag.

»Ups! Ich hab was vergessen!«, fiel mir siedend heiß ein. Rasch holte ich meine Spezialspritze, setzte mich zurück auf den Hocker, der dicht am Metalltisch stand und legte sie neben Honeys Arm.

Ich tätschelte ihre Wange. »Aufwachen, Dornröschen.«

Sie stöhnte, ihre Lider flatterten.

»Hallo, jemand zu Hause?« Meine Schläge wurden fester.

Sie riss die Augen auf, starrte mich an. Ihr Mund zuckte, als wollte sie etwas sagen, aber es kam nichts über ihre wohlgeformten Lippen.

»Hallo, Honey. Schön, dass du wach bist. Wie geht es dir?« Ich fuhr mit den Fingerspitzen über ihren Hals, an dem sich die Würgemale bereits abzeichneten. Ein Indiz für einen Ermittler, würde er die Leiche betrachten. Aber sobald ich Honey den Flammen übergeben hatte, würde kein Ermittler oder Forensiker der Welt mehr herausfinden, was mit ihr geschehen war.

»Was … was …?« Sie leckte sich die trockenen Lippen, schloss die Augen, riss sie auf. Ein Ruck fuhr durch ihren Körper. Sie hob den Kopf, blickte an sich hinab. »Was … wo?«

»Ganz ruhig«, sagte ich sanft, strich ihr über den Kopf und zwang sie mit leichtem Druck, ihn wieder auf dem Tisch abzulegen. »Es wird alles gut, es ist bald vorbei. Du bekommst jetzt diese Spritze.«

»Was ist … das?«

»Blutverdünner. Es muss schnell aus dir rauslaufen, damit ich dich formen kann.«

»Ich verstehe nicht … was machst du mit mir? Was hast du vor?« Ihre Stimme wurde zittrig, klang piepsig. Die Angst hatte sie fest im Griff.

»Der Tod wird zügig eintreten, das ist das einzig Positive für dich. Was ich deinem Körper danach antun werde … ach, sei froh, dass du nicht alles mitbekommen wirst.« Ich lachte, packte ihren Oberarm und spritzte ihr eine hohe Dosis Blutverdünner direkt in die Vene. »Das lassen wir kurz wirken und dann geht es auch schon los.«

»Nein! Warte! Warte!« Ihre Muskeln spannten sich an. »Wir können das bestimmt klären. Ich gebe dir

Geld. Sex – kostenlos auf Lebenszeit. Bitte, ich will nicht sterben.« Sie weinte. »Ich habe eine Tochter! Bitte! Sie braucht mich.«

Als ich nicht darauf einging, legte sie nach: »Oder stehst du auf kleine Muschis? Sie ist sechs! Ich überlasse sie dir. Du darfst sie ficken, so oft du willst, in sämtliche Löcher! Nur bitte töte *mich* nicht.«

»Hm …«

»Hm? Was heißt hm? Okay? Lässt du mich gehen?«

Ich nahm die Knochensäge vom Beistelltisch. »Nein, ich war nur der Meinung, du wärst keine dieser dreckigen Schlampen. Ich fand dich eigentlich sympathisch, aber deine Tochter anzubieten … schäm dich.« Mein Drang hatte wie immer recht. Honey war die Richtige für unseren Zweck.

»Ich … ich …«

Ich schaltete die Kamera ein. »Und jetzt sei still, ich muss mich konzentrieren.«

Zuerst schnitt ich ihr mit einem Skalpell die Pulsadern an den Handgelenken auf, danach setzte ich die Säge am Fußknöchel an. Ich hatte noch keine genaue Vorstellung davon, wie ich sie formen wollte. Doch mein Talent würde mich leiten, wie jedes Mal. Und wie immer würde mein Drang sofort nach Fertigstellung verschwinden und ein weiteres Kunstwerk Tausende von Euro einbringen. Alles für einen ausgewählten Kundenkreis. Es war eine Win-win-Situation. Für alle Beteiligten sprang etwas dabei heraus. Na ja, für alle bis auf Honey natürlich.

»Nein! Nein! Lass das! Bitte, bitte, nicht! O mein Gott, nein!«

Honey zappelte. Ich hatte sie so fest verschnürt, dass ich ihre Bewegungen kaum wahrnahm, während ich mit einem sauberen Schnitt den Fuß abtrennte. Das Blut floss in Strömen aus dem Beinstumpf, es lief über den Tisch, tropfte auf die Fliesen. Mit ein bisschen Seife, Bleiche, Wasser aus dem Schlauch und einer gehörigen Portion Manneskraft würde nichts mehr übrigbleiben.

»Hm«, raunte ich erneut und ließ meiner Kreativität freien Lauf. »Was nehmen wir dir noch ab?« Ich trieb die Säge knapp unter ihrem Schultergelenk ins Fleisch und kurze Zeit später legte ich den rechten Arm neben ihrem Fuß ab. Und so machte ich weiter, bis ich alles abgetrennt hatte, was mein Gefühl mir vorgab. Und dann kam der Teil, der mich tatsächlich befriedigte.

2

»Privatdetektiv im Einsatz!«, murmelte Karl Heinz Kellerer und kicherte in sich hinein, als er an die albernen Fernsehsendungen im Vormittagsprogramm dachte. Er war zehn Minuten zu spät. Sein neuer Klient tigerte wahrscheinlich schon ungeduldig in der Wohnung auf und ab.

Er klingelte. Die Haustür öffnete sich summend und er schleppte sich hoch in den dritten Stock. Er keuchte, lächelte seinen Kunden Timo Pfeiffer freundlich an.

»Wozu einen Aufzug? Ist völlig unnötig«, lachte Karl Heinz etwas außer Puste und streckte Pfeiffer die Hand hin. »Kellerer. Wir beide haben einen Termin?«

Zu dem du mal wieder zu spät auftauchst …

»Ja, kommen Sie herein.« Pfeiffer trat zur Seite. »Hier entlang.« Er führte Karl Heinz ins Wohnzimmer, wo sie gemeinsam Platz nahmen.

»Schön haben Sie es.«

»Hat alles meine Frau eingerichtet.« Pfeiffer senkte den Kopf. »Sie hat ein Händchen dafür, das muss man ihr lassen.«

Kellerer nickte anerkennend. »Und da wären wir auch gleich beim Thema, nicht wahr?« Er holte einen Tablet-PC aus seiner Aktentasche. »Am Telefon haben wir ja noch nicht viel besprochen. Sie müssen entschuldigen, dass ich gestern so kurz angebunden war, aber wir haben im Moment einiges zu tun. Einer meiner Mitarbeiter hat …« Er winkte ab. »Ach was, da erzähl ich

Ihnen von meinen Sorgen. Ich bin hier, um mir Ihre anzuhören und Ihnen zu helfen.«

»Wo soll ich anfangen?«

»Am besten von vorn. Erinnern Sie sich an den Tag, an dem Joleen verschwand. Beschreiben Sie mir ihr Verhalten. War alles wie immer oder benahm sie sich anders als sonst?«

»Sie steht immer eine halbe Stunde eher auf als ich. Sie geht duschen und ich döse noch vor mich hin. So auch an diesem Morgen. Sie gab mir einen Kuss, ihr nasses Haar duftete nach Vanille, nach ihrem Lieblingsshampoo. Ihr Mund roch nach einer Mischung aus Labello und Minze von der Zahnpasta. ›Aufstehen, Schlafmütze‹, hat sie gesagt und gelacht. Wie jeden Morgen. Joleen ist ein unglaublich fröhlicher Mensch. Sie ging in die Küche, brühte uns Kaffee, wartete, bis ich aus dem Bad kam und frühstückte mit mir gemeinsam. Um sieben verließ sie das Haus und fuhr zur Arbeit. Ich fuhr eine Viertelstunde später los.«

»Was macht Ihre Frau beruflich?«

»Sie ist Fotografin in einem Fotostudio. Sie vereinbart auch freiberuflich Termine mit Kunden und fotografiert sie in den heimischen vier Wänden. Sie arbeitet manchmal zehn bis zwölf Stunden am Tag, was uns eine Menge Geld einbringt, das wir zur Seite legen, um uns irgendwann unsere Träume zu erfüllen.«

»Und die wären?«

»Ein Haus kaufen. Und, wenn es nach Joleen geht, sechs Kinder zeugen.« Pfeiffer lachte und hustete. »Wie unhöflich von mir. Möchten Sie etwas trinken?«

»Gern.«

Er kam mit zwei Gläsern Wasser zurück. Sie tranken jeder einen Schluck. Karl Heinz hatte seinen Tablet-PC auf den Wohnzimmertisch gelegt, den bereits beschriebenen Notizzettel gleich daneben.

»Und was machen Sie beruflich, Herr Pfeiffer?«

»Ich bin Maurer.«

»Ein Knochenjob.«

»Ja, sicher. Trotzdem macht er mir Spaß und die Bezahlung ist gut. Mit Joleen kann ich zwar nicht mithalten, aber wir können von beiden Einkommen gut leben und, wie gesagt, etwas zur Seite legen.«

»Was geschah später an diesem Tag?«

»Nicht viel. Joleen ruft mich immer in der Mittagspause an und wir quatschen ein bisschen. Auch an diesem Tag.«

»Worüber haben Sie geredet?«

»Wir haben über das Essen gesprochen. Joleen meinte, sie würde was von der Pommesbude mitbringen. Es würde wieder spät werden, weil sie noch einen Auftrag reinbekommen hätte. Ich sagte ihr, dass ich gern Pommes und Schnitzel hätte. Dann haben wir aufgelegt.«

»Und dann? Haben Sie noch einmal mit ihr telefoniert oder hat sie Ihnen eine Nachricht geschickt?«

»Nein, nichts mehr. Das war das letzte Mal, dass ich etwas von ihr gehört habe. Als es dunkel wurde, versuchte ich, sie auf dem Handy zu erreichen. Das Telefon war ausgeschaltet. Sie schaltet ihr Handy nie aus! Sie hat es immer bei sich. Sie braucht es beruflich und schreibt viel mit ihren Freundinnen. Sie schaltet es nicht mal ab, wenn sie zum Arzt geht oder einen Termin beim

Finanzamt hat. Ich versuche es seitdem jeden Tag, sie hat es nicht mehr eingeschaltet.«

»Okay, ich verstehe. Das ist durchaus ungewöhnlich für jemanden, der so auf sein Smartphone fixiert ist. Was sagt die Polizei?«

»Dass sie wahrscheinlich eine neue Nummer hat, damit ich sie nicht erreiche.«

»Die Beamten gehen davon aus, dass Joleen Sie verlassen hat und freiwillig verschwunden ist?«

Pfeiffer nickte.

»Und Sie glauben das nicht?«

»Nein, ich wüsste nicht, warum. Wir hatten nie Streit. Wir waren glücklich. Da können ihre Arbeitskollegen noch so oft behaupten, Joleen hätte ihnen von Eheproblemen erzählt.«

»Weshalb sollte sie das tun, wenn es nicht so ist?«

»Keine Ahnung. Vielleicht haben ihre Kollegen das falsch verstanden oder sie sind wütend auf mich.«

»Wie meinen Sie das?«

Pfeiffer seufzte. »Ich habe denen mal einen Job versaut. Ich besuchte Joleen bei der Arbeit. Das mag sie eigentlich nicht gern. Aus Versehen habe ich eine ihrer teuersten Kameras umgestoßen. Das Objektiv zerbrach, Teile des Gehäuses flogen durch den Raum. Das Ding war reif für den Schrottplatz. Und seitdem denken ihre Kollegen, ich sei ein Trampel. Sie erteilten mir Hausverbot.« Er lachte. »Wegen einer dummen Kamera. Die haben Dutzende.«

»Und was genau soll ich jetzt für Sie tun, Herr Pfeiffer?«

»Ist das nicht offensichtlich? Finden Sie heraus, was mit meiner Frau passiert ist. Vielleicht entdecken Sie eine Spur. Dann glaubt mir die Polizei vielleicht endlich, dass Joleen etwas zugestoßen ist und bewegt ihren Arsch. Entschuldigen Sie bitte den Ausdruck.«

»Sie können froh sein, dass die Polizei im Moment nicht von einem Gewaltverbrechen ausgeht.«

Pfeiffer runzelte die Stirn. »Warum sollte ich froh sein, dass die Polizei nicht nach Joleen sucht?«

»Bei Gewaltverbrechen ist in den meisten Fällen der Täter im Familienkreis zu finden. Und bei Ehefrauen ist es oft der Ehemann. Sie wären Verdächtiger Nummer eins und die Beamten würden Sie Tag und Nacht in die Mangel nehmen.«

»Ich würde ihr nie …«

»Natürlich nicht«, unterbrach Karl Heinz ihn. »Das habe ich auch nicht gesagt, es ist nur statistisch gesehen so. Die Polizei würde sich auf Sie versteifen. Ich werde Ihnen helfen, herauszufinden, ob sie untergetaucht oder ob ihr etwas zugestoßen ist.«

»Danke«, hauchte Pfeiffer müde.

»Dafür muss ich tief graben. Das heißt, ich brauche Ihre Erlaubnis, in den Sachen Ihrer Frau nach Anhaltspunkten zu suchen.«

»Klar. Alles, was Ihnen weiterhilft.«

»Hatte Sie einen Computer?«

»Einen Laptop. Sie erledigt zwar vieles auf dem Handy, aber sie hat wichtige Dokumente auf dem Laptop gespeichert und dort Bilder bearbeitet. Ich hole ihn.«

Pfeiffer ging in ein Nebenzimmer. Als er ins Wohnzimmer zurückkehrte, war Karl Heinz aufgestanden.

»Darf ich mich umsehen?« Der Privatdetektiv berührte die Türen eines Schrankes.

»Sicher, wir haben nichts zu verbergen.«

»Gut.« Er nickte. »Ist der Laptop passwortgeschützt?«

»Das weiß ich nicht, ich schalte ihn eben an. Tatsache, sie hat eins benutzt.«

»Sie kennen es wahrscheinlich nicht, oder?« Karl Heinz öffnete die erste Tür und wühlte sich durch Rechnungen und Mahnbescheide.

»Nein, keine Ahnung.«

»Das ist kein Problem, ich habe jemanden, der das Passwort knacken kann.«

»Wie lange brauchen Sie?« Pfeiffer deutete auf den Schrank.

»Das wird ein paar Stunden dauern. Ich muss Ihr komplettes Leben durchforsten und Ihnen dann und wann Fragen stellen. Ich hoffe, das ist okay für Sie?«

»Alles, was nötig ist.« Pfeiffer lehnte sich im Sessel zurück. Er verschränkte die Arme vor der Brust und beobachtete den Privatdetektiv dabei, wie dieser das Leben seiner Frau und ihre Ehe durchleuchtete. Er beantwortete Fragen, Fragen und noch mehr Fragen.

3

Seit mehreren Wochen war mein Kunstwerk, das ich aus Honey geformt hatte, nun online und es brachte mir eine Menge Geld ein. Marias Klassenfahrt war abbezahlt und meine Tochter hatte die vergangenen Tage zusammen mit all ihren Freunden in den Niederlanden verbracht. Wer jetzt annahm, Maria wäre glücklich und zufrieden vor ein paar Stunden zurückgekehrt, irrte sich gewaltig. Sie war vierzehn und unsterblich in einen ihrer Mitschüler verliebt. Mir würde sie dergleichen nie erzählen, aber ich belauschte das Gespräch, das meine Frau Linda und Maria gerade führten.

»Ich wollte ihn küssen und er stieß mich weg!«, jammerte meine Tochter und schluchzte.

Ich musste sie nicht sehen, wenn sie weinte. Ich wusste auch so, dass ihre Schminke verlief und die schwarze Plörre über ihre Wangen rann. Sie steckte seit einem Jahr in einer Gothic-Phase. Schwarze Klamotten, schwarze Haare, bleiches Gesicht und massenweise schwarze Schminke für Augen, Lippen und die obligatorischen schwarzen Fingernägel. Sie hörte Musik, von der ich vorher nie gehört hatte und die in meinen Ohren eher so klang, als würden die Sänger verlangen, dass der Hörende sich sofort ein Messer nahm und sich die Pulsadern aufschnitt. Ich hatte Maria gefragt, ob sie diese Musik nicht deprimierend fände. Als Antwort spuckte sie mir ein ›Du hast ja keine Ahnung!‹ entgegen und warf mich aus ihrem Zimmer.

Es war nicht leicht für mich, die Fassade des liebenden Vaters aufrechtzuerhalten. Es verlangte mir alles ab. Aber gab es eine bessere Deckung für einen Serienkiller, als ein normales Leben? Es war ein großes Glück, mich hinter einer Familie verstecken zu können, auch wenn ich sie das ein oder andere Mal lieber anstelle einer Hure zum Kunstobjekt gemacht hätte. Deswegen überließ ich Linda die Kindererziehung und drückte mich vor zu intensiven Unterhaltungen mit meinen Kindern. Bisher klappte das einwandfrei.

Bei dem Gespräch, das ich belauschte, sprach meine Frau unserer Tochter gut zu und sagte, dass irgendwann ein anderer Junge kommen würde, in den sie sich verlieben und der sie so nehmen würde, wie sie war.

»Ich will überhaupt keinen Typen mehr!«, wütete Maria. »Ich werde jetzt lesbisch!«

Ich presste mir die Faust vor den Mund und kicherte in mich hinein. Man konnte ebenso wenig einfach homosexuell werden, wie man nicht einfach zum perfekten Serienkiller mutierte. Entweder man hatte es im Blut oder eben nicht.

Linda und Maria redeten noch eine Weile, ich verzog mich ins Wohnzimmer und schaltete den Fernseher ein. Kurze Zeit später kam Linda und setzte sich zu mir.

»Alles gut bei ihr?«, fragte ich.

»Sie ist in einer schwierigen Phase …«

»Das sieht man.«

»Ich gehe nächste Woche mit ihr zum Frauenarzt und lasse ihr die Pille verschreiben.«

Ich zuckte zusammen. Dies wuchs sich zu einem jener Gespräche aus, die ich zu vermeiden versuchte. Die

Belange meiner Familie machten mich krank. Aber ich brauchte sie, alle drei, also musste ich mir anhören, was sie zu sagen hatte.

»Wieso? Hat sie schon Sex?«

»Nein, das nicht, aber es kann ja jederzeit passieren, bei Mädchen in ihrem Alter. Da ist es wohl besser, vorbereitet zu sein. Außerdem hege ich die Hoffnung, dass die Hormone ihre depressive Stimmung aufheben. Einen Versuch ist es wert. Ich habe die Schnauze voll von ihren schwarzen Klamotten und dieser Musik.«

»Das ist nur eine Phase, viele machen das durch. Erinnerst du dich, wie ich war, als wir uns kennenlernten?«

Linda lachte. »Natürlich, der harte Rocker. Ziegenbart, lange Haare, Iron-Maiden-T-Shirt und ständig ein Bier in der Hand.«

»Und wie bin ich heute?«

»Der beste Mann der Welt.« Sie gab mir einen Kuss – und ich ertrug ihn.

»Siehst du, und bei Maria wird es nicht anders laufen. Irgendwann wird sie sich denken, wie dumm es ist, so finster herumzulaufen und wird damit aufhören. Aber wenn dir wohler dabei ist, lass ihr die Pille verschreiben.«

»Danke, dass du einverstanden bist.« Sie gab mir noch einen Kuss. »Es ist spät, ich gehe jetzt schlafen.« Sie stand auf, blieb jedoch stehen.

»Was ist?«, fragte ich.

Linda streckte mir eine Hand entgegen. »Kommst du mit?«

Erst wollte ich fragen, ob es schon wieder Zeit für den monatlichen ehelichen Standardfick war, verkniff es mir aber.

»Nein, ich bleibe noch auf. Meine Serie läuft gleich.«

»Stimmt. Okay, dann bis morgen Früh.« Ein dritter und für heute hoffentlich letzter Kuss. »Schaust du nachher bei Connor rein, bevor du ins Bett gehst? Er muss morgen eine Klausur schreiben. Wenn er wieder die halbe Nacht vor dem Computer sitzt, verpatzt er die.«

Seit ein paar Monaten machte mein Sohn eine Ausbildung zum Computertechniker. Soweit ich wusste, war er im praktischen Bereich, wenn er mit oder an einem Computer arbeitete, ein wahres Ass. Sobald es um die lästige Theorie in der Berufsschule ging, versagte er.

»Klar, mache ich.«

Sie winkte mir zu, während sie die Treppe hinauflief und im ersten Stock verschwand. Ruhe. Endlich. Der normale Tagesablauf in dieser Familie sah vor, dass ich noch einige Stunden für mich hatte, weil Maria wie immer schmollend in ihrem Zimmer blieb, Connor sich mit Spielen den Abend und die halbe Nacht vertrieb und meine Frau vom Tag geschafft ins Bett fiel. Die Gelegenheit für mich, die Einnahmequelle neben dem Bestattungsinstitut zu überprüfen.

Die ersten Wochen, nachdem ich ein neues Kunstwerk hochgeladen hatte, waren die ertragreichsten und spannendsten. Ich kannte keinen der Kerle, die sich meine Kunst auf den Rechner zogen, dennoch war ich gespannt auf ihre Meinungen. Denn so sehr ich mir auch einredete, der einzige, beste und attraktivste Serienkiller aller Zeiten zu sein, war ich bei Weitem nicht allein. Vielleicht war nicht jeder Kunde selbst ein Mörder, aber in vielen steckte das Potenzial und sie lebten ihre Neigungen aus, indem sie meine Mädchen betrachteten und sich dabei einen runterholten.

Ich ging ins Büro, startete meinen Laptop und loggte mich ins Darknet ein. Der Tummelplatz für Monster wie mich. Sicher, es gab Menschen, die das Darknet für ehrliche Zwecke und freie Meinungsäußerung nutzten, doch die meisten, die sich hier herumtrieben, hatten nichts Ehrenhaftes im Sinn – und ich war einer von ihnen.

Ich überprüfte den Stand meiner Bitcoins, die Währung im Darknet. Er war zufriedenstellend, aber ich merkte, dass die Downloads weniger wurden. Sobald ich wieder den Drang verspürte, würde ich mir eine Frau suchen und meiner Kundschaft ein weiteres Kunstwerk präsentieren.

Ich bekam eine Menge anonymer Nachrichten, in denen meine Arbeit bewundert wurde. Und Fragen von Ungläubigen, die behaupteten, meine Bilder wären gestellt und mit Spezialeffekten entstanden. Viele konnte ich überzeugen, dass dem nicht so war. Manche beharrten eisern darauf, dass meine Kunst *Fake* sei und es den Frauen prächtig ginge. Sollten sie glauben, was sie wollten. Solange sie die Dateien herunterluden und ihre Bitcoins auf meinen Account spülten, konnten sie von mir aus sogar glauben, der Osterhase wäre das Produkt einer heimlichen Beziehung zwischen dem Weihnachtsmann und der Zahnfee.

Ich prüfte meinen Posteingang und fand die üblichen Texte:

Boah! Wahnsinn!

Ich bewundere dich, Mann!

Ich will das auch können!

Das ist Theaterschminke!

Das ist mit Photoshop bearbeitet! Niemals hast du ihr den Kopf an den Arsch genäht!

Ich lachte. Natürlich hatte ich das. Honey grinste in die Kamera. Die Mundwinkel hatte ich an ihren Wangen festgenäht, damit sie ihr schönstes Lächeln zeigte. Und genau neben ihren rosa Wangen posierte ihr knackiger Arsch. Beides aneinandergenäht für die Ewigkeit im Darknet.

Nach der Fotosession hatte ich Honey zerlegt, in einen billigen Sarg gebettet und die Papiere für das Krematorium vorbereitet sowie einen Termin zur Einäscherung für den nächsten Tag festgelegt. Honeys sterbliche Überreste verschwanden, doch im Darknet würde sie ewig leben.

»Papa?«

Erschrocken klappte ich den Laptop zu. Maria stand im Türrahmen, die Schminke verschmiert, Tränen in den Augen.

»Arbeitest du noch?«

Ich räusperte mich. »Ich, äh, ja.«

»Oder hast du ’nen Porno geguckt?«

»Natürlich nicht«, sagte ich und hätte meiner Tochter für diese Unverschämtheit gern eine Ohrfeige verpasst, aber es galt wie immer: *Reiß dich zusammen, bloß nicht auffallen!* »Was ist?«

»Wieso sind Kerle so dumm?«

Die Frage eines zutiefst verletzten Teenagermädchens, das mitten in der Pubertät steckte. Und ich hatte keine Antwort darauf.

»Ich interpretiere dein Schweigen mal so, dass ich recht habe und ihr dumm seid.« Maria nickte bekräftigend und verschwand. Ich saß wie versteinert am Schreibtisch. Hätte ich den Laptop ein wenig schräger stehen gehabt, hätte sie Honeys Bild gesehen. Wie hätte ich das erklären sollen? Ich musste vorsichtiger sein … Nein, eigentlich war das nicht korrekt. Ich war immer bedacht auf das, was ich tat. Die Schuld lag eindeutig bei meiner Tochter. Warum störte sie mich in meinem Büro? Ich schluckte die Wut runter. Wahrscheinlich sollte ich es gut sein lassen. Es gab keinen Grund, Maria eine Standpauke zu halten. Sie hatte nichts gesehen, es war nichts passiert.

Ich verwischte alle digitalen Spuren im Laptop, ehe ich ihn ausschaltete und ging in den ersten Stock. Als ich an Marias Zimmer vorbeilief, hörte ich Schluchzen und leise Musik. Ich glaubte, dass es diese *Nine Inch Nails* waren, von denen sie schwärmte.

Bei Connor angekommen, klopfte ich, wartete ein gemurrtes »Jo!« ab und trat ein. Er saß natürlich am Rechner, wie Linda es vorausgesagt hatte.

»Was ist?«, fragte er, wendete seinen Blick aber nicht vom Bildschirm ab.

»Mach das Ding aus, du musst morgen eine Klausur schreiben, sagt deine Mutter.«

»Wir haben erst Mitternacht, ist noch genug Zeit, um … Ach, du verfickter Schweinepriester! Warum hast du mich abgeknallt?« Aus den Kopfhörern, die sich fest an seine Ohren pressten, ertönte Gelächter anderer Spielsüchtiger. Er zockte nie allein, ständig hing er in einem Programm namens *Teamirgendwas* herum und redete mit Gleichgesinnten. »Dafür schieß ich dir die Birne vom Hals!«, wütete er und vergaß, dass ich im Raum war.

Ich hasste diesen Erziehungsmist. Ich wusste, dass Connor den Computer wieder einschalten würde, wenn ich jetzt darauf bestand, dass er ins Bett ging. Also winkte ich ab und verließ das Zimmer. Er bemerkte es nicht.

Linda schlief, als ich unser Schlafzimmer betrat. Mit meinem Smartphone leuchtete ich mir den Weg, schlüpfte ins Bett und dachte an den morgigen Tag. Ich musste zwei Leichen aus dem Krankenhaus abholen, die bei einem Autounfall ums Leben gekommen waren. Pure Verschwendung. Selbst ich mit meinen Künstlerhänden konnte aus solch zerstörten Körpern nichts Schönes mehr zaubern. Es war vergeudetes Fleisch.

4

»Wie war der Termin gestern Abend, Chef?«, fragte Mimi Hertz.

Karl Heinz stellte seine Aktentasche auf dem Bürotisch ab und holte sämtliche Notizen hervor, die er sich gemacht hatte, dazu Frau Pfeiffers Laptop.

»Ganz gut. Ich denke, das können wir schnell lösen. Typischer Fall eines Mannes, den seine Frau sitzengelassen hat.«

»Warum bist du dir da so sicher?«

»Ich habe ihre Kontoauszüge gefunden. Die beiden hatten getrennte Konten. Da sind ein paar auffällige Abbuchungen drauf, die ich mir genauer ansehen muss. Aber erst bringe ich den Laptop zu Ben.«

»Soll ich das für dich erledigen?«

»Nein, ich gehe selbst zu ihm, danke. Wie kommst du bei deinem Fall voran?«

»Er bescheißt sie nach Strich und Faden.« Mimi kramte eine Akte hervor. »Ich observierte ihn die letzten beiden Nächte, hab mir meinen süßen Arsch abgefroren. Er scheint mindestens zwei Geliebte zu haben und er verzockt das hart verdiente Geld seiner Frau in der Spielhalle. Es wird mir ein Vergnügen sein, ihr nachher die Bilder zu zeigen. Sie wird ihn hoffentlich in hohem Bogen rausschmeißen.«

»War sie so schlau, vor der Hochzeit einen Ehevertrag abzuschließen?«

»Nur weil sie Millionärin ist, heißt das nicht, dass sie auch clever ist. Sie wird bei der Scheidung viel Knete an ihn abtreten müssen. Aber ich denke, das wird ihr Konto verkraften. Wenigstens ist sie diesen Scheißkerl dann los.«

»Wann hast du den Termin?«

»In knapp zwei Stunden. Sobald ich zurück bin, will ich alles über den Pfeiffer-Fall wissen. Erzählst du es mir bei einem Abendessen?« Mimi zwinkerte ihm zu.

Karl Heinz lachte und nickte. »Gern, bis später.«

Mimi war vierundzwanzig, dreißig Jahre jünger als er. Zwischen ihnen war es nie zu sexuellen Handlungen gekommen. Sie neckten sich gern gegenseitig, mehr würde nie passieren. Mimi war das schlaueste Mädchen, das er jemals kennengelernt hatte und er liebte sie wie eine Tochter. Vielleicht, weil er versäumt hatte, in seinem Leben die richtige Frau zu finden und eine Familie zu gründen. Karl Heinz hatte immer zu viel gearbeitet, erst als Ermittler bei der Kripo und jetzt als Privatdetektiv.

Er klopfte an Bens Tür. Auch er war wie ein Sohn für ihn. Mit fünfunddreißig zwar etwas älter als Mimi, war Ben im Geiste jedoch ein kleines Kind geblieben. Vor allem, wenn er einen neuen Computer bekam, an dem er sich austoben konnte.

»Hey, Ben.«

Ben hob den Kopf. Er hatte eine Stirnlampe aufgesetzt, damit er die feinen Komponenten einer Festplatte, die er seit Tagen zu knacken versuchte, besser in Augenschein nehmen konnte.

»Moin, Chef! Alles senkrecht?«

»Klar. Bist du endlich weiter mit dem Teil?« Karl Heinz deutete auf die Festplatte.

»Das Ding ist so gut gesichert, dass ich jetzt die grobe Kelle auspacken muss. Du kennst mich, ich finde schon raus, ob seine Frau recht hat oder nicht.«

Diese Festplatte gehörte zu einem anderen Fall, mit dem Ben und Karl Heinz gemeinsam beschäftigt waren. Die Gattin eines Schulleiters hatte den Verdacht, dass ihr Ehemann ein Pädophiler war.

»Wenn du damit fertig bist, hab ich noch was für dich.« Karl Heinz hob den Laptop hoch.

Sofort leuchteten Bens Augen. Er hatte spielerische Freude daran, die Geheimnisse fremder Leute aus deren technischen Geräten herauszufischen. Karl Heinz war das nur recht, genau dieses Engagement war notwendig für ihren Job. Das und die Bereitschaft, ab und zu die Gesetze ein kleines bisschen auszureizen oder sogar zu übertreten. Es war nicht immer möglich, im Bereich des Legalen alles über einen Menschen zu erfahren.

»Was werde ich darauf entdecken?«

Karl Heinz zuckte mit den Schultern. »Keine Ahnung, es ist ein Überraschungsei. Ein neuer Auftrag. Die Frau des Kunden ist verschwunden und die Polizei geht nicht von einem Verbrechen aus; er schon. Wir sollen herausfinden, was wirklich geschehen ist. Vielleicht finden wir auf ihrem Laptop eine Spur. Ein digitales Tagebuch, in das sie geschrieben hat, dass sie ihren Mann verlassen will oder Ähnliches. Und schau in ihre Social-Media-Profile, sofern welche existieren. Möglicherweise findet sich da was. Aber erst musst du ihr Passwort knacken.«

Ben lächelte. »Nichts leichter als das. Gib mir das gute Stück und ich mach mich gleich nach dieser vermaledeiten Festplatte daran.«

Karl Heinz nickte und übergab das Gerät.

»Sonst noch was, Chef?«

»Nein, das ist vorerst alles. Ich bin nachher unterwegs. Falls was ist, ruf mich auf dem Handy an.«

»Alles klar.« Ben senkte den Blick und das Licht seiner Stirnlampe traf endlich nicht mehr Karl Heinz' Augen, sondern die Festplatte. Wenn sich der Verdacht der Ehefrau bestätigte und der Schulleiter wirklich ein pädophiles Mistschwein war, stand ihrer Stadt ein Skandal ins Haus. Ab diesem Punkt wären Karl Heinz und seine Mitarbeiter aus dem Spiel. Die Polizei und die Presse würden sich auf den Fall stürzen. Seine Detektei würde sich der nächsten betrogenen Frau oder dem nächsten Mann zuwenden, dessen Gattin ihm die Kinder wegnehmen wollte.

Nicht selten war Karl Heinz' Arbeit eintönig, aber ab und an war ein Fall dabei, der ihn an seinen alten Job bei der Kripo erinnerte. Er hatte ihn nach einem Herzinfarkt an den Nagel hängen müssen. Das Ermitteln hatte ihn danach nicht losgelassen und er hatte diesen Weg eingeschlagen. Bisher war er damit zufrieden. Weniger Aufregung und mehr Geld. Aber es war eben nicht die Kripo.

Mimi war nicht da, als er in ihr gemeinsames Büro zurückkehrte. Er setzte sich an seinen Platz und startete den Computer. Aus seiner Tasche holte er Frau Pfeiffers Kontoauszüge. Darauf waren etliche Abbuchungen zu sehen, die ein Anhaltspunkt sein könnten. Erst recht, nachdem er seinen neuen Mandanten gefragt hatte, ob er und seine Frau Sexspielzeuge benutzten.

Pfeiffer hatte die Stirn gerunzelt. »Ich wüsste nicht, was Sie das angeht.«

»Es wäre zielführender, wenn Sie mir alle Fragen, egal welcher Art, wahrheitsgemäß beantworten.«

Er hatte verschämt genickt und gesagt: »Nein, ich bin kein Freund davon. Vielleicht hat sie einen Dildo. Keine Ahnung, ich schnüffle nicht in ihren Sachen herum.«

»Okay, hm.«

»Wieso?«

»Von dem Konto Ihrer Frau sind in den letzten Monaten eine Menge Abbuchungen durch einen Sexshop erfolgt.«

»Wirklich? Zeigen Sie mal her.« Er hatte sich die Auszüge angesehen und die Stirn noch mehr in Falten gelegt. »Und was ist das da?« Er hatte auf einen Namen getippt.

»Das ist ein Hotel, eine Viertelstunde von hier. Muss Ihre Frau beruflich in Hotels übernachten? Ist sie nachts manchmal nicht zu Hause?«

»Ein Hotel? Nein, sie hat nie etwas davon erwähnt und sie schläft nie außerhalb. Das verstehe ich nicht.«

»Kann ich die mitnehmen?« Karl Heinz hatte die Kontoauszüge hochgehalten.

»Ja, sicher, wenn Ihnen das hilft.«

»Ich weiß, es tut weh, Herr Pfeiffer. Viele Menschen führen ein Doppelleben, das ist nicht so selten, wie man meint.«

»Und was wollen Sie damit sagen?«

»Dass Ihre Frau vielleicht ein Verhältnis hatte. Aber das ist reine Spekulation. Ich finde das für Sie heraus.«

»Joleen würde mich nie …«

»Ich weiß. Wir werden Ihnen zur Seite stehen, Herr Pfeiffer.«

Karl Heinz hatte sich weiter in der Wohnung seines Kunden umgesehen, jedoch nichts mehr von Interesse gefunden. Besonders kein Sexspielzeug, was bei den Summen, die Frau Pfeiffer dafür ausgegeben hatte, ungewöhnlich war. Natürlich hatte er daran gedacht, dass sie vielleicht erotische Fotos von Kunden geschossen, ihrem Mann aber nichts davon erzählt hatte. Das würde zumindest das Sexspielzeug erklären und auch das Hotel. Ein schmuddeliges Zimmer mochte eine gute Location für verruchte Aktaufnahmen sein.

Deshalb suchte er jetzt die Adressen des Shops und des Hotels heraus. Damit würde er anfangen.

Nachdem er Ben Bescheid gegeben hatte, dass er jetzt einige Zeit unterwegs sein würde, fuhr Karl Heinz zum Sexshop, der versteckt in einer Seitengasse lag.

Ein Mann kam mit gesenktem Kopf herausgestolpert und rempelte Karl Heinz an. Im Laden sah es nicht so aus, wie er erwartet hatte: Nicht dunkel und verwinkelt, wie er es von damals kannte, als er selbst derartige Geschäfte aufgesucht hatte. Der Shop war hell und freundlich. Eine offene Verkaufsfläche sowie Dutzende Regale mit diversen farbenfrohen Artikeln hielt für jeden Geschmack das Passende parat.

Eine junge Frau mit langen blonden Haaren und einem Dekolleté bis zum Bauchnabel stand hinter der Kasse und lächelte ihn an. Karl Heinz schien der einzige

Kunde zu sein. Es war noch früh am Tag, vielleicht nicht die Stoßzeit der Freunde des sexuellen Vergnügens …

»Hallo, kann ich Ihnen weiterhelfen?«

Karl Heinz nickte. »In der Tat.« Er kramte ein Foto von Joleen Pfeiffer hervor, welches ihm ihr Mann überlassen hatte. »Haben Sie diese Frau schon mal gesehen?«

Die Verkäuferin nahm das Bild und betrachtete es eingehend. »Kommt mir bekannt vor. Moment, ja, sicher, sie schneit ab und zu rein.«

»Kennen Sie ihren Namen?«

»Wir haben uns nicht vorgestellt, wenn Sie das meinen. Und ich habe mir nie ihren Namen auf der Bankkarte angesehen. Aber sie ist höflich und spült eine Menge Geld in meine Kasse.«

»Was kauft sie so?«

Die junge Frau räusperte sich und der vormals aufgeschlossene Gesichtsausdruck wurde abwehrend. »Ich fürchte, das geht Sie nichts an. Warum interessieren Sie sich für diese Frau?«

»Ich bin Privatdetektiv.« Karl Heinz deutete auf Joleens Bild. »Ihr Mann hat mich engagiert, ein paar Dinge über seine Frau herauszufinden.«

»Was für Dinge?«

»Das wiederum geht Sie nichts an.« Er zwinkerte ihr zu. »Gibt es irgendwas, das Sie mir sonst sagen können? Ist sie immer allein oder ist manchmal jemand bei ihr? Hat sie mal irgendetwas zu Ihnen gesagt, dass Sie stutzig gemacht hat?«

Sie überlegte. »Hm, meistens kommt sie allein, ja. Ab und an ist eine Frau bei ihr. Und gesprochen haben wir so gut wie nie. Nur das Übliche: Hallo und Tschüss, danke für Ihren Einkauf.«

»Kennen Sie diese andere Frau?«

»Nicht persönlich, sie kommt nicht oft hierher. Wenn, dann mit der da.« Sie tippte auf Joleens Bild.

Karl Heinz ließ den Blick schweifen. In jeder Ecke hingen Überwachungskameras. Die Frage, die er ihr jetzt stellen würde, war heikel. Sie war nicht verpflichtet, ihm die Aufnahmen zu zeigen. Und er würde keine Möglichkeit haben, sie zu zwingen, deshalb setzte er sein sympathischstes Lächeln auf.

»Ich weiß, das ist viel verlangt, aber ist es denkbar, dass Sie Videoaufnahmen von ihr und dieser anderen Frau haben?«

Die junge Frau blickte zu den Kameras. »Sie sind nicht von der Polizei, ich muss sie Ihnen nicht zeigen.«

»Das ist mir bewusst. Hören Sie, diese Frau wird vermisst, ihr Mann macht sich schreckliche Sorgen. Jetzt wissen Sie, warum ich nach ihr suche. Helfen Sie mir. Vielleicht weiß die Begleiterin, was passiert ist.«

Die Verkäuferin neigte den Blick. Als sie ihn hob, führte sie ein Smartphone zum Ohr. »Silvia? Ja, ich bin's. Kannst du bitte in den Laden kommen? Ja, ich weiß, du hast heute frei, tu mir den Gefallen, okay?« Sie beendete das Gespräch und wandte sich an Karl Heinz. »Wir speichern die Aufnahmen ein paar Monate in einer Cloud. Sofern ich mich richtig erinnere, waren sie das letzte Mal vor einigen Wochen hier. Ich brauche meine

Angestellte, um die Videos zu durchsuchen. Sie kennt sich damit besser aus.«

Sie legte das Smartphone auf die Verkaufstheke, kramte Stift und Zettel hervor und schob beides zu Karl Heinz. »Schreiben Sie mir Ihre Nummer auf. Falls wir was finden, lasse ich es Sie wissen. Und wenn nicht, rufe ich Sie trotzdem an und Sie laden mich zum Dank zu einem Kaffee ein.«

»Mit Verlaub …« Er räusperte sich. »Ich denke, ich bin ein bisschen zu alt für Sie.« Er lächelte verlegen. Auch wenn er selten Beziehungen gehabt hatte und nie verheiratet gewesen war, verstand er die Signale einer Frau. Zumindest glaubte er das.

Die Verkäuferin drehte eine Locke ihres Haares um den Zeigefinger und ihr Blick sprach Bände. »Je reifer, desto besser«, sagte sie und wartete, bis er seine Nummer aufgeschrieben hatte.

Er schob den Zettel über den Verkaufstresen. »Vielen Dank, dass Sie mir helfen. Das ist nicht selbstverständlich.«

»Ich weiß, wie es ist, wenn jemand vermisst wird. Ich kann mir vorstellen, dass der Ehemann leidet. Und falls noch ein Date für mich dabei herausspringt, warum nicht?« Sie lächelte und zeigte ihre strahlend weißen Zähne.

Sie ist zu jung für dich, alter geiler Bock. Außerdem solltest du dich auf deine Arbeit konzentrieren.

»Wir werden sehen. Was meinen Sie, wie lange werden Sie brauchen?«

»Bis Silvia hier ist und wir alles durchgesehen haben? Spätestens morgen sind wir fertig. Ich melde mich bei

Ihnen.« Sie zwinkerte ihm keck zu. Karl Heinz war froh, dass das Türglöckchen klingelte und eine Kundin hereinkam. Er löste den Blick von ihr und verabschiedete sich.

Er stieg in seinen Wagen und fuhr zum Hotel, in das Frau Pfeiffer mehrmals eingecheckt hatte. Viel versprach er sich nicht davon. Ein Hotel schützte die Privatsphäre seiner Gäste und dabei war es egal, ob es vier Sterne oder, wie dieses, keinen einzigen besaß.

Kurz bevor er das Hotel erreichte, klingelte sein Handy. Es war Ben. »Was gibt's?«

»Ich habe endlich diese verdammte Festplatte geknackt!«

»Und? Ist der Verdacht der Ehefrau berechtigt?«

»Teils, teils.«

»Und das heißt?«

»Ich fand definitiv kinderpornografisches Material, aber da ist noch mehr …«

»Kann das warten, bis ich im Büro bin?« Er parkte gerade ein paar Meter vom Eingang des Hotels entfernt.

»Das hätte ich dir eh nicht am Telefon gesagt, das musst du mit eigenen Augen sehen. Soll ich die Ehefrau kontaktieren?«

»Nein. Warte, bis ich mir die Sache angesehen habe. Ich bin bald zurück.«

»Okay, Boss, bis gleich. Stell dich auf ziemlich übles Zeug ein.«

»Ich rechne eh immer mit dem Schlimmsten. Bis nachher.«

Karl Heinz stieg aus dem Wagen und ging durch den Haupteingang. So schäbig, wie es im Internet den Anschein hatte, war dieses Hotel auf den ersten Blick nicht. Auf den zweiten schon. Die Sitzgruppen im Entree wirkten verbraucht und instabil. Nichts, worauf er sich setzen wollte.

Er ging schnurstracks zum Empfang. Ein schmieriger Kerl blickte von seiner Zeitung auf.

»Wollen Sie sich beschweren?«, fragte dieser und nahm ein zerfleddertes Notizheft zur Hand. »Schimmel? Muffig? Was kaputt?«

»Scheint ja häufiger vorzukommen«, vermutete Karl Heinz und grinste.

Der Mann fand das nicht komisch. »Also, was ist jetzt?«

»Ich will mich nicht beschweren, ich bin nicht mal Gast. Wenn ich mich Ihnen vorstellen darf, ich bin Karl Heinz Kellerer, Privatdetektiv.«

»Und wieso sollte mich das interessieren? Wollen Sie hier rumschnüffeln?«

Innerlich seufzte Karl Heinz. Warum reagierten viele so abwehrend, sobald er seinen Beruf erwähnte? Und das Wort *schnüffeln* fiel jedes zweite Mal. Mindestens.

»Ich habe nur ein paar Fragen.«

»So wie Sie aussehen, kann ich Sie nicht davon abhalten. Schießen Sie los, ich hab gleich Pause. Bringen wir das schnell hinter uns.«

Karl Heinz nickte dankbar und zeigte ihm Joleens Foto. »Kennen Sie diese Frau?«

»Nö, nie gesehen.«

Er entdeckte ein Schild auf dem Empfangstresen, auf dem ein Name stand. Er deutete darauf. »Sind Sie das? Jannis?«

»Jupp, das bin ich. Chef von dem Laden.«

»Okay, Jannis, schauen Sie sich das Bild bitte genau an. Sind Sie sicher, dass Sie diese Frau noch nie gesehen haben?«

»Hier rennen jeden Tag so viele Weiber rum, dass ich mir nicht alle merken kann. Wie heißt das Mäuschen?«

»Joleen.«

»Nie gehört. Aber warten Sie mal …« Jannis riss Karl Heinz das Foto aus der Hand. »Diese Lippen … die kommen mir bekannt vor. Brauchen Sie das?«

Karl Heinz verstand ihn falsch. Sein erster Gedanke war, dass dieser Jannis das Bild als Wichsvorlage missbrauchen wollte. Er begriff erst in dem Moment, als Jannis einen schwarzen Edding hervorholte.

»Ich kann mir einen neuen Ausdruck machen«, sagte er und Jannis legte gleich los.

»Die ist nicht blond. Jedenfalls nicht, wenn die bei uns ist.« Wie ein Verrückter übermalte er ihre Haare. Der Edding quietschte, als er über das Fotopapier glitt. »So, ja, jetzt erkenne ich die. Sie ist oft hier, ein oder zwei Mal die Woche.«

»Aber dann sollten Sie ihren Namen kennen. Sobald jemand eincheckt, muss doch …«

Jannis winkte sofort ab. »Die Mädchen, die hierherkommen, zahlen bar für ein paar Stunden.«

Karl Heinz stutzte, weil ihm die Kontoauszüge in den Sinn kamen, auf denen Abbuchungen des Hotels zu finden gewesen waren. Wie es aussah, wollte Jannis sich selbst oder vielleicht auch die Frauen schützen. Er war lange genug im Geschäft, um zu erahnen, worauf Jannis hinauswollte. »Sie reden von Prostituierten?«

»Ich nenne Sie Nutten, kommt aber aufs Gleiche raus, ja. Sie schneien mit ihren Freiern herein, bezahlen für ein paar Stunden und verschwinden in einem der Zimmer.«

»Und Joleen ist eine von diesen … Nutten?«

»Sicher. Fleißiges Bienchen.«

»Seit wann besucht sie Ihr Hotel?«

»Hm, weiß nicht genau. Einige Monate?«

»Das ist interessant.«

»Finden Sie? Für mich ist das normal.«

»Können Sie mir irgendetwas über sie erzählen? Hat sie mal was zu Ihnen gesagt oder können Sie etwas über die Männer sagen, die Joleen begleitet haben?«

Jannis hob abwehrend die Hände. »Was meinen Sie, warum die Nutten zu mir kommen? Ich sehe nichts und ich höre nichts. Alles, was hier geschieht, bleibt auch hier. Sorry, da kann ich Ihnen nicht weiterhelfen.«

»Darf ich das Bild bitte wiederhaben?«

»Was für ein Bild?«

»Das, welches Sie haben verschwinden lassen.«

Jannis kicherte verlegen. »Ach das. Ich ging davon aus, Sie drucken sich ein neues aus.«

»Werde ich auch, aber dieses wird mir vielleicht weiterhelfen. Dank Ihnen weiß ich jetzt, dass Joleen manchmal eine andere Haarfarbe trägt.«

Jannis überreichte ihm das Foto. »Besuchen Sie uns doch mal in Begleitung.«

»Nein, das ist nicht die Art Etablissement, in dem ich mit einer Frau allein sein möchte. Vielen Dank für Ihre Hilfe, Jannis.«

Karl Heinz steckte das Foto ein und verließ das Hotel. Im Wagen überprüfte er sein Handy auf Anrufe und E-Mails. Eine war von Ben eingegangen.

Komm bitte sofort ins Büro! Es ist schlimmer, als ich dachte, las er, legte das Handy auf den Beifahrersitz und raste los.

5

»Erledigst du den Papierkram? Ich gehe mir die Unfallopfer anschauen«, sagte ich zu Patrick. Er hatte dunkle Ringe unter den Augen und sein schwarzer Anzug sah nicht so glatt gebügelt aus wie üblich. Seine Tochter hatte eine schwere Wochenbettdepression und die Arbeit mit dem Neugeborenen blieb an Patrick und seiner Frau hängen. So früh Großeltern zu werden, war eine Herausforderung. Patrick war drei Jahre älter als ich und wenn ich mir vorstellte, eins meiner Kinder würde mich jetzt, mit vierzig, zum Opa machen … ich hoffte, dass ich davon verschont blieb.

Dazu kam, dass Patrick in der Nacht aufstehen und das Kind mit Milchpulver füttern musste, weil seine Tochter es nicht stillen wollte. Mein Freund sah übernächtigt und völlig am Ende aus. Vielleicht sollte ich ihm einen Extraurlaub gönnen. Aber im Moment starben die Menschen wie die Fliegen und mein nächster Drang dürfte erfahrungsgemäß nicht sehr lange auf sich warten lassen. Ich brauchte Patrick, so leid es mir für ihn tat.

»Ja, sicher«, erwiderte Patrick. Er sah müde aus.

»Danke.« Ich klopfte ihm auf die Schulter, schenkte meinem Freund ein aufmunterndes Lächeln und folgte dem Rechtsmediziner, der immer mal wieder auf einen Besuch vorbeikam, auch wenn seine Anwesenheit nicht unbedingt erforderlich war. Die beiden Toten waren bei einem Autounfall ums Leben gekommen. Ein Mann und eine Frau. Die Todesursache war klar, eine Obduktion überflüssig.

»Sehen übel aus«, sagte er. Ich kannte Doktor Jessas seit Jahren. Bei Angehörigen traf er immer den richtigen Ton, mich hingegen verwickelte er gern in makabre Gespräche.

»Schlimmer als die letzten?«

Er lachte. »Kein Vergleich, die beiden hat es völlig zerquetscht. Ich habe der Tochter der Verstorbenen abgeraten, sich ihre Eltern anzusehen. Sie ließ sich nicht abhalten. Ergebnis war, dass die junge Dame alles vollgekotzt hat. Immerhin war sie so schlau, die beiden für das Krematorium freizugeben. Eigentlich war der Wunsch der Eltern eine Erdbestattung gewesen. Glücklicherweise haben sie es nicht schriftlich festgehalten, sodass die Tochter jetzt die Entscheidung treffen konnte. Ich glaube kaum, dass die noch einen intakten Knochen im Körper haben. Zermatscht wie eine Fliege. Sieh selbst. « Er öffnete mir die Tür und ich fragte mich einmal mehr, wer von uns der herzlose Serienkiller war. So wie Jessas über die Toten sprach, würde ich es nie tun. Jedenfalls nicht in Anwesenheit einer anderen Person. Aber wer weiß, vielleicht war Jessas ein Kunde meiner Kunst. Bei seiner makabren Art war das nicht auszuschließen.

»Oh Mann«, sagte ich und trat an die Bahren heran. »Wie es aussieht, haben sie zumindest nicht leiden müssen.«

»Soweit ich das von außen beurteilen kann, waren sie sofort tot.« Jessas stellte sich neben mich, als Patrick hereinkam.

»Heiliger Bimbam!«, stieß er aus.

»Hm. Dumm gelaufen für die beiden«, kommentierte Doktor Jessas einsilbig.

Patrick und ich wechselten vielsagende Blicke. Für mich war der Tod etwas ganz Besonderes. Etwas, mit dem ich meine niedersten Bedürfnisse befriedigen und ein ordentliches Sümmchen nebenbei verdienen konnte. Diese zwei zerquetschten Individuen waren sinnlos gestorben. Ihr Tod hatte keinem Zweck gedient.

»Kommt ihr allein klar? Ich muss zurück in die Rechtsmedizin.« Jessas blickte auf sein klingelndes Handy.

Wir nickten ihm zu. Er nahm den Anruf entgegen und verschwand hektisch plappernd aus dem Raum.

»Du bist ja schon ein seltsamer Typ, aber der ...?« Patrick deutete zur Tür.

»Ich glaube, Leute, die mit Leichen arbeiten, haben alle einen an der Waffel. Du bist doch das beste Beispiel.« Ich stellte mich ans Fußende einer der Bahren. »Komm, lass uns die beiden einpacken. Der Anblick solch einer Menge vergeudeten Fleischs macht mich wütend.« Ich packte das Tuch, das unter der Leiche lag und wartete darauf, dass Patrick endlich seinen Arsch bewegte. Wir hoben den Mann an – jedenfalls war er das laut Namensschild am Zeh, optisch war sein Geschlecht nicht auszumachen – und betteten ihn behutsam in den schlichten Holzsarg, der für die Feuerbestattung üblich war.

»Ach herrje«, stöhnte Patrick. »Den hat es so zermalmt, dass er zu breit ist.« Er versuchte, den deformierten Torso des Mannes in den Sarg zu zwängen, doch es half nichts. Wir konnten den Deckel nicht schließen.

Ich zog mir ein Paar Einweghandschuhe an und half meinem Freund, das zerschundene Fleisch hineinzudrücken.

»Geht's?«, fragte Patrick, der sich keuchend den Schweiß von der Stirn wischte.

»Die Leichenstarre lässt nach.« Ein letzter Druck und der Tote verschwand komplett im Sarg. Wir schlossen den Deckel und widmeten uns nun der Frau.

»Gitta«, sagte Patrick und fummelte am Namensschild herum, das der Verstorbenen am Zeh baumelte. »So hieß meine Oma.«

»Die, die im Rhein ertrunken ist?«

»Genau die.« Er seufzte.

Wir packten das Tuch unter ihr und legten sie sanft in den Sarg. Sie war eine zierliche Person. Trotz des kläglichen Zustands ihres Körpers glitt sie ohne Probleme hinein. Wir schlossen den Deckel, ich zog die Handschuhe aus und entsorgte sie in einem Mülleimer.

Patrick wirkte abwesend. Wahrscheinlich dachte er immer noch an seine ertrunkene Oma. Ich hätte ihn gern gefragt, ob er mit mir darüber reden wolle – aber ich konnte es nicht. Auch wenn ich Patrick als meinen besten Freund bezeichnete, waren meine Gefühle für ihn eher zweckdienlicher Natur. Ich mochte ihn auf meine Art, ja, tiefgründige Gespräche bei einem Bier unter Männern hatte es bei uns jedoch selten gegeben.

Und letztlich fehlte (zum Glück) die Zeit für weitere Erörterungen, denn in den Empfangsbereich des Bestattungsinstituts trat gerade eine Frau.

»Hallo, kann ich Ihnen helfen?«, fragte ich und reichte ihr die Hand. Die geröteten Augen, ein Taschentuch, das nervöse Finger zerrupften, die dicken Augenringe, alles Anzeichen dafür, dass sie zu mir wollte.

»Sind Sie Michael Stalzer?«

»Ja, der bin ich.«

»Das Krankenhaus hat Sie empfohlen. Meine Eltern sind bei einem Unfall ums Leben gekommen. Wir hatten telefoniert, aber noch keinen Termin vereinbart. Ich dachte mir, ich komme spontan vorbei.«

Ich nickte wissend und fragte: »Sie sind Frau Faum?«

Sie nahm das Taschentuch und schnäuzte kräftig hinein. Mehr brauchte es nicht. Ich wusste, dass die Tochter der beiden Verstorbenen vor mir stand. Sie war entzückend in ihrer Trauer. In meinen Fingerspitzen spürte ich ein Kribbeln.

Nein! Nicht jetzt!, verbot ich meinem Drang, das Zepter zu übernehmen. *Du kannst sie nicht haben!*

»Einen Moment bitte«, sagte ich und wandte mich von ihr ab. Mein Drang hatte mich in all den Jahren oft in die knifflige Situation gebracht, dass er eine Frau haben wollte, die ich ihm nicht überlassen konnte. Eine wie diese Frau Faum würde vermisst werden. Das Risiko war viel zu hoch.

»Was ist?«, flüsterte Patrick, der wohl gerade rechtzeitig hinter mir aufgetaucht war. Ich drehte mich zu ihm und sagte so leise wie möglich: »Tu so, als würde ich mit dir reden. Ich brauche eine Sekunde.« Ich schloss die Augen, atmete durch, konzentrierte mich. *Nicht sie! Nicht sie! Eine andere. Ich gebe dir heute Abend eine andere. Eine, die niemand vermisst. Ich finde eine, die dir genauso gut gefällt, versprochen.*

Das Kribbeln klang ab, verschwand dann vollständig.

»Ist es wieder so weit?«, fragte Patrick, als ich die Augen öffnete.

»Ja, es muss heute noch sein. Aber nicht sie.« Mein Blick wanderte für einen winzigen Moment zu dieser bezaubernden Frau, dann atmete ich noch einmal tief durch. »Ich versuche, das Gespräch mit ihr zu überstehen.« Patrick nickte und verschwand, ich kehrte zu Frau Faum zurück.

»Kommen Sie, wir trinken erst mal einen Kaffee zusammen.« Ich berührte ihren Rücken, als ich sie durch den Empfangsbereich zu meinem Büro führte. Diese kurze Berührung brachte meinen Drang zum Schreien. Er labte sich an ihrer Trauer und ihrem Schmerz, er liebte das Leid der anderen. *Nicht sie!*, schrie ich ihn innerlich an und verbot ihm den Mund.

»Es ist so beklemmend«, sagte Frau Faum und blieb neben einem besonders schönen Ausstellungsstück aus honigfarbenem Erlenholz stehen. »Wie können Sie zwischen all den Särgen arbeiten?«

»Der Tod gehört zum Leben, ich habe mich damit abgefunden«, antwortete ich knapp und gab mir alle Mühe, freundlich zu wirken. »Irgendwer muss den Job schließlich machen.«

Mein Kommentar entlockte ihr ein kaum merkliches Lächeln.

Sie sieht bezaubernd aus und wäre ein herausragendes Kunstobjekt! Dieses lockige Haar, diese langen Beine, zum Anbeißen!

Mein Drang, den ich in meiner Kindheit Theo getauft hatte, konnte die Klappe nicht halten.

»Hier entlang.« Ich brachte sie in mein Büro, holte uns einen Kaffee und setzte mich ihr gegenüber an meinen Schreibtisch. »Milch und Zucker?«

Sie nickte. Ich schob beides zu ihr und wartete, bis sie einen Schluck genommen hatte.

»Das ist mein erstes Mal.« Ihr Blick wanderte durch den Raum. »Ich hatte gehofft, dass meine Eltern noch ein paar schöne Jahre vor sich haben. Niemand anderes steht mir so nahe, wie die beiden es taten.«

Hörst du das? Vielleicht wird niemand sie vermissen! Vielleicht kann ich sie doch haben?

Ich schüttelte den Kopf, es galt meinem Drang, Theo. Frau Faum dachte, es galt ihr. Sie warf mir einen fragenden Blick zu.

»Das ist schrecklich«, sagte ich. »Es tut mir sehr leid für Sie. Ich kann Ihnen eine Broschüre geben, die Ihnen hilft, mit allen jetzt auf Sie zukommenden Aufgaben fertig zu werden.«

»Danke.« Sie trank einen Schluck Kaffee und ich reichte ihr ein Faltblatt mit allen Informationen, die in solch einem Fall nützlich waren.

»Wie läuft das ab?« Sie nahm ihr Taschentuch und wischte sich Tränen aus den Augen.

»Wir wickeln die Formalitäten ab, Sie suchen sich die Urnen aus und wir besprechen die Beisetzung. Wenn Sie eine Pause benötigen, sagen Sie mir bitte Bescheid.«

Sie gab mir ihren Ausweis. Ich notierte mir ihre Daten und Theo rief mir zu, dass wir ja jetzt ihre Adresse hätten und wir sie heute Abend besuchen könnten. Ich konzentrierte mich auf die Arbeit, versuchte, meinen Drang zu ignorieren. Er wurde lauter und lauter, bis er irgendwann verschwand und beleidigt den Mund hielt.

Nach der Schreibarbeit führte ich sie zu unseren Urnen und empfahl ihr ein paar unserer besten Stücke. Sie entschied sich für eine bescheidene aus glänzendem Edelstahl für ihren Vater und eine mit Blumenornamenten verzierte blaue für ihre Mutter.

Wir machten einen Termin für die kommende Woche aus. Sie bat mich, die Zeremonie schlicht und nicht in der Friedhofskapelle, sondern in meinem Institut abzuhalten, weil ihre Eltern keine religiösen Menschen gewesen waren. Schließlich verabschiedete ich sie an der Tür und atmete erleichtert auf. Ich hatte es überstanden. Dem Irrglauben zu erliegen, mein Drang würde jetzt schweigen, da das Objekt seiner Begierde fort war, wäre fatal. Er musste gestillt werden, also würde ich mich sofort auf den Weg begeben.

Ich ging zu Patrick nach unten. Er hatte begonnen, die Toten zu präparieren, damit wir sie alsbald für das Krematorium freigeben konnten.

»Wie lange machst du noch?«, fragte ich.

»Die Frau mache ich noch fertig, dann hau ich ab. Ich bin total im Arsch. Den Mann erledige ich morgen. Wieso?«

»Ich brauche den Raum nachher. Stellst du die beiden bitte in den Kühlraum?«

»Sicher, wie immer«, sagte Patrick und wirkte genervt.

Ich lief nach oben, aus dem Institut und sprang in meinen Smart. Meine Finger kribbelten so stark, dass ich kaum den Schlüssel im Zündschloss drehen konnte. Ich war wie ein Junkie auf Turkey. Ich brauchte meine Dosis und hoffte, Theo mit einer anderen Frau von einem der vielen Straßenstriche befriedigen zu können.

6

Kaum war Karl Heinz in der Detektei angekommen, klingelte das Telefon auf seinem Schreibtisch.

Er nahm ab. »Detektei Kellerer.«

»Pfeiffer hier. Haben Sie was herausgefunden?«

Er rieb sich die Augen. Manche seiner Klienten glaubten, er könne zaubern und mir nichts dir nichts den Fall abschließen. Doch wenn er eins gelernt hatte, dann war eine der Grundregeln seines Jobs, dass einem nichts in den Schoß fiel und man Zeit brauchte. Und dass man dem Klienten erst das Ergebnis präsentieren durfte, wenn man sich hundertprozentig sicher war und alle Fakten unwiderlegbar auf dem Tisch lagen.

»Ich arbeite erst seit ein paar Stunden an Ihrem Fall, Herr Pfeiffer. Ich kann Sie verstehen. Sie hoffen, dass wir schnell ein Lebenszeichen Ihrer Frau finden. Sie müssen abwarten. Sobald wir Hinweise auf den Verbleib Ihrer Frau haben, melde ich mich sofort bei Ihnen. Ich muss Sie um Geduld bitten.«

»Ja, ich, ja, ich verstehe«, druckste Pfeiffer. »Erst wollte ich gar nicht anrufen, aber ich halte das bald nicht mehr aus.«

»Dafür habe ich Verständnis. Sie müssen uns unsere Arbeit machen lassen und auf unsere Fähigkeiten vertrauen.«

»Ja, das werde ich, Sie haben recht.«

»Wir melden uns bei Ihnen. Passen sie auf sich auf.« Karl Heinz legte auf, massierte sich die Schläfen und lief zu Bens kleiner Werkstatt. Sein Angestellter saß mit weit aufgerissenen Augen vor dem Bildschirm das hell erleuchtete Gesicht in Falten gelegt.

»Da bin ich. Schneller ging's nicht.«

»Kein Problem, das läuft uns nicht mehr weg.« Ben deutete auf den Bildschirm.

»Was hast du gefunden?«

»Zuerst das, was wir vermutet haben. Tausende Dateien mit kinderpornografischem Inhalt. Bilder, Videos, Tonaufnahmen schreiender Kinder, das volle Programm. Viele davon stammen aus Klassenzimmern. Ob das die aus seiner Schule sind, muss die Polizei feststellen. Willst du sie sehen?«

Karl Heinz winkte ab. »Es reicht, wenn einer von uns heute Nacht nicht schlafen kann.«

»Die meisten der Dateien haben einen Zeitstempel und ich fand Spuren, die darauf hindeuten, von welchem Gerät die Aufnahmen gemacht wurden. Viele sind vom Verdächtigen, aber eben nicht alle. Die ohne seinen digitalen Fingerabdruck besitzen keine Informationen. Ich konnte nicht herausfinden, wie und wann sie erstellt wurden. Und wenn ich das nicht schaffe, kann es die Polizei auch nicht.«

»Also können wir die anderen Verantwortlichen nicht ermitteln?«

»Nein, aber ein Pädophiler weniger auf den Straßen ist besser als einer zu viel.«

»Gute Arbeit, damit können wir ihn festnageln. Warum sollte ich unbedingt hierherkommen? Was hast du sonst noch gefunden?«

»Nachdem ich die Kinderpornos entdeckt hatte, stellte ich fest, dass es mehrere Ebenen auf der Festplatte gibt. Für Laien wie dich ausgedrückt: Die ersten Dateien waren zehn Zentimeter tief unter der Erde vergraben und die, die ich danach entdeckte, einen halben Meter. Ich musste mich durch eine Menge Sicherungen kämpfen. Aber ich wäre nicht ich, wenn ich nicht weitergegraben hätte – und ich wurde fündig. Ich stieß auf Animal-Crushing-Videos.«

»Was ist das?«

»Ein tierlieber Kerl wie du will das nicht wissen. Glaub mir einfach, dass es abartig ist. Und genau das brachte mich auf den Gedanken, dass auch die nichtidentifizierbaren Kinderpornodateien höchstwahrscheinlich aus dem Darknet stammen. Schon mal davon gehört?«

»Ja, das war in der letzten Zeit oft genug in den Medien.«

»Okay, dann muss ich dir nicht sagen, was sich da für Menschen herumtreiben und welche Sorte Dateien dort ausgetauscht werden. Vom Drogen- und Waffenhandel ganz zu schweigen. An sich ist dieses Darknet eine gute Sache, wenn es für den richtigen Zweck verwendet wird, aber so …« Ben verstummte.

»Was kann noch schlimmer sein als Kinderpornografie und dieses Animal-Crushing-Zeugs?«

»Schlimmer nicht, ich würde mir nie erlauben, da eine Klassifizierung vorzunehmen. Ich finde alles gleichermaßen abscheulich.«

»Jetzt rück schon raus mit der Sprache.«

»Snuff. Hast du auch davon schon gehört?«

Karl Heinz strengte seine grauen Zellen an. Das Wort hatte er in seiner Dienstzeit bei der Kripo aufgeschnappt und er fand schnell die Verknüpfung, die zu der Erklärung führte.

»Sind das nicht diese Filmchen, in denen Menschen vor laufender Kamera vergewaltigt und/oder getötet werden?«

»Ja, so in etwa.«

»Und das hast du auf dieser Festplatte gefunden?«

Ben nickte. »Dutzende Videos und beinahe genauso viele Bilder wie von der Kinderpornosache.«

»Meine Güte, worauf sind wir da gestoßen?«

»Meiner Meinung nach auf eine kranke Seele, die nicht unschuldiger ist als die Täter selbst. Egal ob sie vergewaltigen, morden oder Tiere quälen.«

»Mir läuft es eiskalt den Rücken runter, wenn ich daran denke, dass Menschen, die so etwas machen, unter uns leben und man ihnen nicht ansieht, was sie in Wahrheit sind.«

»Nicht nur dir, Karl Heinz.«

»Zeig mir eins dieser Videos.«

»Bist du sicher?«

»Ich habe bei der Kripo gearbeitet, ich kann das ertragen.«

»Wenn du dich da mal nicht täuschst.« Ben klickte durch einige Ordner und startete ein Video. »Dieses ist besonders krass, ich konnte es mir nur zur Hälfte ansehen. Hast du was dagegen, wenn ich mir in der Zwischenzeit einen Kaffee hole?«

»Nein, geh ruhig, ich komme zurecht.«

Karl Heinz setzte sich auf den Stuhl und starrte gebannt auf den Bildschirm. Erst wurde er blutrot, dann schwarz. Eine weiße Schrift tauchte auf: *Death is beautiful.* Sie verschwand und zwei Männer mit Skimasken erschienen. Routiniert studierte Karl Heinz die Details. Körpergröße, Statur, Kleidung. Der eine hielt einen Schraubenschlüssel in der Hand, der andere ein Messer. Hinter ihnen stand ein Bett, darauf lag eine angekettete Frau.

Karl Heinz schluckte schwer und legte seine Hand auf die Maus, um das Video jederzeit anhalten zu können.

Die Männer unterhielten sich. Er konnte sie nicht verstehen, weil sie kein Deutsch sprachen.

Die Frau im Hintergrund weinte. Die Kerle lachten und stellten sich vor das Bett. Was folgte, war die brutalste Vergewaltigung, die Karl Heinz sich jemals hätte vorstellen können. Er spulte vor, behielt dabei die Zeitanzeige des Videoplayers im Auge. Über eine Stunde wurde die Frau auf jede erdenkliche und unerdenkliche Weise penetriert. Die Männer keuchten, brüllten und fanden scheinbar kein Ende. Sie schlugen die Frau, der Schraubenschlüssel kam zum Einsatz, dann das Messer. Schnittwunden übersäten bald ihren geschundenen Körper. Das einst weiße Laken verfärbte sich dunkel.

Karl Heinz musste die Sprache der Frau nicht verstehen, um aus dem Klang ihrer Stimme herauszuhören, dass sie um ihr Leben bettelte. Die Täter ließen von ihr ab, holten die Kamera vom Stativ und filmten ihre Tränen in Nahaufnahme. Sie war jung, etwa um die zwanzig. Blondes Haar, eine kleine Narbe über der linken Braue.

Die Kamera entfernte sich ein Stück. Der Mann mit dem Schraubenschlüssel stellte sich an das Kopfende des Bettes und blickte direkt ins Objektiv. Er sagte etwas, lachte. Die kleinen Falten um seine Augen zeigten, dass er es nicht nur vorspielte, sondern wahre Freude an dem hatte, was gleich geschehen würde. Er hob den Schraubenschlüssel und schlug der Frau den Schädel ein. Karl Heinz versuchte, bis zum Ende hinzuschauen. Nach dem sechsten Schlag und der Tatsache, dass von dem attraktiven Gesicht nur Brei übrig war, wandte er sich ab und hörte noch zehn weitere Schläge, ehe er die Maustaste drückte und das Video anhielt.

»Verfluchter Mist!« Er massierte sich den Nacken, atmete durch, bevor er sich zum Bildschirm drehte und die Videodatei schloss. Er hatte sich das Standbild nicht bewusst angesehen, aber aus dem Augenwinkel den roten Fleck bemerkt, der von ihrem Kopf übriggeblieben war.

Er klickte sich durch die Ordner. Ihm wurde flau im Magen, als er schon an der kachelartigen Auflistung der Bilder erkannte, welches Massaker hier dargestellt wurde. Er sah erschossene, geköpfte, zerstückelte und verbrannte Leichen. Es war schwer zu ertragen, aber es war sein verdammter Job. Per Mausklick sortierte er die Bilder so, dass die zuletzt heruntergeladenen angezeigt wurden. Darunter waren Fotos eines Mannes mit abgeschnittenen Genitalien und einer Frau, deren abgetrennte Arme an ihre Brüste genäht waren. Und eine weitere Frau, deren Verstümmelungen er auf den ersten Blick nicht begreifen konnte und die er sich nicht näher ansehen wollte.

»Wer kommt auf so was?«, murmelte er und zuckte zusammen, als er eine Antwort erhielt.

Ben stand mit einer Kaffeetasse im Türrahmen. »Ganz, ganz armselige Schweine, bei denen was im Oberstübchen durchgebrannt ist.« Er trat an den Tisch und stellte die Tasse ab. »Verstehst du jetzt, warum du herkommen solltest?«

Karl Heinz nickte. »Wir müssen sofort die Polizei informieren. Danach fahre ich zu der armen Frau dieses kranken Wichsers.«

»Soll ich das übernehmen, damit du dich um deinen neuen Fall kümmern kannst?«

»Nein, danke, der kann warten. Ich denke, es ist besser, wenn ich unserer Kundin die Nachricht überbringe, dass ihr Mann eine lange Zeit weggesperrt sein wird. Wer weiß, was die Polizei noch findet, sobald sie sich näher mit ihm beschäftigt. Abgesehen davon, dass er sich vielleicht an Kindern vergangen hat, ist nicht auszuschließen, dass er auch getötet hat.« Karl Heinz stand auf. »Ich rufe die Kollegen der Polizei an. Hast du schon Back-ups für unsere Unterlagen gemacht?«

»Klar, wie immer.«

»Okay, bereite alles für die Beamten vor.«

Ben machte sich ans Werk und Karl Heinz informierte die Polizei. Die Zusammenarbeit mit der Kripo verlief meistens auf Augenhöhe, sie respektierten seine Arbeit und waren froh über jeden Hinweis, den sie von ihm erhielten.

Es dauerte nur zehn Minuten, bis die Kommissare eintrafen. Er kannte die beiden von früher und schätzte sie. Sie waren wie er älteren Semesters und erfahren auf ihrem Gebiet.

»Du hast was für uns?«, fragte Maller, während er Karl Heinz die Hand schüttelte.

»Ja, das ist ein Fall für euch. Wir gingen dem Verdacht einer Frau nach, ihr Mann könnte pädophile Neigungen haben. Sie gab uns eine seiner Festplatten und wir wurden fündig.«

»Lass mich raten«, sagte Hagebug. »Kinderpornos?«

»Nicht nur, kommt mit zu Ben. Wollt ihr einen Kaffee?«

Beide bejahten und folgten Karl Heinz erst zur Kaffeemaschine, dann in Bens Werkstatt. Es dauerte nur Sekunden, während sich die Beamten durch die Videos und Bilder klickten, bis sie die Gewichtigkeit dieses Falls erkannten.

»Ich glaube, da habt ihr einen dicken Fisch an Land gezogen.« Maller lächelte ohne Freude im Blick. »Wir wissen, warum wir dich schmerzlich auf dem Revier vermissen.«

Karl Heinz war sichtlich gerührt von diesem Lob, winkte dann aber ab. »Dafür kann ich euch so ein bisschen helfen. Ihr könnt alles mitnehmen, Ben hat Kopien gezogen.«

»Okay, wir prüfen das Material und informieren den Staatsanwalt. Was sagt seine Frau, habt ihr schon mit ihr gesprochen?«

»Nein, das wollte ich gleich machen.«

»Vielleicht solltest du warten, bis wir ihn haben.«

»Er ist im Moment auf Klassenfahrt, was mir ein übles Gefühl im Magen verursacht. Deswegen kam seine Frau an diese Festplatte.«

»Gut, ich verstehe«, sagte Maller. »Ich schicke dir einen Beamten und einen Seelsorger zur Verstärkung. Wenn alles gut läuft, haben wir ihn in ein paar Stunden.« Maller wandte sich an Ben. »Konntest du herausfinden, woher er das Zeug hat?«

»Manche der Fotos mit den Kindern hat er selbst gemacht. Die meisten, vor allem die Snuff-Sachen, sind ohne Kennzeichnung. Keine Chance, herauszufinden, von wem die stammen. Ich vermute, er hat sie aus dem Darknet.«

»Wir setzen unsere Techniker daran, bestimmt finden sie mehr heraus. Und wir lassen die Gesichtserkennung arbeiten. Vielleicht stoßen wir auf vermisste Personen.«

»Viele sind nicht aus Deutschland, zumindest lässt das die Sprache der Menschen in den Videos erahnen.«

Maller nickte. »Werden wir berücksichtigen.« An Karl Heinz: gerichtet setzte er hinzu »Ich sage dem Beamten und dem Seelsorger, sie sollen in einer halben Stunde bei der Ehefrau sein. Danke, Jungs, ihr wart uns eine große Hilfe.« Maller verabschiedete sich, zusammen mit Hagebug.

Karl Heinz war überglücklich, dass er den Kollegen verwertbares Material hatte zukommen lassen können. Auch wenn er nicht mehr bei der Kripo arbeitete, wollte er helfen, die Straßen sauberer zu halten. Und wenn durch ihn und sein Team Straftäter dingfest gemacht werden konnten, umso besser. In diesem Fall war eine Festnahme so gut wie besiegelt.

»Du kannst Feierabend machen«, sagte Karl Heinz. »Ich kümmere mich um den Rest. Den Laptop von Frau Pfeiffer nimmst du dir morgen gleich als Erstes vor.«

Ben salutierte. »Wird gemacht, Boss.« Er packte seine Sachen und verschwand.

Karl Heinz verließ kurz darauf die Detektei, schloss ab und stieg ins Auto. Sein Handy klingelte, es war Mimi.

»Was gibt's?«

»Steht unser Abendessen noch?«

Er sah auf die Uhr. »Verdammt, das habe ich vergessen. Und ich schaffe es auch nicht. Wir sind im Fall des Schulleiters weitergekommen.«

»Ist er ein böser Mann?«

»Aber sowas von!«, stieß er übertrieben aus.

»Okay, wir verschieben das auf ein Frühstück morgen. Dann will ich alles wissen.«

»Hast du deinen Fall erledigt?«

»Ja, die Millionärin weiß über ihren fremdgehenden Ehemann Bescheid. Was sie daraus macht, ist ihre Sache. Ich soll dir ausrichten, dass sie das restliche Honorar in den nächsten Tagen überweist.«

»Danke, Mimi, gute Arbeit. Ich muss jetzt los. Tut mir leid wegen des Abendessens.«

»Ach, nicht schlimm, sitz ich mir meinen knackigen Popo halt vor dem Fernseher platt und mach mir eine Dose auf. Kann ich mit leben.« Sie kicherte.

»Du bist die Beste, bis morgen.« Er legte auf und fuhr los.

Kurze Zeit später parkte er vor dem Haus des Schulleiters. Ihm war der Name der Ehefrau entfallen und er musste in seinen Notizen nachsehen.

»Anne Kramill«, murmelte er, »mach dich auf was gefasst.«

Als er ausstieg, kamen ihm eine Frau und ein Mann entgegen. Die Frau stellte sich als Jana Hansen vor. Karl Heinz war erstaunt, dass gerade sie hier aufkreuzte. Er wusste, dass sie die neue rechte Hand von Hennig Schroer war – dem Leiter der Mordkommission.

Der Mann entpuppte sich als Seelsorger. Karl Heinz hatte ihn erst einmal gesehen, aber nicht mit ihm gesprochen.

»Ingo Braumel«, stellte er sich vor. »Nett, Sie kennenzulernen, Herr Kellerer. Ich habe schon viel von Ihnen gehört.«

»Ich hoffe, nur Gutes.« Karl Heinz zwinkerte ihm zu.

»Fast«, entgegnete er und lachte.

»Das reicht mir«, sagte Karl Heinz. »Sind Sie bereit? Haben die Kollegen Sie informiert?«

Beide nickten.

»Hervorragend, dann lassen Sie uns die Sache angehen.« Karl Heinz ging zur Haustür und klingelte. Sie wurde einen Spaltbreit geöffnet, eine Kette spannte sich zwischen Tür und Rahmen. »Hallo, Frau Kramill.«

Ihr Blick sprang von Karl Heinz zu den beiden hinter ihm. »Das heißt nichts Gutes, dass sie am späten Abend vor meiner Tür stehen, oder?«

»Wenn wir das bitte drinnen besprechen könnten …«

»Oh, natürlich.« Sie entfernte die Kette und führte die drei in ein uriges Wohnzimmer, wie Karl Heinz es von seinen Eltern kannte. Klein und vollgestellt mit dunkelbraunen, aus der Mode gekommenen Eichenholzmöbeln.

Sie setzten sich und Anne Kramill begann, an ihren Fingernägeln zu kauen. »Haben Sie etwas gefunden? Er ist ein Schwein, oder? Hatte ich recht?«

Karl Heinz beugte sich vor. »Ich möchte Ihnen erst meine Kollegen vorstellen. Jana Hansen von der Kriminalpolizei Duisburg und Ingo Braumel, der als Seelsorger arbeitet.«

»O mein Gott, ein Seelsorger? Er ist ein pädophiles Mistschwein, oder? Ich wusste es! Dieser ekelerregende ...«

Hansen unterbrach sie. »Warum haben Sie das vermutet?«

»Er hat die Kinder immer so angesehen. Ich konnte es beobachten, wenn ich ihn in der Schule besuchte oder an Festen teilnahm. Dieser Blick war nicht normal und wie er sie berührte ...«

»Wo hat er sie berührt?«

»Nicht an den Stellen, die Sie jetzt vermuten. Nein. Arme, Schultern, Gesicht, aber es sah unnormal aus.«

»Haben Sie andere Hinweise dafür gefunden, dass Ihr Mann diese Neigung haben könnte?«

Anne Kramill schüttelte den Kopf. »Nein, deshalb habe ich Herrn Kellerer engagiert, weil ich nur diese Ahnung hatte, nichts Handfestes. Die Polizei hätte mich ausgelacht, wenn ich mit meinem Verdacht die Pferde scheu gemacht hätte. Herr Kellerer brauchte Material, um es ihm nachzuweisen, und fragte mich nach dem Computer meines Mannes. Er hat einen Laptop. Den nimmt er immer mit, da kam ich nicht dran. Aber ich wusste, dass er mehrere externe Festplatten in seinem Schrank versteckt. Er dagegen wusste nicht, dass ich ihn dabei beobachtet hatte, wie er sie dort unter seinen Pullovern vergrub. Gleich nachdem er vor ein paar Tagen mit einer Klasse wegfuhr, nahm ich mir eine dieser Platten und schloss sie an den Computer meiner Tochter an. Sie war leer. Herr Kellerer bat mich, sie ihm trotzdem zu geben. Und nun sind Sie fündig geworden, nicht wahr?«

Karl Heinz nickte. »Sie lagen mit Ihrem Verdacht richtig. Auf der Festplatte wurde kinderpornografisches Material sichergestellt. Mein Techniker musste harte Geschütze auffahren, um die Dateien zu finden. Ihr Mann ist clever, aber nicht clever genug.«

»Wieso?« Sie begann zu weinen. »Wieso schaut er sich so etwas an? Reiche ich ihm nicht?«

»Es liegt nicht an Ihnen«, schaltete sich Braumel ein. »Diese Täter führen ein Doppelleben und keinen außer ihnen selbst trifft die Schuld an dem, was sie tun.«

»Das überlebe ich nicht«, flüsterte Anne Kramill. »Ich dachte, wir wären die perfekte Familie, bis er diesen Job als Schulleiter annahm. Als er nur Lehrer war, besuchte ich nie die Schule oder die Festlichkeiten. Aber als Frau des Rektors muss man sich ab und an blicken lassen. Wenn ich bedenke, dass er all die Jahre zuvor auch …« Sie riss entsetzt die Augen auf. »Und wenn er unsere Tochter …?«

»Das werden wir herausfinden«, beruhigte Hansen sie. »Wir stehen am Anfang und sobald wir Ihren Mann festgenommen haben, werden wir ihn befragen. Aber leider war das noch nicht alles.«

»Was denn noch? Ich ertrage das nicht. Mein Herz …« Anne Kramill presste eine Hand auf ihre Brust und atmete viel zu schnell.

»Brauchen Sie einen Arzt?«, fragte Karl Heinz.

Sie holte ein paar Mal tief Luft und schüttelte den Kopf. »Nein, es geht schon wieder. Was noch?«

»Da sind weitere Bilder und Videos auf der Festplatte. Unter anderem solche, in denen Tiere getötet werden«, führte Karl Heinz weiter aus.

»Wieso sollte er … was will er damit? O Gott!«

»Das ist leider immer noch nicht alles.« Karl Heinz zögerte einen Moment, blickte zum Seelsorger, dieser nickte ihm zu. Offenbar war Braumel sicher, dass Anne Kramill das verkraften würde. Er fuhr fort: »Wir haben Snuff-Filme gefunden. Darin werden Menschen vergewaltigt, gefoltert und ermordet. Und es fanden sich Fotos von Leichen.«

Anne Kramill schlug sich eine Hand vor den Mund und riss die Augen auf. Tränen liefen über ihre Hand. Sie schüttelte den Kopf. »Nein«, nuschelte sie, »nein, nein, nein, nicht mein Zachariah!« Sie sackte auf dem Sessel zusammen.

Braumel stand auf, ging vor ihr in die Hocke und sagte zu Karl Heinz: »Ich denke, das war genug. Ich kümmere mich um sie.«

Karl Heinz ging mit Hansen in den Flur.

»Ab jetzt kommen wir allein zurecht, vielen Dank für Ihre Arbeit«, sagte Hansen.

»Falls etwas ist, können Sie mich auf dem Handy erreichen. Haben Sie meine Nummer?«

»Maller hat sie mir gegeben.«

»Gut, und lassen Sie sich die anderen Festplatten geben. Wenn Ihre Techniker Probleme haben, sie zu knacken, melden Sie sich bei uns. Mein Mitarbeiter weiß, wie er an die Dateien kommt.«

»Ich bin nicht erst seit gestern in diesem Job, ich komme klar und unsere Techniker sind die besten. Trotzdem danke.«

Karl Heinz zog die Augenbrauen zusammen, sparte sich aber einen Kommentar. Jana Hansen brachte ihn zur Tür und wartete, bis er in seinen Wagen gestiegen und davongefahren war.

Hansens kühle Abfuhr war nichts Neues für ihn. Nicht jeder bei der Kriminalpolizei war dankbar für seine Hilfe. Manche betrachteten ihn als einen Hobby-Ermittler, der sich in die Polizeiarbeit einmischte. Dabei war er derjenige, der von besorgten Menschen engagiert wurde und die Polizei erst auf die richtige Fährte brachte, sofern – wie in diesem Fall – ein Verbrechen vorlag.

Sein Handy klingelte. Er parkte am Straßenrand und nahm ab.

»Kellerer?«

»Hallo, sind Sie der Detektiv, der heute in meinem Laden war?«

Sofort sah er das Bild der bezaubernden Verkäuferin vor sich. »Ja, der bin ich. Haben Sie was auf den Aufnahmen der Überwachungskameras gefunden?«

»In der Tat. Wenn Sie wollen, können Sie gleich vorbeikommen und sie sich ansehen.«

»Gern. Ich bin in ein paar Minuten da.«

7

Da war ich wieder. In meinem Smart und auf der Jagd. Am ersten Straßenstrich war ich nicht fündig geworden. Auch am zweiten in der nächsten Stadt nicht. Ich fuhr nach Neuss – in der Hoffnung, dort Beute zu machen.

Ein paar Meter vor dem Straßenstrich hielt ich an und prüfte die Lage. Mein Handy klingelte und ich nahm genervt ab.

»Ja?«

»Wann kommst du nach Hause? Das Essen wird kalt.« Linda. Verdammt! Ich hatte vergessen, sie anzurufen.

»Ich bin im Stress, hatte keine Zeit, dir Bescheid zu geben. Es kam ein dringender Auftrag rein.«

»Soll ich es dir wie immer in den Kühlschrank stellen?« Dieses *wie immer* klang anklagend.

»Bitte, das wäre nett. Geh ruhig ins Bett, warte nicht auf mich. Es kann spät werden.«

Sie seufzte. »Denkst du morgen an den Elternsprechtag deiner Tochter?«

»Um wie viel Uhr war der gleich?«

»Wir haben um sechzehn Uhr einen Termin. Schaffst du das?«

»Wenn nichts dazwischenkommt, bestimmt.«

»Okay.«

Ich legte auf, bevor meine Frau anfangen konnte, mir Vorwürfe zu machen. Mein Job war stressig, manchmal musste ich sogar nachts raus, und dazu kam meine Nebentätigkeit. Ich musste mich für nichts rechtfertigen.

Die Neusser Nutten stolzierten auf dem Bürgersteig auf und ab, flanierten zu den Fenstern der anhaltenden Wagen, sprachen mit den potenziellen Freiern und stiegen entweder ein oder scheuchten sie mit übertriebenen Handbewegungen fort. Es dauerte einige Zeit, bis mein Drang sich jede von ihnen angesehen hatte und entschied, dass die Richtige nicht darunter war.

»Du bist aber auch mit nichts zufrieden«, murrte ich und startete den Motor. Fast hätte ich gewendet und wäre in die nächste Stadt gefahren, als ein silberner Mercedes anhielt und eine junge Frau ausstieg. Ich erkannte auf den ersten Blick, dass sie schüchtern und ängstlich war. Ihre Körperhaltung war gekrümmt, als wolle sie sich wie eine Assel zusammenziehen und sich verstecken.

Die! Nimm die!, verlangte Theo.

Ich nickte, gab Gas und hielt direkt hinter dem Mercedes. Die Nutte blickte in meine Richtung. Ich winkte sie ans Fenster und öffnete es.

»Bist du frei oder hast du Feierabend?« Mein schönstes Lächeln galt ihr.

»Eigentlich war das mein Letzter für heute …«

»Was nimmst du?«

»Blasen zehn, ficken dreißig, ohne Gummi fünfzig.« Sie wirkte erschöpft und irgendetwas stimmte nicht mit ihrem Gesicht.

Mein Drang wollte sie trotzdem haben.

»Ohne Gummi und ich zahle dir das Dreifache.«

»Kein Scheiß?«

»Kein Scheiß. Komm, spring rein!«

Sie zögerte, schaute sich um. Ihre Kolleginnen achteten nicht auf uns, sie waren mit sich und ihren Freiern beschäftigt.

»Ich weiß nicht.«

»Komm schon! Du wirst es nicht bereuen.«

»Okay.« Sie stieg zögernd ein. »Wo willst du es machen?«

»Hm, keine Ahnung. Lass uns ein bisschen rumfahren und ein passendes Plätzchen suchen.«

»Gut.« Sie fingerte an ihrer Handtasche herum.

»Wie heißt du?«

»Dani.«

»Sehr gesprächig bist du nicht, Dani, hm?«

»Hör zu«, sagte sie mit dünner Stimme. »Ich habe gerade ein Scheißerlebnis gehabt. Wir bringen es einfach hinter uns, okay?«

Ich bog in eine Seitenstraße ein und fand einen unbeleuchteten Schotterparkplatz, der durch hochgewachsene Bäume von den umliegenden Wohnhäusern aus kaum einsehbar war. Ich parkte den Wagen in der hintersten Ecke und stellte den Motor ab.

»Was für ein Erlebnis?«

»Ich will nicht darüber sprechen.« Sie drückte die Handtasche an ihre Brust.

»Hey, mit mir kannst du reden. Ich bin einer von den Guten.«

Ihr starr nach vorn gerichteter Blick wandte sich zu mir. Im Schein der Armaturenbeleuchtung erkannte ich, was mit ihrem Gesicht nicht stimmte. Die rechte Seite sah aus, als wäre sie mit einem Hammer geschlagen worden. Die Lippe war am Mundwinkel aufgeplatzt, das

Auge dick und geschwollen. Da sie sich vorhin nur halb zum Fenster hinuntergebeugt hatte, hatte ich nicht das volle Ausmaß gesehen.

»Schau hin, dann kannst du es dir denken.«

»War das der Typ vor mir?«

Sie nickte. »Heute war ich zum ersten Mal anschaffen und dann passiert mir gleich so was.« Langsam entspannte sie sich. Sie begann, mir zu vertrauen. Endlich stellte sie die Tasche im Fußraum ab und faltete die Hände wie zum Gebet ineinander.

»Dein erster Tag?« Das hieß, so gut wie niemand würde sie vermissen. Die anderen Nutten dürfte sie kaum alle kennengelernt haben und wenn sie für einen Zuhälter arbeitete, würde dieser vermuten, sie wäre abgehauen.

»Ich muss Geld verdienen. Sonst verliere ich meine Wohnung …« Sie verstummte. »Lass uns einfach schnell machen, bitte. Ich will nach Hause. Hundertfünfzig, richtig?«, vergewisserte sie sich.

»Richtig.« Ich schnallte mich ab, beugte mich zu ihr, strich ihr über die unverletzte Gesichtshälfte. Ein wenig störte es mich schon, dass ihr Gesicht derart verunstaltet war. Ich musste versuchen, den Schaden mit Make-up und geschickten Kameraeinstellungen zu retuschieren.

»Du bist hübsch, weißt du das?«

»Danke, du bist aber auch nicht übel.« Sie lächelte und zuckte zusammen, weil die aufgeplatzte Lippe schmerzte.

Sie streichelte meinen Oberschenkel, tastete sich zu meinem Schritt vor, packte zu und kam mit ihrem Mund näher, um mich zu küssen. Auch ich packte zu, legte beide Hände um ihren Hals, drückte und drückte. Sie schlug mich, japste und trat mit den Beinen gegen die Verkleidung im Fußraum. Ihre rotlackierten Fingernägel bohrten sich in mein Fleisch. Sie kämpfte und kämpfte. Mein Drang würde sie nicht freigeben. Es gab keine Gnade, kein Mitleid, kein Entkommen. Der Tod war garantiert, wenn Theo sich entschieden hatte.

Sie wehrte sich nur noch kraftlos, ehe sie bewusstlos zusammensackte. Ich löste sofort meinen Griff, prüfte, ob sie noch atmete – was sie zu meiner Zufriedenheit tat –, und ließ das Auto an.

Während der Heimfahrt bewegte sich Dani nicht ein einziges Mal. Sie hing wie betrunken im Sitz und sah aus, als würde sie schlafen. Am Institut parkte ich in der Garage und brachte sie hinein.

»Dieser Idiot!«, meckerte ich und musste Dani auf dem Boden ablegen. Patrick hatte die beiden Särge nicht in den Kühlraum geschoben, wie ich es von ihm verlangt hatte. Mein Freund war momentan nicht im Vollbesitz seiner Kräfte. Eigentlich sollte ich verärgert sein, aber in Anbetracht seines derzeitigen Privatlebens konnte ich es nicht.

»Dann mach ich es halt selbst.« Beide Särge standen auf Rolltischen, weshalb es keine große Mühe war, sie in den Kühlraum zu schieben.

»Wo bin ich?«

Dani war aufgewacht. Als ich zurückkam, sah ich, dass sie aufgestanden war und sich verwirrt umblickte.

Fast schon hatte ich ein: »Bin ich tot?« erwartet, so wie sie in diesem Moment wirkte. Doch als sie mich entdeckte und sich an das erinnerte, was im Wagen geschehen war, riss sie den Mund auf und schrie. Unvermittelt schnappte sie sich den erstbesten Gegenstand und schleuderte ihn mir entgegen. Es war das Köfferchen mit den Skalpellen für die Feinarbeit, die ich oft für meine Kunst verwendete. Das Köfferchen klappte auf, als es gegen meinen Unterarm knallte. Sämtliche Skalpelle purzelten heraus.

Ich sprang auf sie zu, packte sie an den Haaren.

»Lass mich los!«, kreischte die Nutte und versuchte, mir zu entkommen. Ich boxte ihr in den Unterleib. Sie stöhnte vor Schmerz, prallte mit dem Rücken gegen einen der Stahltische und sackte in sich zusammen.

»Bitte …«, flüsterte sie.

Ich hob sie hoch und schnallte sie auf den Tisch. Zwar hatte Patrick bei den Särgen geschlampt, aber immerhin hatte er die Bänder bereitgelegt. Ich befestigte sie an den extra dafür angebrachten Ösen. Sollte mich irgendwann jemand fragen, warum da Ösen am Tisch waren, würde ich mit den Schultern zucken und behaupten, er wäre mir so verkauft worden. Wobei ohnehin keiner außer Patrick und mir hier runterkam.

Dani machte mich wütend. Keine gute Voraussetzung für ein gelungenes Kunstwerk. Meine Hände zitterten, was eine filigrane Arbeit erschwerte. Ich brauchte Ruhe.

»Bitte! Lass mich … gehen!«, flehte sie.

»Halt die Klappe!«

»B-i-t-t-e!«

Seufzend kramte ich in dem kleinen Schränkchen und fand, wonach ich suchte. Ohne ein weiteres Wort legte ich der Schlampe einen Knebel an und zog die Lederbänder fest an ihrem Hinterkopf zusammen. Schon besser.

Normalerweise störten mich die Betteleien und die Schreie meiner Kunstobjekte nicht, ganz im Gegenteil. Aber heute war es nicht wie an jedem anderen Tag. Dani war nur ein Ersatzobjekt und ihr war es gelungen, mich anzugreifen, weil Patrick seine Aufgaben nicht erledigt hatte. Theo rumorte in mir, er war alles andere als zufrieden. Ich musste mich einen Moment beruhigen. Nur ein paar Minuten, dann erst konnte ich mich an die Arbeit machen.

Dani gab nicht auf, sie nuschelte unentwegt durch den Knebel. Ich verstand kein Wort, aber ich kannte die Litaneien dieser Mädchen. Sie jammerten allesamt dasselbe.

Ich gebe dir Geld!

Ich fick dich ein Jahr umsonst!

Oder wie zuletzt Honey, die mir sogar ihre kleine Tochter angeboten hatte.

Litaneien gescheiterter Existenzen. Hätten diese Nutten in ihrem Leben nicht versagt, würden sie nicht auf meiner Beuteliste stehen. Es war ihre Schuld, wenn sie bei mir landeten, nicht meine.

Ich setzte mich auf den Boden und fuhr meinen Blutdruck runter. Meine Hände hörten auf zu zittern, meine Atmung normalisierte sich. Ich wartete ein paar Minuten, ehe ich die Skalpelle aufsammelte und alle bis auf eines zurück in den Koffer räumte. Ich legte es neben ihrem Gesicht auf dem Tisch ab und holte eine Spritze mit Blutverdünner.

Wortlos spritzte ich ihr das Mittel und ließ die übliche Zeit verstreichen. Dann nahm ich das Skalpell und beugte mich über sie.

»Willst du wissen, was ich jetzt mit dir mache?«

Sie nickte heftig, dabei schlug sie mit dem Hinterkopf auf das Metall.

»Soll ich's dir erzählen?«

Wieder ein Nicken.

Ich lächelte und schüttelte den Kopf. »Ich sehe keine Notwendigkeit darin. Du wirst merken, was gleich passiert.«

Ich strich mit der Hand über ihre Gesichtsverletzung. Im grellen Licht der Neonröhre über uns erschien die Schwellung gravierender als im Auto. Ich hatte keine Wahl, ich musste etwas Neues ausprobieren. Was meine Kunden davon halten würden, blieb abzuwarten.

Ich setzte das Skalpell an ihrem Haaransatz an, drückte an und zog es über die komplette Breite der Stirn. Der Blutverdünner wirkte, das Leben floss in Bächen aus dem Schnitt.

Erst wollte ich ihr wie den anderen die Pulsadern an den Handgelenken aufschneiden, damit es nachher beim Zusammensetzen der einzelnen Komponenten eine saubere Angelegenheit war und mir nichts aus den Händen rutschte. Vollständig blutleer waren die Körper natürlich nie, aber es half bei der Arbeit, wenn nicht ständig etwas aus den Stümpfen tropfte und ich deswegen Probleme hatte, die Nadel zwischen Zeigefinger und Daumen zu halten.

Bei Dani wollte ich es anders machen. Mein Drang verlangte danach, bei ihr die Regeln zu brechen. Sie sollte dafür büßen, dass sie nicht die trauernde Corinna Faum war, nach der Theo sich verzehrt hatte, sondern nur eine Straßennutte, die er zuhauf haben konnte.

Und sie hat das Köfferchen nach dir geworfen, vergiss das nicht!, erinnerte mich Theo.

Ich nickte. Keine Gnade, kein rascher Tod. Sie würde alles hautnah miterleben. Hautnah. Dieses Wortspiel ließ mich lächeln, als ich an ihrer Schläfe vorbei bis hinunter zum Kinn schnitt. Dasselbe machte ich auch mit der verletzten Gesichtshälfte. Zum Schluss führte ich die Klinge unter ihrem Kinn entlang.

Sie weinte und murmelte im Dauerton durch den Knebel.

»Theo hat kein Mitleid mit dir. Was auch immer du mir anbieten willst oder was du glaubst, mir versprechen zu können, es wird dir nicht helfen. Keine Gnade.«

Ihr verdünntes Blut floss aus den Wunden. Es würde kein leichtes Unterfangen werden, aber ich liebte die Herausforderung. Ich schob die Klinge des Skalpells an ihrer linken Wange unter die Haut, hob sie an, bis sich die oberste Schicht löste. Ich griff ihn mit Zeigefinger und Daumen und begann, vorsichtig daran zu ziehen. Schon nach ein paar Millimetern riss die dünne Haut.

»Verdammt!« Ich wischte das klebrige Stück an ihrer Brust ab und versuchte es erneut.

Dani brüllte, rüttelte an ihren Fesseln. Normalerweise würde sich jetzt bei ihr der Blutverlust bemerkbar machen und sie würde ruhiger werden. Aber nichts war heute normal. Theo spornte mich an, trieb mein Verlangen bis an die Spitze – und darüber hinaus. Sicher, es war einfacher, wenn die Frau bewegungslos auf dem

Tisch lag, besser für meine Konzentration. Für den Nervenkitzel hingegen war ein Opfer bei Bewusstsein eine gelungene Abwechslung zu meinen Standardarbeiten. Nichts, was ich ständig haben wollte. Für die Kunst brauchte man schließlich Ruhe.

Ich konzentrierte mich so gut es eben ging auf meine Arbeit und schaffte es, fast die komplette Haut ihrer linken Wange zu entfernen. Das Fleisch darunter pulsierte dunkelrot, das Blut quoll daraus hervor wie der Saft aus einem reifen Pfirsich. Wunderschön! Ich zog die Handschuhe aus, nahm den Fotoapparat, schoss Bilder und filmte danach einige Sekunden eine Nahaufnahme mit meiner Videokamera. Meinen Fans würde das gefallen, da war ich mir sicher.

Ich zog mir ein neues Paar Handschuhe an und machte mich wieder ans Werk. Die Stirn ließ sich ganz einfach von der Haut befreien. Kinn und Nase waren wegen der Falten und der runden Form problematischer. Ich konnte nicht jedes Fitzelchen entfernen, aber die Reste waren blutverschmiert und fielen nicht auf.

Zum Schluss kam die verletzte Wange. Dani war noch immer bei Bewusstsein. Zwar driftete sie langsam in den Zustand der Lethargie, der durch den Schmerz und das verlorene Blut ausgelöst wurde, jedoch entfuhr ihr ab und zu ein Seufzer oder ein leises Stöhnen.

»Wir haben es fast geschafft«, sagte ich eher zu mir selbst und zog ihr das letzte Stück von der Wange. Das geschwollene Fleisch darunter wirkte ganz anders, als das auf der rechten Seite. »Da kann man mal sehen, was Schläge alles anrichten«, murmelte ich und schabte mit dem Skalpell über die Hämatome, um das Gesicht ebenmäßiger wirken zu lassen. Dani stöhnte. Ihre Lider waren geschlossen. Ich war mir nicht sicher, ob sie jetzt endgültig in Ohnmacht gefallen war oder ob sie gleich die Augen aufreißen und mich anstarren würde.

Ich stellte mich neben den Tisch und betrachtete mein Werk. »Perfekt.« Zufrieden klatschte ich in die Hände und war froh, einen Weg gefunden zu haben, die Verunstaltung in ihrem Gesicht einigermaßen auszubessern. So ließ sich mehr Geld mit ihr verdienen. Lieber ein fleischiges als ein von Blutergüssen und Beulen verunstaltetes Gesicht. Meine Meinung. Was die Käufer meiner Kunst dazu sagen würden, dass ich zum ersten Mal einem Opfer Teile der Haut entfernt hatte, würde mir der Kontostand der Bitcoins zeigen.

Ich holte mir einen Kaffee und blickte beiläufig auf mein Handy. Eine Nachricht von meiner Frau Linda. Sie schrieb, dass es an der Zeit wäre, miteinander zu reden. Ich starrte auf die Zeilen und fragte mich: Worüber? Was sollte es zu bereden geben? Wegen der Kinder? Jetzt, da der Elternsprechtagtermin kurz bevorstand und ich ahnte, dass Marias Verhalten in der Schule nicht anders war als zu Hause? Vielleicht wollte Linda mit mir darüber sprechen, wie wir mit unserer Tochter weiter verfahren sollten. Möglich, aber für mich in diesem Moment absolut nebensächlich. Danis Körper musste zu einem Kunstobjekt geformt werden, da störten profane Alltagssorgen. Ich schob den Gedanken beiseite, nahm mir meine Werkzeuge und begann, ein neues Meisterwerk zu erschaffen.

8

Karl Heinz parkte den Wagen vor dem Sexshop. Das Geschäft hatte geschlossen. Er klopfte an die Ladentür. Die Verkäuferin öffnete ihm und ließ ihn herein.

»Sind Sie geflogen?«, fragte sie.

»Ich war in der Nähe«, sagte er und reichte ihr die Hand. »Vielen Dank, dass Sie mir helfen.«

Sie strahlte ihn an. »Mach ich gern. Und da Sie mich morgen zu einem Kaffee einladen werden, dürfen Sie mich Nadine nennen.«

»Karl Heinz.« Er lächelte. »Was hast du für mich, Nadine?« Er zwinkerte ihr zu. Sie war nett, attraktiv, aber viel zu jung für ihn. Wie alt war sie? Mitte zwanzig? Vielleicht sollte er sich geschmeichelt fühlen.

Sie schloss die Ladentür ab und führte ihn in ein Büro hinter der Verkaufsfläche. Eine Frau, noch jünger als Nadine, saß an einem Computer und fuhr sich mit den Fingern durch das pinke Haar, als sie Karl Heinz erblickte.

»Hallo, ich bin Silvia.«

»Karl Heinz.« Er nickte ihr zu. »Ihr habt die Frau gefunden, die mir vielleicht weiterhelfen kann?« Er wollte keine Zeit verlieren und kam gleich zur Sache.

»Ja, haben wir.« Silvia winkte ihn zu sich und startete ein Video. »Sie kommen gleich rein. Moment.«

Er starrte gebannt auf den Bildschirm. Die Ladentür öffnete sich und zwei Frauen betraten das Geschäft. Die eine hatte schwarze, die andere brünette Haare. Silvia stoppte an einer Stelle, wo beide Frauen das Gesicht zur Kamera drehten, und zoomte heran.

»Ist das die, die du suchst?«, fragte Nadine.

Karl Heinz sah genau hin. »Ja, das ist sie. Und die andere … Mit ihr war sie häufiger hier, sagst du?«

Nadine nickte. »Ja. Sie schienen gut miteinander auszukommen. Sie lachten viel und kauften, was wir neu im Sortiment hatten.« Sie räusperte sich. »Wobei ich sagen muss, dass ich mir mehr als einmal dachte, dass die beiden nicht recht zusammenpassen. Die Schwarzhaarige wirkte gepflegt, drückte sich gewählt aus. Die andere erschien mir … Hm, wie formuliere ich das – ohne, dass es abwertend klingt? Sie war etwas ungehobelt und roch zu streng nach Parfum. Sie stammen definitiv nicht aus derselben Ecke. Verstehst du, was ich meine?«

»Ich verstehe, ja.« Er überlegte, ging näher an den Bildschirm, trat wieder zurück und betrachtete das Bild aus der Entfernung. »Könnt ihr mir das ausdrucken?«

»Nichts leichter als das«, sagte Silvia. Sie klickte ein paar Mal im Programm, bis ein Drucker ansprang und das Standbild auswarf.

»Hier.« Silvia reichte es ihm.

Karl Heinz holte eine Lupe aus der Jackentasche, die er für solche Fälle immer bei sich trug, und studierte zuerst Frau Pfeiffer. Es bestand kein Zweifel, es war die vermisste Ehefrau seines Klienten. Dann schaute er sich die Brünette genauer an. Er wurde das Gefühl nicht los, sie schon einmal gesehen zu haben. Nur wo?

»Kann ich das behalten?« Er wedelte mit dem Ausdruck.

»Selbstverständlich. Können wir dir sonst noch irgendwie helfen?«, fragte Nadine und zwinkerte kokett.

»Nein, ihr habt genug getan. Danke.«

Karl Heinz wollte sich umdrehen und aus dem Laden stürmen, als Nadine ihn am Arm packte und zurückhielt.

»Was ist mit unserem Kaffee morgen?«

»Ich habe im Moment viel zu tun …«, begann er, eine Ausrede zu stammeln.

»Gib mir vor meiner Angestellten bloß keinen Korb, das verkraftet mein Ego nicht.« Sie lachte.

»Natürlich nicht. Jeder Mann, der dir einen Korb gibt, ist verrückt. Ich habe wirklich alle Hände voll zu tun.« Er kramte seinen Notizblock hervor. »Gib mir deine Nummer. Ich melde mich in den nächsten Tagen bei dir. Dann lade ich dich nicht nur zu einem Kaffee, sondern gleich zum Abendessen ein.«

»Abgemacht.« Sie schrieb ihm ihre Nummer auf und ließ ihn aus dem Geschäft.

Karl Heinz sprang in seinen Wagen. Es war spät. Sehr spät, um genau zu sein. Erst hatte er vor, noch einmal zum Hotel zu fahren und Jannis erneut zu befragen, doch er fühlte sich zu erschöpft. Das Alter machte sich bemerkbar, was zu seinem Unmut immer häufiger vorkam. Er beschloss, dass diese Befragung bis morgen Zeit hatte. Außerdem musste er fit sein, wenn er das Frühstück mit Mimi nicht verschlafen wollte.

Als er seine Wohnungstür aufschloss, begrüßte ihn Herr Schmidt, sein Wellensittich, mit lauten Pfeiftönen.

»Ja, ja, ich bin ja da. Hast du wieder alle Körner aufgefressen?« Er ging zu dem einzigen Lebewesen, das in diesen vier Wänden auf ihn wartete – abgesehen von diversen Spinnen und anderem Kriechzeugs –, und steckte den Finger in den Käfig. Herr Schmidt tippelte auf seinem Ast zu Karl Heinz' Finger und ließ sich am Kopf kraulen. Er hatte den Vogel vor einiger Zeit bei sich aufgenommen. Eigentlich gehörte Herr Schmidt seinem gleichnamigen Nachbarn, einem älteren Herrn um die neunzig der in seiner Wohnung einsam verstorben war. Karl Heinz war durch den Lärm aufmerksam geworden, den der Vogel nebenan veranstaltet hatte, und als sein Nachbar trotz intensiven Klingelns und Klopfens nicht reagierte, hatte Karl Heinz vorsichtshalber die Polizei informiert.

Als einen Tag danach in der Wohnung des Mannes Rufen und Gerumpel zu hören war, ging Karl Heinz nachsehen. Mehrere Leute trugen Möbel umher, lachten und feixten. Ein Mädchen rief: »Was machen wir mit dem blöden Vogel?« Eine Frau antwortete: »Spül ihn im Klo runter, lass ihn verhungern, ist mir scheißegal. Ich bin nur froh, dass der olle Sack endlich verreckt ist.«

Karl Heinz hatte in der Wohnungstür gestanden und sich geräuspert.

»Was wollen Sie hier?«, fragte die Frau und trat auf ihn zu.

»Ich bin ein Nachbar und derjenige, der die Polizei rief, als …«

»Ja, ja, schön für Sie. Und was wollen Sie?«

»Ich hörte den Krach und wollte …«

»… Ihre Nase in anderer Leute Angelegenheiten stecken? Mit euch alten Menschen ist es immer dasselbe. Genau wie Opa. Der hat sich auch in Sachen eingemischt, die ihn nichts angingen.«

Das ist seine Enkelin, hatte er gedacht und Herrn Schmidt bedauert. Wer eine Familie hatte, die sich über den Tod eines Angehörigen freute, brauchte keine Feinde mehr.

Zwei junge Männer drängten sich an Karl Heinz vorbei und deuteten auf einen Fernseher. »Den auch?«, fragte einer der beiden. Schmidts Enkelin hatte genickt. »Klar. Mama hat gesagt, ich kann den haben. Rein damit ins Auto.«

Karl Heinz hatte unwillkürlich das Wort *Leichenfledderer* im Kopf und konnte es nicht verdrängen. Schon gar nicht, als er die Enkelin etwas näher betrachtete.

»Sie stehen ja immer noch da«, zischte sie.

»Ich …« Er räusperte sich. »Ich habe Ihrem Großvater versprochen, mich um den Vogel zu kümmern, wenn er ins Krankenhaus muss oder ihm etwas zustößt«, log er. In Wahrheit hatte er in der Zeit, in der er hier wohnte, nur zweimal mit dem alten Herrn Schmidt gesprochen. Einmal war eine Diskussion entbrannt, wie laut Karl Heinz seinen Fernseher stellen durfte, und einmal hatte Schmidt ihn beschuldigt, seine Post geklaut zu haben. Beide Wortgefechte verliefen ohne Ergebnis und irgendwann hatte Schmidt sich ein anderes Opfer gesucht.

Aber den armen Vogel, den er nachts durch die Wände hatte zwitschern hören, wollte er nicht dem Tod überlassen. Karl Heinz hatte sich immer ein Tier zulegen wollen. Eine Katze oder einen Hund, doch dafür fehlte ihm die Zeit. An einen Vogel hatte er nie gedacht und wollte jetzt die Chance nutzen, dem Tier und sich einen Gefallen zu tun.

»Von mir aus können Sie das verdammte Vieh haben. Und das Futter können Sie auch gleich mitnehmen. Wieder weniger Müll, den meine Mutter entsorgen muss.« Die Enkelin zerrte einen Zwei-Kilo-Sack Körner in den Flur und drückte Karl Heinz den Käfig in die Hände. Der Vogel zwitscherte aufgeregt und schlug mit den Flügeln. Wortlos drehte Karl Heinz sich um und ließ die junge Frau weiter das ehemalige Leben seines Nachbarn ausschlachten. Er selbst hatte keine Kinder und kaum nähere Angehörige. Meistens betrübte ihn das, besonders in stillen Augenblicken oder an Feiertagen wie Weihnachten, wenn üblicherweise die Familien zusammenkamen. Dann bereute er es, keine Frau gefunden und Kinder mit ihr in die Welt gesetzt zu haben. An diesem Tag war er jedoch froh gewesen, dass er es nicht getan hatte. Seine Familie waren Mimi und Ben, sein Vermächtnis die Detektei. Und er wusste, dass die beiden sich sorgsamer mit seinem Nachlass auseinandersetzen würden als Schmidts Enkelin.

So kam der Wellensittich in sein Leben, den er von da an, um seinen griesgrämigen Nachbarn zu ehren, Herrn Schmidt nannte. Er ließ den Vogel frei fliegen, wenn er zu Hause war.

»Kleiner Ausflug gefällig?«, fragte Karl Heinz und öffnete den Käfig. Schmidt tapste die Stange entlang, hüpfte auf das Türchen und flog los. Er drehte seine übliche Runde, als wollte er sich versichern, dass noch alles beim Alten war. Schließlich setzte er sich auf Karl Heinz' Schulter, während dieser den Käfigboden reinigte sowie Wasser und Futter auffüllte.

Mit dem Vogel zusammen hockte Karl Heinz sich vor den Fernseher und zappte durch die Programme, bis ihm vor Müdigkeit die Augen zufielen.

Er wurde erst wach, als sein Handy klingelte und Schmidt aufgeregt durchs Zimmer flatterte.

»Verdammt!« Er rieb sich die Augen. Es wurde bereits hell. Er ahnte, wer ihn anrief und er behielt recht. Es war Mimi.

»Ich hab verpennt«, murrte er ins Mobiltelefon.

»Das war mir schon klar. Mach die Tür auf.«

»Wieso?«

»Weil ich davorstehe.«

Karl Heinz legte auf und ging lächelnd in den Flur. Er linste durch den Spion und fuhr zusammen, als er ein strahlend blaues Auge in Großaufnahme sah. Als er öffnete, empfing ihn eine pralle Papiertüte, aus der es verführerisch duftete. »Ich dachte mir, wenn der alte Sack nicht zum Frühstück kommt, kommt das Frühstück eben zum alten Sack.«

Er musste an seinen verstorbenen Nachbarn denken, aber im Gegensatz zu dessen Enkelin meinte Mimi es nicht böse. Es war ihre Art von Humor.

»Wie lange hast du auf mich gewartet?«, fragte er und rieb sich verschämt den plattgelegenen Hinterkopf, während er mit Mimi in die Küche lief.

»Nur eine Dreiviertelstunde.« Sie legte die Brötchen auf dem Tisch ab und ging an seine Schränke, um Brettchen und Messer herauszuholen. Es war nicht das erste Mal, dass sie ihn mit etwas zu essen überraschte. Sie wusste, wo sie alles fand.

»Ich habe keinen Aufschnitt oder Marmelade …«

»Schau in meinen Rucksack.«

Karl Heinz öffnete den Reißverschluss und entdeckte Wurst, Käse, ein kleines Glas Marmelade und sogar Kaffee, den er regelmäßig zu kaufen vergaß. Sie hatte an alles gedacht, wie immer. Ohne Mimi wäre er wahrscheinlich längst verhungert.

Sie kochte Kaffee, deckte den Tisch und setzte sich lächelnd. Karl Heinz tat es ihr gleich und sie begannen mit dem verspäteten Frühstück.

»Ben ist schon ins Büro fahren. Er rief mich vorhin an und sagte, er habe die halbe Nacht nicht schlafen können, wegen irgendwelcher Videos. Er meinte, er würde sich sofort an den Laptop dieser Pfeiffer machen.« Mimi legte das angebissene Brötchen auf dem Brettchen ab, stemmte die Ellenbogen auf die Tischplatte und bettete das Gesicht in ihre Hände. »Also? Was für Videos?«

»Wir sollten erst zu Ende essen«, schlug er vor. Allein der Gedanke an das Bildmaterial der vergewaltigten und getöteten Frau ließ seinen Appetit rapide sinken.

»Gut, dann erzähl mir von deinem neuen Fall.«

»Bisher sieht alles nach ›unzufriedenes Frauchen verlässt Mann in einer Nacht-und-Nebel-Aktion‹ aus.« Karl Heinz erzählte Mimi, was er über Frau Pfeiffer herausgefunden hatte, ließ jedoch aus, dass er demnächst ein Rendezvous mit der koketten Sexshop-Besitzerin Nadine haben würde.

Dafür erzählte er von seinem Verdacht, dass Joleen Pfeiffer möglicherweise im Rotlichtmilieu tätig war. Mimi fand seinen Bericht äußerst spannend und war sofort bereit für erste Spekulationen.

»Sie könnte sich in einen Freier verliebt haben und mit ihm durchgebrannt sein.«

»Habe ich mir auch gedacht. Ich will diese Frau hier aufspüren, vielleicht kann sie mir weiterhelfen.« Er stand auf, holte das Bild der Überwachungskamera aus seiner Jacke und gab es Mimi.

»Die Schwarzhaarige ist Joleen Pfeiffer, die andere möchte ich heute finden.«

»Prostituierte lassen sich nicht gern finden«, wandte Mimi ein.

»Das weiß ich, aber ich glaube, ich habe eine verlässliche Quelle.« Er zwinkerte ihr zu.

»Wenn ich dir helfen kann, sag Bescheid.«

Er schüttelte den Kopf. »Wir haben bis über beide Ohren zu tun. Es warten drei Aufträge auf dich, die wir schon viel zu lange vor uns herschieben. Die Klienten werden langsam ungeduldig, und das zu recht.«

Sie legte das Bild auf den Tisch und fragte genervt: »Was war das gleich?«

»Eine ältere Dame, die behauptet, der Nachbar sei ein Hundehasser, der ihren Fiffi vergiftet und fast getötet hätte. Wir sollen es ihm nachweisen, was die Polizei nicht geschafft hat, aber wir versuchen es trotzdem. Dann wartet noch die Mutter, die wissen will, ob ihr Sohn ein Dealer ist. Und der verheiratete Mann, der seine Geliebte beschuldigt, einen Geliebten zu haben.«

Karl Heinz grinste. »Den Fall finde ich besonders amüsant. Kümmere dich darum bitte zuerst, das sollte schnell erledigt sein.«

»Okay, mache ich.« Mimi seufzte und notierte es im Smartphone. »Jetzt zu den Videos«, sagte sie, nachdem Karl Heinz den letzten Bissen runtergeschluckt hatte. Er seufzte, wusste aber, dass Mimi nicht lockerlassen würde, bevor er ihr zumindest die Kurzversion erzählt hatte. »Zachariah Kramill hatte nicht nur Kinderpornos und Bilder auf dieser Festplatte, sondern auch Snuff-Filme und Fotos von Leichen und irgendwas mit Animal Crushing. Darauf wollte Ben nicht näher eingehen.«

Mimis Augen weiteten sich. »Wirklich? Wow, das ist harter Stoff. Haben wir Sicherungskopien davon?«

»Sag mir nicht, du willst dir das ansehen.«

Sie zuckte mit den Schultern. »Der Mythos der Snuff-Filme hat mich schon immer fasziniert.«

»Manchmal weiß ich nicht, ob du noch ganz richtig im Kopf bist.«

Mimi kicherte. »Du solltest wissen, dass bei mir eine ganze Packung Schrauben locker ist. Aber versteh das nicht falsch. Mich fasziniert nicht, dass dort Menschen getötet werden, sondern mich interessiert, warum die Leute das machen.«

»Das wird dir nur eins dieser kranken Schweine verraten können. Und von denen solltest du dich fernhalten«, ermahnte er sie und dachte an das furchtbare Video. Dann fiel im plötzlich ein, woher er die Brünette zu kennen glaubte.

»Oh.«

»Oh? Was ist?« Mimi beugte sich über den Tisch und schnippte mit dem Finger vor seinen Augen, die ins Nichts zu blicken schienen.

»Ich hatte die ganze Zeit das Gefühl, die Frau, die Pfeiffer begleitet, schon mal gesehen zu haben.«

»Und jetzt ist es dir eingefallen? Erde an Karl, Erde an Karl!«

»Die Fotos … ich hatte mir ein paar davon angesehen, besonders die neueren. Auf einem sah man einen Mann mit abgetrennten Genitalien, auf einem anderen eine Frau, der man die Arme an die Brüste genäht hatte und eines …« Er schluckte, weil es genau das Bild gewesen war, das ihn am meisten schockiert hatte.

»Spuck's aus, Karl!«

»Ihr Kopf …« Wieder schweres Schlucken. »Man hat ihr den Kopf abgetrennt und ans Gesäß genäht.«

9

Als ich den Leichenwagen in unserer Einfahrt parkte, war es weit nach Mitternacht. Es hatte viele Stunden gebraucht, Dani so zu formen, bis ich mit ihr zufrieden war. Und genauso viel Zeit, bis ich den Raum gereinigt, Dani in den Sarg gelegt und die Papiere für das Krematorium ausgefüllt hatte. Morgen würde der Mann meines Vertrauens sie abholen und den Flammen übergeben. Eigentlich war in Krematorien eine zweite Leichenschau gesetzlich vorgeschrieben. Aber da die Rechtsmedizin, das Gesundheitsamt sowie die spärlich gesäten pathologischen Institute in unserer Gegend immer zu viel zu tun hatten und chronisch unterbesetzt waren, verließen sie sich auf meine Fähigkeiten. Sie wussten, wenn ich an einem Körper Spuren eines Verbrechens entdecken würde, die bei der ersten Leichenschau übersehen worden waren, würde ich sie darüber informieren. In meiner Laufbahn war das einige Male vorgekommen. Die Menschen, die mit dem Tod ihren Lebensunterhalt verdienten, waren eine eingeschworene Gemeinschaft. Man vertraute einander. Ein Vertrauen, das ich regelmäßig ausnutzte, um die Nutten verschwinden zu lassen. Ich war mir der Gefahr bewusst, konnte sie jedoch lediglich auf ein Minimum reduzieren. Ich musste die Tatsache akzeptierten, dass jeder Mörder über kurz oder lang einen Fehler beging.

Zu Hause klopfte ich dreimal auf Holz, um das Glück, das ich die letzten Jahrzehnte diesbezüglich gehabt hatte, auch für die nächsten Jahre auf meiner Seite zu wissen. Dann ging ich in mein Büro, nahm Fotoapparat und Videokamera aus der Tasche, startete den Computer, gab das Passwort ein und schloss die Geräte an. Das Risiko, von einem meiner Familienmitglieder im heimischen Domizil ertappt zu werden, war für mich ein Nervenkitzel, der mir Genugtuung verschaffte. Hinter ihrem Rücken und auch vor ihren Nasen verrichtete ich mein zweites Geschäft und sie ahnten davon nicht das Geringste. Das verlieh mir das Gefühl von Macht, welches meinen Puls in Momenten wie diesen zum Rasen brachte.

Ich hörte jemanden die Treppe herunterkommen und schaltete den Bildschirm aus. Es war Linda, sie klopfte an den Türrahmen und fragte, ob sie mich stören dürfe. Sie sah müde und erschöpft aus, war wohl ein harter Tag für sie gewesen. Vielleicht hielt der Gedanke an den morgigen Termin mit Marias Lehrerin sie von der Nachtruhe ab.

»Kannst du nicht schlafen?«

»Ich schlafe seit Wochen nicht mehr richtig, aber das fällt dir ja nicht auf, weil du ständig unterwegs bist.«

»Mein Job verlangt viel Einsatz. Gestorben wird immer und wenn mich nachts ein Beamter aus dem Bett schmeißt, weil ich eine Leiche abtransportieren soll, ist es meine Pflicht, dem nachzukommen.«

»Ist es wirklich nur der Job?« Sie verschränkte die Arme vor der Brust.

»Was willst du damit andeuten? Was soll das werden?« Ich stand auf und ging auf sie zu. Innerlich war ich angespannt. Das hier entwickelte sich zu einem ernsten Gespräch und ich war alles andere als ein Meister darin, derartige Unterhaltungen zu führen. Ein Meister mit dem Skalpell, ein Versager im Umgang mit den Gefühlen meiner Frau. Bisher hatte sie das akzeptiert und wir hatten nebeneinanderher gelebt, aber das änderte sich gerade. Ihr Blick war bohrend und anklagend.

»Ich weiß selbst nicht genau, was ich damit sagen will. Mir gehen schon lange Gedanken durch den Kopf, was du so treibst, wenn du nicht zu Hause bist. Und das bist du in den letzten Wochen fast nie.«

Damit hatte sie recht. Das lag nicht etwa daran, dass sich mein Drang häufiger als üblich meldete, sondern tatsächlich an meinem Job. Im Moment starben die Menschen wie die Fliegen, darüber hinaus war ein Bestatter im Nachbarort in Rente gegangen und hatte sein Geschäft geschlossen. Die Kunden, die ihn aufgesucht hätten, kamen jetzt zu mir, was mir einen deutlichen Zuwachs an Aufträgen einbrachte. Und dann war da noch Patrick, mit seinen Problemen, die sich leider allzu sehr auf die Arbeit auswirkten.

»Du weißt doch, was gerade los ist. Was soll ich tun, die Hinterbliebenen wegschicken?«

»Ja, das weiß ich. Aber wenn du mitten in der Nacht das Haus verlässt, ohne dass ich das Telefon gehört habe, dann entstehen diese Gedanken …«

»Ah, Gedanken. Und die wären?«

»Dass du eine andere hast. Oder sogar mehrere, wenn man bedenkt, wie lange das schon so läuft.«

Meine Antwort war ein Lachen, das mir jedoch im Halse steckenblieb, weil ich sah, wie ernst es Linda war. Unrecht hatte sie nicht. Ich hatte viele Frauen gehabt. Aber anders, als sie glaubte. Ich musste all meine schauspielerischen Fähigkeiten aufbringen, um sie davon zu überzeugen, dass sie auf dem Holzweg war. Die Fassade musste aufrecht erhalten bleiben.

»Linda …« Ich nahm sie in den Arm. »Was denkst du dir für Sachen aus? Ich liebe dich und unsere Kinder, es gibt keine andere für mich. Die einzigen Frauen, denen ich näherkomme, liegen tot auf meinem Tisch.« Kaum hatte ich es ausgesprochen, fiel mir die Zweideutigkeit auf. Linda ebenfalls.

»Bist du etwa nekrophil?«, sagte sie mit erstickter Stimme und stieß mich weg.

»Nein, natürlich nicht. Entschuldige, ich habe mich wohl ungeschickt ausgedrückt. Ich wollte sagen, dass ich es nicht zulassen würde, dass mir eine Frau zu nahe kommt. Ich flirte nicht einmal, Linda. Du kennst mich, ich bin kein Frauenheld.«

Den Vorwurf der Nekrophilie vergaß sie schnell. Das war zugegebenermaßen ein Gedanke, der sogar mich abstieß. Davon abgesehen, dass ich meine Opfer nie vergewaltigte, war die Vorstellung, Sex mit einer Leiche zu haben, selbst für mein verdrehtes Gehirn zu absurd.

»Ich weiß das, aber meine Freundinnen aus dem Yoga-Kurs behaupten, dass sämtliche Anzeichen bei dir zutreffen.«

Diese blöden Weiber …

»Seit wann hörst du darauf, was andere sagen? Was sollen das für Anzeichen sein?«

Sie hob den Daumen. »Erstens die Tatsache, dass du andauernd unterwegs bist und Überstunden machst.« Sie streckte den Zeigefinger aus. »Zweitens gehst du oft aus dem Zimmer, wenn dich jemand anruft. Du willst nicht, dass wir dir zuhören.« Der Mittelfinger. »Drittens hast du deinen Computer passwortgeschützt und schaltest sofort den Bildschirm aus, sobald man dein Büro betritt. Maria hat mir davon erzählt und in all den Jahren ist es mir auch aufgefallen.« Der Ringfinger. »Viertens riechst du ständig nach Frauenparfüm. Besonders in den letzten Wochen.«

Ich rieb mir mit beiden Händen über das Gesicht und suchte nach der passenden Antwort. »Das sollen Anzeichen sein? Das sind normale Dinge, die mein Job mit sich bringt.« Jetzt hob ich den Daumen. »Erstens bekommst du die Anrufe nachts nicht mit. Du wachst erst auf, wenn ich aufstehe. Und das Thema mit den Überstunden hatten wir gerade. Dazu kommt, dass Patrick Großvater ist, wie du weißt, und seine Tochter sich einen Scheiß um ihr Baby sorgt. Er hat Stress zu Hause, weswegen er auf der Arbeit schlampig wird und vieles an mir hängenbleibt.« Ich streckte den Zeigefinger aus und musste durchatmen, um sie nicht anzuschreien. »Zweitens will ich nicht, dass du oder die Kinder mit dem belastet werden, was ich bei den Anrufen bespreche, deswegen verlasse ich den Raum. Oder soll ich am Frühstückstisch zu einem Rechtsmediziner sagen: ›Ach, wunderbar, dass ich das Unfallopfer abholen kann. Meinen Sie, ich kriege den in meinen Sarg gequetscht oder hat der Traktor ihn dermaßen geplättet, dass er zu breit ist?‹« Mittelfinger. »Drittens gilt das Gleiche für meinen Computer. Ich schütze damit dich und unsere Kinder. Oder willst du, dass Connor meine Berichte liest oder Bilder meiner Arbeitsschritte sieht, die ich für die Protokollierung brauche, während ich die Leichen aufbereite? Willst du, dass unser Sohn diese Fotos sieht, auf denen ich einer Toten die Lippen zuklebe, damit der Mund bei der Beerdigung nicht offensteht. Fotos, die ich als Lehrmaterial an Universitäten weitergebe. Meinst du, Connor hätte einen solchen Anblick verkraftet?« Der Ringfinger. »Und viertens komme ich in Kontakt mit Angehörigen. Es liegt in der Natur der Sache, dass viele davon Frauen sind. Meistens verwitwete Rentnerinnen, die die Beerdigung ihres Mannes organisieren müssen. Soll ich ihnen nicht die Hand geben oder tröstend einen Arm um sie legen, weil ich sonst ihr Parfüm abbekomme?« Ich schnaufte. Die Worte sprudelten nur so aus mir heraus und mir fehlte vor Wut die Luft.

»Also kommst du doch lebenden Frauen näher?«

»Linda! Hörst du dir eigentlich selbst zu? Glaubst du, ich bin auf eine Greisin scharf, die ihren Mann verloren hat?«

»Ich … ich …«, stammelte sie kleinlaut und sah mich ängstlich an. Ich konnte meine schäumende Wut nicht so gut vor ihr verbergen, wie ich beabsichtigt hatte.

Ich nahm ihre Hände sanft in meine. »Entschuldige, ich wollte nicht laut werden. Aber bei diesen Vorwürfen ist das nicht verwunderlich, oder? Ich weiß, dass mein Job viel Zeit in Anspruch nimmt. Aber ich mache ihn gern und verdiene damit gutes Geld, von dem du und unsere Kinder ein sorgenfreies Leben führen. Und wenn Sonderausgaben wie Marias Klassenfahrt dazukommen, muss ich eben noch mehr arbeiten. Ich mache das alles nur für euch und ich bin der treueste Ehemann, den sich eine Frau wünschen kann. Deine Vorhaltungen verletzen mich, Linda.«

Zweifel trat in ihren Blick und ich kannte die Antwort, bevor Linda sie aussprach. »Du musst mich verstehen. Wenn man so oft allein ist wie ich, entwickeln sich automatisch Fragen. Maria und Connor werden selbstständiger. Sobald ich am Tisch sitze, zu Abend esse und die leeren Stühle betrachte, frage ich mich, was du treibst. Immer wieder kommt mir das Bild vor Augen, wie du mich betrügst.«

»Wie kann ich diese Zweifel beseitigen? Sag mir, was ich tun soll, damit du mir glaubst und wir weitermachen können wie bisher.«

»Du musst weniger arbeiten. Stell einen weiteren Angestellten ein.«

»Das kann ich mir derzeit nicht leisten, außerdem ist es schwer, geeignetes Personal zu finden. Ich habe im Moment auch keine Zeit, jemanden anzulernen. Vielleicht in ein paar Monaten.«

Sie nickte. »Okay, das kann ich akzeptieren, falls du es wirklich tust. Und da wäre noch etwas.«

»Und das wäre?«

»Ich will eine Paartherapie machen.«

Ich hatte mit vielem gerechnet, nicht damit. Woher sollte ich die Zeit nehmen? Sollte ich sie mir aus den Rippen schneiden? Lindas Blick verriet mir ein weiteres Mal, wie es in ihrem Inneren aussah. Ein Nein würde sie nicht dulden, ich würde meine Ehe gefährden und meine Tarnung käme ins Wanken. Mir blieb keine Wahl.

»Es wird schwer, die Zeit aufzubringen, aber wenn dir das wichtig ist, machen wir das. Ich will, dass du glücklich bist.«

»Danke«, flüsterte sie. »Kommst du mit ins Bett?«

»Ich muss noch was für die Arbeit fertigmachen …«

Sie ließ mich nicht aussprechen, sondern rollte mit den Augen, wandte sich um und stieg die Treppe zum Schlafzimmer hinauf. Wenn es eines gab, mit dem ich nicht zurechtkam, dann war das eine mit Gefühlen vollgepumpte Frau.

Ich atmete tief durch, setzte mich an den Schreibtisch und schaltete den Bildschirm wieder an. Während ich das Video und die Fotos auf die Festplatte lud, schloss ich für einen Moment die Augen. Ich hatte in meinem Leben viele Hürden gemeistert und würde auch dieses Problem aus dem Weg schaffen. Aber nicht jetzt, nicht heute.

In freudiger Erwartung zog ich die Dateien auf meinen Rechner, bearbeitete sie, loggte mich im Darknet ein und fütterte meine lechzende Fangemeinde mit Material. Ich blieb eine halbe Stunde sitzen und aktualisierte fortlaufend den Bitcoinstand. Dani kam offensichtlich gut an. Meine Fans luden sich fleißig ihren Tod herunter. Auf den Videos war nie mein Gesicht zu sehen, die meiste Zeit hielt ich den Kopf außerhalb des Filmbereichs. Wenn ich ihn doch zu tief nahm, machte ich ihn unkenntlich. Auch bestimmte Details meines Arbeitsbereiches, die ins Bild gerückt waren, ließ ich hinter einem unscharfen Schleier verschwinden, den man mit keinem Programm der Welt rückgängig machen konnte.

Ich startete Danis Video und spulte vor bis zu dem Zeitpunkt, an dem ich ihren ersten Fuß abhackte. Sie war zum letzten Mal zu Bewusstsein gekommen und hatte durch den Knebel gebrüllt wie am Spieß. Die Tonaufnahme war gut gelungen. Jeder unterdrückte

Schrei war zu hören und würde den Zuschauern eine Gänsehaut bescheren.

Bevor ich ihr den zweiten Fuß abtrennte, war sie in Ohnmacht gefallen und nicht mehr aufgewacht. Ich war so in meine Arbeit vertieft gewesen, dass ich nicht bemerkt hatte, wann sie gestorben war. Das konnte ich jetzt nachholen. Ich sah mir die Aufnahme an und fand den Moment, in dem ihr Brustkorb sich ein letztes Mal hob und dann für immer senkte. Er kam, kurz nachdem ich ihr die erste Hand abgehackt hatte.

Ich schloss das Video und sah mir die Bilder des fertigen Kunstwerks an. Zugegeben, meine Werke mochten auf viele verstörend wirken, aber Dani war tatsächlich ein Meisterwerk. Die fehlende Gesichtshaut, das Blut, welches durch das Häuten auf ihre Brust getropft war. Das Blut, das ich während des Nähens verschmiert hatte. Die Füße, die nun als Hände dienten und die Hände, die jetzt die Füße ersetzten. Ein betörender und verstörender Anblick. Meine Kunden würden es lieben. Das stand außer Frage. Der aktuelle Bitcoinstand bestätigte dies. Sie war mir wirklich außerordentlich gut gelungen. Ich war stolz auf mein Werk, auf meine Kunst, die ich einmal mehr unter Beweis gestellt hatte. Einen Menschen derart zu verfremden und ihn seiner Identität zu berauben, war für mich das Highlight des Rituals, dieses einzigartigen Schaffungsprozesses. Ich hatte mich bei Dani zwar etwas zu sehr von meinen Gefühlen leiten lassen, aber das Endergebnis zählte.

Voller Stolz betrachtete ich die Fotos. Danis blutverschmierter Körper lehnte sitzend an einer strahlendweißen Wand, die Beine ausgestreckt, sodass die daran befindlichen Hände den Zuschauern zuwinkten. Die an ihre Arme angenähten Füße hatte ich auf den Oberschenkeln mit den Sohlen aneinandergelegt, als würde sie beten. Den Kopf hatte ich ein wenig nach hinten geneigt, damit der Hals überstreckt war und es aussah, als blicke sie in den Himmel. Das Licht und die hochauflösende Technik der Kamera tat das Übrige. Ein Meisterwerk. Eindeutig.

Ich klopfte mir selbst auf die Schulter, weil es sonst niemand tat. Dann löschte ich die Originaldateien von der Festplatte und den Geräten, schaltete den Computer aus, verstaute Videokamera und Fotoapparat in meinem Safe, auf den nur ich Zugriff hatte, trank in der Küche ein Glas Milch und schlich ins Schlafzimmer. Linda schnarchte und drehte sich auf die andere Seite, als ich mich zu ihr ins Bett legte. Ich schloss die Augen und fiel sofort in einen seligen Schlaf. In meinen Träumen sah ich Dani. Ihr Gesicht – mal mit Haut, mal ohne – schwebte vor mir und dann, plötzlich, veränderte es sich und ich sah nicht mehr Dani vor mir, sondern Corinna Faum, die Tochter der Unfallopfer. Die Frau, die Theo so sehr begehrt hatte und die ich ihm nicht geben konnte. Oder doch …?

10

Der bisherige Tag verlief nicht so, wie Karl Heinz es sich vorgestellt hatte. Nach dem Frühstück mit Mimi fuhren sie gemeinsam Richtung Detektei, als sie einen Anruf entgegennahm. Ein erstickter Schrei brachte ihn dazu, sie fragend anzusehen.

»Was ist los?«

»Ben hatte einen Unfall mit seinem Roller.«

»War er das am Telefon? Geht es ihm gut?« Karl Heinz bekam schweißnasse Hände.

»Nein, das war ein Arzt. Ben hat seine Eltern und mich als Notfallkontakt angegeben. Vielleicht haben sie seine Eltern nicht erreicht oder sie haben gleich bei ihnen und bei mir angerufen. Ist ja scheißegal. Wie es ihm geht, durfte er mir nicht sagen, nur was passiert ist. Ben liegt im Helios in Krefeld.«

Karl Heinz wendete den Wagen und fuhr sofort Richtung Krankenhaus. Dort angekommen, fragten sie sich durch und wurden in den Warteraum verwiesen. Ben würde derzeit operiert, war die einzige Information, die sie aus dem Personal herausquetschen konnten. Nähere Auskünfte durften nur Familienangehörigen erteilt werden. Auch wenn Karl Heinz ihn wie einen Sohn liebte, zählte das natürlich nicht. Man habe die Eltern verständigt und sie seien auf dem Weg, hieß es. Und so tigerten Mimi und Karl Heinz im Warteraum auf und ab, bis am frühen Abend endlich Herbert und Elke Jackels eintrafen.

»Da sind sie!«, rief Mimi. Bens Eltern standen im Krankenhausflur und sprachen gerade mit einem Arzt.

Elke weinte, Herbert wirkte gefasst, aber besorgt. Mimi und Karl Heinz warteten, bis das Gespräch beendet war und liefen zu ihnen.

Herbert nickte. »Karl, Mimi«, begrüßte er sie mit einem schwachen Händedruck.

Die Mutter fiel ihnen direkt um den Hals. »Schön, dass ihr hier seid.«

»Wie geht es ihm? Wisst ihr schon was? Die haben uns nichts gesagt«, murrte Mimi.

»Ihm geht es so weit gut«, sagte Elke. »Er hat sich ein Bein gebrochen. Sie haben es gleich operiert, nachdem er eingeliefert wurde, weil es ein offener Bruch war.«

Karl Heinz atmete erleichtert auf. »Das ist eine gute Nachricht. Wir haben das Schlimmste befürchtet.«

Seine Mutter schnäuzte sich. »Ich habe ihn tausendmal gebeten, vorsichtig zu sein, wenn er mit dem Roller fährt.«

»Er hatte keine Schuld an dem Unfall.« Herbert nahm sie in den Arm. »Wir sollten froh sein, dass nichts Schlimmeres passiert ist. In ein paar Tagen kann er bestimmt nach Hause.«

Sie nickte und sagte an Mimi und Karl Heinz gewandt: »Wir dürfen jetzt zu ihm. Gebt uns ein paar Minuten, dann könnt ihr nachkommen.«

Sie gingen gemeinsam zu Bens Zimmer und warteten, bis die Eltern sie hereinriefen. Bens Anblick zerriss Karl Heinz beinahe das Herz. Er war bleich und seine ansonsten gestylten Haare wirkten wie mit Öl eingeschmiert. Das rechte Bein lag geschient über der Bettdecke. Aber er lächelte und das zeigte Karl Heinz, dass alles wieder gut werden würde.

»Wir gehen schnell einen Kaffee trinken, auf den Schreck«, sagte Bens Vater und verließ mit seiner Frau das Zimmer.

»Was machst du für Sachen?«, fragte Mimi, beugte sich über Ben und nahm ihn in den Arm. Auch um eine Umarmung von Karl Heinz kam er nicht herum.

»Typ, dicker Benz, Handy am Ohr, Fluppe auf'm Zahn, mehr muss ich wohl nicht sagen.« Ben rollte mit den Augen. »An der Kreuzung bei Lidl wollte ich geradeaus, er wollte abbiegen und zack, hat der mich über'n Haufen gefahren. Und dann musste der blöde Roller auch noch auf mein Bein fallen. Ich hab gespürt, wie der Knochen brach. Kein schönes Gefühl, kann ich euch sagen.«

»Hauptsache, es geht dir ansonsten gut«, sagte Mimi.

»Hab ein bisschen Kopfschmerzen, wahrscheinlich eine Gehirnerschütterung, aber keine inneren Blutungen oder so 'n Scheiß. Die haben mich von oben bis unten durchleuchtet. Sobald die mich rauslassen, bin ich wieder dabei. Und bis dahin kannst du mir Joleen Pfeiffers Laptop ins Krankenhaus bringen. Ich kann mir kaum vorstellen, dass die den großartig gesichert hat. Den bekomme ich auch von hier aus geknackt.«

Karl Heinz lachte. »Werde du erst mal gesund. Der Laptop kann warten.«

Meistens war er stolz darauf, dass seine Mitarbeiter solche Arbeitstiere waren und für den beruflichen Erfolg bisweilen auf ihr Privatleben verzichteten. Doch manchmal, so wie jetzt, musste er sie bremsen.

Ben schob die Unterlippe vor.

»Du hast gehört, was der Chef gesagt hat. Werde gesund und dann darfst du dich wieder voller Elan in die Arbeit stürzen. Bis dahin kümmern wir uns um die Aufträge.« Mimi gab ihm einen Kuss auf die Stirn.

»Danke, Leute.« Er gähnte. »Ich bin völlig fertig. Schlimm genug, dass meine Mutter mir gleich die Ohren vollheulen und mir keine Ruhe gönnen wird.« Er hielt sich den Kopf und schloss die Augen. »Scheißschädel.«

»Kein Problem.«, sagte Karl Heinz. »Haben die Ärzte dir dein Handy wiedergegeben?«

»Ja, falls was wegen der Arbeit ist, ruft mich an. Ich helfe euch, wenn ich kann.«

»Wir schaffen das schon.« Karl Heinz zwinkerte ihm zu.

Bens Eltern betraten das Krankenzimmer. Sie verabschiedeten sich von ihnen und Mimi ließ ein »Passt gut auf unseren Goldjungen auf!« vom Stapel. Der Vater quittierte diesen Spruch mit einem angedeuteten Lächeln, die Mutter zog den Mund kraus und wandte sich ihrem Sohn zu.

Draußen auf dem Parkplatz sagte Mimi: »Ich bin froh, dass es ihm gut geht. Stell dir vor, er wäre …« Die ansonsten so starke Frau begann zu weinen. Er nahm sie in den Arm und tröstete sie.

»Darüber sollten wir nicht nachdenken. Wir können uns glücklich schätzen, dass es glimpflich ausgegangen ist. Dem Typen, der ihn angefahren hat, würde ich gern meine Meinung geigen.«

»Nicht nur du.«

Karl Heinz brachte Mimi nach Hause. An Arbeit war heute nicht mehr zu denken, die aktuellen Fälle mussten warten. Bens Gesundheit war jetzt wichtiger, Mimi und er brauchten einen klaren Kopf. Sie verabredeten, dass sie morgen Früh zu Ben und erst danach in die Detektei fahren wollten.

Nachdem er Mimi abgesetzt hatte, entschied er sich, doch noch schnell zum Büro zu fahren und die Sicherung von Kramills Festplatte zu holen. Eine halbe Stunde später begrüßte er Herrn Schmidt, gab ihm Futter und Wasser, schloss die Festplatte an seinen Computer an und öffnete die Fotos der toten Menschen. Es dauerte einen Moment, bis er das fand, was er suchte. Sein Magen wurde mit jedem Bild, das er sich anschauen musste, immer flauer.

Er vergrößerte das Foto, holte dann den Ausdruck des Standbildes der Überwachungskamera von Joleen Pfeiffer und der Unbekannten und hielt es neben den Bildschirm. Es war nicht leicht, die Gesichter miteinander zu vergleichen, da der Kopf des Opfers unförmig wirkte und mit Blut besudelt war. Ganz davon abgesehen, dass er nicht auf dem Hals saß, sondern am Gesäß befestigt worden war.

»Bist du das oder bist du das nicht?«, murmelte er und versuchte, sich an markanten Merkmalen wie den Augenbrauen oder der Nase zu orientieren. Er war sich nicht hundertprozentig sicher, aber er kam zu dem Schluss, dass es die Frau sein könnte, die zusammen mit Joleen Pfeiffer im Sexshop gewesen war.

»Das würde ein anderes Licht auf die Situation werfen.« Er machte sich Notizen und legte sich schlafen.

Nach drei Stunden wachte er auf. Albträume hatten sich an ihn herangeschlichen und krude Bilder aus den Erlebnissen der letzten Tage geformt, die er schnell vergessen wollte. Um vier Uhr in der Früh stand er auf, trank eine Tasse Kaffee und aß, was vom Vortag übrig war. Dann setzte er sich ins Auto und fuhr los.

Er musste der Sache nachgehen, er konnte nicht länger warten. Seine Spürnase juckte und trieb ihn zum Hotel, in dem Joleen Pfeiffer sich häufiger aufgehalten hatte. Im Foyer war es ruhig. Die meisten Gäste schliefen wahrscheinlich noch – abgesehen von denen, die sich eine Prostituierte für das flotte Vergnügen mit aufs Zimmer genommen hatten.

Hinter der Rezeption saß eine Frau, sie war etwa Mitte fünfzig. Die Falten in ihrem Gesicht verhießen eine Menge Lebenserfahrung oder schlechte Zeiten, die sie durchlebt haben mochte.

»Hallo«, sagte Karl Heinz.

»O, hallo.« Sie blickte von der Zeitung auf, in der sie gelesen hatte und beäugte ihn interessiert. »Um diese Uhrzeit verirrt sich selten jemand zu mir. Wie kann ich Ihnen helfen?«

»Ist Jannis zu sprechen?«

Sie lachte. »Mein guter Mann, Sie glauben doch nicht, dass mein Chef so früh auch nur ansatzweise fähig ist, ein Wort geradeheraus zu sagen. Der hat sich gestern wieder in der Hotelbar volllaufen lassen und schläft seinen Rausch bis zum Mittag aus.«

»Ach herrje.« Er stimmte in ihr Lachen ein.

»Was wollen Sie von ihm? Vielleicht kann ich Ihnen weiterhelfen.«

»Ich war schon mal hier und hatte ihm ein paar Fragen gestellt. Ich bin Privatdetektiv und brauche seine Hilfe bei einem Fall. Ich suche diese Frau.« Er reichte ihr Joleens Foto, das Jannis mit Edding bemalt hatte. »Normalerweise ist sie blond. Jannis erkannte sie erst, als er ihre Haare schwarz anmalte. Haben Sie diese Frau schon mal gesehen?«

»Kann sein. Hier gehen so viele Mädchen ein und aus, dass man sich nicht jedes Gesicht merken kann.«

»Und was ist mit der …?« Er gab ihr das Bild der Überwachungskamera. »Haben Sie die Brünette vielleicht gesehen?«

»Hm, schwer zu sagen. Ich komme nicht oft mit den Prostituierten in Kontakt. Tut mir leid. Ich fürchte, da kann ich Ihnen nicht helfen.«

»Dann muss ich wohl warten, bis der Chef seinen Rausch ausgeschlafen hat.« Er zwinkerte ihr zu und lachte.

»Ja, oder …« Sie hob den Zeigefinger. »Unsere Zimmermädchen kommen gleich. Sie haben oft Umgang mit den Prostituierten. Wenn Sie möchten, können Sie sie fragen, ob ihnen eine der beiden Frauen bekannt vorkommt.«

»Das wäre sehr hilfreich, danke.«

»Arbeitsbeginn ist in einer Stunde. Sobald alle da sind, trommle ich sie im Personalraum zusammen und Sie zeigen ihnen die Bilder. Wollen Sie solange warten?«

»Gern.«

»Ich mache Ihnen einen Kaffee und Sie können sich an die Bar setzen.«

»Sehr freundlich, wirklich, danke.«

»Ach, kein Problem. In dem Laden ist der Umgangston so rau, dass es mich freut, mal jemandem etwas Gutes zu tun.«

Sie brachte Karl Heinz in die Hotelbar, brühte ihm einen Kaffee – der mehr nach Spülmittel denn nach feinen Röstaromen schmeckte – und er wartete an der Bar. Aus Langeweile begann er, die Spirituosennamen auswendig zu lernen und sie sich im Kopf aufzusagen. Nach über einer Stunde kam die Dame vom Empfang und führte ihn in einen Aufenthaltsraum.

»Das sind unsere fleißigen Bienen«, sagte sie und deutete auf die jungen Frauen, die an Tischen saßen und ebenfalls Kaffee tranken. »Das ist Herr …« Sie stockte.

»Wo sind meine Manieren? Ich habe mich Ihnen gar nicht vorgestellt.« Er lachte verlegen. »Mein Name ist Karl Heinz Kellerer.«

Sie gab ihm die Hand. »Anne Kohlmeier, das Mädchen für alles.« Sie lächelte und wirkte plötzlich um Jahre jünger. Sie wandte sich an die Hausmädchen. »Herr Kellerer ist Privatdetektiv und sucht zwei Prostituierte. Seid so lieb und schaut euch die Fotos an, die er euch zeigt. Vielleicht kennt ihr sie.«

Ein Klingeln drang aus dem Foyer zu ihnen. »Kundschaft«, flötete Anne Kohlmeier. »Ich bin dann weg. Sie kommen zurecht?«

»Ja, danke.« Er nickte, sah ihr nach, als sie den Raum verließ, und blickte zu den Zimmermädchen, die ihn erwartungsvoll anstierten, als käme er von einem anderen Stern.

Er hob Joleen Pfeiffers Bild hoch. »Von dieser Frau weiß ich, dass sie häufiger in diesem Hotel verkehrt hat. Und ich würde gern wissen, ob eine von euch diese hier schon einmal gesehen hat.« Jetzt hob er das andere Bild hoch und tippte auf die Brünette. Er gab es an die Frauen weiter, die sich nacheinander das Bild genau anschauten. Die ersten schüttelten den Kopf und zuckten entschuldigend mit den Schultern. Die vierte Frau hielt inne, drehte sich zu einer anderen um. »Ist das nicht die, mit der du dich in den Haaren hattest?«

Ihre Kollegin stand auf, nahm es an sich und studierte es eingehend. »Du meinst die, die mich angespuckt hat, nur weil ich sie höflich bat, zu lüften, weil der Raum penetrant nach Alkohol und Parfüm gestunken hat?«

»Ja, genau. Ist die das nicht?« Das Zimmermädchen deutete auf eine weitere Frau. »Du warst doch im Gang vor dem Zimmer, als es passiert ist. Sieh sie dir mal an.«

Sie stellte sich neben ihre Kollegin und sie starrten zu zweit auf das Bild der Überwachungskamera.

»Ja, das ist die«, sagte die dritte. »An ihre Hackfresse würde ich mich noch in tausend Jahren erinnern. Keinen Funken Benehmen in den Knochen und einen Ton drauf, frag nicht nach Sonnenschein. Wie hieß die gleich?« Sie kratzte sich am Kopf und blickte zur Decke, als würde der Name dort geschrieben stehen.

»Das war nicht ihr echter Name«, sagte diejenige, die angespuckt worden war.

»Ja, irgendein komischer war das … Bunny? Sunny?«

Ihre Kollegin: »Ich hab's! Honey hat die sich genannt! Ich hab mir noch gedacht, ja, genau, du stichst zu wie eine Biene, sobald dir was auf den Sack geht.«

Karl Heinz bekam schwitzige Handflächen und dachte an den Schädel, der an das Gesäß befestigt war. Honey. War sie diejenige, die allem Anschein nach ermordet und zur Schau gestellt worden war? Und was würde das für Frau Pfeiffer bedeuten? Nur weil die beiden sich kannten, hieß das nicht, dass Pfeiffer ebenfalls tot war. Sein Ermittlerhirn zog diesen Umstand lediglich in Betracht.

»Wisst ihr zufällig, wo ich Honey finde?«

»Wahrscheinlich auf dem Straßenstrich, der ist fünf Minuten Fußweg entfernt. Ich würde da nachfragen, wenn ich Sie wäre«, sagte die Frau, die unangenehme Bekanntschaft mit Honey gemacht hatte.

»Vielen Dank, ihr habt mir sehr geholfen.« Er ging ins Foyer, verabschiedete sich von Frau Kohlmeier und eilte zum Straßenstrich. Auf dem Weg klingelte sein Handy. Es war Mimi.

»Hey, guten Morgen, Chef. Bleibt es dabei, dass du mich in zwei Stunden abholst und wir zu Ben fahren?«

»Ja, natürlich. Ich hoffe, er hat die Nacht im Krankenhaus gut überstanden.«

»Warum bist du so außer Atem?«

»Ich bin schon unterwegs wegen des Pfeiffer-Falls.«

»Du? So früh? Das ist ja ganz was Neues.«

»Ich konnte nicht mehr schlafen und da dachte ich mir, ich gehe ein paar Hinweisen nach.«

»Hört, hört.« Sie kicherte. »Gut, bis nachher. Komm nicht zu spät!«

»Werde ich nicht, bis dann.« Er steckte das Smartphone weg, bog um die Ecke und lief prompt einer Prostituierten in die Arme.

»Langsam, mein Hübscher! Wo willst du denn hin?«, fragte sie.

»Ich suche jemanden, der mir weiterhelfen kann.«

»Da bist du bei mir an der richtigen Adresse.« Sie musterte ihn von oben bis unten. »Einem wie dir helfe ich gern.« Sie strich mit der Zunge über ihre aufgespritzten Lippen und lächelte keck.

Er winkte ab. »Nein, nicht das, was Sie denken.«

»Was soll ich denn denken? Warum kommt ein Mann wie du um diese Uhrzeit hierher und rennt mich fast um? Weil er es eilig hat und Druck ablassen möchte vielleicht?«

»Hören Sie, ich bin keiner dieser Männer, ich suche eine Frau.«

»Also doch …«

»Herrgott noch mal, nein, ich meine, dass ich nach einer vermissten Person und einer Prostituierten suche, die mir womöglich weiterhelfen kann. Ich bin Privatdetektiv, Kellerer mein Name.«

»Und das soll ich dir jetzt glauben? Normalerweise rieche ich Schnüffler zehn Kilometer gegen den Wind.«

»Ich will nicht herumschnüffeln, ich möchte nur wissen, ob Sie eine der beiden Frauen schon einmal gesehen haben.«

Sie betrachtete gelangweilt den Ausdruck und zuckte mit den Schultern. »Keine Ahnung, ist mir auch egal, was mit den Schlampen ist. Die Weiber kommen und gehen. Selten bleiben welche so lange hier wie ich.« Sie kramte eine Schachtel Zigaretten aus der Handtasche, zündete sich eine davon an und fügte hinzu: »Viel Glück bei deiner Suche, Schätzchen.« Sie drehte sich um und flanierte die Straße hinunter, bis ein schwarzer Kombi neben ihr stehenblieb und sie einstieg.

Karl Heinz seufzte, war von ihrer Reaktion aber nicht sonderlich überrascht. Das war nicht der erste Fall, der ihn auf einen der vielen Straßenstriche in Deutschland trieb. Die Szene war verschwiegen. Keine wollte eine andere in die Scheiße reiten oder Schlimmeres. Manchmal verschwanden Prostituierte spurlos, die ihren Zuhälter bei der Polizei verpfiffen hatten. Das Rotlichtmilieu war ein hartes Pflaster und Karl Heinz wusste, dass er vorsichtig sein musste.

Er ging auf ein rothaariges Mädchen zu, von dem er hoffte, dass sie die Volljährigkeit überschritten hatte und nicht eine derjenigen war, die bereits als Teenager zum Anschaffen gezwungen wurden.

»Guten Morgen«, sagte er.

Sie nickte ihm zu und betrachtete ihn argwöhnisch. Wahrscheinlich hatte sie die Reaktion ihrer Kollegin mitbekommen.

»Ich wollte dich fragen, ob du einer dieser Frauen schon einmal begegnet bist.« Er hielt ihr das Bild vor die Augen, sodass sie gar nicht anders konnte, als hinzusehen.

»Nie im Leben gesehen«, behauptete sie. Ihre Augen verrieten ihm etwas anderes. Auch die rechte Braue, die sich anhob, versprach, dass dieses Mädchen mehr wusste. Er ließ nicht locker. Im Gegensatz zu der vorherigen Prostituierten war diese jung und unerfahren. Vielleicht war sie einfacher zu knacken, sofern ihm nicht der Zuhälter in die Quere kam.

»Bist du sicher?«

»Hundertpro, Alter. Und jetzt mach, dass du Land gewinnst. Du verjagst meine Kunden.«

»Was hältst du davon …,« er steckte das Bild weg und holte seine Brieftasche hervor, »…, wenn ich dir das bezahle, was zwei Männer einbringen würden und wir zusammen einen Kaffee trinken? Ich entschädige dich dafür, dass ich sie verschrecke.« Er sah sich um, entdeckte aber zum Glück niemanden, der wie ein Zuhälter aussah.

»Und was willst du dafür?«

»Nur mit dir reden. Mehr nicht.«

Sie überlegte, sah sich ebenfalls um. »Okay, gehen wir.«

Auf dem Weg zum Café ein paar Straßen weiter hakte sie sich bei ihm unter und verhandelte den Preis. Sie verlangte den höchstmöglichen, wie Karl Heinz es erwartet hatte. Er hielt ihr die Tür auf. Sie setzten sich an einen Tisch in der Ecke. Es war nicht viel los, nur eine alte Dame und ein junger Kerl saßen weiter weg von ihnen und tranken Kaffee.

»Wie heißt du?«, fragte er.

»Spielt das eine Rolle?«

»Nein, es ist nur angenehmer, wenn man den Namen seines Gegenübers kennt. Ich bin Karl Heinz.«

»Hanna.«

Er bezweifelte, dass es ihr echter Name war, aber mehr konnte er nicht erwarten. »Gut, Hanna, ich habe dir dieses Bild gezeigt …« Bevor er es ihr erneut vorlegen konnte, brachte eine Bedienung den bestellten Kaffee und erkundigte sich, ob sie sonst noch einen Wunsch hätten. An ihrem Blick erkannte er, dass sie meinte, genau zu wissen, was zwischen ihm und Hanna abging. Allerdings hatte er nicht das Bedürfnis, die Sache richtigzustellen. Er wollte nur Antworten. »Nein, danke«, sagte er und wartete, bis die Kellnerin verschwunden war. »Also, noch einmal, kennst du eine der beiden? Ich habe an deinem Gesichtsausdruck gesehen, dass das Bild bei dir was auslöst.«

»Warum interessiert es dich, ob ich sie kenne oder nicht. Bist du 'n Bulle?«

»Keine Angst, ich bin Privatdetektiv.« Er tippte mit dem Finger auf das Gesicht von Joleen Pfeiffer. »Ihr Mann hat mich engagiert, um sie aufzuspüren. Sie wird vermisst.«

»Und was ist mit der anderen?«

Karl Heinz' Blick trübte sich und die Fotos der ermordeten Frau aus dem Darknet stahlen sich in seine Gedanken. Honey. Dann war vielleicht eine der wenigen Personen, die ihn auf Joleen Pfeiffers Spur bringen konnten, tot.

»Ich hatte gehofft, dass sie mir sagen kann, wo sich die Vermisste aufhält. Dafür muss ich sie allerdings erst einmal finden.«

»Das dürfte schwer werden.«

»Wieso? Ist ihr etwas zugestoßen?«

»Keine Ahnung. Hab sie länger nicht gesehen.« Hanna sah sich um. »Es bleibt unter uns, dass ich mit dir gesprochen habe, oder? Wenn einer rausfindet …«

»Ich verspreche es dir, mach dir keine Sorgen. Niemand wird herausfinden, was du mir erzählst. Es ist nur für meine Ermittlungen.«

»Okay. Honey hält es nie länger als eine Woche auf demselben Straßenstrich aus. Manchmal nur ein paar Tage. Sie war vor einem halben Jahr das erste Mal bei uns, für zwei Tage. Dann verschwand sie für einen Monat, kehrte für ein paar Tage zurück, machte sich vom Acker und einige Zeit später war sie wieder da. Sie kommt und geht, wie es ihr passt. Mir hat sie erzählt, dass sie das tut, damit ihr ehemaliger Zuhälter sie nicht findet. Keine Ahnung, ob das wahr ist. Ich denke eher, sie macht das, weil die anderen Nutten nach spätestens einer Woche die Schnauze von ihr voll haben. Sie schnappt uns die Freier vor der Nase weg, beschimpft uns grundlos und wird handgreiflich. Es wird schwer, sie zu finden, da keiner sagen kann, auf welchem Strich sie aktuell die Kolleginnen terrorisiert.«

»Hast du sie mal mit der anderen Frau zusammen gesehen?«

»Ja, in einer Seitenstraße. Da hatte die aber blonde Haare. Ich bin ihr jedoch nie auf dem Strich begegnet.

Ich weiß nicht, ob die anschaffen geht oder ob Honey Drogen vertickt. Jedenfalls habe ich sie beobachtet, wie sie etwas untereinander austauschten. Sah wie ein klassischer Drogendeal aus.«

»Du konntest nicht genau erkennen, was es war?«

Hanna schüttelte den Kopf. »Nein, keine Ahnung. Zumindest sah Honey verstört aus, als sie zurückkam und hat gleich die Nutte angeranzt, mit der du gerade gesprochen hast. Sie und Honey können sich nicht ausstehen.«

»Bei deiner Beschreibung dieser Honey kann ich mir das gut vorstellen.«

Sie trank ihren Kaffee aus. »War's das? Ich muss noch fünf Freier heute schaffen, um mein Soll zu erfüllen.«

»Wie viel macht das in Euro?«

»Mindestens hundert, besser wären zweihundert.«

Karl Heinz holte erneut seine Geldbörse hervor. Viel war nicht mehr darin, er musste nachher zur Bank fahren. Aber es reichte. Er legte zweihundert Euro auf den Tisch.

»Nimm das und mach dir einen freien Tag.«

Hannas Kinnlade klappte herunter. »Echt jetzt? Einfach so? Ohne Gegenleistung?«

Er lächelte. »Ja, einfach so. Und während du deinen Tag genießt, solltest du darüber nachdenken, ob du mit deinem Leben nicht Sinnvolleres anfangen könntest, als deinen Körper zu verkaufen.«

Offensichtlich hatte er genau auf den Nerv getroffen. Sie nestelte an ihrer Jacke und zog den Mund kraus.

»Manche von uns haben keine andere Wahl.« Sie schnappte sich die Scheine und stand auf. »Danke, Karl Heinz. Ich hoffe, du findest die Frauen.« Damit verschwand sie aus dem Café. Er sah ihr nach, wie sie sofort zurück Richtung Straßenstrich lief.

»Mit solchen Mädchen sollten Sie sich nicht in der Öffentlichkeit herumtreiben. Ein Mann wie Sie hat das nicht nötig.«

Er fuhr erschrocken zusammen, weil er die Bedienung nicht bemerkt hatte, die plötzlich neben ihm stand und ihn kritisch beäugte.

»Ich wüsste nicht, was Sie das angeht, mit wem ich meine Zeit verbringe. Könnte ich bitte die Rechnung haben?«

Sie rümpfte die Nase, verschwand und kehrte mit einem Bon zurück. Er bezahlte die zwei Tassen Kaffee, die er mit acht Euro für diese Gegend etwas überteuert fand. Was vielleicht daran lag, dass das Café die Nutten fernhalten wollte. Er verließ den Laden.

Es gab eine Menge Straßenstriche in Nordrhein-Westfalen. Wo sollte er anfangen, zu suchen? Ganz davon abgesehen, dass er nicht wusste, ob Honey ihre Dienste auch in Bordellen anbot.

»Oder ob sie nicht längst tot ist«, murmelte er und trat den Weg zu seinem Wagen an. Er musste erneut über den Straßenstrich laufen und sah Hanna, die zu einem Freier ins Auto stieg und mit ihm davonbrauste. Eine verlorene Seele, es war eine Schande.

Die anderen Prostituierten würdigten ihn keines Blickes. Wahrscheinlich hatte Hanna sie vor ihm gewarnt.

Im Wagen googelte er die verschiedenen Straßenstriche und entschied sich für den nächstgelegenen in Düsseldorf. Er wollte Mimi anrufen und ihr sagen, dass sie allein zu Ben fahren sollte, als sie ihm zuvorkam.

»Mimi, hallo, ich wollte dich gerade anbimmeln. Du musst allein zu Ben, ich will da einer Spur nachgehen …«

»Halt die Klappe und hol mich sofort ab! Wir müssen umgehend ins Krankenhaus!« An ihrer Stimmlage erkannte er, dass sie keine Widerworte zulassen würde.

»Was ist los?«

»Sie haben eine Blutung in seinem Gehirn übersehen. Er … er … sie operieren ihn. Die Eltern konnten mir nicht sagen, ob er es überlebt. Komm her, Karl, ich brauche dich!«

»Bin gleich bei dir!« Er legte auf und raste los. Bei normaler Fahrt würde er zwanzig Minuten benötigen, je nach Verkehr vielleicht länger. Er gab Gas, drängelte und schlängelte sich durch, wo es nur ging, und kam verschwitzt eine Viertelstunde später bei Mimi an. Sie stand vor der Haustür und rannte auf das Auto zu, als er um die Ecke gebogen kam. Ihre ansonsten makellos strahlende und glatte Haut wirkte gerötet und aufgequollen, als habe sie die Nacht hindurch geweint.

Sie stieg ein. »Fahr los!«

Er trat aufs Gaspedal. Die Reifen quietschten und er jagte durch den Stadtverkehr.

»Seine Mutter hat mich angerufen und sie sagte … sagte … sagte, dass wir uns beeilen sollen, wenn wir uns von ihm verabschieden wollen.« Sie brach in Tränen aus.

»Wie konnten die das übersehen? Er hat doch erzählt, dass sie ihn von oben bis unten durchleuchtet haben.« Er schlug vor Wut auf das Lenkrad und hupte aus Versehen.

»Elke meinte, die Ärzte behaupten, das käme manchmal vor oder die Hirnblutung hätte sich erst nach den Untersuchungen gebildet. Diese Stümper! Ich glaube denen kein Wort. Falls Ben stirbt, dann … dann … dann gnade ihnen Gott.«

»Ben schafft das, er ist ein starker Mann.«

Sie schnaubte in ein Taschentuch. »Ich wünsche mir, dass du recht behältst.«

Als sie beim Krankenhaus ankamen, trafen sie Bens Vater mit zitternden Händen rauchend am Eingangsbereich.

»Gibt es schon was Neues?«, fragte Mimi, nachdem sie ihn zur Begrüßung umarmt hatte.

»Nein, sie operieren noch. Tust du mir bitte einen Gefallen?«

»Sicher, alles.«

»Elke sitzt im Warteraum. Ich ertrage ihre Tränen nicht mehr. Es zerreißt mir das Herz. Ich brauche eine Pause. Kannst du dich um sie kümmern?«

»Natürlich, das mache ich gern.« Mimi wischte sich Tränen aus den Augen, nickte Karl Heinz zu und verschwand im Krankenhaus.

»Ist es okay, wenn ich dir Gesellschaft leiste?«, erkundigte sich Karl Heinz.

»Das würde mir helfen, ja«, sagte Herbert. »Auch eine?« Mit zitternder Hand streckte er Karl Heinz eine Schachtel Zigaretten hin. Zwar rauchte er nicht, nahm sich dennoch eine heraus und ließ sie sich anzünden. Er hustete, gewöhnte sich aber schnell an das beißende Kratzen im Hals und an den widerwärtigen Geschmack.

»Elke ist mit den Nerven am Ende«, sagte Herbert. »Als wir gestern im Hotel eincheckten, waren wir so froh, dass es unserem Sohn gut geht. Wir haben nett zu Abend gegessen, sind zeitig zu Bett gegangen und haben uns auf den Morgen gefreut. Elke wollte Ben ein Stück Kuchen aus der Konditorei mitbringen, damit er ein paar Kalorien zu sich nimmt, weil er in eurem stressigen Job immer zu wenig isst und so dünn geworden ist.«

Den kleinen Vorwurf nahm Karl Heinz ihm nicht übel. Eltern machten sich ständig Sorgen um ihre Sprösslinge. Herbert fuhr fort: »Und dann kam der Anruf. Ben gehe es plötzlich schlecht. Man hätte ihn erneut untersucht und dabei dieses verflixte Ding in seinem Kopf gefunden. Er war schon im OP, als sie uns anriefen.« Herberts tränengefüllte Augen blickten ihn hilflos an. »Was ist, wenn er stirbt? Wie sollen wir damit leben?«

»Er schafft das«, redete er ihm gut zu und versuchte, selbst daran zu glauben. »Dein Sohn ist ein zäher Bursche, das weißt du. Er kommt ganz nach seinem Vater.«

»Ich hoffe, du behältst recht. Er ist unser einziges Kind. Schon die Tatsache, dass er von Stuttgart nach Duisburg gezogen ist und wir ihn nur ein paar Mal im

Jahr sehen, hat seine Mutter fertiggemacht. Falls er stirbt, weiß ich nicht, ob Elke das übersteht.«

»Wir müssen abwarten, was geschieht und auf die Fähigkeiten der Ärzte vertrauen.«

»Diese Dilettanten«, fluchte Herbert. »Hätten sie ihren Job gleich richtig gemacht und diese Blutung gefunden, hätten sie Ben viel eher operieren können.«

»Vielleicht hat sie sich wirklich erst nach den Untersuchungen gebildet, das wissen wir nicht.«

»Egal, was passiert, ich werde dieses Krankenhaus verklagen.« Herbert warf die Kippe in den Aschenbecher und zündete sich die nächste an.

Zu Herberts Vorhaben sagte Karl Heinz nichts, weil es auf der Hand lag, dass das geschehen würde. Bens Vater war Anwalt, der ein hohes Ansehen genoss. Wenn er sich vornahm, jemanden zu verklagen, konnte derjenige sein eigenes Grab schaufeln.

»Wie laufen die Aufträge?«, fragte Herbert, wohl um sich abzulenken.

»Wir können uns nicht beklagen.«

»Was habt ihr aktuell?«

»Das Übliche. Fremdgehvorwürfe und alles drum herum.«

»Klingt nicht gerade aufregend.« Herbert war gelangweilt und die kurze tränenarme Atempause verging, als sie ihm wieder in die Augen stiegen. Karl Heinz entschied sich, ihm von Joleen Pfeiffer zu erzählen. »Ein Fall wird von Tag zu Tag interessanter. Ich war dabei, einer Spur nachzugehen, als ich Mimis Anruf erhielt.«

»Worum geht's?«

Er erläuterte ihm in einer Zusammenfassung die Eckdaten. Herbert hörte interessiert zu und nickte ab und an. Er kannte sich mit Vermisstenfällen aus und auch damit, dass viele Polizeireviere solch einem Verdacht gar nicht erst nachgingen, weil sich die meisten als das entpuppten, was Karl Heinz am Anfang vermutet hatte: Dass Joleen Pfeiffer ihren Ehemann verlassen hatte, ohne eine Nachricht zu hinterlassen.

»Und die Polizei hat keine Hinweise auf ein Verbrechen gefunden?«

Karl Heinz schüttelte den Kopf.

»Dann dürfte der Fall klar sein. Sie hat ihn verlassen.«

»Dachte ich auch, aber je mehr ich in ihrem Leben herumstochere, desto weniger glaube ich an diese Version. Die Vermisste scheint ein Doppelleben als Prostituierte zu führen.«

»Dann ist der Fall immer noch klar«, sagte Herbert, warf eine weitere Kippe in den Aschenbecher und zündete sich dieses Mal keine neue an. Joleen Pfeiffers Verschwinden verfehlte die von Karl Heinz gewollte Wirkung nicht. Es lenkte Herbert von der Angst um seinen Sohn ab. »Sie hat sich in einen Freier verknallt und ist mit ihm durchgebrannt.«

»Den Gedanken hatte ich auch. Aber jetzt kommt das, was mich befürchten lässt, ihr Mann könnte recht haben und ihr ist etwas zugestoßen.«

»Und zwar?«

Karl Heinz berichtete von den Bildern und Videos aus dem Darknet, auf die sie durch einen anderen Fall gestoßen waren. Und dass er darauf eine Frau entdeckt hatte, die oft zusammen mit der Vermissten gesehen worden war.

»Klar, das bedeutet zwar nicht, dass auch Joleen Pfeiffer etwas zugestoßen ist, aber die Möglichkeit besteht durchaus. Womöglich waren die beiden Frauen gemeinsam auf dem Strich unterwegs und sind solchen Schweinen in die Arme gelaufen. Wenn ich das Foto mit Honeys Leiche verdaut habe, will ich mir alle ansehen. Vielleicht entdecke ich Joleen Pfeiffer auf einem. Und bis dahin wollte ich mich auf den Straßenstrichen umhören, ob irgendjemand etwas weiß.«

»Klingt wirklich interessant. Für den Ehemann und die Vermisste hoffe ich, dass du sie findest. Sag Bescheid, falls ich dir helfen kann. Ich habe viele Kontakte.«

»Danke, das weiß ich zu schätzen. Sobald ich …«

Mimi kam herausgestürmt. »Die OP ist zu Ende, sie bringen ihn auf die Intensivstation. Die Schwester sagt, ein Arzt würde gleich zu uns kommen und berichten, wie die Operation verlaufen ist.«

Sie stürmten in den Wartebereich, wo Bens Mutter auf und ab tigerte und die Tür im Blick behielt. Gleich nach ihnen betrat ein Arzt den Raum.

»Wie geht es ihm?«, platzte es sofort aus Elke heraus. Herbert musste sie festhalten, damit sie nicht auf den Arzt zusprang und ihn schüttelte.

»Begleiten Sie mich bitte in mein Büro, da können wir in Ruhe sprechen.«

»Lebt er noch? Nun sagen Sie schon!«, schlug Elke das Angebot aus.

»Er lebt«, sagte der Arzt. Als er merkte, dass niemand vorhatte, ihm in sein Büro zu folgen, setzte er sich auf einen der Besucherstühle und bat sie, Platz zu nehmen.

»Heute Morgen klagte ihr Sohn über starke Kopfschmerzen und Übelkeit. Er beschrieb uns Sehstörungen und es hatte den Anschein, als wüsste er in manchen Momenten nicht, wo er war. Die Visite entschied, dass man ihn erneut einer Untersuchung im CT unterziehen sollte und damit haben sie die richtige Entscheidung getroffen. Er hatte eine Hirnblutung von gefährlichem Ausmaß. Hätten wir nicht sofort gehandelt, wäre er vielleicht gestorben.«

»Warum wurde das gestern nicht schon gesehen?«

»Ich hatte keinen Dienst. Aber ich kann Ihnen versichern, dass meine Kollegen ihre Arbeit nach bestem Wissen und Gewissen erledigt haben und sämtliche Untersuchungen korrekt ausgeführt wurden. Es ist möglich, dass die Blutung verzögert aufgetreten ist.«

»Ausreden! Das sind alles faule Ausreden! Ich verklage dieses Krankenhaus bis auf den letzten Cent und kriege denjenigen dran, der Scheiße gebaut hat. Darauf können Sie Gift nehmen!«

»Beruhige dich, Herbert«, sagte Mimi sanft und legte ihm einen Arm um die Schultern.

Herbert sank weinend in sich zusammen.

»Wird er wieder gesund?«, fragte Elke mit zitternder Stimme.

»Wir haben ihn gleich nach der Operation in ein künstliches Koma versetzt. Zu diesem Zeitpunkt ist es unmöglich zu sagen, ob er vollständig genesen wird. Er ist jung. Die Chancen stehen gut, dass keine neurologischen Schäden zurückbleiben. Mehr wissen wir erst in ein paar Tagen, wenn er aufwacht.«

»Ich will ihn sehen!« Elke sprang auf.

»Auf der Intensivstation darf bei uns nur ein Besucher ins Zimmer«, wandte der Arzt ein und sah sich in der Gruppe um.

»Wir besuchen ihn ein anderes Mal«, sagte Mimi weinerlich, als wäre sie damit überhaupt nicht einverstanden. Elke achtete nicht auf Mimi oder Karl Heinz. Sie rannte aus dem Warteraum und rief den Arzt und Herbert zu sich.

»Sie können in meinem Büro warten, während Ihre Frau bei Ihrem Sohn ist,« bot der Arzt an und folgte Elke.

Herbert bedankte sich bei Mimi und Karl Heinz, verabschiedete sich und verschwand ebenfalls.

Mimi ließ die Schultern hängen und blickte ihnen nach. Es nahm sie schlimmer mit, als er von einer Frau wie ihr, die mit beiden Beinen im Leben stand, erwartet hatte.

»Kann ich was für dich tun?«

Sie schüttelte den Kopf und wischte sich Tränen aus den Augen.

»Ich sehe doch, wie schlecht es dir geht, lass mich dir helfen.«

»Dann mach ihn gesund.«

Er breitete die Arme aus. »Du weißt, wie gern ich das würde. Wir müssen den Ärzten vertrauen.«

»Setz dich!«, bat sie unerwartet. Sie hatte einen seltsam entschlossenen Gesichtsausdruck, der nicht zu ihren verweinten Augen und der vor Rotz tropfenden Nase passte.

Karl Heinz nahm Platz. »Was ist los?«

Sie setzte sich neben ihn und hielt eine seiner Hände. »Wir wollten es dir nächste Woche sagen …«, begann sie und verstummte.

Sein Magen verkrampfte sich. Wollten sie kündigen? Er wusste, dass vor allem Ben in den letzten Monaten eine Menge Jobangebote erhalten hatte, die weitaus weniger Arbeit und mehr Gehalt versprachen. Er hatte Mimi und Ben in ihren Pausen darüber reden hören und war erleichtert gewesen, wenn er Ben poltern hörte: »Die können mich mal. Ich bleibe bei Karl Heinz.«

Hatte er vor seinem Unfall ein unschlagbares Angebot bekommen?

»Wir … also Ben und ich …«

»Ihr wolltet kündigen?«

Mimi legte die Stirn in Falten. »Was? Nein! Wie kommst du darauf?«

Er winkte ab. »Man macht sich immer Sorgen um seine besten Angestellten. Was ist es dann?«

»Ben und ich sind seit einem Jahr zusammen und seit letzter Woche verlobt.«

Er schluckte, legte den Kopf in den Nacken und lachte. Eine Schwester kam in den Wartebereich, schaute ihn böse an und bat zischend um Rücksichtnahme auf die Patienten und deren Besucher, die schwerere Zeiten durchzustehen hatten. Er entschuldigte sich. Es war wirklich unpassend gewesen, aber er hatte nicht an sich halten können.

»Was ist daran komisch?«

»Weil du mir nur das erzählst, was ich längst geahnt habe. Ja, ihr habt versucht, es vor mir zu verstecken, aber Blicke sagen mehr als tausend Worte.«

»Du wusstest es und findest es in Ordnung?«

»Warum sollte ich etwas dagegen haben?«

»In unseren Arbeitsverträgen steht, dass Beziehungen am Arbeitsplatz untersagt sind.«

»Tatsächlich?« Er rieb sich den Hinterkopf. »Wusste ich gar nicht. Das sind doch nur Standardverträge. Ihr beide hättet wissen sollen, dass mich die Paragrafen auf einem blöden Blatt Papier nicht interessieren.« Er drückte ihre Hand. »Ihr seid meine Familie und ich liebe euch als wärt ihr meine Kinder. Ich freue mich für euch.« Kaum hatte er es ausgesprochen, begriff er, wie falsch das im Augenblick klang. Niemand konnte vorausahnen, wie Bens weiteres Leben aussehen würde.

Ihr stiegen erneut Tränen in die Augen, wahrscheinlich die Millionsten an diesem Tag. Und sie würden nicht die letzten sein. »Das habe ich Ben auch gesagt. Aber er machte sich solche Sorgen, dass wir es erst mal für uns behielten.«

»Und was hat euch dazu bewogen, endlich die Karten auf den Tisch zu legen?«

»Weil es in ein paar Monaten sichtbar ist.« Sie lächelte und ihr Gesicht erstrahlte.

»Heißt das, du bist …?«

»Schwanger, ja.«

Er sprang auf, riss sie auf die Beine und umarmte sie. »Das ist die beste Nachricht, die ich seit Langem bekommen habe. Glückwunsch, meine Kleine.« Er ließ sie los und sah, dass sie sich nicht mitfreuen konnte.

»Wir haben uns auch darüber gefreut. Jetzt ist alles anders. Was ist, wenn Ben stirbt oder behindert ist, falls er überhaupt aus dem Koma erwacht? Allein packe ich das nicht.«

»Egal, was passiert, du bist nicht allein. Ich unterstütze dich, wo ich kann. Und Ben wird das schaffen. Er weiß, dass er bald Vater wird und das wird ihm helfen, gesund zu werden.«

»Glaubst du wirklich?« Sie weinte und schluchzte.

»Ja, daran glaube ich. Und du solltest dich nicht so aufregen, denk an dein Kind. Weißt du was? Du machst die nächsten Tage frei. Ruh dich zu Hause aus und besuche Ben. Nimm dir Zeit für dich und ihn.«

»Aber die Arbeit … Wir haben zu viel zu tun, als dass ich jetzt freimachen kann.«

»Lass die Arbeit meine Sorge sein. Ich regle das schon. Ein paar der Klienten kann ich sicherlich vertrösten. Und wenn sie uns den Auftrag entziehen und zu einer anderen Detektei gehen, dann ist das halt so. Sobald Ben wieder auf den Beinen ist, stürzen wir uns alle gemeinsam in die Arbeit, bis dein Bauch so dick ist, dass ich dich in die Babypause schicke. Zusammen packen wir das.«

»Du weißt gar nicht, was für ein guter Mensch du bist, oder?« Sie drückte ihm einen Kuss auf die Wange und folgte ihm hinaus zum Auto.

»Das weiß ich und ich hasse es. Zu viele nutzen das aus.« Er zwinkerte ihr zu. »Ich bringe dich nach Hause. Komm.«

»Aber Ben …«

»Du glaubst doch nicht, dass du die nächsten Stunden zu ihm kannst? Elke wird das Zimmer in Beschlag nehmen.« Er lächelte, dieses Mal erwiderte sie es. Beide wussten, dass Elkes Liebe zu Ben manchmal außerhalb des Bereichs des Erträglichen lag. Sie war ein perfektes Muttertier.

»Wissen seine Eltern von euch?«

»Nein, wir haben es ihnen nicht gesagt, weil Ben …«

»… Angst hat, dass seine Mutter damit nicht einverstanden sein könnte?«, vollendete er ihren Satz. Elke war in dieser Hinsicht das typische Schwiegermonster, das schon viele von Bens Beziehungen zum Scheitern gebracht hatte.

»Auf einer Seite kann ich seine Sorge verstehen«, gestand Karl Heinz. »Auf der anderen hat er sich ein taffes Mädchen geangelt und du kennst seine Mutter. Du weißt, wie sie ist, und wirst mit ihr umgehen können. Und sobald sie hört, dass du ihren Enkel oder ihre Enkelin in dir trägst … was soll da noch schiefgehen?«

»Nichts, aber er wollte es so und ich wollte ihm jeden Wunsch erfüllen, auch wenn es der war, dass wir dich anlügen mussten.«

»Schwamm drüber.« Karl Heinz startete den Motor und brachte Mimi nach Hause, wo sie sich mit einem weiteren Kuss verabschiedete und winkend zum Hauseingang lief. Sie war wirklich die Tochter, die er niemals gehabt hatte und die er sich jetzt wünschte. Er würde nie zulassen, dass ihr etwas zustieß.

Unschlüssig saß er im Wagen. Sollte er ein paar der Straßenstriche abfahren? Dafür war er zu müde und zu erschöpft. Sein Alter meldete sich nach derart anstrengenden Tagen besonders stark.

»Das hat bis morgen Zeit«, sagte er und nahm sein Smartphone aus der Jackentasche. »Ich sollte ein bisschen abschalten. Morgen mache ich mich wieder an die Arbeit.« Er wählte eine Nummer. Es dauerte einige Sekunden, bis jemand abnahm.

»Ja?«

»Nadine? Bist du das?«

»Wer ist da?«

»Karl Heinz, der Detektiv.«

»Hey, hallo. Freut mich, von dir zu hören.«

»Steht dein Angebot noch, bezüglich eines gemeinsamen Abendessens?«

»Natürlich.«

»Wie wäre es, wenn ich dich in einer Stunde abhole?«

Sie gab ihm die Adresse und legte kichernd auf. Karl Heinz lächelte zufrieden. Zwischen dem Chaos und der vielen Arbeit *hatte* auch er sich ein bisschen Ablenkung verdient.

11

»Denen macht es Spaß, uns zu foltern«, murrte ich, als Linda mich am Arm gepackt in das Schulgebäude zog.

»Elternsprechtage sind wichtig«, versuchte sie, mir einzureden.

»Für wen? Für die Kinder? Für die ist das genauso eine Qual wie für uns. Ich glaube kaum, dass Maria sich darüber freut, wenn ihre Lehrerin uns gleich weiß der Geier was vorschwafelt. Die Einzigen, denen das was bringt, sind die Lehrer selbst. Die weiden sich daran, wenn wir in uns zusammensacken, während sie erzählen, wie schlecht sich unsere Kinder in der Schule benehmen und wie mies ihre Noten sind. Weißt du noch, letztes Jahr, als die Hexe Bongen uns die Hölle wegen Maria heißgemacht hat? Ich zitiere: ›Wenn Ihre Tochter so weitermacht, sehe ich keine rosige Zukunft für sie. Sie sollten sich Ihrer Verantwortung als Eltern endlich bewusstwerden und ihr beibringen, wie man sich zu betragen hat‹. Ich hätte sie am liebsten gefragt, wann sie das letzte Mal ordentlich durchgevögelt wurde. Vielleicht würde sich ihre Laune dann verbessern.«

Linda lachte. »Ja, sie ist wirklich eine Hexe, da muss ich dir recht geben.« Sie blieb stehen, drehte sich zu mir um und strich den Kragen meines Hemdes glatt. »Ich weiß, dass unsere Familie nicht perfekt ist und dass wir beide an Vielem arbeiten müssen, aber lass uns das zusammen durchziehen und das Beste daraus machen.« Sie wollte schon weitergehen, als ihr noch etwas einfiel.

»Vor Bongen brauchst du übrigens keine Angst mehr zu haben.«

Ich? Angst? Wenn Bongen wüsste, wer ich in Wahrheit war, bräuchte es kein Studium, um zu wissen, wer vor wem Angst haben musste.

»Wieso? Hat sie endlich ins Gras gebissen?«

»Michael!«, rief Linda erschrocken aus, lachte aber erneut über mein missmutiges Auftreten. Meine Wut, die in meinen Augen keinesfalls übertrieben war, amüsierte sie. »Nein, fast. Sie wurde angefahren, kann nun schlecht laufen und ist in vorzeitigen Ruhestand gegangen.«

»Dem Fahrer sollte man einen Orden verleihen …«

»Das ist genau die Art von Kommentar, die man von einem Mann deines Berufsstandes erwartet.« Sie grinste. »Maria hat seit ein paar Wochen eine neue Lehrerin. Scheint nett zu sein, zumindest erzählt Maria nichts Schlechtes über sie. Eigentlich auch nichts Gutes, aber Schweigen bedeutet bei unserer Tochter oft etwas Positives.« Sie zwinkerte mir zu. »Mach schon, sonst kommen wir zu spät.«

Wir gingen zum Klassenzimmer meiner Tochter. Linda klopfte an, gab Bescheid, dass wir jetzt da wären, und bekam ein »Ich bin sofort für Sie da« zurück.

Wir setzten uns auf die im Flur bereitgestellten Stühle und warteten zehn Minuten, bis sich endlich die Tür öffnete. Eine verschwitzte Frau und ein dicklicher Mann stolperten heraus und bedankten sich Dutzende Male für irgendetwas.

»Das sind die Eltern von diesem Rowdy, der Maria im Sportunterricht an den Haaren zieht«, flüsterte Linda mir zu.

»Ihr Sohn muss sich noch an mich gewöhnen. Ich bin überzeugt, dass ich ihm helfen kann, seine Noten zu verbessern. Mit Mühe habe ich seine Versetzung durchgeboxt. Sagen Sie ihm, ich möchte nicht enttäuscht werden.«

»Danke, danke, vielen Dank.« Die Rowdy-Mutter machte beinahe einen Kniefall, nahm ihren Mann an die Hand und verschwand mit ihm den Schulflur entlang.

»Frau und Herr Stalzer? Was für ein Zufall, erst vor Kurzem lernte ich jemanden kennen, der auch Stalzer …« Sie trat aus der Tür und als sie mich sah, verstummte sie. Als ich sie erkannte, versteifte sich mein Körper.

Da ist sie! Da ist sie! Das ist eindeutig Schicksal!, schrie mein Drang. Theo klopfte gegen meinen Schädelknochen. Ich drängte ihn zurück in die Ecke, aus der er gekommen war und verschloss ihn hinter einer gedanklichen Tür.

»Das gibt es nicht«, sagte Corinna Faum und sah mich erstaunt an. Sie wirkte anders als vor ein paar Tagen, als sie mit Tränen in den Augen die Urnen ihrer Eltern ausgesucht hatte.

»Du kennst sie?«, fragte Linda mit einem Ton in der Stimme, den sogar ich deuten konnte. Unsere Du-gehst-fremd-Diskussion war nicht lange her und wenn eine solch attraktive Frau wie Corinna Faum mich kannte, war das für Linda Verdachtsmoment genug, mich mit einem anklagenden Blick zu strafen.

»Ich … ja«, stammelte ich und stand auf. »Hallo, Frau Faum. Freut mich zu sehen, dass es Ihnen ein bisschen besser geht.« Ich reichte ihr die Hand.

»Danke, ja, es ist schwer. Besonders abends, wenn ich normalerweise mit meiner Mutter telefoniert habe, falle ich in ein Loch und vermisse die beiden schrecklich. Die Kinder helfen mir, diese Zeit zu überstehen. Ich wusste nicht, dass Maria Ihre Tochter ist. Sie erzählt nie etwas von zu Hause. Und als ich bei Ihnen im Institut war, ist mir nicht in den Sinn gekommen, dass Sie denselben Nachnamen haben wie eine meiner Schülerinnen. Ich erinnerte mich eben daran, als ich sie aufrief.« Sie lächelte verlegen, als wäre es ihr peinlich. Dafür gab es jedoch keinen Grund, ich wollte schließlich, dass die Menschen sich nicht an mich erinnerten. Wenn man unauffällig und skandalfrei durchs Leben schritt, vergaßen die Leute einen schnell, und das war für einen Serienkiller von Vorteil.

»Sie ist eine Kundin von dir?«, fragte Linda und stellte sich neben mich. »Hallo, ich bin Marias Mutter.«

»Hallo, freut mich, Sie kennenzulernen. Jetzt weiß ich, woher Maria ihre schönen Augen hat.« Sie lächelte meine Frau an. »Und ja, ich war bei Ihrem Mann im Bestattungsinstitut. Meine Eltern starben bei einem Autounfall und er hat mich behutsam auf die Beerdigung vorbereitet, die in ein paar Tagen ist. Er ist wirklich gut in seinem Job. Sie können stolz auf ihn sein.«

»Das bin ich«, sagte Linda. In ihrer Stimme schwang ein eifersüchtiger Ton mit. Ich befürchtete schon jetzt, dass mich später im Auto ein weiteres Gespräch über Gefühle erwartete.

»Was schwatze ich hier herum? Meine Probleme gehören nicht hierher, heute geht es um die Kinder. Kommen Sie herein.«

Wir folgten ihr ins Klassenzimmer und setzten uns vor das Lehrerpult auf zwei ziemlich unbequeme Stühle. Kein Wunder, dass die Schüler sich nicht konzentrieren konnten, wenn sie stundenlang wie auf Beton ausharren mussten.

»Wo haben wir sie denn ...« Corinna Faum kramte in einem Stapel Akten und zog eine heraus. »Da ist sie. Maria Stalzer. Ein tolles Mädchen.« Sie lächelte uns an. Ich wartete auf das Aber. Es kam nicht.

»Ich erhielt von meiner Vorgängerin Notizen zu allen Schülern. Wie mir scheint, hatte Frau Bongen keinen guten Draht zu Ihrer Tochter. So, wie ich Maria in den paar Wochen, die ich jetzt ihre Klassenlehrerin bin, kennenlernen durfte, ist sie ein normaler Teenager mit den üblichen Problemen, mit denen jeder in ihrem Alter zu kämpfen hat. Dies spiegelt sich in ihren Noten wider, das kann ich nicht bestreiten. Aber ich bin mir sicher, dass Maria mit meiner Unterstützung ihren Notenspiegel im kommenden Jahr um mindestens eine Note verbessern kann.«

»Und das wäre von sechs auf fünf?«, rutschte mir heraus.

Zumindest aus den diversen Erläuterungen meiner Frau ging hervor, dass Maria wohl nicht gerade Klassenbeste war. Bei Linda hörte es sich immer an, als stünde der Weltuntergang bevor.

Corinna Faum lachte und ihr Gesicht wirkte reizvoller als vor ein paar Tagen, als sie in Tränen aufgelöst vor mir stand. Und schon da hatte mein Drang sie anziehend gefunden.

Und jetzt noch viel mehr!, grölte Theo.

»Ganz so furchtbar ist es nicht.« Sie blickte in die Unterlagen. »Sie liegt derzeit bei einem Schnitt von 4,5. Falls sie weiter so prächtig mitarbeitet wie bisher, haben wir den schnell auf 3,5 angehoben.«

»Sie beteiligt sich am Unterricht?«, fragte Linda.

»Und wie. Ich könnte eher die Situationen aufzählen, bei denen sie sich nicht meldet und die richtige Antwort parat hat.«

»Das … das sind gute Neuigkeiten.« Linda drückte meine Hand.

»Gut, dann möchte ich Ihnen abschließend sagen, dass ich mein Bestes gebe, damit Maria in zwei Jahren einen passablen Abschluss schafft. Falls ich mein Allerbestes hinbekomme, kann sie ihr Abitur machen. Und ich will mich in aller Form für das entschuldigen, was meine Vorgängerin falsch gemacht hat.«

»Danke«, sagte Linda, stand auf und gab Corinna Faum die Hand. »Vielen Dank.«

»Wir sehen uns leider in ein paar Tagen wieder«, meinte ich und musste mich konzentrieren, meine Vorfreude zu verbergen.

»Werden wir, ja. Sobald ich die Beerdigung hinter mich gebracht habe, kann es nur bergauf gehen. Danke, Herr Stalzer.«

Wir verabschiedeten uns und nickten den Eltern einer Freundin von Maria zu, die nun schwitzend das Klassenzimmer betraten.

»War nicht so übel, wie ich gedacht hatte«, sagte ich unbedacht und bereute meine Worte sogleich.

»Wie eine verwitwete Rentnerin sieht Frau Faum nicht aus«, begann Linda zu sticheln, als wir ins Auto stiegen.

»Nein und weißt du wieso? Weil sie weder eine Rentnerin noch verwitwet ist.«

»Sie ist also solo?«

»Linda, weißt du was? Das ...« Ich schluckte den Rest runter, startete den Motor und fuhr los. Auf der Fahrt nach Hause schwiegen wir, anstatt darüber zu sprechen, dass unsere Tochter doch eine Zukunft hatte und nicht irgendwann als Drogensüchtige unter einer Brücke landen würde.

Wortlos ging Linda ins Schlafzimmer und schloss die Tür hinter sich. Jetzt wusste ich, was dieses ›In guten wie in schlechten Zeiten‹ bei einer Eheschließung bedeutete. Linda war bisher die perfekte Ehefrau für jemanden wie mich gewesen und nun lernte ich die andere Seite kennen. Eben die, wenn nicht alles perfekt lief. Es waren Dinge, die ich von Patrick oder von Kunden erzählt bekam. Besonders Männer älteren Semesters, deren Frauen vor ihnen dahingeschieden waren, nahmen beim ersten Gespräch kein Blatt vor den Mund. Da fielen Aussagen wie: ›Ein Glück, dass die olle Schachtel zuerst unter der Erde landet. Ein paar Tage länger und ich wäre freiwillig in den Sarg gekrabbelt.‹ Oder: ›Hätte sie nicht der Krebs dahingerafft, hätte sie mich zu einem Mord getrieben. Kennen Sie das, wenn der Drache einem den letzten Nerv raubt?‹

Ich hatte immer verneint, weil ich mit Linda nie derartige Probleme und ihr nie solche Gefühle entgegengebracht hatte. Noch nicht!

»Und?«, fragte Maria, als sie zu mir in die Küche kam. Sie steckte bereits im Schlafanzug und hatte sich das übermäßige Make-up aus dem Gesicht gewaschen. »Wie war's?«

»Willst du ein Sandwich?«, stellte ich eine Gegenfrage, um nicht weiter darauf einzugehen. Zu meiner Überraschung nickte sie. Ich schmierte uns jeweils zwei Sandwiches und setzte mich mit ihr zusammen an den Küchentisch. Dabei fühlte ich mich seltsam. Es kam nicht oft vor, dass ich ein Vater-Tochter-Gespräch führen musste.

»Was hat sie euch erzählt?«, wollte sie wissen.

»Du hättest mir ruhig erzählen können, dass ihr eine neue Lehrerin habt. Dann hätte ich die letzten Nächte besser geschlafen und nicht dauernd Albträume von Bongen gehabt.«

Ihre Augen verengten sich. »Würdest du mal zuhören, wenn ich was erzähle, hättest du es gewusst. Ich habe es vorletztes Wochenende beim Frühstück erwähnt.«

»War ich dabei?«

Ihre Augen verengten sich noch weiter. »Ja, du warst hier und hast mich sogar angelächelt.«

»Entschuldige bitte, dann habe ich wohl wirklich nicht zugehört. Sie scheint nett zu sein.«

»Jetzt laber nicht drum herum. Was hat sie euch erzählt?«

»Nur Gutes«, gab ich die heiß ersehnte Antwort. »Sie glaubt, dass du mit ihrer Hilfe deinen Notendurchschnitt verbessern kannst.«

»Okay. Sonst nichts?«

Ich gab Maria in Stichpunkten wieder, was wir mit Corinna Faum besprochen hatten. Sie wartete scheinbar auf ein bestimmtes Detail.

»Und das war alles?«, hakte sie erneut nach.

»Ja, soweit ich mich erinnere, schon. Warum?«

»Nur so.« Sie stand auf, bedankte sich für das Sandwich und verschwand in ihrem Zimmer.

Lag es an meinem verqueren Denken oder hätte auch jeder normale Vater diesen Dialog als seltsam empfunden? Sollte ich Linda darauf ansprechen? Aber das würde weitere Diskussionen nach sich ziehen, auf die ich gern verzichten konnte. Sei's drum. Ich hakte dieses Gespräch ab und ging in mein Arbeitszimmer. Durch die Decke hörte ich Knallgeräusche eines Maschinengewehrs. Connor saß, oh Wunder, an seinem Computer und schoss seinen Kollegen virtuell in den Schädel. Was kümmerte es mich. Wenn er Spaß daran hatte, sollte er es tun. Bei den Genen, die ich ihm vererbt hatte, lag das Töten wohl in seinem Blut.

Ich startete meinen Computer und gab das Passwort ein. Ich musste Corinna Faums Gesicht aus meinem Kopf verbannen. Theo bettelte mich an, ihren Körper auf dem Tisch im Institut zu einer Statue zu formen.

»Das geht nicht, sie verstößt in allen Hinsichten gegen unsere Regeln«, betete ich ihm vor. »Sie ist keine Nutte und außerdem ist sie die Lehrerin unserer Tochter. Das heißt, sie gehört jetzt zum Kreis der Bekannten und das dürfen wir nicht riskieren.«

Du bist ein Spielverderber!, keifte er mich an und verzog sich vorerst.

Ich würde sein Verlangen mit Bildern und Videos meiner Kunstwerke für ein paar Tage stillen können. Noch war es mir möglich, ihn ohne frisches Fleisch zu befriedigen. Dani war nicht einmal verbrannt. Ich konnte mir nicht gleich die Nächste holen. Das verstieß gegen meine Gesetze.

»Wir sehen sie bald wieder.« Ich seufzte und rieb mir die müden Augen. Auf der Beerdigung ihrer Eltern würde ich ihren Anblick nur kurze Zeit ertragen müssen und bis zum nächsten Elternsprechtag war noch Zeit. Theo würde sie früher oder später vergessen. Hoffentlich!

Bevor ich mir eines der Videos ansah, überprüfte ich den Bitcoinstand und war überrascht, wie gut Dani ankam. Es war überwältigend. Auch die Kommentare übertrafen all meine Erwartungen.

Alter! Häuten! Warum bist du nicht schon eher darauf gekommen?

Das Blut! Das ganze Blut! Heidezack, da geht mir richtig einer ab.

Das waren nur zwei Beispiele der euphorischen Kundschaft. Ich hatte etwas Neues kreiert, weil die Umstände es erfordert hatten. Offenbar hatte ich den Zuschauern genau das gegeben, was sie wollten. Darüber sollte ich nachdenken.

12

Der Abend mit Nadine war nicht verlaufen, wie Karl Heinz es sich vorgestellt hatte. Während des Essens bemerkte er die ersten Stimmungsschwankungen der Sexshop-Besitzerin. Sie war nicht bei der Sache schaute ständig auf ihr Smartphone. Er hatte sie gefragt, ob alles in Ordnung sei. Sie war seiner Frage ausgewichen und hatte behauptet, sie müsse gleich nach dem Dessert nach Hause gehen. Was sie auch getan hatte. Mit einer flüchtigen Verabschiedung war sie aus dem Lokal verschwunden. Entweder hatten sich Nadines Erwartungen nicht bestätigt und sie war deswegen enttäuscht abgezogen oder es gab eine andere Ursache, die sie nicht mit ihm teilen wollte.

»Was soll's«, brummte Karl Heinz, als er am nächsten Morgen im Auto saß und zur Arbeit fuhr. Er würde sich vorerst nicht mehr bei Nadine melden. Sollte sie das Bedürfnis haben, sich ein zweites Mal mit ihm treffen zu wollen, konnte sie ihn anrufen. Sein Ego war angekratzt.

Als er die Detektei betrat und weder Mimis Tippen auf der Tastatur noch Bens Flüche hörte, erreichte seine Laune den Tiefpunkt. Mimi hatte sich ein paar Tage freigenommen. Ob Ben jemals wieder seiner Berufung nachgehen konnte, blieb abzuwarten.

Seine erste Handlung war, den Anrufbeantworter abzuhören. Wegen der vielen Stunden, die Mimi und er im Krankenhaus verbracht hatten, erwarteten ihn unzählige Nachrichten. Karl Heinz spielte die erste ab. ›Hausmeier hier. Wollten Sie sich nicht melden? Wenn ich nicht bald von Ihnen höre, gebe ich den Auftrag jemand anderem. Auf Wiederhören.‹

Karl Heinz seufzte. Damit hatte er gerechnet. Auch die folgenden Anrufer beschwerten sich, dass ihre Fälle nicht bearbeitet wurden und forderten die Vorauszahlungen zurück.

Er notierte sich die Namen der Klienten und rief jeden einzelnen an. Einige schimpften und behaupteten, niemals etwas Unprofessionelleres erlebt zu haben als die Detektei Kellerer und dass sie überall erzählen würden, wie schlecht man dort als Hilfesuchender behandelt wurde. Nur wenige Klienten zeigten Verständnis für die aktuelle Situation und wollten sich anderweitig Hilfe suchen. Nach einer Stunde hatte Karl Heinz sämtliche Aufträge verloren, bis nur noch einer übrig war: Joleen Pfeiffer.

Er holte sich einen Kaffee und besprach das Band des Anrufbeantworters. »Liebe Kunden, wir sind derzeit ausgelastet und können keine neuen Fälle annehmen. Bitte wenden Sie sich an meine geschätzten Kollegen Tridarchon und Sohn oder an die Detektei Braun unter den Nummern …« Er sagte jede Ziffer deutlich auf, überprüfte die Aufnahme und nickte zufrieden. Ihm würde eine Menge Aufträge durch die Lappen gehen. Aber das Geschäft war die letzten Monate so gut gelaufen, dass er ein finanzielles Polster hatte, um Zeiten wie diese zu überstehen.

Einige Sekunden lang stand er unschlüssig mitten im Büro, genau zwischen Mimis und seinem Schreibtisch. Eigentlich wusste er, was er zu tun hatte. Erst wollte er einige der Straßenstriche abfahren und danach versuchen, Joleen Pfeiffers Laptop zu durchstöbern – auch wenn er darin nicht mal halb so gut war wie Ben. Sollte das alles keine Ergebnisse bringen, würde er zu Joleen Pfeiffers Arbeitsstelle fahren und mit ihren Kollegen sprechen. Er tat dies nicht gern. Sollte Joleen wiederauftauchen, würde es ihr nicht gefallen, wenn ihre Kollegen ihr erzählten, dass ein Privatdetektiv im Auftrag ihres Mannes herumgeschnüffelt hatte. Andere Detektive sahen darin kein Problem und hatten wenig Skrupel, ungeniert in jedem Wespennest zu stochern, das sie finden konnten. Für Karl Heinz war es hingegen die letzte Wahl.

Er überprüfte, ob er die Bilder von Joleen und Honey eingesteckt hatte, und wollte gerade das Büro verlassen, als das Telefon klingelte. Er blieb stehen und wartete, bis der Anrufbeantworter ansprang.

»Hallo? Herr Kellerer? Sind Sie da? Pfeiffer hier. Ist schon ein paar Tage her, dass wir miteinander gesprochen haben. Ich weiß, Sie haben mich gebeten, Sie Ihre Arbeit machen zu lassen und dass Sie sich melden, wenn Sie etwas Stichhaltiges haben, aber ich …«

Das Band stoppte. Das Gerät war so eingestellt, dass dem Anrufer nur zehn Sekunden zum Besprechen zur Verfügung standen. Eine gute Wirkung, wie sich im Laufe seiner Karriere als Detektiv herausgestellt hatte. Viele aufgebrachte Klienten, die sich Luft machen wollten, wurden mitten im Wort abgeschnitten und riefen meist kein zweites Mal an. Pfeiffer tat dies sehr wohl.

»Ich bin es noch mal, die Verbindung wurde getrennt.« Er lachte. »Vielleicht bin ich auf einen Knopf gekommen. Ich bin manchmal ganz schön schusselig.

Joleen hat sich immer halb totgelacht, sobald ich mit dem Schienbein …«

Zeit abgelaufen. Karl Heinz starrte den Anrufbeantworter an und er war nicht erstaunt, als das Telefon erneut klingelte und das Gerät seinen Dienst aufnahm.

»Ich noch mal! Wahrscheinlich hat ihr Band nicht mehr viel Platz und wirft mich aus der Leitung. Was ich nur schnell loswerden will: Bitte rufen Sie mich in den nächsten Tagen mal an. Auch wenn Sie mir nichts Neues sagen können, würde ich mich freuen, von Ihnen zu hören. Ich fühle mich schrecklich allein, seitdem Joleen weg ist. Das war's schon. Wiederhören.«

Karl Heinz schrieb das auf seinen geistigen Notizzettel. Der Mann tat ihm auf eine Art leid, aber er hielt sich immer an seine eigenen Regeln. Wenn er einem instabilen Menschen wie Pfeiffer falsche Hoffnungen machte, würde dieser daran zerbrechen. Dennoch nahm er sich vor, ihn bald anzurufen. Vielleicht hatte er bis dahin mehr Informationen zusammengetragen.

Er verließ die Detektei und fuhr zum Straßenstrich nach Düsseldorf. Gleich die erste Prostituierte, die er traf, befragte er zu Pfeiffer und Honey. Die südländische Schönheit – entweder war sie noch nicht lange auf dem Strich oder sie war nicht dem Drogenrausch verfallen – lächelte ihn mit gepflegten Zähnen an und schüttelte den Kopf.

»Nein, nie gesehen.«

»Bist du sicher? Ich weiß, wie ihr Mädchen auf Fragen dieser Art reagiert. Ihr schweigt lieber, als zu helfen. Ich versichere dir, ich bin kein Bulle, sondern suche nur nach einer Vermissten.«

»Geh zu Mama, sie hockt im Hauseingang gegenüber. Sie ist zwar keine Hure, aber seit Jahrzehnten obdachlos und kennt jedes Flittchen, das sich hier herumtreibt. Vielleicht kann sie dir behilflich sein.«

»Ey, Süße! Bist du frei oder musst du den alten Sack bearbeiten?«, rief jemand hinter Karl Heinz. Er wandte sich um und sah einen jungen Mann in einem BMW. Der Freier hatte das Fenster geöffnet und grinste dämlich.

»Ich muss an die Arbeit.« Sie zwinkerte Karl Heinz zu, sprach ein paar Worte mit dem Fahrer, stieg ein und verschwand mit ihm.

Karl Heinz ging über die Straße und spähte vorsichtig in den Hauseingang. Dort entdeckte er eine ergraute Frau mit faltigem Gesicht, die an der Wand lehnte und eine Zigarette rauchte.

»Was willst du?«, ranzte sie ihn an. Ihre Stimme klang dunkel und kratzig.

»Informationen.«

»Und du glaubst, dass ich die habe?«

»Das wurde mir so gesagt, ja: ›Geh zu Mama‹.«

»Du hast mit Kira geredet, falls ich das mit meinen fast blinden Glupschern richtig erkannt habe.«

»Wenn das ihr Name ist, dann ja. Südländischer Typ, strahlend weiße Zähne …«

»Und einen Knackarsch zum Niederknien, was?« Sie lachte und bot ihm eine Zigarette an.

Er lehnte dankend ab. Die Zigarette, die er mit Bens Vater vor dem Krankenhaus geraucht hatte, hing ihm noch nach. Auf eine frische Dosis Nikotin konnte er verzichten.

Mama pflanzte sich auf den Steinboden und klopfte mit der flachen Hand auf die freie Stelle neben sich. »Hock dich hin. Wenn meine Kira dich zu mir schickt, kannst du kein schlechter Kerl sein.«

Karl Heinz zögerte. Eigentlich verlangte es ihm nicht danach, sich zu ihr zu setzen. Allein durch ihr Äußeres ahnte er, wie sie aus der Nähe roch. Jedoch benötigte er Informationen von ihr und wollte nicht unhöflich sein. Also setzte er sich neben sie und war überrascht, dass er nur Nikotin und einen Hauch Alkohol wahrnahm.

»Was ist so wichtig, dass du mich während meiner Kater-vom-Vortag-verarbeiten-Phase störst?«

Er reichte ihr das Foto. »Ich suche diese beiden Frauen. Kennst du eine von ihnen?«

Sie zog es dicht vor ihre Nase und kniff die Augen zusammen. »Bin langsam blind wie ein Maulwurf, das sag ich dir.«

»Vielleicht geht's hiermit besser …« Er nahm seine Lesebrille aus der Brusttasche und gab sie ihr.

Sie setzte sie sich auf den Nasenrücken. Als sie mit der Sehhilfe erneut auf das Foto sah, schrie sie erfreut auf: »Ich kann sehen! Du Wunderheiler! Du musst der Messias sein!« Sie krümmte sich vor Lachen, wurde dann aber wieder ernst: »Spaß beiseite. Aber deine Guckgläser sind echt gut und ich meine, eine von denen zu kennen.« Trotz der Brille führte sie das Bild wieder dicht an die Nasenspitze und tippte auf Honey. »Die da. Reizendes Mädchen.«

»Du bist die Erste, die was Nettes über sie sagt.«

»Honey heißt sie, falls ich mich richtig erinnere. Sie war lange nicht mehr hier. Und ja, sie hatte ihre Probleme mit anderen Huren. Zu mir war sie immer lieb. Wenn sie einen Abstecher zu unserem Stückchen Straße gemacht hat, brachte sie mir eine Packung Toastbrot und eine Stange Salami mit. So was macht kein schlechter Mensch, nein. Sie war nie lange an einem Ort. Sprang zwischen den Strichen hin und her, weil sie sich ständig mit irgendwem verkrachte und auf der Flucht war, vor ihrem Zuhälter oder so. Aber sie kehrte immer irgendwann zurück.«

»Du weißt nicht zufällig, wo sie sich gerade aufhält?«

»Nein, das nicht, aber ich weiß, in welcher Stadt sie wohnt und auf welchem Strich sie häufiger ist.«

»Aha. Und?«

Die Alte hielt die geöffnete Handfläche vor seinen Bauch.

»Was soll das?«

Sie grinste und entblößte nikotinvergilbte Zähne. »Mamas Informationen sind nicht umsonst. Von irgendwas muss ich doch leben.« Sie klimperte hinter seiner Brille mit den Wimpern, als wolle sie wie ein kleines Mädchen aussehen, das unbedingt ein Kuscheltier haben wollte. Der Versuch misslang gründlich.

Karl Heinz stöhnte, holte seine Geldbörse hervor, zog einen Zwanziger heraus und legte ihn in die schwielige Hand.

»Genug für die Information?«

»Ich will mal nicht so sein.« Sie kicherte und steckte das Geld in ihren Stiefel, als habe sie Angst, er würde es ihr gleich nach dem Gespräch wieder wegnehmen.

Wenn er bedachte, wie lange diese Frau wahrscheinlich allein auf der Straße lebte, war das bestimmt schon vorgekommen.

»Normalerweise sind meine Informationen kostspieliger, aber du scheinst ein sympathisches Kerlchen zu sein. Kira hat sich wie immer nicht geirrt. Sie ist eine der wenigen, die nicht ständig von ihren Freiern eins auf die Fresse bekommt, weil sie ein feines Näschen hat und die miesen Typen erkennt. Deswegen sieht sie im Gegensatz zu den anderen so gut aus.«

»Ja, das ist nicht verkehrt. Also, in welcher Stadt wohnt Honey?«

»In Mönchengladbach.«

»Eine genaue Adresse hast du nicht?«

»Nein, leider nicht. Ich würde sie dir geben, wenn ich sie hätte. Honey hat mir von einem ihrer ehemaligen Zuhälter erzählt. Soll ein netter Kerl sein, nicht der, wegen dem sie die Striche laufend wechselt.«

»Und wo finde ich diesen netten Zuhälter?« Diese beiden Worte im Zusammenhang zu benutzen, klang in seinen Ohren mehr als falsch. Ihm war noch nie ein netter Zuhälter über den Weg gelaufen.

Mama verriet ihm, wie der Puff hieß, in dem Honey vor Jahren gearbeitet hatte. Er notierte sich den Namen.

»Vielen Dank, du hast mir sehr geholfen.« Er stand auf.

Sie zog sich die Brille von der Nase und hielt sie ihm entgegen.

»Du kannst sie behalten. Ich habe im Auto noch eine. Pass gut auf dich auf.«

»Wow, danke, du bist echt ein Heiliger.« Sie krümmte sich erneut vor Lachen, freute sich jedoch ernsthaft über die Brille, die sie nun zurück auf ihre Nase schob.

Er trat aus dem Hauseingang und ging zurück zu seinem Wagen. Mit dem Smartphone googelte er das Bordell und gab die Adresse in sein Navi ein.

»Dann wollen wir mal«, sagte er und fuhr nach Mönchengladbach. Unterwegs rief er Mimi an und fragte, ob es Neuigkeiten von Ben gäbe.

»Nein, alles unverändert. Aber die Ärzte sagen, seine Werte sind gut. Sie wollen die Medikamente für das künstliche Koma absetzen, dann wacht er in ein paar Tagen auf. Hoffen wir das Beste! Ich muss die ganze Zeit weinen. Ich weiß, das ist nicht gut für das Baby, aber ich kann nicht anders.«

»Hast du es schon den Eltern gesagt?«

»Damit warte ich, bis Ben wach ist. Ich will das mit ihm zusammen machen. Wenn ich fest daran glaube, wird er bald wieder der Alte sein und es ihnen selbst erzählen können.«

»Das wird er, das weiß ich.«

Sie verabschiedeten sich und Mimi versprach, sich sofort zu melden, sollte sich an Bens Zustand etwas ändern. Egal, ob zum Positiven oder zum Negativen.

Er brauchte ein paar Minuten, um das Bordell zu finden. Sein Navi führte ihn zuerst in die falsche Richtung und er musste sich durchfragen. Die Leute schenkten ihm abfällige Blicke, als er ihnen sagte, was er suchte.

Er parkte den Wagen und sah sich das Gebäude an, bevor er es betrat. Von außen verriet nichts, was darin vor sich ging. Es sah aus wie jedes andere in dieser Straße. Als er einen Fuß in das Etablissement setzte, ihm rotes Licht entgegenstrahlte und ihn die Dröhnung einer Parfümfabrik traf, drehte sich das Bild, das sich ihm als Ersteindruck gezeigt hatte.

Die Bardame erblickte ihn sofort und begrüßte ihn: »Herzlich willkommen!« Sie kam hinter dem Tresen hervor. Ihre viel zu kurze Hose offenbarte wunderschöne Beine. »Ein neues Gesicht. Dich habe ich hier noch nie gesehen.«

Karl Heinz kam gleich zur Sache. Er wollte sich nicht länger als nötig hier aufhalten. Nicht, dass er etwas gegen den Anblick schöner Damen gehabt hätte, aber die Zeit drängte. »Hallo, ich bin Karl Heinz Ke…«

Sie unterbrach ihn. »Namen spielen bei uns keine Rolle, Süßer. Komm rein, schau dich um und sag mir, was du gern hättest. Wir haben alles. Von klassisch bis exotisch. Von magersüchtig bis fettleibig. Von behaart bis rasiert. Von …«

Jetzt unterbrach er sie: »Ich weiß, was ich möchte, und das ist keine eurer Frauen.«

Sie presste die Lippen zusammen. »Männer, Kinder oder Tiere können wir leider nicht bieten. Wenn du auf so was stehst, bist du hier an der falschen Adresse.«

Er verdrehte die Augen. Warum verstanden die Leute ihn immer falsch? »Nein, nichts dergleichen, ich möchte mit deinem Chef sprechen.«

Jetzt presste sie nicht nur die Lippen zusammen, sondern verschränkte auch die Arme vor der Brust. »Was willst du von ihm? Bist du ein B…«

»Nein, ich bin kein Bulle. Ich will nur mit ihm reden.«

Sie seufzte. »Ich frage ihn, ob er sich mit dir unterhalten will, Moment.« Sie marschierte in den rückwärtigen Teil des Raumes und verschwand hinter einem schwarzen Vorhang. Ein paar Minuten später kehrte sie zurück, nickte und bat ihn, ihr zu folgen.

»Da rein.« Sie deutete auf eine goldlackierte Tür, die sich unmittelbar hinter dem Vorhang befand.

Er bedankte sich bei ihr und klopfte an. Als er das Büro betrat, hüllte dichter Rauch ihn ein, der nicht nur nach Zigarette roch. *Jetzt werde ich auch noch high.*

»Hallo, mein Freund. Was kann ich für dich tun?« Der Zuhälter wandte sich von Bildschirmen ab, die Bilder der Überwachungskameras zeigten, welche offensichtlich überall im Bordell montiert waren. Karl Heinz sah den Eingangsbereich. Der Zuhälter hatte ihn wahrscheinlich seit Betreten des Ladens beobachtet. Er sah schwitzende, ineinander verschlungene Menschen auf Betten in Herzform, unter der Dusche, auf dem Boden, alles vom Chef videoüberwacht. Karl Heinz bezweifelte, dass diese Kameras für die Kunden sichtbar waren. Aber er war nicht hier, um unerlaubtes Filmen anzuprangern, sondern um Honey zu finden.

»Hallo, mein Name ist Karl Heinz Kellerer. Ich bin Privatdetektiv und mir wurde gesagt, dass Sie mir helfen können.«

Der Zuhälter lehnte sich im Stuhl vor. »Also doch ein Bulle.«

»Nein, kein Bulle. Ein Detektiv hat ein ganz anderes Arbeitsfeld, das sich darin unterscheidet …«

»Interessiert mich nicht. Du hast drei Minuten. Und wenn das kleinste Fitzelchen nach Bulle oder Ermittlungen gegen meinen Puff klingt, rufe ich meine Jungs. Verstanden?«

Er nickte. »Darf ich mich setzen?«

»Nur zu, aber mach es dir nicht zu bequem.«

So viel zum Thema netter Zuhälter …

»Ich suche zwei Frauen. Eine davon wird vermisst, die andere könnte mir helfen, sie zu finden.«

»Und was sollte mich das kümmern, dass eine Nutte verschwunden ist?« Der Kerl sah auf seine goldene Armbanduhr. »Deine Zeit läuft!«

»Die Vermisste ist keine Prostituierte, nur die, die mir vielleicht nützlich sein kann, um sie aufzuspüren.« Er verschwieg, dass Joleen Pfeiffer wahrscheinlich auch ab und an in seinem Metier fleißig gewesen war. »Ich wurde von ihrem besorgten Ehemann engagiert, um sie zu finden, da die Polizei nicht tätig werden kann. Alles sieht danach aus, als habe die Frau ihren Mann aus freien Stücken verlassen. Und eben dieser Mann ist sich aber sicher, dass ihr etwas zugestoßen ist. Deswegen suche ich nach ihr. Können Sie mir helfen?«

Der Zuhälter verschränkte die mit zahlreichen Goldringen bestückten Hände über seinem Wohlstandsbäuchlein. »Glück gehabt. Das klingt spannend. Ansonsten hättest du Bekanntschaft mit meinen Gorillas gemacht.« Er zwinkerte Karl Heinz zu und lachte. »Entschuldige bitte mein abschreckendes Gehabe. In meinem Job darf ich es mir nicht leisten, schwach zu wirken. Was ich natürlich nicht bin, aber auch kein Riesenarschloch. Um welches Mädchen geht es?«

»Danke, vielen Dank«, sagte Karl Heinz. Er war erleichtert. Nicht nur, dass er vor Gorillas, egal ob tierischer oder menschlicher Art, eine Heidenangst hatte, sondern auch, weil die Spur nicht sofort wieder kalt wurde. Er reichte ihm das Bild, auf dem Honey und Joleen zu sehen waren. »Die Schwarzhaarige ist die Vermisste und die andere soll Honey heißen und kann mir vielleicht helfen, Joleen zu finden. Ich fand bisher heraus, dass Honey bei vielen Leuten unbeliebt war und gern von einem Straßenstrich zum nächsten hüpfte. Und dass sie in Mönchengladbach wohnt und bei Ihnen gearbeitet hat.«

»Da hast du schon fast alles herausgefunden, was es über sie zu wissen gibt.«

»Sie kennen sie also?«

»Ich vergesse nie eins meiner Mädchen und Honey war ein Spezialfall. Eine Granate im Bett, aber im Umgang mit Freiern oder Kolleginnen ein Graus. Ich musste sie nach ein paar Monaten rausschmeißen. Jeden Tag kamen Beschwerden rein. Das ist schlecht fürs Geschäft.«

»Wann haben Sie sie das letzte Mal gesehen?«

»Das war ziemlich genau an dem Tag, an dem ich sie rauswarf. Was sie danach trieb, weiß ich nur vom Hörensagen.«

»Haben Sie eine Adresse von ihr?«

»Da müsste ich nachschauen. Warte mal.« Er nahm ein Smartphone vom Tisch, tippte darauf herum und hielt es sich ans Ohr. »Ja, Püppi, komm bitte in mein Büro und leiste unserem Besucher Gesellschaft, ja?«

Sekunden später klopfte es an die Tür und die Bardame trat ein.

»Ich sehe in unserem Lager nach, ob ich noch den Ordner über sie habe.«

»Haben Sie die Daten nicht auf Ihrem Computer?« Karl Heinz deutete auf einen der Bildschirme.

»Irgendwie bin ich da von der alten Schule, was das angeht. Ich halte lieber Papier in der Hand.« Er nickte Karl Heinz zu und verschwand.

»Willst du was trinken?«, fragte die Bardame.

»Nein, danke. Sie heißen nicht wirklich Püppi, oder?«

Sie lachte. »Unser Chef hat für jede von uns einen Spitznamen, der mit dem Anfangsbuchstaben ihres richtigen Namens beginnt. Ich heiße Patrizia und als ich hier anfing, wurde ich seine Püppi. Das ist besser, als Scheißerli genannt zu werden, weil man Sabine heißt und gleich vom ersten Kunden mit Scheiße beschmiert wird.«

Jetzt lachte auch Karl Heinz. »Da ist Püppi tatsächlich tausendmal besser.«

Die Tür öffnete sich und der Zuhälter kehrte mit einem Ordner unter dem Arm zurück. Er schickte die Bardame aus dem Raum. »Siehst du, da ist er. Wenn es um meine Mädchen geht, hab ich lieber was Handfestes. Ich habe es mit digitaler Speicherung versucht, fing mir aber einen Virus ein, der meine Dateien blockierte und die nicht mal ein IT-Fritze retten konnte. Von daher …«, er hob den Aktenordner, »… vertraue ich darauf. Wollen wir mal sehen.« Er setzte sich und klappte ihn auf. »Da ist es«, sagte er stolz und tippte mit dem Finger auf eine Textpassage. »Name, Adresse, Telefonnummer. Alles, was man braucht.«

»Heike Teichmann«, murmelte Karl Heinz.

»Klingt nicht ganz so scharf wie Honey, nicht wahr?« Er lachte.

»Den Namen hat sie von Ihnen?«

»Ja, klar. Schade um sie. Honey hatte echt was drauf. Aber eine nasse Muschi und ein Mund, der genau weiß, was er mit einem Schwanz machen muss, ist eben nicht genug.«

Karl Heinz unterließ einen Kommentar und fragte stattdessen: »Darf ich mir das abfotografieren?«

»Nur zu.«

Er nahm sein Smartphone, schoss ein Foto und stand auf. »Vielen Dank für Ihre Hilfe.«

»Nicht dafür. Falls du Honey triffst, richte ihr bitte liebe Grüße aus. Sag ihr, dass sie gern wieder hier anfangen kann, wenn sie herausgefunden hat, wie man nett ist.«

Karl Heinz reichte ihm die Hand und verabschiedete sich.

»Bleib doch ein bisschen, wir haben uns gerade erst kennengelernt. Ein Fick vor der Mittagspause hat doch auch was, oder nicht?«

»Nein, danke«, lehnte er ab und machte, dass er rauskam. In seinem Auto atmete er durch und beobachtete die Tür zum Bordell, ob sie sich nicht doch noch öffnete und wütende Gorillas herausstürzten. Viele sich zuvorkommend gebende Zuhälter hatten Karl Heinz ihre muskelbepackten Rausschmeißer auf den Hals gehetzt und auf eine Wiederholung konnte er verzichten. Aber die Tür blieb geschlossen.

Er besah sich die abfotografierte Adresse und wählte die Telefonnummer. Vielleicht erreichte er diese Honey oder Heike, bevor er sie mit einem Überraschungsbesuch überfiel. Nach zwei Minuten unendlich langen Tutens legte er auf. Entweder war sie nicht da, saß gerade auf dem Klo oder … *oder war tot.*

Er gab Postleitzahl, Straße und Hausnummer in das Navi ein und ließ sich an den Rand der Stadt leiten. Die Gegend war anders als der belebte Teil der Innenstadt. Es gab viele Grünflächen und kaum Häuser. Die wenigen, die hier standen, wirkten, als lebte dort seit Jahrzehnten niemand mehr.

Das Haus, das als Honeys verzeichnet war, stand hinter mehreren Bäumen. Er fuhr einen schmalen Weg hinauf und hielt an. Wenn er dachte, die Gebäude zuvor wären verlassen und zerfallen, toppte dieses Haus seinen Eindruck mit Leichtigkeit. Der Garten war mit Unkraut überwuchert. Die Haustür sah aus, als würde sie der kleinste Windhauch aus den Angeln reißen. In einem der Fenster prangte ein Loch, als hätte jemand einen Stein hindurchgeworfen.

»Da musst du jetzt durch«, brummte er und stieg aus. Er klopfte an die Tür, weil es keine Klingel gab, wartete einige Sekunden und klopfte ein weiteres Mal. Als sich nichts rührte, rief er: »Frau Teichmann? Sind Sie da?« Keine Reaktion. Natürlich nicht! Er wusste es doch eigentlich schon seit Tagen, die letzten Zweifel verschwanden, je länger er hier vor dieser Tür stand. Bilder logen nicht. Bei der Toten aus dem Darknet handelte es sich um Honey.

Er ging ums Gebäude. Ein zweites eingeworfenes Fenster und eine angelehnte Gartentür ließen ihn innehalten. Er rieb sich die Nasenwurzel.

»Willst du das echt wieder tun?«, murmelte er und dachte an das letzte Mal, als er sich unbefugt zu einer Gartenlaube Zutritt verschafft hatte, weil er der Verzweiflung nahe in einem Fall nach jedem Strohhalm greifen musste. Die Tür war damals nicht abgeschlossen gewesen und er war hineingegangen, um sich umzusehen. Er hatte nicht ahnen können, dass der Mann, anstatt nach Hause zu seiner betrogenen Ehefrau zu fahren, etwas am Kiosk gekauft hatte und zurückgekehrt war.

Seinerzeit war er mit einem blauen Auge davongekommen. Maller hatte ihm nahegelegt, bei seinen Gesetzesdehnungen lieber auf Einbruch zu verzichten.

»Wer soll mich schon überraschen?« Karl Heinz sah sich um. Weit und breit keine Menschenseele. Er hatte nicht ein Auto gehört, seitdem er hier war. »Ach, scheiß drauf.« Er schloss die Hand um den Knauf, öffnete die Tür und trat in die Gartenlaube. Der Gestank haute ihn fast um, von der Unordnung ganz zu schweigen.

Seine von Berufs wegen ausgeprägte Neugier war geweckt. Er sah sich um, kehrte zur Hintertür zurück und entdeckte dort Einbruchsspuren. Jemand hatte die Tür aufgehebelt und das Haus durchsucht. War derjenige auch verantwortlich für die Bilder aus dem Darknet? Vielleicht war der Einbruch schiefgegangen oder ein

Vorwand gewesen, um Honey zu entführen, und der Täter hatte es für die Polizei wie einen Einbruch aussehen lassen. Welche Polizei? Er sah nicht die üblichen Spuren, die der Erkennungsdienst an einem Tatort hinterließ. Niemandem war aufgefallen, was auch immer hier geschehen war.

Karl Heinz hatte zum Glück Taschentücher dabei. Er nahm eines und benutzte es als Schutz für seine Hand, um keine Fingerabdrücke zu hinterlassen und um nicht in Kontakt mit verdrecktem Besteck oder weiß Gott was für Flüssigkeiten zu geraten. Im Wohnzimmer fand er Rechnungen von Versandhändlern und ausgedruckte Fotos, die Honey in den verschiedensten erotischen Posen zeigten. Sie war nicht unattraktiv, das musste er zugeben.

In der Küche stieß er auf verschmutztes Geschirr und verschimmelte Lebensmittel. Entweder wohnte Honey schon lange nicht mehr hier und hatte das Haus so ramponiert zurücklassen oder sie war, wie er befürchtete, überstürzt respektive unfreiwillig verschwunden.

Als er auf eine geschlossene Tür zuging, mischte sich ein anderer Geruch unter den Mief nach Müll und verdorbenem Essen. Er kannte ihn. Er hatte ihn oft während seiner Arbeit bei der Kripo gerochen. Dieser Geruch war einer der wenigen Dinge, die Karl Heinz nicht vermisste.

Er ging auf die Tür zu, streckte die Hand aus und drückte die Klinke hinunter. Verschlossen. Es steckte kein Schlüssel im Schloss. Wenn er schon einmal hier war, dann konnte er auch ... Karl Heinz nahm Anlauf und rammte mit der Schulter gegen das marode Holz der Tür. Sie flog auf, und was er dann sah, ließ ihn zurücktaumeln. Ein Körper, klein, auf dem Boden sitzend, gegen die Wand gelehnt, teilweise verflüssigt. Eine schwarze Pfütze hatte sich gebildet. An den fleischigen Stellen labten sich Maden und Fliegen.

»Was ist das …?« Er setzte vorsichtig einen Fuß vor den anderen. Ein Kind! Das Alter war schwer einzuschätzen, wenn man nicht mehr zur Ansicht hatte als Knochen und ein paar Fleischreste. Älter als acht konnte es nicht gewesen sein.

»Was zur Hölle …?«, fragte er in die Stille. Seine Stimme klang seltsam unnatürlich. Das summende Geräusch der Fliegen dröhnte in seinen Ohren. Karl Heinz glaubte, den Verwesungsgeruch nicht nur zu riechen, sondern ihn auch zu schmecken – er legte sich wie Pelz auf seine Zunge. Er brauchte einen Moment, um die Fassung wiederzufinden. Dann stürmte er aus dem Haus. »Fuck!« Sein Besuch hier würde wohl doch nicht ohne Folgen bleiben. Fluchend holte er sein Smartphone aus der Tasche und wählte eine Nummer. »Maller? Ich bin's, Kellerer. Ich habe da ein Problem …«

13

Am nächsten Morgen eröffnete Linda mir, dass sie für den Abend spontan einen Termin zur Eheberatung hatte ergattern können. Normalerweise seien diese Termine heiß begehrt, verriet sie mir, und man müsse mehrere Wochen warten, bevor man einen bekam. Aber die Therapeutin sei eine Bekannte aus der Schulzeit, die sie durch Zufall auf Facebook wiedergefunden hatte.

Aha, ein Zufall, dachte ich mir. *Und was für ein Zufall, dass wir zu einer Frau in Therapie gehen, da bin ich gleich im Nachteil …*

Ich kam nicht umhin, den Verdacht zu hegen, dass diese Frau Linda den Floh ins Ohr gesetzt hatte, ich könnte fremdgehen und wir müssten uns einer Therapie unterziehen. Von wegen die Freundinnen im Yoga-Club …

»Das heißt, du müsstest heute ausnahmsweise pünktlich Feierabend machen«, sagte Linda, als sie mich an der Haustür verabschiedete.

»Ich versuche es«, sagte ich so ruhig wie möglich, gab ihr einen Kuss, sprang in den Leichenwagen und fuhr zum Institut.

Patrick traf ich in unserem Arbeitsraum im Keller, in dem ich neulich aus Dani ein Kunstwerk geschaffen hatte. Das Geschäft mit ihr lief wirklich gut. Über Nacht war die Kurve der Bitcoins ein weiteres Mal gestiegen.

»Wie war der Elternsprechtag?«, fragte Patrick.

»Nicht so schlimm wie erwartet. Maria hat eine neue Lehrerin. Rate mal, wer sie ist.«

»Die Heilige Jungfrau? Woher soll ich das wissen?« Er war gereizt, weil das schreiende Baby seiner Tochter ihn offenbar wieder wachgehalten hatte.

»Nein, Corinna Faum, die Tochter der Unfallopfer.«

Patrick zuckte mit den Schultern. »Ja, und? Ihre Eltern wurden übrigens vor einer Stunde abgeholt und zum Krematorium gebracht. Auch deine … Freundin.«

»Okay, danke.« Mit ihm war derzeit nicht zu reden. Auch den Anschiss, den er sich bei mir abholen durfte, weil er die Eheleute Faum nicht in den Kühlraum geschoben hatte, nahm er kaum wahr. Patrick stand vollkommen neben sich. Ich musste mir überlegen, ob ich ihm nicht doch freigeben sollte. Nur würde das eine Menge Arbeit für mich bedeuten und das war genau das, was ich im Moment nicht gebrauchen konnte. Linda würde mir die Hölle heißmachen. Ich entschied, es vorerst weiterlaufen zu lassen wie bisher.

Ich ließ ihn allein und schaute im Büro die Termine für heute durch. Nichts Außergewöhnliches. Drei Leichen musste ich aus der Rechtsmedizin abtransportieren und für die Beerdigung vorbereiten. Die Gespräche mit den Angehörigen hatte ich schon vor einigen Tagen geführt.

Woran sie gestorben waren, wusste ich nicht. Mein geschätzter makabrer Freund Jessas würde mich nachher aufklären. Das tat er immer, wenn ich die Toten abholte. Ob es mich interessierte oder nicht. Einzig, wenn jemand an einer ansteckenden Krankheit verschieden war, kümmerten mich die Todesumstände, weil wir dann noch sorgfältiger arbeiten mussten als ohnehin schon.

Ich stieg wieder hinab zu Patrick. »Ich mach mich allein auf den Weg und hole die drei nacheinander ab, okay?«

Patrick nickte, während er die Schminke für die Aufbereitung sortierte. »Irgendwelche tollen Aufgaben, die ich erledigen soll?«

»Nein, du kannst dich ein bisschen ausruhen, bis ich mit der ersten Leiche zurück bin«, gestand ich ihm zu. Vielleicht konnte er in unserem Pausenraum ein Nickerchen halten und war danach fitter.

Auf dem Weg zur Rechtsmedizin, die sich im Erdgeschoss der Sana-Kliniken in Duisburg befand, musste ich ununterbrochen an den bevorstehenden Abend denken. Was, wenn diese Therapeutin Linda dazu anregte, sich von mir scheiden zu lassen? Ich hatte mich über die Jahre so sehr an meine Familie gewöhnt, dass ich sie nicht missen wollte. Meine Frau und meine Kinder – so anstrengend sie auch manchmal waren – bedeuteten Stabilität, Sicherheit und Deckung. Ohne sie würde ich mich nackt und ausgeliefert fühlen.

Ich parkte vor dem Hintereingang des Krankenhauses, hievte den Sarg samt Gestell aus dem Wagen und schob ihn ins Gebäude. Die Frau an der Information schickte mich direkt zu Jessas.

»Da bist du ja, guten Morgen, Michael«, begrüßte er mich überschwänglich. »Wie geht es dir?«

»Gut und selbst?«

»Wie immer beschissen«, sagte er entgegen meiner Erwartung. Durch seine übertrieben freundliche Begrüßung hatte ich mit einem ›Mir geht es fantastisch‹ gerechnet.

»Was ist los?«, fragte ich weniger aus Interesse, sondern mehr aus gespielter Anteilnahme.

»Eine der drei Leichen, wegen denen du hier bist, kann nicht freigegeben werden.«

»Wieso?«

»Wir haben einen Neuen bei uns. Er spuckte große Töne, dass er der Held wäre und total den Durchblick hätte. Der Kerl hat zwei Jahre Erfahrung und machte einen auf dicke Hose. Ich hab mir also gedacht, lass den mal machen. Ganz allein, schön die Nacht durch. Damit er merkt, wie beschissen unser Job sein kann, wenn es eilig ist und man der einzige Depp ist, der Dienst schiebt. Du kennst das sicher selbst, ich habe dich ja oft genug aus dem Bett geklingelt.

Jedenfalls kam ich am nächsten Morgen rein, er übergab mir seinen Bericht und sagte, mit der Leiche sei alles in Ordnung: Todesursache wie vermutet eine Überdosis Heroin, keine Anzeichen für ein Kapitalverbrechen et cetera. Ich sah mir sein Geschreibsel an, das fachlich gesehen vollkommen korrekt war, und denke mir: Wow, ich glaube, der Kerl ist wirklich so gut, wie er behauptet.« Jessas verzog das Gesicht.

»Du wärst nicht du, wenn du seine Arbeit nicht kontrolliert hättest, oder?«

Der Rechtsmediziner deutete mit seinem Zeigefinger auf mich. »Exakt. Vertrauen ist gut, Kontrolle ist besser. Bei der Frau, die wegen besagter Überdosis bei uns gelandet ist, war es ein eindeutiger Fall. Ist keine Kunst, zu erkennen, dass die noch in der Ellenbeuge steckende Nadel die Todesursache sein könnte. Aber wir haben hier ja schon vieles erlebt. Das wäre nicht die erste Tötung gewesen, die als Drogenunfall oder Selbstmord getarnt durchgehen soll.«

»Und? Was hast du gefunden? War es Mord?«

Jessas lachte und schüttelte den Kopf. »Nein, was das angeht, hat unser neuer Mit…, entschuldige, Ex-Mitarbeiter die richtigen Schlüsse gezogen. Es war kein Mord, aber eine Vergewaltigung.« Jessas zwinkerte mir eigenartig zu. Ich wusste nicht, ob er etwas damit andeuten wollte oder ob er etwas im Auge hatte. Deshalb fragte ich unsicher: »Sie wurde vor ihrem Tod vergewaltigt?«

»Nein, danach«, erwiderte er trocken.

»Wie jetzt? Du willst sagen, dein neuer Ex-Mitarbeiter hat sie …?«

»Genau, er hat sich an der Leiche vergangen. Ich fand Spuren im Genitalbereich. Dieser Scheißkerl hat genügend hinterlassen. Ganz davon abgesehen, dass sich das tote Gewebe anders verhält als lebendes, sobald jemand was in … na, du weißt schon … in die Körperöffnungen schiebt.« Er winkte ab und wirkte, als wäre ihm übel. »Allein die Vorstellung, dass er diese Frau … Herrgott! Sie lag tagelang in ihrer Wohnung, du kannst dir ausmalen, in welchem Zustand ihr Körper war, und dann macht dieser Kerl diese … diese Sachen mit ihr.« Jessas wirkte verwirrt, angewidert, wütend. Ich war beinahe traurig. An diesem Ex-Mitarbeiter war vielleicht ein zahlender Kunde für mich verloren gegangen.

»Heute Morgen hatten wir die Bude voll mit Kripobeamten und der Spurensicherung. Du kannst dir denken, was hier los war, nachdem ich die Polizei anrief.«

»Klingt nicht nach einem erfolgreichen Start in den Tag.«

»Das kannst du laut sagen.« Er wandte sich um, griff nach einem Stapel Ordner auf dem Tisch und gab sie mir. »Das sind die anderen zwei. An denen war er nicht dran. Eine Rentnerin, im Krankenhaus an Lungenkrebs verstorben und nur hier zwischengelagert, und ein Mann Mitte fünfzig, Herzinfarkt aufgrund zu hohen Blutdrucks, den wir aber obduzieren mussten, weil die Todesursache unklar war. Darfst du beide mitnehmen. Wegen der anderen musst du wiederkommen. Bis dahin haben wir bestimmt wieder jemanden für dich. Deine Geschäfte laufen außerordentlich gut im Moment, oder?«

Als ich ihm erklärte, dass einer meiner Kollegen in Rente gegangen sei, schlug sich Jessas an die Stirn, weil er nun begriff, weshalb wir uns in letzter Zeit so oft sahen.

»Brauchst du eine helfende Hand beim Einladen? Wie ich sehe, hast du Patrick heute nicht dabei.«

»Er braucht ein bisschen Ruhe und ja, wäre nett, wenn du mit anpacken würdest.«

Wir hievten die Rentnerin in den Sarg, der extra für sie mit blauem Satinstoff ausgelegt war. Ein Wunsch der Enkelkinder, weil ihre Großmutter zu Lebzeiten immer eine blaue Satinbluse getragen hatte. Ja, so sentimental waren Hinterbliebene.

»Ich bin spätestens in einer Stunde zurück und hole den zweiten«, sagte ich, dankte Jessas für die Hilfe und verlud den Sarg in meinem Wagen. Er war so leicht, als läge kein Körper darin. Die Rentnerin hatte zum Zeitpunkt des Todes nur knapp fünfzig Kilo gewogen. Der Krebs hatte sie bei lebendigem Leib verzehrt.

Auf dem Weg zum Institut dachte ich an Jessas' Ex-Mitarbeiter und daran, dass viele meiner Kunden durch meine Bilder und Videos ihre sexuellen Fantasien befriedigten. Anfangs hatte mich dieser Gedanke gestört. Ich produzierte Kunst, welche die Augen des Betrachters entzücken sollte und nicht dessen Leistengegend. Irgendwann hatte ich mich damit abgefunden und es akzeptiert, dass meine Werke nicht selten als Wichsvorlage genutzt wurden. So lange ich dadurch Ruhm erlangte und mein geheimes Konto sich füllte, durften die Käufer mit den Dateien anstellen, was sie wollten. Verhindern konnte ich es ohnehin nicht.

Im Institut angekommen, lud ich den Sarg aus und brachte ihn hinein. Im Pausenraum entdeckte ich Patrick, der schlafend auf der Couch lag. Ich ließ ihn in Ruhe und transportierte den Sarg hinunter in den Kühlraum. Dasselbe wiederholte ich wenig später mit dem Mann, der an Herzversagen gestorben war. Ab zur Rechtsmedizin, mit Jessas Hilfe einladen, zurückfahren und in den Kühlraum stellen. Das alles hatte mich zwei Stunden gekostet. Genügend Zeit für Patrick, sich auszuruhen. Ich weckte ihn.

Grunzend wachte er auf und starrte mich aus glasigen Augäpfeln an. »Schreit sie schon wieder?«

»Wer?«, fragte ich verwirrt und sah mich um. »Hier ist niemand außer mir.«

Patrick rieb sich die Augen und schüttelte den Kopf. »Ich dachte, du wärst meine Frau und das Baby würde schreien.« Er setzte sich auf.

Gespielt beleidigt blickte ich an mir herab und betastete meinen Brustkorb. »Einerseits fühle ich mich ja geschmeichelt, dass du mich mit deiner attraktiven Frau verwechselst, andererseits finde ich nicht, dass meine Brüste so groß sind wie ihre.«

»Du laberst manchmal eine Scheiße«, sagte er und stand auf. »Was gibt's?«

»Es sind nur zwei Leichen anstatt drei. Die dritte muss weiter untersucht werden, lange Geschichte. Ist für morgen alles vorbereitet?«

»Was ist morgen?«

»Die Trauerfeier der Familie Faum. Die Beisetzung ist gleich im Anschluss. Wir brauchen das Blumengesteck und die Kerzen. Sind die Urnen schon zurück?«

»Langsam, langsam«, murmelte er und zählte an den Fingern ab. »Blumen hole ich morgen, Kerzen sind da, Urnen kommen morgen Früh. Hast du deine Ansprache fertig?«, stellte er mich auf die Probe.

»Natürlich. Liegt in meinem Büro.«

»Streber. Was ist für heute noch geplant?«

»Ich habe zwei Termine. Die Angehörigen der beiden Neuzugänge kommen für die Besprechung der letzten Details. Du kümmerst dich bitte um die Leichen.«

Stöhnend hievte er sich von der Couch und salutierte vor mir, dann schlurfte er in den Kühlraum. Meine fehlende Empathie stand mir oft im Weg. Aber selbst ich kam nicht umhin, zu sehen, dass Patrick am Ende seiner Kräfte war. Ich musste mir etwas überlegen.

Es war noch eine Stunde Zeit, bis der erste Termin anstand. Ich ging an meinen Computer, suchte mir die

Telefonnummer des Arbeitsamtes heraus und rief dort an, um ein Stellenangebot aufzugeben.

»Auszubildender oder abgeschlossene Berufsausbildung?«, fragte die Dame am anderen Ende.

»Das ist mir relativ egal. Fakt ist, wir brauchen zwei helfende Hände.«

»Ein Auszubildender ist um einiges günstiger, benötigt aber eine Menge Aufmerksamkeit und Sie müssen ihm viel zeigen, was Zeit in Anspruch nimmt. Ein ausgelernter Mitarbeiter ist sofort einsatzfähig.«

Erst wollte ich die gute Frau anranzen und fragen, ob sie glaube, ich wäre so dumm, den Unterschied nicht zu kennen. Im Nachhinein half mir ihre Ausführung doch bei meiner Entscheidung. Wir brauchten jemanden, der unverzüglich anpacken und den ich von meiner Nebentätigkeit fernhalten konnte, sobald mein Drang sich meldete.

»Ein Ausgelernter bitte, Qualifikation ist mir vorerst egal. Wir benötigen dringend eine tüchtige Arbeitskraft.«

»Ich gebe das Angebot raus und Sie werden umgehend die ersten Bewerbungen in Ihrem Briefkasten finden, da bin ich mir sicher.«

Wir verabschiedeten uns und ich bereute diesen Schritt sofort. Patrick und ich hatten immer nur zu zweit gearbeitet. Die wenigen Versuche, die wir unternommen hatten, jemanden in unsere kleine Bestatter-Familie aufzunehmen, waren gescheitert. Nicht zuletzt wegen mir. Es war nicht leicht, eine dritte Person vom Institut fernzuhalten, wenn ich meine Ruhe und Zeit für mich im Keller brauchte. Da kamen zwangsläufig Fragen auf. Aber ob ich nun wollte oder nicht, bis Patrick wieder im Vollbesitz seiner Kräfte war, brauchten wir zwei helfende Hände.

Die Termine brachte ich schnell und professionell hinter mich. Zum Feierabend schaute ich nach Patrick, der mit den beiden Toten fertig war und aufräumte.

»Ich mache jetzt Schluss«, sagte ich.

»So früh?«

»Ich habe noch was vor. Bist du so nett und schließt nachher ab, wenn du gehst? Und denk morgen an die Blumen. Wir sehen uns gegen neun.«

Er erwiderte nichts, schnaubte nur und widmete sich seiner Arbeit.

Zu Hause angekommen, wartete ich, bis Linda ins Auto stieg und fuhr mit ihr zusammen in die Stadt.

»Es bedeutet mir sehr viel, dass du es heute pünktlich geschafft hast.« Sie legte eine Hand auf meinen Oberschenkel.

»Ich würde alles für dich und unsere Kinder tun, vergiss das nicht. Ich liebe euch«, brachte ich über die Lippen. Vielleicht liebte ich sie auf meine eigene seltsame Art wirklich. Doch letztlich empfand ich wahre Liebe nur für meine Kunst.

»Da ist ein Parkplatz frei«, sagte Linda und deutete auf eine Parklücke, die groß genug für den Leichenwagen war.

»Ihre Praxis ist gleich gegenüber.« Linda zog mich über die Straße und öffnete eine Glastür, die in einen hellen Flur führte. Kunstdrucke von Tieren und Landschaften säumten unseren Weg in den zweiten Stock. Wahrscheinlich sollten diese freundlich wirkenden Gemälde den verwirrten Geist der Patienten von vornherein beruhigen. Mich ließen sie kalt. Ich beachtete sie kaum. Linda hingegen blieb bei jedem stehen und machte »Ah!« und »Oh!«, als habe sie noch nie einen mit Bleistift gekritzelten Hund gesehen.

In der Praxis angekommen, bat uns eine jung aussehende Frau, im Wartebereich Platz zu nehmen. Sie bot uns Kaffee an. Ich lehnte ab, Linda nahm dankend an. Ich fand es keine gute Idee, einen mit Koffein vollgepumpten Trank in sich hineinzuschütten, wo sie doch ohnehin schon unruhig war. Sie rutschte mit ihrem Hintern auf dem Stuhl hin und her und knibbelte an ihren Nägeln. Nachdem sie den Kaffee gierig getrunken hatte, besserte sich dieser Zustand natürlich nicht.

Nach einer Viertelstunde Wartezeit rief uns Frau-Doktor-Psychiaterin-Medizinerin-was-weiß-ich-was herein. Sie saß an einem pompösen Holztisch und stand lächelnd auf, als wir den Raum betraten.

»Linda! Schön, dich zu sehen«, flötete sie und kam mit ausgebreiteten Armen auf meine Frau zu. Sie umarmten sich innig. Ich fragte mich einmal mehr, wie die Sache für mich ausgehen sollte, wenn Ärztin und Patientin sich seit Jahrzehnten kannten und durch die sozialen Medien eine alte Freundschaft neu entfacht hatten. Ich fühlte mich, als hätte mir bereits jemand einen Stempel mit der Aufschrift *Verlierer* auf die Stirn gedrückt.

Der Blick, den die Psychiaterin mir jetzt zuwarf, verstärkte das Gefühl. »Und Sie müssen Michael Stalzer sein. Linda hat mir viel von Ihnen erzählt.« Sie gab mir die Hand. »Ich heiße Magdalena Herkakova, Freunde nennen mich Magda. Sind Sie mein Freund, Michael?«

Allein für die Frage hätte ich gern ein Kunstwerk aus ihr gefertigt. Nicht auf Drängen Theos, sondern aus freien Stücken.

»Das wird sich herausstellen, denke ich.«

»Ach, wir werden uns schon gut verstehen, daran habe ich keinen Zweifel. Wenn ich Michael zu dir sagen darf, darfst du Magda sagen.« Sie lächelte. Ihr süffisantes Grinsen, hinter dem sich ein gekauftes, vom Zahnarzt geformtes, strahlend weißes Gebiss verbarg, peitschte meinen Blutdruck in die Höhe. Wie sollte ich das durchstehen, ohne Linda mein wahres Gesicht zu zeigen? Was sollte ich tun, wenn Magda Haumichtot mich derart auf die Palme brachte? Durfte ich ihren Briefbeschwerer aus Bronze an mich nehmen und ihr den Schädel einschlagen?

Wir setzten uns auf eine cremefarbene Couch. Magda nahm auf einem dunkelroten Ledersessel uns gegenüber Platz. Die Farbe des Leders entfachte neue Fantasien in mir. Mein Drang schwieg jedoch. Die Lust, diese Frau zum Schweigen zu bringen, entstieg allein meinem Wunsch.

»Wie gefällt dir meine Praxis?«, fragte sie mich.

»Es ist eben eine Praxis«, gab ich zurück.

»Bist du schon mal bei jemandem wie mir gewesen?«

Ich schüttelte den Kopf und leugnete somit eine dunkle Zeit in meiner Vergangenheit.

»Irgendwann ist immer das erste Mal, nicht wahr?« Sie lachte. Schon wieder! Sie ahnte nicht im Geringsten, wie nahe sie dran war, die einzige Frau zu werden, die ich abseits meiner Regeln und Rituale töten würde.

Jetzt wandte sie sich an Linda und stellte ihr einige Fragen. Ich hörte nicht zu, atmete tief durch, bis ich meinen Blutdruck und meine Wut halbwegs unter Kontrolle gebracht hatte. Ich musste das durchziehen, und zwar ohne Tote zu hinterlassen.

»Wir sind heute hier, um über eure Beziehung zu reden. Linda hat mir erzählt, es hätte zuletzt ein paar Probleme gegeben?« Magda räusperte sich. »Michael?« Als ich sie anblickte, schaute ich wieder auf dieses süffisante Grinsen. »Ah, da ist er ja. Ich spreche mit dir.«

»Von meiner Seite aus existieren keine.«

»Der erste Schritt zu einer Verbesserung eurer Probleme ist, dass du einsiehst, dass es da eben doch welche gibt. Sonst würdet ihr nicht bei mir sitzen, oder? Michael!«

In der nächsten halben Stunde feuerte Magda eine Frage nach der anderen ab und ich hatte Mühe, sie ruhig und besonnen zu beantworten. Von allgemeinen, ob ich meine Frau liebe, bis hin zu sehr intimen, ob ich den Sex mit Linda genießen würde, war alles dabei. Ich hoffte, genau die Antworten zu geben, die eine Person wie sie in diesem Moment von mir erwartete. Ich gab ihr keinen Anlass zu denken, an den Anschuldigungen meiner Frau wäre auch nur ein Fünkchen Wahrheit. Ich ging nicht fremd, würde es niemals tun. Dass ich so viel Zeit mit meiner Kunst verbrachte, zählte doch wohl keinesfalls zur klassischen Definition des Fremdgehens. Den Gedanken behielt ich natürlich für mich.

»Okay, ich verstehe«, sagte Magda. »Und ich verstehe das nicht nur, ich glaube dir sogar, dass du Linda liebst und dass es keine andere für dich gibt.«

Ziel erreicht ...

»Aber ...«, setzte sie an, blätterte die vollgeschriebene Seite in ihrem Notizblock um und fuhr fort: »Dann verstehe ich nicht, warum du keinen neuen Angestellten akzeptieren willst, damit du und dein Mitarbeiter entlastet werden und du mehr Zeit mit deiner Frau und deinen Kindern verbringen kannst. Das passt für mich nicht zusammen. Mir drängt sich der Gedanke auf, dass du absichtlich niemanden einstellst, damit du seltener zu Hause bist.«

»Schwachsinn!«, platzte es aus mir heraus. Spontan versuchte ich ein Lächeln, um meinen Ausbruch weniger hart klingen zu lassen. »Ich habe im Moment keine Möglichkeit, jemanden anzulernen. Außerdem habe ich ein Problem, anderen Menschen zu vertrauen. Das Institut ist mein Baby. Es ist nicht selten in unserer Branche, dass Angestellte oder Aushilfen Scheiße bauen. Nehmen wir zum Beispiel diesen Fall ...« Ich ordnete meine Erinnerungen und tischte ihnen Jessas Ausführungen über die Nekrophilie seines Ex-Mitarbeiters als die Geschichte eines bekannten Bestatters auf.

»Du meinst, er hat mit dieser Toten ...?« Linda schluckte.

»Genau das, er hatte Geschlechtsverkehr mit der Leiche. Das wurde mir erst heute Morgen erzählt und weißt du was? Trotzdem rief ich ein paar Stunden später das Arbeitsamt an, um eine Stellenanzeige aufzugeben. Für uns. Für dich.«

»Warum sagst du das nicht gleich?«, flötete Magda und machte sich Notizen.

»Weil es nur ein Versuch ist. Ich kann nicht versprechen, dass ich jemanden von den Bewerbern einstellen werde. Ich wollte Linda nicht zu viele Hoffnungen machen.«

»Nach unserem Streit gestern Abend hatte ich eine Idee, wie wir zumindest für kurze Zeit eine Hilfe für dich organisieren können.« Linda knibbelte wieder nervös an ihren Fingernägeln.

»Und die wäre?«

»Maria ... Sie sollte eigentlich ab nächster Woche ein dreiwöchiges Praktikum absolvieren.«

»Warum weiß ich nichts davon?«

Lindas Augen füllten sich mit Tränen und anstatt mir zu antworten, blickte sie zu ihrer Freundin Magda und rief: »Siehst du? Siehst du? Das ist genau das, was ich meine. Er hört nie zu, wenn man ihm was erzählt! Genauso wie er nicht zugehört hat, als unsere Tochter von ihrer neuen Lehrerin gesprochen hat.«

»Jetzt mach mal halblang!«, entfuhr es mir, doch ich beruhigte mich sofort, als Magda sich Notizen machte. Ihr Stift kratzte erbost über das Papier. Das war nicht gut! »Schatz, bitte, ich kann mir nicht alles merken. Möglicherweise habe ich wirklich nicht zugehört. Falls ja, tut es mir leid. Ich werde mich bessern, das verspreche ich dir.«

Linda wischte sich die Tränen aus den Augen. Ihre Nerven waren zum Zerreißen gespannt. Ich dachte, ich kenne meine Frau in- und auswendig, aber ihr Verhalten der letzten Tage verwirrte mich zutiefst. Sie hatte sich um die sprichwörtlichen hundertachtzig Grad gedreht und erschien mir seltsam fremd. Das musste ich geradebiegen.

»Also, was willst du mir damit sagen?«, fragte ich, um einen ruhigen Ton bemüht.

Linda nickte, als wäre der Tränen- und Tobsuchtsanfall überstanden und antwortete: »Sie wollte das Praktikum bei einem Friseur absolvieren. Heute sollte sie nach der Schule dort vorbeikommen und sich die Bekleidung für kommende Woche abholen. Die haben da alle die gleichen T-Shirts an. Und was macht *deine* Tochter? Kaum ist sie im Laden, sieht sie eine übergewichtige Frau auf einem Friseurstuhl sitzen. Maria erzählte mir, dass die Arschbacken der Dicken links und rechts über den Stuhl quollen und sie konnte nicht an sich halten. Maria zeigte auf sie und lachte lauthals los. Sie hat zu mir gesagt: ›Mama, ich konnte nicht anders. Das sah zum Schreien komisch aus.‹ Das Ende vom Lied ist, dass die Chefin das Praktikum sofort auflöste und *deine* Tochter vor die Tür setzte.«

Ich war versucht zu fragen, ob es nicht eher *unsere* Tochter als nur *meine* war. Diese Anklage in Lindas Stimme gefiel mir nicht. Als wäre ich allein schuld an unserem missratenen Kind und als habe Maria dieses Verhalten von mir geerbt.

Linda war leider noch nicht fertig: »Nach dem Elternsprechtag dachte ich, es gehe mit ihr bergauf und jetzt das. Sie steht ohne Praktikumsplatz da und auf die Schnelle wird sie nichts finden, außer … Also ich habe mir vorhin gedacht, dass sie …, dass sie es vielleicht bei dir machen könnte. Du hättest Hilfe, bis du einen neuen Angestellten hast und Maria kann ihr Praktikum absolvieren. Beide Seiten würden davon profitieren.« Sie blinzelte mich an und legte eine kalte Hand auf meine. Ihre abwehrende und anklagende Haltung mir gegenüber hatte sich geändert, jetzt, da sie etwas ziemlich Gewichtiges von mir verlangte.

Ich schielte hinüber zu Magda. Sie beobachtete mich aufmerksam. Jeder liebevolle Vater hätte sofort: ›Ja! Natürlich! Für unsere Tochter mache ich alles!‹ geschrien. Das war auch die Reaktion, die die Frauen von mir erwarteten. Und ich musste sie ihnen geben. Ob ich das wollte oder nicht. Maria in meinem Institut? Drei Wochen! Konnte der Tag noch schlimmer werden?

»Okay, klar, kein Thema, mache ich gern für *mein* Kind.« Ich zwang mich zu einem Lächeln und wie ich an Magdas skeptischem Blick erkannte, gelang es mir nicht allzu gut. Aber ich hatte schon andere Situationen gemeistert. Drei Wochen? Was waren drei mickrige Wochen? Kein Problem für mich.

»Wunderbar«, sagte Linda und klatschte in die Hände.

Magda schaltete sich ein. »Glaubst du, das ist die passende Umgebung für ein junges Mädchen wie Maria?«

»Vielleicht hat sie recht, Linda …«

Meine Frau lachte. »Sie ist manchmal makabrer als du, Michael, das weißt du genau. Sie wird damit zurechtkommen. Du musst sie ja nicht am ersten Tag an einem Verstorbenen arbeiten lassen. Soll sie putzen oder Akten ordnen oder was nebenher so alles anfällt. Sie schafft das. Sie freut sich sogar darauf, mehr Zeit mit dir zu verbringen. Und sie hat mir vorhin verraten, dass sie das Praktikum ohnehin gleich am liebsten bei dir gemacht hätte, sich aber nicht getraut hat, zu fragen.«

»Schön, hm, gut, dann ist es beschlossen«, sagte ich. »Sind wir dann fertig für heute?«

»Eine Sache noch«, warf Magda ein. »Das war nur der erste Schritt. Wir müssen uns mehrmals treffen und über eure Probleme sprechen, auch wenn es vielleicht unsinnig erscheint. Nur so können wir das Vertrauen zwischen euch wiederherstellen.«

Wessen Vertrauen?, dachte ich. Ich vertraute Linda zu einhundert Prozent. Nur wegen ihr befand ich mich mit einer Psychodoktorin in einem Raum und versuchte, mein wahres Ich vor ihr zu verbergen. Was für mich die schwerste Prüfung seit Langem war. Dagegen war das Praktikum meiner Tochter ein Kinderspiel. Ganz davon abgesehen, dass jedes dieses *mehrmals* ein Heidengeld kosten würde, von dem Frau Doktor ihren Porsche oder was auch immer finanzieren konnte. Dass diese Sitzungen zusätzliche Kosten verursachten, wegen denen ich wieder mehr arbeiten musste, blendete Linda aus.

Wir verließen die Praxis. Als wir im Auto saßen, sagte sie: »Es bedeutet mir viel, dass wir das gemeinsam durchziehen und dass du deiner Tochter eine Chance gibst, sich bei dir zu beweisen.«

»Ich bin glücklich, wenn du glücklich bist«, erwiderte ich.

Und wer macht mich glücklich?, meldete sich mein alter Bekannter.

»Oh!« Ich zuckte gespielt zusammen.

»Was ist?«

»Mein Handy vibriert. Moment.« Ich zog es aus der Hosentasche, tat so, als würde ich eine Nachricht öffnen und seufzte. »Ich muss gleich noch mal los.«

»Muss das *jetzt* sein?«

»Ja, muss es. Ich setze dich schnell zu Hause ab. Es tut mir leid.«

»Schon gut.« Sie schnallte sich an und blickte zum Fenster hinaus, während ich nach Hause fuhr.

Nachdem ich Linda abgesetzt hatte, raste ich einfach drauflos. Ich brauchte meine Ruhe, nur ein paar Stunden Zeit für mich. Mein Drang lachte mich aus und betitelte mich als Weichei, weil ich mich von meiner Frau so behandeln ließ. *Warum nicht sie und die Kinder zu Kunstwerken verarbeiten?*, erkundigte sich Theo.

»Weil wir dann keine Deckung mehr hätten und sich ihr Verschwinden schwer erklären lassen würde. Also halt die Klappe«, ranzte ich ihn an.

Unbewusst lenkte mich ein Impuls zu einer bestimmten Adresse. Ich kannte die Gegend. Maria hatte hier ein halbes Jahr eine Musikschule besucht, den Unterricht aber schnell hingeschmissen, weil es offenbar doch nicht so *cool* und *easy* war, Gitarre zu spielen.

Ich parkte am Straßenrand und sah zum Haus, in dem laut eigenen Angaben Corinna Faum wohnte. Die Wohnungen waren dunkel und ich fragte mich, hinter welchem dieser Fenster die Lehrerin meiner Tochter im Bett lag und schlief.

14

»Du musst besser aufpassen«, sagte Maller, als er mit Karl Heinz durch die Flure des Polizeireviers auf den Ausgang zuging. Unterwegs trafen sie Tomas Ratz. Karl Heinz und er begrüßten sich. Sie hatten sich seit Jahren nicht mehr gesehen.

»Woran arbeitest du gerade, Karl?«, wollte Ratz wissen.

»An einem …«, begann er.

Maller unterbrach ihn. »Sorry, Tomas, das wäre jetzt zu viel des Guten. Unser Freund sollte nach Hause gehen und sich ein oder zwei Mützen Schlaf gönnen.«

»Verstehe, kein Problem.« Ratz wedelte mit einem Ordner. »Hab selbst genug um die Ohren. Das Verbrechen schläft nie, nicht wahr?« Er lachte, verabschiedete sich und ging seines Weges.

»Ich wiederhole mich ungern, aber wie schon gesagt, du musst besser aufpassen, in was du da hineinschlitterst. Wir können nicht immer deinen Arsch aus der Scheiße ziehen«, brummte Maller. Er öffnete die Eingangstür, hielt sie für Karl Heinz auf und trat mit ihm hinaus in die Nacht.

Es war spät geworden. Karl Heinz hatte viele Stunden auf dem Revier gesessen und Fragen beantwortet. Besonders interessierte die Beamten natürlich, was er in diesem Haus mit der Kinderleiche gesucht hatte.

Maller war so freundlich gewesen, die Mönchengladbacher Kollegen nach Karl Heinz' Anruf zu informieren und sie zu überzeugen, dass er nicht tatverdächtig war.

»Wir kümmern uns jetzt um diese Honey«, sagte Maller und brachte Karl Heinz zu seinem Auto. »Wenn sie wirklich die Person auf dem Foto ist, fahnden wir nach einer toten Frau, deren Tochter verwest in ihrem Kinderzimmer gelegen hat. Das ist Sache der Mordkommission. Such du nach deiner Vermissten. Und was diese Honey angeht, bist du erst mal raus. Haben wir uns verstanden?«

»Wenn ihr irgendwelche Hinweise auf Joleen Pfeiffer findet …«

»Informiere ich dich, selbstverständlich. Auch über das, was bei der Obduktion der Kleinen rauskommt. Ich sag ja nicht, du sollst komplett die Füße stillhalten, geh nur ein bisschen in Deckung. Nicht, dass jemand meint, du hättest was mit dem Fall zu tun. Ich kann dich nicht überall raushauen.«

»Danke, Mann.« Einem plötzlichen Impuls folgend, umarmte Karl Heinz seinen alten Kollegen und stieg in den Wagen. Er winkte dem Kommissar zu, als er anfuhr.

Das war knapp, dachte Karl Heinz und pfiff. Die Beamten aus Mönchengladbach hatten ihn erst festhalten und verhören wollen. Durch Mallers Hilfe hatte sich die Sache aufgeklärt und war jetzt ein offizieller Fall der Kripo. Vielleicht nicht das Schlechteste. Wenn Honey tot war, konnte sie ihm bei der Suche nach Joleen ohnehin nicht weiterhelfen. Er war wahrscheinlich die ganze Zeit einer kalten Spur hinterhergelaufen und sollte sich nun auf das Wesentliche konzentrieren.

Er fuhr nach Hause, schlief bis zum Morgen und machte sich sofort nach dem Aufstehen an Joleens Laptop, den er gestern mitgenommen hatte. Er dachte an Ben und daran, dass dies eigentlich seine Aufgabe gewesen wäre. Für den Nachmittag nahm er sich vor, ins Krankenhaus zu fahren und ihn zu besuchen.

»Dann wollen wir mal sehen …« Karl Heinz startete den Laptop. Er holte sich währenddessen eine Tüte Chips aus der Küche – Was gab es Besseres zum Frühstück? – und setzte sich kauend vor das Gerät. Passwort. Natürlich! Ben hätte sofort gewusst, was zu tun war. Und hätte Karl Heinz bei der Kripo Duisburg nicht gerade einen schlechten Stand, hätte er einen der Techniker angerufen und um Hilfe gebeten, was er sich nach den zurückliegenden Ereignissen jedoch verbot.

Er tippte verschiedene Buchstaben- und Zahlenkombinationen ein, von denen er glaubte, sie könnten Joleen wichtig gewesen sein. Geburtsdatum, Mädchenname. Alles erfolglos. Nach einer Stunde gab er auf und fragte die Suchmaschine um Rat. Es gab viele Programme und Tipps, wie man ein fremdes Passwort knacken konnte, aber Karl Heinz wagte es nicht, eines davon herunterzuladen und auszuprobieren. Ben hatte mit Sicherheit eines auf seinem Arbeitscomputer, aber auch an diesen wagte er sich nicht heran.

»Gut, dann Plan B.« Er klemmte sich den Laptop unter den Arm, fütterte Herrn Schmidt, der nun zurück in seinen Käfig musste, und fuhr zu Joleens Arbeitsplatz. Er war beim letzten Mittel angekommen. Jetzt würde er die Kollegen aufscheuchen und Joleen das Leben erschweren, sollte sie noch im Besitz dessen sein und zurückkehren.

Er betrat das Fotostudio und wurde von einer höflichen Dame in Empfang genommen. »Hallo, wie kann ich Ihnen helfen?«

Im Geschäft befanden sich andere Kunden und er bat die Frau, sich kurz mit ihm unter vier Augen zu unterhalten.

»Sicher«, sagte sie und führte ihn in den rückwärtigen Teil des Ladens. »Was haben Sie auf dem Herzen?«

»Es geht um Joleen Pfeiffer.«

»Sind Sie ein Polizist? Wir haben unsere Aussagen gemacht. Es lag an ihrem Mann. Sie ist mit Sicherheit abgehauen, weil sie es Zuhause nicht mehr ausgehalten hat.«

»Nein, mein Name ist Kellerer und ich bin Privatdetektiv. Frau Pfeiffers Mann hat mich engagiert, ihr Verschwinden aufzuklären.«

»Er lässt nach ihr suchen?« Sie lachte. »Er kann es nicht ertragen, dass sie ihn verlassen hat, was? Kein Wunder. Der Kerl ist eifersüchtig hoch zehn. Tun Sie Joleen bitte den Gefallen, falls Sie sie finden, verraten Sie es nicht ihrem Ehemann.«

»Woher wissen Sie, dass es schlecht zwischen den beiden lief? Herr Pfeiffer stellt die Ehe harmonisch dar.«

»Jaja, alles war beschaulich und voller Liebe, blabla. Glauben Sie nichts von dem, was der erzählt. Wenn einer schuld daran ist, dass sie Hals über Kopf untergetaucht ist, dann Timo.«

»Wenn Sie so überzeugt sind, dass sie freiwillig abgehauen ist, haben Sie nicht zufällig eine Idee, wohin?«

»Nein, sie sprach nur ständig davon, die Scheiße hinter sich zu lassen und ins Ausland zu gehen.«

»Wissen Sie, ob sie jemanden kennengelernt hat? Einen anderen Mann?«

»Wir lernen hier täglich neue Leute kennen. Kann sein, dass einer dabei war. Erwähnt hat sie niemanden. Allerdings war sie die letzten Monate seltener bei uns, hat sich oft freigenommen. Sie sagte, sie arbeite an einem Projekt.«

»An welchem?« Karl Heinz dachte, dass man ein Nebengewerbe als Prostituierte wohl kaum als *Projekt* bezeichnen konnte.

»Das weiß ich nicht.« Sie breitete die Arme aus. »Für mich passt alles zusammen. Sie war nur sporadisch hier und wenn, dann schimpfte sie über Timo. Und kurz bevor sie verschwand, packte sie ihre Ausrüstung und war weg. Keine Nachricht, nichts. Dann kamen die Bullen und quetschten uns aus.«

»Und Sie gaben der Polizei keinen Anlass, an ein Verbrechen zu glauben?« Jetzt dachte er an Honey und daran, dass Joleen ebenfalls verunstaltet im Darknet herumgeistern könnte.

»Nein, sie ist abgehauen, da sind wir uns sicher. Sie hat so oft davon gesprochen.«

»Okay, danke für diese Informationen, aber ich bin nicht nur deswegen hier.« Er zeigte ihr den Laptop. »Mein Techniker ist krank und ich muss auf Joleens Dateien zugreifen. Sie müssen denken: ›Was soll das für ein Detektiv sein?‹, aber für diese Arbeiten bin ich nicht geeignet. Das Gerät ist passwortgeschützt. Sie kennen nicht zufällig …?«

»Dürfen Sie das überhaupt?«, fragte sie und verschränkte die Arme vor der Brust.

»Ich besitze Herrn Pfeiffers Erlaubnis.«

»Geben Sie her.« Sie klappte den Laptop auf, erweckte ihn aus seinem Stand-by-Modus und tippte verschiedene Kombinationen ein. Sie schrie erfreut auf, als hätte sie soeben ein Geistesblitz ereilt, gab flink einen Mix aus Zahlen und Buchstaben ein und der Start-Bildschirm zeigte sich.

»Was haben Sie eingegeben?«

»Joleen konnte sich schlecht Passwörter merken. Wir haben Tage gebraucht, um ihr das für unsere Firmenrechner beizubringen. Also habe ich dasselbe genommen, was wir hier benutzen, und siehe da …« Sie deutete auf den Bildschirm.

»Das ist prima, vielen Dank!« Er nahm seinen Notizblock aus der Jacke und hielt ihn ihr samt Stift hin. »Würden Sie es mir aufschreiben?«

»Ich weiß nicht, ob ich das darf.«

»Ich werde nicht an Ihre Computer gehen, keine Sorge.«

»Unter einer Bedingung. Wenn Sie Joleen finden, richten Sie ihr unsere Grüße aus. Sagen Sie ihr, sie soll bleiben, wo sie ist und nicht mehr zu Timo zurückkehren.«

»Das mache ich.«

Sie notierte das Passwort und Karl Heinz verließ zufrieden das Geschäft. *Das lief doch ganz gut,* dachte er. In der Vergangenheit waren viele Befragungen von Kollegen eines Verdächtigen oder Vermissten anders verlaufen und hatten in einem Desaster geendet. Umso erleichterter war er, dass er eine gesprächige und hilfsbereite Kollegin getroffen hatte, die ihm seine Schnüffeleien nicht krummnahm.

Er fuhr nach Hause und setzte sich vor den Laptop. Die angebrochene Tüte Chips vom Frühstück brachte er in die Küche und ersetzte sie durch eine Tafel Schokolade. Dann sah er sich diverse Ordner an, die Joleen angelegt hatte. Es waren Dutzende. Manche waren mit den Namen der Leute benannt, deren Bilder darin enthalten waren. Manche eher oberflächlich mit Titeln wie ›Hochzeiten‹, ›Kinder‹, ›Tiere‹. Ihr Spektrum war breit gefächert und die Aufnahmen belegten, dass sie in den verschiedensten Bereichen gleichbleibende Qualität abgeliefert hatte. Er war nur ein Laie, was die Fotografie anging, aber seiner Meinung nach war Joleen ein Ass auf ihrem Gebiet.

Weiter unten entdeckte er einen Ordner, der mit XXX betitelt war. Karl Heinz klickte ihn an und stolperte über unerwartete Fotos. Das erste zeigte eine Frau, nur mit einem Slip bekleidet, die auf einem schäbigen Bett lag. In ihrer rechten Armbeuge steckte eine Nadel. Sie wirkte tot. Auf dem nächsten saß sie aufrecht, hatte die Spritze in der Hand und Tränen in den Augen. Die Bilder waren in einem Sepia-Ton gehalten und erweckten den Anschein, aus einem anderen Jahrhundert zu stammen. Auf eine seltsam bedrückende Weise sahen sie bezaubernd aus. Er fand verschiedene Frauen in unterschiedlichen Posen und wechselnder Kleidung. Manche von ihnen waren nackt. Trotz der Freizügigkeit und den verfänglichen Stellungen wirkten die Aufnahmen nicht billig oder pornografisch.

»Sieh mal einer an«, sagte er und vergrößerte eines der Fotos. Es zeigte Hanna. Die Prostituierte, mit der er einen Kaffee getrunken hatte.

Hanna kniete vor einem Bett, hielt mit beiden Händen einen übergroßen Dildo. Ihre Körperhaltung deutete an, dass sie das gewaltige Plastikgemächt in zwei Teile zerreißen wollte. Wut lag in ihrem Blick. Und Trauer.

Er fand weitere Prostituierte, die er auf der Suche nach Honey gesehen oder kennengelernt hatte. Auch Honey war unter ihnen. All diese Frauen hatten entweder ein Sexspielzeug oder Drogen als Thema. Karl Heinz wusste jetzt, warum Joleen sich im Rotlichtmilieu aufgehalten und eine Menge Geld für Sexspielzeug ausgegeben hatte. Nicht, weil sie anschaffen gegangen war, sondern weil sie die Prostitution auf deutschen Straßen dokumentiert hatte.

Er stieß auf eine Textdatei zwischen den Bildern. Er öffnete sie.

»Projekt Fotography Award«

Ich liebe meine Arbeit. Ich liebe die Menschen, mit denen ich dabei in Kontakt komme. Aber ich glaube, es gibt da draußen mehr für mich, als all die glücklichen Ehepaare, die goldigen Kinder oder die knuffigen Hundewelpen. Die Fotografie kann so viel mehr, als nur das Schöne unserer Welt zu zeigen. Ich hatte die Idee, mir eines der schwächsten Glieder unserer Gesellschaft herauszusuchen und ihre Eleganz hinter all dem Leid hervorzu-

heben. Mein Anliegen ist, zu zeigen, dass diese Frauen nicht der wertlose Dreck sind, als der sie behandelt werden, sondern genauso Gefühle und eine Seele haben wie wir anderen. Viele, die ihren Lebensunterhalt in klimatisierten Büros verdienen und genüsslich Kaffee schlürfen, machen sich keine Gedanken darum, wie es den Ärmsten der Armen tagtäglich ergeht. Ich will keinesfalls »normale« Berufe abstrafen, sondern das Bewusstsein dieser Normalverdiener erweitern und ihnen sagen: »Schaut hin! Das sind die Frauen, die sich für zwanzig Euro und weniger hergeben, damit sich die Freier den Druck von den Eiern rammeln können.« Wenn die Leute meine Fotostrecke betrachten und eine Sekunde an die Schicksale dieser mittellosen Frauen denken, habe ich mein Ziel erreicht.

Ich reiche meine Arbeit beim Fotography Award ein, nicht im Bestreben, diesen Preis zu gewinnen, sondern, um meine Bilder einem breiten Publikum vorzustellen. Es zum Nachdenken anzuregen, ihm zu zeigen, wie schön und wie zerbrechlich die Prostituierten auf unseren Straßen sind. Vielleicht erreiche ich so eine große Medienpräsenz und jeder Einzelne nimmt sich eine Minute, kehrt in sich und bewertet beim nächsten Mal die Umstände anders, wenn er solch einer Frau begegnet.

»Klasse Frau«, entfuhr es ihm. Herr Schmidt zwitscherte aufgeregt, als Karl Heinz' brummende Stimme die Stille zerriss. Der Vogel hatte auf seiner Schulter gesessen. Jetzt flog er meckernd in seinen Käfig und pickte ein paar Körner aus dem Futterschälchen.

Er schloss den Ordner und fand einen letzten, beschriftet mit: XXX². Gespannt öffnete er ihn, ganz hingerissen von Joleens aufopferungsvoller Arbeit.

Mit den Fotos, die jetzt vor ihm auftauchten, hatte er nicht gerechnet. Abgeschlagene Köpfe, Ohren, die an

Knie genäht waren, abgetrennte Beine, Hände, geöffnete Leiber.

Schockiert kniff er die Augen zusammen. Trotzdem sah er die Bilder vor sich. Vor dem schwarzen Nichts seiner Lider schwebten die starren Gesichter der Frauen, von denen er manche gerade noch lebend auf ästhetischen Fotografien gesehen hatte.

Er minimierte den Ordner und öffnete den vorherigen, um sich zu vergewissern, dass er sich nicht täuschte. Er suchte eine Rothaarige heraus, deren kindlich wirkende Sommersprossen das markanteste Merkmal an ihr waren. Er klickte eines aus dem XXX^2 Ordner an und verglich sie miteinander. Auf der einen Seite die ansprechende Sepia-Aufnahme, auf dem sich die Sommersprossen deutlich auf der hellen Haut abzeichneten. Auf der anderen das Foto einer Frau, die wie ein Embryo zusammengerollt auf dem Boden lag. Ihre Arme umschlangen die Schienbeine, die Hände waren mit schwarzem Garn jeweils am Unterarm des anderen angenäht. Normalerweise hätte die Stirn auf den Knien ruhen müssen. Das genaue Gegenteil war der Fall. Der Hinterkopf war gegen die Knie gelehnt. Jemand hatte ihr das Genick gebrochen und den Kopf so weit gedreht, dass ihr starrer Blick in die entgegengesetzte Richtung ging. Am Hals sah er die gesplitterten Knochen, die sich scharfkantig durch die Haut bohrten. Die Rothaarige war aus verschiedenen Perspektiven fotografiert worden. Bei einer musste der Fotograf die Kamera auf den Boden gestellt haben. Das Gesicht war in Großaufnahme zu sehen, der restliche Körper lag unscharf im Hintergrund. Es gab keinen Zweifel, das war dieselbe Frau. Bei Honeys Bild aus dem Darknet war Karl Heinz unsicher gewesen, weil der abgetrennte Schädel viel an Menschlichkeit eingebüßt hatte. Hier hingegen war die Sachlage klar. Es war dieselbe Frau, die Joleen Pfeiffer in ein schönes Licht gerückt hatte, bevor jemand … Wie krank musste ein Mensch sein, um so etwas zu tun?

Er scrollte, überflog den Inhalt des Ordners und stieß auf eine weitere Textdatei.

Vermisste Prostituierte

Je länger ich mich in der Szene bewege und je mehr Vertrauen die Mädchen zu mir gewinnen, desto häufiger erzählen sie mir, dass ständig Huren verschwinden. Und das nicht nur von den drei Straßenstrichen, auf denen ich mich aufhalte, sondern auch von anderen. Sie verrieten mir, es ginge das Gerücht um, dass ein Serienkiller unterwegs sei und die Polizei sich kein Stück dafür interessiere. Die Jüngste von ihnen, Hanna, wie sie sich nennt, sagte: »Die Bullen wissen, dass dauernd welche von uns verschwinden und es juckt sie einen Scheiß. Wir haben aufgegeben, es zu melden, wenn eine von uns vom Erdboden verschluckt wurde, weil die dann eh nur behaupten, sie hätte die Schnauze voll gehabt und sei abgehauen.« Hanna fügte später hinzu: »Ich glaube, die sind nicht traurig darüber, dass einer uns jagt und nach und nach abmurkst. Die sind wahrscheinlich froh, dass sich dieser Scheißkerl darum kümmert, den Dreck von den Straßen zu räumen.«

Anfänglich startete ich das Projekt unter der Flagge, den Frauen auf den Strichen Deutschlands ein Gesicht zu geben. Ihnen eine Stimme zu verleihen, mit der sie die Gesellschaft erreichen können. Mittlerweile hat sich das Ganze zu einer Suche nach Antworten entwickelt. Ich befrage die Mädchen während der

Shootings zu den Vermissten und höre immer die gleiche Antwort: »Ja, irgendwas geht da vor, aber die Bullen kümmert es einen Scheiß.«

Das Problem, das sich mir dabei zeigt, ist, dass es nur Gerüchte und diese verschwundenen Frauen gibt. Wäre eine Leiche aufgetaucht, hätte die Polizei vielleicht etwas unternommen. Bisher geschah jedoch nichts.

Ich habe diese Leichen gefunden. Zwar nur in Form von Fotos, aber es ist klar zu erkennen, dass es sich teilweise um diejenigen handelt, die ich fotografiert habe. Es ist jetzt ersichtlich, warum ich sie nach unserem Shooting nie wiedersah.

Ich stieß im Internet auf dieses Darknet. Ich nahm meinen ganzen Mut zusammen und trieb mich ein paar Wochen darin herum, bis ich mir so viel Vertrauen der User erschlichen hatte, dass sie mich in die grausame Welt des Snuffs einließen. Sie verkauften mir Bilder. Ich lag nachts wach in meinem Bett, weil mich die gequälten Seelen der Gefolterten und Getöteten nicht schlafen ließen.

Irgendwann wies mich ein User auf einen gewissen »Leichenkünstler« hin und meinte, wenn ich anspruchsvolleren Stoff haben wolle, solle ich mich nach ihm erkundigen. Es dauerte Wochen, bis ich mich in einem Forum umgehört hatte und schlussendlich auf eine Seite eingeladen wurde, über die man sich die Fotos und Videos des Leichenkünstlers herunterladen konnte. Gegen Bitcoins, versteht sich.

Ich war schockiert, als ich unter den ersten zwanzig Bildern eines meiner Models entdeckte. Es war grausam. Jemand hatte ihren Körper entmenschlicht, indem er ihr die Brüste abgeschnitten und ihr stattdessen die Arme an den Brustkorb genäht hatte. Ich fand viele der vermissten Frauen und sammelte alles in einem Ordner, um zur Polizei zu gehen. Dann verschwand Honey. Eine

Frau, die ich gleich zu Beginn meines Projektes kennengelernt hatte. Sie mag nicht die liebenswerteste Person sein und ihr Umgang mit ihrer Tochter lässt zu wünschen übrig, dennoch mag ich sie. Sie führte mich tief ins Milieu, zeigte mir einen Sexshop, in dem ich meine für die Shootings benötigten Utensilien kaufen konnte. Sie stellte mich anderen Prostituierten vor. Trotz ihrer unfreundlichen Art hatte ich sie gern. Als sie eines Tages nicht zu einer Verabredung kam, versuchte ich, sie zu erreichen. Nichts. Kein Lebenszeichen. Ich fuhr zu Honeys Haus. Sie und ihr Kind schienen nicht da zu sein.

Ich gehe bald mit meinen zusammengetragenen Unterlagen zur Polizei. Vorher will ich noch ein paar Abende lang den Strich beobachten. Vielleicht sehe ich jemanden, der mir verdächtig vorkommt und notiere mir sein Nummernschild.

Das war der letzte Eintrag in diesem Dokument. Karl Heinz schloss es und lehnte sich im Stuhl zurück. Joleen war also keinem Nebenjob als Prostituierte nachgegangen. Es hatte mit einer Fotostrecke begonnen und endete in einer Hatz nach einem vermeintlichen Serienkiller. Was war geschehen? Hatte sie sich zu weit aus dem Fenster gelehnt und war während ihrer Recherche in die Fänge dieses Killers geraten?

Wenn dem so war, würden sich Bilder von ihr im Darknet finden. Karl Heinz hatte eine Idee: Er googelte, wie man ins Darknet kam, durchsuchte Joleens Laptop und fand eines der Programme, mit denen man hineingelangte. Unsicher schwebten seine Finger über der Tastatur, dann öffnete er das Programm.

Er hatte gelesen, dass es im Darknet keine Suchmaschinen gab und man die Adresse direkt in die URL-Leiste eintragen musste. Aber welche? Wieder durchforstete er Joleens Dateien und stieß auf eine Liste, die ganz nach dem aussah, was er suchte. Unter einem Punkt stand *Leichenkünstler* und ein passender Link. Er tippte ihn ein und starrte gebannt auf den Bildschirm. Die Seite baute sich schleppend auf, fast wie vor Jahrzehnten, wenn sich das 64k-Modem versuchte einzuwählen und dabei ohrenbetäubende Geräusche von sich gab.

Als sich die Seite endlich aufgebaut hatte, erschien die Oberfläche eines Forums, wie es sie im normalen Internet zuhauf gab. Die Überschriften der einzelnen Kategorien gaben keinen Hinweis darauf, dass es sich um bizarre Abgründe des menschlichen Seins handelte.

Er klickte die erste Überschrift mit dem Namen *News* an und wurde sogleich um Benutzername und Passwort gebeten.

»Verdammt!« Karl Heinz durchsuchte Joleens Notizen und fand, wonach er suchte. Bevor er beides eintippen konnte, klingelte sein Handy.

Es war Mimi.

»Hey, Chef«, sagte sie mit gebrochener Stimme.

»Hi, Kleine. Wie geht es dir?«

»Ging schon mal besser. Ich wollte dich fragen, ob du gleich ins Krankenhaus kommen kannst. Der Arzt will in einer Stunde mit den Eltern sprechen, es scheint Neuigkeiten zu geben und ich dachte, dass du vielleicht dabei sein willst.«

»Natürlich!« Er klappte sofort den Laptop zu und schnappte sich seine Jacke. »Ich bin in ein paar Minuten bei dir.«

Joleen musste warten, Ben hatte Vorrang.

15

Es war eine kurze Nacht gewesen, weil ich die Hälfte davon im Auto gesessen und auf Corinna Faums Wohnhaus gestarrt hatte. Ich wusste nicht genau, was ich damit bezweckte, aber meine innere Unruhe hatte sich gelegt. Ich konnte den Druck, den Linda auf mich ausübte, ein wenig abbauen und zurück zu mir selbst finden.

Als ich nach Hause zurückgekehrt war, tat Linda so, als schliefe sie. An ihrer schnellen Atmung merkte ich, dass sie hellwach war und auf meine Rückkehr gewartet hatte. Sie sagte jedoch kein Wort, als ich mich zu ihr ins Bett legte.

Jetzt saßen wir am Frühstückstisch und aßen schweigend unser Brot oder, wie in Connors Fall, in Milch ertränkten Cerealien.

»Wie war es beim Seelenklempner?«, schoss es aus meiner Tochter heraus.

Linda verschluckte sich an einem Stück Toast und hustete derart heftig, dass ich ihr auf den Rücken klopfte und fragte: »Alles okay?«

Sie beruhigte sich und sagte: »Es ist nur eine Eheberatung.«

»Jaja, das haben Jules Eltern auch gesagt und sich vor einem Monat getrennt. Lasst ihr euch auch scheiden?«

»Werden wir nicht«, entgegnete ich. Linda schwieg. Ich war offensichtlich allein mit der Meinung, dass unsere Ehe eine Zukunft hatte.

»Ich habe gestern mit deinem Vater über dein Praktikum bei ihm im Institut gesprochen«, lenkte Linda vom Thema ab. »Er würde sich freuen, wenn du es bei ihm machst.«

»Weil ich so noch Zeit mit ihm verbringen kann, ehe ihr euch trennt?« Marias kühler Ausdruck in den Augen war unübersehbar.

»Nein, weil er dich liebt und dir die Chance gibt, die du beim Friseur vergeigt hast.« Lindas Stimme schwoll an und war kurz davor, zu einem Schreien auszuwachsen.

Maria zuckte unbeeindruckt mit den Schultern. »Cool!«, kommentierte sie und schenkte mir ein Lächeln. Ihre Mutter, die vor Wut kochte, ignorierte sie.

»Wie wir das genau machen, besprechen wir am Wochenende. Ich muss jetzt los.« Hastig stand ich auf, trank im Stehen meinen Kaffee und verließ das Haus. Die schlechte Stimmung hatte sich spürbar im Raum ausgebreitet und ich war froh, ihr entkommen zu sein. Ich sprang in den Wagen und fuhr zum Institut.

Patricks Auto parkte nicht auf der Straße, wahrscheinlich holte er die Blumen für die Trauerfeier ab. Als er nach einer Stunde immer noch nicht zurück war, rief ich ihn auf dem Handy an. Er nahm nicht ab. Ich versuchte es bei seiner Festnetznummer. Ebenfalls Fehlanzeige. Auch an das Handy seiner Frau ging niemand ran.

Dann wählte ich die Nummer des Floristen. »Hallo, Michael Stalzer hier. War mein Kollege bei euch, um das Trauergesteck abzuholen?«

»Nein, wir haben uns schon gewundert, wo er bleibt. Wir wollten gerade bei euch anrufen.«

Genervt rieb ich mir die Stirn, hinter der sich ein stechender Kopfschmerz ausbreitete. »Okay, ich hole es selbst ab.«

Ich hatte nicht mehr viel Zeit, bis die Familie der Eheleute Faum aufschlagen würde, also sprang ich in den Wagen und raste zum Blumengeschäft. Die Verkäuferin erkundigte sich, ob alles in Ordnung sei, als ich gehetzt nach dem Trauergesteck fragte und ungeduldig auf die Theke klopfte, während sie es aus dem Nebenzimmer holte. Sie wirkte irritiert, war sie es doch nach den vielen Jahren der freundlichen Zusammenarbeit nicht gewohnt, dass ich kurz angebunden und gereizt daherkam.

Wir wickelten das Geschäft ab und ich fuhr zurück zum Institut. Ein Mitarbeiter des Krematoriums stand vor der Tür und sah nervös auf seine Armbanduhr. Als ich ausstieg, rief er mir zu: »Wo waren Sie? Ich warte schon seit zehn Minuten.«

Ich murmelte ein »Entschuldigung« und schloss die Tür auf. Er übergab mir drei Urnen. In zweien davon waren Herr und Frau Faum aufbewahrt. In der dritten Dani, die bald, wie so viele andere, ihren Ehrenplatz in meiner Urnensammlung bekommen würde.

»Nächstes Mal ist gefälligst einer von euch da«, fluchte er und verschwand. Seine Unfreundlichkeit würde ich mir merken. Der Kerl vergaß, dass ich sein Brötchengeber war.

Ich seufzte, bereitete alles für die Trauerfeier vor und versuchte es erneut bei Patrick. Keine Chance. Ich erreichte niemanden. Da stimmte was nicht.

Noch zehn Minuten, bis die Angehörigen kamen. Das mobile Telefon des Geschäftsanschlusses klingelte.

»Patrick?«, fragte ich sofort, nachdem ich abgenommen hatte.

»Nein, Jessas.«

»Was ist? Ich habe keine Zeit, Patrick ist nicht aufgetaucht und ich …«

»Genau darum geht es.«

»Was meinst du?«

»Patrick wurde heute Nacht ins Krankenhaus eingeliefert. Ich habe es von Kollegen gehört und mich gleich schlaugemacht, was geschehen ist. Hier war Einiges los.«

»Raus mit der Sprache, was ist passiert?«

»Es gab ein Feuer. Patricks Haus ist ausgebrannt. Er hat Verbrennungen, konnte sich wohl im letzten Moment in Sicherheit bringen. Bei seiner Frau und seiner Enkelin sieht das anders aus …«

»Du willst sagen, sie sind …?«

»Tot, exakt. Seine Frau wurde mit dem Baby im Arm im Schlafzimmer gefunden. Es scheint, als wären sie durch den Rauch umgekommen. Die Rettungskräfte haben zwar Reanimierungsmaßnahmen eingeleitet, aber es war zu spät.«

»Das ist schrecklich!« Ausnahmsweise eine echte Gefühlsregung von mir. »Und Patrick? Er konnte sich retten, sagst du?«

»Gleich als der erste Feuerwehrwagen ankam, rannte Patrick ihnen entgegen. Seine Kleidung schwelte und seine Haut war krebsrot. Die Einsatzkräfte sprangen aus ihren Fahrzeugen, warfen ihn zu Boden und erstickten die Glut. Und weißt du, was er gemacht hat? Er lachte. Trotz der Schmerzen und des Wissens, dass sein Leben gerade in Flammen aufging. Sanitäter versorgten ihn und brachten ihn ins Krankenhaus. Die Ärzte sind zuversichtlich, dass er nur Verbrennungen zweiten Grades erlitten hat. Besonders an den Händen. Seine Wunden sollten schnell verheilen. Es gibt da ein anderes Problem.«

»Und das wäre?«

»Nach der Behandlung befragte ihn die Polizei. Und weißt du, was er gesagt hat? ›Ich konnte nicht mehr, ich schaffte das nicht mehr. Ich war nicht bei Sinnen. Was habe ich getan?‹ Die Beamten fragten natürlich, was er damit meinte. Er antwortete nicht. Die zuständigen Ermittler sind jetzt bei der Ruine und untersuchen die Brandursache.«

»Du willst damit sagen …?«

»Exakt! Die Polizei geht durch Patricks seltsame Aussage davon aus, dass er den Brand gelegt hat.«

»Warum sollte er das getan haben? Er liebt seine Frau und seine Enkelin, auch wenn er in letzter Zeit eine Menge Stress hatte.«

»Ich weiß nicht, was ich davon halten soll. Aber selbst ich habe gemerkt, dass er die letzten Male anders war als sonst.«

»Danke, dass du mich angerufen hast. Ich werde ihn nachher besuchen.«

»Falls du heute überhaupt dazu kommst. Die Polizei wird mit Sicherheit bei dir aufschlagen und dich wegen Patrick befragen.«

»Hallo?«, hörte ich eine Frauenstimme aus dem Foyer schallen. Theo machte in meinem Kopf einen Purzelbaum.

»Danke, Jessas. Ich habe jetzt leider keine Zeit mehr, es steht eine Trauerfeier an …«

»Okay, wenn sich was Neues ergibt und meine Vögelchen es mir zwitschern, halte ich dich auf dem Laufenden.«

»Vielen Dank, Jessas.« Ich legte auf und rieb mir erneut über die schmerzende Stirn. Die Kopfschmerzen konnte ich jetzt überhaupt nicht gebrauchen.

Es klopfte an der Tür. »Herr Stalzer? Sind Sie da drin?«

»Einen Moment, ich komme sofort.« Ich nahm mir ein paar Sekunden und versuchte, mich zu beruhigen. Patrick sollte sein Haus mit Absicht angezündet und in Kauf genommen haben, dass seine Frau und die Enkelin umkamen? Sicher, er war in der letzten Zeit missgelaunt, ständig übermüdet und nicht ganz bei der Sache, aber ich war von uns beiden der Killer, nicht er.

»Herr Stalzer?«, wurde noch einmal gerufen.

Ich stand auf, öffnete die Tür und begrüßte Corinna Faum so freundlich ich konnte. »Hallo, es tut mir leid, dass es ein bisschen gedauert hat. Jetzt können wir loslegen.«

Im Foyer hatte sich eine überschaubare Menge Trauernder eingefunden. Ich empfing jeden mit Handschlag und drückte allen mein Mitgefühl aus. Da Corinna

Faum eine Abschiedsfeier in meinem Institut und nicht in der Friedhofskapelle gewünscht hatte, würden die Trauernden nach der Zeremonie zum nahegelegenen Friedhof weiterziehen und die Urnen von einem der Friedhofsmitarbeiter abgeholt werden. Mir waren Bestattungen am liebsten, die in der Friedhofskapelle begannen und mit der Beisetzung endeten, da ich mich dann nur um die Organisation kümmern musste. Aber wenn die Hinterbliebenen eine weltliche Trauerfeier abseits der Kirche wünschten und ich diesen Service nun einmal anbot, führte ich durch diese Feier.

Corinna Faum hielt die Trauerrede. Ich hatte ihr bei unserem Gespräch einen Trauerredner empfohlen, sie hatte abgelehnt. Ich spielte an den abgesprochenen Stellen die gewünschte Musik und blieb im Hintergrund.

Plötzlich fühlte ich mich beobachtet und drehte mich zur Eingangstür. Zwei Männer standen dort, adrett gekleidet – jedoch nicht für eine Beerdigung. Einer der beiden nickte mir zu und machte eine Handbewegung, die mich dazu bringen sollte, zu ihnen zu kommen.

Ich schlich mich durch die Trauergäste und flüsterte: »Was wollen Sie?«

»Mein Name ist Kai Maller, Kriminalpolizei Duisburg. Wir müssen uns mit Ihnen unterhalten.«

»Schön, aber nicht jetzt«, zischte ich. »Warten Sie gefälligst draußen.«

Ich wandte mich um und kümmerte mich um die Trauergäste. Sie waren also da. Wie Jessas prophezeit hatte. Meine Erfahrungen mit der Polizei oder gar mit der Kripo waren begrenzt. Manchmal hatte ich mit einem Beamten gesprochen, sofern es um Leichen ging, die nicht freigegeben werden konnten. Aber dass sie wegen mir hier waren, wahrscheinlich, um mit mir über Patrick zu sprechen, war noch nie vorgekommen. Verdammt, ich konnte hier keine schnüffelnden Bullen gebrauchen!

Die Zeremonie verlief ohne weitere Zwischenfälle. Die Trauergemeinde trat geschlossen hinaus, während der Friedhofsmitarbeiter die Urnen abholte und sie zum nahegelegenen Friedhof brachte, wo gleich im Anschluss die Beisetzung stattfinden würde.

Corinna Faum war die Einzige, die das Institut nicht verließ. Sie blieb neben mir stehen und bedankte sich bei mir.

»Ich mache nur meinen Job«, erwiderte ich wortkarg.

»Und den haben Sie wunderbar gemacht. Es lief genau so, wie ich es mir vorgestellt habe. Papa und Mama hätte es gefallen.« Sie nahm ein Taschentuch aus ihrer Handtasche und schnäuzte sich die Nase. Dann sah sie mich mit tränennassen Augen an. »Ich weiß, das passt nicht hierher, aber es geht um Ihre Tochter.«

»Maria?«

»Haben Sie noch andere?« Sie lächelte künstlich.

»Nicht, dass ich wüsste. Was ist mit ihr?«

»Sie kam vor unserem Elternsprechtag zu mir und erzählte mir etwas, das ich eigentlich hatte ansprechen wollen, aber ich war mir unsicher, ob Ihre Frau damit umgehen kann.«

»Herr Stalzer?«, fragte ein Mann.

Ich sah an Corinna Faum vorbei und entdeckte den Kripobeamten ungeduldig in der Eingangstür stehend.

»Haben Sie bitte ein bisschen Respekt vor den Angehörigen«, sagte ich barsch. »Ich bin sofort bei Ihnen. Gedulden Sie sich gefälligst.«

»Wer ist das?«, fragte Corinna Faum.

»Eine unfreundliche Person«, raunte ich und bedeutete ihr, weiterzusprechen.

»Okay, um zu Ihrer Tochter zurückzukommen, ich muss mit Ihnen sprechen. Ich weiß nicht, ob es besorgniserregend ist, was Maria mir da erzählt hat. Erst wollte ich es Ihnen gegenüber überhaupt nicht erwähnen, aber ich dachte ein paar Tage nach und ich glaube, es ist besser, wir reden darüber. Sie werden mit dem Thema umgehen können.«

»Selbstverständlich, klar.«

»Rufen Sie mich an, wenn Sie Zeit haben, dann treffen wir uns.« Sie streckte einen Arm aus und strich mit der Hand über meine Schulter. Ging es wirklich nur um meine Tochter oder lag da noch etwas anderes in der Luft?

Corinna Faum wandte sich um und verließ das Institut. Dieser ungehobelte Kommissar hielt ihr die Tür auf und kam mit seinem Kollegen sogleich auf mich zu.

»Haben Sie jetzt Zeit?«

»Wie können Sie es wagen, in eine Trauerfeier reinzuplatzen?«, stellte ich eine Gegenfrage und war ernsthaft verärgert über das Verhalten der beiden Beamten. Nur weil sie eine Marke trugen, war es ihnen noch lange nicht erlaubt, die Verabschiedung eines geliebten Menschen zu stören.

»Das war taktlos von uns, entschuldigen Sie«, sagte sein Kollege. »Ich bin Kommissar Hagebug. Könnten wir uns einen Moment setzen und reden?«

»Wenn es nicht allzu lange dauert, bitte. Wie Sie wahrscheinlich wissen, ist mein einziger Mitarbeiter verhindert und mir wächst die Arbeit ohnehin über den Kopf.«

Wir gingen in mein Büro, die Beamten nahmen Platz. Ich bot ihnen einen Kaffee an, den sie dankend ablehnten. Auch ich setzte mich.

»Sie wurden schon darüber informiert, was sich heute Nacht ereignet hat?«, fragte der Kommissar, welcher sich noch einmal als Kai Maller vorstellte.

»Ein Freund aus der Rechtsmedizin klärte mich auf. Er bekam mit, was passiert ist und hat mich angerufen.«

Maller nickte. »Unsere Brandermittler sind zwar noch nicht fertig, aber bisher deutet alles darauf hin, dass Patrick Fillinger mit einem Brandbeschleuniger das Feuer absichtlich gelegt hat. Zum einen schlugen trainierte Spürhunde an einer Stelle im Flur an, zum anderen rochen die Ärzte bei der Behandlung Benzin an seinen Händen. Vom Boden des Flurs wie auch von seinen Händen wurden entsprechende Proben genommen. Sie werden derzeit analysiert. Wir ermitteln vorerst in einem Doppelmord und würden von Ihnen, Herr Stalzer, gern erfahren, was Sie uns über Ihren Mitarbeiter erzählen können.«

Fast wäre mir ein ›Nichts leichter als das, Hauptsache, Sie wollen keine Anekdoten über meine Huren hören oder sich meine Urnensammlung im Keller ansehen‹ herausgerutscht.

»Was genau wollen Sie wissen?«, fragte ich stattdessen.

»Was ist er für ein Mitarbeiter? Ist er zuverlässig? Oder ist er oft krank?«

»Seit er bei mir arbeitet, war er, glaube ich, nur so oft krank, dass ich es an einer Hand abzählen könnte. Er ist schon seit einer gefühlten Ewigkeit bei mir angestellt und der loyalste Mensch, den ich kenne. Patrick hat immer seine Arbeit erledigt, war pünktlich, sprang oft für mich ein, wenn ich aus privaten Gründen verhindert war. Er ist der Typ Mitarbeiter, den sich jeder Chef wünscht.«

»Auch in den letzten Wochen?«, fragte Hagebug.

Sie wussten also Bescheid, dass es bei Patrick zuletzt nicht so gut lief. Ich hatte keine Wahl und musste ehrlich zu ihnen sein, damit sie schnell gingen und nicht auf die Idee kamen, mir später anzulasten, ich hätte sie wegen Patricks Zustand belogen. Verdammt, wie sollte ich so meine Tarnung aufrechterhalten – mit der Kripo im Haus?

»Nein, leider nicht. Er war müde, zerstreut, nicht mehr so zuverlässig wie sonst.«

»War er gereizt?«

»Er war nicht die Freundlichkeit in Person, aber er war auch nicht aggressiv oder so. Nur manchmal grummelig, würde ich behaupten.«

»Wenn Sie jetzt darüber nachdenken, was heute Nacht passiert ist, würden Sie sagen: Ja, das habe ich kommen sehen?«

»Falls Sie damit andeuten wollen, Patrick hätte irgendwelche Signale gegeben, dass er Gefahr läuft, so etwas anzustellen – sollte er es wirklich getan haben –, dann kann ich das verneinen. Ja, er war mit den Nerven am Ende, weil wegen seiner Enkelin alles aus den Fugen geraten ist, aber dass er deswegen einen Säugling und seine Frau … nein, das hätte ich niemals kommen sehen. Wie geht es Patricks Tochter?«

»Sie war zum Zeitpunkt des Brandes bei ihrem Freund. Wie war die Beziehung zwischen Fillinger und ihr?«, fragte Maller.

»Früher gut, sehr gut. Als sie schwanger wurde und nach der Entbindung diese Wochenbettdepression bekam, brachte das Unruhe in die Familie.«

»Würden Sie das Verhältnis als angespannt oder eher explosiv bezeichnen?«

»So viel habe ich mit ihm nie darüber gesprochen. Für Privates hatten wir nicht immer die Zeit, aber so, wie ich das mitbekommen habe, eher angespannt.«

»Wie war die Beziehung zwischen ihm und seiner Frau?«

»Soweit ich weiß, trotz des Stresses gut.«

»Oder haben Sie auch darüber nicht gesprochen?« Maller musterte mich und ich fürchtete, er als erfahrener Mordermittler könne mir bis in die Seele blicken und mein wahres Ich erkennen.

»Ab und zu. Sie müssen verstehen, dass wir in den letzten Wochen eine Menge zu tun hatten. Da gab es kaum Gelegenheit, uns über Privates auszutauschen oder uns nach der Arbeit auf ein Bier zu treffen.«

»Wie lange kennen Sie Herrn Fillinger?«

»Seit der Schule.«

»Wie war er so?«

»Ein ganz normaler Junge, wie Sie und ich auch.«

Haha!, Theo kicherte. *Du und normal! Dass ich nicht lache. Erzähl das mal den Mäusen, die du zertreten hast oder der Katze, der du …*

»Es gab nie Auffälligkeiten? Er hat sich nicht geprügelt oder ist ständig aus dem Unterricht geflogen oder hat von mir aus … sagen wir, andere Kinder gequält?« Mallers Blick durchbohrte mich.

»Nein, nichts dergleichen. Er hatte gute Noten, haufenweise Freunde, nichts, was mir im Nachhinein seltsam vorkommen könnte. Wenn er das getan haben sollte, was Sie ihm vorwerfen, muss es eine Kurzschlussreaktion gewesen sein.«

»Er war also überarbeitet und durch den Job und seine Enkelin überfordert. Trifft das so zu?«, hakte Hagebug nach.

»Kann sein, ja. Ich habe gestern eine Stellenanzeige aufgegeben, weil wir so viel zu tun haben und Patrick nicht ganz bei der Sache war.«

»Können Sie uns sonst etwas über Herrn Fillinger erzählen?«, fragte Maller.

»Nein, keine Ahnung, was ich Ihnen noch sagen soll.«

»Gut.« Maller stand auf und reichte mir eine Visitenkarte. »Es kann sein, dass wir uns seinen Arbeitsplatz ansehen müssen oder wir Sie noch einmal kontaktieren, wenn wir Fragen haben. Falls Ihnen etwas einfällt, das uns weiterhelfen könnte, rufen Sie mich bitte an. Egal zu welcher Tages- und Nachtzeit. Vielen Dank für Ihre Kooperation.«

Ich wollte mich schon erkundigen, wieso es nötig sein sollte, in meinem Institut herumzuschnüffeln. Die Aussicht darauf gefiel mir nicht. Aber ich hatte Sorge, dass eine Nachfrage seltsam wirken und die Polizei erst auf die Spur bringen könnte. Also hielt ich den Mund. Vielleicht kam es ja nicht dazu. Falls doch, würde ich Vorkehrungen treffen, die ich mir bereits für das Praktikum meiner Tochter auferlegt hatte. Meine Urnen mussten verschwinden. Am besten heute noch.

»Sie finden hinaus?«, fragte ich.

Die Beamten nickten und verschwanden genauso schnell, wie sie aufgetaucht waren. Ich lehnte mich im Stuhl zurück, legte den Kopf auf die Nackenlehne und versuchte, meine Gedanken zu ordnen. Tausende Probleme prasselten kollektiv auf mich ein. Es würde dauern, sie nach und nach aus dem Weg zu räumen und mich um alles zu kümmern, was in den nächsten Tagen anstand. Da war Corinna Faum, die mit mir sprechen wollte. Die Urnen, die weggebracht werden mussten. Die Polizei, die mich vielleicht weiterhin behelligen würde. Meine Frau, die mich zur Eheberatung schleppte. Patrick, dessen Arbeitskraft für eine lange Zeit ausfallen würde, sollte er dieses Feuer gelegt haben. Eigentlich hatte ich die Stellenanzeige heute zurückziehen wollen, da sich Hilfe in Form von Maria ankündigte. Durch die neue Sachlage würde ich um einen anderen Mitarbeiter nicht herumkommen. Selbst wenn Patrick unschuldig war, würde ein Prozess auf ihn warten, der sich ewig hinziehen konnte.

Viele Probleme, viel zu tun. Wie immer war ich mir sicher, alles auf die Reihe zu bekommen. Ich hatte für den Nachmittag noch einen Termin, den ich auf den nächsten Tag verschob, weil etwas anderes jetzt wichtiger war. Ich wollte Patrick sehen. Ihn abseits der Polizei fragen, ob er das getan hatte, was ihm vorgeworfen wurde. Und ich wollte ihn fragen, wie es sich angefühlt hatte.

16

Mimi wartete am Eingang auf Karl Heinz.

»Seine Eltern sprechen gerade mit dem Arzt«, sagte sie und umarmte ihn. »Wie läuft es ohne uns?«

»Ich habe alle Aufträge abgegeben. Nur den von Pfeiffer behalte ich.«

Er berichtete Mimi in einer kurzen Zusammenfassung, was er bisher herausgefunden hatte und dass sich der erste Eindruck, Joleen habe sich prostituiert, nicht bestätigt hatte.

»Du hast eine Kinderleiche entdeckt? Wie schrecklich.« Unbewusst fasste sich Mimi an ihren Bauch. »Dieser Fall nimmt seltsame Züge an.«

»Das sage ich dir.« Bevor Karl Heinz mehr erzählen konnte, kam Bens Vater zu ihnen, steckte sich sofort eine Zigarette an und inhalierte den Rauch.

»Was hat der Arzt gesagt?«, fragte Mimi.

»Sie glauben, sie können es riskieren, Bens Medikamente abzusetzen, damit er aufwacht. Sie wollen feststellen, ob Ben bleibende Schäden behält. Alles, was der Doktor gefaselt hat, jeder verdammte Satz, enthielt die Worte *könnte, würde* oder *möglicherweise*. Nichts weiß der Kerl, wirklich gar nichts. Ich frage mich, welcher Vollidiot ihm die Approbation ausgestellt hat. Wenn irgendwas schiefgeht, haben das Krankenhaus und dieser Typ eine Klage am Arsch, das verspreche ich euch.« Er zog hektisch am Filter.

»Kann ich zu ihm?«, fragte Karl Heinz.

Herbert nickte, warf seine Zigarette unachtsam neben den Aschenbecher und führte ihn zu Bens Zimmer auf die Intensivstation. Er verschwand darin und kam kurz darauf mit seiner Frau heraus. Elke grüßte und ging schluchzend Richtung Cafeteria.

»Lass dir Zeit«, sagte Herbert. »Elke will zwar keine Sekunde von ihrem Sohn getrennt sein, aber ich bekomme sie schon beschäftigt.« Er klopfte Karl Heinz auf den Rücken und folgte seiner Frau.

Karl Heinz betrat das Zimmer. Der Lärm, den die Maschinen verursachten, die an Bens Körper angeschlossen waren, dröhnte in seinen Ohren. Er setzte sich auf einen Stuhl, der neben dem Bett stand, und legte seine Hand auf Bens. Sie war warm und doch ließ er sie sofort wieder los. Es fühlte sich an wie die Hand eines Toten. Aber Ben war nicht tot. Und wenn die Ärzte wussten, was sie da taten, würde er überleben, in ein paar Monaten wieder fit sein und sich in die Arbeit stürzen. Karl Heinz hätte gerade jetzt seine Hilfe dringend benötigt.

»Ich versuche, dich würdig zu vertreten«, flüsterte er und unterdrückte die Tränen.

Er saß zehn Minuten bei Ben, versuchte, die dröhnenden Maschinen auszublenden, und sprach leise mit ihm. Irgendwo hatte er gelesen, dass es durchaus Sinn machte, mit einem Komapatienten zu sprechen, um ihm das Gefühl zu geben, nicht allein zu sein. Karl Heinz redete von Bens und Mimis Zukunft. Davon, wie er sich auf ihr gemeinsames Kind freute und dass er darauf bestand, Patenonkel zu werden und bei ihrer Hochzeit einen Teil der Kosten zu übernehmen, wenn er im Gegenzug Bens Trauzeuge sein durfte.

Es klopfte an der Tür und Elke streckte den Kopf hinein. »Bist du fertig?« Ihre Augen waren gerötet und ihre Stimme zitterte.

»Bitte eine Minute noch.«

Sie nickte und verschwand von der Tür.

»Ich komme bald wieder. Du wirst mich dann ansehen und sagen: ›Ey, Chef, ich hatte einen krassen Traum. Jemand hat mir gesagt, ich soll dich als Patenonkel und als Trauzeuge nehmen, das mache ich natürlich.‹ Und wir lachen und umarmen uns. Ja, so wird es sein. Du schaffst das, mein Großer. Ich glaube an dich.« Er gab Ben einen Kuss auf die Stirn und verließ das Zimmer. Elke drängte sich sofort an ihm vorbei und schloss die Tür.

»Wann rechnen die Ärzte damit, dass er aufwacht?«, fragte er Herbert, der auf einem Stuhl im Flur Platz genommen hatte. Neben ihm stand Mimi.

»Wahrscheinlich im Laufe des morgigen Tages. Sobald wir Genaueres wissen, rufen wir dich an.«

»Danke, ich komme dann schnellstens hierher.« Er sah auf die Uhr. »Ich muss jetzt los. Wir hören uns.«

Karl Heinz lief über den Parkplatz zu seinem Auto. Er schaute weder nach rechts noch nach links, hielt den Blick gesenkt und dachte an Ben und an Joleen und an das Darknet, dann wieder an Ben. Plötzlich ertönte eine Hupe und Reifen quietschten. Karl Heinz blickte erschrocken auf und sah sich einem schwarzen Wagen gegenüber. Es war nicht einfach nur ein schwarzer Wagen, sondern ein Leichenwagen. Sein Herz schlug ihm bis zum Hals und verweigerte fast seinen Dienst, weil er vor seinem geistigen Auge sah, wie Ben in einen Sarg gelegt und mit solch einem Fahrzeug abtransportiert wurde.

Ein Mann stieg aus. Dunkler Anzug, weißes Hemd, dunkle Krawatte, gepflegtes Äußeres. Karl Heinz rechnete mit einem ›Pass gefälligst auf, du Idiot!‹, stattdessen sagte der Mann: »Alles in Ordnung? Geht es Ihnen gut?«

Der Mann kam auf ihn zu und blieb knapp vor Karl Heinz stehen. »Herrgott, haben Sie mich erschreckt. Ich habe Sie zwischen den parkenden Autos nicht gesehen und schwupps standen Sie genau vor mir. Was bin ich froh, das Monster rechtzeitig zum Halten gebracht zu haben. Dieses Gefährt hat nämlich einen Bremsweg wie ein Vierzigtonner.«

»Oh, e-es, t-tut mir leid, ich war in Gedanken und hab nicht …«

»Geht es Ihnen wirklich gut oder sollen wir in die Notaufnahme gehen?«

»Nein, nein, danke, mir geht es gut. Nichts passiert. Sie haben mich nicht einmal berührt.«

»Kann ich irgendetwas für Sie tun?«

Karl Heinz war kurz davor, zu sagen: »Haben Sie eine Visitenkarte? Möglich, dass wir Sie morgen brauchen.« Er verkniff es sich und schüttelte den Kopf. »Nein, danke, ist wirklich okay. Es ist nichts geschehen. Sie können nichts dafür, dass ich vor Ihr Auto gerannt bin.«

Karl Heinz warf einen Blick auf den Leichenwagen und ihn überkam ein kalter Schauer. Allein der Anblick eines solchen Gefährts rief wahrscheinlich bei jedem ein unbehagliches Gefühl hervor – außer vielleicht beim Bestatter selbst.

»Sind Sie beruflich hier?«, fragte er.

»Nein, ausnahmsweise nicht. Ich besuche einen Freund.« Der Bestatter lächelte. »Michael Stalzer mein Name.«

»Freut mich, Karl Heinz Kellerer.«

Sie gaben sich die Hand.

»Ich muss los, entschuldigen Sie, dass ich vor Ihren Wagen gelaufen bin.«

Stalzer winkte ab. »Ich habe mich zu entschuldigen. Immerhin hätte ich Sie beinahe umgefahren.« Er griff in seine Innentasche. »Ich hoffe, das ist nicht unpassend, aber wenn Sie irgendwann meine Dienste benötigen, würde ich mich über einen Anruf freuen.« Stalzer überreichte ihm eine Visitenkarte, um die ihn Karl Heinz noch vor einigen Sekunden beinahe selbst gebeten hätte.

»Danke«, sagte er und verabschiedete sich. Während er zu seinem Auto lief, hielt er das kleine Stück Papier zwischen den Fingern. Als er sich hinter das Steuer setzte, las er die darauf gedruckten Worte und hoffte, dass er die Nummer morgen nicht würde wählen müssen.

17

»Armer, alter, verwirrter Mann«, murmelte ich, stieg zurück in den Wagen und suchte einen Parkplatz, auf dem ich keine anderen Autos behindern oder eine Zufahrt für Krankenwagen blockieren konnte.

Vielleicht hatte dieser Kellerer seine Frau besucht, die nach einer Operation geschwächt und mehr tot als lebendig war. Und möglicherweise hatte ein Arzt trotz der OP eine schlechte Prognose abgegeben und er würde mich eher anrufen, als ihm lieb war. Zugegeben, nicht die feinfühligste Methode, Menschen in oder vor einem Krankenhaus die Visitenkarte eines Bestattungsunternehmens unter die Nase zu reiben, aber es war der beste Ort, für das eigene Geschäft zu werben. Der eine oder andere mochte empört ob meiner forschen Art sein und sich nie bei mir melden. Die meisten sah ich jedoch irgendwann in meinem Institut stehen und mit Tränen in den Augen von ihrem Verlust erzählen. Möglicherweise würde ich Kellerer auch bald begrüßen dürfen.

Ich fragte am Empfang nach Patrick Fillingers Zimmernummer.

»Das muss ich vorher mit einem Arzt absprechen, warten Sie bitte einen Moment.« Die Dame verließ ihren Platz und verschwand in einem Nebenzimmer.

Vermutlich wurde Patricks Zimmer polizeilich überwacht und sie musste erst abklären, ob er Besuch bekommen durfte. Genau so war es, wie sie mir verriet, als sie zurückkehrte und mich an den Tresen winkte.

»Ein Doktor kommt gleich und bespricht alles Weitere mit Ihnen«, sagte sie und widmete sich wieder ihrer Arbeit.

Gleich war etwas zu optimistisch gedacht. Ich wartete eine halbe Stunde, bis ein Mann in weißem Kittel auf mich zukam. Ich kannte ihn vom Sehen und auch er erkannte mich.

»Ach, Sie sind der Bestatter …« Er schnippte mit den Fingern, als er nicht auf meinen Namen kam.

»Stalzer.«

»Genau, Stalzer. Es lag mir auf der Zunge.« Er deutete auf die Dame am Empfang. »Mir wurde gesagt, Sie wollen zu Patrick Fillinger? Er ist ihr Kollege, nicht wahr?«

»Mein Angestellter, ja. Ich würde ihn gern besuchen.«

»Ich denke, da wird der Beamte nichts gegen einzuwenden haben. Kommen Sie.«

Wir fuhren mit dem Aufzug in den zweiten Stock und bogen rechts in einen Gang ab. Schon von Weitem sah ich einen Mann auf einem Stuhl neben einer Tür sitzen.

»Warten Sie einen Moment«, sagte der Arzt, ging zum Polizisten und wechselte ein paar Worte mit ihm. Dann kehrte er zu mir zurück. »Sie können rein.«

»Wird der Raum abgehört?«

»Was? Nein. Natürlich nicht. Sofern ich den Beamten richtig verstanden habe, wurde noch keine Anklage erhoben und Besucher dürfen ohne Aufsicht mit ihm sprechen. Also, rein mit Ihnen. Wenn Sie etwas brauchen, sagen Sie einer Schwester Bescheid.« Er zwinkerte mir zu und verschwand. Typisch Arzt. Immer in Eile.

Ich nickte dem Polizisten zu und betrat Patricks Zimmer. Er war allein. Sein Bett stand am Fenster, aus dem er blickte

»Ich rede nicht mit Ihnen«, brummte er.

»Bist du sicher?«

Als er meine Stimme erkannte, riss er den Kopf herum und schrie im selben Moment auf. Als ich neben ihm stand, sah ich, wieso. Am Hals hatte er Brandwunden, die sich spannten, sobald er den Kopf bewegte.

»Es tut gut, dich zu sehen.«

Ich nahm mir einen Stuhl und setzte mich zu ihm ans Bett. »Was ist bloß passiert?«

Sein Blick wanderte zum Fenster. Dieses Mal drehte er den Kopf langsamer. »Ich will nicht darüber sprechen.«

»Ich bin dein Freund, Patrick, mit mir kannst du über alles reden. Wenn du den Bullen nichts erzählen willst, von mir aus, aber wir kennen uns so lange …«

»Ja? Sind wir das? Sind wir wirklich Freunde?«, unterbrach er mich. »Oder bin ich nicht vielmehr nur eine deiner Deckungen, damit du ungestört deinem Hobby nachgehen kannst?« Bei dem Wort *Hobby* zeichnete er Gänsefüßchen in die Luft und wandte sich wieder zu mir. »Ich hätte dich die letzten Wochen gebraucht, Michael. Nicht als Chef, sondern als Freund. Du bist nicht in der Lage, auf die Probleme und Gefühle anderer einzugehen. Dir war es egal, dass ich vor die Hunde gehe und eine Auszeit brauche. Du hast es einfach nicht gerafft.«

»Du sagtest gerade, es täte dir gut, mich zu sehen. Warum machst du mir jetzt Vorwürfe?«

Patrick seufzte, hob einen bandagierten Arm. »Weil ich mich einerseits freue, einen anderen Menschen zu sehen als die Bullen, die mir Löcher in den Bauch fragen. Andererseits bin ich unheimlich wütend auf dich. Du hättest es verhindern können.«

»Was verhindern?«

Patrick schwieg.

»Herrgott, spuck's schon aus.«

»Wenn du mehr auf mich eingegangen, mir zugehört oder mir einen Tag freigegeben hättest, würden meine Frau und meine Enkelin vielleicht noch leben.«

Wut stieg in mir auf. »Moment, Moment! Wie lange kennst du mich jetzt? Und wie lange weißt du, dass diese Gefühlssache nicht meine Stärke ist? Wir hatten nie die normale Männerfreundschaft, wie andere sie führen. Und wir waren beide glücklich damit. Schieb mir nicht die Schuld für etwas in die Schuhe, für das du verantwortlich bist. Selbst wenn wir über deine Gefühle gesprochen und ich dir freigegeben hätte, wer sagt dir denn, dass du nicht trotzdem euer Haus abgefackelt hättest?« Ich hatte meine Wahrheit ausgesprochen und sie traf Patrick wie ein Schlag.

»Hau ab!«, schrie er. »Ich war das nicht! Ich war das nicht!« Trotz der Schmerzen, die er offensichtlich hatte, riss er die Arme an den Kopf und hielt sich wie ein Kind die Augen zu.

Die Tür flog auf und der Polizist stürzte herein. »Was ist hier los?« Seine Hand ruhte auf der Dienstpistole.

Patrick schluchzte und weinte. Ich sagte: »Es ist alles in Ordnung. Ich glaube, meinem Freund wird gerade einiges klar.«

Als er sah, dass es keinen Grund für ein Einschreiten gab, brummte er: »Okay, wenn etwas ist, rufen Sie nach mir.«

»Selbstverständlich«, bestätigte ich und wartete, bis er die Tür hinter sich geschlossen hatte. »Du solltest leiser rumjammern oder willst du, dass der Bulle draußen hört, was du so von dir gibst?« Ich hatte natürlich nicht nur Sorge darum, dass der Beamte ein von Patrick geschrienes Geständnis mitbekommen könnte, sondern auch, dass Patrick seinen Freund als Serienkiller betitelte. Das könnte Fragen aufwerfen.

»Wie kannst du nur so eiskalt sein?« Patrick nahm die Arme runter und sah mich starr an. Er hatte sich verändert, und zwar enorm. Ein Mord veränderte einen Menschen immer. Man war danach nie wieder der, der man vorher gewesen war. Mir war es vor Jahrzehnten genauso ergangen. Irgendetwas in einem verwandelte sich, verformte sich zu einem neuen Ich. Und genau das war mit Patrick passiert. Selbst wenn er es mir gegenüber abstritt, das Feuer gelegt zu haben, kannte ich die Wahrheit. Er hatte dieses neue Ich in sich. Jemand wie ich konnte es einfacher erkennen als der beste Ermittler der Welt.

»Das liegt in meiner Natur. Ich habe mir das nicht ausgesucht. Es lag mit Sicherheit schon in meinen Genen und meine Vergangenheit, besonders meine Kindheit, wird ihr Quäntchen dazu beigetragen haben.«

»Du hast nie viel von deiner Kindheit erzählt«, sagte Patrick und beruhigte sich allmählich.

»Und das aus gutem Grund. Ich mag zwar eiskalt sein und das Schicksal der meisten Menschen geht mir am Arsch vorbei, aber auch bei mir gab es eine Zeit, die ich gern aus meinen Erinnerungen löschen würde.«

»Erzähl mir davon. Wenn du mich endlich, nach all den Jahren, an deinem Leben teilhaben lässt, verrate ich dir, was passiert ist.«

Die Versuchung war zu groß. Ich wollte in Patricks Kopf hineinsehen, seine Gedanken kennen, die er hatte, während er das Haus anzündete, obwohl er wusste, dass seine Frau und seine Enkelin sterben würden. Es war eine bizarre Version des Voyeurismus. Ich musste wissen, was Patrick in der Nacht getrieben und was er dabei empfunden hatte.

Jedoch fiel es mir schwer, seinem Wunsch Folge zu leisten. Ich hatte nie jemandem von meiner Kindheit erzählt und auch nie vorgehabt, es zu tun. Wenn die Erinnerungen an diese Zeit hochkamen, erlebte ich unschöne Momente, die ich zu meiden versuchte, so oft ich konnte.

»Wenn du unbedingt willst.« Ich zuckte mit den Schultern, als wäre es für mich das Einfachste von der Welt, darüber zu sprechen. »Als ich sechs Jahre war, gab mich meine Mutter in ein Kinderheim. Wie ich später erfuhr, behauptete sie, mit mir überfordert gewesen zu sein. Sie konnte mich nicht ernähren und besaß angeblich keine Kraft, ein schwieriges Kind wie mich aufzuziehen. Jedoch stellte sich heraus, dass sie kurz zuvor einen Mann kennengelernt hatte und mit ihm weitere

Kinder zeugte. Sie hatte gelogen. Ich war ihr im Weg. Also musste ich verschwinden, um für den neuen Mann an ihrer Seite Platz zu machen.

Du kannst dir vorstellen, dass es für einen Sechsjährigen ein Schock ist, von der Mutter fortgebracht und in ein fremdes Umfeld geworfen zu werden. Ich fand mich im Kinderheim nicht zurecht, konnte in den ersten Nächten nicht schlafen und weinte viel. Die Mitarbeiter des Heims waren freundlich und halfen mir dabei, mich einzuleben. Der Leiter der Einrichtung, Herr Michalski, wurde so etwas wie mein Vaterersatz. Du musst wissen, ich habe meinen biologischen Vater nie kennengelernt. Nach etwa einem Dreivierteljahr zog ein Mädchen bei uns ein. Es war schon neun und in meinen Augen eine wahre Gigantin unter uns Kindern. Anfangs dachte ich, sie wäre ein wirklich lustiges Mädchen. Sie war nett zu anderen, hilfsbereit, hörte auf die Erzieher und half, den Tisch für das Mittagessen zu decken. Hjondra hieß sie. Ihre Eltern stammten aus Schweden. Sie war in Deutschland geboren und aufgewachsen. Ich erfuhr, dass sie ihre Eltern und ihre Schwester bei einem Autounfall verloren hatte. Sie selbst war schwer verletzt worden und hatte zwei Monate im Krankenhaus gelegen, bevor sie zu uns kam. Hjondra hatte keine Verwandten mehr, deswegen steckte das Jugendamt sie ins Heim. Soweit ich weiß, gab es eine beste Freundin der verstorbenen Mutter, aber sie konnte sich das Sorgerecht nicht erkämpfen. Wer weiß, was aus Hjondra und mir geworden wäre, hätte das Jugendamt dieses traumatisierte Kind zu dieser Frau geschickt und nicht zu uns. Sicher, auch ich war durch die Trennung meiner Mutter aufgewühlt, aber das fürsorgliche Personal hatte mich weich aufgefangen. Bei Hjondra gelang das nicht.

Etwa nach einem Monat fingen die Probleme an. Sie zeigte uns ihre andere Seite. Allerdings nur, wenn kein Erwachsener in der Nähe war. Sie schikanierte die Kinder, in erster Linie die Mädchen. Sie zog ihnen an den Haaren oder kniff sie in die Arme. Allmählich begann sie, eine Clique aus Halbstarken um sich zu scharen. Alle zwischen acht und zehn Jahre alt. Mich beachteten sie meistens nicht. Vielleicht, weil ich zu jung und für mein Alter ziemlich klein gewachsen war.

Hjondra und ihr Clan ärgerten die Mädchen und spielten die artigen Kids, sobald Herr Michalski oder die Erzieher zugegen waren.

Ich feierte meinen siebten Geburtstag – es war die beste Party, die ich bis zu diesem Zeitpunkt hatte erleben dürfen. Die Geburtstage, die meine Mutter für mich abgehalten hatte, bestanden aus einem nach Zigarette riechenden Kuss und einem Muffin mit einer Kerze darin. Im Heim erhielt ich Geschenke und einen Kuchen, zusammen mit viel Tanz und Gesang. Ich fühlte mich prächtig und an diesem Abend vergaß ich zum ersten Mal meine Mutter. Das tollste Geschenk, das ich bekam, stammte von Michalski. Er schenkte mir ein neongelbes, mit Glitzerpartikeln gesprenkeltes Jo-Jo. Ich war so fasziniert von diesem Stück Plastik an einer Schnur, dass ich es den restlichen Abend in der Hand hielt und es auf- und abgleiten ließ.

Als die Feier zu Ende war, schickten uns die Erwachsenen auf unsere Zimmer und kümmerten sich um das Chaos, das die Horde hinterlassen hatte. Ich ging in die

Gemeinschaftstoilette und betrachtete mich im Spiegel. Ich weiß nicht genau, was ich suchte. Vielleicht glaubte ich, jetzt, wo ich sieben und keine sechs mehr war, eine Veränderung entdecken zu müssen. Ein Anzeichen, dass ich älter geworden und dem Zum-Mann-Heranwachsen einen Schritt nähergekommen war.

Draußen auf dem Flur hörte ich Kinder palavern. Davon, dass sie zu Bett gingen, wie die Erwachsenen es gewollt hatten, war keine Rede. Sie waren von Cola und Kuchen derart aufgedreht, dass an eine ruhige Nacht nicht zu denken war. Für mich ohnehin nicht.

Die Toilettentür flog auf und Hjondra stand mitten in der Jungentoilette. Hinter ihr zwei andere Mädchen. Jede trug die Haare zu Zöpfen geflochten, die über ihre Schultern hingen. Hjondra trat mit verschränkten Armen auf mich zu, betrachtete mich von oben bis unten und raunte: ›Keine Ahnung, wie ich dich die ganze Zeit übersehen konnte.‹ Sie streckte den Arm aus und hielt mir die Handfläche hin. ›Gib es mir.‹

›Was m-m-meinst du?‹ Ihr starrer Blick brachte mich fast dazu, mir vor Angst in die Hose zu machen.

›Dein Jo-Jo-Dings. Dieses gelbe Teil.‹

›Das war ein Geschenk!‹, sagte ich und steckte das Jo-Jo in die Gesäßtasche meiner Jeans.

Hjondra verfolgte meine Aktion mit den Augen. ›Ja, und? Dann schenkst du es jetzt mir.‹ Sie grinste und hielt mir die Hand weiterhin fordernd entgegen.

›Nein!‹ Ich begann zu weinen.

›Seht euch die Heulsuse an. Ooooh! Armes Baby. Was ist? Hat deine Mami dich alleingelassen? Ooooh!‹ Ihr Arm schoss nach vorn. Sie packte mich am T-Shirt und zog mich dicht an sich heran. Ihr Atem roch nach Cola und Schokoladenkuchen. ›Gib mir das Scheißding!‹

Ich hatte solche Angst vor ihr, dass ich zur Salzsäule erstarrte und bis auf ein Schluchzen nichts aus mir herauskam.

›Hol es mir‹, sagte sie zu einem der anderen Mädchen.

Sie hatte rote Haare und Sommersprossen auf Nase und Wangen. Ich hatte sie immer nett gefunden. Als sie mir in die Gesäßtasche griff, mir das Jo-Jo wegnahm und lachend zu der zweiten Begleiterin ging, fand ich sie nicht mehr nett.

›Der hat sich eingepinkelt!‹, grölte sie. ›Das kleine Baby hat sich vollgepisst!‹

Hjondra schaute nach unten und wurde wütend. ›Ich stehe in deiner Pisse!‹, brummte sie und schüttelte mich durch. ›Du bist widerlich! Wegen dir sind meine Schuhe versaut!‹ Sie schleuderte mich gegen die Wand. Ich schlug mit dem Hinterkopf gegen die Fliesen.

›Lass uns gehen, Hjondra‹, verlangte die Rothaarige. ›Du hast, was du wolltest. Lass das Baby in seiner Pisse liegen.‹

›Ich bin noch nicht fertig mit dem.‹ Hjondra lief um die Pfütze herum, stand nun über mir und wischte ihre Schuhe an meinem Shirt ab. Dann hielt sie mir den rechten vors Gesicht. Ich schützte es mit meinen Händen, weil ich einen Tritt erwartete. Sie sagte: ›Leck sie ab! Mach sie sauber, du dummes Baby.‹

Denk dran, Patrick, ich war sieben und hatte mich soeben in Gegenwart dieser Mädchen vollgepisst. Ich verstand nicht, was sie meinte.

›Du sollst den verdammten Schuh ablecken, Spasti!‹ Jetzt trat sie zu, genau gegen meine Schläfe.

›Hjondra, glaubst du nicht, das geht zu weit?‹, wandte die Rothaarige ein. Ihre andere Freundin fand die Situation hingegen lustig und kicherte.

Hjondra ließ ihren Fuß sinken und riss den Kopf herum. ›Wenn du nicht dein Maul hältst, bist du die Nächste auf meiner Liste.‹

Sofort verstummte die Rothaarige und spielte mit dem Jo-Jo, um nicht zusehen zu müssen.

›Und jetzt zurück zu dir, du Baby. Na, mach schon, leck ihn sauber!‹ Wieder hielt sie mir den rechten Schuh hin. ›Bist du taub? Zunge raus und sauberlecken, zack zack!‹

Unsicher gehorchte ich, streckte die Zunge raus und fuhr damit über den schwarzen Lack ihres Schuhs. Der Mix aus Kunststoff und Urin schmeckte ekelerregend. Nach wenigen Sekunden beugte ich mich zur Seite und kotzte mir die Seele aus dem Leib.«

Patrick unterbrach mich. »Sag mir nicht, du hast sie …«

»Klar. Wenn schon Pech, dann richtig, oder? Natürlich kotzte ich ihr auf den anderen Schuh. Hjondra tobte und schrie, ich wäre eine Drecksau und ein Spasti. Sie benutzte Worte zur Umschreibung meiner Person, die ich bis dahin nicht kannte. Die Konsequenz war, dass ich ihr beide Schuhe sauberlecken musste und sie mich zur Krönung der Demütigung mit dem Gesicht in meine Urin- und Kotzepfütze drückte. Ich weiß nicht genau, wie lange das auf der Toilette so ging. Zwischendurch kamen zwei Jungs, die pinkeln wollten; sie wurden sofort von den Mädchen vertrieben. Ich hatte das Gefühl, es dauerte eine Ewigkeit, bis Hjondra und die anderen endlich verschwanden. Ich blieb auf dem Boden in meiner Pisse und Kotze liegen, zog die Beine an den Körper und weinte. Es verging einige Zeit, bis mich jemand fand. Es war ein achtjähriger Junge. Er fragte, was passiert sei. Als ich nicht antwortete, holte er einen Erwachsenen.

Der hob mich auf, brachte mich in die Dusche, reinigte mich und eilte mit mir zu Herrn Michalski. Beide löcherten mich, was geschehen sei. Ich schwieg. Meine Angst vor Hjondras Rache war sogar größer als die Wut auf meine Mutter.

›Wo ist dein Jo-Jo?‹, hatte der Leiter mich gefragt. Ich schwieg auch dazu. Und weil sie nichts aus mir herausbekamen, trugen sie mich in die Schlafstube und legten mich ins Bett. Ich zitterte die ganze Nacht hindurch und machte kein Auge zu. Nervös behielt ich die Tür im Blick – in panischer Erwartung, Hjondra würde jeden Augenblick kommen und mir wehtun. Doch sie kam nicht.

Am nächsten Morgen saß ich verängstigt beim Frühstück. Hjondra und ihre Gang hockten am anderen Ende des Raumes und beachteten mich gar nicht. Ich beobachtete sie voller Furcht und Wut. Sie spielte mit meinem Jo-Jo, lachte und feixte mit ihren Freunden. Ein Erzieher hatten mich gefragt, warum Hjondra mein Jo-Jo hätte, aus Angst vor ihrer Rache hatte ich behauptet, ich hätte es an sie weiterverschenkt. Es dauerte drei Tage, bis ich wieder mit ihr zusammenstieß. Nach dem Unterricht spielte ich mit anderen Kindern draußen im Garten, als ich jemanden rufen hörte: ›Da ist ja unser kleiner Hosenpisser!‹ Ich fuhr herum und Hjondra stand dicht hinter mir. Ehe ich wusste, wie mir geschah, schubste sie mich. Ich landete im Dreck. Sie und ihre Begleiter grölten und feierten sich. Grinsend zog sie mein Jo-Jo aus der Hosentasche, stellte sich breitbeinig über mich und ließ es hoch- und runterrollen – immer so, dass es meine Nasenspitze berührte. Plötzlich holte sie aus und das Jo-Jo knallte gegen meinen Nasenrücken. Ich schrie auf, hielt eine Hand schützend vor mein Gesicht und entdeckte Blut. Ich brüllte, als würde sie mich jeden Augenblick töten wollen, und fiel in Ohnmacht. Als ich die Augen öffnete, hockte eine Erzieherin über mir und tätschelte meine Wange.

›Wer war das?‹, fragte sie.

Ich schlug ihren Arm weg, sprang auf und versteckte mich im Vorratsraum neben den Kartoffeln. Stundenlang muss ich dort gesessen haben. Ich hörte Leute nach mir rufen, antwortete aber nicht. Bis zu meinem siebten Geburtstag hatte mich wohl im Heim gefühlt. Es ging es mir dort besser als bei meiner Mutter. Hjondra machte dies zunichte. Noch niemals in meinem Leben hatte ich solche Angst gehabt.

Als es dunkel wurde, verließ ich mein Versteck und trabte ins Gebäude. Eine Erzieherin kam auf mich zu, schlug die Hände über dem Kopf zusammen und dankte Gott, dass ich wiederaufgetaucht sei. Sie wollte mich anfassen, doch ich ließ es nicht zu. Hjondra hatte mein

Vertrauen in das weibliche Geschlecht zutiefst erschüttert. Erst als ein Mann kam, ließ ich mich von ihm auf den Arm nehmen und zu Herrn Michalski bringen. Und wieder musste ich mich allerlei unliebsamen Fragen stellen, die ich nicht beantwortete.«

Es klopfte an der Tür und ein Arzt kam herein. »Visite«, sagte er und vier weitere Weißkittel traten ins Zimmer. Ich wurde gebeten, einen Moment vor der Tür zu warten, was ich gern tat. Die Erzählung meiner Vergangenheit wühlte mich auf und ich war froh über die Atempause.

Ich nutzte die Zeit und ging nach draußen. Vor der Tür stand ein Mann, der energisch an einer Zigarette zog. Sofort, als ich ein Stück von ihm entfernt stehenblieb, fragte er: »Auch eine Kippe?«

Ich wandte mich ihm zu und lehnte lächelnd ab.

»Ist das nicht schrecklich?«

Ich wusste nicht, was er meinte. Da musste ich wohl nachhaken. Konversation zwischen zwei Menschen, ganz normale Kiste für normale Leute. Ich wollte nicht unhöflich sein.

»Was meinen Sie?«

»Diese Krankenhäuser und dieses … dieses nutzlose Personal. Die Ärzte gehören allesamt aus dem Verkehr gezogen.«

Dieser Mann hatte akuten Redebedarf. Unter anderen Umständen wäre ich nicht darauf eingegangen, aber irgendwie wollte mein Innerstes mich daran hindern, zurück zu Patrick zu gehen und den Rest meiner Kindheit hinauszuposaunen. Also fragte ich, ohne darüber nachzudenken: »Wieso?«

»Mein Sohn liegt hier. Er hatte einen Unfall mit seinem Roller. So ein Scheißpenner hat ihn übersehen und auf die Motorhaube genommen. Er befindet sich im künstlichen Koma, weil die Ärzte eine Hirnblutung übersehen haben und ihn notoperieren mussten. Sie haben jetzt die Medikamente abgesetzt. Morgen wird er wahrscheinlich aufwachen und die haben keine Ahnung, ob das die richtige Entscheidung war. Meine Frau ist am Boden zerstört. Sie sitzt am Bett unseres Sohnes und weint sich die Augen aus. Ich verklage diese ganze Brigade, wenn das schiefgeht.«

»Dann sollten Sie sich einen guten Anwalt nehmen. Ein Krankenhaus zu verklagen, wird nicht einfach.«

Der Mann winkte ab. »Nichts leichter als das, wäre nicht mein erstes Mal. Nur war ich nie der Geschädigte.« Er streckte mir eine Hand hin. »Herbert Jackels, Anwalt.«

Ich lachte. »Wie passend. Michael Stalzer, Bestatter.«

»Wie unpassend«, murrte er und zog kräftig an seiner Zigarette. »Sind Sie beruflich hier?«

»Nein, ich besuche einen Freund. Ist gerade Visite, deswegen bin ich ein bisschen frische Luft schnappen gegangen.«

»Ich hoffe, dass wir Ihre Dienste nicht brauchen werden«, sagte er. »Alles Gute für Ihren Freund.«

»Und für Ihren Sohn«, entgegnete ich und wollte dem Gespräch entgehen, ohne dem besorgten Vater meine Visitenkarte in die Hand zu drücken, als er derjenige war, der danach fragte.

»Nur für alle Fälle. Ich kenne mich in dieser Gegend kaum aus und ich weiß nicht, was wir tun sollen, wenn er morgen …«

»Das verstehe ich.« Ich gab ihm eine Visitenkarte, wünschte seinem Sohn ein weiteres Mal alles Gute und verschwand im Krankenhaus. Auf dem Weg zurück manifestierten sich die Bilder von Hjondra in meinem Kopf. Ich wollte Patrick nicht mehr von ihr erzählen, aber ich wollte die Wahrheit über den Brand wissen. Und vielleicht tat es mir gut, meine Erlebnisse nach all den Jahren mit jemandem zu teilen.

18

Herr Schmidt hüpfte auf seiner Stange, als Karl Heinz die Wohnung betrat. Er legte die Jacke ab und öffnete den Käfig. Der Wellensittich flog einen Kreis, bevor er sich auf seiner Schulter niederließ.

Karl Heinz warf die Visitenkarte auf den Tisch. Er war versucht, sie in den Müll zu schleudern, als würde dieser Akt Ben auf irgendeine Art und Weise schützen. Irgendwie wurde er das Gefühl nicht los, dass er durch den Besitz dieser Karte Bens Tod besiegelte.

Ohne auf seinen knurrenden Magen zu achten, schaltete er Joleen Pfeiffers Laptop ein und begab sich zurück ins Darknet. Er tippte den bereits gefundenen Benutzernamen sowie das Passwort ein und landete im Themengebiet *Neuigkeiten* des Forums. Die ersten Beiträge klangen wie normale Themen: *Mein Wochenende* oder *Meine Einkaufsliste.* Er klickte das zweite an und las die aktuellen Beiträge. Ihm wurde schnell klar, dass es sich nicht um die erwartete Liste Milch, Brot, Eier, sondern um etwas anderes handelte.

Einer schrieb: *Hab mir heute das Neueste aus Brasilien gezogen. Die Alte hatte so einen fetten Arsch, dass man den Schwanz des Typen gar nicht erkannt hat. Sie hat so geschrien, als er es ihr besorgte, dass ich den Ton leiser stellen musste, damit meine Schlampe und die Blagen das nicht hören.*

Die Antwort darauf: *Jo, das hab ich mir gestern Abend auch reingezogen! Ich hätte es noch geiler gefunden, wenn die Nutte draufgegangen wäre, nachdem die mit der fertig waren.*

Der Nächste: *Vielleicht heben die sich das fürs kommende Video auf, wer weiß?*

Dann: *Habt ihr schon die China-Fotze gesehen? Meine Fresse, hat der die zerlegt. Bei zehn Teilen habe ich aufgehört zu zählen. Das war eine Menge Blut, sage ich euch.*

Weiter: *Echt? Ich habe gehört, das Video wäre seine Bitcoins nicht wert. Ich muss es mir wohl doch runterladen …*

Karl Heinz rieb sich die Augen. Durch seine Vergangenheit als Kripobeamter wusste er, dass die Welt nicht so heil und wunderschön war, wie viele es sich einzureden versuchten. Es gab Orte, an denen versammelte sich das Böse, und für jeden normal denkenden Menschen war es unerträglich, sich dort aufzuhalten. Aber manchmal musste es eben sein. Er las weiter.

Einer: *Habt ihr das von den Deutschen mitbekommen, die die Oma geknackt haben? Hat jemand 'ne Ahnung, wie ich an das Video komme?*

Antwort: *Du meinst das, wo die der angeblich mit einem Dosenöffner den Schädel aufmachen? Da glaub ich irgendwie nicht dran. Klingt mir zu abgedreht. Und wie man da drankommt, weiß ich nicht. Musst dich durchfragen. Pass auf, dass das nicht wieder so ein Blender ist, der dir die Coins aus der Tasche zieht. Nicht alles, was Snuff verspricht, ist es auch. Mittlerweile sind zu viele Idioten unterwegs.*

Karl Heinz lachte, auch wenn daran nichts Komisches war. Aber wenn einer, der sich Folter-, Vergewaltigungs- und Mordvideos ansah, andere als *Idioten* betitelte, grenzte das an Slapstick.

Er las weiter.

Ein Nutzer: *Da lob ich mir den ›Leichenkünstler‹, bei dem bekommt man was für seine Coins. Ich habe noch nie gehört, dass einer von ihm über den Tisch gezogen wurde.*

Karl Heinz merkte auf. Leichenkünstler … das war doch der, den Joleen Pfeiffer in ihren Notizen erwähnt hatte.

Einer jammerte: *Ich bekomme keinen Zugang zu seinen Sachen. Der lässt mich nicht rein. Könnt ihr mir was von ihm abgeben?*

Die deutliche Abfuhr: *No Way! Hier wirst du keinen finden, der dich auf seinen Rechner lässt. Entweder der Leichenkünstler vertraut dir und teilt seine Kunst mit dir oder du musst dumm sterben.*

Der Jammerer: *Leck mich, du Arschloch!*

Ein anderer: *Sehr qualifizierte Antwort … ist man von dir ja gewohnt.*

Damit endete das Gespräch. Der letzte Eintrag war von gestern Abend. Karl Heinz schloss dieses Thema und durchsuchte die übrigen, bis er eines über den Leichenkünstler fand. Aufgeregt öffnete er es und begann zu lesen. Jeder Beitrag klang wie der eines Vorpubertären, der sich bei derartigen Videos und Fotos einen runterholte. Etwa ab der Hälfte hatte sich Joleen in die Diskussion eingemischt. Ihre Beiträge waren farblich markiert.

Sie: *Ich bin neu hier im Forum. Hallo zusammen. Ich treibe mich jetzt schon etwas länger im Darknet herum und der übliche Stoff wird mir zu langweilig. Ich brauch mal was anderes. Jemand empfahl mir den Leichenkünstler, wenn ich was richtig Geiles sehen will. Und da bin ich. Kann mir einer von euch sagen, wie ich an seine Sachen komme?*

Antwort: *Hey, ich hab dir eine PN geschrieben.*

Danach folgten weitere. Entweder klagten die User wie der eine, dass sie nicht zugelassen wurden, andere schrieben ihr ebenfalls eine Privatnachricht. Karl Heinz öffnete das Briefsymbol am oberen rechten Rand der Seite und fand mehrere Nachrichten. Er begann mit der ältesten.

Ey, Motherfucker!

Falls du Zugang zu den Klamotten vom Künstler bekommst, teil die gefälligst mit mir oder ich mach dich platt! Ich find deine Identität schon raus. Brauchst nicht glauben, das wäre alles so anonym wie jeder behauptet.

»Und wenn einer der User sie wirklich gefunden hat?«, murmelte er und notierte sich diese Option auf seinem Notizblock.

Er las die zweite Nachricht.

Hey du, geh mal auf diese Seite, da kommst du zu ihm.

Anbei hatte derjenige einen Link gepostet. Karl Heinz kopierte ihn und fügte ihn in die URL-Zeile ein. Er landete auf einer Haschisch-Seite, die Topqualität zu Niedrigstpreisen versprach. Dort suchte er nach einem versteckten Hinweis — in der Hoffnung, dass die Aufmachung nur Tarnung war —, fand jedoch nichts. Also widmete er sich der nächsten Nachricht.

Lutsch meinen Pimmel, du Penner!

»Wie kultiviert«, murmelte Karl Heinz und schloss diese Sinnlosigkeit sofort.

Fimmel, fammel, fommel, fu und tot bist du.

»Herrgott, was für ein Schwachsinn.«

Schlampenarsch für lau! Gib mir Handynummer und ich schick dir Adresse, dann kommen du dahin, umsonst ficken. Dicker Arsch, dicker Schwanz, rein, fertig.

»Was für ein Werbeslogan.«

Und so ging es weiter. Eine Unsinns-Nachricht folgte der anderen. Entweder wollte jemand Joleen am Baum aufknüpfen, ihr Drogen verkaufen oder ihr Muschis andrehen. Doch dann fand er endlich eine Spur.

Ein User namens *CreepyCrow* hatte geschrieben:

Hi, ich wette, du hast eine Menge Mist zugeschickt bekommen nach deiner Frage wegen des Leichenkünstlers, habe ich recht? Ignorier die Idioten und halte dich an mich. Kann ich dir vertrauen?

Da Joleen darauf geantwortet hatte, lief die Konversation im selben Fenster weiter.

Sie: *Na klar!*

CreepyCrow: *Du musst es mir beweisen.*

Sie: *Wie?*

CreepyCrow: *Ich gebe dir eine Telefonnummer. Ruf sie an. Ich werde nicht rangehen. Mach das drei Tage lang immer zur selben Uhrzeit, danach melde dich wieder hier.*

Sie: *Okay.*

Laut Datum meldete sich Joleen exakt drei Tage später.

Sie: *Ich habe gemacht, was du wolltest. Vertraust du mir jetzt?*

CreepyCrow: *Ja.*

Sie: *Verrätst du mir, wie du mir dadurch vertrauen kannst?*

CreepyCrow: *Wärst du ein Bulle, hättet ihr das Handy geortet. Ich habe es an einer Stelle platziert, die ich gefahrlos beobachten kann. Wären dort Bullen aufgetaucht, hätte ich Bescheid gewusst. Ich bin kein Unbekannter im Darknet. Der Staatsschutz ist mir auf den Fersen. Ich muss vorsichtig sein.*

Was dann folgte, waren Gespräche, in denen sich die beiden in normalem Smalltalk übten. Sie sprachen über ihre Kindheit, über ihr Dasein außerhalb des Darknets.

Karl Heinz kam es vor, als wolle dieser Typ alles über Joleen wissen. Er selbst gab hingegen nur wenig von sich preis. Wie Karl Heinz anhand ihrer Angaben bemerkte, verriet Joleen dem geheimnisvollen Fremden nicht die Wahrheit über sich und ihr echtes Leben. Sie beschrieb sich als Mann Mitte fünfzig, Angestellter, Haus, Frau, drei Kinder, Hund. Wie es aussah, der übliche Kunde für Snuff-Material. Zumindest ließ *CreepyCrows* Reaktion darauf schließen, als er endlich nach Tagen zum Punkt kam, während Joleen abgewartet und sich nicht zu weit vorgewagt hatte.

CreepyCrow: *Du hast es also satt, dein ach so perfektes Leben? Du willst Spaß haben? Dinge sehen, von denen du nie geglaubt hast, dass sie existieren?*

Sie: *Ja, das will ich.*

CreepyCrow: *Dann geht es dir wie vielen. Die meisten haben die Schnauze voll davon, dass ihre Frauen die Hosen anhaben und ihnen den Rang des Familienoberhauptes abnehmen. Aber es kann ja schließlich nicht jeder seine Olle um die Ecke bringen. Also finden sie den Weg ins Darknet und landen bei mir oder einem der anderen meiner Art.*

Sie: *Welcher Art bist du?*

CreepyCrow: *Die Art Mensch, die es einen Scheiß kümmert, ob sie jemandem das Leben nehmen oder nicht. Ich stehe darauf. Ich liebe es. Und wenn ich damit Geld verdienen kann, wieso nicht?*

Sie: *Du bist ein Mörder? Bist du der Leichenkünstler?*

CreepyCrow: *Erste Frage: Ja. Zweite Frage: Nein. Ich bin nicht wie der Leichenkünstler. Er hat eine andere Methode, mit den menschlichen Überresten umzugehen. Für mich sind die leeren*

Hüllen nichts weiter als Müll. Er sieht etwas in ihnen und stellt faszinierende Dinge damit an.

Sie: *Darf ich was von dir sehen?*

Ohne Kommentar schickte er ihr einen Link. Karl Heinz kopierte ihn und fügte ihn in die Leiste ein. Als die Seite fertig geladen war, erschien eine schwarze Bildfläche, an dessen Rändern Blut hinablief. In der Mitte stand in dicken roten Buchstaben ›*Enter*‹ geschrieben. Er klickte drauf und schon ploppte die Aufforderung zur Eingabe eines Passwortes und eines Benutzernamens auf. Er versuchte das Login, welches er für das Forum benutzt hatte. Es klappte nicht. Deshalb switchte er zurück zum Chatfenster und scrollte herunter.

Sie: *Was soll ich da eingeben?*

CreepyCrow: *Entschuldige, musste für dich einen Benutzernamen und ein Passwort erstellen. Beides gilt nur für diesen einen Besuch. Sobald du dich ausloggst, brauchst du neue Zugangsdaten.*

»Scheiße!«, murrte Karl Heinz und probierte es trotzdem. Wie erwartet, funktionierte es nicht.

Er las weiter.

Sie: *Das warst du???*

CreepyCrow: *Ja, sieht heftig aus, oder?*

Sie: *Ich wusste nicht, dass ein Mensch so von innen aussieht!*

CreepyCrow: *Hat es dir gefallen?*

Sie: *Ja, sehr! Ich will mehr.*

CreepyCrow: *Mit mehr kann ich dir nicht dienen. Ich habe gerade erst angefangen. Und da mir die Bullen auf den Fersen sind, kann ich vorerst keine neuen Videos anfertigen. Die Sache ist zu heiß.*

Ich nehme Kontakt zum Künstler auf und schreibe dir dann.

Sie: *Okay, vielen Dank, ich freue mich darauf!*

Es herrschte eine Woche Funkstille, bevor er sich zurückmeldete.

CreepyCrow: *Ich habe mit ihm gesprochen, er wird sich bei dir melden. Du musst nichts tun, nur abwarten. Und mach genau das, was er sagt, sonst wird er dir nichts verkaufen. Meistens fordert er, dass du den Mailverlauf von ihm löschst. Halt dich daran. Viel Glück! Und lass mal wieder von dir hören ;)*

Sie: *Vielen Dank für alles.*

»Scheiße!«, murrte Karl Heinz erneut und schlug mit der flachen Hand auf den Tisch, als er feststellte, dass Joleen offenbar der Aufforderung gefolgt war. Es gab keinen Chatverlauf zwischen ihr und dem Künstler. Herr Schmidt verschwand flatternd von seiner Schulter und setzte sich meckernd auf den Kühlschrank. Karl Heinz' Magen knurrte, er sah auf die Uhr. Zwei Stunden waren vergangen und im Grunde hatte ihn nichts von dem weitergebracht, was er gerade gelesen hatte.

»Außer, ich kann über den Typen noch mal Kontakt zum Künstler aufnehmen«, sagte er, holte sich die restlichen Chips und stopfte sie sich in den Mund, damit das Magenknurren leiser wurde. Herr Schmidt beobachtete ihn.

»Sei froh, dass du ein Vogel bist, so musst du dich wenigstens nicht mit dem Mensch-sein-Scheiß herumärgern.«

Er ging zum Laptop, ließ die Fingergelenke knacken und tippte eine Nachricht ein. Joleens letzte lag mehrere Wochen zurück.

Hey! Da bin ich wieder. Ich war lange im Krankenhaus. Dumme Sache, seit heute bin ich endlich zu Hause. Wie geht es dir? Sind dir die Bullen noch auf den Fersen?

Er klappte den Laptop zu und setzte sich vor den Fernseher. Es dauerte keine zehn Minuten, als er aufstand, zum Laptop lief, um nachzusehen, ob er eine Antwort erhalten hatte. Nichts. Das Prozedere wiederholte er mal um mal und befürchtete schon, dass er in dieser Nacht kein Auge zutun würde, bis er eine bekam.

19

»Und? Was sagen die Ärzte?«, fragte ich Patrick.

»Sie sind zuversichtlich, dass alles ohne Probleme abheilen wird und sie mir keine Haut transplantieren müssen.«

»Das sind gute Nachrichten.«

»Wie man's nimmt.« Er zuckte mit den Schultern und lenkte von sich ab. »Erzähl weiter.«

Auch wenn ich es lieber nicht getan hätte, setzte ich mich und fuhr fort: »Am nächsten Morgen brachte man mich wieder zum Heimleiter. Wir spielten eine neue Runde ›Wer-war-das?‹, die ebenfalls ergebnislos verlief. Ich schwieg, bis er mich endlich gehen ließ.

Als ich den Flur entlangschlenderte, hörte ich, wie Michalski zu jemandem sagte: ›Gebt auf ihn acht. Ich will wissen, wer das mit ihm macht.‹ Eigentlich hätte ich mich sicherer und gut behütet fühlen müssen, da sich die Erwachsenen um mich sorgten und versuchten, mir zu helfen. Doch wer einmal in Hjondras Augen geblickt hatte, sobald sie einen in die Mangel nahm, wusste sofort, dass sie einen Weg finden würde, sich ihr Opfer zu schnappen, ohne dabei erwischt zu werden.

Einen Monat lang hatte ich Ruhe. Die Erzieher fragten mich ständig nach meinem Befinden und zu den weiblichen Arbeitskräften erlangte ich allmählich wieder Vertrauen. Eines Tages kam Michalski zu mir und sagte, es gäbe da eine Familie, die mich gern kennenlernen würde. Erst verstand ich nicht, was das bedeutete. Als ich zwei Tage später zum Friseur geschickt und zurechtgemacht wurde, begriff ich die Bedeutung dieser

Aussage. Ich saß auf meinem Bett und wartete. Die Erwachsenen schwirrten überall herum. Seit einiger Zeit hatte sich der Schlendrian eingestellt und sie achteten nicht mehr allzu sehr auf mich. Sie glaubten wohl, der Spuk wäre vorbei. Allerdings hatten sie die Rechnung ohne Hjondra gemacht. Da schönes Wetter war, spielten alle Kinder draußen. Ich war allein in unserem Gemeinschaftsschlafzimmer. Die Tür ging auf und ich dachte, es wäre Michalski, der mich holen wollte. Stattdessen blickte ich in Hjondras dunkle Augen. Ihr Grinsen ließ eine Gänsehaut über meinen Körper fahren.

›Haltet Wache!‹, zischte sie einem Jungen und einem Mädchen zu. Sie blieben auf dem Flur und schlossen die Tür hinter ihrer Anführerin.

›Da ist ja mein kleines Baby. Dich haben sie ja geschniegelt, meine Fresse. Hab gehört, eine Familie interessiert sich für dich?‹ Wie in Zeitlupe trat sie auf mich zu und setzte sich neben mich aufs Bett.

›Du willst mich doch nicht etwa alleinlassen, oder? Mir würde es echt fehlen, mit dir zu spielen.‹ Sie hob den Arm und ich zuckte zurück. Hjondra lachte und strich mir zärtlich über den Rücken. ›Ehrlich, ich würde dich wirklich vermissen.‹

Für den Bruchteil einer Sekunde keimte Hoffnung in mir auf. Scheinbar meinte sie es ernst. Vielleicht war die Zeit vorbei, in der sie mich auf dem Kieker hatte.

Weit gefehlt! Mädchen wie sie hörten nicht einfach auf, wenn man sie nicht stoppte. Sie zog eine Schere aus der Hosentasche. ›Weißt du, was ich damit vorhabe?‹

Ich schüttelte den Kopf.

›Ich könnte deinen Pipimann abschneiden.‹ Sie kicherte und fuchtelte mit der Schere vor meiner Nase herum, ließ sie auf- und zuschnappen. ›Oder deinen Riechkolben? Oder beides?‹

Ich weinte.

›Das Baby muss heulen! Och, armes Baby. Warte, ich gebe dir ein Taschentuch.‹ Sie ergriff den Ärmel meines weißen Hemdes, das ich für das Treffen hatte anziehen sollen. Sie schnitt ein Stück heraus und reichte es mir. ›Damit kannst du dir den Rotz abwischen.‹

Ich konnte nichts weiter tun, als sie schockiert anzustarren. Sie hatte das Hemd zerschnitten!

›Das sieht jetzt irgendwie komisch aus.‹ Nachdenklich rieb sie sich das Kinn. ›Ich glaube, wir schneiden den ganz ab.‹ Ohne Gegenwehr meinerseits trennte sie den Ärmel ab.

›Knöpfe braucht eigentlich keine Sau, wenn ich mir das richtig überlege.‹ Sie legte die Schere beiseite und riss mir jeden Knopf einzeln ab.

›Ich kann deinen Bauch sehen‹, sagte sie und lachte. Sie kniff mir in die linke Brustwarze. So fest, dass ich dachte, sie würde sie mir gleich ausreißen. Ich schrie und weinte. Die Tür öffnete sich und der Junge flüsterte: ›Nicht so laut, Mensch!‹

Hjondra ließ meine Warze los, legte eine Hand unter mein Kinn und hob meinen Kopf an, bis ich in ihre kalten Augen blicken musste. ›Du bist doch ein kleiner Hosenpisser, oder?‹

Als ich nicht antwortete, drückte sie die Haut an meinem Kinn brutal zusammen. ›Antworte! Du bist ein kleiner Hosenpisser, hab ich recht?‹

Das war ich nicht, jedenfalls nicht ohne ihre Mithilfe, dennoch nickte ich.

›Braver Bursche. Ich finde, es ist Zeit, was Neues auszuprobieren. Komm mit.‹ Sie zog mich auf die Beine und führte mich zum Bett eines anderen Jungen. ›Leg dich hin und zieh die Hose runter.‹

Endlich löste sich meine erstarrte Zunge. ›W-w-wieso?‹

›Das wirst du gleich sehen, mach schon!‹

Ich gehorchte ihr. Natürlich! Was hätte ich tun sollen? Ich war ihr hilflos ausgeliefert. Kein Erwachsener in Sicht und selbst wenn einer kam, hatte sie ihre Wachhunde vor der Tür, die sie früh genug warnen würden.

Ich zog die schwarze Stoffhose runter und legte mich auf den Rücken.

›Deine Bärchenbuxe auch‹, forderte sie.

In mir stieg Schamesröte auf, doch ich protestierte nicht. Ich zog die Unterhose runter und lag unten ohne vor ihr. Sie streckte die Hand aus und nahm meinen Schwanz zwischen Zeigefinger und Daumen. Viel größer war er damals ja nicht.«

Ich lachte, Patrick stimmte nicht mit ein.

»Sie hielt den Schaft in die Richtung meines Gesichtes und sagte: ›Und jetzt lass laufen.‹

›W-w-was?‹, stammelte ich. Ich wusste nicht, was sie von mir wollte.

›Piss, du Pissnelke. Tu, was du am besten kannst.‹

›Aber dann …‹

›Genau, die ganze Suppe landet auf dir. Mach schon!‹

›Ich kann nicht‹, jammerte ich. Meine Angst wuchs, dass sie die Schere nehmen und mir den Schwanz abschneiden würde.

›Ich hab sonst nichts vor, also halte ich dein Schrumpelding, bis was rauskommt.‹

Was hätte ich denn tun sollen? Sie angreifen? Ich konzentrierte mich auf meine Blase und betete, dass wenigstens ein winziger Tropfen herauskam Nichts. Meine Leitung blieb trocken.

Hjondra stand neben dem Bett, mit meinem Penis zwischen den Fingern. Sie pfiff ein Lied. Ich fühlte mich erniedrigt und wünschte mich an einen anderen Ort. Die Zeit verstrich quälend langsam und irgendwann sagte sie: ›An deiner Stelle würde ich mich anstrengen. Du willst nicht wissen, was ich mit dir anstelle, wenn da nicht gleich was rausspritzt.‹

Also konzentrierte ich mich noch mehr. Es war nicht so, dass ich keinen Druck auf der Blase hatte, nur brachte ich meine Harnröhre nicht dazu, die ganze Sache herauszulassen. Ich drückte und wälzte mich hin und her und endlich schoss die warme Brühe heraus. Sie verteilte sich über mein Gesicht, über mein Hemd, über die Matratze. Hjondra lachte, ließ mich los, wischte ihre Hand an meiner Hose ab und verließ mich mit den Worten: ›Viel Erfolg bei deinem Treffen mit der Familie.‹

Ich blieb zitternd auf dem Bett liegen, zog die Beine an die Brust und weinte. Keine Ahnung, wie viel Zeit verging, bis die Tür sich öffnete und Herr Michalski samt einer Frau und einem Mann ins Gemeinschaftsschlafzimmer trat.

›In diesem Raum schlafen unsere Zwerge und hier müsste Michael auf uns warten. Am besten gehen wir gleich gemeinsam in mein Büro.‹ Ich hörte ihn, sah ihn aber nicht, weil ich die Augen zusammenpresste und im Erdboden versinken wollte. Meine Scham überwältigte mich und jede Würde, die ich besessen hatte, war verloren.

›Wo ist er denn? Micha…‹ Der Rest meines Namens blieb ihm im Halse stecken und ich wusste, dass er mich entdeckt hatte. Schwere Schritte stampften auf mich zu. ›Was zum Henker …? Michael?‹ Eine Hand packte mich am Arm und versuchte, mich auseinanderzubiegen. Er schaffte es und zog an mir, bis ich aufrecht saß. Die Augen hielt ich geschlossen und den Kopf gesenkt. ›Was hast du gemacht? Und was riecht so? Dein Hemd …‹

›Das stinkt nach Urin‹, sagte eine Frau, die meine neue Mutter hätte sein können. Ich wollte sie nicht sehen. Sie würde sowieso nicht wiederkommen. Dafür hatte Hjondra gesorgt. Ich war zwar klein, aber nicht dumm. Ich begriff, welchen Hintergedanken sie mit ihrer Tat verfolgt hatte.

›Hat er sich etwa ins Gesicht gepinkelt?‹, fragte eine fremde Männerstimme.

›Michael! Was hast du angerichtet? Dein Hemd! Und warum im Bett von …?‹ Der Heimleiter seufzte. ›Es ist wohl besser, Sie warten in meinem Büro. Ich kümmere mich um den Jungen. Wir sind in ein paar Minuten bei Ihnen.‹

Die Frau räusperte sich. ›Ich denke, wir sollten von vorn beginnen und uns auch andere Kinder ansehen.‹ Sie klang, als wäre ich ein Hund in einem Tierheim, den man gleich auf den ersten Blick als Flohtempel brandmarkte und zum nächsten Zwinger weiterging.

Es folgten hastige Schritte, eine Tür, die zugeschlagen wurde.

›Was hast du dir dabei gedacht?‹, fragte Herr Michalski. Seine Stimme war nicht sanft wie sonst. ›Ich versuche, für dich eine Familie zu finden, damit du hier wegkommst, weil du mir echt am Herzen liegst, und dann so was? Langsam glaube ich, dass du mir deswegen nicht sagst, wer dir wehgetan hat, weil du es selbst warst. Oder willst du mir erzählen, jemand hätte dich gezwungen, dich anzupinkeln?‹

Alles in mir schrie: *Ja! Ja! So war es! Es war Hjondra! Hjondra, der Dämon!* Aber ich schwieg und das deutete der Heimleiter genau so, wie Hjondra es beabsichtigt hatte. Schlaues Biest.

›Ich bin enttäuscht von dir‹, sagte er. ›Geh dich waschen. Das Hemd zahlst du von deinem Taschengeld.‹ Dann verließ er den Schlafraum.

Erschöpft und mit den Nerven am Ende legte ich mich wieder auf die Matratze, spürte die Nässe und roch den Gestank. Weinend schlief ich ein und wachte erst auf, als die anderen Kinder von draußen zurückkehrten, sich um mich scharten und laut lachten. Nur der Junge, dem das Bett gehörte, fand es nicht witzig.

›Raus mit dir!‹ Er riss mich an den Haaren und schleuderte mich zu Boden. Dabei schlug ich mir das Kinn blutig. Heulend sprang ich auf und rannte los, durch den Flur in den Waschraum. Dort stellte ich mich unter die Dusche, stellte das Wasser heiß und schrubbte meinen Körper, bis meine Haut krebsrot anlief. Ich betrachtete meine Arme und wartete darauf, dass die Haut abfiel, was sie natürlich nicht tat. Als Kind hat man eine Menge Fantasie.«

Ich unterbrach und bat Patrick um ein Glas Wasser. Er gab mir seines. Ich trank gierig Schluck für Schluck, mein Hals fühlte sich schrecklich trocken an. Die längst vergessen geglaubten Erinnerungen kosteten Kraft. Während ich erzählte, kam es mir vor, als sei es erst gestern gewesen.

»Was geschah dann?«, fragte Patrick und ließ das Kopfteil seines Betts ein Stück nach oben fahren, damit er aufrecht saß. Meine Geschichte fesselte ihn. Er hing an meinen Lippen und saugte jedes Wort auf. Wahrscheinlich lag es daran, dass sie tatsächlich spannend war und er endlich, nach all der Zeit, mehr über seinen Freund erfuhr.

»Ich kam zu spät zum Abendbrot. Alle waren schon da. Sie kicherten hinter vorgehaltener Hand, als ich den Speisesaal betrat. Fast jeder Platz war besetzt und bei den wenigen freien wurde mir das Hinsetzen verwehrt. Die Kinder schüttelten ihre Köpfe und machten sich breiter, als sie waren. Jeder wusste mittlerweile, was ich getan hatte. Ich widerte sie an.

Das änderte sich auch in den nächsten Wochen nicht. Selbst die Erwachsenen und Herr Michalski behandelten mich anders. An manchen Tagen kam es mir vor, als wäre ich Luft für sie. Wenn ich sie etwas fragte, antworteten sie nicht. Eines der älteren Kinder schimpfte mich einen Psychopathen. Ich wusste damals nicht, was dieses Wort bedeutete, aber es brannte sich tief in mein junges Herz und irgendwann glaubte ich selbst daran.

Hjondra ließ mich vorerst in Ruhe, zumindest körperlich. Ich spürte ihren stechenden Blick auf mir lasten, sobald wir uns begegneten. Sie starrte mich regelrecht an. Manchmal lächelte sie oder streckte mir neckisch die Zunge raus, als wären wir zwei Freunde, die sich neckten. Ich wusste, dass dieser gespielte Frieden nicht ewig anhalten würde.

Da mich nun alle mieden wie die Pest, vertrieb ich mir die Zeit allein. Ich fand einen Platz im nahegelegenen Wald zwischen Bäumen und der Ruine eines alten Hauses, wo ich ungestört meinen Gedanken nachgehen konnte. Eines Tages saß ich dort und eine Katze huschte aus einem Gebüsch. Sie blickte mich interessiert an und kam zögerlich auf mich zu. Sie machte einen Buckel, streifte einen Busch und sah aus, als wolle sie ein paar Streicheleinheiten. Ich weiß nicht wieso, aber dieses Tier verkörperte für mich Hjondras tierisches Ebenbild. Diese verschlagenen Augen.

Ich nahm einen Ast und strich mit ihm über das Laub. Die Katze sprang auf diese Bewegung sofort an und kam vorsichtig näher. Meine Finger kribbelten, ich wurde unruhig. Meiner Erinnerung nach war es das erste Mal, dass sich der Drang meldete. Ich hörte eine Stimme in meinem Kopf. Sie verlangte, dass ich das Tier packen und ihm den Hals umdrehen sollte. Für mich sprach nichts dagegen. Stellvertretend für Hjondra wollte ich dem Vieh wehtun und mich für all die Demütigungen rächen.

Plötzlich wurde ich ganz ruhig und wartete, bis die Katze nahe genug war. Ich erwischte sie am Fell. Sie zappelte und fauchte, kratzte mir die Arme blutig. Ich ließ sie los und heulte. Nicht, weil die Kratzer echt tief waren und furchtbar brannten, sondern weil ich nicht mal in der Lage war, eine Katze in meine Gewalt zu bringen. Wie sollte ich mich dann gegen Hjondra wehren?

Meine Finger kribbelten wieder und die Stimme rief, sie wolle etwas zerquetschen. Ich schaute mich um und entdeckte eine fleischige Raupe. Nicht gerade der beste Ersatz, aber ich zerquetschte sie mit dem Daumen und das Kribbeln hörte auf.

Da ich weiß, dass du ein tierlieber Mensch bist, Patrick, reiße ich die Situationen, in denen ich mich an Tieren abreagierte, nur kurz an. Mein achter Geburtstag war alles andere als schön. Es gab keine Party, nur ein opulentes Mittagessen, ein paar Glückwünsche, keine Geschenke. Nicht mal von Herrn Michalski. So verging ein Jahr. Bis zu meinem nächsten Geburtstag quälte und terrorisierte Hjondra mich entweder täglich oder manchmal auch wochenlang gar nicht. Sie war wie ich. Wenn der Drang in ihr hochkam, musste ich herhalten, damit sie ihren Frust und ihre Wut ablassen konnte. Ich tat dies mit Tieren. Das Quälen und Töten ließ mich innerlich entspannter werden und die Umstände besser ertragen.

Das ging weiter, bis ich elf war. Hjondra wurde von einer Familie adoptiert. Kannst du dir das vorstellen? Eine Familie war so dämlich, sich den wahrhaftigen Teufel ins Haus zu holen.

An diesem Tag, als sie uns verließ, spürte ich, wie eine Last von mir fiel. Es gab keine Hjondra mehr, die mich schlug, mich mit Streichhölzern oder anderem quälte. Ihre Clique löste sich auf. Niemand war mehr da, der mich demütigte. Es wurde friedlich im Heim.

Die anderen Kinder mieden mich größtenteils immer noch. Nur diejenigen, die neu zu uns kamen und von dem damaligen Zwischenfall nichts wussten, spielten und redeten mit mir. Nach und nach wurde ich wieder Teil der Gesellschaft und meine positive Veränderung fiel auch den Erwachsenen auf. In ihren Augen hatte ich die angebliche Selbstverletzungsphase überstanden.

Nachdem Hjondra uns verlassen hatte, tötete ich kein einziges Tier mehr. Nicht mal eine Fliege. Mein Drang schlief und ich war glücklich darüber.

Bis zu meinem dreizehnten Lebensjahr lief es wie am Schnürchen. Nur die Vermittlung an eine Pflegefamilie wollte und wollte nicht klappen. Es gab ständig andere Gründe. Der gewichtigste war mittlerweile mein Alter. Es gab nicht viele Paare, die sich einen Jugendlichen ins Haus holen wollten. Heute verstehe ich das. Der Heimleiter sagte mir eines Tages betrübt, dass ich mich damit abfinden müsse, bis zu meinem achtzehnten Geburtstag im Heim zu bleiben. Ich hatte mit den Schultern gezuckt und gesagt, dass mir das nichts ausmachte, weil ich mich hier wieder wohlfühle. Doch dieses Gefühl hielt nicht lange an. Eine alte Bekannte kehrte zurück. Hjondra. Sie war mittlerweile sechzehn und hatte sich immens verändert. Ihr einst massiger Körper war nun groß und schlank. Ihre Brüste waren üppig, die Haare lang und lockig, doch ich erkannte sie sofort. Ihre Augen waren immer noch genauso kalt wie damals. Sie zeigte ihr unvergleichlich mörderisches Lächeln und ich wusste, dass die Ruhe vorüber war.«

»Warum kam sie zurück?«

Ich lachte. »Weil sie von ihrem Pflegevater gefickt worden war. Wie man sich erzählte, wurden beide von der Pflegemutter mitten im Akt erwischt. Der Vater behauptete, Hjondra hätte ihn verführt. Hjondra stellte es so dar, dass sie von ihm vergewaltigt worden war. Die Pflegemutter glaubte ihrer Adoptivtochter nicht, sehr wohl aber die Polizei und das Gericht. Der Vater kam in Untersuchungshaft, Hjondra wurde vom Jugendamt zu uns zurückgebracht. Als Erwachsener habe ich recherchiert, was aus den beiden geworden ist. Der Vater bekam drei Jahre und fünf Monate und die Mutter wanderte aus.«

Als ich gerade zum Finale ansetzen wollte, klopfte es an der Tür. Maller und sein Kollege Hagebug traten ein.

»Oh, Sie haben Besuch und sind wach. Dann sind Sie heute bestimmt nicht so entkräftet wie gestern und können ein bisschen mit uns reden, nicht wahr?« Maller lächelte. »Wenn es Ihnen nichts ausmacht …« Er deutete auf mich, dann auf die Tür.

»Wie lange wird das dauern?«, fragte ich.

»Heute werden Sie Ihren Kumpel nicht mehr für sich haben«, sagte Maller. Ich hätte ihm gern sein süffisantes Grinsen aus dem Gesicht geschnitten.

Ich sah an ihm vorbei und sagte zu Patrick: »Ich komme morgen wieder und erzähle es dir zu Ende.«

»Was denn?«, wollte Maller wissen.

»Ach, ein Schwank aus meiner Jugend, um meinen Freund aufzuheitern.«

»Er sieht nicht gerade erheitert aus«, warf Hagebug ein.

»Ich hab ja auch Schmerzen«, murrte Patrick.

Maller wandte sich mir zu. »Also?«

Ich verließ das Krankenhaus und fuhr nach Hause. Die Arbeit musste warten, denn ich war erschöpft und wollte meine Ruhe haben. Als ich durch die Haustür trat, stand mir gleich die nächste Katastrophe bevor. Linda fing mich im Flur ab. »Hallo, Schatz! Können wir kurz reden?«

»Ich habe noch nicht mal die Jacke ausgezogen.«

»Die kannst du anlassen.«

Ich seufzte. »Hat eines unserer Kinder was angestellt?«

»Weiß ich nicht. Marias Lehrerin rief vor einer Stunde an. Sie erzählte mir von der Beerdigung und dass sie zu dir gesagt hat, sie müsse mit dir wegen Maria sprechen. Ich sagte, dass sie es mir ebenso sagen könne. Doch sie meinte, das würde sie lieber mit dir bereden. Sie klang sehr aufgewühlt. Du musst dich noch heute mit ihr treffen und herausfinden, worum es geht. Was ist, wenn unsere Tochter schwanger ist und sie sich Frau Faum anvertraut hat?«

»Sie wird schon nicht schwanger sein, du warst doch mit ihr beim Frauenarzt wegen der Pille. Das hat bestimmt Zeit, ich bin kaputt und …«

»Tu mir den Gefallen!« Linda sah mich aus bittenden Augen an. »Du sollst sie anrufen. Ich wusste ja nicht, wann du Feierabend machst. Sie hat mir aber deutlich gemacht, dass sie unbedingt heute mit dir reden will.«

»Ich … Patrick ist … okay«, gab ich nach. Da sie sich für meinen Tag und den Grund, warum ich so erschöpft war, nicht interessierte, hielt ich es nicht für nötig, ihr von Patrick zu erzählen. Irgendwann würde sie es erfahren und mich anranzen, weshalb ich ihr nichts davon erzählt hätte. Dann konnte ich sagen: »Weil du nicht zuhören wolltest.«

»Ich muss jetzt zum Yoga-Kurs. Frau Faums Nummer steht auf einem Zettel am Kühlschrank. Die Kinder sind bei Freunden. Du bist ein Schatz.« Sie gab mir einen Kuss.

»Ach, auf einmal?«, murrte ich und sah zu, wie sie sich ihre Yoga-Matte schnappte und verschwand. Was fand sie an diesem Körperverrenken? In den letzten Tagen war sie zickig und mies gelaunt gewesen und hatte mir hunderte Vorwürfe gemacht. Aber wehe, die werte Dame konnte zu ihren Yoga-Freundinnen, sich verbiegen und schnattern wie eine Ente. Dann war sie wie ausgewechselt und pure Freude umhüllte sie.

Ich ging in die Küche, nahm mir eine Banane aus der Obstschale und schlang sie hinunter, damit ich wenigstens etwas im Bauch hatte. Dann zog ich den Zettel vom Kühlschrank und tippte die Nummer in mein Handy ein. Meine Stimmung schwankte zwischen genervt und aufgeregt. Schon bei der Trauerfeier heute Morgen hatte es mich Kraft gekostet, meinen Drang unter Kontrolle zu halten. Dass ich jetzt mit ihr reden und mich vielleicht mit ihr treffen musste, war nicht gerade hilfreich.

»Ja?«, meldete sich Frau Faum.

»Stalzer hier, guten Abend. Meine Frau meinte, ich solle Sie anrufen?«

»Ja, genau, ich habe mit ihr telefoniert und sie darum gebeten. Ich sagte Ihnen doch heute Morgen, dass ich mit Ihnen wegen Maria sprechen muss. Eigentlich dachte ich, das hätte noch Zeit, aber nachdem das für mich so ein aufwühlender und emotionaler Tag war, ließ es mir keine Ruhe. Ich denke, sie sollten es wissen, um etwas unternehmen zu können.«

»Verraten Sie mir einfach, worum es geht. Was hat sie angestellt? Ich hatte einen harten Tag und …«

Auch sie interessierte sich nicht dafür, ob ich überhaupt Zeit und Lust hatte, mit ihr über irgendwelche Probleme einer Pubertierenden zu reden. »Ich möchte es Ihnen gern persönlich sagen und Ihnen etwas zeigen.«

Ich seufzte. »Gut, wenn es nicht anders geht. Wo treffen wir uns?«

»Können Sie zu mir kommen? Das ist nichts, was man in der Öffentlichkeit besprechen sollte.« Sie gab mir ihre Adresse, obwohl ich diese wegen der Beerdigung längst hatte. »Wissen Sie, wo das ist? Ich kann Ihnen den Weg beschreiben.«

»Nein, nein, nicht nötig, ich kenne die Gegend.«

»Gut. Danke, dass Sie sich die Zeit nehmen. Bis gleich.« Sie legte auf.

Ich steckte das Handy in die Tasche, schnappte meine Schlüssel und fuhr los. Den Weg kannte ich. Ich war vor ein paar Tagen dort gewesen. Als Beobachter. Mein

Drang Theo schrie während der Fahrt, dass die Phase des Zuschauens jetzt vorbei wäre.

20

Karl Heinz war vor zehn Minuten das letzte Mal an Joleens Laptop gewesen. Es trieb ihn erneut dorthin. Er klickte auf ›Aktualisieren‹ und sein Herz machte einen Sprung, als angezeigt wurde, dass er eine Nachricht hatte. Er sah sofort nach.

CreepyCrow: *Oh, ich hoffe, es war nichts Schlimmes? Ich hasse Krankenhäuser. Sei froh, dass du da raus bist.*

Na ja, mir geht's ganz gut. War knapp wegen der Bullen. Ich konnte nicht anders und musste es wieder tun. Sie hat dermaßen geschrien, als ich sie ins Auto zerrte, dass mich fast jemand gesehen hätte. Aber eben nur fast. Ihr hat es nicht geholfen. Willst du es dir anschauen?

Karl Heinz: *Gern! Ich konnte im Krankenhaus meine Gier nach diesem Stoff nicht stillen. Bin total heiß drauf.*

Und noch was: Kannst du bitte den Künstler kontaktieren? Ich musste ja den Nachrichtenverlauf löschen und ich will wissen, was er in der Zwischenzeit alles geschaffen hat.

Er schickte die Nachricht ab. Es war vielleicht der einzige Versuch, den er hatte. Sollte irgendetwas seinen Gesprächspartner misstrauisch machen, war die Spur kalt.

Sein Telefon klingelte.

»Ja?«

»Maller hier. Störe ich?«

»Nein, du störst nicht. Was gibt's?«

»Ich bin bei einem Verdächtigen im Krankenhaus. Wir verhören ihn, der Kerl ist stur wie sonst was. Wir mussten kurz unterbrechen, weil seine Wunden behandelt werden. Da dachte ich, du würdest dich über ein paar Informationen bezüglich dieser Honey und ihrer Tochter freuen.«

»Aber sicher. Schieß los!«

»Die Obduktion ist zwar noch nicht abgeschlossen, aber der Rechtsmediziner ist sich sicher, dass das Mädchen verdurstet ist, was zu den Spuren am Tatort passen würde. Wie es scheint, kam sie nicht aus ihrem Zimmer, weil ihre Mutter sie eingeschlossen hatte und nicht zurückkehrte. Selbst die Fenstergriffe hat sie abgeschraubt. Das Kind hatte keine Möglichkeit zu entkommen. Laut Zeugenaussagen sperrte sie ihre Tochter immer ein, wenn sie arbeiten ging. Du bist auf jeden Fall aus dem Schneider. Ich konnte die Mönchengladbacher Kollegen überzeugen, dass du nichts mit dem Tod der Kleinen zu tun hast.«

»Seid ihr wegen Honey weitergekommen?«

»Ich habe unsere Spezialisten darauf angesetzt. Es ist schwer, ins Darknet und an die richtigen Leute zu kommen. Ben wäre jetzt hilfreich. Wie ich höre, liegt er im Krankenhaus?«

»Ja, leider.« Karl Heinz erzählte Maller, was geschehen war.

»Ich hoffe, es geht alles gut. Ich werd mal wieder. Und, Karl? Wenn du in deinem Fall auf irgendetwas stößt, was uns weiterhelfen kann, gibst du mir Bescheid, ja?«

»Sicher, wie immer.« Karl Heinz biss sich auf die Unterlippe. Er hatte schon mehr erreicht als seine ehemaligen Kollegen und könnte ihnen die Informationen und den Kontakt zu *CreepyCrow* überreichen. Sein Ehrgeiz hinderte ihn daran. Er war auf Joleens Hinweise, auf

Honeys Bilder und die tote Tochter gestoßen und er wollte derjenige sein, der diesen Leichenkünstler zu fassen bekam. Die letzten Jahre wurde er von vielen belächelt, weil er jetzt *nur* noch ein Privatdetektiv war, der der Polizei zuarbeitete, die dann den Erfolg einstrich. Das hier war sein Fall und er würde Joleen finden, ob der Leichenkünstler sie erwischt hatte oder nicht. Er würde ihn jagen, das war ihm vorhin auf der Couch bewusst geworden. Allerdings musste er vorsichtig sein und durfte nicht wieder in die Klemme geraten, bevor er Joleen oder den Mörder gefunden hatte.

Er verabschiedete sich von Maller und aktualisierte die Nachrichten, wenn er schon gerade am Schreibtisch stand. Der Fremde hatte geantwortet.

CreepyCrow: *Okay, kann verstehen, dass du nicht mehr weißt, wie du zu ihm kommst. Ich schreibe ihm. Kann dir aber nicht sagen, wann er antworten wird, der hat angeblich immer viel um die Ohren. Behauptet er zumindest, wenn seine Fans ungeduldig nach neuem Stoff schreien.*

Und hier hast du die Zugangsdaten.

Karl Heinz kopierte sie und fügte sie in *CreepyCrows* Seite ein, die er noch geöffnet hatte. Er bekam Zugang und fand sich drei Videos gegenüber. Das älteste war mit ›*Nasse Schlampe*‹ beschriftet, das vorletzte mit ›*Schluck, du Luder!*‹ und das aktuellste mit ›*Hau den Lukas*‹.

Allein die Namen wollten ihn davon abhalten, sich die Videos anzusehen, auch die angezeigten Standbilder mahnten ihn davor. Es musste sein.

Er entschied sich für das neueste. Ihm wurde eine Übersicht gezeigt, wie viele Bitcoins das kosten würde und wie viele er zur Verfügung hatte. Wie es aussah, hatte Joleen eine Menge Geld investiert. Sie hatte derart viele Bitcoins auf dem Konto, dass Karl Heinz hundert weitere dieser Dateien kaufen könnte.

Die Aufnahme startete. Ein verwackeltes Bild aus einem Auto war die erste Szene. Das Material sah aus wie bei den Sportlern, die sich diese *Go-Pro-Kameras* an die Helme schnallten und bei deren Aufnahmen der Zuschauer mittendrin war. Wahrscheinlich war das hier der Fall. Der Fremde musste die Kamera am Kopf befestigt haben, um aus seiner Sicht zu filmen.

»Wie wäre es mit der?«, fragte der Fahrer und Karl Heinz bekam eine Gänsehaut, als sich zu den geschriebenen Worten des Mörders gesprochene gesellten.

»Nee, die will ich nicht«, sagte der Mann und fuhr an einer Ampel links. Es war dunkel. Karl Heinz kannte die Gegend nicht. Er konnte nicht erkennen, wo genau *CreepyCrow* auf der Jagd war.

»Da ist noch eine.« Die Kamera schwenkte zum rechten Bürgersteig, auf dem eine Frau unterwegs war.

»Joah, die sieht nett aus.«

Also waren *CreepyCrows* Frauen Zufallsopfer. Er wählte sie nicht bewusst aus und das hieß für jede, die sich in seiner Nähe befand, höchste Gefahr.

Karl Heinz überlegte, wenigstens diesen Typen an Maller auszuliefern.

Der Mann hielt ein paar Meter vor der Auserwählten an und stieg aus. »Ich glaube, Sie haben was verloren. Als ich an Ihnen vorbeifuhr, sah es so aus, als fiele etwas zu Boden.«

Karl Heinz sah einen Arm, der auf einen Punkt hinter der Frau deutete. Als sie sich überrascht umdrehte, öffnete er die Beifahrertür, hämmerte ihr einen länglichen schwarzen Gegenstand auf den Hinterkopf und wollte sie ins Auto zerren. Sie wehrte sich heftig und wie er erwähnt hatte, schrie sie wie am Spieß. Dann ging alles schnell. Er schlug ein zweites Mal zu. Sie verstummte und er stopfte sie wie ein Stofftier auf den Rücksitz, rannte zur Fahrertür und brauste los.

Es erfolgte ein Schnitt. In der nächsten Szene lag sie angekettet auf einem verdreckten Steinboden. Karl Heinz konnte nicht genau sagen, was das für ein Ort war. Ein Keller oder eine Werkstatt?

CreepyCrow goss einen Eimer Wasser auf sie. Jetzt wechselte die Einstellung zwischen drei Kameras hin und her. Eine filmte weiterhin aus der Sicht des Täters. Eine stand rechts neben dem Opfer und war auf sie gerichtet. Die dritte hing hinter *CreepyCrow* und zeigte ihn in voller Größe. Er wandte sich zu ihr um, starrte in die Linse und griff sich einen Vorschlaghammer. Sein Gesicht war nicht zu erkennen. Er trug eine Ski-Maske, nur seine Augen waren zu sehen.

Nach der kalten Dusche kam die Frau zu sich. Sie benötigte ein paar Sekunden, um zu begreifen, was vor sich ging. Die Kamera neben ihr fing ihren verwirrten Blick ein, als sie die Ketten anstarrte und begann, daran zu zerren. Sie gab schnell auf, sah hoch zu ihrem Entführer und schrie.

Wortlos trat er auf sie zu. Sie bettelte und flehte ihn an, sie gehen zu lassen. Er ging nicht darauf ein. Wie ferngesteuert hob er den Hammer und zertrümmerte ihr den linken Fußknöchel.

Karl Heinz drehte den Ton leiser. Ihre Schreie waren kaum zu ertragen und sein Magen fühlte sich an, als müsste er sich gleich übergeben. Und dabei hatte er in seinem Leben schon viele Grausamkeiten gesehen. Aber diese offensichtliche Gefühlskälte, mit der dieser Täter vorging, erschreckte ihn. Der Mann schien nichts zu empfinden, rein gar nichts. Da waren weder Wut noch Freude noch Gnade – einfach nichts.

Er schaute in die Kamera hinter sich, als wolle er überprüfen, ob er auch im Aufnahmebereich stand und zerschmetterte ihr den rechten Fußknöchel. Die Frau krümmte sich, die Ketten strafften sich um ihre Beine und Arme. Das Klirren tönte gespenstisch im Takt ihrer Schreie. Er legte den Vorschlaghammer zur Seite, zog einen kleinen Gegenstand aus der Hosentasche und beugte sich zu ihr hinunter.

»Was tut der da?«, fragte sich Karl Heinz.

CreepyCrow machte sich an den Schlössern zu schaffen. Klirrend fielen die Ketten auf den Steinboden. Die Kamera auf seinem Kopf zeigte eine geöffnete Tür. Er hatte sie befreit. Die rechte Kamera fing perfekt die Hoffnung in den Augen des Opfers ein. Sie flüsterte etwas, das wie ein ›Danke‹ klang, und zog sich mit den Armen über den Boden. Ihre nutzlos gewordenen Beine schleiften hinter ihr her. Sie verzerrte mit jedem Zentimeter das Gesicht vor Schmerz, aber sie hatte den Ausgang vor sich. In ihrer Verzweiflung entwickelte sie Kräfte, die sie wahrscheinlich selbst nie für möglich gehalten hätte. Den halben Weg zur Tür hatte sie geschafft. Die Szene wechselte zur Kopfkamera. Die Frau kroch vor *CreepyCrow* her. Die blutigen Füße wackelten wie Weingummi an den Unterschenkeln. Er packte den Vorschlaghammer und eine Sekunde später knallte das schwere Gewicht auf ihr Gesäß. Schreie, grässliche Schreie. Ein weiterer Schlag. Dieses Mal auf den Rücken. Karl Heinz schaltete den Ton vollständig aus. Er ertrug die fürchterlichen Klagelaute nicht mehr. Die Bilder waren schrecklich genug. Das Leid mit anhören zu müssen, überstieg das ertragbare Maß.

Ihr Kriechen verlangsamte sich, aber sie gab nicht auf. Dreiviertel des Weges hatte sie hinter sich gebracht. Ein unsinniges Unterfangen. Das Schauspiel diente offensichtlich nur der Dramatik des Videos, um den Zuschauer bei Laune zu halten.

Der Hammerkopf zertrümmerte ihren rechten Ellenbogen. Auch wenn er den Ton ausgeschaltet hatte, hörte Karl Heinz ihre Schreie in Gedanken. Sie drehte den Kopf zu *CreepyCrow*, schaute nach, was er machte und kroch auf dem linken Arm und den Knien weiter. Er zerschmetterte beide kurz hintereinander. Blieb nur noch der linke Arm. Karl Heinz weinte, als er die Verzweiflung sah, mit der diese Frau um ihr Leben rang. Trotz unvorstellbarer Schmerzen und nicht dem Hauch einer Chance, streckte sie das einzig funktionierende Glied aus und zog sich voran. Ihre Hand rutschte vom Steinboden ab. Ihr schlaffer Körper war zu schwer für einen Arm. Dennoch versuchte sie es Mal um Mal. Es war so sinnlos.

CreepyCrow trat neben sie, stellte einen Fuß auf ihren Unterarm und schlug zu. Blut spritzte, als die Haut aufriss und der Ellenbogenknochen splitterte. Ihr Gesicht war kalkweiß und tränenüberströmt. Ihre Lippen bewegten sich und er meinte, ein ›Bitte nicht‹ davon abzulesen.

Bei jedem der nächsten Schläge zuckte Karl Heinz zusammen. Es bedurfte derer drei, um ihren Schädel zu knacken. Einen weiteren, bis sie sich nicht mehr regte. Und vier weitere, bis von ihrem Kopf und ihrem hübschen Antlitz nur noch eine breiige Masse übrig war. Danach endete das Video. Er wurde per Abstimmungsbarometer gefragt, ob es ihm gefallen habe. Automatisch fuhr der Mauszeiger auf ›Nein‹. Er zögerte. Er hatte keinen blassen Schimmer, wie das Darknet in Wahrheit funktionierte. Vielleicht konnte der Killer erkennen, dass er – oder besser gesagt Joleen – auf ›Nein‹ gedrückt hatte. Er wählte ›Ja‹ aus. Zwei Prozentzahlen erschienen. Die eine hundert Prozent und die andere null Prozent. Einhundertachtundfünfzig Viewer hatten abgestimmt und sie alle waren sich einig, dass ihnen das Video gefallen hatte. Das war zu viel für Karl Heinz. Er sprang auf, rannte ins Badezimmer und erbrach das wenige Essen, das er heute zu sich genommen hatte. Einhundertachtundfünfzig Personen waren im Verhältnis zur gesamten Erdbevölkerung nicht viel, aber zu wissen, dass sie es gemocht hatten, wie diese Frau brutal ermordet worden war, machte ihn krank.

Er putzte sich mit Klopapier den Mund ab, spülte die braune Soße runter und setzte sich wieder an den Computer. Er musste an *CreepyCrow* dranbleiben. Egal, wie es ihm dabei ging.

Er tippte: *Geiles Zeug, Mann! Du hast dich selbst übertroffen, diese Hoffnung in ihren Augen, die du dann zermalmt hast ... reif für den Oscar.*

Saure Galle sammelte sich in seiner Mundhöhle. Er schluckte sie hinunter und starrte auf den Bildschirm. Kein Stück würde er sich wegbewegen, bis er Antwort erhielt.

21

Faums Wohnhaus von außen zu betrachten, war die eine Sache. Jetzt die Treppe hinaufzugehen, mit Kurs auf ihre Wohnungstür, brachte meinen Drang zum Schreien. Theo wollte sie haben, mit Haut und Haaren.

»Danke, vielen Dank, dass Sie es einrichten konnten«, sagte sie lächelnd und ließ mich in ihre Wohnung. Einfach so. Es duftete nach Vanille, im Flur hingen Bilder ihrer Eltern und einiger Kinder; wahrscheinlich Schüler von ihr. Sie führte mich in ein gemütlich eingerichtetes Wohnzimmer. Auch hier fanden sich dutzende Bilderrahmen.

»Setzen Sie sich. Ich hole uns was zu trinken.« Sie kam mit zwei Gläsern und einer Flasche Wasser wieder, goss uns ein und leerte ihr Glas in einem Zug, als ob es Wodka wäre und sie sich Mut antrinken müsste.

»Was gibt es so Dringendes zu besprechen?«

Sie nahm ihr Smartphone vom Tisch und umklammerte es mit beiden Händen. »Ich kann mir vorstellen, dass Sie einen langen Tag hatten. Den hatte ich auch, wie Sie sich denken können. Die Beerdigung war nicht leicht für mich. Abschied nehmen ist nie einfach. Und der Leichenschmaus mit meiner Familie …« Sie stockte und mein Drang schrie: *Komm zum Punkt, Sweety!* Sie fuhr fort: »Ich hatte den Tod meiner Eltern in den ersten Tagen verdrängt. Als ich heute in dieser Härte damit konfrontiert wurde, brach alles über mich herein. Ich musste über das nachdenken, was mir Ihre Tochter vor etwa zwei Wochen erzählt hat. Zuerst hielt ich es für ein

Hirngespinst, bis sie mir kurz darauf ein Bild zeigte, das ich mit meinem Handy abfotografierte.«

»Was soll das Schlimmes sein und warum ist sie damit nicht zu uns gekommen?« Ich verstand Marias Verhalten ohnehin nicht. Was sollte so entsetzlich sein, dass sie lieber mit ihrer Lehrerin darüber sprach als mit Linda oder mir?

»Das kann ich Ihnen nicht sagen. Teenager sind ab einem gewissen Alter schwierig und ihre Tochter steckt mitten in der Pubertät. Manchmal fassen sie zu außenstehenden Personen mehr Vertrauen als zu den eigenen Eltern.«

»Ich will nicht unhöflich sein, aber worum geht es jetzt?«

»Um Ihren Sohn Connor.«

»Um Connor? Was hat er gemacht?«

Sie ließ das Display aufleuchten, suchte in ihrer Galerie nach einem Foto und hielt es mir hin. Darauf war Connor zu sehen, der – wie fast immer, sobald er zu Hause war – vor seinem Computer saß. Da Maria ihn von der Seite fotografiert hatte, sah ich, dass er einen Ständer hatte und masturbierte. Nichts Schlimmes in seinem Alter. Auch in jedem anderen Alter nicht. Mein Blick wanderte über das Foto. Connor trug Kopfhörer und der Bildschirm seines Computers zeigte eine eindeutige Szene: Einem Mann wurde der Schädel eingeschlagen.

Corinna Faum nahm das Smartphone runter und sagte: »Hätte er sich einen Porno im Netz angesehen, hätte ich nur gelächelt und Maria beruhigt, dass es nicht schändlich ist, wenn Jungs dergleichen tun. Aber das ist etwas anderes. Laut Ihrer Tochter war es nicht das erste Mal, dass sie ihn dabei erwischt hat, wie er sich auf solche Videos befriedigte. Und das ist nach meiner Einschätzung schon äußerst besorgniserregend.«

»Mein Sohn soll ein Perverser sein?«

»Das habe ich nicht gesagt. Jedoch finde ich es wichtig, dass Sie davon erfahren und dem nachgehen können. Sie wissen doch, wie beeinflussbar Teenager sind. Ich will nicht, dass Connor etwas Dummes macht, weil ich auf Bitten Ihrer Tochter geschwiegen habe. Sie wollte es ihm gegenüber selbst ansprechen, musste sich aber vorher jemandem anvertrauen, und das war ich. Grundsätzlich halte ich meine Versprechen, aber hier muss ich eine Ausnahme machen. Es handelt sich schließlich nicht um irgendeinen dummen Kinderstreich. «

Mein Drang schwieg. Die Neuigkeit über Connors Neigung hatte ihn verstummen lassen. Dafür ratterten meine eigenen Gedanken. Ausgerechnet ich, der versuchte, die Gefühle der Kinder und Gespräche mit ihnen zu vermeiden, sollte mit meinem Sohn darüber sprechen? Und ausgerechnet ich sollte ihn verurteilen, dass er das Morden faszinierend fand? Ich war doch derjenige, der ihm die passenden Gene in die Wiege gelegt hatte. Theo feixte in meinem Kopf. Es fiel mir nicht leicht, meine Fassade aufrechtzuerhalten, doch es gelang mir, das zu sagen, was sie hören wollte.

»Ich rede mit Connor. Das wird Maria in die Scheiße reiten, fürchte ich. Er wird sich denken können, dass sie ihn dabei gesehen hat.«

»Das ist mir bewusst, aber wenn Ihr Sohn immer mehr von diesen Videos sieht, will er es vielleicht irgendwann selbst tun.«

»Ich verstehe Ihre Bedenken. Vielen Dank, dass Sie mich darauf hingewiesen haben. Selbstverständlich werde ich mich darum kümmern«, versicherte ich und stand auf. »Wenn Sie mich jetzt entschuldigen, ich bin hundemüde.«

»Ja, natürlich, ich danke Ihnen, dass Sie sich die Zeit genommen haben.«

Theo tobte in mir. Er war alles andere als begeistert, dass ich jetzt einfach so gehen wollte.: *Ey! Das ist die Idee! Bring sie zusammen mit Connor um! Das wird der Hit!*

»Geht es Ihnen nicht gut?«, fragte sie.

»Kopfschmerzen, sonst nichts«, sagte ich und verließ hastig ihre Wohnung. »Halt die Klappe«, zischte ich Theo an, als er weiterschnatterte wie ein Waschweib.

Ach, wieso? Lass mich doch. Also ich wäre ja dafür, dass du sie gemeinsam mit deinem Spross so richtig schön filetierst. Falls du das nicht willst, geh sofort zurück und mach sie kalt. Ich will sie!

»Du bekommst sie aber nicht«, fluchte ich und stieg ins Auto. Er ließ nicht locker. Meine Finger kribbelten, alles in mir wurde unruhig. Ich versuchte, mich zu konzentrieren. Er gab mir keine Chance. Ich musste etwas tun. Andernfalls würde ich nachher, wenn ich nach Hause kam, die erste Person nehmen, die mir in die Quere kam.

»Eine, und dann gibst du für ein paar Monate Ruhe«, murrte ich und ließ den Motor an.

Das werden wir noch sehen, flüsterte Theo.

22

Karl Heinz war doch eingeschlafen. Als er am nächsten Morgen aufwachte, lag er mit dem Kopf auf dem Schreibtisch. Ein großer Speichelsee hatte sich unter seinem Kinn gebildet. Er wischte sich den Mund trocken und aktualisierte die Seite. Es war eine Nachricht eingetroffen – und sie war kurz.

CreepyCrow: *Ich habe mir allergrößte Mühe gegeben. Und zur Info: Der Künstler meldet sich bald bei dir.*

Er tippte eine Antwort: *Vielen Dank!*

Und wieder starrte er den Bildschirm an. Seine Augen brannten vom gestrigen Tag und es dauerte, bis er den Blick auf die Uhr rechts am unteren Bildschirmrand richtete.

»Schon so spät?«

Sein Handy klingelte. Es war Mimi. »Er wacht auf! Die Ärzte sind bei ihm.«

»Ich bin unterwegs!«

Er sprang auf, sperrte Herrn Schmidt in seinen Käfig und vollzog eine Katzenwäsche. Für Frühstück war jetzt keine Zeit, zumal er sowieso nichts Essbares im Haus hatte.

Er rannte die Stufen hinunter und stieß mit der Vermieterin zusammen. Neben ihr stand ein Pärchen, das ihn erschrocken anstarrte.

»Hoppla, Herr Kellerer, wohin des Weges?«

»Hallo, entschuldigen Sie, ich habe es eilig.« Er wollte sich an ihr vorbeidrängen, doch sie stellte sich ihm in den Weg.

»Das sind Ihre neuen Nachbarn. Sie ziehen in die Wohnung von Herrn Schmidt.«

»Freut mich, Sie kennenzulernen.« Er nickte den beiden hastig zu. »Ich muss wirklich …«

»Herr Kellerer ist ein viel beschäftigter Mann, müssen Sie wissen«, tratschte die Vermieterin. »Er war bei der Kripo und ist jetzt Privatdetektiv. Mit einem wie ihm können Sie sich sicher fühlen.«

Seine zukünftigen Nachbarn lächelten verhalten.

»Jetzt gehen Sie mir aus dem Weg!«, ranzte er sie an.

»Also bitte …« Die Vermieterin verzog das Gesicht. »Was erlauben Sie sich?«

»Ich muss ins Krankenhaus. Lassen Sie mich um Himmelswillen durch!«

Ihr Blick wurde sanfter. »Warum sagen Sie das nicht gleich …?« Sie trat zur Seite und er schob sich an ihr vorbei. Er raste zur Klinik, wo er Mimi und Bens Eltern im Wartebereich fand.

»Ist er schon ansprechbar?«

»Wissen wir nicht. Die Ärzte sind bei ihm«, sagte Mimi und nahm ihn in den Arm. »Wir dürfen nicht rein, falls es Komplikationen gibt.«

»Wie lange wird das dauern?«

»Können sie nicht sagen, das ist bei jedem Patienten unterschiedlich. Kommt darauf an, wie Ben auf das Aufwachen reagiert.«

»Es wird alles gut gehen«, tröstete er Mimi und schaute zu den Eltern. Elke weinte in ein Taschentuch und Herbert starrte aus dem Fenster.

Die Stunden vergingen. Karl Heinz besorgte gefühlt ein Dutzend Mal für jeden einen Kaffee. Manchmal setzte er sich, dann sprang er auf und lief unruhig umher. Niemand ließ sich blicken. Kein Arzt, keine Krankenschwester. Bens Vater ging mehrmals die Flure ab und fragte irgendwelche Leute, ob sie wüssten, was mit seinem Sohn sei. Keiner hatte eine Antwort für ihn.

Als es Abend wurde, kehrte Ruhe ins Krankenhaus ein. Das Abendbrot war verteilt, die Besucher verließen das Gebäude. Eine Frau kam zu ihnen und erinnerte sie daran, dass die Besuchszeit bald zu Ende wäre. Herbert drohte sogleich mit einer Klage und verkündete, er und seine Angehörigen würden nirgendwohin gehen, ehe sie nicht erfahren hätten, was mit Ben sei. Die Angestellte trollte sich mit eingezogenem Kopf. Sekunden später brach Hektik aus. Krankenschwestern rannten umher, Ärzte hetzten mit wehenden Kitteln an ihnen vorbei. Niemand hielt es für nötig, sie aufzuklären.

»Jetzt habe ich die Schnauze voll!«, fluchte Herbert, packte die nächste Krankenschwester am Kragen und zog sie zu sich heran, bis sie Nase an Nase standen. »Wenn mir nicht sofort einer sagt, was mit meinem Sohn ist, geschieht ein Unglück.« Die Worte donnerten drohend durch den Flur und die Krankenschwester zuckte bei jedem einzelnen zusammen.

»Sobald Sie mich loslassen, hole ich einen Arzt.« Ihre Stimme zitterte.

»Machen Sie das!« Herbert ließ sie los, stieß sie regelrecht von sich.

»Sie kann nichts dafür«, wirkte Karl Heinz versöhnlich auf ihn ein. Herberts Kopf schnellte zu Karl Heinz herum. »Ach ja? Das ist doch alles *ein* Haufen. Ich sag immer wieder: Gehst du ins Krankenhaus, kommst du kränker raus, als du reingegangen bist. Früher war das anders. Heute rennt nur noch schlecht ausgebildetes Personal rum. Jeder von denen ist schuld, wenn Ben …«

Ein Arzt trat auf sie zu, seine Augen hatten entweder einen müden oder einen traurigen Ausdruck. Karl Heinz konnte es nicht richtig deuten.

»Herr und Frau Jackels?«, fragte er.

»Ja, was ist mit Ben?« Herbert stürzte sofort auf ihn zu. Der Arzt zuckte nicht zurück, blieb ruhig und professionell. So schlecht, wie Herbert das Klinikpersonal darstellte, war es nicht. Im Gegenteil. Doch Karl Heinz konnte verstehen, dass jemand in Herberts Situation in allem und jedem den Schuldigen sah.

»Können wir uns allein unterhalten?«, fragte der Arzt und deutete auf Mimi und Karl Heinz, die sich tröstend aneinanderklammerten.

»Die beiden gehören so gut wie zur Familie. Egal, was Sie zu sagen haben, raus damit!«, forderte Herbert.

Elke stellte sich neben ihn. Er legte einen Arm um sie und stützte die vor Angst geschwächte Frau.

»Es gab Komplikationen …«, begann der Arzt.

Herbert fuhr ihm dazwischen, ehe der bemitleidenswerte Mann weitersprechen konnte: »Was soll das heißen? Was für Komplikationen? Was ist mit meinem Sohn?«

»Es wäre mir lieber, Sie würden sich setzen«, meinte er und führte Bens Eltern zu den Stühlen.

Mimis Griff um Karl Heinz' Hand verstärkte sich. Sie drückte derart fest zu, dass er aufstöhnte. Aber das tat er nicht nur wegen des Drucks auf seine Hand. Auch der Satz, den der Arzt gesagt hatte, schickte eine Gänsehaut über seinen Rücken. Er selbst hatte vielen Leuten während seiner Kripolaufbahn schlechte Nachrichten überbringen müssen und hatte sie alle gebeten, sich zu setzen. Ein stehender, in Ohnmacht fallender Mensch war nicht leicht aufzufangen.

Herbert und Elke folgten dem Rat und setzten sich. Mimi weigerte sich. Karl Heinz blieb neben ihr stehen und würde sie im Notfall auffangen.

»Also, was ist mit Ben?«, fragte Herbert.

Der Arzt holte Luft, schlug die Augen nieder. »Es verlief alles nach Plan. Ben erwachte aus dem künstlichen Koma. Er wurde zu jeder Zeit vom Krankenhauspersonal überwacht. Als er zu sich kam und begann, die Umgebung wahrzunehmen, waren wir an seiner Seite und begleiteten ihn. Erst verstand er nicht, was passiert war. Ein normales Verhalten für jemanden, der ein paar Tage verschlafen hat. Wir untersuchten ihn und plötzlich bekam er Krämpfe.«

»Was? Wieso?«, schrie Herbert.

»Er hatte eine weitere Hirnblutung, während er im Koma lag. Sie wurde nicht bemerkt. Als er aufwachte und sich bewegte, drückte das Blut auf sein Gehirn.«

»Und warum hat das keiner bemerkt, verdammte Scheiße?«, toste Herbert.

Der Arzt ging nicht darauf ein und fuhr fort: »Wir brachten ihn sofort in den OP und operierten ihn erneut. Dabei …« Er stockte.

Der Arzt war noch jung und Karl Heinz hatte Mitleid mit ihm. Er wusste, was als Nächstes kommen würde. Und dieser arme Kerl wurde vorgeschickt, um den Eltern zu sagen, dass ihr Kind es nicht geschafft hatte.

»Was, was?« Herbert konnte nicht mehr an sich halten. Er sprang auf, stieß fast seine Frau vom Stuhl und packte den Mann am Kragen, wie er es zuvor bei der Krankenschwester getan hatte.

»Dabei ist ihr Sohn leider verstorben. Wir haben unser Möglichstes getan, aber …«

Herbert holte aus und schlug zu. Er schrie wie ein Verrückter. Der Arzt fiel zu Boden. Herbert wollte sich auf ihn stürzen. Karl Heinz hetzte auf ihn zu und riss ihn fort. Elke weinte und jaulte wie ein getretener Hund. Mimi murmelte eine Beschwörungsformel: »Das ist nicht wahr. Das ist nicht wahr. Das ist nicht wahr.«

Karl Heinz presste Herbert gegen die Wand. Herbert hatte keine Augen für ihn. Er stierte an ihm vorbei und brüllte den Arzt an, dass der sein blaues Wunder erleben und er den ganzen Laden dichtmachen lassen würde und jedem eine Anzeige wegen Totschlags bevorstehe und vieles mehr.

»Beruhige dich«, sagte Karl Heinz. Er nahm den wütenden, sich windenden Vater in die Arme und drückte ihn an sich. »Ich bin hier, halt dich an mir fest.«

Herbert klammerte sich an ihn, der Anwalt brach in Tränen aus.

Die folgenden Stunden erlebte Karl Heinz wie in Trance. Die Trauer war so übermächtig, dass er sich kaum auf den Beinen halten konnte. Bens Eltern weinten, Mimi blickte starr an die Decke. Bis zum nächsten

Morgen verbrachten sie die Zeit wie paralysiert, während sie darauf warteten, dass sie Bens Leichnam sehen durften.

Etwas später war es so weit. Zuerst gingen die Eltern hinein und trotz der dicken Tür hörte er ihre Schreie und ihre Klagelaute.

»Ich kann das nicht«, flüsterte Mimi. »Ich kann ihn so nicht sehen.« Sie weinte und er machte sich ernsthaft Sorgen um sie und das ungeborene Kind.

»Du musst nicht hineingehen. Behalte ihn so in Erinnerung, wie er zu Lebezeiten war.«

»Was mache ich denn jetzt?« Ihr Blick wanderte hinab zu ihrem Bauch. Sie legte eine Hand darauf und strich sanft darüber.

Als die Eltern das Zimmer verließen, in dem ihr Sohn lag, sagte Karl Heinz: »Vielleicht ist jetzt der beste Zeitpunkt, es ihnen zu erzählen.« Er zeigte in ihre Richtung. Mimi nickte.

»Um uns was zu erzählen?«, fragte Herbert. Seine Stimme war nicht mehr die des harten Anwalts, der selbst nicht davor zurückschrecken würde, Gott höchstpersönlich zu verklagen, sondern die eines gebrochenen Mannes. Eines liebenden Vaters, dem das einzig Wichtige in seinem Leben genommen wurde.

Mimi wischte sich die Tränen aus den Augen. »Ben und ich … wir hatten eine Beziehung und wir … ich … wir, erwarten ein Kind.«

Die Katze war aus dem Sack und Karl Heinz behielt Herbert im Blick. Der Mann war schwer einzuschätzen. Doch die freudige Nachricht, dass ein Stück von Ben weiterleben würde, verfehlte nicht die erhoffte Wirkung.

Auch wenn die Eltern weder lächelten noch in Jubel ausbrachen, sah er ihnen die Freude an. Sie nahmen Mimi in den Arm und weinten.

Irgendwann lösten sie sich voneinander. Mimi blieb mit Elke vor dem Zimmer stehen, Herbert bat Karl Heinz, ihn nach draußen zu begleiten. Bens Vater bot ihm eine Zigarette an, die er jetzt dankend annahm.

»Ich weiß nicht, wie wir jetzt weiterleben sollen«, sagte Herbert und zog am Filter.

»Ihr müsst weiterleben, Herbert. Das seid ihr eurem einzigen Sohn und eurem Enkel schuldig. Es wird nicht leicht, natürlich nicht. Aber ihr werdet lernen, damit zu leben.«

Ein kaum merkliches Lächeln erschien auf seinen Lippen. »Vielleicht kann unser Enkel uns ein bisschen helfen.«

»Ihr werdet erstklassige Großeltern sein.« Karl Heinz hustete durch den Qualm und schenkte Herbert das offene Ohr, das er dringend benötigte. Herbert schwelgte in Erinnerungen, sprach mit Liebe erfüllt von seinem Sohn. Die Aggressivität war verschwunden und es fiel nicht ein einziges Mal das Wort *verklagen*.

Irgendwann sagte Herbert: »Wir müssen uns um die Beisetzung kümmern.«

»Das hat ein paar Tage Zeit, denke ich.«

»Ja, das stimmt. Aber du kennst mich, ich brauche Struktur und möchte, dass alles geregelt wird. Ich werde eine Obduktion verlangen. Ich will wissen, ob jemand einen Fehler gemacht hat, weswegen Ben sterben musste.«

Karl Heinz nickte. Das sah Bens Vater ähnlich. Er war ein Mensch, der immer im Voraus plante und alles gern in trockenen Tüchern wusste. Selbst wenn es sich um ein derart traumatisches Ereignis wie dieses handelte.

»Ich kenne mich bei euch in Duisburg nicht aus.« Er zündete sich eine neue Zigarette an. Karl Heinz lehnte eine zweite ab. »Kannst du einen Bestatter empfehlen?«

Er dachte sofort an die Visitenkarte, die zu Hause auf seinem Schreibtisch lag und die er als gewaltiges Unheil empfunden hatte.

»Empfehlen kann ich keinen. Ich hatte bisher kaum mit dieser Berufsgruppe zu tun, aber ich lernte die Tage einen auf dem Parkplatz kennen. Er hat mich fast umgefahren, weil ich ihm vors Auto gelaufen bin. Er gab mir seine Karte. Ich kann mich bei ihm erkundigen und Kollegen von ihm anrufen und ein paar Angebote einholen.«

»Geld spielt keine Rolle. Für meinen Sohn ist das Beste gerade gut genug.« Herbert rieb sich das Kinn. »Ich traf auch einen Bestatter hier vor der Tür. Groß, gutaussehend, höflich und zuvorkommend. Sein Anzug saß wie angegossen. Vielleicht war das derselbe, den du getroffen hast. Er gab mir seine Karte, die liegt aber im Hotel. Sein Name war … war … Stalker oder Staller. Falls er das ist, ruf ihn an, ihm würde ich Ben anvertrauen. Er wirkte sehr kompetent auf mich. Würdest du das für mich tun?«

»Stalzer?«, fragte Karl Heinz und als Herbert nickte, fuhr er fort: »Soll ich einen Termin für euch vereinbaren?«

»Du kennst … du kanntest Ben fast besser als wir. Du weißt, was er gemocht hätte, wenn er seine Beisetzung … Du würdest mir einen riesigen Gefallen tun, wenn … Elke und ich können das nicht.«

Karl Heinz war nicht wohl dabei, verstand Herbert aber. Von dem einst so starken Anwalt war nichts mehr übrig. »Ich rufe diesen Stalzer nachher an und halte dich auf dem Laufenden.«

»Danke, ich werde mich revanchieren.«

»Das brauchst du nicht.« Karl Heinz tätschelte unbeholfen Herberts Schulter. »Kann ich euch und Mimi alleinlassen?«

»Du kannst jetzt eh nichts mehr tun. Wir werden für Mimi da sein und uns gegenseitig trösten.« Er schnippte seine Zigarette weg und beachtete nicht die strafenden Blicke der anderen Raucher, die sich wahrscheinlich fragten, warum dieser aufgeblasene Kerl nicht den Aschenbecher benutzte. Herbert hatte sich nie um die Meinung anderer geschert, auch nicht um die seines Sohnes. Das war einer der Gründe, wieso Ben von ihnen fortgezogen war. Eine Tatsache, die Karl Heinz den Eltern nie unter die Nase reiben würde. Ben hatte sie geliebt, zweifellos. Aber dass sein Vater nie Respekt für die Arbeit gezeigt hatte, die Ben leistete, hatte ihn schwer getroffen. Herbert hätte Ben gern als Nachfolger seiner Kanzlei herangezogen. Ben hatte andere Pläne und so war er bei Karl Heinz gelandet. Weit weg von seinen Eltern. So konnte er das Leben führen, wie er es sich vorstellte, ohne ständig bevormundet zu werden.

Sie verabschiedeten sich voneinander und Karl Heinz fuhr nach Hause. Er legte das Handy auf den Schreibtisch und sah, dass er eine Nachricht auf der Mailbox hatte. Es war Nadine. Die Verkäuferin aus dem Sexshop, die ihn beim gemeinsamen Abendessen hatte sitzenlassen.

»Hey, ich bin es, entschuldige, dass ich letztes Mal abgehauen bin. Ich hatte meine Gründe. Wenn du Interesse an einem Neustart hast, ruf mich an. Bye «

»Keine Zeit«, murrte er und warf das Handy zurück auf den Tisch. Seinen verletzten Stolz konnte er überwinden, aber in seiner derzeitigen Situation hatte eine Frau keinen Platz in seinem Leben.

Er startete Joleens Laptop und wählte während des Hochfahrens die Nummer des Bestatters.

»Michael Stalzer, Stalzer Bestattungen?«, meldete sich der Chef höchstpersönlich.

»Ähm, hallo, Karl Heinz Kellerer mein Name. Wir sind uns vor Kurzem begegnet. Ich bin Ihnen auf dem Krankenhausparkplatz vors Auto gelaufen.«

»Ich erinnere mich.« Er lachte. »Was kann ich für Sie tun? Ich hatte nicht damit gerechnet, so bald von Ihnen zu hören.«

»Ich ehrlich gesagt auch nicht. Zumindest hatte ich gehofft, Sie so schnell nicht anrufen zu müssen. Jemand mir sehr Nahestehendes ist verstorben und ich bräuchte jetzt einen …«

»Einen wie mich? Wir können uns gern … einen Moment.« Das Telefon wurde weggelegt und Karl Heinz hörte den Bestatter rufen: »Maria! Was habe ich dir gesagt? Das kommt nicht dahin, sondern dort! Muss ich dir alles zweimal erklären?« Das Telefon wurde aufgenommen. »Entschuldigen Sie. Meine Tochter macht seit heute ein Praktikum bei mir. Es ist etwas chaotisch mit ihr. Wenn Sie wollen, können wir gleich für heute einen Termin ausmachen.«

»Sofern es keine Umstände macht.«

Während sie den Termin vereinbarten, sah Karl Heinz, dass er eine Nachricht aus dem Darknet hatte. Mit halbem Ohr lauschte er Stalzer und las, was der Leichenkünstler geschrieben hatte: *Du warst ein guter Kunde. Ich kann deine Situation verstehen und gewähre dir ein zweites Mal Zugang. Lösche diese Mitteilung bitte sofort. Schreibe den Link nicht auf. Versuche, ihn dir zu merken. Wir sehen uns in der Hölle.*

Darunter stand ein Link. Er notierte ihn und schrieb daneben die Uhrzeit auf, zu der er sich mit Stalzer treffen wollte.

»Okay, bis nachher«, sagte Karl Heinz und legte auf.

Er tippte eine Antwort: *Vielen, vielen Dank, ich hatte schon Angst, ohne deine Kunstwerke leben zu müssen. Ich schau mich gleich mal um ;).*

Er gab den Link in die Leiste ein. Was er vorfand, war tatsächlich die Hölle.

23

Die Kundenakquise vor dem Krankenhaus war erfolgreich gewesen. Der Mann vom Parkplatz hatte sich gemeldet und ich hatte mit ihm einen Termin für den Abend ausgemacht. Das hieß zwar, dass ich wieder nicht pünktlich zu Hause bei meiner Familie sein konnte, aber die Dosis Maria, die ich bisher bekommen hatte, reichte ohnehin für die nächsten Jahre. Meine Tochter war wie ein Wirbelwind durch mein Institut gefegt, als wir heute Morgen angekommen waren. Sie hatte alles anfassen müssen, wollte sich jeden Raum ansehen und sämtliche Akten durchwühlen.

Gewiss kein schlechter Anfang ihres Praktikums. Es bedeutete, sie interessierte sich für meinen Beruf und wollte alles in sich aufsaugen, was es darüber zu wissen gab. Trotzdem kam es mir so vor, als würde sie herumschnüffeln und meine Geheimnisse herausfinden wollen. Ich war ohnehin angespannt. Die Polizei würde hierherkommen und wegen Patrick eine Durchsuchung durchführen, da fehlte mir Marias Neugier gerade noch.

Aber das Institut war tochter- und polizeisicher – selbst nach dem gestrigen Abend. Ich hatte Theo eine Prostituierte aussuchen lassen und sie in meinem speziellen Raum behandelt. Schnell und unkompliziert. Sie war keines meiner besten Ausstellungsstücke geworden, hatte jedoch ihren Zweck erfüllt und meinen Drang zum Schweigen gebracht. Die Verkaufschancen ihrer Bilder und des Videos schätzte ich nicht hoch ein, aber das war zweitrangig.

Nachdem ich sie in einen Sarg gelegt und die Papiere für das Krematorium fertig gemacht hatte, war ich noch einmal in den Wagen gestiegen, um meine Urnen an einen Ort zu bringen, an dem sie hoffentlich niemand finden würde. Die Stelle, an der ich sie vergrub, war mir aus meiner jungen Erwachsenenzeit bekannt. Kurz nachdem ich das Kinderheim verlassen hatte, war ich in diese Gegend gezogen und hatte meine Ausbildung zum Bestatter begonnen. Die Wohnung, in der ich damals hauste, war heruntergekommen und winzig wie eine Streichholzschachtel. Und die Nachbarn … sagen wir mal: Sie können froh sein, dass sie noch leben. Andauernd war Lärm im Haus. Entweder hörte jemand Musik oder es wurde unüberhörbar gestritten. Von den vielen Sauf- und Drogenpartys ganz abgesehen. Ich kam weder tagsüber noch nachts zur Ruhe. Ich brauchte einen Ort, an dem ich ungestört sein konnte. Dort tankte ich Kraft für den nächsten Tag und dort lagen auch meine ersten Opfer vergraben. Und da sie nach all den Jahren nicht gefunden worden waren, ging ich davon aus, dass meine Urnen hier sicher sein würden.

Ich war lange nicht mehr dort gewesen. Als ich in der Dunkelheit in der Nähe parkte und die erste Kiste dorthin schleppte, überkamen mich längst vergessene Gefühle, die ich hier zurückgelassen hatte, um für die Außenwelt den Schein des normalen Durchschnittsmannes zu wahren.

Der Platz befand sich so tief im Wald, dass sich nie ein streunender Hund, geschweige denn ein Mensch hierher verirren würde. Ich fand ihn trotz der Zeitspanne und der wuchernden Vegetation rasch wieder. Eine

Schaufel, die ich damals benutzt hatte, lag noch an Ort und Stelle. Das Metall war verrostet, das Holz verwittert, aber stabil. Ich grub an verschiedenen Positionen drei Löcher und versenkte darin jeweils eine mit Urnen gefüllte Kiste.

Nach getaner Arbeit legte ich die Schaufel zurück und betrachtete die aufgewühlte Erde. Ich empfand selten Trauer oder Schmerz, doch bevor ich ging, überkam mich ein so überwältigendes Gefühl des Abschiednehmens, dass mir eine Träne über die Wange rollte. Ich wischte sie schnell weg. Auch wenn mich niemand sah, wollte ich mich dieser schwachen Empfindung nicht hingeben. Ich würde meine Urnen wiedersehen. Es war kein Abschied für immer. Spätestens wenn Marias Praktikum beendet wäre und die Polizei ihre Ermittlungen abgeschlossen hatte, würde ich sie mir zurückholen. So lange würde ich mich mit der einzigen begnügen, die ich bald aus dem Krematorium zurückbekommen würde. Die mit der Hure der heutigen Nacht. Hanna hatte sie geheißen. Sie war jung gewesen. Vielleicht zu jung. Aber Theo hatte sie verlangt und ich konnte ihm diesen Wunsch nicht abschlagen. Ihre Urne würde ich nicht hierherbringen, sondern sie auf dem Friedhof verstecken, wo ich sie ab und an besuchen konnte, sofern mir danach war.

Als ich mich endlich von meinen Trophäen gelöst hatte, war ich nach Hause gefahren und hatte gerade mal zwei Stunden geschlafen, ehe der Wecker klingelte. Von Linda erhielt ich eine kühle Begrüßung. Sie fragte nicht, was Corinna Faum am Vorabend von mir gewollt hatte. Ehrlich gesagt kam mir ihr ungewohntes Desinteresse gerade sehr gelegen. Ich war müde und wollte meine Ruhe. Schlimm genug, dass ich für die kommenden Wochen Maria am Hals hatte. Ich fuhr mit ihr zum Institut und da waren wir nun. Vater und Tochter gemeinsam an dem Ort, an dem ich in der Nacht zuvor eine Frau, die nicht viel älter als Maria war, getötet und zu einem Kunstwerk modelliert hatte.

»Was ist das?« Sie hielt mir einen Gegenstand hin.

»Das willst du nicht wissen.«

»Doch, will ich.« Maria nervte, sie kam mir vor, als wäre sie die Vierjährige, die uns damals mit ihrem ständigen Nachfragen in den Wahnsinn getrieben hatte. *Warum ist der Himmel blau? Warum ist der Hund so groß? Warum hat Connor da was runterbaumeln und ich nicht?* Grausam! Kindererziehung war keine leichte Aufgabe. Wer das behauptete, gehörte auf meinen Tisch.

»Damit messe ich die Temperatur eines Toten«, log ich sie an. Dafür war ich nicht zuständig. Derartige Dinge erledigten die Leute in der Rechtsmedizin. Das lange Teil, das sie in der Hand hielt, war dazu da, Kleber auf die Lippen einer Leiche aufzubringen. »Das stecke ich da hin.« Ich zeigte auf meinen Arsch.

»Pfui!«, sagte Maria und warf es dorthin zurück, wo sie es herhatte.

Ich lachte und klärte sie über meine Finte auf.

»Sehr witzig. Ha, ha.« Sie verschränkte die Arme vor der Brust. Aber ihr gefiel es bei mir. Und auch ich musste mir eingestehen, Geschmack daran zu finden, dass ein frischer Wind durch meine heiligen Hallen wehte. Ihre Ideen waren gut. Maria schien ein Gespür für den Tod oder zumindest für die Hinterbliebenen zu haben.

Zum Beispiel hatte sie vorgeschlagen, dass es für die Angehörigen besser wäre, wenn man ›die Bude mal freundlicher anpinseln würde‹. Einen neuen Anstrich hatte mein Institut tatsächlich nötig. Vielleicht war es tatsächlich an der Zeit, das triste Grau gegen eine moderne Farbe auszutauschen.

»Was machen wir jetzt?«, fragte sie.

»Wir bringen eine Leiche ins Krematorium und holen eine andere aus der Rechtsmedizin.«

Anstatt käseweiß zu werden und einen Anflug von Ekel zu zeigen, nickte sie und sagte: »Jopp. Dann mal los.«

Der kleine Zwischenstopp im Krematorium verlief ohne Zwischenfälle. Maria war zum Glück nicht so tough, dass sie in den Sarg schauen wollte. Im Anschluss fuhren wir zur Rechtsmedizin. Ich war erstaunt, dass Maria mir ohne Murren half, den Sarg aus dem Leichenwagen zu hieven, um ihn mit mir zusammen ins Gebäude zu schieben. Zu Hause lag jede Hilfe im Haushalt außerhalb ihrer Vorstellungskraft. Allein, um sie dazu zu bringen, ihr Zimmer aufzuräumen, benötigte Linda tagelang ihre ganze Überredungskunst. So erzählte sie es mir zumindest immer. Ich bekam selten mit, was meine Tochter den Tag über so trieb. Bei mir zeigte sie sich jedenfalls so, wie meine Frau sie eben nicht beschrieb. Meine Tochter war nicht das faule Stück, das ständig am Smartphone hing. Sie war wissbegierig und hilfsbereit. Das gefiel mir. Vielleicht hätte ich schon eher mehr Zeit mit ihr verbringen sollen.

»Was hast du denn für eine nette Assistentin bei dir?«, fragte Jessas, als wir ihm im Flur begegneten. Er gab ihr und mir die Hand.

»Das ist Maria, meine Tochter.«

»Nicht zu glauben! So eine erwachsene Tochter hast du? Hätte ich nicht gedacht. Warum hast du nie von ihr erzählt?«

»Weil er andere Dinge im Kopf hat«, sagte Maria schlagfertig. Die Verachtung in ihrer Stimme war nicht zu überhören. Jessas war peinlich berührt und ging zum Beruflichen über.

»Wie ist es deinem Ex-Mitarbeiter ergangen?«, erkundigte ich mich auf dem Weg zur Leichenhalle. Ich wollte die Verstorbene abholen, die das letzte Mal noch nicht freigegeben war, weil sich der neue Rechtsmediziner an ihr vergangen hatte.

»Bist du sicher, dass deine Tochter das hören sollte?«

»Die kann das ab.« Ich war mir hundertprozentig sicher, dass es der Wahrheit entsprach. Meine Kinder hatten einen Hang zum Tod. Connor, wie ich jetzt wusste, einen nicht unbedingt gewöhnlichen Fetisch — ich hatte mir vorgenommen, später mit Maria darüber zu reden — und sie selbst sah den Tod scheinbar als gegeben an. Zum ersten Mal wurde mir bewusst, wie verquer meine Kinder waren.

»Er sitzt in Untersuchungshaft«, riss mich Jessas aus meinen Gedanken. »Die Spuren stammen eindeutig von ihm. Selbst wenn er es abstreitet, liegen die Fakten klar auf der Hand und sprechen gegen ihn.«

»Was hat der Typ gemacht?«, hakte Maria nach.

»Sicher?«, richtete Jessas sich an mich.

Ich nickte.

Er seufzte und klärte meine Tochter auf: »Er hat sich an einer Leiche vergangen. Wie du dir vorstellen kannst, verstößt das nicht nur gegen den Kodex eines Rechtsmediziners, sondern auch gegen jeden gesunden Menschenverstand.«

Maria war schlagartig ruhig und blickte zu Boden. Anscheinend musste sie an ihren Bruder denken.

Jessas zuckte mit den Schultern, als keine Reaktion von Maria kam und öffnete die Tür zur Leichenhalle. Wir schoben den Sarg hinein und positionierten ihn direkt neben dem Stahltisch, auf dem unsere Kundin lag.

»Schon mal in einem Raum wie diesem gewesen?«, fragte Jessas. Maria schüttelte den Kopf und sah sich neugierig um. Ihre Betroffenheit war verflogen. »Nee, noch nie. Jedenfalls nicht in echt, nur im Fernsehen.«

Ich bereitete den Sarg und die Leiche vor. Jessas zeigte meiner Tochter alles Sehenswerte, das es in einer Räumlichkeit wie dieser gab. Besonders die – wie Jessas sie liebevoll nannte – Kühlschränke mit den Verstorbenen darin interessierten Maria. Der Tod faszinierte sie, zweifellos. Was sich aus dieser Faszination entwickelte, würde sich zeigen. Es gab viele Möglichkeiten. Entweder sie folgte demselben Weg wie ihr Vater und wurde Bestatterin oder dem von Jessas und klärte Verbrechen mithilfe der Rechtsmedizin auf. Oder, der Gedanke faszinierte mich, sie trat in meine künstlerischen Fußstapfen.

»Hilfst du mir mal?«, rief ich Maria, die begeistert jeden Winkel der Leichenhalle erkundete.

Sie kam murrend zu mir.

»Nimm du sie an den Füßen, aber zieh dir vorher Handschuhe an. Ich nehme ihren Oberkörper.«

Jessas reichte ihr ein Paar. Sie streifte sie über, betrachtete die Frau einen Moment, nickte sich selbst zu und packte an. Wir hoben den Leichnam hoch und legten ihn behutsam in den Sarg. Meine Tochter hielt sich wacker, jedoch merkte ich, dass sie mit dem Gewicht Probleme hatte. Mit einem männlichen Toten oder einer kräftig gebauten Frau würde sie Schwierigkeiten haben. Ich konnte nicht von ihr verlangen, dass sie sich möglicherweise verhob und den Rücken verknackste. Beim nächsten Mal würde ich sie nur zuschauen lassen.

»Ging doch«, sagte Maria tapfer. »Und jetzt?«

»Jetzt bringen wir sie zurück und bereiten sie für die Beerdigung vor.«

»Wird sie verbrannt?«

»Nein, die Familie wünscht eine klassische Beisetzung. Wir werden sie zurechtmachen, damit sie auf ihrem letzten Weg eine gute Figur macht.«

Wir verabschiedeten uns von Jessas. Er rief meiner Tochter hinterher, dass er sich gefreut habe, sie kennenzulernen und dass sie ihn immer anrufen und ihm Fragen stellen könne, je nachdem, was sie für die Schule benötigte. Ja, heutzutage war es wichtig, sich rechtzeitig um qualifizierten Nachwuchs zu bemühen. Gutes Personal war rar.

Im Institut brachten wir die Frau in den Keller. Ich zeigte Maria, wie man professionell und behutsam eine Leiche herrichtete. Sie war beeindruckt und wollte gleich mit anpacken. Ich hielt nichts von ihrer Idee und verdonnerte sie zum Zusehen. Sie protestierte und meinte, sie als Mädchen werde doch wohl von Make-up und dem ganzen Drumherum Ahnung haben.

»Ja, aber es ist nicht dasselbe, wie einen anderen Menschen zu schminken, noch dazu, wenn dieser tot ist. Ich kann nicht riskieren, dass du sie verunstaltest«, hatte ich auf ihre offiziell bei ihrem Vater eingereichte Beschwerde reagiert. Also schaute sie beleidigt zu, entwickelte aber letztlich auch hier eine bizarre Neugier.

Bis zum Nachmittag verlief der Tag nahezu wie jeder andere. Kunden riefen an oder schneiten herein. Das Krematorium brachte die verbrannten Überreste von Hanna vorbei. Wir holten einen Verstorbenen aus einem Altenheim ab. Ich bat einen der Pfleger, den über neunzig Jahre alt gewordenen Mann mit mir zusammen in den Sarg zu wuchten. Bis zu seinem Tod war er offenbar ein guter Esser gewesen.

Apropos Essen. Wir fuhren gegen fünfzehn Uhr nach Hause. Für meine Tochter bedeutete das den Feierabend, für mich eine kurze Pause. Ich musste Hanna auf dem Friedhof platzieren und der Termin mit diesem Kellerer stand noch an.

Wir hatten unterwegs beim Imbiss gehalten. Jetzt saß die nicht ganz so heile Familie am Esstisch und verschlang insgesamt acht Schnitzel und kiloweise Pommes. Vor allem Maria war wegen der körperlichen Arbeit regelrecht ausgehungert. Schon beim Anblick der riesigen Portion Mayonnaise, die sie auf ihren Pommes verteilte, wurde mir übel.

Als ich meinen Sohn betrachtete, der an seinem Handy ein Spiel daddelte, für das er einen Großteil seiner

Ausbildungsvergütung verschwendet hatte, fiel mir ein, dass ich eigentlich mit Maria über ihn sprechen wollte. Das nahm ich mir für den nächsten Tag vor.

Linda erzählte den Kindern von ihrem Tag, der mich genauso interessierte wie der Fußpilz unseres Nachbarn. Da sie offensichtlich nicht vorhatte, mit mir zu reden, ging ich in mein Arbeitszimmer. Ich wollte den Stand der Bitcoins überprüfen, ehe ich zurück zur Arbeit fuhr.

Als ich am Morgen Hannas Dateien hochlud, hatte ich die Nachricht eines alten Bekannten vorgefunden. Wir waren uns nie begegnet, nur im Darknet hatten wir uns rege ausgetauscht. Ich wusste weder seinen echten Namen noch seine Anschrift, aber uns verband einiges. Allerdings tötete er nicht im Ansatz so professionell wie ich. Er war ein Gelegenheitsmörder, kein Künstler, sondern brutal und impulsiv, weshalb er auch schon fast geschnappt worden wäre. Ich hatte ihm Tipps gegeben, wie er Spuren verwischen und sich im Schatten bewegen konnte. Vertrauen schenkte ich ihm nicht, er mir ebenso wenig, aber er verschaffte mir ab und an zahlende Kunden, wofür ich ihm dankbar war.

Ich las noch einmal seine Mitteilung: *Hey! Lange nichts von dir gehört. Pass auf, einer deiner Zuschauer war eine Zeit im Krankenhaus und kann sich nicht mehr an seine URL für den Zugang erinnern. Kannst du ihn noch mal anschreiben, bitte?*

Darunter fand ich den Namen des Nutzers und erinnerte mich an ihn. Ein guter, fleißiger Kunde. Kaum hatte ich ihm damals Zugang gewährt, schnellten meine Verkäufe um ein paar Prozent in die Höhe, weil sich dieser Kerl in seinem Wahn gleich diverse Dateien heruntergeladen hatte. Natürlich kontaktierte ich ihn gern ein zweites Mal. Zahlungswillige Konsumenten erhielten von mir immer eine URL für ihren ganz persönlichen Zugang. Jetzt sah ich seine Antwort: *Vielen, vielen Dank, ich hatte schon Angst, ohne deine Kunstwerke leben zu müssen. Ich schau mich gleich mal um ;)*

»Mach das und lass dein Geld da«, murmelte ich und grinste. Ich überprüfte den Bitcoinstand für Hanna. Wie erwartet, hielten sich die Zahlen in Grenzen. Sie war mir wirklich nicht besonders gelungen. Schade um sie. Sie war ein reizendes Mädchen gewesen, aber es hatte schnell gehen müssen. Theo war mies drauf letzte Nacht und hatte meine Hände so sehr zittern lassen, dass nicht jeder Nadelstich perfekt war und manche Nähte aussahen, als habe ein Kind sie gefertigt.

Bis zum nächsten Meisterwerk würde Hanna jedoch ausreichen und meine alten Stücke verkauften sich ohnehin wie geschnitten Brot. Also waren die Finanzen durch das Zweiteinkommen gesichert. Ich hoffte, dass Theo nun einige Zeit schweigen würde, damit ich mich um Linda und unsere Ehe kümmern konnte. Seit unserem Besuch bei der Psychologenkuh hatte sie sich merklich distanziert, noch dazu hatte ich viel um die Ohren. Keine gute Mischung.

Ich wollte das Haus verlassen und zurück zur Arbeit fahren, als Linda mich aufhielt.

»Wie war es?« Ihre Bemerkung wertete ich nicht als echtes Interesse, sondern eher als ein ›Ich-muss-ja-Nachfragen‹.

»Mit Maria meinst du? Wunderbar. Sie hat sich tapfer geschlagen, war wissbegierig, hat mit angepackt. Ich kann nicht klagen.«

Sie nahm es einfach hin, lächelte nicht, zeigte kein Anzeichen, dass sie stolz auf ihre Tochter war.

»Was ist los?«, wollte ich wissen.

»Nichts, nichts, ich habe meine Menstruation.«

Ich wusste, dass es eine Ausrede war.

»Du Arme, hast du eine Tablette genommen?«

»Ja, sie wirkt langsam. Ich lege mich gleich wieder hin. Was wollte Frau Faum?«

Ich winkte ab. »War nicht wichtig. Die hat etwas ernster genommen, als es in Wirklichkeit ist, da reden wir drüber, wenn es dir besser geht. Ich muss jetzt los ...«

»Moment, da ist noch was«, hielt sie mich auf. »Stimmt das mit Patrick?«

»Du meinst, dass er seine Frau und seine Enkelin abgefackelt hat? Bewiesen ist nichts. Ich war gestern bei ihm im Krankenhaus. Ich wollte heute eigentlich auch noch hin, aber das schaffe ich nicht mehr. Ist ein Termin reingekommen.«

»Warum hast du mir nichts davon erzählt?«

Ich zuckte mit den Schultern. »Weil du mich mit Frau Faum so überfahren hast und schon im Yoga-Modus warst.«

»Du hättest es mir gerade eben sagen können. Ich finde es nicht unwichtig, zu wissen, dass dein langjähriger Freund und Mitarbeiter ein Mörder ist.«

Und dein Mann erst, sagte Theo und kicherte.

»Er ist bestimmt unschuldig. Linda, ich muss jetzt los.« Hastig verließ ich das Haus und ließ Linda einfach stehen. Ihre miese Laune kotzte mich an. Du hast das nicht, du tust das nicht, du sagst mir das nicht. Ein Vorwurf jagte den anderen.

Bis ich am Institut ankam, hatte ich Linda und unsere Probleme verdrängt und konzentrierte mich auf das Wesentliche. Ich versteckte Hannas Urne auf dem Friedhof und kehrte in mein Büro zurück. Gerade rechtzeitig. Das Telefon klingelte.

»Ja? Michael Stalzer, Stalzer Bestattungen. Was kann ich für Sie tun?«

»Kommissar Maller hier.«

Ich schloss die Augen und atmete durch. Nicht der schon wieder …

»Was wollen Sie?«, fragte ich eine Spur zu unfreundlich.

»Wollten Sie nicht heute Ihren Freund besuchen?«

»Das muss ich auf morgen verschieben. Ich habe viel zu tun.«

»Hoffentlich finden Sie morgen überhaupt die Gelegenheit dazu.«

»Wieso sollte ich nicht?«

»Wir kommen vorbei und sehen uns ein bisschen an Herrn Fillingers Arbeitsplatz um. Bevor Sie Beschwerde einlegen, ja, das ist von einem Richter bewilligt. Passt es Ihnen gegen neun?«

Ich riss die Augen auf, biss mir auf einen Finger, um die Wut, die in mir hochkochte, zu unterdrücken. Also doch! Wegen Patrick musste ich jetzt aufpassen, dass die Polizei nicht Spuren fand, nach denen sie gar nicht suchte. Ein Glück für meinen Freund, dass ich es heute nicht schaffte, ihn zu besuchen.

»Selbst, wenn es mir nicht passt, würde das an der Sache nichts ändern, oder? Wir sehen uns morgen Früh, Herr Kommissar.« Ich verabschiedete mich und legte auf. Bis zum Termin mit Kellerer hatte ich noch ein bisschen Zeit. Ich nutzte sie, begutachtete sorgfältig jeden Winkel des Instituts und suchte nach möglichen Hinweisen auf meine künstlerische Tätigkeit.

24

Nachdem sich Karl Heinz mit dem Passwort des Leichenkünstlers eingeloggt hatte, fand er sich in einer Übersicht des Grauens wieder. Unsortiert entdeckte er hunderte Fotos und Videos getöteter Frauen. Die Vorschaubilder waren nicht vollständig zu sehen. Auf manchen waren die Gesichter geschwärzt, auf anderen die Stellen, an denen eine Menge Blut geflossen sein musste. Der Ersteller hatte mit Absicht Teile unkenntlich gemacht, damit die Community angeheizt und animiert wurde, sich die Dateien kostenpflichtig herunterzuladen, um sie unverpixelt ›genießen‹ zu können. Es würde eine Ewigkeit dauern, die Bilder mit denen abzugleichen, die Joleen Pfeiffer bereits erstanden hatte, und die fehlenden zu ergänzen.

Unten rechts in der Ecke stieß er auf den Link zu einem Forum, er klickte ihn an und landete in einem Tollhaus. Unzählige Fans beweihräucherten den Künstler. Es fanden sich nur wenige, die die Echtheit der Fotos und Videos anzweifelten. Karl Heinz war sich absolut sicher, dass nicht der kleinste Tropfen Blut gefaked war. Alles war echt. Jede dieser Frauen war tot, lag weiß Gott wo begraben und würde vielleicht niemals gefunden werden.

Er sah sich in dem Bereich um, in dem die User zuletzt gepostet hatten. Unter anderem las er eine Diskussion von drei Leuten, die sich darüber stritten, ob der Künstler mehr auf die Wünsche der Zuschauer eingehen sollte. Zwei waren der Meinung, er würde das nicht müssen. Einer behauptete, dass es sehr wohl wichtig war, auf Kundenwünsche einzugehen. Karl Heinz kam diese Situation überaus seltsam vor, weil solch eine Diskussion eher in das Forum eines Geräteherstellers passte, der sich über die Kritik der Verbraucher freute und es bei der nächsten Kaffeemaschine besser machte. Aber in diesem Fall …

Weshalb sollte er machen, was du Schwanzlutscher willst? Sei froh, dass er uns überhaupt mit Stoff versorgt, damit wir nicht selbst losmüssen, um unsere Gier zu befriedigen!

Ist doch immer der gleiche Scheiß. Die Püppi weitgehend ausbluten lassen und ein paar Körperteile tauschen. Ist affig auf Dauer. Das vorletzte Video, als er ihr die Haut von der Fresse gerissen hat, DAS war innovativ. Das Blut sprudelte so herrlich herum, dass ich es fast riechen konnte.

Er wird seine Gründe haben, warum er was anderes ausprobiert hat. Und wenn er jetzt zu dem zurückkehrt, was er vorher gemacht hat, musst du damit leben. Falls dir das nicht gefällt, dann verpiss dich und geil dich woanders auf.

Ehrlich? Du gehst mich an, weil ich sage, er sollte bei den kreativen Sachen bleiben? Behaupte jetzt nicht, du hast das Video nicht auch gefeiert, als die Alte noch so lange lebte, während er die bearbeitete.

Sicher, war schon lustig, aber er ist nun mal der Künstler und nicht du.

Vielleicht sollte ich das machen. Genau, ich zeig es euch. Ich beweise euch, dass man Abwechslung reinbringen kann. Wartet es ab.

Jaja, du Baby, verzieh dich aus dem Forum und heul jemand anderes voll. Wir lieben das, was der Künstler vollbringt und wenn er noch tausend Weiber auf dieselbe Art verstümmelt, ziehen wir uns das rein.

Danach war die Diskussion beendet und Karl Heinz fürchtete den nächsten toten Menschen. Die Worte des Kritikers gingen ihm durch Mark und Bein. Er glaubte ihm jedes einzelne davon.

Per Mausklick gelangte er ins nächste Unterthema, dort wurde erst vor wenigen Minuten etwas geschrieben. Er überflog die Zeilen. Es ging um das neueste Werk. Auch hier fanden sich ein paar Nörgler.

Das Video ist scheiße! Was soll das sein? Da hätte der die Alte auch einschläfern und auf den Müll schmeißen können. Null Raffinesse.

Genau! Das kam mir wie hingerotzt vor. Bei dem vorletzten hat er mal was Originelles probiert. Es war interessant und aufregend. Jetzt legt der uns so ein liebloses Ding hin? Noch so eins und ich bin weg. Dann mache ich mich auf die Suche nach was Frischem und Unverbrauchtem, selbst wenn ich Monate dafür brauche.

Geht woanders rumheulen!

Geh du doch heulen oder stürz dich gleich von einer Brücke!

Meine Fresse, haltet alle die Klappe! Was ist so schlimm an dem Video? Er killt sie und baut sie um. Wie immer. Regt euch ab!

Hast du nicht seine Hände gesehen? Die haben extrem gezittert! Da hätte meine Tochter die Nähte besser gemacht. Und die ist erst vier.

Geh deine Tochter ficken und halt's Maul!

Mach ich nachher sowieso, die kleine Fotze hat es mal wieder nötig.

Bist du widerlich!

Das musst du gerade sagen. Ziehst dir solche Sachen rein und verurteilst mich. Na? Findest du den Fehler oder muss ich dich aufklären?

Und so ging es munter weiter. Die Kommentare trafen Karl Heinz nicht mit minder schwerer Gewalt wie die Videos, zu denen er zurückschaltete. Er klickte eines an. Daneben fand sich ein *Buy-Button* und darunter ein Daumen hoch und ein Daumen runter. Die User konnten es also gleich bewerten. Er sah auf die Uhr. Bis zum Termin mit Stalzer hatte er noch etwas Zeit. Also versuchte er sein Glück und klickte auf *Buy*. Er hatte keine Ahnung, wie das Bezahlen im Darknet genau funktionierte. Insgesamt drei Mal musste er den Kauf bestätigen, bevor der automatische Download startete. Von dem Programm, das dafür benutzt wurde, hatte er nie gehört. Zehn Minuten später war der Download beendet. Er zögerte keine Sekunde und öffnete das Video.

Zu sehen waren eine Hand und eine Spritze, die in die Kamera gehalten wurden. Ein Mann trat ins Bild, ging auf einen Tisch zu. Alles um ihn und den Tisch herum war unkenntlich gemacht worden, was Karl Heinz vermuten ließ, dass man die Umgebung identifizieren könnte. Aber warum sollte der Täter sie verschleiern? Wohnte er nicht allein? Waren da Familienangehörige? Oder handelte es sich um einen öffentlich zugänglichen Raum?

Auf dem Tisch lag jemand. Ein zierlicher Arm wurde hochgehoben, die Nadel hineingestochen. Dann ein Cut. Die Kameraeinstellung wechselte und Karl Heinz traf es wie ein Schlag. Die Frau. Er kannte sie. Aber es war nicht Joleen.

»Hanna«, flüsterte er. Das Mädchen, mit dem er einen Kaffee getrunken hatte. Sein Magen verkrampfte sich, als er sah, wie sie versuchte, sich aus den Fesseln zu befreien.

»Bitte. Bitte. Ich. Bitte. Lassen Sie … Was habe ich getan? Bitte!« Ihr Flehen schnitt in seine Trommelfelle. Er drückte auf die Pausentaste. Offenbar hatte er das richtige, das neueste Video gefunden. Vor ein paar Tagen war Hanna noch am Leben. Felsenfest stand jedoch, dass er diesem Künstler höchstpersönlich eine Kugel in den Kopf jagen wollte. Es ging nicht mehr nur um Joleen. Sie und der Auftrag ihres Mannes waren nur Teile eines riesigen Puzzles. Ein Serienkiller trieb sein Unwesen, tötete unerkannt dutzende Frauen. Und selbst wenn die Polizei von den Vermissten wusste, sah es nicht danach aus, als ob sie bisher in diese Richtung ermittelt hätten. Vielleicht würde sie es jetzt tun, da sie von Honey erfahren hatten. Doch diese vage Vermutung änderte nichts an der Tatsache, dass Karl Heinz diesen Dreckskerl fassen wollte. Er war schneller, mobiler, kompromissloser, ohne den Verwaltungsapparat der Kriminalpolizei. Deren Mühlen mahlten viel zu langsam. Nein, es war sein Fall und er würde es zu Ende bringen. Vorschriften hin oder her.

Er ließ das Video weiterlaufen und versuchte, nicht auf Hanna zu achten, sondern auf das, was sich um sie herum befand. Eventuell hatte der Leichenkünstler eine Ecke nicht unkenntlich gemacht und er fand einen Anhaltspunkt.

Es gelang ihm nicht. Hannas Geschrei machte es Karl Heinz unmöglich, sich auf vielleicht sichtbare Indizien zu konzentrieren. Der Mörder schnitt ihr die Pulsadern an den Unterarmen auf. Das Blut schoss unnatürlich schnell und seltsam wässrig aus ihrem Fleisch. Was hatte sich in der Spitze befunden? Blutverdünner?

Cut. Das Bild wurde schwarz. In der nächsten Szene filmte der Leichenkünstler den Blutsee unter Hanna. Sie schrie nicht mehr, bewegte sich nicht, schaute den Täter nicht an. Sie war blass und reglos. Zweifellos war sie in der Zeit verstorben, die dem Zuschauer fehlte. Karl Heinz stiegen Tränen der Trauer und Wut in die Augen. Er wusste nicht, wie alt Hanna gewesen war, aber definitiv viel zu jung, um auf diese grausame Art zu sterben – um überhaupt zu sterben.

Der Leichenkünstler stellte die Kamera auf ein Stativ. Von rechts zog er eine Säge hervor. Eine, die man nicht im Baumarkt kaufen konnte. Sie war spezieller. Während seiner Arbeit bei der Kripo hatte er ein solches Werkzeug in der Rechtsmedizin gesehen. Knochensägen wurden unter anderem genutzt, um den Schädel zu öffnen. Meistens waren sie elektrisch betrieben. Ein Anhaltspunkt, aber kein guter. Nur weil der Täter ein Gerät aus der Medizin benutzte, hieß das nicht, dass er aus der Medizin kam. Jemand wie dieser Leichenkünstler konnte sich wahrscheinlich problemlos alles besorgen, was er für seine widerlichen Verbrechen benötigte.

Er trennte Hanna die Hände ab. Es lief ziemlich unspektakulär ab. Karl Heinz verabscheute sich selbst, weil er dieses Wort dachte. Es sah eher aus, als schneide ein Metzger ein gut abgehangenes Stück Schweinefleisch auseinander. Dass kein Blut spritzte, während Haut,

Fleisch, Sehnen, Muskeln und Knochen zertrennt wurden, ließ ihn an ein zuvor geschlachtetes Tier denken.

Der Leichenkünstler schaltete die Säge ab. Die Prozedur kostete ihn Kraft, jede Menge Kraft. Er schnaubte und holte das ein oder andere Mal tief Luft. Dann stellte er sie wieder an und widmete sich den Füßen. Er trennte sie genauso ab wie die Hände. Mit dieser recht kleinen Säge dauerte es lange und allein beim Zusehen konnte Karl Heinz erahnen, dass es eine mühselige Angelegenheit war.

Danach schnitt er Hanna die Ohren ab. Er legte sie auf den Tisch zwischen ihre Beine, wo er auch die abgetrennten Hände gelagert hatte, und verschwand aus dem Bild. Er kehrte mit einem dicken schwarzen Garn zurück und einer Nadel, wie man sie zum Vernähen von Wunden benutzte. Beides hielt er nun in die Kamera. Anders als ein Chirurg führte er die Nadel nicht mit einer Pinzette, sondern setzte sich eher wie ein Schneider vor Hanna und begann, ihre rechte Hand an der Stelle zu befestigen, wo er zuvor das Ohr entfernt hatte.

Die Community hatte nicht gelogen. Durch die Kameraeinstellung erkannte Karl Heinz, dass der Leichenkünstler unkontrolliert zitterte. Als wäre er in Eile oder nervös. Der Grausamkeit tat dies keinen Abbruch. Als er fertig war, saßen Hannas Hände seitlich am Kopf, die Füße an ihren Unterarmen und die Ohren hatte er an ihre Augenlider genäht.

»Was soll das für einen Sinn haben?«, murmelte er und trank einen Schluck Wasser. Das Video endete und die ihm bekannte Abfrage, ob es ihm gefallen hatte, erfolgte. Er tat es seinen Vorgängern gleich und klickte auf Nein, auch wenn er es aus einem anderen Grund tat als sie.

Nannte sich der Mörder *Leichenkünstler*, weil er die Frauen in seinem verdrehten Denken als Statuen ansah, die es zu formen galt? Verstümmelungen waren nicht unüblich, das wusste er von ehemaligen Mordfällen, aber diese Art von *Kunst* war etwas vollkommen Neues. Entweder brauchte er diese Vorgehensweise für sein Ritual – viele Serienkiller hatten eines – oder es ging nur ums Geldverdienen. Vielleicht beides. Wer sagte denn, dass Killer ausschließlich aus einer Passion heraus mordeten?

Karl Heinz begann, die Bilder aus Joleens Fundus mit den unkenntlich gemachten aus dem Darknet zu vergleichen. Als er zur Hälfte durch *war,* hatte er nur eines gefunden, von dem er nicht wusste, ob er es aus Joleens Sammlung kannte. Er sah auf die Uhr.

»Mist!«, fluchte er und sprang auf. Hastig schnappte er seine Schlüssel, verfrachtete Herrn Schmidt in seinen Käfig und lief zur Tür, als ihn ein stechender Schmerz in der Brust am Atmen hinderte. Er hatte keinen Herzinfarkt, sondern das, was er seit Stunden versuchte zu verdrängen, übermannte ihn jetzt, da er auf dem Weg zum Bestatter war. Ben war tot. Der Sohn, den er niemals gehabt hatte. Er war einfach nicht mehr da. Die Arbeit hatte ihn diese bittere Tatsache für einen Moment vergessen lassen. Er dachte an Bens Eltern, an die Trauer, die sie von innen auffraß, und an Mimi, deren Kind niemals seinen Vater kennenlernen würde. Er atmete tief durch, gab sich alle Mühe, ruhig zu bleiben, und fuhr zum Bestattungsinstitut.

Von außen wirkte es gepflegt und seriös. Karl Heinz hatte keine Ahnung von der Branche, aber dieser Laden gehörte der gehobenen Klasse an. Das sah ein Blinder. Herbert hatte gesagt, die Kosten würden keine Rolle spielen, also dann …

Er betrat das Gebäude. Es war gespenstisch still und flackerndes Kerzenlicht erhellte den Flur. Es war spät und die reguläre Geschäftszeit längst vorbei. Karl Heinz wurde unbehaglich zumute. Und das nicht nur, weil einer der wichtigsten Menschen in seinem Leben gestorben war und er sich ein Snuff-Video angesehen hatte, sondern auch, weil die pure Anwesenheit in solch einem Unternehmen jedem eine Gänsehaut über den Körper gejagt hätte.

»H-H-H-Hallo?«

25

»Ja? Ich bin hier!« Ich warf eines der Desinfektionstücher in den Müll, mit denen ich mein Institut auf Hochglanz poliert hatte. Sollte die Polizei morgen herumschnüffeln so viel sie wollte.

Im Eingangsflur stand der Mann, den ich auf dem Parkplatz beinahe angefahren hätte. Er wirkte müde. Das Kerzenlicht ließ seine Augen dunkel und seine Haut fahl wirken.

»Hallo, entschuldigen Sie, ich war hinten und habe ein bisschen Staub gewischt.« Ich reichte ihm die Hand. »Schön, Sie wiederzusehen.«

»Ich würde gern sagen, ›ganz meinerseits‹, aber …«

»Das kann ich verstehen, Herr Kellerer. Gehen wir in mein Büro?« Ich bot ihm ein Wasser an.

»Sie haben nicht zufällig was Stärkeres?«

Grinsend öffnete ich eine Schublade in meinem Schreibtisch und zog einen zwanzig Jahre alten Whiskey hervor. Ich füllte zwei Gläser und gab ihm eines.

Er nahm es dankbar entgegen, nippte daran und sah sich um. »Wer hätte gedacht, dass ich jetzt bei Ihnen sitze und die schlimmste Unterhaltung meines Lebens führen muss? Wie läuft so was eigentlich ab?«

»Wir fangen langsam an, wir haben Zeit. Ganz in Ruhe. Wenn Sie eine Pause brauchen, geben Sie Bescheid, dann können Sie ein paar Minuten Luft schnappen. Am besten sagen Sie mir zuerst einmal, wer von uns gegangen ist.«

Kellerer seufzte. »Ein langjähriger Mitarbeiter. Er war wie ein Sohn für mich. Ben hieß er. Ich bin im Auftrag seiner Eltern hier. Er ist erst heute Morgen verschieden. Es ist noch zu frisch, wissen Sie? Die Eltern wohnen nicht in Duisburg und kennen sich hier nicht aus. Für mich ist das unbegreiflich. Ich habe den Tag über probiert, mich mit Arbeit abzulenken. Das hat gut funktioniert, bis ich hierherfahren wollte. Dann stürzte alles auf mich ein.«

Ich hatte viele getroffen, die einen geliebten Menschen verloren hatten. Dieser Mann litt besonders unter seinem Verlust. Das sah ich ihm an, auch wenn er mit allen Mitteln versuchte, es zu vermeiden. Er schwitzte. Vielleicht gab es jemanden, für den er stark bleiben wollte. Ein erfahrener Mann wie ich vermochte echte von gespielter Trauer gut zu unterscheiden. Der Schein trog nicht. Wie bei dieser Kundin vor einigen Jahren, die ihr Neugeborenes angeblich wegen plötzlichen Kindstods verloren hatte. Ich weiß nicht, ob die Ärzte gepennt hatten oder ob die Mutter so überzeugend gewesen war, jedenfalls fand man bei der Obduktion keine unnatürliche Todesursache und schloss auf plötzlichen Kindstod. Als diese Frau bei mir im Büro saß, um die Beisetzung zu besprechen, spulte sie ein Schauspiel erster Güte ab. Viele hätten ihr – so wie die Ärzte – geglaubt, dass sie aus tiefstem Herzen ihr Kind beweinte. Mich konnte sie nicht täuschen. Alles an ihr war falsch. Ob es die Tränen waren oder das theatralische Schnäuzen ins Taschentuch. Viel zu laut und zu gewollt. Spätestens als ich den Katalog unserer Urnen hervorholte, war ich mir sicher, dass diese Frau keineswegs trauerte.

Innerhalb weniger Sekunden entschied sie sich für das erstbeste und preiswerteste Stück.

Ich ließ mir nichts anmerken, wickelte die Sache ab und informierte Jessas, der wiederum die Kripo aktivierte. Das Baby wurde nach einigem Hin und Her ein zweites Mal von Jessas persönlich obduziert. Und siehe da, das Kind war erstickt, weil jemand ihm ein Kissen auf Mund und Nase gedrückt hatte. Jessas fand Fasern des Kissens tief im Rachen und die Druckstellen im Gesicht waren keine Leichenflecke, sondern die Zeichen der Gewalt, die man ihm angetan hatte.

Da der Vater des Kindes zu dieser Zeit auf Geschäftsreise und die Mutter nach vielen Stunden des Verhörens eingeknickt war und die Tat gestanden hatte, bekam das Opfer seine Gerechtigkeit. Und ich war einmal mehr davon überzeugt, dass ich in den Gesichtern der Menschen lesen konnte wie in einem offenen Buch.

Kellerer war von echter, ehrlicher Trauer erfüllt. Das strahlte er mit jeder Körperzelle aus.

»Wenn es Ihnen zu schwer fällt, über Ben zu sprechen, gehen wir gleich zu den sachlichen Details über …«

Er hatte jedoch Redebedarf. »Nein, ich glaube, es tut gut, darüber zu reden.«

Eine Viertelstunde lang erzählte er mir, was geschehen war. Wie sich herausstellte, war Kellerer ein Privatdetektiv und Ben sein Mann für die technischen Dinge gewesen. Für einen Moment war mir unbehaglich angesichts dieses Umstandes, kam aber dann zu dem Schluss, dass ich zu gut und er schließlich nur ein Privatdetektiv war, kein Bulle

Nachdem er mir berichtet hatte, unter welchen tragischen Umständen dieser Ben ums Leben gekommen war und dass er eine schwangere Frau hinterließ, sagte ich im passenden Tonfall: »Das wird nicht einfach. Aber wenn die Mutter dieses Kind liebt und für es da ist, wird es ihm an nichts fehlen. Ich bin ohne Vater aufgewachsen und aus mir ist auch etwas geworden.«

»Fürwahr«, erwiderte Kellerer und rang sich ein Lächeln ab. »Sie haben eine Menge erreicht. Ich bin vorhin am Krematorium und am Friedhof vorbeigefahren. Das gehört alles Ihnen?«

»Ich biete das Allroundpaket. Bei mir können Sie alles in einem Rutsch erledigen. Ich hatte damals erst das Institut. Danach übernahm ich den Friedhof mit seiner kompletten Belegschaft, weil der Stadt das Geld fehlte. Zum Schluss das Krematorium. Ich habe fähige Leute, die sich da tüchtig kümmern. Ich bin nur der Eigentümer.«

»Klingt gut.« Kellerer beugte sich vor. »Wie viel würde es bei Ihnen kosten? Ich habe so was noch nie gemacht und wollte mir mehrere Kostenvoranschläge einholen.«

»Das kann ich nachvollziehen. Dann müssten Sie in den nächsten Ort. Bei uns bin ich derzeit der einzige Bestatter. Mein Kollege ist in Rente gegangen. Ich bin vielleicht etwas teurer, dafür ersparen Sie sich aus eben genannten Gründen viel Zeit, weil Sie alles gleich bei mir abwickeln können. Ich versichere Ihnen, wenn Sie mir den Auftrag erteilen, müssen Sie sich um nichts weiter sorgen. Erst zur Beerdigung sehen wir uns wieder.«

»Das klingt wirklich sehr gut … was würde das jetzt kosten?«

»Kommt darauf an, wofür Sie sich entscheiden. Feuer- oder Erdbestattung, welcher Sarg, welche Urne. Wir können zusammen verschiedene Szenarien durchgehen, ich schreibe Ihnen die Summen auf und Sie beraten sich mit Bens Eltern. Wie hört sich das an?«

»Wunderbar.«

Es ging auf zehn Uhr zu, als wir endlich mit den Formalitäten durch waren. Ich hatte Kellerer unterschiedliche Vorschläge gemacht, von den günstigsten bis zu den teuersten Bestattungen. Er war ein interessanter Mann, aufmerksam und bedacht, was wahrscheinlich an seinem Beruf lag. Er war der erste Privatdetektiv, den ich kennenlernen durfte, und hoffentlich auch der letzte. Sympathisch hin oder her, er war ein Schnüffler. Männer seines Berufsstandes konnte ich absolut nicht in meinem unmittelbaren Umfeld gebrauchen.

»Vielen Dank, dass Sie sich kurzfristig und so ausführlich Zeit für mich genommen haben«, sagte ersah auf die Uhr an seinem Handgelenk. »Ich melde mich, wenn wir uns entschieden haben.«

»Machen Sie das. Ich wünsche Ihnen, Bens Familie und der werdenden Mutter viel Kraft.«

»Danke, auf Wiedersehen!«

Kellerer verschwand. Ich löschte die Kerzen im Eingangsbereich, schloss ab und fuhr nach Hause. Morgen würde ein beschissener Tag werden. Für die Morgenstunden hatte sich die Polizei angemeldet und am

Abend stand eine Sitzung mit der Psychotante an. Und zu allem Überfluss würde Maria ebenfalls hier herumspringen. Erst hatte ich überlegt, ihr freizugeben, aber ich wusste um das Getratsche in unserem Ort. Meine Frau würde bald herausfinden, dass die Polizei wegen Patrick im Institut gewesen war. Da konnte ich auch gleich mit offenen Karten spielen und keinen Verdacht erwecken, wenn ich als Unschuldslamm trotz allem meine Tochter dabei sein ließ. Außerdem war sie gegebenenfalls eine willkommene Ablenkung.

Und da war noch die Sache mit Connor. Auf der Fahrt nach Hause beschloss ich, das Gespräch mit Maria ausfallen zu lassen und ohne Umwege mit Connor über seine Neigung zu sprechen. Wie ich ihn kannte, saß er zu dieser späten Stunde an seinem Computer und spielte. Ich verabscheute den Gedanken an eine Unterhaltung zwischen Vater und Sohn, aber es musste sein. Für die Fassade. Es war immer alles für die Fassade.

Wie ich vorhergesehen hatte, saß er vor seinem Rechner, als ich anklopfte und in sein Zimmer trat. Er hatte mich nicht bemerkt und schrie in sein Headset: »Wie? Was soll'n da geklopft haben?« Offenbar hatten mich seine Kumpels im Chat gehört. Ich blieb hinter ihm stehen und blickte auf den Bildschirm. Wegen der Ablenkung achtete er nicht auf seine Spielfigur und wurde von einem Gegner durch mehrere Schüsse aus einem Maschinengewehr getötet.

»Ach, Scheiße! Wegen euch hat der Wichser mich schon wieder erwischt!«

Ich lachte.

Mein Sohn zuckte vor Schreck zusammen und sagte: »Leute, bin kurz afk!«

Das war die Abkürzung für *away from keyboard*. Ausnahmsweise hatte ich zugehört, als er uns neulich am Frühstückstisch aufklärte.

Jetzt riss er sich das Headset vom Kopf und schaute mich wütend an. »Musst du mich so erschrecken? Was ist? Ich bin mitten im Spiel.«

»Log dich aus. Sag deinen Kumpels, du bist später online.«

»Das geht nicht, wir sind im Turnier. Meine Jungs brauchen mich.«

»Mir ist scheißegal, was du da gerade treibst und worum es geht. Wir müssen miteinander reden und ich bin nicht in der Laune, mit dir zu diskutieren. Also mach das aus. Sofort!« Ich deutete auf den Bildschirm. »Und schalte vor allem das Mikro ab, ich glaube, du willst nicht, dass deine Nerd-Freunde hören, was ich dir jetzt zu sagen habe.«

»Mann ey! Muss jeder in dieser Familie nerven? Mama kam vorhin an und wollte, dass ich mein Zimmer aufräume.« Gefrustet hämmerte er auf seiner Maus und der Tastatur herum. Das Spiel schloss sich. Er nahm das Headset, brüllte »dauert etwas länger« hinein und beendete das Programm, über das er sich mit seinen Kumpanen unterhielt. Irgendwas mit *Teamleak* oder *Teammeat*?

»Was ist denn los?«, fragte er. Ich setzte mich auf sein Bett, das mit Dreckwäsche und Chipstüten übersät war. Wie schlief er darin?

»Wir müssen ausnahmsweise ein ernstes Gespräch führen.«

»Bist du unter die Superdaddys gegangen oder was?«

»Nein, aber das Thema ist wichtig und wir sollten uns darüber unterhalten.«

»Was habe ich wieder Schlimmes angestellt? War ich zu laut? Hab ich Maria, die Prinzessin der Nacht, zu grob angefasst? Hat sie sich bei dir ausgeheult?«

»Es geht um was anderes.«

»Jetzt spuck's schon aus, ich hab keine Zeit.«

Die Respektlosigkeit meines Sohnes wäre vielen Vätern sauer aufgestoßen. Mir war sie im Grunde egal. Dennoch war es nötig, mit ihm zu sprechen. Corinna Faum würde wohl nicht eher Ruhe geben.

»Ich hörte von deinen Vorlieben.«

»Was für Vorlieben? Ich esse gern Chips, ja, und trinke gern Cola, ja, und ich weiß, ich bin zu fett, das kann dir doch schnuppe sein. Du schminkst lieber Leichen, anstatt dich mit deiner Familie zu beschäftigen.«

»Mir ist bewusst, dass wir nicht die beste Beziehung haben und ich habe nicht vor, etwas daran zu ändern. Es ist nun einmal, wie es ist. Wenn du älter bist, kannst du deinen Vater vielleicht verstehen. Sobald du kapierst, was ich alles für euch tue und wie ich es tue.«

»Danke, kein Bedarf. Diese Sippschaft ist ein Haufen Scheiße. Nach außen hin sind wir die perfekte Familie. Grinsen blöd auf den Fotos für die Weihnachtskarten, aber in Wahrheit interessiert sich hier niemand für den anderen.«

»Und? Hast du jemals versucht, daran was zu ändern?« Er erwiderte nichts, sah mich nur dümmlich an. »Ich bin nicht hier, um wegen unseres Familienverhältnisses zu streiten, sondern um über deine Vorlieben zu sprechen.«

»Das sagtest du schon. Wirst langsam alt, was?«

Ich ging auf seine Provokation nicht ein und knallte ihm die Fakten auf den Tisch. »Okay, dann kommen wir zur Sache. Dass du dir ständig einen runterholst, ist normal in deinem Alter und mit deinem Aussehen. Welches Mädel sollte sich auch für dich interessieren? Dass du aber wichst, während du dir Gewaltvideos reinziehst, ist echt abartig.«

Mein Sohn wurde kreidebleich. Die patzigen Antworten und das respektlose Verhalten waren binnen einer Sekunde verschwunden.

»W-w-was? Wer hat dir denn den Schwachsinn erzählt?«

»Das kann dir egal sein. Also, stimmt das? Es existiert Bildmaterial von dir, wie du …« Ich deutete auf seinen Schritt. »Leugnen nutzt nichts.«

Er verschränkte die Arme, sah mich herausfordernd an und wurde wieder pampig. »Und? Selbst wenn ich das tue, was interessiert dich das? Und was ist so schlimm daran?« Er beugte sich vor und ging auf Angriff. »Bei so einem Vater, der ständig nach Leiche stinkt, ist es nicht verwunderlich, dass die Kinder verkorkst sind. Schau dir Maria an, um die solltest du dir Sorgen machen.« Kaum hatte er ihren Namen ausgesprochen, weiteten sich seine Augen. »Die hat dir das gesteckt, oder? Diese kleine Made zerquetsche ich unter meinem Schuh!«

»Reg dich ab, Connor!«

»Pah! Was willst du jetzt tun, Superdaddy? Mir das Wichsen verbieten? Es kann dir doch wurscht sein, worauf ich mir einen runterhole, solange es nicht meine Mutter ist.«

»Es ist mir aber nicht egal und ich kann und will es dir auch nicht verbieten. Ich möchte dir nur ein paar Tipps geben.«

Connor zog eine Augenbraue hoch. »Ähm, was soll das werden? Ich brauche keine Tipps meines Erzeugers, wie ich am besten meine Palme wedle. Das kann ich allein.«

Ich musste herzlich lachen. Es kam von ganz tief drinnen. Mein Sohn amüsierte mich wirklich. »Du Quatschkopf! Ich glaube, jeder Mann weiß instinktiv, wie das geht. Nein, ich bin nicht hier, um dir eine Moralpredigt zu halten. Ich will dir nur raten, vorsichtiger zu sein. Es gibt im Leben eines Menschen Dinge, die nur ihn etwas angehen und von denen seine Mitmenschen nie zu erfahren brauchen. Von mir aus wedle deine Palme auf so viele Arten und mithilfe so vieler Mordvideos, wie du lustig bist. Interessiert mich nicht. Nur lass dich dabei nicht erwischen. Schon gar nicht von deiner Schwester oder deiner Mutter. Die beiden müssen nicht alles wissen. Sobald du also das nächste Mal das Bedürfnis verspürst, es zu tun, schließ die Tür ab oder sorge zumindest dafür, dass sie nicht nur angelehnt ist.«

Mein Sohn öffnete den Mund. Es kam nichts heraus. Er war sprachlos. Augenscheinlich hatte er mit allem gerechnet, nur nicht damit, dass ich ihn motivierte. Wer wäre ich denn, wenn ich es ihm ausreden würde? Ich kannte den Reiz des Todes und das Gefühl der Macht, das man über die Opfer erlangte. Mein Drang war Fluch und Segen zugleich. Der Adrenalinkick, der einen durchflutete, während das Opfer vor einem dahinsiechte, war unbeschreiblich und man wollte ihn immer wieder und wieder und wieder erleben.

»Und egal, wohin dich deine Vorliebe bringt, denk an meine Worte: Lass dich nicht erwischen!« Ich stand vom Bett auf, riss versehentlich Kleidungsstücke und eine Chipstüte herunter und fügte hinzu: »Und du könntest echt mal aufräumen. Gute Nacht.« Ich ging aus seinem Zimmer, blieb vor der Tür stehen und lauschte.

Gedämpft hörte ich Connor sagen: »Hey Leute, ich spiele heute nicht mehr mit. Mir ist schlecht. Wir hören uns.«

Die Geräusche, die danach folgten, klangen, als würde er tatsächlich aufräumen. Was war passiert? Scheinbar hatte ich ihn mit meinen Aussagen dermaßen schockiert, dass er nicht mehr wusste, wo vorn und wo hinten war. Connor sollte ruhig wissen, dass wir doch nicht so verschieden waren, wie er meinte. Wenngleich auch mich diese Erkenntnis für den Moment erschreckte, war sie doch eigentlich ein Segen. Sowohl Connor als auch Maria verfügten über Neigungen, die meine Nachfolge sichern konnten. Meine Kunst würde mit meinem Tod oder meiner Verhaftung nicht vergehen. Dieser Gedanke gefiel mir.

Bevor ich schlafen ging, überprüfte ich die Darknet-Finanzen. Es lief gut und aktuell lud sich jemand jedes Bild und jedes Video herunter. Da hatte es einer nötig …

Als ich schließlich ins Bett gehen wollte, war Linda noch wach. »Hast du mit Connor gesprochen? Es klang so.«

»Ja, das habe ich.«

»Worüber?« Sie wusste um die unterkühlte Vater-Sohn-Beziehung und ahnte, dass etwas im Busch war, wenn ich das Gespräch mit ihm suchte.

»Es ging um die Sache, wegen der Frau Faum mich sprechen wollte.«

»Was hat Connor damit zu tun? Ich dachte, es geht um Maria.«

»Nein, Maria hat etwas beobachtet und es Frau Faum erzählt. Es ist alles geklärt, du brauchst dir darüber keine Gedanken zu machen.«

»Und worum ging es?«

Ich lachte. »Um Männerangelegenheiten, über die du dir nicht deinen hübschen Kopf zerbrechen solltest.«

Sie nahm das Kompliment nicht wahr. »Wenn du meinst.« Sie schaltete ihre Nachttischlampe aus. »Gute Nacht. Denkst du morgen an den Termin bei der Eheberatung?«

»Sicher. Schlaf schön.«

Auch ich löschte das Licht. Ich war erschöpft und selbst die Befürchtungen vor dem morgigen Tag hielten mich nicht davon ab, umgehend einzuschlafen.

Ein Schrei riss mich aus dem Schlaf. Der Wecker zeigte drei Uhr.

»Was war das?« Lindas Stimme zitterte.

»Klang nach Maria.«

Wir rannten in ihr Zimmer und schalteten das Deckenlicht ein. Unsere Tochter lag vor dem Bett am Boden und umklammerte mit beiden Händen einen ihrer Knöchel. Mit einem raschen Blick prüfte ich, ob jemand eingebrochen war und sich an ihr hatte vergehen wollen. Alles war in Ordnung.

Linda ließ sich vor ihr auf die Knie fallen. »Kleines! Was ist passiert?«

Maria weinte. Sie hatte sich am Vorabend nicht abgeschminkt und die schwarze Suppe lief ihr über die Wangen.

»Ich wollte aufs Klo und dann, ja, keine Ahnung«, plärrte sie. »Ich bin aus dem Bett gestiegen, irgendwo draufgetreten und umgeknickt. Mein Knöchel!«

Linda hob einen der Boots meiner Tochter hoch und warf ihn zur Seite. »Wie oft hab ich dir gesagt, du sollst deine dicken Treter nicht vor das Bett stellen?«

»Hab ich gar nicht! Sie standen vorm Schrank.« Marias Tränen versiegten langsam, aber nur, bis Linda sich den Schaden genauer ansehen wollte.

»Fass den bloß nicht an!«, wütete Maria und schluchzte.

»Schon gut, schon gut!« Linda hob beschwichtigend die Arme. »Das sieht übel aus, Michael. Es schwillt an, wir müssen mit ihr ins Krankenhaus. Hol du den Wagen, ich helfe ihr, sich anzuziehen.« Sie hob Maria behutsam hoch. Meine Tochter jaulte wie ein getretener Hund.

»Was'n los?«, fragte Connor. Er stand im Türrahmen und rieb sich die Augen.

»Deine Schwester hat sich verletzt, wir fahren mit ihr in die Notaufnahme. Du bleibst hier«, sagte Linda und zog Maria ein Shirt über.

Ich wollte an ihm vorbeigehen, um mich anzuziehen und das Auto vor die Haustür zu stellen, als mich sein Lächeln verharren ließ. Er schaute auf seine Schwester und grinste diabolisch. Sein Blick wanderte zu mir. Er presste sich einen Finger auf den Mund, was so viel heißen sollte wie: »Lass dich nicht erwischen.« Der Rat, den ich ihm gegeben hatte. Jetzt wusste ich, wer die Schuhe so vor das Bett gestellt hatte, dass Maria unweigerlich drauftreten musste. Mein Sohn hatte Rache geübt. Meinetwegen. Wenn damit die Sache zwischen unseren Kindern aus der Welt geschafft war, würde ich den Vorfall unkommentiert lassen. Nur hieß das, der Schlaf wäre für heute beendet und der Tag würde noch schwerer zu überstehen sein, als er es ohnehin versprochen hatte.

Ich positionierte den Wagen, rannte hoch und verfrachtete zusammen mit Linda unsere Tochter ins Auto. Sie jammerte, als wir sie auf die Rückbank legten.

Vor dem Krankenhaus stützten wir Maria auf dem Weg hinein und luden sie auf einem Stuhl im Wartebereich ab. Linda ging uns anmelden, ich setzte mich neben Maria.

»Tut es sehr weh?«, erkundigte ich mich.

»Dumme Frage! Na klar! Ich bin scheißeübel umgeknickt. Das war's dann mit dem Praktikum.«

Ich horchte auf. Daran hatte ich nicht gedacht! Wenn die Verletzung derart schwerwiegend war, wie sie sich darstellte, hatte sich ein Problem von selbst in Luft aufgelöst. Ich konnte in Ruhe meiner Arbeit nachgehen und Maria würde nichts von der Durchsuchung der Polizei mitbekommen.

»Dann holst du es nach«, beschwichtigte ich sie.

Linda kehrte zurück. »Das kann dauern. Es ist nur ein Arzt da.«

Ich sah auf die Uhr. Mittlerweile war es vier. In fünf Stunden würde die Polizei da sein, das sollte machbar sein.

Wie ein besorgter Vater saß ich zwei Stunden neben meiner Tochter und tröstete sie. Ich hatte sie seit Jahren nicht mehr derart weinen sehen. Sie tat mir leid und ich erkundigte mich alle dreißig Minuten, wann wir denn dran wären. Die Krankenschwester konterte jedes Mal mit dem selben Satz: »Die Patienten werden der Schwere ihrer Verletzung und der Dringlichkeit nach aufgerufen. Sie müssen sich gedulden.« Aha … für sie war es vielleicht nicht wichtig, meiner Tochter zu helfen. Maria jaulte auch nicht ihr die Ohren voll, sondern mir.

Um halb sieben wurde endlich unser Name aufgerufen. Wir brachten Maria in Behandlungszimmer 3 und warteten nochmals eine halbe Stunde. Sieben Uhr. In zwei Stunden würde die Polizei auf der Matte stehen.

Eigentlich wollte ich jetzt schon im Institut sein und abermals alles überprüfen, ob auch wirklich nichts auf meine wahre Identität hindeutete.

Zum Glück fertigte uns der Arzt schnell ab. Maria hatte sich den Knöchel verstaucht, wobei eine Verstauchung mehr schmerzen konnte als ein Bruch. Sie bekam eine Schiene und sollte ihren Fuß schonen. Also mussten wir Krücken besorgen. Schule oder das Praktikum bei mir waren vorerst gestrichen. Sie war deswegen regelrecht sauer. Mich traf es nur halb so schlimm, wie ich ihr vorspielte. Zurück im Auto klagte ich: »Schade, ich hatte mich auf die Arbeit mit dir heute gefreut.« Innerlich dankte ich meinem Sohn, dass er so hinterhältig gewesen war, meiner Tochter eine Falle zu stellen. Das musste ich zugeben. Es war ein perfider Plan und weder Maria noch meine Frau würden darauf kommen, dass Connor an dem Unfall beteiligt war. Er hatte sich nicht erwischen lassen. Er hatte meine erste Lektion gelernt. Und das machte mich ein klitzekleines bisschen stolz.

»Bestimmt kannst du das Praktikum bei Papa nachholen«, sagte Linda.

»Vielleicht, ja, aber das ist Scheiße! Ich hab keinen Bock, die ganze Zeit rumzusitzen.«

»Da musst du jetzt durch. Selbst schuld«, meinte Linda.

»Noch mal: Ich hab meine verkackten Schuhe nicht da hingestellt!«

»Wer soll es sonst gewesen sein? Der Heilige Geist? Die Heinzelmännchen? Du warst von der Arbeit bei Papa geschafft und weißt es nur nicht mehr.«

Das ließ Maria verstummen. Die Schuldfrage war offenbar geklärt. Ändern konnte ohnehin niemand etwas an der Situation.

Um kurz nach acht parkte ich vor unserem Haus und wir brachten Maria hinein. Im Wohnzimmer legten wir sie auf die Couch, stellten ihr etwas zu knabbern und zu trinken bereit und drückten ihr die Fernbedienung in die Hand.

»Ich muss zur Arbeit«, sagte ich. »Ich habe viel zu tun. Und da Maria jetzt ausfällt, die Sache mit Patrick noch nicht durch ist und sich nicht ein einziger Bewerber gemeldet hat, bleibt wieder alles an mir hängen.«

»Okay, verstehe ich. Hör mal, ich nehme mir heute frei, ich will bei ihr bleiben. Ich denke, es ist besser, wenn wir den Termin am Abend bei Magda verschieben.«

»Wenn du meinst, mach das. Bis später.« Ich gab ihr einen Kuss. Sie erwiderte ihn kaum.

Ich fuhr zum Institut, unternahm einen letzten Rundgang und war zufrieden. Die Polizei würde nichts finden, was mich in ihren Fokus rücken könnte. Was Patrick anging, war ich mir nicht sicher. Vielleicht fanden die Beamten belastendes Material in seinem Schreibtisch. Was auch passieren würde, ich war aus dem Schneider, solange Patrick die Klappe hielt. Falls die Sitzung bei Magda wirklich ausfiel, könnte ich zu ihm fahren und meine Geschichte weitererzählen.

Ich setzte mich mit einem Kaffee in mein Büro und wartete auf die Polizei.

26

Nach dem Termin mit dem Bestatter war Karl Heinz in seine Detektei gefahren. Er wollte den Anrufbeantworter abhören. Darauf befand sich nur eine Nachricht, die vor einer Stunde eingegangen war.

Es war Pfeiffer: »Wollen Sie mich verarschen? Wie lange soll ich noch warten, bis Sie sich melden? Machen Sie überhaupt Ihre Arbeit oder halten Sie auf Malle Ihren Arsch in die Sonne?«

Das war doch mal eine Ansage! Nichts an dieser Aufnahme erinnerte mehr an den weinerlichen Ehemann, der verzweifelt seine Frau suchte. Allerdings hatte Pfeiffer recht. Auf der Hatz nach dem Leichenkünstler war Joleen in den Hintergrund gerückt und der Plan, ihren Mann anzurufen, war ebenfalls untergegangen.

Es war spät, dennoch fuhr er zu Pfeiffer. In der Wohnung brannte Licht, also klingelte er. Der Türöffner surrte, er drückte die Haustür auf und stieg die Treppe hinauf. Pfeiffer stand im Jogginganzug im Türrahmen. Sein Ausdruck war verkrampft, erst als er Karl Heinz erkannte, entspannten sich seine Gesichtszüge.

»Herr Kellerer! Da sind Sie ja. Entschuldigen Sie meinen wütenden Anruf bei Ihnen, ich bin verzweifelt. Haben Sie was für mich?«

»Nicht viel. Lassen Sie uns reingehen, sonst stören wir Ihre Nachbarn.«

»Sicher, kommen Sie rein.«

Sie setzten sich ins Wohnzimmer und Karl Heinz kam gleich zur Sache: »Vorneweg: Ich habe Ihre Frau nicht gefunden, dafür einige Anhaltspunkte.«

»Ist ihr etwas passiert oder wissen Sie, wo Sie sich aufhalten könnte?«

»Ich kann Ihnen nichts Genaues verraten, weil ich keine hundertprozentige Sicherheit habe, aber ich bin auf einem guten Weg.«

Pfeiffers Begeisterung hielt sich in Grenzen. »Wie lange arbeiten Sie schon an meinem Fall? Mehr haben Sie nicht? Nur, dass Sie nahe dran sind?«

»Ich weiß, was ich Ihnen sage, ist für Sie nicht befriedigend. Ich wollte Sie nur auf dem Laufenden halten. Bei uns ist es im Moment nicht einfach, es sind zwei Leute ausgefallen …« Als er an Ben dachte, schmerzte sein Herz.

»Das ist Ihr Problem, ich kann nichts dafür, was Ihre Mitarbeiter treiben. Ich bezahle schließlich eine Menge, damit Sie Joleen aufspüren.«

Ein Geruch stieg in Karl Heinz' Nase. Er hatte ihn bereits beim Betreten der Wohnung bemerkt, war aber durch Pfeiffer abgelenkt gewesen. Jetzt war der Geruch deutlicher wahrzunehmen und er konnte ihn zuordnen.

»Haben Sie renoviert?«

»Aus Verzweiflung, ja, weil ich nicht weiß, wie ich mich ablenken soll. Joleen und ich hatten geplant, die Wände zu streichen. Ich habe schon mal angefangen, dann freut sie sich, sobald sie zurückkommt. Wenn sie das tut. Und das hängt von Ihnen ab. Finden Sie meine Frau.« Pfeiffer stand auf. »Falls Sie sonst nichts mehr haben, bitte ich Sie, zu gehen. Ich erwarte, regelmäßig von Ihnen zu hören.«

Karl Heinz war von der Härte in Pfeiffers Stimme verblüfft. Bei ihrem ersten Treffen hatte er sich ganz anders verhalten. Er konnte es gut verstehen. Anfangs waren die Sorgen um die Ehefrau groß und die Trauer überwältigend, jetzt schlug beides in Wut um. Karl Heinz wusste, dass der Kummer um Ben bei ihm eine ähnliche Entwicklung nehmen würde. So war der Lauf der Dinge. Irgendwann suchte sich jeder trauernde Mensch jemanden, dem er die Schuld an der derzeitigen Lage geben konnte. Und in diesem Fall war er derjenige. Deshalb versprach er Pfeiffer, sich bald zu melden.

Wieder zu Hause legte sich Karl Heinz gleich ins Bett. Weitere Bilder des Leichenkünstlers würde er heute nicht mehr ertragen. Er weinte, während er allmählich einschlief und von Albträumen geplagt wurde.

Am nächsten Morgen wusch er sich unter der heißen Dusche die getrockneten Tränen und die blutigen Träume der Nacht ab. Es war noch früh, aber er wusste, dass Herbert und Elke keine Langschläfer waren. Er rief Herbert auf dem Handy an.

»Karl!«, begrüßte dieser ihn gleich nach dem ersten Klingeln. »Schön, von dir zu hören.«

»Wo seid ihr und wie geht es euch?«

»Mimi war so lieb und hat uns ihr Gästezimmer angeboten. Unser Aufenthalt wird ja jetzt länger dauern. Wir haben gestern darüber diskutiert, ob wir Ben mit zurücknehmen und ihn auf einem Friedhof in unserer

Nähe beisetzen lassen sollen.« Herberts Stimme war zittrig und er schwieg einen Moment.

»Wie ist eure Entscheidung ausgefallen?«

»Wir werden ihn in Duisburg beerdigen. Er hat hier gelebt, er hat diese Stadt geliebt. Und außerdem … sein Kind wird einen Ort brauchen, an dem es seinen Vater besuchen kann, wenn ihm danach ist. Es wäre egoistisch, ihn mit zu uns zu nehmen.«

»Das ist ein selbstloser Entschluss von euch.«

»Hast du den Bestatter kontaktiert?«

»Ich war gestern Abend bei ihm. Es war ein schwerer Gang, aber ich konnte mir einen ersten Eindruck verschaffen. Er hat mir verschiedene Kostenvoranschläge gemacht.« Er gab Herbert die Kosten durch. »Ich will mich noch bei anderen informieren.«

»Ist er fähig? Ist er kompetent? Glaubst du, er wird unseren Sohn gut behandeln?«

»Ich, äh, ja, ich denke schon. Er weiß genau, wie er mit Trauernden umzugehen hat. Ich fühlte mich gut bei ihm aufgehoben.«

»Ich möchte ihn treffen, am liebsten heute. Falls er mir ebenso gut gefällt wie dir, darf er sich um Ben kümmern. Sein Preis ist mir egal. Für Ben ist das Beste gerade gut genug. Was hältst du davon, wenn ich dich gleich abhole? Wir frühstücken zusammen und fahren zum Bestatter.«

»Gern, können wir machen. Ich hab eh nichts zu essen im Haus.«

»Wie immer. Ben hat uns erzählt, dass du längst verhungert wärst, wenn Mimi nicht da wäre.« Seine Stimme begann wieder zu zittern. »Außerdem wird mir die Ablenkung guttun. Mimi ist mit Elke spazieren gegangen. Ich sitze in der Wohnung und mir fällt die Decke auf den Kopf. Ich kann nicht aufhören, an Ben zu denken. Ich bin in ein paar Minuten bei dir.«

»Bis gleich.« Karl Heinz legte auf. Er hatte weiter nach Joleen suchen wollen, aber das war jetzt zweitrangig. Er zog sich an. Zwanzig Minuten später stand Herbert mit seinem Benz vor der Tür und hupte.

Sie fuhren zu einem Café in der Nähe des Instituts. Als sie den Laden betraten, dachte Karl Heinz an Hanna und an ihr kurzes Gespräch. Die Bilder ihrer verunstalteten Leiche tauchten vor seinen Augen auf. Er schüttelte den Kopf und ließ sie schnell verschwinden. Sie setzten sich an einen Tisch, bestellten Rührei, Brötchen mit Aufschnitt und eine Kanne Kaffee.

»Ich glaube, ich habe einen Schock«, sagte Herbert während des Frühstücks. »Es ist so schwer zu realisieren, dass ich meinen Sohn nie wiedersehen werde. Er ist tot. Wir konnten uns nicht verabschieden. Seit gestern wechselt meine Stimmung zwischen hysterischem Lachen, krampfhaftem Weinen und rasender Wut. Ich weiß, wie hart es ist, den Verlust eines Menschen zu verarbeiten, aber den des eigenen Kindes …«

»Es wird schwer, aber ihr schafft das. Wie kommt Elke zurecht?«

»Gar nicht. Sie weint pausenlos. Trinkt nichts, isst nichts. Wenn sie so weitermacht, landet sie im Krankenhaus. Sie ist nicht mehr die Jüngste und ihr Herz …«

»Was ist mit ihrem Herz?«

Herbert seufzte. »Wir haben es Ben nicht gesagt, damit er sich keine Sorgen macht. Elke hat Herzprobleme, sie muss bald operiert werden. Zu viel Stress kann sie umbringen. Und was haben wir jetzt? Den größten Stress unseres Lebens. Man darf sie nicht eine Sekunde aus den Augen lassen. Auch deswegen bin ich dir so dankbar, dass du den ersten Termin gestern beim Bestatter übernommen hast. Mimi habe ich ebenfalls eingeweiht und sie hat mir versprochen, auf Elke aufzupassen. Mimi ist eine patente Frau und sie wird eine tolle Mutter sein.«

»Davon bin ich überzeugt und ich helfe ihr, wo ich kann.«

»Danke. Wie kommst du mit dem Verlust zurecht?«

»Es ist, wie du sagst. Man kann es nur schwer realisieren. Ich werde Zeit brauchen, darüber hinwegzukommen. Und einen fähigeren Techniker als ihn werde ich nie finden. Er war der Beste auf seinem Gebiet. Du kannst stolz auf ihn sein.«

»Das bin ich. Obwohl er uns das Herz gebrochen hat, als er wegzog. Mein Traum war, dass er in meine Fußstapfen tritt. Aber man darf sein Kind zu nichts zwingen. Wie kommst du in deinem Fall voran?«

»Schleppend. Immer, wenn ich glaube, eine Spur zu haben, verliert sie sich. Aber ich bin an der Sache dran.« Ins Detail gehen wollte Karl Heinz nicht. Beschreibungen der Leichen, die der Künstler öffentlich zur Schau stellte, gehörten nicht an den Frühstückstisch. Schon gar nicht, wenn sein Gegenüber ein trauender Vater war.

Sie aßen zu Ende, zahlten und machten sich auf den Weg zum Bestattungsinstitut.

27

Ich hatte die dritte Tasse Kaffee geleert und fühlte mich wie ein Eichhörnchen auf Droge, als dieser Kommissar und seine Mannschaft auftauchten. Heute mussten sie anklopfen. Ich hatte die Tür abgeschlossen, weil ich verhindern wollte, dass sie erneut ungebeten hereinspazierten.

Ich öffnete ihnen und Maller lächelte mich gespielt freundlich an. »Guten Morgen, Herr Stalzer, dürfen wir reinkommen?« Er hielt mir ein Dokument vor die Augen. »Fürs Protokoll, das ist der Durchsuchungsbeschluss. Ich möchte Sie bitten, sich im Hintergrund zu halten, während unsere Leute ihre Arbeit machen.«

»Tun Sie, was Sie nicht lassen können.« Ich trat mit einer einladenden Geste zur Seite. Vier Männer und eine Frau stürmten mit Probebeuteln und Pinzetten bewaffnet in mein Institut. Ein fünfter Mann folgte ihnen mit einer Kamera um den Hals. Maller und Hagebug gingen ihnen hinterher. Sie verteilten sich, drehten jedes Papier um, untersuchten jeden Sarg. In mir kochte Wut hoch. Was glaubten sie zu finden? Patricks Tat geschah spontan. Er hatte wohl kaum Zeit gehabt, Benzin und Streichhölzer in einem der Särge zu verstecken.

Nach einer halben Stunde kam Maller zu mir. »Welches ist sein Büro? Damit wir nicht versehentlich Ihres auf den Kopf stellen. Der Beschluss beinhaltet nur die für sämtliche Mitarbeiter zugänglichen Räume und Fillingers Büro.«

»Von mir aus können Sie meines auch durchwühlen, ich habe nichts zu verbergen.«

»Das ist nicht nötig«, sagte er. »Also? Welches ist seines?«

Ich deutete auf die rechte Tür.

»Maller?«, rief Hagebug aus dem Keller. Ich war mir zwar sicher, dort unten alles polizeigerecht hergerichtet zu haben, dennoch wurde mir flau im Magen.

Maller stürzte aus Patricks Büro. »Was ist? Hast du was entdeckt?«

»Ja, bring Herrn Stalzer mit.«

»Folgen Sie mir«, bat Maller und ging mit mir in den Keller.

»Hier«, sagte Hagebug. Er stand im Türrahmen zu meinem Trophäenraum. Meine Urnen waren gegen leere Ausstellungsstücke getauscht. Hatte ich eine übersehen?

»Was hast du?« Maller stellte sich neben seinen Kollegen. Ich blieb ein Stück hinter ihnen und versuchte, ruhig zu bleiben.

»Schau mal, was ich hinter dem Regal mit den Urnen gefunden habe.« Hagebug hielt etwas hoch.

»Was ist das?« Maller nahm es ihm ab.

»Scheint ein Tagebuch zu sein.«

Sofort regte sich Unruhe in mir. Ich hatte nie in meinem Leben ein Tagebuch geführt. Es musste Patricks sein. Ich konnte nur hoffen, dass er keine Details über mich darin zu Papier gebracht hatte.

»Haben Sie das schon einmal gesehen?« Maller zeigte mir das DIN A5 große Büchlein.

»Nein, nie. Ist es von Patrick?«

»Laut Inhalt könnte es das sein«, bestätigte Hagebug meine Frage. »Wir müssen einen Schrifttest machen.«

»Was steht drin?«, fragte Maller.

»Ich habe es nur kurz überflogen, aber einiges. Daraus geht eindeutig hervor, wie überfordert Fillinger war und ich wette, wir finden Hinweise darauf, dass er die Tat geplant hat.«

»Gute Arbeit, Kollege«, sagte Maller und klopfte Hagebug auf die Schulter. »Eintüten und ab ins Labor.«

Maller schickte mich nach oben. Sein Team hatte Patricks Büro derweil auf den Kopf gestellt und vermeintliches Beweismaterial in Beutel verpackt. Beamte gingen raus zu den Autos, verstauten alles, kamen wieder herein. Es war ein Gewimmel wie in einem Bienenstock, bis zwei unerwartete Gäste mein Institut betraten.

»Was ist denn hier los?«, fragte Kellerer und wich einem reinstürmenden Beamten aus.

»Wer ist das?«, kam es von hinten und Sekunden später stand Maller neben mir. »Karl? Was machst du hier?«

»Maller? Was ist hier los?«

Wie es aussah, kannten sich mein neuer Kunde und der Kripobeamte. Unschöne Situation. Auch der Mann, der mit Kellerer das Gebäude betreten hatte, kam mir bekannt vor. Ich brauchte einen Moment, um ihn zuzuordnen. Dann fiel es mir ein. Ich hatte ihn vor dem Krankenhaus getroffen. Der Anwalt, dessen Sohn im Koma gelegen hatte. Er war der Tote, wegen dem Kellerer mich aufgesucht hatte.

»Es geht um den Mann, der seine Frau und seine Enkelin abgefackelt haben soll. Davon hatte ich dir erzählt. Er hat bei Herrn Stalzer gearbeitet.«

»Geht das nicht taktvoller?«, fragte ich. »Immerhin ist er mein bester Freund.«

Maller räusperte sich. »Entschuldigen Sie, unter ehemaligen Kollegen verfällt man schnell ins Plappern.«

Ich sah den Auftrag davonschwimmen. Wer ließ schon gern jemanden in einem Institut beerdigen, in dem ein Mörder gewerkelt hatte?

»Stimmt, da hast du was von erwähnt«, sagte Kellerer.

»Und warum bist du hier?«

Kellerer deutete auf den Mann neben sich. »Wie du weißt, hatte Ben einen Unfall. Das ist sein Vater. Ben ist gestern verstorben und wir wollten Herrn Stalzers Dienste in Anspruch nehmen.«

»Das tut mir sehr leid.« Maller kondolierte dem Vater und Kellerer. »Wir sind gleich fertig.« Maller hastete davon, als wäre er froh, sich der Lage entziehen zu können, einem trauernden Vater gegenüberzustehen.

Ich sah bestürzter aus, als ich mich fühlte. Was stand in diesem Tagebuch?

»Geht es Ihnen nicht gut, wollen Sie sich hinsetzen?«, fragte Kellerer.

»Nein, nein, geht schon, danke. Ist nur alles ein bisschen viel, wissen Sie? Aber das Leben geht weiter. Was mein Mitarbeiter getan hat, ist schrecklich und ich muss das jetzt ausbaden. Ich kann verstehen, wenn Sie sich lieber einen anderen Bestatter suchen wollen. Das ist nicht gerade die beste Art, sein Geschäft zu präsentieren.« Ich schlug die Augen nieder.

»Es ist nicht Ihre Schuld«, sagte Bens Vater, der, wie ich mich zu erinnern glaubte, Herbert Jackels hieß. »Sie haben Rechte. Falls die Herren hier etwas zerstören, dann ...«

Als hätte Jackels es heraufbeschworen, klirrte es hinter mir. Erschrocken wirbelte ich herum und sah eines meiner teuersten Ausstellungsstücke zerbrochen auf dem Boden liegen. Eine Urne mit Blattgold und Bronzeornamenten.

»Shit!«, fluchte der Beamte, dem das Malheur passiert war. Maller ging zu ihm und schnauzte: »Passen Sie doch auf!« Dann kam er zu uns. »Entschuldigen Sie bitte, das darf natürlich nicht passieren. Wir werden selbstverständlich für den Schaden aufkommen.«

»Das will ich meinen.« Herbert Jackels zog eine Visitenkarte aus der Innentasche seines Jacketts und reichte sie mir. »Falls noch mehr zu Bruch geht, rufen Sie mich an. Ich vertrete Sie.«

»Sind Sie Anwalt?«, fragte Maller für meinen Geschmack ziemlich barsch. Auch wenn Jackels sofort in den Anwalt-Modus geschaltet hatte, war er immer noch ein trauender Vater.

»Und ob ich das bin. Sie sollten zusehen, dass Sie alles ordentlich zurücklassen, sonst werden Sie von mir hören.«

Maller rieb sich verlegen den Hinterkopf und verschwand.

»Bullen.« Jackels schnalzte mit der Zunge. »Nichts gegen dich, Karl, aber ich hatte in meiner Laufbahn mit so vielen von seiner Sorte zu tun, dass ich sie sofort durchschauen kann. Die interessiert nicht, wie sie die Räume nach einer Durchsuchung hinterlassen. Die sind wie Heuschrecken. Aber in Ihrem Fall bin ich zuversichtlich, dass nichts mehr zu Bruch geht.« Er zwinkerte mir zu.

Und tatsächlich. Für die zerbrochene Urne bat der Beamte um ein Kehrblech und Maller reichte mir eine Nummer, bei der ich mich wegen des Schadens melden sollte. Sie hinterließen zwar nicht alles so, wie sie es vorgefunden hatten, aber sie gaben sich Mühe, die Unordnung zu beseitigen, die sie angerichtet hatten.

Es dauerte eine halbe Stunde, bis Maller, Hagebug und die anderen endlich verschwunden waren. Sie schienen nichts Wichtiges gefunden zu haben, wenn man vom Tagebuch absah.

»Kommen Sie, wir gehen in mein Büro«, sagte ich und bat die Männer, Platz zu nehmen. »Es tut mir leid, dass Sie in dieses Chaos hineingestolpert sind. Ich weiß im Moment nicht mehr, wo vorn und wo hinten ist. Die Problematik mit meinem Angestellten belastet mich. Und jetzt ist auch noch meine Tochter in der Nacht umgeknickt und hat sich den Knöchel verletzt. Kennen Sie das, wenn Sie glauben, über Ihnen stürzt alles zusammen?« Ich lächelte verlegen. »Natürlich wissen Sie das, deswegen sind Sie ja hier.«

Wir besprachen alle wichtigen Details und vereinbarten einen Termin für Freitag. Der Vater unterschrieb die notwendigen Papiere und beide Männer verschwanden mit hängenden Schultern. Sie waren tief betroffen, das sah ich ihnen an. Aber ich war froh, als sie weg waren und ich die Spuren der Polizeischlacht beseitigen konnte.

Bis zum frühen Abend hatte ich ein paar Termine. Eine Witwe, die ihren Mann schnell unter die Erde bringen wollte, und eine Tote, die ich abholen musste. Ich bereitete sie im Keller vor und stellte sie bis zur Beerdigung in den Kühlraum. Die Trauerfeier würde wie im Fall Jackels auf dem Friedhof in der Kapelle stattfinden. Dort hatte ich fähiges Personal, das sich um alles kümmern würde. Ich würde morgen nur die Leiche übergeben müssen.

Für heute hatte ich meine Pflichten erfüllt, doch das Institut hatte noch ein paar Minuten geöffnet. Ich saß meine Zeit ab, indem ich über das Handy im Darknet meine Finanzen prüfte. Die User waren empört wegen meiner letzten Kunstfigur. Sicher, Hanna war mir nicht gut gelungen, das musste ich zugeben, aber was die Leute für Kommentare posteten, ließ meine Nackenhaare zu Berge stehen. Die hatten doch allesamt keine Ahnung von Kunst. Sie betrachteten die Frauen nicht so, wie ich sie sah. Für diese Banausen waren meine Werke bloß ein Kick, eine Wichsvorlage …

»Hallo?« Eine Männerstimme riss mich aus meinen Gedanken. Schon wieder die Polizei? Ich sprang auf und lief aus dem Büro. Ein junger Mann stand im Eingangsbereich. In der Hand hielt er einen Umschlag.

»Hallo, kann ich Ihnen helfen?«

»Ich habe Ihre Stellenanzeige im Internet gesehen.« Er lächelte und streckte mir seine Hand entgegen. »Freddy Müller.« Ich ergriff sie und lächelte. »Freut mich, Sie kennenzulernen. Ich bin Michael Stalzer. Kommen Sie, gehen wir in mein Büro.«

Er folgte mir und ich roch seine Nervosität. Er konnte noch nicht lange in diesem Beruf arbeiten, hatte höchstens seit drei oder vier Jahren ausgelernt.

Wir führten ein interessantes Bewerbungsgespräch. Wie ich vermutet hatte, stellte er sich als fünfundzwanzigjähriger Mann mit nicht allzu viel Berufserfahrung heraus. Er erzählte mir offen und ehrlich, dass er nur wegen seines theoretischen Wissens aus der Berufsschule mit Ach und Krach durch die Prüfung gekommen war. Sein Ausbildungsbetrieb hatte ihn so gut wie gar nicht in der praktischen Leichenpflege unterwiesen und nur nebensächliche Zuarbeiten erledigen lassen. Nach seiner Ausbildung war er ein Jahr arbeitslos, seither hielt er sich mit Gelegenheitsjobs über Wasser.

»Ich will wieder in den Beruf zurück«, sagte er. »Man lernt nie aus und ich hoffe, dass Sie mir beibringen können, was mein alter Chef versäumt hat.«

Ich dachte nach und sah mir seinen Lebenslauf zum gefühlt hundertsten Mal an. Vielleicht war er für andere Bestatter nicht der beste Kandidat, für mich konnte er es sehr wohl sein. Wenn ich ihn vorerst die Toten abholen und den lästigen Papierkram erledigen ließ, wäre mir schon geholfen. Dazu würde er sich nicht unnötig im Keller aufhalten müssen und ich könnte meinem Drang nachgeben, sobald Theo wieder die Regie übernahm.

»Ihre Referenzen sind wirklich nicht die vortrefflichsten«, begann ich. »Aber da Sie bisher der einzige Bewerber sind und ich dringend jemanden brauche, würde ich es mit Ihnen versuchen. Ich kann Ihnen nicht sofort neue Arbeitsfelder zeigen, sondern würde Sie dort einsetzen, wo Sie Erfahrung haben. Wenn Ihnen das genügt, können Sie gleich morgen anfangen.«

Seine Augen leuchteten regelrecht und er nickte eifrig. »Das reicht mir auf jeden Fall.«

»Gut«, sagte ich und stand auf. »Dann sehen wir uns morgen Früh um acht. Ich gehe davon aus, dass Sie einen Anzug haben?«

»Er ist ein wenig knapp um die Hüfte geworden seit meiner Ausbildung, aber es sollte reichen, ja.«

Ich gab ihm die Hand. Es war besiegelt. Freddy würde mein neuer Mitarbeiter werden. Ich war gespannt auf ihn. Die Abwehrhaltung, die ich für gewöhnlich gegenüber Fremden in meinem näheren Umfeld innehatte, wandelte sich jetzt in Neugier. Allerdings fand ich das nicht unbedingt seltsam, ich hatte schlichtweg keine andere Wahl. Ich brauchte Unterstützung. Und da Patrick und meine Tochter ausfielen, musste ich nehmen, was ich kriegen konnte.

Ich begleitete Freddy hinaus. Wir verabschiedeten uns und er lief zur Bushaltestelle. Ich fuhr nach Hause.

»Hey, wie geht es dir?«, fragte ich Maria, die auf der Couch lag, Chips in sich hineinschaufelte und auf den Fernseher glotzte.

»So lala«, murrte sie. »Ich muss pissen.«

»Dann geh doch.«

»Mama hat die Krücken in die Küche gestellt und ich soll den Fuß nicht belasten. Wie ein Wurm zum Pott zu kriechen, wollte ich mir nicht antun.«

»Warum hast du sie nicht gerufen? Linda?«, rief ich in den Flur.

»Weil sie nicht da ist.«

Ich wandte mich zu meiner Tochter. »Wieso ist deine Mutter nicht da? Sie wollte doch bei dir bleiben. Wir haben sogar unseren Termin für heute Abend abgesagt.«

Maria zuckte mit den Schultern. »Ihr Handy klingelte und sie rannte nach oben. Fünf Minuten später kam sie wieder runter und hatte ihre Yoga-Matte unterm Arm. ›Spontanes Training‹, sagte sie, gab mir einen Kuss und verschwand, ohne mir die Krücken hinzustellen.«

»Das ist … was soll das? Weshalb hast du mich nicht angerufen? Ich wäre nach Hause gekommen.«

»Ich weiß, wie viel du um die Ohren hast. Und ich hab mir gedacht, wenn ich es nicht mehr aushalte, bis irgendwer meiner tollen Familie zurückkommt, lasse ich es einfach laufen. Mama wollte eh eine neue Couch.«

Maria war sichtlich verärgert, dass ihre Mutter sie hatte sitzenlassen. Auch mich machte dieses Verhalten wütend. Was fand sie nur an diesem verdammten Yoga-Kurs, dass sie sogar ihre Tochter dafür im Stich ließ?

»Holst du mir die Krücken? Sonst piss ich mich gleich wirklich voll.«

»Ja, sicher«, sagte ich und brachte sie ihr. Ich stützte sie auf dem Weg zum Klo und bekam die Tür vor der Nase zugeknallt, als ich nachfragte, ob sie Hilfe brauche.

Sie rief durch die Tür: »Pinkeln kann ich allein.«

Ich wusste zwar, dass Linda das Handy während des Kurses immer ausgeschaltet hatte, dennoch versuchte ich, sie zu erreichen. Linda benahm sich seltsam und ich machte mir ernsthaft Sorgen um unsere Ehe. Sie durfte nicht zerbrechen.

Nachdem ich Maria zurück auf die Couch verfrachtet hatte, fragte ich: »Kommst du klar? Ich muss kurz weg.«

»Kein Ding, macht ihr euch ruhig alle aus dem Staub. Ich schaffe das.« Sie winkte ab. Meine Tochter war gekränkt, bis ins Mark, aber es war nicht meine Aufgabe, das zu bereinigen, ich war beileibe nicht dafür geeignet.

Ich fuhr zu Lindas Yoga-Studio. Ich hatte sie einmal hierhergefahren, als ihr Wagen in der Werkstatt gewesen war. Ansonsten hatte ich mich von diesem Tempel der inneren Ruhe tunlichst ferngehalten.

Jetzt parkte ich in einer Seitenstraße, von wo aus ich den Eingang des Studios beobachten konnte. Es kam mir seltsam vor, meiner Frau nachzuspionieren, aber in mir regte sich Misstrauen.

Es verging einige Zeit, bis die Tür sich öffnete und sie mit ihrer zusammengerollten Yoga-Matte unter dem Arm auf den Bürgersteig trat. Nach ihr kam ein braungebrannter Adonis mit schulterlangem Haar heraus. Die beiden lachten und scherzten miteinander. War das der Yoga-Lehrer? Zumindest sah er genauso aus, wie man sich einen Mann dieser Berufsgruppe vorstellte. Hatte sie nicht mal von einer weiblichen Trainerin erzählt? Und wo waren die übrigen Kursteilnehmer?

Sie umarmten sich und mir als Ehemann dauerte diese Umarmung eindeutig zu lange. In mir knallten hundert Sicherungen gleichzeitig durch, als sich in meinen Gedanken die Verbindungen verknüpften. War es umgekehrte Psychologie oder welchen Ausdruck man auch immer dafür benutzte? Fühlte sie sich schuldig, weil sie fremdging, und warf es mir vor, um sich selbst besser zu fühlen? Frauen zu durchschauen, war unmöglich. In ihren Köpfen gingen die seltsamsten Dinge vor. War es möglich, dass Linda dieses Theater veranstaltete, weil sie ein schlechtes Gewissen hatte, während sie mit diesem Adonis in die Kiste hüpfte?

Meine Hände krampften sich um das Lenkrad. Ich war nicht eifersüchtig, beileibe nicht, aber mein Stolz war gekränkt. Wie konnte sie jemanden wie mich hintergehen?

»Eine Umarmung heißt nichts, bestimmt verstehen die sich nur gut«, sprach ich mir Mut zu.

Stimmt, und deswegen lässt sie eure Tochter verletzt auf der Couch liegen, weil sie sich mit diesem Adonis nur gut versteht, mischte sich Theo ein. *Vielleicht sollten wir ihr eine Lektion erteilen.*

»Ja, vielleicht …«

28

Nach dem Besuch im Bestattungsinstitut hatte Karl Heinz den restlichen Tag mit Bens Eltern und Mimi verbracht. Sie hatten gemeinsam zu Abend gegessen. Als er nach Hause kam, hatte er es sich mit Herrn Schmidt auf der Couch bequem gemacht und ferngesehen. Joleen Pfeiffer und der Leichenkünstler waren in den Hintergrund gerückt. Karl Heinz hatte Zeit für sich gebraucht. Ruhe, um die anstehende Beerdigung zu überstehen. Er musste für Mimi stark sein. Ihre Hormone spielten durch die Schwangerschaft ohnehin verrückt und jetzt dieser Schicksalsschlag …

Er war früh ins Bett gegangen und stand erst spät auf. Gleich nach dem Frühstück, bestehend aus drei Tassen Kaffee, hatte er sich an Joleens Laptop gesetzt und nahm sich das letzte Drittel der Videos und Bilder vor. Er war nicht weit gekommen, als es an der Tür klingelte.

»Verdammt noch mal«, murrte er. Herr Schmidt, der vorher auf seinem Kopf gesessen und an seinen grauen Haaren gezupft hatte, flatterte hektisch empor und setzte sich auf seinen Käfig.

Mürrisch hob Karl Heinz den Hörer der Gegensprechanlage. »Hallo?« Keine Antwort. Es klopfte an der Tür. Er spähte durch den Spion. Die Frau, die davorstand, kannte er, den Mann neben ihr auch. Was wollten die beiden?

Er öffnete. »Was machen Sie hier?«

Jana Hansen, die ihn vor einigen Tagen zur Ehefrau des pädophilen Schulleiters begleitet hatte, trat ohne

Aufforderung an ihm vorbei in seine Wohnung. Auch Tomas Ratz, sein alter Kollege, kam herein.

»Wir müssen mit Ihnen sprechen«, sagte sie. »Können wir uns kurz setzen?«

Karl Heinz nickte und versuchte, seine Wut zu verbergen. Herr Schmidt piepste aufgeregt und flatterte gleich auf Hansen zu. Er hockte sich auf ihren Kopf und zupfte an den blonden Haaren, bis er ihre Frisur soweit ruiniert hatte, dass er zufrieden davonflog. Hansen hatte die Prozedur über sich ergehen lassen und setzte sich an den Küchentisch.

»Netter Vogel«, bemerkte sie mit einem Hauch Sarkasmus in der Stimme und legte einen Ordner vor sich. Ratz nahm ebenfalls Platz, hielt sich aber im Hintergrund.

»Was führt Sie zu mir?«

»Es geht um den Fall Heike Teichmann, besser bekannt als Honey. Sie haben die verstorbene Tochter aufgefunden und unseren Kollegen Informationen aus dem Darknet zugespielt.«

»Was soll das werden? Maller hat mir versichert, dass ich aus der Sache raus bin. Ich habe nichts mit dem Tod des Kindes zu tun und mit dieser Honey auch nicht.«

Hansen schüttelte den Kopf. »Es hat niemand gesagt, dass Sie im Verdacht stehen, etwas damit zu tun zu haben. Es geht vielmehr darum, dass der Kollege Maller eine andere Ahnung hat, weil er Sie gut kennt.«

»Was wollen Sie damit andeuten?«

»Wie wir wissen, ermitteln Sie in einem Vermisstenfall, der bei der Polizei bisher kaum Beachtung fand. Und während dieser Suche sind Sie auf Honey gestoßen. Alles Weitere fügte sich zusammen. Wir wissen, was Sie vermuten.«

»Aha. Und was vermute ich?«

»Dass die Frau Ihres Klienten,« Hansen warf einen Blick in ihren Ordner, »möglicherweise auch Honeys Mörder zum Opfer gefallen ist.«

»Und wenn dem so wäre?«

»Wenn dem so wäre, gehen wir davon aus, dass Sie Beweise haben, die uns in unseren Ermittlungen helfen könnten. Wissen Sie«, Hansen beugte sich vor und blickte Karl Heinz in die Augen, »die richtige Polizei ist für Untersuchungen dieser Art zuständig und Sie sind verpflichtet, uns die Beweisstücke auszuhändigen, die Sie zurückhalten.«

»Ich halte nichts zurück.«

»Wirklich nicht? Dann wird es Sie nicht stören, wenn wir Ihren Computer und Ihre Notizen beschlagnahmen und sie prüfen. Dann werden wir sehen, ob Sie so ehrlich zu uns waren, wie Sie behaupten.«

»Das dürfen Sie nicht!«, tobte Karl Heinz und sprang auf.

»Ach nein?« Hansen zog ein Papier unter dem Ordner hervor, welches sie ganz offensichtlich bereitgehalten hatte. Es war ein richterlicher Beschluss und Karl Heinz wusste sofort, dass er keine Chance hatte, sich zu wehren. Hansen sprach in ihr Funkgerät. »Ihr könnt raufkommen.«

»Bitte, das ist mein Fall …«, versuchte er, die Katastrophe abzuwenden.

»Sie irren sich, mein Bester, das ist jetzt ein Fall für die richtige Polizei. Lassen Sie uns unsere Arbeit machen und kümmern Sie sich um Fremdgeher und Spielsüchtige. Mord ist nicht Ihre Kragenweite.«

»Ich rufe Maller an, das ist unerhört …«

Sie lächelte unbeeindruckt, zuckte mit den Schultern und nahm die Männer in Empfang, die mit Kartons bepackt in seine Wohnung stürmten und alle wichtigen Unterlagen und technischen Geräte einpackten. Karl Heinz griff nach seinem Handy.

»Das kannst du dir sparen«, meldete sich Ratz zu Wort. »Maller hat die Sache ins Laufen gebracht. Je länger wir uns mit Honey und den Bildern ihrer Leiche beschäftigten, umso klarer wurde ihm, dass du auf mehr gestoßen sein musst.«

»Warum hat er mich nicht gefragt? Warum dieser Überfall?«

Ratz nickte zu Hansen. »Liegt an ihr. Sie kann es nicht leiden, wenn bei der Polizei unter der Hand gemauschelt wird. Es muss immer der offizielle Weg sein. Und da sie seit Neuestem die Stellvertreterin unseres Chefs Schroer ist, wird sie einen Teufel tun und irgendwas abseits der Regeln unternehmen.«

Karl Heinz strafte Hansen mit einem bösen Blick. Sie spürte ihn wohl, wandte sich um und schaute nicht minder zornig zurück. Schon bei ihrem ersten Treffen hatte er bemerkt, dass die Chemie zwischen ihnen nicht stimmte. Sie gehörte zu den wenigen Beamten, die seine Arbeit nicht zu schätzen wussten und sie in den Dreck zogen. Diese arrogante Kuh! Wegen ihr waren Karl Heinz' Ermittlungen mit einem Schlag beendet. Der

Leichenkünstler rückte außerhalb seiner Reichweite. Er hatte ihn nicht einmal mit den Fingerspitzen berührt.

»Wann bekomme ich meine Sachen wieder?«, fragte er resigniert.

»Sobald unsere Techniker alles ausgewertet haben.«

»Lass mich raten: In meiner Detektei wart ihr auch?«

Ratz nickte und legte einen Schlüsselbund auf den Tisch. »Es wurde ein neues Schloss eingebaut und abgeschlossen. Tut mir leid.«

»Ihr hättet mich fragen können, ich hätte euch den Schlüssel gegeben.«

Ratz sah zu Hansen, seine Lippen verzogen sich zu einem dünnen Strich. »Sie war nicht dieser Meinung.«

Sein ehrliches Mitleid ließ Karl Heinz ruhiger werden. Vielleicht war diese Wendung nicht die schlechteste. So konnte er sich auf Bens Beerdigung konzentrieren und sich den Dingen zuwenden, für die er heutzutage zuständig war. Hansen hatte auf eine Art recht, auch wenn er sich das schwer eingestehen konnte. Er hätte längst mit den Kollegen über den Leichenkünstler sprechen sollen. Da sie bei ihm aufgetaucht waren und alles mitnahmen, ging er davon aus, dass sie von selbst auf die Mordserie aufmerksam geworden waren. Und mit noch etwas hatte Hansen recht: Maller kannte ihn einfach zu gut und seine Vermutung, Karl Heinz könnte mehr wissen, als er ihnen sagte, war goldrichtig.

Hansen kam zu ihnen. »Gibt es noch mehr, das Sie vielleicht – gegebenenfalls – vor den Augen anderer versteckt haben?«

Ihre Süffisanz machte ihn schlagartig wieder wütend. »Nein, werte Dame, ich habe nichts *vielleicht* oder *gegebe-*

nenfalls in einem in der Erde vergrabenen Safe versteckt. Alles, was ich an Informationen hatte, lag auf meinem Schreibtisch.«

»Bitte quittieren Sie das.« Sie wedelte mit einem Blatt Papier, auf dem sie fein säuberlich notiert hatte, was aus seiner Detektei und seiner Wohnung mitgenommen worden war. Er schaute kurz drüber und unterzeichnete. Es hatte keinen Zweck, sich weiter querzustellen. Er musste sich den Beamten beugen – ob er wollte oder nicht.

»Der Fall Heike Teichmann und Joleen Pfeiffer ist für Sie hiermit beendet. Sie werden Ihre Nase nicht mehr in Dinge stecken, die Sie nichts angehen. Wenn Sie sich nicht daran halten, werden wir geeignete Maßnahmen ergreifen.«

»Und die wären?«

»Nun, die Liste ist lang. Vereitelung einer Straftat, Behinderung der Justiz« Sie wandte sich um und rief: »Abmarsch, bringt das Zeug sofort zu den Technikern. Kommst du, Ratz?«

»Einen Moment noch«, antwortete dieser.

»Lass mich nicht zu lange warten.« Hansen verschwand mit ihrer Brigade.

»Warum hasst die mich? Ich kenne die doch kaum«, fragte Karl Heinz.

»Sie hasst jeden, mich eingeschlossen. Und erst recht meine Frau Diana. Als Hansen ihren Einstand bei uns hatte, lud sie die gesamte Belegschaft zu einem gemeinsamen Abendessen samt Partner ein. Wie du weißt, haben Diana und ich unser Kind verloren. Hansen hatte kein Problem damit, meiner Frau vor versammelter

Mannschaft zu sagen, dass sie besser auf sich hätte aufpassen müssen und nicht blindlings einer Verbrecherin in die Arme hätte laufen sollen, damit die ihr Baby im Mutterleib erstechen kann. Kannst du dir vorstellen, was da los war? Diana sprang auf und rannte weinend hinaus. Ich folgte ihr. Und seit dem Tag hasst Hansen nicht nur uns, sondern auch fast das ganze Dezernat sie. Ich hoffe, die bleibt nicht lange bei uns. Aber Schroer ist so angetan von ihren Erfolgsquoten und ihrer Arbeitswut, dass ich fürchte, wir werden die bis in alle Ewigkeit am Hals haben. Nimm es nicht persönlich, alter Junge. Das ist der dynamische Nachwuchs.« Ratz stand auf. »Und wenn ich sie warten lasse, reißt sie mir den Arsch auf.« Bevor er aus der Wohnung ging, fragte er: »Du hast noch deine alte Nummer?«

Karl Heinz nickte.

»Ich halte dich auf dem Laufenden, wenn ich kann, okay? Ich glaube kaum, dass du aus Maller irgendwas herausbekommen wirst. Der ist noch zusätzlich mit dem Fall des Brandstifters beschäftigt und er ist einer der wenigen, der von Hansen mächtig begeistert ist. Wobei ich denke, er würde sie lieber nageln, als sie zur Vorgesetzten zu haben. Aber das ist ein Thema für ein Treffen auf ein Bierchen.« Ratz zwinkerte ihm zu und verschwand.

Karl Heinz schloss die Tür und sah sich um. Wie beim Bestatter am Vortag waren die Beamten wie die Heuschrecken durch die Wohnung gefegt. Er sah nach, ob sie irgendetwas übersehen hatten. Fehlanzeige. Sie hatten alles mitgenommen, selbst seinen Notizblock. Er ärgerte sich, ihn nicht in seiner Jacke steckengelassen zu haben.

»Und was jetzt, Schmidt?«, fragte er und warf sich auf die Couch. Der Wellensittich kam herangeflogen, setzte sich auf seinen ausgestreckten Zeigefinger und sah Karl Heinz mit schiefgelegtem Kopf an.

»Dann zurück zu meiner eigentlichen Arbeit.«

Er sperrte Herrn Schmidt in den Käfig und fuhr zur Detektei. Erst benutzte er den falschen Schlüssel und wunderte sich, warum er nicht passte. Bis ihm einfiel, dass die Polizei sein Schloss aufgebrochen und ein fabrikneues eingebaut hatte. Er nahm den neuen Schlüssel und betrat sein Heiligstes. Es regierte das totale Chaos. Alle Rechner waren weg, sämtliche Speichermedien, vom USB-Stick bis zur externen Festplatte, waren verschwunden. An Bens Arbeitsplatz herrschte gähnende Leere, weil hier alles aus technischen Geräten bestanden hatte, wenn man vom Schreibtisch und Bürostuhl absah.

Karl Heinz setzte sich und begann zu lachen. Die Verzweiflung überkam ihn. Das Einzige, woran er sich nach Bens Tod hatte klammern können und das ihn halbwegs abgelenkt hatte, war nun verloren. Der Fall Pfeiffer war sein letzter Anker gewesen. Jetzt übermannten ihn Trauer und Wut.

Wie sollte er ohne sein Inventar weiterarbeiten? Nur die Telefone waren ihm geblieben. Vielleicht sollte er abschließen, Herrn Schmidt auf den Rücksitz seines Autos packen und für ein paar Tage an die Ostsee fahren. Einfach mal abschalten, den Kopf freikriegen. Aber das war nicht möglich, die Beerdigung stand kurz bevor. Selten hatte er sein Leben so gehasst wie in diesem Moment.

Er nahm den Hörer und wählte Pfeiffers Nummer.

»Ja?«, meldete sich der Mann am anderen Ende der Leitung.

»Hallo, Herr Pfeiffer, Kellerer hier. Ich wollte Ihnen mitteilen, dass ich nicht mehr für Sie arbeiten kann. Die Polizei übernimmt jetzt den Fall Ihrer Frau.«

»Das habe ich schon gehört.«

»Und warum klingen Sie nicht so, als würden Sie sich darüber freuen?« Karl Heinz wunderte sich über die Stimmlage des Mannes.

»Die haben mich heute Morgen in aller Herrgottsfrühe aus dem Bett geworfen und verhört, darum.«

»Ich hatte auch keine nette Begegnung mit denen.« Karl Heinz lachte. »Wenn Sie wieder meine Hilfe brauchen, rufen Sie mich an.«

»Besonders geholfen haben Sie mir nicht …«

»Ich war kurz davor. Die Polizei muss nur ein paar Puzzleteile zusammensetzen, dann werden wir wissen, wo Ihre Frau abgeblieben ist.«

»Wir werden sehen. Vielen Dank, Herr Kellerer.« Pfeiffer legte auf.

Eigentlich hatte er damit gerechnet, dass Pfeiffer außer sich vor Freude sein würde, weil die Polizei Joleens Fall endlich als echten Vermisstenfall behandelte und ihr Verschwinden nicht länger auf eine einseitige Trennung zurückführte. Karl Heinz konnte es egal sein. Die Pfeiffers waren nicht mehr sein Problem. Aber er war sicher, dass es nicht mehr viel Zeit bedurft hätte, um einen Hinweis auf Joleen in dem Sammelsurium des Leichenkünstlers zu finden. Er war knapp an einem Beweisbild vorbeigeschrappt. Das spürte er. Zumindest hatte er gute Vorarbeit geleistet und für die Kripo sollte es ein Leichtes sein, Joleen und auch den Leichenkünstler aufzuspüren. Den Ruhm dafür würde nicht Karl Heinz, sondern diese Hansen einstreichen. Selten hatte er eine Person derart unsympathisch gefunden wie diese Frau.

Er räumte auf, schloss die Detektei ab und setzte sich unschlüssig ins Auto. Was sollte er jetzt machen? Zwangsurlaub? Ihm blieb nichts anderes übrig. Er wollte Mimi anrufen, als das Telefon klingelte. Die Nummer kannte er nicht. Er nahm ab.

»Kellerer«, meldete er sich.

»Hallo, Michael Stalzer hier.«

»Oh, hallo, ist etwas wegen der Beerdigung?«

»Nein, es geht um was anderes. Sie gaben mir ja Ihre Visitenkarte, deswegen rufe ich Sie auf dem Handy an. In Ihrer Detektei sprang nur der Anrufbeantworter an.«

»Kann ich Ihnen helfen?« Karl Heinz wurde hellhörig.

»Ich glaube, ja. Können wir uns heute sehen?«

»Wann passt es Ihnen?«

»Von mir aus jetzt gleich. Haben Sie Zeit?«

»Zufällig ja.« Karl Heinz dachte an Hansen und an das unschöne Erlebnis von vorhin.

»Können wir uns in meinem Institut treffen?«

»Gern, ich mache mich sofort auf den Weg.«

29

»Dann fahre ich mal los«, sagte Freddy.

Ich hatte ihn damit beauftragt, beim Blumenhändler die Bestellung für Ben Jackels Beerdigung aufzugeben. Eine Aufgabe, die ich meinem neuen Mitarbeiter zutraute. Die Familie hatte sich für ein klassisches Blumengesteck und einen Trauerkranz mit liebevoller Aufschrift entschieden.

Kurz nachdem Freddy losgefahren war, hielt ein Wagen vor dem Gebäude. Ich schaute aus dem Fenster. Kellerer stieg aus. Wer hätte gedacht, dass ich mal einen Privatdetektiv in Anspruch nehmen würde? Gerade ich!

Wir begrüßten einander und setzten uns in mein Büro.

»Schön, dass Sie es einrichten konnten. Ich weiß das zu schätzen. Es ist nicht die beste Zeit, Sie mit meinen Sorgen zu belasten, aber ich weiß einfach nicht mehr weiter.«

»Immer raus damit, das ist mein Job. Und für jemanden wie Sie mache ich gern eine Ausnahme. Worum geht es?«

Am heutigen Morgen hatte Linda es nicht einmal für nötig gehalten, mir von ihrem spontanen Kurs zu erzählen, geschweige denn von diesem Guru der inneren Ruhe. Erst, als ich sie darauf ansprach und sie fragte, warum sie unsere Tochter alleingelassen hatte, rückte sie mit der Sprache raus. Zumindest mit der Version, die sie für mich bereithielt.

»Eine Freundin bat mich, zu kommen. Sie hat Probleme und sie war so fertig, dass ich hingefahren bin. Ich war der Meinung, Maria würde klarkommen.«

»Ist sie aber nicht«, antwortete ich. »Sie hätte sich fast in die Hose gepinkelt, wäre ich nicht aufgetaucht.« Ich gefiel mir in der Rolle des Vorwürfe Machenden. Jetzt war ich am Drücker, auch wenn ich sie nicht zu sehr in die Enge treiben wollte. Ich hatte andere Pläne.

Deswegen saß Kellerer nun in meinem Büro.

»Es geht um meine Frau«, verriet ich ihm. »Ich habe seit einiger Zeit das Gefühl, sie könnte … da jemanden haben.«

»Sie glauben, sie hat eine Affäre?« Kellerer nahm einen nagelneu aussehenden Notizblock zur Hand und schrieb etwas auf.

»Ich fürchte ja.«

»Was lässt Sie das annehmen?«

Ich erzählte ihm die ganze Geschichte. Von ihren Vorwürfen, der Paartherapie und der Sache vom Vorabend, als ich ihr hinterhergefahren war und sie zusammen mit dem Adonis gesehen hatte. In dieser Angelegenheit musste ich nicht lügen. Ich hatte nichts zu verbergen.

»Klingt verdächtig. Ihre Frau wäre nicht die Erste, die jemandem genau das vorwirft, was sie selbst macht. Es ist ein verqueres Denken, so was wie Selbstschutz. Sie weiß, dass Sie etwas Verwerfliches treibt und will Sie mit reinziehen. Haben Sie sich denn etwas zu Schulden kommen lassen?«

Ich hob abwehrend die Hände. »Nie im Leben würde ich meine Frau betrügen.«

»Das glaube ich Ihnen. Was soll ich für Sie tun?«

»Was Sie in solch einem Fall nun mal tun. Ich muss mir sicher sein, dass Linda mich wirklich betrügt. Nur weil die Umarmung innig wirkte, muss das noch lange nichts heißen. Bevor ich weitere Schritte einleite, benötige ich völlige Sicherheit.«

»Das kann ich verstehen. Ich brauche den Tagesablauf Ihrer Frau. Wenn Sie Ihr Okay geben, hänge ich mich an sie dran und in spätestens einer Woche haben Sie das Ergebnis. Und falls ich fündig werde, haben Sie die Karte von Herbert Jackels. Er kann Sie auch in Scheidungsangelegenheiten vertreten, nicht nur bei willkürlicher polizeilicher Zerstörungswut.«

Kellerer versuchte zu lächeln, es gelang ihm nicht. Sein Gesicht war noch mehr von Trauer erfüllt, als bei unserer letzten Begegnung. Als würde er den Tod seines Freundes erst jetzt realisieren oder als wäre ihm ein neuer Schicksalsschlag widerfahren.

»Sie übernehmen den Job?«

»Natürlich. Ich werde diskret sein. Sie wird nicht merken, dass ich sie beobachte.«

»Vielen Dank.«

Wir besprachen die nötigen Details. Ich gab ihm die Adresse von Lindas Arbeitsplatz und dem Yoga-Studio. Erzählte von ihren Gewohnheiten und wann sie sich wo aufhielt. Und ich beschrieb den Mann, den ich in Verdacht hatte, meine Frau zu ficken. Auch ihn wollte Kellerer überprüfen.

Es war ein seltsames Gefühl, jemanden wie ihn zu beauftragen. Aber mir fehlte die Zeit, mich selbst um dieses Problem zu kümmern. Auch jetzt drängte sie.

Wir vereinbarten ein Treffen in einer Woche. Auf Bens Begräbnisfeier würden wir uns nicht begegnen, da sie auf dem Friedhof stattfand. Wobei uns das ganz gelegen kam, ein peinliches Gespräch über die fremdgehende Ehefrau mitten bei einer Bestattung wäre für beide Parteien unangebracht.

In den nächsten Tagen lernte ich Freddy an. Er stellte sich geschickt an und ich wagte es bald, ihn allein zu Jessas zu schicken, um Verstorbene abzuholen. Ich bereitete sie für die Beerdigungen oder die Feuerbestattungen vor. Wir arbeiteten Hand in Hand. Er gefiel mir. Aber er würde Patrick nicht ersetzen können. Freddy würde ich niemals mein Geheimnis anvertrauen.

Während dieser Zeit ließ mich mein Drang in Ruhe. Es hatte den Anschein, als wäre Theo von der kleinen Hanna ruhiggestellt worden. Ganz im Gegensatz zu meiner Frau. Ihr Verhalten wurde absolut inakzeptabel. Entweder war sie zickig oder gar nicht zu Hause. Die Pflege meiner Tochter musste ich übernehmen und teilweise auf Connor abschieben. Wobei ich im Hinterkopf hatte, dass Connor ihr erneut Schaden zufügen könnte. Das musste ich in Kauf nehmen. Ich hatte nicht viel Freizeit. Wie immer.

An einem Abend gingen Linda und ich zur Eheberatung. Meine Frau benahm sich wie das devote Weibchen, das von ihrem Mann unterdrückt wird. Im Gegenzug löcherte die Psychiaterin mich mit Fragen. Dabei war nicht Linda die Geschädigte, sondern ich. Das würde sich noch herausstellen. Jedenfalls lebten Linda und ich nebeneinander her. Die Kinder spürten die Distanz zwischen uns und dachten wohl, ihre Eltern würden sich in Kürze trennen. Aber das würde ich nicht zulassen. Nicht, wenn ich meinen Plan durchzog.

Ich schaffte es nicht, Patrick zu besuchen. Er lag noch im Krankenhaus. Seine Verbrennungen hatten sich entzündet. Jessas verriet mir bei einem unserer Telefonate, dass unter dem Personal gemunkelt wurde, dass Patrick sich die Wunden absichtlich aufkratzte und verschmutzte. Sogar mit seiner eigenen Scheiße soll er die Stellen eingeschmiert haben, was ihm jedoch keiner nachweisen konnte.

Das führte dazu, dass Patrick noch einige Zeit im Krankenhaus verbringen und seine Anklage sich hinziehen würde. Ich hatte Patrick angerufen und mich entschuldigt, ihn so lange nicht besucht zu haben. Als Antwort bekam ich nur, dass ich ihm noch nicht die Hjondra-Story zu Ende erzählt hätte. Er bat mich, in den nächsten Tagen zu ihm zu kommen. Die Bullen ließen ihn wohl im Moment in Ruhe, was nach seiner Aussage unter anderem daran lag, dass die Ärzte zu häufige und intensive Befragungen ablehnten, weil diese den Heilungsprozess stören könnten. Ich hatte ihm versprochen, vorbeizukommen, sobald ich ein paar Sachen erledigt hätte.

Dann fand Ben Jackels Beerdigung statt. Ich sah den Trauerzug, der von Herbert Jackels und seiner Frau angeführt wurde. Gleich dahinter liefen Karl Heinz und eine junge Frau. Sie war attraktiv. Bestimmt war sie es, die das ungeborene Kind des Verstorbenen in sich trug.

Ich spürte etwas bei ihrem Anblick. Ich glaube, ich empfand ehrliches Mitleid mit ihr.

Am Abend erzählte mir einer der Friedhofsmitarbeiter, dass die Zeremonie ruhig und nach Plan verlaufen wäre. Das freute mich. Ich mochte Herbert und Karl Heinz, was mich zurück ins Hier und Jetzt brachte. Ich war für den Abend mit Karl Heinz verabredet – wir waren mittlerweile per Du. Er hatte sich am Morgen gemeldet und mir mitgeteilt, er hätte für mich, was ich brauchte, um mir ein eigenes Bild zu machen. Ich hatte Freddy früher nach Hause geschickt, sämtliche anstehenden Termine hatte ich verschoben. Es waren ohnehin nicht viele, aber ich hatte jetzt etwas anderes vor.

Pünktlich zum vereinbarten Zeitpunkt klopfte Karl Heinz an meine Tür. Ich hatte abgeschlossen, um unerwarteten Besuch zu vermeiden. Erwartungsfroh ließ ich ihn herein und setzte mich mit ihm ins Büro.

»Wie war die Beerdigung?«, fragte ich.

Er legte zwei Ordner auf den Tisch und lächelte. »Sie war schön, wenn man das in diesem Zusammenhang sagen darf.«

»Darf man.« Ich zwinkerte ihm zu. Nicht jede Beisetzung musste von Tränen und Geschrei begleitet sein. Manchmal war sie eine gute Möglichkeit, den Geliebten in Würde und mit freudigen Erinnerungen an die gemeinsame Vergangenheit zu verabschieden.

»Sie hätte Ben gefallen. Wir haben ihn gebührend verabschiedet. Ich soll dir von Herbert einen lieben Dank aussprechen. Er ist froh, dass wir uns für dich entschieden haben.«

»Das ist mein Job und ich gebe immer mein Bestes. Was kam bei der Obduktion heraus? Hat das Krankenhaus einen Fehler gemacht?«

»Laut Bericht nicht, das Personal hatte angeblich keine Chance, die Blutungen rechtzeitig zu entdecken, es sei denn, sie hätten Ben Tag und Nacht im CT untersucht. Herbert wird sich damit abfinden müssen. Ob er das Krankenhaus trotzdem verklagen wird, weiß ich nicht.«

»Und wie geht es der werdenden Mutter?«

»Ganz gut. Leider wird sie vorerst nicht an ihren Arbeitsplatz zurückkehren. Sie schafft das psychisch nicht. Und dann wird sie in Mutterschutz gehen. Wenn ich meine Detektei am Leben erhalten will, brauche ich neue Mitarbeiter. Davor habe ich ein bisschen Angst.«

»Ich habe auch seit Kurzem einen Neuen. So schlimm ist das nicht. Er macht sich gut und ist bemüht. Patrick wird er zwar nie ersetzen können, aber ich benötige Unterstützung. Du wirst schon die passenden Leute für dich finden.«

»Wie geht es Patrick? Maller redet im Moment nicht mit mir. Keine Chance, an Infos ranzukommen.«

»Ich dachte, ihr versteht euch gut. Was ist passiert?«

Karl Heinz winkte ab. »Lange Geschichte. Also, wie geht es Patrick?«

»Er liegt im Krankenhaus, seine Heilung ist noch nicht abgeschlossen«, antwortete ich einsilbig. Es war Zeit, auf den Punkt zu kommen. »Bevor wir noch länger um den heißen Brei herumreden, sag mir geradeheraus, was du gefunden hast.«

Erstaunt über den Themenwechsel, druckste Karl Heinz einen Moment herum, bevor er einen der Ordner in die Hand nahm und mir überreichte. »Das sind die Infos über diesen Yoga-Boy. Er ist sechsundzwanzig, heißt Mathis, stammt gebürtig aus Belgien, lebte aber seit seinem zweiten Lebensjahr bei seinen Großeltern in Deutschland. Mittlerweile gehört ihm das Haus, sie sind mittlerweile verstorben. Er war ein Einser-Schüler, hatte nie irgendwelche Probleme mit dem Gesetz. Seine Weste ist genauso weiß wie sein Yoga-Strampelanzug. Das Einzige, was er sich regelmäßig *zu Schulden* kommen lässt, sind seine Affären mit diversen Kursteilnehmerinnen. Dabei ist ihm das Alter scheißegal. Die Jüngste war sechzehn und die älteste siebzig, jedenfalls laut seiner Prahlereien im Netz, die er als *Yoga-Master* in verschiedenen Foren von sich gibt. Er glaubt, dort anonym zu sein, aber wenn einer wie ich herausfinden kann, wer er ist, kann das im Grunde jeder. Er hat ehrgeizige Pläne für die Zukunft. Er will weitere Yoga-Schulen eröffnen, bis er ein Imperium geschaffen hat. Ich kann nur für ihn hoffen, dass er mit seinem großen Ego nicht etwas viel Kleineres kompensieren will.« Er deutete mit Daumen und Zeigefinger etwa fünf Zentimeter an.

Ich verstand. »Es scheint zu reichen, um eine Menge Frauen rumzukriegen. Raus mit der Sprache. Hat Linda sich auf ihn eingelassen?«

Er reichte mir den zweiten Ordner. »Leider ja. Hier sind die Beweise.«

Ich klappte ihn auf und gleich als Erstes sah ich ein Foto, das Linda und diesen Mathis knutschend vor einem Hotel zeigte. Mitten auf offener Straße, als bräuchte sie sich keine Sorgen machen, ertappt zu werden. Vielleicht legte sie es auch darauf an. Weitere Bilder zeigten eindeutig, was meine Frau mit diesem Mann trieb. Wie Karl Heinz an Aufnahmen des Geschlechtsaktes gekommen war, wollte ich nicht wissen. Ich sah sie oberflächlich durch. Zusätzlich fanden sich Hotelrechnungen und Quittungen von noblen Restaurants.

»Das ist jetzt nicht wahr, oder?«, fragte ich Karl Heinz und sah auf. »Sag mir nicht, dass die nicht nur ein hinterlistiges Biest ist, sondern den Kerl auch noch aushält! Die Kosten gehen alle von einem unserer Konten ab.«

»Ist dir bei den Kontoauszügen nie aufgefallen, dass da was nicht stimmt?«

»Nein. Und weißt du, wieso?« Ich hielt die Rechnung eines Sterne-Restaurants hoch, die über zweihundert Euro betrug. »Es gehört unseren Kindern. Es ist kein klassisches Sparkonto, wie wir es früher hatten, das lohnt ja heute kaum noch. Es ist ein kostenloses Girokonto. Das Geld ist für die Führerscheine und den Auszug der beiden gedacht. Meine Frau verwaltet es. Ich zahle regelmäßig etwas ein, und zwar nicht wenig.«

Natürlich von dem Geld, das ich im Darknet verdiente. Ich fand, dass es egal war, woher es kam. Hauptsache, Maria und Connor hatten genug Startkapital für das eigene Leben, das sie hoffentlich so bald wie möglich führen würden.

Ich sah mir erneut die Rechnungen an und merkte, dass ich knurrte wie ein Hund. »Nicht nur, dass sie mich betrügt, sie gibt für diesen Kerl das Ersparte unserer Kinder aus. Ich würde gern wissen, wie viel da überhaupt noch drauf ist.«

»Kannst du das prüfen?«

»Dafür bräuchte ich die Geheimzahl und die kenne ich nicht. Ich habe das Linda überlassen.« Wütend warf ich die Rechnungen auf den Schreibtisch. »Im Grunde ist mir das Geld scheißegal. Jetzt weiß ich, was sie hinter meinem Rücken treibt und kann tätig werden.«

»Wirst du sie verlassen?«

»Was? Nein. Ich liebe meine Frau und ich werde alles dafür tun, meine Ehe zu retten. Ich rede mit ihr und dann werden wir sehen.«

Dass ich nicht mit ihr, sondern mit jemand anderem darüber reden würde, verheimlichte ich natürlich vor Karl Heinz. Er hatte seinen Dienst getan, und das sehr gut, wie ich fand. Mehr musste er nicht wissen.

»Es tut mir leid. Du bist nicht der Einzige, dem das passiert. Man denkt immer, die Männer wären die Fremdgeher, dabei habe ich in meinem Job gemerkt, dass die Frauen uns in nichts nachstehen.«

»Hm«, machte ich und war mit meinen Gedanken bereit woanders.

»Kann ich sonst noch was für dich tun?«

»Nein, das war alles, danke. Wenn ich dich brauche, melde ich mich bei dir.«

»Okay, ich wünsche dir viel Glück mit Linda.«

Wir gaben uns die Hand und Karl Heinz zog von dannen. Seine Hilfe hatte mir eine Menge Zeit erspart. Es war nicht meine Art, Leuten nachzuspionieren. Ich schlug immer sofort zu. Und ich würde wieder zuschlagen. Bald. Heute Nacht.

Ich rief zu Hause an. Linda war nicht da, wie Connor mir verriet. Auf meine Nachfrage, wie es seiner Schwester ginge, sagte er *so lala*. Im Hintergrund hörte ich Maria rufen, dass sie dringend auf die Toilette müsse.

»Kommst du mit ihr zurecht, bis Mama auftaucht? Ich bin die ganze Nacht unterwegs. Kann sein, dass ich erst morgen Mittag oder am Abend zurückkomme.«

»Ihr benehmt euch echt komisch«, sagte Connor, versprach mir aber, auf Maria aufzupassen. So seltsam mein Sohn im Innern seines Kopfes auch war, auf ihn konnte ich mich verlassen. Da war ich mir sicher.

Nachdem ich ein paar Restarbeiten abgeschlossen hatte, fuhr ich zu Mathis' Adresse, die Karl Heinz mir aufgeschrieben hatte. Ich wusste nicht, ob er zu Hause war, aber Geduld zu warten, hatte ich nicht. Das hier würde nicht so laufen wie meine üblichen Jagdausflüge. Mathis war keine Nutte, die ich in mein Auto locken konnte. Ich vertraute auf meinen Charme und setzte auf Ehrlichkeit.

Ich klingelte an der Tür. Sekunden später öffnete sie sich und mir schwappte eine Woge des Gestanks seiner Räucherstäbchen entgegen. Wollte er damit die bösen Geister vertreiben, die ihn dazu brachten, seinen Schwanz in anderer Männer Ehefrauen zu stecken?

»Guten Abend. Kann ich Ihnen helfen?«

Ich legte mein schüchternstes Gesicht auf und trat von einem Bein auf das andere, als wäre mir die Situation unangenehm.

»Ich, äh, hallo, ich, äh …«, stammelte ich bei dem Versuch, harmlos zu wirken.

»Brauchen Sie Hilfe? Sind Sie verletzt?« Seine Stimme klang, als würde er jedes Wort singen, um mich damit zu beruhigen. Dieser Kerl strahlte mit jeder Faser seines Körpers Ruhe aus. Er kotzte mich an.

»Nein, ich bin nicht verletzt, ich …« Ich strich mir durchs Haar. »Verdammt, es nutzt ja nichts. Kennen Sie Linda Stalzer?«

»Sie ist in einem meiner Kurse. Ist ihr etwas zugestoßen?«

»Es geht ihr gut, zumindest besser als mir. Ich bin ihr Ehemann.« Ich legte eine bedröppelte Miene wie ein Hund im Regen auf und ließ Tränen in meinen Augen aufsteigen. Mathis verstand sofort. Sein Blick huschte unsicher umher und seine Körperhaltung veränderte sich. Er wirkte angespannt und nervös.

»Ich bin nicht hier, um Ihnen Vorwürfe zu machen. Im Gegenteil. Ich möchte nur mit Ihnen reden. Wie zwei erwachsene Männer. Vielleicht finde ich heraus, was ich falsch gemacht habe. Diese Frau ist mein Leben und ich will sie nicht verlieren. Helfen Sie mir?« Ich wischte mir eine Träne von der Wange. Er entspannte sich, schlug die Augen nieder. Entweder war ich nicht der erste betrogene Ehemann, der vor seiner Tür stand oder er hatte gewusst, dass dieser Tag kommen würde.

»Kommen Sie rein«, sagte er und ging zur Seite.

»Danke«, hauchte ich und trat ins Haus. Drin war ich also schon einmal. Ich hatte mir keinen Plan zurechtgelegt, wie ich die Sache angehen sollte. Genaue Planung hatte noch nie zu meinen Stärken gehört, Theo leitete mich an. Instinktiv wusste ich durch ihn, was zu tun war. Bisher schwieg mein Drang, ließ mich allein. Sonst krähte er mir in den unpassendsten Momenten die Ohren voll, aber wenn ich ihn brauchte, hatte er offenbar Mittagspause.

»Gehen wir in mein Wohnzimmer.«

Als wir es betraten, kam ich mir vor, als wären wir im Klischeewohnzimmer eines Yoga-Lehrers aus dem Katalog gelandet. Kissen lagen auf dem Boden, die eine Couch ersetzten. Der Wohnzimmertisch war nur knöchelhoch und sah aus wie aus dem Orient. Wie alles hier. Er hatte nicht nur seine Lebensweise, sondern auch seine komplette Einrichtung nach diesem Stil gewählt.

Wir setzten uns. Die Kissen waren flauschig. Bestens geeignet, um Frauen darauf zu verführen.

»Das mit Linda …«, begann er.

Ich hob eine Hand. »Sie hat mir alles gebeichtet.«

»Oh«, machte er und senkte den Blick. Als wenn es diesem aufgeblasenen Arschloch leidtun würde. Das war kein reumütiges Verhalten, welches er an den Tag legte. Ich vermutete eher, dass er betrübt war, eine Frau weniger zu haben, die er flachlegen konnte.

»Ich bin nicht hier, um Ihnen Vorwürfe zu machen«, sagte ich erneut. »Ich möchte nur von Ihnen wissen, ob Linda Ihnen gesagt hat, warum sie das gemacht hat. Warum sie mit einem anderen Mann ins Bett springt. Ich liebe sie mehr als mein eigenes Leben. Falls ich sie verliere, bringt mich das um. Ich will unsere Ehe retten und brauche Ihre Hilfe.« Ich holte gespielt tief Luft. »Was machen Sie anders? Was haben Sie, was ich nicht habe?«

Ein keckes Lächeln stahl sich in sein Gesicht und allein dafür wünschte ich ihm höllische Schmerzen. »Ich habe Zeit.«

»Das soll alles sein?«

Er zuckte mit den Schultern. »Linda hat nicht viel von Ihnen gesprochen, nur dass Sie andauernd arbeiten. Sie fühlt sich einsam. Und Gelegenheiten, Sie zu betrügen, hat sie genug. Sie musste sich kaum Ausreden einfallen lassen, um sich mit mir zu treffen. Sie rief an, sagte, mein Mann ist nicht da, können wir uns sehen? Und wir trafen uns. Ganz einfach. Ich bin ein freier Mann, was Ihre Frau treibt, ist mir egal. Ich nehme mir, was ich will.«

Dieser großkotzige Bock. Natürlich hatte er Zeit. Er verprasste mein Geld! Ich rang um Fassung und nickte. »Linda hat recht, ich bin nie zu Hause, bin ständig unterwegs. Aber was soll ich tun? Der Rubel muss rollen.«

»Frauen brauchen Aufmerksamkeit, sonst laufen sie einem weg.« Ein seltsamer Glanz trat in seine Augen. Er war ganz in seinem Element. Der Frauenversteher in Person. Und was steigerte das eigene Ego mehr, als einem betrogenen, nach außen hin verunsicherten Ehemann Liebestipps zu geben?

»Ich kann Ihnen helfen. Ihnen sagen, wie Sie Linda umwerben und ihr Herz zurückgewinnen können. Ein paar begleitende Yoga-Übungen – und Sie sind ein neuer Mann.«

»Was würde das kosten?«

Er winkte ab. »Für Sie nichts.« Mathis stand auf. »Ich mache uns beiden jetzt einen schönen beruhigenden

Tee und wir fangen sofort an.« Er verschwand in der Küche.

Ich nutzte die Zeit, zog einen Teleskop-Schlagstock aus der Jackentasche, den ich für Notfälle immer im Auto parat hatte, ließ ihn zur vollen Größe aufschnappen und versteckte ihn zwischen den Kissen.

»Sie werden sehen, es wird für Sie ein völlig neuartiges Lebensgefühl.« Er reichte mir eine Tasse. Der Tee duftete köstlich. Ich nippte daran und verzog das Gesicht, weil er nicht so schmeckte, wie der Geruch verhieß. Er war scharf, ein kratzendes Brennen floss meine Kehle hinunter.

»Was ist da drin?«, keuchte ich.

»Frisch geriebener Ingwer. Ist gesund und hält den Kopf fit. Ich trinke täglich bis zu einem Liter davon.« Er stellte seine Tasse auf dem Tisch ab, ich folgte seinem Beispiel.

Er setzte sich im Schneidersitz vor mich und bat mich, es ihm gleichzutun. Ich kam mir vor wie ein eierlegendes Huhn, als wir uns so gegenübersaßen. An meinem Hintern spürte ich den Schlagstock, weil ich mich zum Teil draufgesetzt hatte. Unbemerkt rutschte ich ein Stück zur Seite, damit er wieder frei zugänglich war.

»Und jetzt sagen Sie mir, was Sie ändern wollen.«

»Eigentlich nicht viel. Ich mag mein Leben, wie es ist. Nur die Sache mit Linda …«

»Und genau das ist der Punkt. Vielleicht sind Sie zufrieden. Das heißt nicht, dass Linda das auch sein muss. Würden Sie sich mehr um sie kümmern, sie auf Händen tragen und ihr jeden Wunsch von den Augen ablesen, hätte sie sich nie auf mich eingelassen. Menschen gehen nur fremd, wenn ihnen etwas in der eigenen Beziehung fehlt.«

»Oder wenn sie eine Libido von der Größe eines Pottwals haben«, versuchte ich zu scherzen.

»Oder das.« Mathis lächelte, weil er sich offenbar angesprochen fühlte. Aber er war nicht derjenige, der seinen Partner betrog. Er war nur ein Sammler, der die potenziellen Bettgeschichten von den Einsame-Ehefrau-Bäumen pflückte. Er gab ihnen eine Gelegenheit, selbst wenn sie nicht danach suchten. Einem Schönling wie ihm konnten wohl viele unzufriedene Damen nicht widerstehen. Zumindest, falls man Karl Heinz' Recherchen Glauben schenkte.

»Was soll ich ändern? Ich kann nicht weniger arbeiten, wir brauchen das Geld.«

»Ihre Frau glaubt nicht, dass Sie nur arbeiten.« Das Wort *nur* umrandete er mit zwei in der Luft geführten Anführungszeichen. »Sie meint, da muss mehr sein. Kein Mann würde so viel malochen wie Sie. Selbstständig hin oder her.«

Wie war das gerade noch gewesen? ›Ihre Frau hat nicht viel von Ihnen erzählt?‹ Mathis wusste von den Vorwürfen, also hatte sie ihm mehr verraten, als er zugeben wollte. Mir sollte es egal sein.

»Ist da etwas?«, fragte er. »Andere Frauen?«

Ich senkte den Kopf und hauchte ein: »*Ja*.«

»Was machen Sie mit ihnen? Dinge, die Linda nicht mit Ihnen macht? Sadomaso?«

Ich lachte schallend auf. »Wenn es nur *das* wäre.«

Er bedachte mich mit einem verständnislosen Blick. »Welche Praktiken dann?«

»Gar keine. Jedenfalls keine sexuellen.«

»Sagen Sie es geradeheraus. Danach fühlen Sie sich besser und wir können das gemeinsam angehen. Was machen Sie mit den anderen Frauen?«

»Ich töte sie.«

Mathis riss die Augen auf, dann runzelte er die Stirn. »Ah, ich verstehe, Sie wollen mich an der Nase herumführen. So kommen wir nicht weiter. Wir müssen das Problem an der Wurzel packen und es herausreißen, erst danach werden Sie mit Linda glücklich sein. Sie können mir ruhig anvertrauen, was für Vorlieben Sie im Bett haben und was die Frauen Ihnen geben, zu denen Sie gehen.«

Ich lachte erneut. »Das Problem an der Wurzel fassen und es herausreißen, trifft es ziemlich gut.«

»Immer raus damit.«

»Ich töte sie«, wiederholte ich.

»Ganz ehrlich? Veräppeln kann ich mich allein. Wenn Sie meine Hilfe nicht wollen, dürfen Sie gern mein Haus verlassen. Ich werde mich von Linda fernhalten, das verspreche ich Ihnen, aber Sie wollen sich offensichtlich nicht bei Ihren Problemen helfen lassen.«

Er glaubte mir nicht. Gut. Ich sah zu nett aus, um ein Killer zu sein. Das hatte mir schon immer geholfen. Und dieses aufgeblasene Arschloch in meine fürchterlichen Geheimnisse einzuweihen, brachte mir tatsächlich helle Freude.

»Wirklich.« Ich brach in Tränen aus. »Ich bringe die Frauen um. Es sind Huren vom Straßenstrich. Ich nehme sie in meinem Auto mit, verschleppe sie in mein Institut und verstümmle sie. Ich bin ein Mörder!« Ich legte den Kopf in die Hände und weinte ungehemmt los. Als ich mit tränennassen Augen aufsah, saß Mathis mit vor Schreck geöffnetem Mund vor mir und starrte mich an. Der Groschen war gefallen, er glaubte mir.

»Das, ich, äh, ich weiß nicht, was ich sagen soll.«

»Haben Sie jetzt Angst vor mir? Ich bin ein verdammtes Monster!« So weinerlich wie ich vor ihm saß und wie ein Schlosshund heulte, wirkte ich eher nicht wie der gefährliche Serienkiller.

»Nein, ich habe vor nichts Angst.« Er stand auf. »Ich hole uns einen Tee.«

Dass die zwei Tassen noch voll auf dem Tisch standen, hatte er vergessen. Er wollte die Polizei rufen. Natürliche Reaktion. Viele würden das versuchen.

»Warten Sie!«, sagte ich, umfasste den Schlagstock, stand auf und hielt ihn hinter dem Rücken versteckt.

Er wandte sich um. Auch wenn er behauptete, vor nichts Angst zu haben, sah ich die blanke Furcht in seinen Augen.

»Sie haben was davon gesagt, das Problem bei der Wurzel zu packen und es herauszureißen, richtig?«

Er nickte vorsichtig und war bereit, davonzulaufen.

»Ich weiß, was meines ist, und das sind nicht die Frauen. Ich brauche sie, sie lassen mich ein weitgehend normales Leben führen. Wenn ich sie töte, fühle ich mich ausgeglichen und beschwingt. Das Problem sind Sie, Mathis. Sie bringen mein geregeltes Leben in Gefahr. Ich habe es mir mühsam aufgebaut. Die Fassade errichtet wie eine Mauer. Und Sie sind dabei, sie einzureißen. Das kann ich nicht dulden.«

Ich sprang vor und schwang den Schlagstock. Mathis war gut trainiert. Er wich aus und mein Schlag ging ins Leere.

»Sie müssen das nicht tun!«, kreischte er. Entgegen seiner ruhigen Haltung drehte er im Inneren durch.

»Doch, ich muss. Und wie ich das muss!« Ich hechtete erneut auf ihn zu. Er wich wieder aus, ich traf ihn am Arm. Er schrie, drehte sich zu mir und startete einen Gegenangriff. Seine Faust verfehlte meine Nase nur knapp, als ich mich nach hinten wegduckte. Ich nutzte den Schwung, als ich meinen Körper nach vorn schnellen ließ, und holte mit dem Schlagstock aus. Ich verletzte ihn seitlich am Kopf. Mathis strauchelte. Er hielt sich eine Hand auf die getroffene Stelle. Etwas Blut quoll zwischen seinen Fingern hervor.

»Wirklich, Sie müssen das nicht tun! Ich rühre Ihre Frau nicht mehr an!«

»Ich bin mir sicher, dass Sie das nicht mehr werden, aber aus einem anderen Grund, als Sie vielleicht denken.«

Ich setzte zum finalen Schlag an. Er duckte sich weg, rammte seine Schulter in meinen Bauch. Wir krachten in ein Regal, das unter der Wucht zerbarst. Ein Splitter bohrte sich in meinen Rücken und ich schrie vor Schmerz.

Eine Frau zu fangen, ist leichter, was?, verhöhnte mich mein Drang.

War er endlich aufgewacht?

Lass mich mal machen, murrte er.

Ich überließ ihm die Führung. Meine Hände stießen Mathis von mir weg. Mein Bein sauste vor und traf ihn in die Eier. Er sackte in sich zusammen. Der Schlagstock schwang nach oben, zischte herab und knallte auf seinen Hinterkopf.

»Hättest ruhig früher aufwachen können«, warf ich Theo vor und schob die Teleskopstange zusammen. Mathis war erledigt. Schwer atmend lag er auf dem Boden und glitt langsam in die Bewusstlosigkeit. Er war bereit. Ich riss das Stromkabel aus dem Fernseher und fesselte ihm damit die Arme. Für die Beine lieh ich mir das Kabel der Stereoanlage. Er war verschnürt wie ein Paket. Jetzt musste ich ihn nur ins Auto bringen. Zu guter Letzt verwischte ich meine Spuren, leerte die Teetassen in der Küchenspüle und steckte sie ein.

Auf der Straße war niemand zu sehen. Die Häuser ringsum lagen im Dunkeln, die meisten der Rollläden waren heruntergelassen worden. Ich öffnete die Beifahrertür, rannte zurück und schleifte Mathis zu meinem Wagen. Ich hievte ihn hinein, schnallte ihn an und schloss die Tür.

Sehr unauffällig mein Freund, sehr unauffällig, kommentierte Theo die Aktion.

»Es hat mich keiner gesehen, bestimmt nicht.«

Bis du dir sicher?

Sicher war ich mir nicht, aber ich musste das tun. Mathis musste aus dem Weg geräumt werden. Es war nicht mehr nur wegen der Fassade, die zu zerbröckeln drohte, sondern auch, weil er meinen Stolz gekränkt hatte. Linda fickte mit diesem Schönling und verprasste mein hartverdientes Geld. Das war einfach zu viel.

Ich setzte mich ins Auto und biss ich die Zähne zusammen. Der Splitter bohrte sich noch tiefer in meinen Rücken.

»Scheiße!«

Ich startete den Wagen und sauste los. Ein Polizeiwagen raste mit Blaulicht an mir vorbei. Die Beamten hatten zum Glück keine Zeit, sich meinen Beifahrer genauer anzusehen, sonst hätten sie die blutende Wunde an seinem Kopf gesehen.

Beim Institut angekommen, brachte ich Mathis in den Keller und schnallte ihn auf meinen Tisch.

»Geschafft«, sagte ich und atmete durch. Ich war vollkommen fertig. Mein Drang hatte recht. Einen Mann in seine Gewalt zu bringen, war schwieriger, und ich hatte nicht vor, das alsbald zu wiederholen.

Hast du nicht was vergessen?, stichelte Theo.

»Nicht, dass ich wüsste.«

Ein kleiner Tipp: Der Splitter in deinem Rücken.

»Tut weh, ja, und?«

Sei nicht so begriffsstutzig! Splitter, Wunde, Blut? Spuren? Schon mal von gehört?

Verdammt! Es war möglich, dass ich beim Kampf Blutspuren hinterlassen hatte. Selbstverständlich war ich mit Argusaugen durch die Räume gelaufen, in denen ich mit Mathis gesprochen und gerungen hatte. Aber reichte das? Natürlich wusste ich, wie Spurensicherung und Rechtsmedizin arbeiteten. Scheiße! Das kam davon, wenn man spontan etwas machte, das man normalerweise nicht tat. Ich war nicht geübt darin, einen Mann aus seinen eigenen vier Wänden zu entführen

Und? Was willst du jetzt machen?

»Es drauf ankommen lassen.«

Dann kannst du dir die ganze Chose auch sparen. Falls sie dich schnappen, bist du deine Frau los.

»Halt die Klappe!« Ich konnte mich kaum konzentrieren. Warum musste Linda diesen Typen ficken? Warum? Das brachte alles durcheinander. Ich hatte ein Risiko eingehen müssen, um diesen Mann verschwinden zu lassen, und das Schicksal hatte zugeschlagen. Shit happens. Ich hatte doch immer gewusst, dass der Tag irgendwann kommen würde, an dem ich einen Fehler beging. Was gleichbedeutend mit dem Ende meiner Künstlerkarriere sein könnte. Oder auch nicht. Was nutzte der Polizei mein Blut? Ich war nie mit dem Gesetz in Konflikt geraten. Meine DNA schwirrte in keinem dieser Polizeiprogramme herum. Sie würden nie auf mich tippen.

Ach ja? Und was ist, wenn deine Frau den Bullen steckt, dass sie mit Mathis gepimpert hat? Und wer wäre ein besserer Verdächtiger als der betrogene Ehemann?

»Halt die Klappe! Der hat mit so vielen Weibern gefickt, dass es Dutzende Verdächtige gibt.«

»Bitte …«, keuchte Mathis.

Ich wandte mich ihm zu. »Halt die Fresse, verdammt! Haltet beide die Fresse! Ich muss nachdenken.«

Ich rannte nach oben, entfernte den Splitter, versorgte die Wunde und machte mir einen Kaffee. In meinem Büro setzte ich mich und schloss die Augen. Durch mein Gehirn rasten tausend Gedanken. Ich hatte nur zwei Möglichkeiten: Ich konnte zurück zu seinem Haus fahren und versuchen, die Spuren gründlicher zu verwischen. Dabei könnte ich jedoch mehr hinterlassen, als ich beseitigen würde. Oder aber ich ließ es darauf ankommen. Schon vor Jahren hatte ich Frieden damit geschlossen, irgendwann geschnappt zu werden, und wenn das jetzt der Fall sein sollte, würde es eben so sein. Vorher würde ich mich um Mathis kümmern. Wenn er schon hier war, würde ich zu Ende bringen, was ich begonnen hatte. Die Vorstellung, Linda würde sich weiter mit ihm vergnügen, sobald ich im Gefängnis säße, brachte mich mehr zur Weißglut, als die Angst davor, gefasst zu werden.

Ich ging zurück in den Keller. Mathis starrte mich an. Er lag schief auf dem Tisch. Natürlich hatte er versucht, sich zu befreien.

»Sie sind tatsächlich ein Mörder, oder?«, fragte er nun nicht mehr ganz so ruhig wie vorhin in seinem Guru-Tempel.

»Damit würde ich niemals spaßen.«

»Wie viele haben Sie getötet?«

»Keine Ahnung, ich habe nicht mitgezählt.«

»Warum tun Sie das?«

»Interessiert Sie das wirklich oder wollen Sie mich ablenken, bis Sie einen Weg gefunden haben, sich zu befreien? Was Ihnen, nebenbei bemerkt, nicht gelingen wird. Wenn ich eines kann, dann einen Menschen an meinen Tisch fesseln.«

»Es interessiert mich.« Ich sah in seinem Blick, dass er log. Er verhielt sich anders als die Frauen. Er bettelte nicht, wirkte gelassen. Wahrscheinlich hatte er drei *Oms* gesprochen und sich vom Universum die Freiheit gewünscht. Ich hatte keine Erfahrung mit diesem Esoterikkram.

Sollte er doch Zeit schinden. Bis ich meine Vorbereitungen abgeschlossen und die Kameras anschaltet hatte, vergingen ohnehin ein paar Minuten. Vielleicht lenkte mich ein Plausch von den Problemen ab, die bald auftauchen könnten.

»Ich muss«, antwortete ich. »Ich kann nicht anders. Es ist wie eine Sucht. Wenn ich nicht töten würde, wäre ich nicht ich selbst und könnte nicht das Leben führen, das ich habe.«

»Haben Sie jemals daran gedacht, Linda umzubringen?«

Die Frage überraschte mich. Was interessierte ihn, was ich mit meiner Frau anstellte?

»Lieben Sie Linda oder warum juckt Sie das?«

»Ich liebe alle meine Frauen.«

Diese selbstgefällige Behauptung zeugte einmal mehr von seinem riesigen Ego. Blasiertes Arschloch!

»Dann kann es keine echte Liebe sein«, tat ich seine Aussage ab. »Und nein, ich habe nie daran gedacht. Ich brauche sie.«

»Scheiße!«, fluchte Mathis.

Ich stand an einem Regal und nahm gerade die Spritze mit Blutverdünner heraus, die ich immer bereitliegen hatte. Ich wandte mich zu ihm um.

»Was ist? Haben Sie sich die Haut vom Handgelenk in der Fessel eingeklemmt? Sie sind nicht der Erste, dem das passiert.« Ich lachte und ging mit der Spritze auf ihn zu. Mathis biss die Zähne zusammen und die Ruhe, die er eben noch aufrechterhalten konnte, verließ ihn jetzt endgültig. Er begann zu zappeln und sich zu winden, je näher ich kam.

Ich blieb an den Kameras stehen und schaltete sie ein, dann trat ich an den Tisch.

»Sie müssen das nicht tun, Herr Stalzer!«

Er hatte erkannt, dass die Chance, sich aus dieser Misere zu befreien, verstrichen war. Nun war er nicht anders als all die Frauen vor ihm. Er winselte und bettelte, weinte, wollte wissen, was in der Spritze war, als ich sie ihm in die Ellenbeuge jagte.

»Ein Mittelchen, das meine Arbeit erleichtert.« Ich ging ein paar Schritte zurück, prüfte mein Skalpell-Set und wartete die übliche Dauer ab, bis das Mittel wirkte. Mathis kam in Fahrt. Sein Kopf lief hochrot an, als er mich beschimpfte und seine Yoga-Ruhe über Bord warf. Jetzt war er wie jeder andere auch: In die Enge gedrängt wie ein gejagtes Tier, das dem Tod direkt ins Auge blickt. Er begriff, dass er die Frau des falschen Typens gevögelt hatte.

»Irgendwann gehen wir alle zu weit und das Schicksal rächt sich«, sagte ich und dachte dabei, dass meine Bemerkung sowohl auf ihn als auch auf mich zutraf. In den nächsten Tagen würde ich Gewissheit haben. Die Polizei hatte mich wegen Patrick seit der Hausdurchsuchung in Frieden gelassen und solange sie keine Verbindung zwischen Mathis und mir herstellte, würde ich davonkommen wie sonst auch.

Mein Drang spottete. *Im Knast soll es gemütlich sein. Bestimmt bist du da der Hit in der Dusche. Immer schön die Seife aufheben, Schätzchen!*

»Halt die Klappe!«

Mathis dachte, ich hätte ihn damit gemeint und verstummte augenblicklich. Nur für eine Sekunde, ehe sein Geheul wieder einsetzte.

Mit einem Skalpell in der Hand stand ich neben ihm. Er hatte Angst, Panik, Furcht – jedes dieser Synonyme traf hundertprozentig auf ihn zu. Dieser Jammerlappen! Wahrscheinlich müsste ich nur hier stehen, die Klinge in der Hand, den Blick starr auf ihn gerichtet und er würde an einem Herzinfarkt sterben. Aber das hätte keinen Reiz für die Zuschauer, nicht wahr?

Ich schnitt ihm die Kleider vom Leib. Sein braungebrannter Körper bebte und verhöhnte selbst auf dem Höhepunkt der Angst meinen eigenen. *Schau her! Ich habe Muskeln. Bin jung. Leistungsfähig. Und du? Du bist nichts als ein gewöhnlicher Mann mit einem gewöhnlichen Körper.*

Auch die Genitalregion brachte mein Selbstbewusstsein ins Wanken. Dachte ich bis zu diesem Zeitpunkt, ich wäre gut bestückt, lachte mich Mathis' Schwanz geradezu aus. *Schau her! Zwanzig Zentimeter im schlaffen Zustand. Warte ab, bis ich anschwelle!*

Bilder stahlen sich in meinen Kopf. Ich sah Linda, wie sie Mathis' Glied liebkoste und massierte Wie sie zuließ, dass er es in sie hineinschob. Ich sah rot. In einem Anflug von gekränktem Stolz und Eifersucht packte ich seinen Penis am Schaft, zog ihn in die Länge und schnitt ihn an der Wurzel ab. Mathis' Schreie brachten mein Trommelfell zum Vibrieren. Nach kurzer Zeit schmerzte es so sehr, dass es kaum auszuhalten war. Blut spritzte.

Ich umklammerte den Schwanz mit meinen Fingern, wandte mich an Mathis und warf ihm sein Teil ins Gesicht.

»So, mein Freund. Ich habe deinen Rat befolgt und das Problem an der Wurzel gepackt. Du fickst niemandes Frau mehr!«

Mathis lief hochrot an. Schmerz und Angst hatten ihn unter Kontrolle. Weißer Schaum sammelte sich vor seinem Mund und sein Körper tanzte auf dem Metalltisch.

Ob die Kastration ausreichte, damit er verblutete?

Ich fuhr meine Emotionen herunter – jetzt, da seine Männlichkeit blutig neben seinem Kopf lag. Nun war er keine Konkurrenz mehr für mich. Quasi ein Eunuch, unfähig, eine Frau zu begatten. Ich sah ihm zu, wie er sich vor Qualen krümmte. Wie er weinte und bettelte und hin und wieder fluchte. Seine Stimmung wechselte mitten im Satz. »Bitte! Ich verblute. Helfen Sie mir! Du Schwanzlutscher! Hilfe! Bringen Sie mich in ein Krankenhaus. Du Bastard! Du Missgeburt! Bitte, machen Sie mich los, verbinden Sie es. Arschloch! Ich mach dich kalt!«

So ging das etwa zehn Minuten lang. In einem Moment flehte er mich an, im nächsten wünschte er mir die Pest an den Hals. Unter dem Tisch hatte sich eine beachtliche Menge Blut gesammelt. Mathis' Stimme wurde flüsternd, die Befreiungsversuche kläglicher, bis er den Kopf schwerfällig von rechts nach links drehte und flüsterte: »Nein, nein, nein, nein, bitte nein! Ich will nicht sterben. Bitte, nein, nein, nein.«

Sekunden später verstarb er. Ich wartete, bis die letzten Blutungen versiegten und machte mich an die Arbeit.

30

Der Auftrag von Michael Stalzer war eine willkommene Ablenkung gewesen. Als er ihn abgeschlossen hatte und nach Hause fuhr, war Karl Heinz wieder genau da, wo er kurz nach Hansens Besuch gewesen war: Er stand mit nichts da. Wusste nicht, was er tun sollte.

Karl Heinz hatte die Bandansage auf dem Detektei-Anrufbeantworter nicht geändert. Er wollte keinen anderen Job. Er wollte Joleen finden. Sein Ehrgeiz verbot ihm, einfach aufzugeben.

Auch wenn er sich keine Hoffnungen machte, wählte Karl Heinz jetzt Mallers Nummer. Der Kommissar nahm ab.

»Hey, Karl, was gibt's? Ich hatte früher mit deinem Anruf gerechnet …«

»Und ich hatte zu tun. Das war absolut scheiße von euch.«

»Schroer und Hansen haben es beschlossen, und sie hat mir ausdrücklich verboten, dich vorzuwarnen. Was hätte ich tun sollen? Du weißt genauso gut wie ich, dass es das Beste war. Wir haben die Möglichkeiten, diesen Schweinehund aufzuspüren, der Honey und all die anderen Frauen ermordet hat. Du hättest uns viel eher miteinbeziehen müssen. Du hattest Kontakt zu diesem

Leichenkünstler und hast es verschwiegen. Letztlich kannst du froh sein, dass der Boss unsere ehrgeizige Frau Hansen überreden konnte, dir keine Klage an den Hals zu hängen.«

»Es war mein Fall …«

Maller seufzte. »Ich weiß, wie sehr du dich in was verbeißt, wenn du einmal dranhängst. Das war deine nützlichste Eigenschaft, als du noch bei uns warst, aber vergiss deine Stellung nicht. Du bist nicht mehr bei der Kripo und du wärst verpflichtet gewesen, uns sämtliche Beweise auszuhändigen.«

»Ihr hattet alles, um selbst darauf zu kommen. Honey hätte euch auf die Spur gebracht, hättet ihr mal euren Job gemacht.«

»Das führt zu nichts. Ruf wieder an, sobald dein gekränkter Stolz verheilt ist. Auf Wiederhören, Karl.« Maller legte auf.

Karl Heinz starrte das Telefon an, als käme es von einem anderen Stern. Hätte er nicht damit rechnen müssen? Irgendwann wurde jedem in den Arsch getreten, ob er vorher eine Hilfe gewesen war oder nicht. Er hatte der Kripo stets geholfen, hatte ihnen hunderte Hinweise geliefert und jetzt schissen sie auf ihn.

Er startete einen letzten Versuch und rief Tomas Ratz an. Der Einzige, der sich halbwegs anständig benommen hatte.

»Ja?«, meldete sich der Kommissar.

»Ja, hallo, Karl Heinz hier.«

»Hey, wie geht es dir?«

»Ganz gut soweit. Du, hör mal, du hast doch gesagt, du könntest mich ein bisschen auf dem Laufenden halten, was den Fall angeht.«

»Hansen hat es uns ausdrücklich verboten«, wandte Ratz ein und schon an seiner Stimme hörte Karl Heinz den Druck heraus, den Hansen ausgeübt haben musste.

»Ich will nur wissen, wie ihr vorankommt. Mehr nicht. Ich werde keine eigenen Schritte unternehmen.«

Ratz schwieg. Karl Heinz dachte schon, die Verbindung sei abgerissen, als Ratz sagte: »Wir haben im Moment eine Menge um die Ohren. Heute und morgen schaffe ich es nicht. Vielleicht in ein paar Tagen. Ich rufe dich an, okay?«

»Danke, Tomas. Ich erwarte deinen Anruf.«

Sie verabschiedeten sich. Er war nicht sicher, ob Ratz sich wirklich melden würde. So wie er Hansen erlebt hatte, war sie imstande, jedem einen Heidenrespekt einzuflößen und mit Strafverfahren zu drohen, sollte jemand Karl Heinz über den Fall informieren.

Herr Schmidt landete auf seiner Schulter, zupfte an seinem Ohr und flatterte Sekunden später erschrocken davon, als in der Nachbarwohnung die Bohrmaschine angeworfen wurde. Das ging seit einer Woche so. Von morgens um acht bis abends zehn Uhr. Es kam ihm vor, als wollten die neuen Mieter ihre Wohnung in einen Käselaib verwandeln. Vielleicht war der Mann auch schlichtweg handwerklich unbegabt.

»Das geht vorbei«, murmelte Karl Heinz und ging zum Wellensittich, der sich verschreckt auf seinen Käfig gesetzt hatte. Er hielt die Hand hin und streckte den

Zeigefinger aus. Herr Schmidt hüpfte darauf und Karl Heinz streichelte über sein Gefieder.

»Wir sind schon zwei arme Schweine.« Er lachte und der Vogel schaute ihn mit schräggelegtem Kopf an. »Vielleicht sollte ich mich zusammenreißen und zur Tagesordnung übergehen. Gleich morgen Früh fahre ich in die Detektei und ändere die Bandansage. Die Kohle muss schließlich irgendwoher kommen.«

Das Bohren hörte endlich auf und Karl Heinz schaltete den Fernseher ein. Er ließ sich von einer Castingshow das Gehirn verdummen. Das einzig Gute an diesen Shows war, dass man das Denken ausschalten konnte. Seichte Unterhaltung für den gestressten Geist.

Eine Stunde später klingelte sein Handy. Auf dem Display sah er, dass es Herbert war. Er und seine Frau wollten am nächsten Tag die Heimreise antreten. Mimi würde sie begleiten, um ein bisschen der Hektik zu entfliehen.

Es war spät und Karl Heinz bekam ein schlechtes Gefühl. »Hallo, Herbert. Was gibt's?«

»Komm ins Krankenhaus!«

Nicht schon wieder, schoss es ihm durch den Kopf.

»Wie, was? Was ist passiert?«

»Es ist Mimi. Sie hat Unterleibsschmerzen und blutet stark. Sie wollte, dass ich dich anrufe.«

»Ich bin unterwegs!« Er legte auf, fand einen kurzen Moment, sich bei Herrn Schmidt zu entschuldigen, dass er ihn überstürzt alleinlassen musste, und raste los. Auf dem Weg verkrampfte sich sein Magen. Bens Tod war noch allgegenwärtig und die Zeit, die er im Krankenhaus verbracht hatte, war noch zu frisch in seinen Erinnerungen. Er konnte die Tränen nicht aufhalten, die ihm die Wangen hinunterliefen. Die letzte Ampel überfuhr er bei Rot und wäre beinahe mit einem Transporter zusammengestoßen. Der wütende Fahrer hupte und folgte ihm bis zum Parkplatz.

»Verdammter Wichser!«, plärrte der Mann los. Er hatte hinter Karl Heinz geparkt und war sofort ausgestiegen. »Hast du keine Augen im Kopf? Ich wäre fast in dich reingeknallt!«

Karl Heinz beachtete ihn nicht. Er wandte sich zum Eingang und lief los. Der Fahrer rannte ihm hinterher. Er hörte das Keuchen des bulligen Typen hinter sich. Eine Hand packte seine Schulter, riss ihn herum. Der Fahrer bleckte die Zähne. »Bleib gefälligst stehen, wenn ich mit dir rede, du Pisser! Wie wäre es mit einer Entschuldigung?«

Als Reaktion verpasste Karl Heinz dem Kerl eins auf die Nase. Der strauchelte zurück und Karl Heinz hetzte ins Krankenhaus. Er vergaß den Fahrer binnen Sekunden. Auf dem Weg in die Gynäkologie traf er Herbert.

»Da bist du ja!«, rief dieser und lief ihm auf dem Flur entgegen. Karl Heinz hatte ein Déjà-vu. Die Erinnerungen an den Tag, an dem Ben den Unfall gehabt hatte und an all die folgenden lasteten schwer auf ihm. Er konnte die Tränen nicht zurückhalten. Selbst, dass seine Handknochen schmerzten, spürte er nicht. Erst, als Herbert ihn darauf ansprach.

»Warum hast du Blut an der Hand?«

Karl Heinz starrte auf seine Verletzung. Nur vage erinnerte er sich an den Zwischenfall vor wenigen Minuten. Er war wie in Trance.

»So ein Typ, ich … keine Ahnung.« Er sah zu Herbert. »Was ist mit Mimi?«

»Sie wird gerade untersucht.«

»Wo ist deine Frau?«

»Sie ist bei Mimi.«

Beide Männer schwiegen, stierten ungeduldig auf die Uhr, beobachteten die Tür, hinter der Mimi und Elke waren. Eine gefühlte Ewigkeit später kam Elke heraus. Ihr Blick war gesenkt, die Schultern hingen hinab.

»Elke! Was ist mit Mimi?« Herbert packte sie.

»Sie hatte eine Fehlgeburt. Unser Enkel ist tot. Genau wie unser Sohn«, flüsterte sie und sackte zusammen. Herbert versuchte, sie zu halten, wurde jedoch mitgerissen. Sie saßen am Boden, nahmen sich in den Arm, weinten um diesen weiteren Verlust.

Karl Heinz hatte gehört, was sie gesagt hatte, begriff es aber nicht. Er wollte diesen Gedanken nicht zulassen.

»Wieso?«, fragte Herbert mit zitternder Stimme.

Elke zuckte mit den Schultern. Ein Arzt kam aus dem Untersuchungszimmer und warf Bens Eltern einen mitleidigen Blick zu.

Herbert sprang sofort auf, packte ihn am Kragen. »Was ist geschehen? Wart ihr das? Ihr habt ihr die falschen Medikamente gegeben und sie hat unseren Enkel wegen euch verloren. Genau, wie wir unseren Sohn wegen euch verloren haben. Ihr Schweine!« Er holte aus. Seine Gefühle übermannten ihr. Ein Reflex ließ Karl Heinz vorspringen und Herberts Hand aufhalten, bevor sie die Nase des Arztes traf. Der Mann schreckte zurück und hob abwehrend die Arme.

»Frau Hertz war bei einem anderen Gynäkologen in Behandlung«, sagte er zu seiner Verteidigung und ließ die Arme sinken.

Karl Heinz schob Herbert hinter sich und fragte: »Warum ist das passiert?«

»Eine Fehlgeburt ist nicht so selten, wie man denken mag. Ich habe mit Frau Hertz gesprochen, und wie ich das sehe, ist der Stress wegen des Verlustes des Partners eine mögliche Ursache. Zu viel Aufregung schadet dem Ungeborenen.«

Herbert trat gegen die Wand und schrie seine Trauer hinaus. Mehrere Türen öffneten sich und Patienten wie Personal schauten nach, was los war. Herbert keifte sie an und verlangte, sie sollen sich alle verpissen und sich um ihren eigenen Scheiß kümmern.

»Herr Jackels!«, echauffierte sich der Arzt. »Ich habe Verständnis für Ihre Situation, aber bitte …«

Herbert drehte sich um und wollte wieder auf ihn losgehen. Karl Heinz fing ihn ab. Durch die Wucht des Aufpralls stürzten sie zu Boden. Pfleger kamen zu Hilfe, packten Herbert und zogen ihn von Karl Heinz weg. Er stand auf, strich sich die Kleidung glatt. »Ich gehe mit ihm raus«, sagte er gleichermaßen zum Arzt und zu Elke. Sie nickte und ging zurück zu Mimi. Auch Karl Heinz wäre gern zu ihr gegangen, um ihr sein Beileid auszusprechen, aber bevor das Personal die Polizei alarmierte, brachte er Herbert an die frische Luft. Wie er draußen sah, war die Polizei bereits da. Nicht wegen Herbert, sondern wegen ihm. Zwei Beamte warteten mit dem Fahrer des Transporters an Karl Heinz' Wagen und sprachen miteinander. Als der Fahrer ihn am Eingang des Krankenhauses erblickte, deutete er aufgeregt mit dem Finger auf ihn und rief: »Da ist der Schweinehund!«

31

Ich verbrachte die Nacht im Institut. Es hatte lange gedauert, Mathis so zu gestalten, dass ich mit dem Ergebnis zufrieden war. Einen Mann zu einem Kunstwerk zu verarbeiten, war etwas anderes als eine Frau.

Linda hatte versucht, mich am frühen Morgen zu erreichen, als ich bis zu den Ellenbogen in Mathis' Bauchhöhle steckte. Das Resultat meines Schaffens hatte ich wie sonst auch gefilmt, fotografiert, bearbeitet und an meinem Bürocomputer hochgeladen. Das machte ich nicht gern und nur in Ausnahmefällen, es war nicht sicher genug. Aber Mathis war mir so gut gelungen, dass ich ihn meinen Fans nicht länger vorenthalten wollte. Und wie ich nach einem kurzen Nickerchen im Pausenraum sah, waren die User im Darknet recht angetan. Sie waren überrascht, einen Mann zu sehen. Klar kamen Frauen bei meiner überwiegend männlichen Fangemeinde besser an. Doch sie hatten nach etwas Neuem verlangt, nicht wahr? Und wenn Mathis nichts Neues war, dann wusste ich auch nicht.

Die Kommentare, die ich in diesem Moment las, waren fast ausschließlich positiv. Die üblichen Nörgler fanden sich ebenfalls, aber da stand ich drüber. Mathis war ein Meisterwerk.

Alter! Was hast du mit seinem Darm gemacht? Geile Scheiße!

Ein Typ? Wow, das nenn ich innovativ!

Die arme Sau! Der hätte wohl nie gedacht, dass er mal ein Schwanzgesicht haben würde. Lol!

Kinderkram!

Halt's Maul, das ist Kunst, kein Kinderkram.

Und so ging es weiter. Mathis rief Begeisterung hervor. Und es hatte sich gut angefühlt, ihn zu töten. Für mich, Michael. Nicht für Theo. Der hatte nur verächtlich gelacht.

Mathis war mein Opfer gewesen, ich allein hatte gehandelt. Gut, mein Drang war mir beim Kampf kurzzeitig zu Hilfe geeilt, aber sämtliche Rituale, die ich an den Frauen vollziehen musste, waren weggefallen. Das erste Mal konnte ich meiner eigenen Kreativität freie Hand lassen.

Kurz bevor Freddy seine Schicht antrat, loggte ich mich aus dem Darknet aus. Die Spuren der Schlachtung hatte ich beseitigt. Mathis lag in einem Sarg für das Krematorium. Die Papiere für ihn waren gefälscht, alles konnte seinen Gang gehen.

Als Freddy mein Büro betrat, rief Linda erneut an. Ich nahm ab.

»Was ist?«

»Wo warst du heute Nacht?«

»Viel zu tun.«

»Warum hast du dich nicht gemeldet?«

»Hätte dich das interessiert?«, blaffte ich sie an und legte auf.

»Ärger im Paradies?«, fragte Freddy und setzte sich mir gegenüber. Er schüttete sich eine Tasse Kaffee aus der Thermoskanne ein und trank ihn schwarz.

»Ärger ist harmlos ausgedrückt, aber das ist mein Problem. Bist du bereit? Dann fahren wir gleich zu Jessas und holen einen Verstorbenen ab.«

»Ich bin soweit, sicher.« Er leerte die Tasse mit dem lauwarmen Kaffee, den ich vor Stunden gekocht hatte, und wir fuhren zur Rechtsmedizin.

Bei dem Verstorbenen handelte es sich um einen achtzigjährigen Mann, der wochenlang im Krankenbett gelegen hatte und an Prostatakrebs dahingesiecht war. Die Ärzte hatten nicht mehr tun können, als ihm mit Morphium die letzte Reise so angenehm wie möglich zu gestalten. Es war keine große Sache. Wir legten den Leichnam in den Sarg und verabschiedeten uns von Jessas. Er hielt mich zurück.

»Können wir kurz reden?«

»Sicher.« Ich wandte mich an Freddy: »Bring ihn zum Wagen und warte da auf mich.«

Freddy nickte mir zu und schob den Sarg aus der Leichenhalle.

»Was gibt's?«

»Netter Kerl, dein Neuer. Scheint was auf dem Kasten zu haben. Wie geht es deiner Tochter?«

»Sie kann einigermaßen laufen und humpelt mit Krücken zur Schule, alles bestens.«

»Wird sie ihr Praktikum wiederholen?«

»Keine Ahnung, wir müssen abwarten, was ihre Lehrer meinen. Deswegen wolltest du mich nicht sprechen, oder?«

Jessas schüttelte den Kopf. »Du hast recht, es geht um was anderes. Um Patrick.«

»Was ist mit ihm?«

»Er wurde ans Bett fixiert, damit er sich die Brandverletzungen nicht weiter aufkratzen kann, um die Untersuchungshaft hinauszuzögern. Seine Wunden beginnen zu heilen. Ich war gestern kurz bei ihm. Er sagte, du wärst lange nicht dagewesen. Er würde gern mit dir reden, bevor er in den Knast geht. Murmelte irgendwas davon, dass du eine Geschichte zu Ende erzählen musst.« Jessas fuhr sich durchs Haar. »Es ist wahrscheinlich nicht leicht für dich, ihm in die Augen zu sehen, nach dem, was er getan hat. Aber er war dein bester Freund, tu ihm bitte den Gefallen und besuch ihn. Vielleicht heute. Wir können die Polizisten nicht ewig davon abhalten, Patrick in Untersuchungshaft zu stecken.«

»Du hast recht«, gab ich zu. Ich hatte diesen Besuch viel zu lange aufgeschoben. Nicht, weil ich Patrick nicht mehr in die Augen sehen konnte, sondern weil ich Hjondras Geschichte nicht beenden wollte. Die Erinnerungen waren derart schmerzhaft, dass ich sie am liebsten bis ans Ende meiner Tage verdrängt hätte. Sie auszusprechen, verlangte mir einiges ab.

»Wie gesagt, am besten heute oder spätestens morgen. Dieser Maller hat schon angedeutet, dass die weitere Wundversorgung vom Personal im Gefängnis durchgeführt werden kann. Dein Freund wird aller Voraussicht für sehr lange Zeit weggesperrt sein. Wenn du also ungestört mit ihm reden willst, ist das vielleicht deine letzte Gelegenheit.«

Ich gab Jessas die Hand und bedankte mich. »Vielen Dank für den Rat. Ich werde ihn beherzigen. Jetzt muss ich los.« Ich tippte mir an einen imaginären Hut und verließ die Rechtsmedizin. Freddy stand mit dem Sarg hinter dem Leichenwagen und hatte sich eine Zigarette angezündet.

»Alles in Ordnung?«, fragte er mich und warf die Kippe weg.

»War nichts Wichtiges. Können wir?«

»Klar.«

Wir verluden den Verstorbenen und fuhren zurück zum Institut. Als wir ihn nach unten gebracht hatten, bat ich Freddy, oben den Papierkram für heute zu erledigen.

»Ich würde lieber zuschauen«, widersprach er mir.

Erst wollte ich ihn anfahren, dass er gefälligst zu tun hätte, was ich von ihm verlangte. Dann sah ich seinen interessierten Blick, als ich meine Arbeitsvorbereitungen traf, um den Leichnam für die Beerdigung vorzubereiten.

»Danach kümmere ich mich sofort um die Unterlagen, versprochen«, legte er nach.

»Ach, was soll's. Aber halt dich im Hintergrund. Nur gucken, nichts anfassen.«

Zwar hatte ich ihn von hier unten vorerst fernhalten wollen, doch mir gefiel sein Interesse. Ich gewöhnte mich an den Knaben. Vielleicht würde ich ihn auf Dauer beschäftigen und ihm zeigen, was er wissen musste, um dieselbe Arbeit zu verrichten wie ich in diesem Moment.

Ich erläuterte ihm meine Arbeitsschritte und zeigte ihm die jeweiligen Werkzeuge. Er nahm stumm alles in sich auf und machte sich Notizen. In seinem Lehrbetrieb hatten sie ihn wohl tatsächlich nie an diesen Tätigkeiten teilnehmen lassen. Ein Unding. Ein guter Bestatter sollte ein Allrounder sein. Von der Büroarbeit über Kundenbetreuung bis hin zur Leichenaufbereitung sollte er alles auf dem Kasten haben. Also hatte ich keine andere Wahl, als Freddy früher oder später in sämtlichen Bereichen zu schulen.

Als ich fertig war, legten wir den Mann behutsam in den Sarg, in dem er morgen beerdigt werden sollte, und schoben ihn in den Kühlraum.

»Das war sehr lehrreich«, sagte Freddy und prüfte seine Notizen. »Das tippe ich zu Hause feinsäuberlich auf dem Computer ab.«

»Solchen Einsatz lob ich mir.«

Freddy faszinierte mich von Tag zu Tag mehr. Ein junger Bursche, voll im Saft stehend, klug, fit, attraktiv. Er erinnerte mich an mich selbst, als ich in seinem Alter war. Nur konnte ich nie so unbeschwert sein wie er. Mein Drang kontrollierte mich, drohte immer auszubrechen und die Kontrolle zu übernehmen. Ich hatte seit meinem Teenageralter alles getan, um ihn in Schach zu halten, was an mir und meiner Lebensfreude gezehrt hatte.

»Hast du eine Freundin?«, fragte ich. Ich wollte mehr über ihn erfahren.

»Ja und nein«, sagte er. »Ich kenne sie noch nicht lange, ist ganz frisch. Um ehrlich zu sein, weiß ich nicht, ob wir eine Beziehung haben oder nicht.« Er lächelte verlegen.

»Du bist jung, da kann man sich ruhig ausprobieren und muss sich nicht sofort binden. Siehst ja, was dabei rauskommt.«

»Was hast du für Probleme mit deiner Frau?«

»Sie ist halt eine Frau.« Ich lachte. »Das allein ist ein Problem. Sie erfindet Vorwürfe, die nicht stimmen, und macht mir die Hölle heiß. Ich werde versuchen, ein paar Tage lang den Spieß umzudrehen. Mal sehen, wie ihr die eigene Medizin schmeckt.«

Mein Plan war, Linda nach dem Mord an Mathis in der Schwebe hängen zu lassen. Auf Abstand zu gehen. Ihr zu zeigen, dass sie so nicht mit mir umspringen konnte. Irgendwann würde sie merken, dass Mathis verschwunden war. Dann würde sie entweder durchdrehen und weiter unsere Ehe gefährden oder sie reagierte so, wie ich hoffte. Wenn herauskam, dass die Polizei von einem Verbrechen ausging, würde sie wissen, dass es nur noch mich gab. Dann war kein anderer Mann mehr in ihrem Leben. Ob das alles so funktionieren würde, war fraglich, aber einen Versuch war es wert.

»Ja, Frauen können kompliziert sein.« Freddy zwinkerte mir zu. »Deswegen lieben wir sie.«

Nach dem kurzen Plausch verschwand ich in meinem Büro und Freddy in dem von Patrick. Der restliche Arbeitstag verlief wie jeder andere. Wir machten zeitig Feierabend.

Ich stand unschlüssig an meinem Wagen. Sollte ich nach Hause fahren und Linda die kalte Schulter zeigen oder zu Patrick, um meine Geschichte zu beenden?

Komm, bring es hinter dich, schaltete Theo sich ein.

Er hatte recht. Ich hatte zwei Optionen: Meinen Freund für den Rest seines Lebens im Ungewissen lassen oder endlich jemanden von dem erzählen, was mir widerfahren war. Vielleicht half es, Hjondra endgültig aus meinen Erinnerungen zu verdrängen. Außerdem schuldete Patrick mir eine Antwort auf meine Fragen, wie sich der Mord an Frau und Enkelin angefühlt hatte und was genau in der Nacht vorgefallen war.

Ich fuhr zum Krankenhaus. Linda schickte ich eine Nachricht, dass sie und die Kinder nicht mit dem Abendessen auf mich warten brauchten. Als Reaktion bekam ich ein: *Okay, schade.* Mehr nicht. Wahrscheinlich hatte sie gemerkt, dass Mathis sich nicht meldete. Womöglich war sie schon zu ihm nach Hause gefahren und hatte erfolglos angeklingelt. Wie viele Tage würde es dauern, bis die Polizei sich einschaltete? Würde ich in den Fokus der Ermittlungen rücken? Wahrscheinlich nicht. Die Leiche dieses aufgeblasenen Gockels war bereits verbrannt und würde nie gefunden werden. Insofern könnten die Bullen auch vermuten, dass er mit irgendeiner liebeshungrigen Ehefrau durchgebrannt ist.

Als ich den Wagen parkte, vergaß ich Mathis und die Gefahr, dass die Polizei mir auf die Schliche kam, sofort. Hjondra beherrschte meine Gedanken. Der letzte Abschnitt unseres gemeinsamen Lebens war eine harte Erfahrung gewesen und hatte mich zu dem gemacht, was ich heute war.

Im Krankenhaus wuselte das Personal umher. Ich grüßte einige Bekannte, klopfte bei Patricks Zimmer angekommen an die Tür und trat ein. Patrick lag in seinem Bett, Beine und Arme mit Lederbändern fixiert, den Kopf hatte er zum Fenster gewandt.

»Hi«, sagte ich und schnappte mir einen Stuhl.

Patrick riss den Kopf herum und lächelte, als er sah, wer ihn da besuchte.

»Ich dachte schon, du wärst einer der Bullen. Die werden mich bald hier rausholen und dann geht es richtig los. Wenn wir beide uns noch unsere Geheimnisse anvertrauen wollen, sollten wir es jetzt tun. Du bist dran.«

Ich nickte und nahm den Faden an der Stelle auf, an der wir unterbrochen worden waren.

32

»Ich brauche keinen Anti-Aggressions-Kurs!«, schrie Karl Heinz und schlug auf den Tisch, was den Beamten, der ihm gegenübersaß, die Augenbrauen zusammenziehen ließ.

»Sind Sie sich da sicher?«

»Rufen Sie Maller von der Kripo Duisburg an oder Tomas Ratz. Die werden Ihnen sagen, wer ich bin und dass ich so etwas normalerweise nicht mache. Ich gebe ja zu, dass ich den Mann geschlagen habe. Ich war angespannt, weil meine Mitarbeiterin im Krankenhaus liegt und verdammt noch mal ihr Baby verloren hat. Wie soll ich da ruhig bleiben, wenn ein aufgeblasenes Arschloch daherkommt und mich schräg von der Seite anmacht?« Karl Heinz konnte sich nicht im Zaum halten. Der Druck, der sich in ihm angestaut hatte, entlud sich an der falschen Stelle. Genau in dem Moment, als er wegen Körperverletzung festgenommen und verhört wurde.

»Machen Sie sich keine Sorgen, ich weiß, wer Sie sind. Ich habe bereits mit Maller telefoniert und er hat mir bestätigt, dass körperliche Gewalt nicht in Ihrer Natur liegt. Aber Sie haben dem armen Kerl die Nase gebrochen und ihm den Knochen fast bis ins Gehirn gerammt. Maller ist der Meinung, dass Ihnen ein paar Tage hinter Gittern guttun würden, ehe Sie noch mehr Unsinn anstellen. Sie bleiben in Untersuchungshaft, bis ein Richter etwas anderes entscheidet.«

»Das ist Schikane!«, wütete Kellerer. »Sie können mich nicht festhalten wie einen Schwerverbrecher. Ich habe dem Haftrichter gesagt, dass es keinen Grund gibt, mich einzusperren, weil ich nicht flüchten werde und ich die Tat zugebe.«

»Auch der weiß, was Sie in den letzten Wochen getrieben haben. Jeder weiß das. Sie haben auf eigene Faust versucht, einen Serienkiller zu fassen und wie ich erfahren habe, horteten Sie belastendes Material in Form von Snuff-Filmen. Sie können froh sein, dass Sie nicht viel früher festgenommen wurden.«

Karl Heinz seufzte. »Das war nur zu Recherchezwecken! Jaja, die Polizei ist eine große Familie, nicht wahr?«

»So was spricht sich schnell rum. Und wenn Sie Ihre Zunge nicht in Zaum halten, wird Ihr Aufenthalt im Gefängnis unangenehmer, als er sein muss.«

»Drohen Sie mir etwa? Ich will Ihren Vorgesetzten sprechen!«

»Sie reden schon mit ihm.« Der Beamte klappte die Akte zu. »Bereit für eine Spritztour?« Er holte einen Kollegen und verlangte, dass er Karl Heinz Handschellen anlegte.

»Ist das euer Ernst? Handschellen?« Karl Heinz wünschte sich, in einem Albtraum festzuhängen. Dass er einfach nur aufwachen müsste und dass weder Ben tot war, Mimi ihr Kind verloren hatte, noch dass er jetzt in dieser Klemme steckte. Warum hatte er diesem Typen auch eins auf die Nase gegeben?

»Was ist mit meinem Anruf?«, verlangte Karl Heinz zu wissen, als sie ihn zum Polizeiauto brachten.

»Den können Sie vom Gefängnis aus erledigen.« Der Leiter des Reviers stemmte die Hände in die Hüften und sah zu, wie zwei seiner Kollegen Karl Heinz auf den Rücksitz verfrachteten. »Man sieht sich«, verabschiedete er sich knapp und verschwand im Gebäude.

Während der Fahrt schwiegen die Beamten. Der Fahrer sah durch den Rückspiegel immer wieder zu Karl Heinz. Er war fast so weit, den Polizisten zu bitten, seine Augen auf die Straße zu richten, als sie auch schon ankamen. In seiner Polizeilaufbahn war Karl Heinz oft hier gewesen. Als derjenige, der Verbrecher hinter Gitter gebracht hatte – nicht als Täter.

»Dann wollen wir mal«, murrte einer der Beamten.

Karl Heinz durchlief die Aufnahmeprozedur, bei der die Leibesvisitation das Erniedrigendste war. Er fühlte sich, als wäre er der Serienkiller und nicht jemand, der einem anderen die Nase gebrochen hatte. Maller oder vielmehr Hansen mussten ihre Finger bei dieser Scharade im Spiel haben. Sie hatten die Chance genutzt, ihn von der Bildfläche verschwinden zu lassen.

Bevor die Beamten ihn in eine Einzelzelle brachten, durfte er seinen Anruf tätigen. Er wählte Herberts Nummer. Es dauerte einen Moment, bevor er ranging.

»Jackels?«

»Ich bin's, Karl Heinz, du musst mir helfen.«

»Sag mir nicht, die haben dich ins Gefängnis gesteckt, weil du dem Typen eins auf die Zwölf gegeben hast?« Herbert hatte nur mitbekommen, wie die Beamten ihn mit zum Revier genommen hatten.

»Doch, genau das ist passiert. Ich habe mir in letzter Zeit offenbar ein paar Feinde gemacht. Das ist reine Schikane, dass sie mich festhalten. Du musst mich rausholen!«

»Na klar. In welchem sitzt du und wie heißt der Haftrichter?«

Er gab Herbert die verlangten Informationen durch.

»Bis morgen, spätestens übermorgen hab ich dich da raus. Vertrau mir.«

»Danke. Wie geht es Mimi?«

»Den Umständen entsprechend. Sie ist stabil. Elke bleibt bei ihr, auch in der Nacht. Im Krankenhaus ist sie mit ihrem schwachen Herz gut aufgehoben und ich kann mich um dich kümmern. Mach dir keine Sorgen. Du bist schneller da raus, als du ›Scheiße‹ sagen kannst.«

»Das hoffe ich. Ich weiß nicht, wie ich das wiedergutmachen soll.«

»Sei für Mimi da, wenn du draußen bist. Nach der Fehlgeburt will sie lieber in Duisburg bleiben. Elke und ich fahren nach Hause, sobald es Mimi besser geht.«

»Das hätte ich sowieso getan. Danke, Herbert.«

Kaum hatte er aufgelegt, packte der Justizvollzugsbeamte ihn am Ellenbogen und zerrte ihn zu seiner Zelle. Auf dem Weg dorthin begrüßten ihn einige Insassen mit schiefen Blicken und Gelächter. Alles, was er tun konnte, war zu beten, dass dieser Albtraum bald vorbei sein würde. Er hatte Fehler begangen und für die musste er jetzt büßen.

33

Patrick rückte sich im Bett soweit zurecht, wie es seine Fesseln zuließen. Die Lederriemen schnitten in seine Haut, doch das störte ihn nicht. Er hing an meinen Lippen.

»Wie du dich vielleicht erinnerst, kehrte Hjondra zurück ins Kinderheim. Es dauerte keinen Tag, da hatte sie wieder die Macht an sich gerissen und eine Gang um sich geschart. Wie du dir denken kannst, waren die meisten Jungen und Mädchen nicht länger nur von ihrer Autorität fasziniert, sondern auch von ihrem Äußeren. Die Jungs flogen auf sie. Sie waren spitz wie Nachbars Lumpi und umwarben sie wie notgeile Idioten.

Die ersten Tage verliefen friedlich. Hjondra beachtete mich kaum, sie koordinierte ihren Stab an Verehrern. Dazu zählte, dass sie sich Süßigkeiten aus der Kantine stehlen oder Zigaretten besorgen ließ, die sie wie eine Königin hinter dem Gebäude rauchte, während ihre Schar sie anhimmelte und bewunderte. Ich werde die Faszination für dieses Mädchen nie verstehen. Vielleicht wäre meine Zeit anders verlaufen, hätte ich versucht, in ihre Clique aufgenommen zu werden und ihren Laufburschen zu spielen. Aber so war ich nicht. Ich rannte niemandem hinterher, weil er älter, größer und stärker war. So halte ich es auch heute. Ich gebe nicht viel auf Meinungen anderer. Nur, weil mein Nachbar meint, der neue Samsung-Fernseher wäre dieses Jahr das Must-have, kaufe ich ihn mir noch lange nicht. Ich mache, was ich will, und nach Hjondras … nennen wir es *Verschwinden*, kam ich damit gut durch.

Der Reihe nach.

Zwei Wochen nach ihrer Rückkehr tötete ich das erste Tier. Es war ein Kaninchen und es musste sterben, weil ich allein durch die Furcht, Hjondra würde dort weitermachen, wo sie aufgehört hatte, wie gelähmt war. Ich spürte, wie mein innerer Druck wuchs und mein Drang wieder mit mir zu sprechen begann. Da gab ich ihm seinen Namen: Theo. Theoretisch hätte ich mich gegen Hjondra wehren können, praktisch vergriff ich mich aber zu jener Zeit nur an wehrlosen Tieren.

Ein paar Tage später traf ich abends im Flur auf sie. Sie kam von der Toilette und ich musste pinkeln. Ich ging so weit rechts, dass ich mit Arm und Schulter an der Wand entlangschrappte. Hjondra ließ es sich nicht nehmen, einen Ausfallschritt zur Seite zu machen und mich anzurempeln, um mich gleich darauf zu rügen: ›Ey, pass auf, wo du hinläufst!‹ Sie wieherte wie ein Pferd und zog von dannen. Mein Herz klopfte mir bis zum Hals und meine Knie zitterten. Ich schaffte es nicht auf die Toilette und nässte mich auf dem Flur stehend ein. Und das mit dreizehn. Ein anderes Mädchen kam vorbei, sah mich zitternd in einer Pfütze stehen und kreischte los: ›Der hat sich vollgepisst, ich werd nicht mehr!‹

Es bedurfte nur Sekunden, da strömten alle Kinder aus ihren Schlafräumen, zeigten mit dem Finger auf mich und lachten. Sie traten immer näher. Ihre Gesichter zu schadenfreudigen Fratzen verzerrt, die größer zu werden schienen, bis ich umgeben war von teuflischen Masken. Ich brach zusammen und kauerte in meiner Pisse. Es dauerte eine Ewigkeit, bis ich einen Erzieher hörte, der die Traube um mich herum auflöste. Es war einer, der dort arbeitete, seitdem mich meine Mutter hineingesteckt hatte. Und gleich, als er mich sah, sagte er: ›Nicht schon wieder, Michael. Ich dachte, das Problem wäre vorbei. Komm, wir gehen dich saubermachen.‹ Er half mir im Duschraum aus den Klamotten und brauste mich ab. Ich fühlte mich so gedemütigt, so kümmerlich in einer Welt voller Riesen. Hjondra hatte es geschafft, mich durch ihre bloße Anwesenheit zurück in einen Hosenpinkler zu verwandeln und zum Töten zu bringen.

Die nächsten Tage war ich die Lachnummer im Heim. Mein Malheur machte bereits in der ersten Nacht die Runde und jeder nannte mich ›Micha, den Pisser‹. Kannst du dir vorstellen, wie das für einen Dreizehnjährigen ist? Normalerweise fangen Jungs in diesem Alter an, sich für Mädchen zu interessieren und suchen ständig im Spiegel nach den ersten Bartstoppeln. Ich versuchte nur, einen Tag nach dem anderen zu überstehen und Hjondra aus dem Weg zu gehen. Was nicht so einfach war. Ununterbrochen kreuzte sie meinen Weg. Zum Beispiel setzte sie sich absichtlich beim Essen zu mir an den Tisch und beobachtete mich. Ich wusste, was sie tat. Sie wartete auf die passende Gelegenheit. Sobald sie sich sicher sein konnte, nicht erwischt zu werden, wäre ich dran. Mein Tagesablauf bestand darin, immer in Gesellschaft anderer Kinder oder den Erziehern zu sein. Was auch nicht die schönste Art war, einen Tag zu verbringen, weil die Kinder mich ›Micha, den Pisser‹ nannten und die Erzieher mich mit diesem mitleidigen Ach-der-arme-Junge-Blick ansahen. Ich begann, jeden zu hassen. Allen voran mich selbst, weil ich mich wie das Kaninchen fühlte, das ich getötet hatte. Wehrlos und einem Raubtier ausgeliefert.

Ich schaffte es einen Monat lang, Augen und Ohren offenzuhalten. Bis ich eines Tages so geschafft war, dass ich mich zu den anderen in den Garten gesellte, mich ins Gras legte und die Frühlingssonne genießend einschlief. Als ich aufwachte, waren keine spielenden Kinder mehr um mich herum. Sie waren weg. Alle bis auf eine. Hjondra.«

»Kann ich bitte einen Schluck Wasser haben?«, bat ich Patrick. Er reichte mir sein Glas und stellte es ab, nachdem ich es ihm zurückgegeben hatte. Sein Blick haftete auf mir. Ich erzählte weiter, wollte es endlich hinter mich bringen.

»Hjondra ragte neben mir auf wie ein Koloss. Ihre lockigen Haare wehten in der leichten Brise. Sie hätte wie ein Engel wirken können, hätte ich nicht genau gewusst, dass der Teufel in ihr steckte.

›Hallo‹, sagte sie. Mehr nicht. Und gerade das jagte mir eine Gänsehaut über den Körper. Mein Puls beschleunigte sich und meine Beine bereiteten sich auf eine Flucht vor. Sie wollten schon im Liegen losrennen, auch wenn das absolut nichts gebracht hätte. Ich dachte, jetzt hätte mein letztes Stündlein geschlagen, als ich jemanden meinen Namen rufen hörte. Hjondra drehte sich um und als sie sich wieder mir zuwandte, verzog sie das Gesicht, als wäre sie enttäuscht.

Sie reichte mir ihre Hand. ›Komm, ich helfe dir auf, Michalski verlangt nach dir.‹ Als ich nicht reagierte, zischte sie: ›Nimm meine verfluchte Hand oder ich schieb sie dir das nächste Mal so weit in den Arsch, dass sie dir zum Maul wieder rauskommt.‹ Ich streckte meinen zitternden Arm aus und ergriff die ihre. Sie war warm und rau, als habe sie Schwielen wie ein Bauarbeiter. Dabei war sie ein zierlich und zart wirkendes Mädchen mit bösem Kern.

Sie zog mich hoch auf die Beine. Hinter ihr sah ich den Heimleiter stehen. Schnell klopfte ich mir das Gras von der Hose und lief zu ihm, ohne Hjondra erneut anzusehen. Ich spürte ihren Blick auf mir brennen. Es war knapp gewesen. Ich musste besser aufpassen.

›Komm mit‹, sagte Herr Michalski und brachte mich in einen Raum, in dem ich nie zuvor gewesen war. Eine Frau wartete dort auf mich. Erst dachte ich, es gehe um eine Adoption, doch ich begriff schnell, was tatsächlich vor sich ging. Sie bat mich, auf einem Sofa Platz zu nehmen. Ein Stift lag in der Hand, auf ihrem Schoß ein Schreibblock.

›Hallo, Michael. Ich bin Janine.‹

›Hallo.‹ Ich wäre gern in die Sofaritze gekrabbelt. Die Augen dieser Frau schienen mich durchbohren zu wollen. Theo meldete sich: *Die ist wie Hjondra! Die will dir nichts Gutes. Sie wird dir wehtun.*

›Halt den Mund‹, zischte ich ihn an.

Janine zog eine Augenbraue hoch. ›Wie bitte?‹

›Ich … ich meinte nicht Sie.‹

›Wen dann? Hast du einen Freund bei dir?‹

›Nein, er ist kein Freund.‹

In der nächsten Stunde löcherte sie mich mit Fragen. Ich beantwortete sie, soweit ich mich wagte. Von

Hjondras Misshandlungen und von den Tieren erzählte ich nichts. Unser Gespräch endete damit, dass ich vor die Tür geschickt wurde und Janine mit Michalski sprach. Am Abend brachte er mir ein Glas Wasser und eine Tablette ans Bett. Ich sollte sie schlucken. Ich fragte ihn, was das sei. ›Vitamine‹, war seine Antwort. Er hatte gelogen. Das merkte ich ein paar Tage nach der ersten Einnahme. Ich war ständig müde, kraft- und lustlos. Mir wurde alles egal. Hätte das Heim angefangen zu brennen, ich wäre an Ort und Stelle geblieben. Zwar nahm ich jegliche Details bewusst wahr, aber ich spürte, dass mich etwas in meinem Verhalten zügelte. Die Angst war weg. Hjondra konnte an mir vorbeilaufen, ohne dass ich mir in die Hose machte.

Heute weiß ich, dass sie mir Psychopharmaka verabreichten, um mich ruhigzustellen. Offenbar hatte die Psychiaterin bei mir irgendeine Störung festgestellt und eine Behandlung mit Pillen verordnet. Ich hatte einmal die Woche ein Gespräch mit ihr und sie war mit meinen Fortschritten zufrieden. Ich hingegen war unglücklich. Noch mehr als zuvor, als ich die Angst verspürt hatte. Wenn ein Medikament einen daran hindert, zu sein, wie man ist, fühlt man sich wie im eigenen Körper gefangen. Ich tollte nicht im Garten herum, las keine Bücher, interessierte mich nicht für das Fernsehprogramm. Die meiste Zeit saß ich herum und starrte ins Leere. Doch meine Gedanken waren da. Mein Drang schrie mich an, dass, wenn ich nicht bald ein Tier schnappen und es töten würde, eine Tragödie geschehen würde. Mein innerer Druck wuchs und ich war nicht in der Lage, ihn herauszulassen.

Am Abend vor der Katastrophe kam der Heimleiter zu mir und gab mir meine ›Vitamine‹. Ich schluckte sie und legte mich schlafen. Mitten in der Nacht spürte ich ein Rucken in meinem Körper. Etwas wurde mir auf den Mund gepresst. Starke Hände packten mich und zerrten mich aus dem Bett. Im Halbschlaf und von den Tabletten benebelt, war mir so, als würde ich durch den Flur schweben. Dabei wurde ich von drei Jungs aus dem Schlafraum getragen und irgendwohin gebracht. Mir fielen ständig die Augen zu. Ein Stück Stoff auf meinem Mund raubte mir die Luft und ich glaubte, jeden Augenblick zu ersticken. Aber selbst das war mir egal. Ich wehrte mich nicht.

Plötzlich wurde es kühl und feucht. Ich wurde auf eine Matratze geworfen. Dicke Seile wickelten sich um meine Arme und Beine, die mit Ösen in der Wand verbunden wurden. Ich lag mit ausgestreckten Gliedern auf dem Rücken, über mir standen vier Gestalten. Drei Jungs und ein Mädchen.«

»Hjondra …«, sagte Patrick.

»Selbstverständlich Hjondra, wer sonst? Sie schickte ihre Komplizen aus dem Raum. Ich sah mich um. Kahle Steinwände, keine Fenster, ausgediente Möbel in der Ecke gestapelt. Ich war nie dort gewesen, konnte mir aber denken, dass wir in den Katakomben des Heimes waren. Da unten gab es so viele Gänge und Räume, dass sich selbst der Hausmeister schon verlaufen hatte.

›Schön hier, nicht wahr?‹, fragte Hjondra und setzte sich im Schneidersitz neben mich auf die Matratze. ›Den haben wir vor ein paar Wochen entdeckt und seitdem war keiner der Erwachsenen hier. Wir können ungestört trinken, rauchen und fummeln. Niemand weiß, dass wir uns hier unten rumtreiben.‹ Ihr Blick schweifte erst gedankenverloren umher, dann fixierte sie mich. ›Und es wird dich niemand schreien hören.‹

Weder antwortete noch weinte oder schrie ich. Ich war die Ruhe selbst. Nicht so Theo. Er brüllte, tobte und beschimpfte Hjondra als elende Fotze, der man das Gehirn aus dem Schädel prügeln sollte. Wäre Theo in diesem Moment eine reale Person gewesen, hätte er sie sicher auf der Stelle umgebracht.

›Du wirkst abwesend‹, sagte sie und strich mir über die Stirn. ›Es macht die Runde, dass die dich mit irgendeinem Zeug vollpumpen, damit du dir nicht mehr in die Hose pisst.‹ Sie stand auf, holte einen Gegenstand und setzte sich wieder zu mir. Es war ein Messer. Eines aus der Küche. Wahrscheinlich hatte sie es gestohlen. ›Ich würde gern ausprobieren, ob du dir wirklich nicht mehr in die Hose pisst.‹ Die Spitze der Klinge schwebte über meiner Brust, dann packte Hjondra mein T-Shirt und schnitt es vom Hals abwärts in der Mitte durch. Sie klappte den Stoff zur Seite und ließ mich das Metall auf der nackten Haut spüren. Ich blieb ruhig. Schrie nicht, zitterte nicht. Theo hingegen … noch nie hatte er mich so laut angeschrien wie in diesem Moment.

Mensch! Wehr dich gegen diese Fotze! Lass das nicht mit dir machen. Lieg nicht rum wie ein Haufen Scheiße, sondern unternimm endlich was!

Seine Forderungen verhallten unerfüllt.

›Scheinst die Ruhe selbst zu sein‹, sagte Hjondra. ›Und wenn ich das mache?‹ Sie ritzte meinen Bauch an.

Es tat weh, aber nicht derart, dass es mich aus meiner Lethargie gerissen hätte. Sie nickte anerkennend. ›Den Stoff hätte ich auch gern. Du hast gar keine Angst mehr. Vor Kurzem hat dich allein mein Anblick schon aus der Fassung gebracht.‹ Sie schwang ihre Haare von einer Seite zur anderen. ›Findest du mich eigentlich hübsch?‹

Nein, du Schlampe! Du bist eine hässliche Schabracke! Bind mich los und ich zeig dir, was Angst ist!, antwortete Theo statt mir. Ich hielt den Mund.

Die ist vollkommen bescheuert! Mensch, Micha, wach auf!

›Viele Jungs fahren auf mich ab. Sie wollen mich ficken. Genauso die Männer.‹ Hjondra lachte. ›Wenn ich will, kann ich jeden haben und sie alle kontrollieren. So wie dich.‹ Sie stach mir die Spitze des Messers in die Seite. Nicht tief, gerade so weit, damit ein wenig Blut floss.

Alter! Die bringt uns um, wenn du nicht endlich klarkommst!, wütete Theo. Er war in Rage und ich merkte, wie es mich innerlich zu zerreißen begann. Die Tabletten machten mich regungslos, aber mein Körper sendete erste Signale aus.

›Wollen wir mal sehen, was passiert, wenn ich das hier mache.‹ Sie zerschnitt meine Hose, dann meine Boxershorts, bis ich nackt vor ihr lag. Sie lachte wieder. ›Ist nicht viel gewachsen seit dem letzten Mal.‹ Fast zärtlich ließ sie die Messerspitze über meinen Penis gleiten. Mein Bein zuckte. Aber diese verdammten Tabletten hinderten mich daran, einen einzigen Schrei loszulassen. Ich war in mir gefangen, hatte keine Chance, auszubrechen.

›Ich würde gern wissen, was geschieht, wenn man einem Typen die Eier abschneidet.‹

Die Tür wurde geöffnet. Einer der Jungen kam herein. Er blickte mich herablassend an. In seinem Gesicht war keine Spur von Unwohlsein oder Missfallen über das, was Hjondra mit mir trieb. ›Gibt gleich Frühstück. Wir sollten gehen. Reicht schon, wenn auffällt, dass der Hosenpisser nicht da ist.‹

Sie nickte, stand auf und versteckte das Messer. ›Wir sehen uns später‹, flötete sie und verschwand. Vorher löschte sie das Licht. Ich lag im Dunkeln, ich fror, aber ich hatte noch immer keine Angst. Vielleicht fühlte sich so ein Mensch im Wachkoma. Er bekam alles mit, war jedoch unfähig, sich mitzuteilen.

Trotz der Psychopharmaka nässte ich mich ein. Der Geruch meiner Pisse brachte Theo zur Weißglut. Er beschwor mich: *Micha! Du musst dich endlich durch dieses Scheißzeug kämpfen.*

›Ich kann nicht‹, flüsterte ich.

Doch, du kannst! Du bist nicht mehr allein, du hast mich und gemeinsam schaffen wir das. Sobald wir diese Fesseln los sind, zeigen wir ihr, wie hübsch wir sie finden.«

Es klopfte an der Tür, Patrick und ich drehten gleichzeitig den Kopf. Eine Schwester kam mit einem Tablett herein und Patrick sagte sofort: »Ich habe keinen Hunger, Sie können gleich umdrehen.«

Die Frau wirkte verwundert, zuckte aber mit den Schultern und trat den Rückweg an.

»Erzähl weiter«, forderte er.

»Okay. Am Abend kehrte Hjondra zurück. Sie schaltete das Licht ein und ich kniff die Augen zusammen. Als ich sie öffnete, sah ich, dass sie ein Eis in der Hand hielt. Sie setzte sich neben mich und leckte es lasziv, ohne ein Wort zu sagen. Als sie die Waffel vertilgt hatte, fragte sie: ›Hast du mich vermisst?‹

Weil von mir keine Reaktion kam, ging sie zu der Stelle, an der sie das Messer zwischen ein paar Möbeln versteckt hatte und hockte sich rittlings auf meinen nackten Unterleib. Die bepisste Matratze störte sie nicht. Mit der Spitze des Messers strich sie über eine meiner Brustwarzen.

›Ob du es glaubst oder nicht, es ist niemandem aufgefallen, dass du fehlst. Daran kannst du sehen, wie egal du armseliges Würstchen den anderen bist. Kein: Wo ist Micha? Kein: Wir müssen ihn suchen. Du bist der Welt scheißegal. Macht dich das traurig?‹ Hjondra lächelte. ›Vielleicht fällt denen nachher auf, dass du nicht in deinem Bett liegst. Schauen wir mal. Ich spiele wie immer das Unschuldslamm. Das kann ich gut, weißt du?‹

Oh ja, das wissen wir! Und wir werden dich dafür bestrafen, nicht wahr, Micha?

›Keine Ahnung‹, flüsterte ich.

›Er kann sprechen!‹ Sie klatschte sich mit der freien Hand auf den zugegebenermaßen sehr strammen Schenkel. Ihre Haut war braungebrannt und weich wie ein Pfirsich. Ein schönes Bein. Und Theo hatte ausgefallene Ideen, was man damit anstellen könnte.

›Irgendwie mag ich dich, Michael. Es macht mir Spaß, dir dein Leben zur Hölle zu machen. Dafür muss ich dir danken. Selten hat mich ein Junge so gut unterhalten wie du.‹ Sie stieg von meinem Schoß und setzte sich mit dem Rücken zu mir auf meine Unterschenkel. Ihr Gewicht drückte auf meine Schienbeine und ich spürte den Schmerz. Ein Stöhnen entwich meiner Kehle.

›Warte ab, bis ich das hier mache.‹

Ich merkte, wie sie zwei meiner Zehen auseinanderspreizte und die Haut dazwischen mit dem Messer einschnitt. Das wiederholte sie, bis sie jeden Zwischenraum an beiden Füßen verletzt hatte. Es brannte höllisch und der erste Schrei kämpfte sich seinen Weg aus meinem Körper.

Gott! Tut das weh!, jammerte mein Drang. *Dafür wird sie büßen!*

Hjondra setzte sich zurück auf meinen Schoß. ›Hast du jetzt Angst?‹

Ich reagierte nicht, blickte an ihr vorbei. Die Tabletten hatten mich unter Kontrolle. Sie verließ mich schmollend und kam erst am nächsten Abend wieder.

Zu dieser Zeit hatte mein Gehirn angefangen, eigenständiger zu denken. Nicht zu hundert Prozent, aber langsam begriff ich, was los war und wie die Sache enden konnte. Ich hatte schon viel zu lange nichts mehr gegessen, geschweige denn etwas getrunken. Mein Hals war ausgetrocknet und es entzündete sich eine Flamme der Furcht in meiner Brust. *Ich könnte sterben*, wurde mir bewusst. Entweder würde ich verdursten oder Hjondra würde mich abstechen.

Und das willst du doch nicht?, fragte Theo, der meine Gedanken belauscht hatte.

›Ich würde keinem fehlen‹, flüsterte ich und die ersten Tränen kullerten meine Wangen hinab. Eine Gefühlsregung, die lange unterdrückt worden war.

Mir würdest du fehlen. Ich mag dich, weißt du? Und wenn wir es zusammen hier rausschaffen, verspreche ich dir, immer an deiner Seite zu sein. Wir werden eine Menge Spaß miteinander haben.

Dass Theo damit meinte, zukünftig mein komplettes Leben zu kontrollieren, ahnte ich damals natürlich nicht.

Als Hjondra zurückkam, hatte ich jegliches Zeitgefühl verloren. Beinahe sehnte ich ihr Kommen herbei, weil die Dunkelheit dann endlich verschwinden würde.

›Sie suchen nach dir‹, sagte sie und schaute zu meinem Unterleib. ›Herrje, hast du etwa eingeschissen? Das stinkt wie in einem Tierkäfig.‹ Sie wedelte mit der Hand vor ihrer Nase. Heute verzichtete sie darauf, sich zu mir auf die Matratze zu setzen. ›Jedenfalls hat gestern Abend jemand bemerkt, dass du fehlst. Wir wurden alle befragt. Die Erzieher haben das Haus auf den Kopf gestellt und die Umgebung abgesucht. Die Deppen haben den Keller vergessen. Bis jetzt. Wir sollten noch ein wenig Spaß haben, bevor sie dich finden.« Hjondra nahm das Messer. ›Ich habe gehört, dass beschnittene Männer sauberer sind. Willst du ein sauberer Mann werden?‹

Nein! Nein! Fass ihn nicht an! Du Schlampe!, brüllte Theo, was ich an seiner Stelle hätte tun sollen.

Sie zog sich einen Gummihandschuh an, packte meinen Schwanz an der Spitze und begann, zu schneiden. Sie zögerte nicht eine Sekunde. Ich hob den Kopf, sah Blut herausspritzen. Hjondra fluchte. ›Verdammt, durch das Blut sehe ich nichts mehr und dein Minipimmel rutscht mir andauernd aus der Hand.‹ Nach zwei weiteren Versuchen gab sie auf. ›Okay, dann heute keine Beschneidung. Hast noch mal Glück gehabt.‹ Sie tippte sich mit dem blutigen Handschuh ans Kinn, als sie mich betrachtete. Eine rote Schmierspur blieb auf ihrer Haut zurück. ›Was können wir stattdessen machen?‹ Nach kurzer Bedenkzeit setzte sie sich auf meine Brust und schnitt mir ohne Vorwarnung in den Hals. Entweder wollte sie meinen Tod oder sie wusste zu dieser Zeit nicht, dass dort lebenswichtige Schlagadern verliefen.

›Scheiße! Das blutet heftig!‹, rief sie und lachte. Sie holte eine muffige Gardine und presste sie auf die Wunde. ›Du sudelst alles voll.‹ Die Beschwingtheit und Unbekümmertheit in ihrer Stimme weckte endlich die Angst in mir. *Die bringt mich um!*, dachte ich und befahl meinem Körper, sich zu rühren. Ich schob den Hintern hin und her. Hjondra kam aus dem Gleichgewicht und fiel genau in meine Scheiße.

›Du kleiner Pisser!‹, wütete sie. ›Bist du endlich aus deiner Scheißstarre aufgewacht? Dann kann der Spaß ja beginnen.‹ Sie setzte sich auf meine Brust. Ihre Knie drückten schmerzhaft auf meine Oberarme. Sie schleuderte das Messer weg, ließ meine Halswunde weiterbluten und schlug mir Dutzende Male ins Gesicht. Meine Nase brach, meine Augen schwollen zu. Als sie von mir abließ, war sie aus der Puste und ich konnte sie kaum noch erkennen. Sie lachte und sagte: ›Wir machen morgen weiter, wo wir aufgehört haben, solltest du bis dahin nicht verreckt sein.‹ Sie schaltete das Licht aus und warf die Tür hinter sich zu.

Ich bekam schwer Luft. Blut sickerte aus meinem Hals. Meine Augen und mein Mund waren geschwollen und pochten vor Schmerz. In diesem Moment glaubte ich, dass ich sterben würde. Ich sah keine Chance, das Sonnenlicht wiederzusehen und gab auf.

Theo hatte etwas dagegen: *Wir schaffen das! Halte durch. Sie werden uns finden. Die müssen doch darauf kommen, im Keller nachzusehen. Vertrau mir, wir packen das. Die Wunde am Hals ist halb so schlimm, das hört gleich auf zu bluten.*

Es hörte nicht auf. Aber ich verblutete auch nicht. Zu meinem Glück hatte Hjondra nicht die Halsschlagader erwischt. Sonst würde ich nicht hier stehen und dir von dieser Zeit erzählen können.«

»Was geschah dann?«, fragte Patrick.

»Am nächsten Tag fanden sie mich. Jemand rief meinen Namen. Er kam näher, dann entfernte er sich. Theo verlangte, dass ich das Maul aufmachen und wie ein Hund Laut geben sollte. Mein Gesicht war so zugeschwollen, dass die kleinste Bewegung wehtat.

Die Wirkung der Tabletten hatte nachgelassen und ich war unruhig. Wie ich jetzt weiß, litt ich neben der Dehydrierung zusätzlich an Entzugserscheinungen und war dem Tod weitaus näher als dem Leben. Theo gab nicht auf. Er feuerte mich an und als wieder jemand meinen Namen rief, gab er mir in meinem Inneren einen Stoß, den ich glaubte zu spüren. Theo war für einen kurzen Moment real. Er war aus meinem Körper gefahren und gab mir einen Schubs. Völliger Quatsch, ich weiß, aber es fühlte sich so an.

Ich riss den Mund auf und schrie aus Leibeskräften: ›Hilfe! Hilfe! Bitte!‹

Sekunden später wurde die Tür aufgerissen und das Licht eingeschaltet. Der Mann, der auf Hjondras Etage arbeitete und dem sie nach eigenen Angaben einen geblasen hatte, erstarrte, als er mich auf der Matratze liegen sah. Er wirbelte herum und brüllte auf den Gang hinaus: ›Ich hab ihn! Er ist schwer verletzt! Ruft einen Krankenwagen!‹ Er ließ sich vor mir auf die Knie fallen. Trotz meiner geschwollenen Augen entging mir nicht der Ekel in seinem Blick, als er meine Pisse und meine Scheiße roch und sah. ›Was ist passiert? Wer war das?‹ Er begann, mich von meinen Fesseln zu befreien.

›Bläst sie gut?‹, fragte ich. Dann kann ich mich an nichts mehr erinnern. Ich muss in Ohnmacht gefallen sein. Meine Erinnerung setzte erst wieder ein, als ich im Krankenhaus die Augen aufschlug. Ich hatte Verbände an den Füßen, die unter der Decke hervorlugten. Wie ich mit den Händen erfühlte, hatte ich auch welche im Gesicht und am Hals. Ich schlug die Decke zur Seite und sah einen Verband um meinen Intimbereich. Ich war allein. Panisch suchte ich den Knopf für den Alarm und drückte ihn. In diesem Moment kam ich mir schrecklich verloren vor und die Angst, die die Tabletten unterdrückt hatten, hämmerte mit unbarmherziger Wucht auf mich ein. Mein Herzschlag beschleunigte sich und ein Gerät rechts von mir begann lautstark zu piepsen. Ich drückte diesen verdammten Knopf zehn Mal, bis endlich eine Krankenschwester in mein Zimmer stürzte.

›Ganz ruhig, mein Kleiner‹, sagte sie und nahm meine Hand. Ihre Wärme und ihre Nähe beruhigten mich. Sie war anders als Hjondra. Ihre Augen waren gütig, die Gesichtszüge zart. Ich meinte, einen Heiligenschein über ihr schweben zu sehen.

Ich ließ mich von ihr berühren, schreckte nicht vor ihr zurück. Es waren nicht alle Frauen wie Hjondra, es gab auch gute. Und mein Drang lernte bald, sie voneinander zu unterscheiden.

Ärzte kamen, fragten, wie es mir ginge und erklärten mir, was sie gemacht hatten.

›Du wirst vollständig gesund, mein Junge‹, versprach einer von ihnen und tätschelte meinen Arm. ›Wer hat dir das angetan?‹

Ich drehte den Kopf weg, wollte ihm nicht in die Augen blicken, die mich fragend durchbohrten.

›Du kannst es uns verraten. Die Polizei wird sich darum kümmern. Du brauchst keine Angst zu haben. Wenn du uns sagst, wer das war, wird derjenige dir nie wieder wehtun. Das verspreche ich dir.‹

Ich schwieg.

›War es einer der Erzieher? Eines der Kinder? Michael, sag uns, wer dir das angetan hat.‹

Ich schwieg weiter. Auch als der Heimleiter mich am nächsten Tag besuchte und auch als die Beamten mich ausfragten, hielt ich den Mund, erzählte nichts von meinen Erlebnissen und verriet ihnen nicht, wer es gewesen war. Es stand ihnen nicht zu, Hjondra für das zu bestrafen, was sie angerichtet hatte. Das oblag mir. Niemandem sonst. Nur mir und Theo. Uns gehörte die Rache. Wir hatten das Recht darauf.

Das hatte mir Theo in den ersten Sekunden nach dem Aufwachen eingebläut. *Die holen wir uns!*, hatte er wie Gift ausgespuckt. *Das wird sie bitter bereuen.*

Und so verging die Zeit im Krankenhaus. Ich wurde gesund, freundete mich mit anderen Kindern auf der Station an, die nicht wussten, dass ich vor Angst in die Hose gemacht hatte und verliebte mich auf kindliche Weise in jene Krankenschwester, die als Erste bei mir gewesen war. Sie versprach, mich im Heim zu besuchen, was sie natürlich nie tat. Auch ich vergaß sie. Gleich in dem Moment, als ich zurückkam. Ich hatte mich verändert. Die Erlebnisse im Keller hatten eine Wandlung bei mir verursacht. Ich war nicht mehr der kleine Micha, der zusammenzuckte, sobald er Hjondras Namen hörte. Jetzt war ich an der Reihe, den passenden Zeitpunkt abzuwarten, wenn niemand hinsah.

Als ich in meinem Zimmer ankam, ging ich zum Spiegel und besah mir die Wunde am Hals, die mit zahllosen Stichen genäht worden war. Die Ärzte hatten mir nicht versprechen können, dass es ohne eine wulstige Narbe abheilen würde. Wie du siehst, hätten sie ihr Versprechen gebrochen.« Ich deutete auf die Narbe.

»Ich hab mich immer gefragt, ob du die dir wirklich bei einem Unfall mit dem Fahrrad zugezogen hast.«

»Entschuldige die Notlüge, jetzt verstehst du vielleicht, warum ich ungern über meine Zeit im Heim spreche.«

Patrick nickte. »Was geschah dann?«

»Gleich am ersten Abend wollten sie mir die *Vitamine* einflößen. Ich nahm die Tablette in den Mund, versteckte sie aber unter der Zunge. Sobald der Erzieher das

Zimmer verlassen hatte, spuckte ich sie aus und vergrub sie zwischen meinen Socken.

Am nächsten Morgen traf ich auf den Erzieher, dem Hjondra angeblich einen geblasen hatte. Er sah sich um und zog mich in einen Raum. Kaum waren wir unbeobachtet, platzte es aus ihm heraus: ›Woher weißt du das?‹

›Was?‹

›Stell dich nicht dümmer als du bist!‹

›Was meinen Sie?‹

›Ich meine das, was du zu mir gesagt hast, als ich dich gefunden habe. Woher weißt du es?‹

›Ehrlich, ich kann mich kaum an was erinnern. Ich weiß nicht, was ich gesagt habe.‹ Auf Knopfdruck begann ich, zu weinen. Es waren keine echten Tränen. Aber ich wollte ihm nicht sagen, was Hjondra mir erzählt hatte. Keinesfalls wollte ich, dass sie Ärger mit ihm bekam. Klingt komisch, doch genau so funktionierte mein Denken. Sie gehörte mir. Niemandem sonst.«

Ich stockte in meiner Erzählung, weil ich mich der Stelle näherte, an der sich mein weiteres Leben entschieden hatte. Ohne dieses Erlebnis wäre ich vielleicht nicht der geworden, der ich heute war.

»Was ist?«, fragte Patrick.

»Ich muss kurz einen Schluck trinken, würdest du bitte …?« Ich zeigte auf sein Wasserglas. Er reichte es mir und ich trank es aus.

»Du fühlst dich bestimmt besser, wenn du es mir sagst. Was hast du mit Hjondra gemacht? Hast du sie getötet?«

Ich schüttelte den Kopf.

»Nein? Wie jetzt?«

»Ich kam nicht dazu. Sie war ein paar Tage später weg.«

»Du verscheißerst mich, oder?«

»Nein, wirklich, sie war weg. Theo und ich bekamen nie unsere Rache.«

»Sorry, das glaube ich dir nicht.«

»War aber so. Es wurde nie aufgeklärt, was mit ihr passiert ist. Seltsam, oder?«

»Niemals hast du sie davonkommen lassen. Du nimmst mich auf den Arm.«

»Ich schwöre dir beim Leben meiner Kinder, dass ich nichts mit ihrem Verschwinden zu tun habe.«

»Als würden deine Kinder dir was bedeuten …«

Ich zuckte mit den Schultern. »Kommen wir zu deinem Teil der Abmachung. Ich habe dir meine Geschichte erzählt und es ist alles haargenau so passiert. Ob du es mir glaubst oder nicht. Jetzt will ich wissen, wieso du es getan und wie du dich gefühlt hast.«

Patrick zog den Mund kraus. Er war unzufrieden mit dem Ausgang meiner Lebensgeschichte. Sein Problem.

»Okay, auch wenn ich dir das nicht abkaufe, halte ich mich an unseren Deal. Also, als ich an diesem Abend nach Hause fuhr, war ich so geschafft, dass ich mich gleich ins Bett legte. Ich brauchte dringend Schlaf. Meine Frau interessierte das nicht. Sie kam ein paar Augenblicke später mit dem kreischenden Blag ins Schlafzimmer und sagte: ›Sie hört nicht auf zu schreien. Bei dir wird sie immer still. Nimm du die Kleine.‹ Sie drückte mir das Kind in den Arm und verschwand. Ich entwickelte in diesem Moment einen solchen Hass auf das

Kind, dass ich es am liebsten aus dem Fenster geworfen hätte. Aber es wurde ruhiger und schlief ein. Ich legte mich mit ihm ins Bett und folgte ihm ins Traumland. Als meine Frau sich zu uns gesellte, wachte ich auf, dämmerte aber sofort wieder weg. Mitten in der Nacht begann meine Enkelin zu brüllen und zu quengeln. Ich stand auf und lief eine Stunde mit ihr durchs Haus. Meine Frau sah es nicht ein, mir zu helfen. Sie pennte einfach weiter. Wie jede Nacht, seit wir das Baby bei uns haben. Wie du weißt, arbeitet sie nicht, seit sie den Arbeitsunfall hatte. Eigentlich hätte sie genug Zeit gehabt, sich um das Baby zu kümmern. Aber nein, sie geht lieber mit ihren Freundinnen abends saufen und lässt mich allein. Du hast gesehen, wie ich die letzten Wochen drauf war. Ich war am Ende, hatte keine Kraft mehr. Irgendwann beruhigte sich meine Enkelin, ich legte sie auf meine Bettseite. Eigentlich wollte ich ein Glas warme Milch trinken, blieb jedoch am Fußende des Bettes stehen und betrachtete im fahlen Licht meine Frau und das Kind. Ich hasste sie. Beide. Eine mehr als die andere. Ich verabscheute mein derzeitiges Leben und wusste, dass es so nicht weitergehen konnte. Da dachte ich an dich und deine Art, den Druck loszuwerden.« Er zwinkerte mir zu, nannte es aber nicht beim Namen.

»Und dann?«

»Ich holte einen Benzinkanister, den ich für meinen Rasenmäher bereitstehen habe, verschüttete das Benzin im Flur vor dem Schlafzimmer und nahm die Streichhölzer. Diese langen, mit denen meine Frau immer die Kerzen anzündet.

Der beißende Benzingeruch verätzte meine Nasenschleimhäute. Ich zögerte. Noch hätte ich einen Rückzieher machen können, doch dann wachte das Baby auf. Es begann, zu quengeln und ehe meine Frau deswegen etwas mitbekam, ließ ich ein Streichholz aufflammen und warf es in eine Pfütze. Binnen Sekunden schlängelte sich das Feuer voran. Die Hitze schlug mir wie eine Wand entgegen. Ich hielt es kaum aus, aber ich musste stehenbleiben und zusehen. Die Flammen erreichten das Bett, entzündeten die Baumwolldecken. Qualm breitete sich rasend schnell aus. Ich hustete und meine Augen tränten. Dann erwachte meine Frau. Sie schrie, als sie das Feuer sah. Das Baby stimmte mit ein. Ihre Gesichter waren hell erleuchtet. Unsere Blicke trafen sich. ›Hilf mir!‹, brüllte sie. Ich schüttelte den Kopf, drehte mich um und verließ das Haus. Auf meiner Haut bildeten sich bereits Blasen. Die Schreie der Beiden verfolgten mich, bis ich hinaus auf den Rasen stolperte und mich ins Gras setzte. Ich fühlte mich in diesem Moment frei wie nie zuvor. Mir ging es mit einem Mal gut. Als hätte es die letzten Wochen nicht gegeben. Ich war zufrieden. Hätte meine Frau mir mehr geholfen, wäre das alles vielleicht nicht passiert.«

»Du hast dich gut gefühlt, gleich nachdem du es getan hast?«

Er nickte.

»Und wie denkst du jetzt darüber?«

Es kam die von mir erwartete Reaktion. Patrick war nicht wie ich. Er war kein Killer. Es war eine Kurzschlussreaktion gewesen. Er weinte, dicke Tränen rollten über seine verbrannten Wangen.

»Ich hasse mich. Wenn ich könnte, würde ich die Zeit zurückdrehen und es ungeschehen machen.«

»Das kannst du aber nicht.«

»Glaubst du, das weiß ich nicht?«, schrie er. »Ich bin nicht wie du, ich bereue, was ich getan habe. Ihre Schreie verfolgen mich jede verdammte Nacht! Und du? Du hast kein Mitleid mit den armen Frauen, im Gegenteil, du bist stolz darauf.«

»Viel Spaß im Gefängnis.« Ich wandte mich von ihm ab.

»Du gehst? Du lässt mich hier sitzen? Dir sind alle Menschen egal, oder? Nur du zählst. Andere sind in deinen Augen keinen Cent wert.«

»Glaub, was du willst«, sagte ich und trat auf den Gang.

Der Beamte vor der Tür beäugte mich kritisch. Hoffentlich hatte er Patricks Gefühlsausbruch nicht gehört. Und selbst wenn, was sollte er mit den Anschuldigungen schon anfangen?

Auf dem Weg zu meinem Auto dachte ich über seine Worte nach. Er hatte recht. Ein Schwur auf das Leben meiner Kinder war einen Furz wert. Würden sie jetzt vom Blitz getroffen werden und tot umfallen, weil ich gelogen hatte, wäre mir das einerlei. Und ich empfand keine Reue. Niemals. Auch nicht bei Hjondra. Ich hatte sie getötet. Natürlich hatte ich das. Sie war meine Erste und markierte den Beginn meiner Karriere. Aber als ich zu der Stelle gekommen war, hatte ich dieses Erlebnis nicht mit Patrick teilen wollen. Ich würde es mit niemandem teilen. Es war meine Erinnerung. Hjondra war die Perle unter meinen Opfern. Bei keiner war es jemals wieder wie bei ihr.

Ich setzte mich hinters Steuer. Doch ich fuhr nicht los, sondern lehnte den Kopf an die Nackenstütze und versank in meinen Gedanken. Ich reiste die Jahre zurück zu dem Tag, an dem ich Hjondra ein für alle Mal den Garaus machte.

34

Karl Heinz hatte eine schlaflose Nacht im Gefängnis hinter sich. Die anderen Insassen hatten keine Ruhe gegeben. Einer von ihnen hatte die ganze Zeit geschrien und die Wärter beschimpft, sobald sie ihre Runden drehten. So lange, bis sie die Schnauze voll gehabt und den Mann aus seiner Zelle gezerrt hatten. Was mit ihm geschehen war, wollte Karl Heinz sich lieber nicht vorstellen. Wenigstens war endlich Ruhe gewesen und Karl Heinz konnte eine Stunde schlafen, ehe die grellen Lichter eingeschaltet wurden.

Das Frühstück hatte er in seiner Zelle eingenommen. Zumindest das regelmäßige Essen war ein Vorteil seines Aufenthaltes, ansonsten langweilte er sich schrecklich und das Gefühl, weggesperrt zu sein, lastete schwer auf ihm.

Seine Tür wurde aufgeschlossen. »Kellerer? Komm! Du hast Besuch, dein Anwalt ist da.«

»Na endlich«, murrte Karl Heinz und folgte dem Wärter in einen separaten Raum. Herbert umarmte ihn wie einen alten Freund.

»Was machst du für Sachen?«

Karl Heinz setzte sich. »Ich dachte, ich mache meinen Job.«

»Und hast dich dabei mit den falschen Leuten angelegt. Ich habe mit Maller und dieser Hansen gesprochen, bevor ich hierhergekommen bin.«

»Und, was sagen sie? Geben sie zu, dass sie übertreiben?«

Herbert zuckte mit den Schultern. »Du hast einem Mann die Nase gebrochen.«

»Und das soll ein Grund sein, mich in Untersuchungshaft zu stecken? Jeder andere hätte einen Klaps auf die Finger bekommen.«

»Hansen meinte, du wüsstest im Moment nicht, wo dein Platz ist und könntest eine Gefahr für dich und andere darstellen.«

Karl Heinz holte tief Luft, um nicht lauthals loszuschreien. Er erzählte Herbert die ganze Geschichte. Von vorn bis hinten, er ließ nichts aus. Auch vergaß er nicht zu erwähnen, dass er wusste, dass er eigensinnig gehandelt hatte, als er allein auf die Suche nach dem Serienkiller gegangen war. Wenn er wollte, dass Herbert ihn herausholte, musste der Anwalt die Wahrheit kennen.

»Schon dafür hätten sie deinen Arsch hier reinverfrachten können«, bemerkte Herbert und machte sich Notizen. »Du hast Beweise zurückgehalten, mit denen die Polizei diesen … ›Künstler‹ vielleicht hätte schnappen können. Du hast dein Ziel aus den Augen verloren. Du hättest deinen ehemaligen Kollegen den Kontakt zu diesem Leichenkünstler geben müssen und nicht nur ein paar Brotkrumen hinwerfen sollen. Das wäre tatsächlich deine Pflicht gewesen, Karl.« Herbert schüttelte den Kopf.

»Klar habe ich falsch gehandelt, aber ich war so in den Fall vertieft. Ich wollte dieses Schwein so unbedingt fassen, dass ich … ja, vergessen habe, wo mein Platz ist. Hansen hat recht. Das war ein Fehler und es tut mir leid. Ich bin denen dankbar, dass sie es mir haben durchgehen lassen, aber bitte …« Er fasste über den Tisch und ergriff Herberts Hand. »Hol mich raus. Ich will nicht hier sein. Bitte.«

»Ich muss mit dem Richter sprechen und mit Hansen, damit sie deine Anhörung vorziehen und du für die Körperverletzung bestenfalls mit einer Bewährungsstrafe davonkommst. Deine Weste ist ansonsten rein?«

»Keine Vorstrafen, natürlich nicht.«

»Gut, wenn dir noch etwas einfällt, was dein Anwalt wissen sollte, ruf mich an. Ich kümmere mich darum, dass du schnell rauskommst.«

»Danke.«

»Kann ich sonst noch was für dich tun?«

»Ja, sag Mimi, dass ich an sie denke und dass sie stark bleiben soll. Sobald ich raus bin, besuche ich sie.« Herbert wollte gehen, als Karl Heinz noch etwas einfiel. »Mein Vogel! Herrn Schmidt braucht einmal am Tag eine Handvoll Körner und frisches Wasser. Kannst du dafür sorgen?«

»Gern. Elke und ich bleiben noch ein bisschen hier. Ich lasse mir deinen Schlüssel aushändigen. Mach dir keine Sorgen. Ich habe schon schlimmere Verbrecher als dich rausgeholt.« Er zwinkerte ihm zu und ging.

Ein Wärter brachte Karl Heinz zurück in seine Zelle. Das Mittagessen kam, es schmeckte wie Pappe in Pisssoße. Er würgte gerade so viel davon hinunter, bis das Hungergefühl verschwunden war.

Am Nachmittag wurde er auf den Hof gebracht. »Eine Stunde Auslauf für unsere Hündchen«, tönte einer der Wärter und lachte. Karl Heinz kam sich verloren vor und die Panik kroch ihm den Rücken hoch, als er all die anderen Kriminellen erblickte, die auf ihren Prozess warteten. Die meisten sahen aus, wie man sich typische Gauner vorstellte: Groß, tätowiert, muskelbepackt und mit einem Gesicht gestraft, das wohl nicht einmal die eigene Mutter lieben konnte. Dann gab es ein paar Männer, die wie Karl Heinz älteren Semesters waren und gekrümmt vor Angst über den Platz schlenderten. Er reihte sich in den Rundgang-Reigen ein. Sie schlurften über den Kies. Manche wirkten wie Raubtiere, die in ihrem Käfig auf und ab gingen. Plötzlich lief einer neben ihm. Ein verängstigt wirkender Kerl etwa in seinem Alter.

»Na? Warum bist du hier? Weswegen wollen sie dich verknacken?«

Karl Heinz schwieg, der Fremde zündete sich eine Zigarette an.

»Hat dir einer die Zunge rausgeschnitten?«

Karl Heinz hielt den Kopf gesenkt. Er wollte Konflikte vermeiden, während er festsaß, und fand, es wäre die beste Idee, mit niemandem zu sprechen.

»Ey! Ich rede mit dir!«, tobte der Mann und blies ihm Qualm ins Gesicht.

Karl Heinz schaute sich um. Er bemerkte, dass die Wärter intensiv mit zwei sich streitenden Häftlingen beschäftigt waren und den anderen keine Aufmerksamkeit zukommen ließen.

»Ich will keinen Ärger«, flüsterte Karl Heinz, weil er fürchtete, dass der Typ sonst nicht lockerlassen würde.

»Falls du deine Steuern zahlst, sorge ich dafür, dass dir nichts passiert, Neuer.«

»Ich habe nichts und ich bin bald wieder weg.«

Der Mann schnippte die Asche seiner Zigarette auf Karl Heinz' Gefängnisoverall. »Das glauben sie alle. Ich sitze seit fünf Monaten hier drin und nach meinem Prozess werde ich vielleicht nie wieder ein Leben ohne Scheißgitter führen. Da muss ich mir ein kleines Polster anschaffen. Ich nehme alles: Zigaretten, Hygieneartikel, was man für eine lange Haftstrafe braucht.«

»Und wenn ich dir nichts gebe?«

»Dann findest du raus, was ich angestellt habe und weswegen die mich nie wieder rauslassen werden.«

»Hau ab, Stinker!«, sagte ein Türke und stieß den Mann neben Karl Heinz weg. »Hör nicht auf diese Made, der will dir nur Angst machen. Viele sind dumm genug und zahlen ihm seine bescheuerte Schutzsteuer. Der hat draußen vor einer alten Frau auf offener Straße gewichst. Der könnte nicht mal eine Fliege zerquetschen, falls du verstehst, was ich meine.«

»Aber du?«, fragte Karl Heinz und sah sich den hochgewachsenen Mann genauer an. Keine Tattoos, jedoch jede Menge Muskeln und ein dichter Rauschebart.

»Sicher, ich könnte jeden zerquetschen, wenn ich wollte, aber so ist keiner von uns. Jedenfalls keiner der aktuellen Insassen. Wir warten alle wegen kleinerer Delikte auf unsere Verhandlungen.«

»Was hast du gemacht?«

»Ich wollte mit meiner Freundin durchbrennen. Ihr Vater ist strenggläubig und du weißt sicher, wie das bei uns ist. Jungfrau bis zur Hochzeit und so. Wir wurden auf unserer Flucht aufgegriffen und mich warf man hier rein. Es wird mir als Entführung ausgelegt, weil sie meine Freundin zwingen, zu behaupten, es wäre gegen ihren Willen geschehen. Und dann diese Bullenfotze, ich würde der gern eine reinhauen. Die hat mir jedes Wort im Mund verdreht. Hansen heißt die.«

Karl Heinz lachte lauthals los.

»Was ist los, Kumpel?«, fragte der Türke verwirrt.

»Wegen der sitze ich auch hier drin.«

»Krass«, sagte er, blieb stehen und hielt ihm die Hand hin. »Ich bin Deniz. Schön, dass du bei uns bist.«

»Das finde ich nicht wirklich schön, aber es ist schön, einen Leidensgenossen kennenzulernen.« Karl Heinz nickte dem jungen Mann zu und er war froh, doch nicht in einem Höllenloch gelandet zu sein. Solange alle so waren wie Deniz, hatte er nichts zu befürchten, bis Herbert ihn herausholte.

35

Es war ein warmer Tag. Die Wunden der Folter durch Hjondra waren weitgehend verheilt. Ich fühlte mich gesund und munter und seltsam stark. Ich war nicht mehr allein. Theo war bei mir. Er redete viel mit mir. Die meiste Zeit antwortete ich ihm in der Stille meines Kopfes. Manchmal sprach ich laut mit ihm und fing mir misstrauische Blicke ein.

Bei einer Situation stand ich an der Essensausgabe und Theo meinte, dass man die Küchenfrau, welche dick und hässlich war, gegen etwas Attraktiveres austauschen könnte. Ich hatte gekichert und ihm lauthals zugestimmt, dass mir dieser fette Arsch nicht fehlen würde. Die umstehenden Kinder und die Pädagogen starrten mich an, als käme ich vom Mars. Die Küchenfrau drehte sich wutentbrannt um und scheuerte mir eine, was sie den Job kostete. Als Ersatz bekamen wir keine Schönheit, sondern einen vor Elan übersprudelnden Italiener, der das Essen immerhin genießbarer gestaltete.

Der Vorfall wurde gleich bei der nächsten Sitzung von der Psychiaterin angesprochen. Sie erhöhte die Dosis meiner ›Vitamine‹, die ich jeden Tag verschwinden ließ.

Zurück zu Hjondra. An diesem warmen Tag stand ich draußen und schaute in den Himmel. Die Sonne brannte auf meinem Gesicht und Schweiß strömte mir aus allen Poren. Für diesen Tag war ein Ausflug in den nahegelegenen Freizeitpark in Bottrop-Kirchhellen geplant, an dem fast alle teilnahmen. Ich durfte wegen eines Zwischenfalls im Duschraum nicht mit, bei dem ich lachend zusammengebrochen war, weil Theo den Witz des Jahrhunderts über den Schniedel eines Jungen gerissen hatte. Dieser hatte sich beim Leiter beschwert und zack musste ich mit meinem Arsch im Heim bleiben, während die anderen sich im Park amüsierten.

Die Gruppe reiste am Morgen ab. Zurück blieben ein Aufpasser und zwei weitere Kinder. Das eine hatte eine Magenverstimmung und das andere einen verstauchten Knöchel, weswegen beide im Bett lagen und sich ausruhten. Ich genoss die Sonne und die Ruhe, bis jemand auf meine Schulter klopfte. Ich drehte mich um – in der Erwartung, den Erzieher zu sehen. Es war Hjondra. In ihrer ganzen Pracht. Seit meiner Rückkehr aus dem Krankenhaus war ich ihr selten begegnet, gesprochen hatte sie mit mir kein einziges Wort.

Anstatt vor Angst zu erstarren, fragte ich: »Was machst du hier? Warum bist du nicht mitgefahren?«

Sie tippte sich an die Stirn und schob die Unterlippe hervor. »Ich armes Mädchen habe Migräne.«

»Bestimmt hast du die nicht. Was soll denn in deiner Birne wehtun? Da ist nur heiße Luft drin.« Ich drehte mich um und ließ sie stehen. Sekunden verstrichen. Es hatte den Anschein, als ob Hjondra wegen meiner Widerworte die Sprache verloren hätte. Doch plötzlich packte sie mich an den Schultern, riss mich nach hinten und warf mich auf den Boden. Ich blieb auf dem Rücken liegen und lachte sie aus.

»Was fällt dir kleinem Pisser ein, so mit mir zu reden? Das wirst du bereuen!« Sie umfasste meinen Hals und zerrte mich auf die Beine.

»Ey!«, ertönte es. »Was machst du da? Lass Michael los.«

Wir sahen nach rechts, unser Aufpasser kam wild gestikulierend auf uns zu gerannt. Hjondra ließ mich umgehend los und laberte: »Ich habe ihm aufgeholfen, er ist hingefallen.« Sie lächelte ihr schönstes Lächeln, das den Aufpasser sofort besänftigte. Hatte sie ihm auch einen geblasen?

Fürsorglich strich sie meine Kleidung glatt und ich tat genau das Gegenteil von dem, was Hjondra wohl von mir erwartete: »Es stimmt, sie hat mir aufgeholfen. Sie ist ein nettes Mädchen.« Auch ich lächelte mein schönstes Lächeln. Hjondras Augen verengten sich. Sie spürte, dass ich etwas im Schilde führte.

»Okay, wenn das so ist …« Der Erzieher wischte sich die verschwitzten Haare aus dem Gesicht, dann leckte er sich über die Lippen. »Geh rein, Michael, nicht, dass du dir einen Sonnenstich holst. Und du Hjondra kommst bitte mit mir mit, ich brauche deine Hilfe.«

Und wie sie ihm einen geblasen hat!, grölte Theo. *Der hat ihr sein Teil bestimmt so tief in den Hals geschoben, bis sie würgen musste.*

Die beiden verschwanden im Gebäude und ich wusste, dass dies der Tag der Tage war. Heute war es so weit. Auf diesen Tag hatte ich mich seit meiner Rückkehr aus dem Krankenhaus vorbereitet. Ich hatte Messer aus dem Kochkurs mitgehen lassen, Verbandsmaterial aus dem Erste-Hilfe-Kurs gestohlen und mir von einem Mädchen Nadel und Faden aus dem Nährkurs besorgt. Alles war gut versteckt und würde nun zum Einsatz kommen.

Nach dem Mittagessen – es gab eine aufgewärmte Dosensuppe für uns – wartete ich darauf, dass der Erzieher wie immer in seinem Büro eindöste. Sein Mittagsschlaf war zu einem konstanten Ritual geworden. Normalerweise wäre das kein Problem, weil mehrere Erwachsene anwesend waren, heute sah die Sachlage anders aus.

Ich schlich in sein Büro, schnitt das Telefonkabel durch und verband vorsichtig seine Hände und Füße mit Mullbinden. Er schlief fest wie ein Bär im Winterschlaf. Ich stibitzte seine Schlüssel und schloss hinter mir ab.

Sollte er aufwachen, musste er sich erst von den Fesseln befreien, und wenn er es nicht schaffte, die Tür aufzubrechen, würde er keine Hilfe rufen können. Ich brauchte nur ein bisschen Zeit, um Hjondra in meine Gewalt zu bringen. Dafür hatte ich mir einen Ort geschaffen, den niemand sonst kannte und an dem keiner Hjondra finden würde.

Ich lungerte außerhalb des Gebäudes herum, bis ich endlich ihre Aufmerksamkeit erregte und sie zu mir nach draußen kam. Sie blickte sich verstohlen um, ob jemand uns beobachtete. Als sie sich sicher fühlte, rief sie mir schon von Weitem entgegen: »Jetzt bist du dran, Hosenpisser! Jetzt bringen wir es zu Ende.«

Oh ja, das werden wir!, brüllte Theo und lachte. *Lauf!* Ich hastete los. Sie reagierte genauso, wie wir uns das ausgemalt hatten. Nach meiner Unverfrorenheit, sie ein paar Stunden zuvor zu beleidigen, war ihre Wut auf mich groß genug, weshalb sie es erst gar nicht in Betracht zog, dass ich sie in eine Falle locken könnte.

Ich rannte in das Wäldchen neben dem Heim. An der Stelle vorbei, an der ich damals beinahe die Katze getötet hatte, und kämpfte mich tiefer ins Dickicht. Hinter mir hörte ich Äste brechen.

»Bleib stehen, du Arschloch! Ich krieg dich ja doch irgendwann. Wehr dich nicht, dann ist es schnell vorbei.«

Ich machte einen Ausfallschritt nach rechts, stürmte aber weiter geradeaus. Hjondra hatte dies nicht getan, wie ich an ihrem erschreckten Aufschrei erkannte.

»Scheiße! Au, verdammt, tut das weh.«

Ich wirbelte herum. Meine Falle war zugeschnappt. Mit einer Schaufel aus dem Gartenhaus hatte ich heimlich ein nicht allzu breites, jedoch tiefes Loch gegraben und es mit Ästen und Blättern getarnt. Hjondra war mit einem Bein genau hineingetappt. Sie lag auf dem Boden und hielt sich den verletzten Knöchel. Ich nahm die Schaufel, die ich hinter einem Baum versteckt hatte.

Zum Glück ging das gut, kommentierte Theo.

Er war skeptisch gewesen, weil ich nur diesen einen Plan ausgetüftelt hatte. Wäre sie hier nicht gestürzt, wären alle folgenden Vorhaben in Rauch aufgegangen.

»Sagte ich doch, dass das klappt. Die ist dumm genug«, antwortete ich laut.

Sie riss den Kopf nach hinten und starrte mich an. Ihr Blick durchbohrte mich. Mit jeder Faser ihres Körpers strahlte sie Hass aus.

»Mit wem redest du, Pisser?«

»Mit Theo«, sagte ich und trat näher.

Sie sah die Schaufel in meinen Händen und ihre Gesichtszüge weichten auf. Sie probierte die folgende Bemerkung mit ihrer engelsgleichen Stimme, mit der sie sonst die Erwachsenen zu bezaubern wusste. »Komm schon, das war alles nur Spaß. Wäre nett, wenn du und dein Freund mir aufhelfen könntet. Wir gehen zurück und trinken eine kalte Limo zusammen. Was haltet ihr davon?«

Ich schüttelte den Kopf. »Theo mag dich nicht.«

»Theo?«, rief sie. »Zeig dich, dann lernen wir uns kennen und du wirst sehen, dass ich gar nicht so übel bin.«

»Sie rafft es nicht, Theo«, sagte ich und lachte.

Sie ist ja auch dumm wie Brot, stimmte er mir zu.

Hjondra runzelte die Stirn, als ich stumm dastand und Theo lauschte. Sie begriff und rastete aus.

»Du bist irre, Pisser. Fass mich nur einmal an und ich breche dir sämtliche Knochen. Du wirst dir wünschen, du wärst im Keller verreckt!«

Als sie den Keller erwähnte, durchzuckten mich schmerzhafte Erinnerungen. Theo feuerte mich an, endlich weiterzumachen.

»Das bin ich aber nicht. Ich lebe, was man von dir bald nicht mehr behaupten kann.«

Ich holte mit der Schaufel aus. Hjondra hob schützend die Hände über den Kopf. Das Schaufelblatt knallte auf ihre Unterarme. Ich hörte ein Knacken.

Sie schrie: »Bitte, hör auf!«

Ich schlug erneut zu. Wieder knackte etwas in ihren Armen. Sie ließ sie sinken. Ihre Augen drehten sich in den Höhlen. Ein letzter Schlag auf den Kopf und Hjondra verstummte.

Ich stand wie erstarrt vor dem bewusstlosen Mädchen. Es hatte geklappt! Ich hatte es geschafft! Es war nicht mehr nur graue Theorie, mich gegen sie zu wehren, sondern ich hatte es tatsächlich getan.

Jaja, kannst stolz auf dich sein. Und jetzt weiter im Text, bevor die Schlampe aufwacht!, feuerte mich Theo an.

Ich packte Hjondra unter den Achseln und zog sie bis zu meinem Versteck. Ich hatte eine Höhle aus Ästen, Büschen und Blättern gebaut. Sie war blickdicht und wirkte im ersten Moment wie wildgewachsenes Gestrüpp. Niemand würde auf die Idee kommen, dass ich im Inneren dieses Baus einen Menschen gefangen hielt.

Ich zog Hjondra an den Beinen hinein. Durch die Äste fiel ausreichend Sonnenlicht, damit ich genug sehen konnte. Ich fesselte sie ebenso wie den Erzieher an Händen und Füßen, zurrte alles ordentlich zusammen und betrachtete mein Werk. Hjondra lag verschnürt wie ein Paket vor mir und das Kind in mir erwachte. Plötzlich dachte ich: *Was tust du denn da? Bist du vollkommen durchgedreht? Was hast du vor?*

Sofort sprang Theos Schallplatte an: *Mach sie fertig! Sie hat es verdient. Die Welt muss vor Weibern wie der da beschützt werden, sonst lässt sie dich nie in Ruhe. Dich und alle anderen Männer auf diesem Planeten.*

Ich nickte wie in Zeitlupe. Dann schüttelte ich den Kopf. Wieder Nicken, Kopfschütteln, immer im Wechsel. Ich zitterte und wusste weder ein noch aus. Ich war so jung und hatte schon so viel Leid erfahren. Der Grund dafür lag vor mir. Sie und meine Mutter waren Schuld an dem, was aus mir geworden war. Und eine davon würde ich büßen lassen. Ich nahm eines der Messer und hockte mich neben Hjondra.

Ja! Ja! So will ich dich sehen!, feuerte Theo mich an. *Mach es wie bei dem Karnickel. Schnipp schnapp, Füßchen ab!*

Ich setzte die Klinge an ihr Fleisch und merkte schnell, dass Hjondra eben kein Kaninchen war. Als ich die ersten Hautschichten durchtrennte, wachte sie auf und schrie. Sie schrie, bis mir die Ohren klingelten. Sie zerrte an den Mullbinden, warf ihren Körper hin und her. Nach und nach befreite sie ihre Hände und griff nach mir. Irgendwann bekam sie mich zu packen und riss mich zu Boden. Ihre kräftigen Hände legten sich um meinen Hals. Sie war über mir und wirkte wie ein hungriger Bär. Entschlossen drückte sie zu. Mit den Verletzungen an ihren Armen war das kaum möglich, doch sie schien die Schmerzen zu ignorieren. Speichel tropfte aus ihrem Mund in mein Gesicht. Ihre Augen waren aufgerissen, in ihnen lag pure Mordlust.

Das Messer, jetzt mach schon, stich sie ab!, brüllte Theo. *Wenn du draufgehst, gehe ich mit, und da hab ich null Bock drauf.*

Mir wurde schwindelig, alles um mich herum rotierte. Ich versuchte verzweifelt zu atmen und scheiterte kläglich. Hjondra schnürte mir die Luftzufuhr ab und grinste. Mit letzter Kraft riss ich den Arm nach oben. Die Klinge drang in ihre Wange ein. Ihr Blick wechselte von hasserfüllt zu erstaunt und ihre Lippen formten sich zu einem grotesken O. Ich drehte die Klinge. Die Spitze schabte über ihre Backenzähne. Sie ließ meinen Hals los, kippte nach hinten, das Messer glitt heraus.

Leg nach, Mensch! Mach sie kalt!

Ich brauchte ein paar Sekunden, bis ich nicht mehr Sterne vor den Augen sah und meine Lunge sich mit ausreichend Luft gefüllt hatte. Ich sprang auf und stürzte mich auf Hjondra. Mit einer Hand hielt sie die Wunde an ihrer Wange, mit der anderen wehrte sie meinen Angriff ab. Sie boxte mir auf den Brustkorb und ich kippte zur Seite. Wir lagen kurz nebeneinander, als wären wir Freunde, die gemeinsam den Tag genossen. In Wahrheit mussten wir beide Kräfte sammeln.

Ich kam als Erster hoch und trat ihr gegen den verwundeten Knöchel. Sie jaulte auf und trat mit dem anderen Fuß nach mir. Ich wich aus und rammte ihr meine Ferse in die Rippen. Sie schrie und schlug nach mir. Wieder wich ich aus und trampelte auf ihre blutverschmierte Hand. Knochen brachen, ich spürte es durch den Schuh. Rasch kniete ich mich auf ihren Brustkorb. Sie stöhnte, Luft entwich rasselnd aus ihrer Lunge. Ich setzte mich auf sie, wie sie es im Keller getan hatte. Sie war kurz davor, das Bewusstsein zu verlieren und konnte kaum die Augen offenhalten.

Ein penetranter Geruch breitete sich aus und ich wusste sofort, was es war. Hjondra hatte sich vor Angst in die Hose gemacht.

»Na? Wie fühlt sich das an? Nicht so prall, oder?«, verspottete ich sie.

Mach sie kalt, Micha, bevor sie zu Kräften kommt!, ermunterte mich Theo. Ich hob das Messer und stach es in ihren Hals, zog es über ihre Kehle und durchtrennte Sehnen und Muskeln, schabte über Knochen und Knorpel. Das Blut sprudelte stoßweise aus den Schlagadern. Sie atmete gluckernd und zitterte unter mir. Ihre

Augen waren jetzt weit aufgerissen. Keine Spur mehr von Bewusstlosigkeit. In den letzten Momenten ihres Lebens war sie hellwach und durfte alles hautnah miterleben.

»Ist sie tot?«, fragte ich nach ein paar Sekunden und stupste gegen Hjondras Schläfe.

Ich glaube schon, keine Ahnung, antwortete Theo. *Versuch, ihr wieder den Fuß abzuschneiden, dann wirst du sehen, ob sie losschreit.*

Ich tat es. Ich schnitt ihr den Fuß ab, dann den anderen, die Arme und zum Schluss den Kopf. Das Zerlegen eines Körpers war anstrengender, als Theo mir hatte weismachen wollen. Mehrfach hatte ich es mittlerweile an Tieren geübt, aber da waren die Knochen viel feiner als bei einem Menschen. Keuchend ließ ich mich auf den Boden fallen und überlegte, was ich jetzt tun sollte.

Zerstückle sie wie ein Puzzle. Danach setzen wir sie neu zusammen, bis sie wie das Monster aussieht, das sie in ihrem Inneren ist, war Theos Forderung.

Und das tat ich.

Ich nähte, bis meine Finger bluteten und nichts mehr an seinem dafür vorgesehenen Platz war. Ständig glitschte mir durch das Blut irgendetwas aus den Händen. Diesen Umstand perfektionierte ich im Laufe der Zeit mit dem Blutverdünner.

»Ich glaube, ich bin fertig«, sagte ich irgendwann, Stunden später. Theo antwortete nicht. Er war mit einem Mal still und blieb es die nächsten Jahre. Erst kurz vor meinem zweiten Opfer, als die Ruhe und die Befriedigung durch diesen ersten Mord längst verflogen waren, erschien er wieder auf der Bildfläche und forderte seinen Tribut. Es hatte sich niemals mehr wie bei Hjondra angefühlt und Theos Schweigen hielt nie wieder so lange an. Er wurde immer fordernder, trat in kürzeren Abständen ans Tageslicht, weil die Tötungen unbefriedigender wurden und sie durch das Darknet mehr zu einem Geschäft als zu einer Passion geworden waren.

Damals hatte ich noch eine Weile neben Hjondra gesessen und ihren entstellten Körper betrachtet, der mir keinen Schaden mehr zufügen würde. Ihre Augen, die mich jetzt auf der Höhe des Bauchnabels anstarrten, da dort der neue Platz ihres Kopfes war, würden nie wieder vor Hass lodern und mir Angst einjagen. Ihr Licht war erloschen. Ich war frei.

Einem Impuls folgend, durchsuchte ich ihre Kleidung und fand tatsächlich mein Jo-Jo. Sie hatte es all die Jahre behalten. Ich nahm es an mich. Erst Jahre später brachte ich es über mich, das Jo-Jo zu verbrennen.

Ich ließ sie liegen, wusch mir an einem Bach das Blut ab und lief zum Heim. Unentdeckt huschte ich in den Waschraum, duschte und wechselte die Kleidung. Dann rannte ich mit den alten Klamotten zurück in den Wald, vergrub sie, beschmutzte meine frischen Sachen mit Dreck und zerriss sie an manchen Stellen. Dann kehrte ich zurück. Als ich auf das Büro des Erziehers zuging, hörte ich ihn fluchen und jammern. Die Tür sah verbeult aus, als hätte er mit einem Stuhl dagegen geschlagen. Holzsplitter standen heraus.

»Hallo?«, rief ich.

»Wer ist da?«, kam es gedämpft von der anderen Seite. »Micha? Bist du das?«

»Ja«, sagte ich mit weinerlicher Stimme. »Was machen Sie da drin?«

»Jemand hat mich eingesperrt. Du musst den Hausmeister anrufen, er soll sofort mit dem Zentralschlüssel kommen. Tust du das?«

»Ja.« Ich lief zum öffentlichen Telefon und wählte die Nummer. Innerhalb einer Viertelstunde war er da und befreite den Erzieher aus seinem Gefängnis.

»Was ist passiert?«, fragte der Hausmeister ihn und mich gleichermaßen. Die Handknochen des Erziehers waren blutig, als habe er mit bloßen Fäusten gegen die Tür geschlagen. »Ich muss eingeschlafen sein. Als ich aufwachte, war ich gefesselt. Mit verdammten Mullbinden. Ich konnte mich befreien, aber die Tür war verschlossen. Als ich Hilfe rufen wollte, fand ich das Kabel am Telefon durchtrennt. Ich habe versucht, die Tür aufzubrechen, was mir nicht gelang, wie Sie bemerkt haben.« Er wandte sich an mich. »Wo warst du? Und wie siehst du aus?« Er strich mir Dreck aus dem Gesicht.

»Das war Hjondra!«, weinte ich sofort los. »Sie stürmte aus dem Haus, stieß mich um. Ich wollte wissen, was los sei, doch sie giftete mich an und fauchte, das gehe mich einen Scheißdreck an. Dann ging sie auf mich los. Ich rappelte mich auf und rannte vor ihr weg, aber sie holte mich ein und verprügelte mich.« Zum Beweis zeigte ich ihm die Wunden, die ich mir beim Kampf mit Hjondra zugezogen hatte. »Als sie von mir abließ, schrie sie herum, sie würde abhauen, weil sie die Schnauze voll von diesem Laden hätte. Kreischend rannte sie durch das vordere Tor und weg war sie.« Hilflos breitete ich die Arme aus. »Ich konnte sie nicht aufhalten.«

»Dich trifft keine Schuld«, sagte er und legte einen Arm um mich. »Und die Situation war vorhin nicht so, wie du beteuert hast, oder? Als ich euch im Garten antraf. Schon da hat sie dich angegriffen, oder?«

Ich nickte und wischte mir die Tränen aus den Augen.

Und damit war der Spuk vorbei. Sie glaubten mir. Selbst die Polizei. Hjondra gilt noch heute als vermisst. Niemand hat sie je gefunden. Ich hatte sie ein paar Tage im Wald liegenlassen und sie täglich besucht. Als sie so bestialisch stank, dass ich Angst hatte, der Geruch würde bis zum Heim ziehen, hob ich ein Grab für sie aus und begrub sie mit einer Zeremonie. Die entwendete Schaufel brachte ich heimlich zurück. Niemand hat mich jemals verdächtigt.

Das war der Beginn meiner Laufbahn gewesen und ich hatte nicht vor, sie zu beenden. Aktuell schwieg Theo und ich hatte in den Jahren gelernt, ihn unter Kontrolle zu halten.

Mit den Bildern von Hjondras verunstaltetem Leib vor Augen, startete ich den Wagen und fuhr nach Hause. Linda war da. Sie empfing mich mit besorgtem Gesichtsausdruck.

»Was ist?«, fragte ich sie und ging ohne Umarmung und Kuss an ihr vorbei.

»Mein Yoga-Lehrer wird vermisst.«

»Was?« Ich versuchte, besorgt zu wirken.

»Er kam heute nicht zum Kurs und als eine der anderen und ich zu ihm fuhren, stand da ein Polizeiwagen. Jemand hat ihn vermisst gemeldet und die Polizei durchsucht sein Haus.«

»Konnten sie was finden?«

»Sie durften uns nichts sagen. Ich habe keine Ahnung, was da los ist.«

»Ach, der taucht wieder auf. Und wenn nicht, suchst du dir eben einen anderen Yoga-Lehrer.« Ich lächelte aufmunternd. Sie brach in Tränen aus. Natürlich hätte ich gern gefragt, warum sie das so mitnahm. Ob sie sich Sorgen um ihren nichtsnutzigen Geliebten machte, der vielleicht mit einer Jüngeren durchgebrannt war und sie nun fürchten musste, nie wieder von ihm gefickt zu werden. Aber ich hielt mich unter Kontrolle. Ich gab ihr ein wenig von der Nähe, die sie so verzweifelt suchte. Sie wollte getröstet werden und ich ließ den unnahbaren Teil von mir fallen. In dieser Nacht hatten wir das erste Mal seit längerer Zeit wieder Sex. Er gefiel mir sogar. Ihr auch. Unser Leben ging in den nächsten Tagen weiter wie bisher. Unsere Kinder widmeten sich demselben Unsinn, den sie immer anstellten, meine Frau weinte von Tag zu Tag weniger und ich war froh, dass kein Polizeiauto vor unserem Haus anhielt und mich nach Mathis befragte. Patrick wurde vom Krankenhaus auf die Krankenstation des Gefängnisses verlegt. Ich nahm keinen Kontakt mehr zu ihm auf. Im Institut klappte es gut mit Freddy. Ich überlegte, ihm eine Festanstellung anzubieten, was ich später auch tat. Zwei Wochen lang lief alles wie am Schnürchen. Bis heute …

36

Fast zwei Wochen lang hatte Karl Heinz im Knast gesessen, bis Herbert ihn vor zwei Tagen rausboxen konnte. Ihm war, als habe er sein halbes Leben hinter Gittern verbracht. Einzig die entstandene Freundschaft zu Deniz hatte ihm geholfen, die Zeit zu überstehen.

Nachdem er zu Herbert ins Auto gestiegen war, sprudelte sein neuer Plan fürs Leben aus ihm heraus.

»Schluss mit den Detektivspielchen! Im Knast habe ich einen Typen kennengelernt. Sein Vater hat einen türkischen Lebensmittelladen und sie brauchen dringend einen Fahrer, der Bestellungen an Stammkunden ausliefert.«

Herbert hatte ihn verständnislos angestarrt. »Du willst Essen durch die Gegend karren?«

Er hatte gelächelt, genickt und sich bei Herbert für dessen Hilfe bedankt.

Als er jetzt vor dem Fernseher saß und Herrn Schmidt betrachtete, merkte er, dass der Vogel in der Zeit seiner Abwesenheit zugenommen hatte. Das Bäuchlein war ein bisschen gewölbt und die Federn standen mehr ab als üblich.

»Da hat der gute Herbert dich wohl zu viel gefüttert, was?« Karl Heinz lachte und schlug sich auf seinen Bauch, der etwas an Volumen verloren hatte. »Hättest mit in den Bau kommen sollen, ist wie eine Kur gewesen. Vier Kilo in zwei Wochen. Bei dem Fraß kein Wunder.« Gierig stopfte er sich eine Handvoll Chips in den Mund. Er hatte nicht vor, weiterhin Diät zu halten.

Sein Blick ging zur Uhr und er rollte mit den Augen. Selbst im Knast hatten sie ihm nicht beibringen können, pünktlich zu sein. Er zog sich an und fuhr zu Mimi. Sie war seit gestern zu Hause und Karl Heinz hatte sogleich seinen Besuch angekündigt, als Herbert ihm die frohe Botschaft verkündet hatte.

Er klingelte und fiel ihr um den Hals, als sie die Tür öffnete. Mimi sah schlecht aus. Sie war dünn und ihre Haut bleich. »Schön, dass du draußen bist«, sagte sie. Beide gingen ins Wohnzimmer und Mimi goss ihnen Wasser in zwei Gläser. »Ich konnte nicht glauben, was ich da hörte, als Herbert mir davon erzählt hat. Wie geht es dir jetzt?«

Er schüttelte den Kopf. »Zuerst will ich wissen, wie es bei dir läuft.«

»Ging schon mal besser. Der Therapeut meint, es wird eine Zeit dauern, bis ich die Verluste verarbeitet habe. Drüber hinwegkommen werde ich wohl nie. Erst Ben, dann unser Kind …« Sie griff sich an den Bauch und atmete schwer.

»Ich helfe dir, wo ich kann. Herbert und Elke mit Sicherheit auch. Sind sie nach Hause gefahren?«

»Ja, heute Morgen. Sind gut angekommen. Sie sollten mich gleich anrufen, wenn sie da sind. Trotzdem bin ich tausend Tode gestorben. Hätten sie einen Unfall gehabt … Aber genug von mir, du siehst ja, wie es mir derzeit geht. Was ist mit dir?«

»Ging auch schon mal besser.«

»Herbert sagt, du willst nicht mehr als Privatdetektiv arbeiten?«

»Nein, das ist vorbei. Ich habe mich so von dem Pfeiffer-Fall einnehmen lassen, dass ich vergaß, was richtig und was falsch ist. Klar, wir haben immer die Grenzen der Gesetze ausgedehnt, aber ich bin zu weit gegangen und dafür habe ich die Quittung bekommen.«

»Oder hast du Angst vor Hansen?« Das erste Lächeln stahl sich auf ihr Gesicht.

»Ich und Angst? Wo denkst du hin?« Er glaubte seinen Worten selbst nicht und wie er an Mimis breiter werdendem Lächeln sah, glaubte sie ihm auch keineswegs.

»In Hansen hast du deine Meisterin gefunden. Dir war vorher egal, wem du auf die Füße getreten bist. Sie hat dir gezeigt, wo dein Limit ist. Tolle Frau.«

»Du bewunderst sie?« Karl Heinz war ehrlich verletzt. Wie konnte man eine wie Hansen toll finden? Er hatte im Knast so viel Schlechtes über sie gehört, dass sich sein Bild von ihr bestätigt hatte. Sie war für die Hälfte der Insassen in der U-Haft auf irgendeine Weise mitverantwortlich. Das sagte er Mimi.

»Sie greift hart durch, wischt den Dreck von der Straße.«

»Sie will eher die Quote des Reviers anheben, indem sie jeden für die kleinste Kleinigkeit wegsperrt. Das ist nicht richtig.«

»Deine Meinung.« Mimi zuckte mit den Schultern. »Ich weiß nur, wenn ich die Chance hätte, demjenigen eine reinzuwürgen, der Ben angefahren hat, würde ich das tun.« Sie nahm einen Schluck Wasser und schielte ihn über das Glas hinweg an. »Ich überlege, eine Ausbildung bei der Polizei anzufangen, sobald es mir besser geht. Ich bin jung, ich habe Zeit. Und irgendwann möchte ich sein wie Hansen.«

Ihm fehlten die Worte.

»Du scheinst nicht davon begeistert zu sein, Karl?«

» Wenn du diesen Weg einschlagen willst, dann gehe ihn. Du bist alt genug. Mach aber nicht den Fehler, einer Frau wie ihr nachzueifern.«

»Ich weiß nicht, was du gegen sie hast.«

»Sie hat dafür gesorgt, dass ich zwei Wochen im Knast festsaß. Das habe ich gegen sie.«

»Du hast dir einen Fauxpas geleistet und deine Strafe abgesessen.«

Karl Heinz war wieder sprachlos. Mimis Härte überraschte ihn. Er wusste nicht, ob das an den Medikamenten lag, die sie bekam. Oder dachte sie wirklich, er hätte das bekommen, was er verdiente? Mimi hatte oft selbst die Grenzen der Legalität verwischen lassen, war nur nie erwischt worden.

Das restliche Treffen lief unterkühlt und wenig liebevoll ab. Anders als das Beisammensein der beiden vor den Schicksalsschlägen. Das war nicht mehr die Frau, die er kannte. Sie hatte sich verändert. Er hoffte, sie würde irgendwann zurück auf den rechten Pfad finden. Nach einer Stunde verabschiedeten sie sich.

Als Karl Heinz im Auto saß, blickte er zum Fenster ihrer Küche. Er fühlte sich schuldig, weil er sie angelogen hatte. Sie und Herbert. Er hatte nicht vor, seinen alten Job an den Nagel zu hängen. Jedenfalls nicht sofort. Eine Sache musste er noch erledigen.

Er hatte aus dem Gefängnis Tomas Ratz angerufen und ihn um Informationen zum Leichenkünstler-Fall gebeten. Keine Chance. Ratz hatte direkt abgeblockt und sich entschuldigt. Er dürfe absolut keine Hinweise nach draußen geben. Schon gar nicht an jemanden, der derzeit im Kittchen saß. Danach hatte er Maller kontaktiert. Dasselbe Ergebnis, kein Kommentar.

Als er an einem Abend mit Deniz in seiner Zelle saß und sie über Hansen sprachen, sagte Deniz: »Hansen muss einen Schwachpunkt haben. Niemand ist perfekt, jeder hat Leichen im Keller. Vielleicht kannst du das nutzen. Du bist ein Schnüffler, du findest was.«

»Und wie, wenn ich im Knast sitze?«

»Hast du keine Kollegen, die das für dich erledigen können?«

»Du hast recht …« Karl Heinz dachte nach, wem er am meisten vertraute und rief ihn am selben Abend an. Er nannte ihm den Namen der Zielperson und bat ihn, etwas herauszufinden, womit er Hansen unter Druck setzen konnte. Und wie es aussah, war er fündig geworden.

Nach der Verabredung mit Mimi fuhr er zu einem Restaurant und traf sich dort mit Braun. Anstatt hineinzugehen und sich an einen Tisch zu begeben, stieg dieser zu Karl Heinz ins Auto. Unter dem Arm trug er eine dicke Akte. Ohne Begrüßung kam Braun gleich zur Sache. »Harter Brocken, diese Hansen. War nicht leicht, ihr unauffällig zu folgen. Bullen sind schwer zu observieren.«

»Und? Hast du was für mich?«

Er nickte und zog ein Foto aus dem Ordner. »Du kennst den Typen?«

»Klar, das ist Maller, ein ehemaliger Kollege.«

»Und Betthase von Hansen.«

»Was? Du verarschst mich.«

Braun reichte ihm weitere Fotos, die Hansen und Maller zeigten, wie sie mit Mützen und Schals verkleidet ein Hotel betraten. Auch aus dem Hotelzimmer existierten verfängliche Bilder.

»Wie bist du dieses Mal an die Aufnahmen gekommen?«

»Ich kenne den Hotelbesitzer und da er mir einen Gefallen schuldete und die beiden immer dasselbe Zimmer nehmen, war es kein Problem, da ranzukommen. Kannst du was damit anfangen?«

»Das ist mehr, als ich zu hoffen gewagt hätte, vielen Dank. Ich schulde dir was.«

»Quatsch, du hast mir so oft geholfen, wir sind quitt. Bis dann, Karl.« Braun stieg aus und verschwand im Restaurant.

Karl Heinz konnte es kaum fassen. Maller und Hansen? Dann war es nicht verwunderlich, dass Maller derart auf Abstand zu ihm gegangen war. Er rief auf dem Revier an und ließ sich zu Hansen durchstellen.

»Hansen?«

»Kellerer hier.«

»Ach, Herr Kellerer, Sie sind wieder draußen, wie ich höre? Wie hat es Ihnen im Knast gefallen?«

»War wie Urlaub.«

»Was kann ich für Sie tun?«

»Ich würde Sie gern treffen. Jetzt sofort.«

»Worum geht es? Ich bin ziemlich im Stress …«

»Wenn Sie nicht wollen, dass Ihr komplettes Leben den Bach runtergeht, sollten wir uns unterhalten.«

»Wenn es unbedingt sein muss. Ich warte auf Sie.«

Karl Heinz startete den Motor und fuhr zum Revier.

»Was wollen Sie?«, ging sie ihn direkt an, als er ihr Büro betrat. »Wir sind mitten in einem Einsatz. Ich habe für Ihre Eskapaden eigentlich keine Zeit.«

»Das sollten Sie sich lieber anhören.« Er setzte sich ihr gegenüber und legte die Akte auf den Tisch.

»Was ist das?«

»Ein schmutziges Geheimnis.« Er zog die Fotos heraus und reichte sie ihr. Sie schaute sie durch und verzog keine Miene. »Sie können es nicht lassen, oder?«

Er schüttelte den Kopf. »Nein, das ist meine Natur. Sobald ich einmal an was dran bin, gebe ich so schnell nicht auf.«

»Was wollen Sie?«

»Den Leichenkünstler. Wenn ich schon nicht allein daran arbeiten kann, will ich bei dieser Ermittlung helfen. Ich will als Berater eingesetzt werden und dazu beitragen, dieses Schwein zu schnappen. Ich habe einen Großteil der Arbeit geleistet und Ihnen den fast gelösten Fall überlassen.«

Hansen lachte. »Und wenn ich das nicht zulasse, veröffentlichen Sie die Bilder und riskieren, dass Maller und ich unsere Jobs verlieren?«

Karl Heinz nickte.

»Sie sind gestörter, als ich dachte. Maller erwähnte zwar, wie ehrgeizig Sie sind, aber das grenzt an Manie.« Sie schüttelte den Kopf. »Ich muss Sie enttäuschen. Mir ist es scheißegal, ob sie jedem stecken, dass ich mit ihm ins Bett steige oder nicht. Ich bin überqualifiziert und finde in jedem Revier einen Job. Bei Ihrem Freund sieht das anders aus. Ihm würden Sie das Leben versauen, nicht mir.« Lässig verschränkte sie ihre Hände hinter dem Kopf. »Außerdem gibt es noch ein Problem.«

»Und das wäre?«

»Wir wissen längst, wer der Leichenkünstler ist. Es läuft in diesem Moment ein Einsatz. Ich rechne heute mit einer Festnahme. Sie können sich Ihre Scheißfotos sonst wo hinschieben und sich verpissen. Haben wir uns verstanden?«

37

»Kommen Sie schnell!«, forderte Corinna Faum. Die Klassenlehrerin meiner Tochter weinte am anderen Ende der Leitung.

Theo erwachte aus seiner kurzen Ruhephase und rief: *Da ist ja mein Liebling!*

»Was ist passiert?«, fragte ich und holte meine Jacke. Frau Faum klang, als bräuchte sie dringend Hilfe. Ihre Stimme zitterte und überschlug sich vor Atemnot.

»Sie wissen noch, worüber ich mit Ihnen gesprochen habe?«

»Wegen Connor, meinen Sie?«

»Genau. Ich habe was im Internet gefunden. Ihr Sohn steckt in Schwierigkeiten.«

Eine halbe Stunde später klingelte ich bei ihr. Linda hatte mich entgeistert angegafft, als ich überstürzt das Haus verließ. Jedoch ließ nicht die Sorge um Connor mich loshetzen wie einen Gejagten, sondern mein Drang. Theo freute sich auf Corinna Faum, wollte endlich seine Hände um ihren Hals legen und zudrücken. Es verlangte ihn danach, aus dieser Frau etwas Großartiges zu erschaffen. Ein Meisterwerk der Unschuld. Als ich jetzt vor ihrer Tür stand, war ich mir nicht sicher, ob ich ihn dieses Mal zurückhalten konnte.

»Da sind Sie ja!« Sie klatschte die Hände wie zum Gebet zusammen. »Kommen Sie rein.« Sie führte mich ins Wohnzimmer. Es wirkte noch aufgeräumter als bei meinem letzten Besuch und es duftete nach Vanillekerzen. Wir setzten uns und ich hakte sofort nach: »Was ist mit Connor? Was haben Sie gefunden?«

Unvermittelt änderte sich ihr Verhalten. Hatte sie zuvor ängstlich gewirkt, lehnte sie sich jetzt auf dem Sofa zurück und lächelte verlegen. »Entschuldigen Sie mein Schauspiel. Ich habe Sie nicht wegen Ihres Sohnes hierherbestellt.«

»Sondern? Was wird das?«

Sie stand auf, kam zu mir und setzte sich auf meinen Schoß. Ich war wie erstarrt.

»Ich wollte Sie wiedersehen.« Sie strich mir über die Wange.

Mensch! Micha! Von wegen Unschuld. Sie ist willig und sie hat es verdient. Schau doch, was für ein schlechtes Mädchen sie ist. Ich wusste, dass sie es wert ist!, tönte Theo, der seit dem ersten Treffen hinter ihr her war. Meine Finger begannen zu kribbeln. Theo brüllte in mir, die Beute war zum Greifen nahe. Die Gelegenheit war verlockend. Corinna Faum forderte mich geradezu auf, ihr Leben zu nehmen.

»Ich begehre Sie seit unserer ersten Begegnung«, hauchte sie und drückte mir einen Kuss auf die Lippen. Er war nicht so innig, wie ihr Gebaren andeutete. Er war zögerlich, fast, als wäre dieser Kuss nicht freiwillig. Etwas stimmte nicht.

Ach was!, feuerte Theo mich an. *Das bildest du dir ein, schnapp sie dir! Schmeiß sie in deinen Wagen und ab mit ihr in die Hölle, zu Hjondra.*

Ich stieß Frau Faum von mir. Sie landete auf der Couch und wirkte jetzt genauso ängstlich wie sonst meine Opfer.

»Ich bin ein verheirateter Mann«, sagte ich.

»Sie wollen es doch auch.« Anstatt mich mit ihrem Blick zu fixieren, sah sie sich suchend um. Ich musste weg. Das Verhalten dieser Frau stank bis zum Himmel. Ich hatte zwar keine Ahnung, wieso, aber irgendetwas ging vor.

»Nein, ich will das nicht!« Ich sprang auf. »Rufen Sie mich nie wieder an, sofern es nicht um meine Tochter geht.« Ich stürzte zur Tür hinaus, stieg in mein Auto und brauste davon. Bis zum Institut hielt ich den Rückspiegel im Blick. Die Befürchtung, ich könnte verfolgt werden, saß mir im Nacken. Was war das gewesen? Hatte sie den Verstand verloren?

Nach diesem seltsamen Erlebnis konnte ich unmöglich nach Hause, also entschied ich mich, hier zu übernachten. Ich steckte den Schlüssel ins Schloss und hielt inne. Die Tür war offen!

Ich trat ein und schaltete das Licht an. Alles sah aus, wie ich es verlassen hatte. Keine Einbrecher, keine Polizei. Wahrscheinlich hatte ich lediglich vergessen, die Tür abzuschließen. Das erledigte ich jetzt.

Im Pausenraum legte ich mich auf das Sofa, wo neulich Patrick geschlafen hatte. Mir fielen sofort die Augen zu. Ein Scheppern aus dem Keller ließ mich hochfahren.

»Scheiße!«, fluchte ich. Es war doch jemand eingebrochen. Ich überlegte, die Polizei zu rufen, aber das war eines Killers nicht würdig. Sollte es ein verwanzter Penner gewagt haben, hier einzudringen, würde ich das eigenhändig erledigen.

Ich huschte in mein Büro, schloss eine meiner Schreibtischschubladen auf und holte ein Taschenmesser heraus. Während ich nach unten ging, ließ ich es aufschnappen. Es schepperte erneut, ich hörte jemanden fluchen. Auf Zehenspitzen schlich ich durch den Raum mit dem Metalltisch. Die Geräusche kamen aus dem Lager, wo ich normalerweise die Urnen aufbewahrte.

Ich hielt mich an der Wand, reckte vorsichtig den Hals und lugte durch die angelehnte Tür.

»Was machst du da?«

Freddy zuckte zusammen, stieß sich den Kopf an einem Regal. »Scheiße, tut das weh!«, fluchte er und rieb sich den Hinterkopf.

»Geschieht dir ganz recht.« Ich klappte das Messer zu und steckte es weg. »Was soll das werden, wenn es fertig ist?«

Er ließ seinen Blick durch den Raum schweifen, den er vollständig verwüstet hatte, als hätte er etwas gesucht.

Als er nicht reagierte, legte ich nach: »Was tust du hier? Hast du was verloren?«

»Wo sind sie?«, fragte er.

»Wo ist wer?«

»Die Leichen!«

Ich war zunehmend verwirrt. »Im Kühlraum, wie immer. Was ist los, Freddy?«

Er sprang auf mich zu, packte mich am Kragen und schleuderte mich gegen die Wand. Der junge Mann besaß ungeahnte Kräfte, die ich ihm wegen seines schmächtigen Äußeren nicht zugetraut hätte. Er stellte sich vor mich, in der Hand hatte er einen Schlagstock.

Ich begriff, dass ich in ernster Gefahr schwebte. Waren heute alle von ihren guten Geistern verlassen?

»Ich frage dich nur noch einmal: Wo sind die Leichen?«

»Ich weiß nicht, wovon du redest!«

Er holte aus und schlug mir auf das Schienbein. Ein stechender Schmerz schoss durch meinen Körper. Ich musste etwas unternehmen. Bevor ich reagieren konnte, traf mich ein Schlag am Kopf und ich wurde bewusstlos.

Als ich aufwachte, blickte ich an die Decke. Ich wollte mich bewegen und scheiterte an den Fesseln, mit denen ich an meinem eigenen Tisch festgeschnallt war.

So fühlt sich das also für deine Opfer an, sagte Theo und lachte.

»Halt den Mund! Ich muss mich konzentrieren«, fauchte ich ihn an.

»Halt die Fresse!« Freddy stand neben mir und drohte mit dem Schlagstock. »Mit wem redest du?«

Ich schwieg. Manchmal war Schweigen besser. Ich musste abwarten, was er vorhatte.

»Drauf geschissen!« Er lief hin und her wie ein Raubtier im Käfig. Ständig fasste er sich an den Kopf, als würde er nachdenken. Oder es zumindest versuchen.

Er trat zurück an den Tisch. »Wo sind die Leichen?«

Allmählich nervte mich die Frage. »Im Kühlraum, das weißt du doch.«

»Die meine ich nicht. Bist du so dumm oder glaubst du, du wärst schlauer als ich?«

Natürlich glaubte ich das, behielt es jedoch für mich.

»Dann sag mir, welche du meinst.«

»Deine. Die Frauen. Deine Kunstwerke.«

Jetzt kamen wir der Sache näher. Woher wusste Freddy davon?

»Ganz ehrlich? Ich habe keinen Plan, was du da schwafelst. Welche Kunstwerke?«

Freddy kam dicht an mich heran. Ich konnte seinen schlechten Atem riechen. Er stank, als hätte er einen Döner mit zwei Kilogramm Knoblauch gegessen. »Ich weiß genau, wer du bist. Deine Mitmenschen kennen dich vielleicht als Michael Stalzer, angesehenes Mitglied der Gemeinde, liebender Ehemann und Vater. So eine Scheiße! Im Darknet bist du jemand anderes. Da bist du der Herrscher der Bitcoins.«

»Ach ja? Und wer soll ich da sein?«

»›Der Leichenkünstler‹. In meinen Augen bist du nur ein armes Würstchen, das immer mit der gleichen Scheiße eine Menge Geld verdient.«

Ein enttäuschter Fan? Wie hatte er mich gefunden? Er erklärte es mir, ohne dass ich nachfragen musste.

»Du glaubst wohl, im Darknet bist du sicher. Nicht vor mir. Ich habe dich aufgespürt, habe dein Leben durchsucht wie einen Grabbeltisch. Ich weiß, wo du wohnst, wie deine Kinder heißen, was dein Leibgericht ist. Ich weiß alles.«

»Das kann nicht viel sein. Ich bin nicht der, für den du mich hältst.«

»Ach nein? Ist das nicht der Tisch, auf dem du vor Kurzem einen Mann getötet hast? Einen Mann! Wie bist du auf diese Scheiße gekommen? Ich beobachte dich schon seit Monaten. Und wie du siehst, bin ich dir immer nähergekommen. Ich habe mich in dein Leben geschlichen, ohne dass du eine Ahnung hattest, wer ich bin. Ich heiße nicht Freddy und ich bin nicht Bestatter von Beruf.«

»Dann sollte ich dich wegen Betrugs anzeigen.«

Er weinte vor Lachen. »Wenn ich mit dir fertig bin, brauchst du dir um eine solche Lappalie keine Sorgen mehr machen.«

Ich steckte in der Klemme, aber ich war nicht gewillt, ihm zu bestätigen, wer ich war. Er würde mir eh kein Wort glauben. Offenbar hatte er mich eingehend studiert und war an Informationen gelangt, die ich gehofft hatte, gut genug verschleiert zu haben.

»Das wird nicht gut für dich enden«, sagte ich und spielte ihm vor, nicht zu wissen, in welcher Gefahr ich schwebte. Freddy, oder wie auch immer er hieß, wusste, was ich in diesem Raum mit Frauen anstellte. Und wie es aussah, hatte er vor, mir das Gleiche anzutun. Vorerst suhlte er sich in seinem Erfolg, und ich hatte keine Ahnung, wie ich ihm entkommen sollte. Vielleicht endete meine Karriere nicht im Gefängnis, wie ich geglaubt hatte, sondern auf diesem Tisch. Was für eine Ironie!

»Du versuchst, mich zu täuschen. Du behauptest, nicht der zu sein, der du im Verborgenen des Darknets bist. Kann ich verstehen. Ich habe dasselbe getan. Ich habe auch vorgegeben, jemand zu sein, der ich nicht bin, um dich in die Irre zu führen. Aber ich wollte sichergehen und eine Spur finden, wo du deine Leichen loswirst. Wobei ich längst diesen Tisch aus deinen Videos wiedererkannt habe. Abstreiten bringt dir nichts. Trotzdem würde ich gern wissen, wie du sie entsorgst.

Auch wenn ich es mir schon denken kann. Entweder vergräbst oder verbrennst du sie, könnte ich wetten.«

»Selbst wenn ich nicht der bin, für den du mich hältst, interessiert mich, warum du das wissen willst.«

»Weil ich damit Probleme habe. Mit der Leichenbeseitigung. Bisher fanden sie alle meine Frauen. Dabei gab ich mir solche Mühe.«

Ich horchte auf. Also war er kein Fan, sondern ein Kollege. Jemand, der derselben Leidenschaft nachging wie ich. Welcher von ihnen? Es gab so viele. Und ich hatte nicht von jedem die Videos gesehen, nur von denen, mit denen ich Kontakt hatte.

»Wer bist du?«

»Ein Neider«, sagte er und lachte. »Man kennt mich unter dem Namen *CreepyCrow*.«

Mir ging ein Licht auf. *CreepyCrow* hatte, wenn ich mich recht erinnerte, drei oder vier Frauen getötet. Seine Videos waren hart und professionell in Szene gesetzt, jedoch fehlte ihnen das gewisse Etwas. Er war kein Seelenverwandter, er war ein Stümper. Und das hatte nicht nur ich ihm in einer unserer Unterhaltungen gesagt, sondern auch seine Zuschauer. Das hetzte ihn gegen mich auf. Ein Stalker unter Serienkillern, warum nicht?

»Nie gehört.«

»Natürlich hast du das. Wir haben uns oft ausgetauscht und du hast mir ständig vorgehalten, was ich falsch mache und was ich verbessern muss, damit ich genauso gut werde wie der große Leichenkünstler. Aber weißt du was?« Er beugte sich zu mir. Ich roch seinen Schweiß. Seinen Mundgeruch. Sah die schwarzen Mitesser auf seiner pickeligen Nase.

»Nein, was?«

»Ich will nicht so gut werden wie du. Ich will du sein.« Er kam noch näher, leckte mir über die Wange, als wäre ich ein Eis am Stiel. »Ich habe deine Daten geklaut. Vielleicht glaubst du, vorsichtig im Darknet gewesen zu sein, aber ich habe dich gehackt, mein Lieber. Ich war immer dabei, wenn du etwas hochgeladen oder nach deinen Coins geschaut hast. Sobald wir hier fertig sind, bin ich der Leichenkünstler und jeder wird mich bejubeln. Sie werden mich verehren. Oh ja, das werden sie. Es ist alles vorbereitet. Ich werde ihnen Material liefern, das sie noch nie in ihrem armseligen Leben gesehen haben. Schwangere, Babys, pubertierende Mädchen, ich reibe ihnen alles unter die Nase und dein Name wird sie zu mir locken. Sie werden denken: Oh, was Neues vom Meister, das kann ja nur gut sein, und dann sehen sie meine Werke und nicht deine lachhaften Versuche. Ich werde ihnen die wahre Schönheit des Todes zeigen. Ich hab mir einen Smoker gekauft, mal schauen, wie sich ein Baby darauf macht und wie zart das Fleisch nach ein paar Stunden sein wird. Sie werden ausflippen. Und weißt du, was das Beste ist? Du wirst zwar tot sein, aber dein Name wird dank mir weiterleben. Ich klaue dir in vielerlei Hinsicht dein Leben. Vielleicht nehme ich mir Linda und die süße Maria. Für deinen Sohn habe ich keine Verwendung, der landet auf der Müllhalde. Aber mit deinen Frauen werde ich Spaß haben. Was meinst du, wie fickt sich Maria? Ist sie Jungfrau? Ich wette, die kleine Schlampe poppt sich durch die halbe Schule.«

Endlich entfernte er sich von mir und mit ihm sein Gestank. »Ich habe Maria oft beobachtet. Es gab jeden Tag die Möglichkeit, sie mir zu schnappen. Aber ich sagte mir, nein, *CreepyCrow*, halt dich zurück, deine Zeit wird kommen. Und jetzt ist sie da.«

»Du bist verrückt«, sagte ich. »Ich habe trotzdem keine Ahnung, wovon du da sprichst und ich bringe dich um, wenn du meiner Familie etwas antust.« Meine Familie war mir egal, für mich zählte in diesem Moment nur mein eigenes Leben und dass es nicht auf diesem Tisch endete. Trotz der Gefahr war ich nicht bereit, ihm zu bestätigen, wer ich war. Das hätte ihm Genugtuung verschafft, die ich ihm nicht gönnte.

»Du gibst es nicht zu?« Er strich mir über den Kopf. »Ein Künstler bis zum Schluss. Mir soll es recht sein. Ich weiß, wer du bist und ich danke dir schon jetzt für deine Identität. Endlich werde ich der sein, der ich immer sein wollte.«

Identitätsklau. Ich hatte in den Medien viele Male darüber gelesen. Meistens ging es darum, dass Verbrecher die Onlinedaten in Hinsicht auf Banken und Onlineshops stahlen, um sich mit dem Geld der Opfer zu bereichern. *CreepyCrow* hingegen begehrte meinen Namen. Meinen Status im Darknet und somit die Liebhaber meiner Videos, die auf seine unbedeutende Kunst hereinfallen würden.

»Kann ich dich irgendwie überzeugen, dass ich nicht der bin, für den du mich hältst? Wenn du mich losmachst und einfach gehst, werde ich dich nicht anzeigen. Wir vergessen das Ganze. Was hältst du davon?«

»Gar nichts. Das Überraschungsmoment war vorhin auf meiner Seite. Falls ich dich jetzt losmache, weiß ich, dass du mich abmurkst, weil du eben genau der bist, für den ich dich halte. Also Klappe zu, Papa muss arbeiten.« Er durchwühlte meine Schränke. Wahrscheinlich war er auf der Suche nach etwas, das ihm mehr Spaß bereitete, als mich mit dem Schlagstock totzuprügeln. Er fand meine Skalpelle. Natürlich!

»Hiermit hast du ihnen die Pulsadern aufgeschnitten. Ich erkenne die Marke, die hast du nicht unkenntlich gemacht.« Er öffnete die Schachtel und nahm sich das größte heraus. »Erst habe ich überlegt, deinen Tod gewinnbringend zu vermarkten, aber ich halte nichts davon, weiterhin Männer in das Repertoire des Leichenkünstlers aufzunehmen. Warum hast du diesen Kerl umgebracht? Wieso nach all den Jahren einen Mann?«

»Ich habe niemanden getötet.«

Freddy … *CreepyCrow* schüttelte den Kopf. »Du bist ein hoffnungsloser Fall. Dann machen wir es eben ohne Geständnis.« Er setzte die Klinge an meinem Unterarm an. »Wollen wir mal sehen, ob die Dinger genauso scharf sind, wie sie in den Videos wirken.« Er trieb die Klinge in mich hinein, zog einen senkrechten Schnitt bis zu meinem Handgelenk. Mein Fleisch klaffte auf, Blut quoll warm daraus hervor. Ich war ein gefühlskalter Mensch, aber auch ich empfand Schmerz und ich konnte nicht verhindern, dass mir ein markerschütternder Schrei entwich. Ich hasste es, ihm diese Befriedigung geben zu müssen. Er hatte sie nicht verdient, aber der Schmerz war zu überwältigend.

»Scheiße, Mann! Die sind echt sauscharf. Schau mal, wie mühelos ich dir deinen Scheißarm aufschneiden kann. Wow!« *CreepyCrow* lachte. Er hüpfte auf und ab wie ein irre gewordener Kastenteufel.

Ich schaute auf meinen Arm. Das Blut drang nicht so schnell aus der Wunde, wie ich befürchtet hatte. Die Schlagader war verletzt. Was half mir das? Er würde mich filetieren wie einen Truthahn, wenn ich nicht vorher einen Ausweg fand. Doch welchen? Selbst Theo schwieg, weil wir beide wussten, dass die Chance, sich aus der Fixierung zu befreien, gegen null tendierte. Ich konnte mich kaum bewegen und mir die Blöße zu geben und ihn anzuflehen, kam mir nicht eine Sekunde in den Sinn. Ich schloss die Augen und akzeptierte mein Schicksal. Es war vorbei. Schluss. Aus. Ende. Ich war nicht wie die meisten Opfer. Ich wusste, wann es keine Hoffnung mehr gab.

»Du wirst doch nicht ohnmächtig werden?«, fragte *CreepyCrow*, als er meine geschlossenen Augen bemerkte. Er schnitt mich am anderen Unterarm. »Vielleicht weckt dich das auf.«

Ich presste die Augen zusammen und biss mir auf die Unterlippe, dennoch entwich ein weiterer Schrei meine Kehle. *CreepyCrow* lachte, verstummte jedoch abrupt, als es über uns schepperte.

»Was zum Teufel war das?«, fluchte er.

Ich öffnete die Augen. Ein paar Sekunden später hörte ich jemanden rufen: »Polizei! Lassen Sie das Messer fallen!«

Ich hob den Kopf und sah Maller am Ende der Treppe stehen. Er hielt eine Pistole in der Hand und zielte auf *CreepyCrow*. Mein ehemaliger Mitarbeiter – die Kündigung war ihm mehr als gewiss – reagierte blitzschnell. Er ging hinter mir in Deckung und drückte das Skalpell gegen meinen Hals.

»Lassen Sie ihn los!«, brüllte Maller. Hinter ihm kam eine Frau die Treppe herunter, nach ihr weitere bewaffnete Beamte in Zivil und Uniform.

»Ich denke gar nicht daran!«, entgegnete *CreepyCrow*.

»Zwingen Sie mich nicht, zu schießen!«, warnte Maller.

»Wir sollten es ihn tun lassen«, sagte die Frau.

Maller blickte sie entgeistert an. »Bist du verrückt, Hansen?«

»Wir sind eh nicht wegen ihm hier, sondern wegen Stalzer.« Hansen wandte sich zurück zu uns. Ich hatte keine Ahnung, ob das eine verquere Art der Verhandlung war oder ob sie es ernst meinte. »Wahrscheinlich rächt sich dieser Mann an Stalzer, weil er seine Frau oder seine Schwester ermordet hat. Soll er doch verbluten.« Sie trat ein paar Schritte näher. Der Druck des Skalpells an meinem Hals nahm zu.

»Bleiben Sie, wo Sie sind!«, brüllte *CreepyCrow*.

Hansen blieb sofort stehen und hob abwehrend die Hände. »Ich will Ihnen nichts tun.« Sie deutete auf mich. »Wir sind wegen ihm hier. Er ist ein Mörder, ›der Leichenkünstler‹, wie er sich nennt. Bringen Sie ihn um oder lassen Sie uns ihn festnehmen, ist mir egal.« Sie zuckte mit den Schultern und in ihren eiskalten Augen erkannte ich, dass es keine Taktik, sondern ihre ehrliche Meinung war.

Jahrelang hatte ich es geschafft, unentdeckt zu bleiben und gleich an einem Tag deckten ein anderer Mörder und die Polizei meine Identität auf. *Herzlichen Glückwunsch, Micha, du hast verkackt.*

»Er ist nicht der Künstler«, presste *CreepyCrow* hervor.

»Ach nein?«

»Nein, er ist nur ein armes Würstchen. Ich bin der Leichenkünstler. Ich habe die Frauen umgebracht. Mir gehört der Ruhm. Ich bin der beste Serienkiller aller Zeiten.«

Ich war erstaunt. Seine geistige Störung reichte tiefer, als ich es zu glauben gewagt hätte. Er wollte so sehr ich sein, dass er das sogar gegenüber der Polizei behauptete.

»Da sagen unsere Quellen was anderes«, sagte Maller und trat neben Hansen. Er hatte im Gegensatz zu ihr nicht die Waffe gesenkt und schien von ihrer Verhandlungsmethode nicht gerade angetan zu sein.

Welche Quellen?, fragte Theo, der sich bisher bedeckt gehalten hatte. Das hätte ich auch gern gewusst. Aber ich hielt es für angebracht, den Mund zu halten. Sollten die drei das unter sich ausmachen.

»Hören Sie, wir wissen nicht, wer Sie sind. Lassen Sie uns das Ganze in Ruhe besprechen, okay?«, versuchte Maller sein Glück und kam näher.

»Einen Schritt weiter und ich schneide ihm die Kehle durch! Sie kennen scheinbar die Werke des Leichenkünstlers. Also sollten Sie auch wissen, wozu ich fähig bin.«

Im weiteren verbalen Schlagabtausch, in dem Maller und Hansen forderten, er solle das Skalpell wegwerfen, behauptete *CreepyCrow* in einem fort, der Künstler zu sein. Mich, denjenigen, der blutend auf dem Tisch lag, beachteten sie nicht. Ich blutete nicht stark, aber konstant, und nach und nach verließ mich die Kraft.

Irgendwann sagte Hansen resigniert: »Gut, wir glauben Ihnen, dass Sie der Künstler sind. Wir respektieren das. Lassen Sie uns darüber reden. Erzählen Sie uns, was Sie getan haben.«

CreepyCrows Stolz war geweckt. »Sie glauben mir endlich?«

Wie ich erwartet hatte, ließ er das Skalpell fallen. Es klirrte und klimperte, als es erst gegen den Tisch prallte und dann auf dem Fliesenboden landete.

Als Maller *CreepyCrow* an mir vorbeiführte, sah ich, dass seine Hände mit Handschellen fixiert waren. Dieser Verrückte grinste, als habe er gewonnen. Wenn er weiterhin felsenfest behauptete, ich zu sein, würde er im Knast nichts mehr von meinem Ruhm haben, außer die Anerkennung der Insassen.

Ich hörte Sirenen näherkommen. Jemand musste einen Krankenwagen gerufen haben. Das war gut so. Mir war schon ganz schwummrig. Maller beugte sich über mich. Er drückte mir Tücher auf die Wunden, um die Blutungen zu stoppen. Dann verlor ich das Bewusstsein.

38

Karl Heinz wartete seit Stunden perplex vor dem Revier. Kaum hatte Hansen ihm verraten, dass sie wüssten, wer der Leichenkünstler war, warf sie ihn aus ihrem Büro und brauste davon.

Sein Plan hatte sich in seinem Kopf gut angehört. Hansen mit der Affäre erpressen, um an Informationen zu gelangen. Totale Pleite! Wahrscheinlich hatten sie den Dreckskerl längst gefasst. Fall geklärt.

Wütend kickte er einen Stein über den Parkplatz.

»Schlechter Tag?«, fragte jemand hinter ihm.

Er wirbelte herum.

»Kann man so sagen.«

»Ich kann mir denken, warum. Komm mit, alter Freund«, lud Tomas Ratz ihn ein.

Auf dem Weg durch das Revier liefen Leute aufgeregt umher und beglückwünschten sich gegenseitig.

»Was ist los?«, fragte Karl Heinz ohne Hoffnung, an Informationen zu gelangen. Er irrte sich.

»Sie haben den Leichenkünstler gefasst.«

»Wer ist es?«

»Jemand anderes, als wir dachten. Vor vier Stunden wollten sie den Verdächtigen festnehmen und fanden ihn in einer heiklen Situation vor. Er wurde von einem Mann mit einem Skalpell bedroht, der behauptete, der Künstler zu sein. Noch passt nicht alles zusammen. Die Ermittlungen laufen. Spurensicherung und Techniker sind gleich zu ihm nach Hause gefahren. Sie entdeckten auf seinem Rechner entsprechende Zugangsdaten,

Festplatten gefüllt mit den Originaldaten. Er kennt jedes Detail über die Morde. Die Befragung läuft. Hansen sieht den Fall als so gut wie abgeschlossen an.«

»Kannst du mir Namen nennen?«

Ratz schüttelte den Kopf. »Geht nicht, entschuldige. Ich habe dir eh schon mehr verraten, als ich dürfte. Das bleibt bitte unter uns, sonst reißt Hansen mir die Eier ab.«

»Ja, verstehe. Eine letzte Frage: Habt ihr herausgefunden, ob Joleen Pfeiffer unter den Opfern ist?«

»Nein, war sie nicht. Entweder existiert kein Material von ihr oder er ist nicht schuld an ihrem Verschwinden. Vielleicht finden wir das nie heraus.«

»Danke, Tomas, du hast was gut bei mir.«

Karl Heinz verließ das Revier und schaute sich zu Hause die Nachrichten an. Es wurde kein Name genannt, nur, dass einer der gefährlichsten Serienkiller der deutschen Geschichte gefasst wäre. Karl Heinz wusste, dass bald das Internet voller Theorien sein würde. Die meisten davon wären zum Haare raufen, einige bestenfalls wahr. So lief es immer. Er würde irgendwann wissen, wer der Täter war.

Doch was war mit Joleen?

39

Ich erwachte aus der Schwärze meiner Ohnmacht. Es war immer noch oder schon wieder dunkel draußen. Mein Blick schweifte träge vom Fenster durch das Krankenhauszimmer. Ich war allein, jedenfalls, was die Anzahl der Patienten anging. Ein Beamter saß auf einem Stuhl und beobachtete mich. Als er bemerkte, dass ich die Augen geöffnet hatte, sprang er auf und verließ den Raum. Vor der Tür hörte ich ihn sagen: »Er ist wach.«

Blechern wie aus einem Funkgerät erklang ein: »Ich bin sofort da.«

Aus *sofort* wurde eine Stunde, in der mich ein Arzt untersuchte und ich eine Kleinigkeit zu essen bekam. Danach betrat Maller das Zimmer, zog den Stuhl, auf dem zuvor der Beamte gesessen hatte, an mein Bett und setzte sich.

»Hallo, Herr Stalzer. Wie geht es Ihnen?«

»Ging mir schon besser, danke der Nachfrage.«

»Sie waren zwei Tage ohne Bewusstsein.«

»Zwei Tage? Was habe ich verpasst?« Mir kam *CreepyCrow* in den Sinn und die Tatsache, dass er sich als mich ausgegeben hatte. War die Polizei während meiner Bewusstlosigkeit dahintergekommen, dass ich der wahre Künstler war? Klickten gleich die Handschellen?

»Einiges. Und ich hätte ein paar Fragen an Sie. Fühlen Sie sich in der Lage, mir zu antworten?«

»Ich werde es versuchen.« Ich deutete hinter mich. »Können Sie die Kopflehne höherstellen?«

Maller suchte das Bedienteil des Bettes und verstellte das Kopfteil so, dass ich aufrecht sitzen und ihm in die Augen sehen konnte.

»Wo haben Sie den Tisch gekauft?«

»Welchen?« Ich wusste genau, auf welchen er anspielte. Die Polizei war nicht dumm. Wenn sie meine Videos kannten, würden sie ihn wiedererkannt haben.

»Den in Ihrem Keller. Auf dem Sie festgebunden waren.«

»Den habe ich vor Kurzem gebraucht erstanden«, versuchte ich mein Glück.

»Was heißt vor Kurzem?«

»Ich kann Ihnen den exakten Tag nicht nennen, hatte viel um die Ohren.«

»Haben Sie eine Rechnung?«

»Nein, der Verkauf lief unter der Hand, wenn ich ehrlich sein soll.«

Maller nickte. Entweder hatte ich ins Schwarze getroffen oder ich lag vollkommen daneben. Ich konnte nur hoffen, dass *CreepyCrow* in seiner, oder eher in meiner, Rolle geblieben war.

»Der Mann, den Sie als Freddy kennen, hat uns dasselbe gesagt. Er hat jemanden beauftragt, Ihnen den Tisch zu verkaufen. Haben Sie sich nicht über die Ösen an den Seiten gewundert?«

»Eigentlich nicht. Ich war froh, das Ding so günstig geschossen zu haben.«

»Was können Sie mir über Ihren neuen Mitarbeiter erzählen?«

»Nicht viel. Er hat sich bei mir beworben und ich habe ihn eingestellt. Seine Arbeit war zufriedenstellend. Er war pünktlich, freundlich. Ich hätte nie gedacht, dass er versuchen würde, mich zu töten.«

»Wir auch nicht, eher umgekehrt.«

»Was wollen Sie damit sagen?«

Maller beugte sich vor, stützte die Ellenbogen auf seinen Oberschenkeln ab. »Ich will ehrlich zu Ihnen sein, wenn Sie es zu mir sind. Wir gingen davon aus, Sie seien der Leichenkünstler.«

»Wer?«

Er erzählte mir von einem Serienkiller, der im Darknet sein Unwesen trieb und dort den Namen ›Leichenkünstler‹ benutzte.

»Und Sie glauben, dass ich das bin?«

»Wir haben unsere Quellen.«

»Ich dachte, Sie wollten ehrlich zu mir sein.«

Mallers Gesicht verzog sich, als fühlte er sich ertappt. »Ihr ehemaliger Mitarbeiter, Patrick Fillinger, forderte einen Deal. Kein lebenslänglich gegen einen Serienmörder. Erst glaubten wir, er wolle uns verarschen. Als er uns von Ihnen erzählte und das zu einem Fall passte, an dem ein Kollege arbeitete, fügte sich alles zusammen. Bei der Durchsuchung Ihres Instituts hofften wir, zufällig auf Beweise zu stoßen, die Sie mit den Vorwürfen in Verbindung bringen würden.«

»Und? Haben Sie was gefunden? Wie kommt Patrick darauf?«

Maller schüttelte den Kopf. »Leider nicht, nein. Wir bekamen die Genehmigung, die Gespräche zwischen Patrick und Ihnen im Krankenhaus abzuhören.«

Mir wurde heiß und kalt. »Was? Dürfen Sie das überhaupt?« Ich überlegte fieberhaft, ob ich etwas Falsches gesagt hatte, und war froh, Patrick nicht von Hjondras Ableben erzählt zu haben.

»Wir hatten eine richterliche Verfügung, weil man durch die Aussagen Herrn Fillingers den Verdacht gegen Sie als begründet ansah.«

»Haben Sie denn was gehört, das Ihren Verdacht erhärtet hat?«

»Bis auf die traurige Geschichte eines Mannes, der schon in jungen Jahren viel Grausames erleben musste, nicht, nein. Und Tiere zu töten, ist zwar, nennen wir es, sehr fragwürdig und in meinen Augen moralisch verwerflich, aber nichts, weswegen wir Sie nachträglich anklagen könnten.«

»Aber Sie haben mich weiterhin verdächtigt?«

»Selbstverständlich. Fillinger erzählte uns von einer Frau, auf die Sie ganz versessen zu sein schienen. Er behauptete, Sie würden sie gern töten, müssten sich jedoch zusammenreißen, weil sie keine Hure war und somit nicht Ihrem Beuteschema entsprach.«

»Ich verstehe nur Bahnhof. Was für Huren?«

»Ihnen sagt der Name Corinna Faum etwas?«

»Ja, sie ist die Lehrerin meiner Tochter.« Theatralisch zog ich die Stirn in Falten. »Und ich soll Frau Faum töten wollen? Wieso?«

»Weil Ihr ehemaliger Mitarbeiter das so ausgesagt hat. Wir kontaktierten Frau Faum und banden sie in unsere Ermittlungen ein. Sie sollte Sie zu sich locken und Sie in

Versuchung führen. Wir warteten im Nebenraum darauf, dass Sie die Chance ergreifen würden.«

»Moment, Moment! Und deshalb sollte mich die Lehrerin meiner Tochter verführen? Was hätten Sie gemacht, wenn ich ein lausiger Ehemann gewesen wäre oder tatsächlich dieser Killer?«

»Wir waren gleich nebenan, haben das Geschehen videoüberwacht. Falls Sie ihr etwas hätten antun wollen, wären Sie nicht dazu gekommen. Aber das haben Sie nicht.«

»Weil ich meine Frau liebe und kein Monster bin«, murrte ich überschwänglich betroffen. Mein Schädel brummte. Es fiel mehr schwer, mich zu konzentrieren und die Fassade des braven Ehemanns aufrechtzuerhalten. Aber es schien mir recht ordentlich zu gelingen.

»Und warum behauptet Patrick Fillinger das dann?«

»Das müssen Sie ihn fragen.«

»Haben wir. Er rückt von seinen Behauptungen nicht ab und erzählte uns, wie er die Überreste beseitigen musste, wenn das Blut überall klebte.«

»Sie werden mit Sicherheit mein Institut auf den Kopf gestellt haben. Haben Sie Blutspuren vorgefunden?« Ich betete, dass die Antwort Nein war. Ich hatte zwar immer geflissentlich alles gereinigt, aber der Polizei reichten heutzutage kleinste Partikel.

»Am Tisch.«

»Und die können vom Vorbesitzer stammen.«

»Korrekt.«

»Oder von einem meiner Kunden.«

»Das ist ebenfalls korrekt. Das ist die einzige Spur, die wir in einer Fuge gefunden haben. Ironischerweise stammte sie von Frau Faums Mutter.«

»Eines der Unfallopfer. Ihre Körper waren derart entstellt …« Ich führte es nicht weiter aus. Es ärgerte mich, dass ein Überrest von ihr zurückgeblieben war. Nicht auszudenken, wäre es Blut von einem meiner Opfer gewesen.

»Und was jetzt?«, fragte ich. »Bin ich trotzdem verdächtig?«

»Ja und nein. Freddy, der eigentlich Rolf Rainer heißt, hat alles gestanden. Er kennt Details, die nur der Mörder kennen kann. Auf seinen Festplatten fanden wir sämtliche Dateien des Leichenkünstlers. Die originalen, wie meine Techniker bestätigen. Nur finden wir weder das Geld, das er damit verdient hat, noch haben wir einen Anhaltspunkt, wo er getötet und wo er die Toten verschwinden lassen hat. Zu den Punkten schweigt er sich aus. Wir haben auch Ihren Computer zu Hause durchsucht.«

»Und?« Ich kannte die Antwort und er gab sie mir.

»Wir haben nichts gefunden. Und keine Hinweise auf das Geld.«

»Natürlich nicht, weil ich nichts damit zu tun habe.«

Freddy oder vielmehr Rolf hatte offensichtlich seine Hausaufgaben gemacht. Er musste sich die Dateien sofort von meinem Computer gezogen haben, wenn ich sie von der Festplatte geladen hatte. Anders konnte ich mir das nicht erklären. Oder er hatte mir einen Virus aufgespielt, der ihm automatisch alles übertrug. Ich hatte zumindest meine digitalen Spuren sorgfältig genug verwischt. Das Geld lag versteckt auf einem Konto, das selbst von der Polizei nicht aufgespürt worden war. Bisher hatte ich immer geglaubt, dass hier die Schwachstelle sein könnte, obwohl mir seinerzeit versichert wurde, es sei unauffindbar. Aber hundertprozentige Gewissheit hatte ich erst jetzt. Immerhin!

»Wenn Sie nichts gefunden haben, was darauf hindeutet, dass ich dieser Leichenkünstler, weshalb bin ich dann noch verdächtig?«

»Warum sollte Ihr bester Freund uns einen derartigen Bären aufbinden, wenn da nicht ein Fünkchen Wahrheit drinsteckt?«

»Was weiß ich? Er hat auch sein Haus angesteckt. Vielleicht will er seinen eigenen Arsch retten.«

»Möglich. Aber finden Sie nicht, dass es ein arger Zufall ist, dass nicht Sie der Leichenkünstler sind, sondern ausgerechnet Ihr neuer Mitarbeiter?«

Ich breitete die Arme aus und gebärdete mich weiterhin als Unschuldslamm, das gerade seinen Stolz wiedergefunden hatte. »Zufälle gibt es immer wieder. Ich würde sagen, entweder Sie nehmen mich fest oder Sie lassen mich in Ruhe gesund werden, wenn Sie nichts gegen mich in der Hand haben.«

Er brummte ein paar unverständliche Worte, stand auf, verabschiedete sich und verließ mein Zimmer. Ich atmete durch. Dass diese Situation knapp gewesen war, wäre die Untertreibung des Jahres. Maller war es anzusehen, dass er keineswegs glaubte, Rolf könnte der Künstler sein. Aber in diesem Land zählten ausschließlich Beweise, und die sprachen eindeutig für diesen Irren und nicht gegen mich. Wenn *CreepyCrow* weiterhin daran festhielt, mir mein Leben zu stehlen und den Ruhm zu ernten, würde ich ihm dies gestatten. Mir war die Freiheit wichtiger als die Ehre.

Ich gesundete schnell. In den nächsten Wochen wurde ich oft von der Polizei befragt, da es Unstimmigkeiten in Rolfs Geständnis gab, die sie mit mir besprechen wollten. Ich sagte ihnen ein ums andere Mal, dass ich nichts damit zu tun hätte und dass ich das Opfer falscher Anschuldigungen sei. Aber so wie Rolf hielt auch Patrick an seiner Geschichte fest. Er behauptete immer noch, ich sei der Killer und nicht Rolf. Maller schien ihm zu glauben, die Richter und vor allem Hansen nicht. Die schauten nur auf die Beweislage und die war hieb- und stichfest. Keine Spur führte zu mir.

Dennoch behielt mich dieser Wadenbeißer von Maller weiterhin im Auge. Dieser Kerl ließ einfach nicht locker. Theo war schlau genug, mich in dieser Zeit in Ruhe zu lassen. Er forderte keinen Tribut und ich gab Maller keinen Grund, mich weiter zu verdächtigen.

Kein einziges Mal loggte ich mich in das Darknet-Konto des Künstlers ein. Das Konto, auf das noch immer die Einnahmen flossen, rührte ich nicht an. Ich mimte den braven Bürger und ging nach der Entlassung aus dem Krankenhaus meiner Arbeit nach.

Eines Tages verfolgte mich Maller wieder einmal mit dem Auto, als ich eine Leiche aus der Rechtsmedizin abholte. Er fuhr mir auf dem Parkplatz hinterher. Ich reagierte schnell, legte eine Vollbremsung ein und wartete auf den Knall. Maller war viel zu dicht aufgefahren und es kam, wie es kommen musste. Er knallte mir hinten rein und verbeulte meinen Leichenwagen. Der Sarg, den ich für den Transport mitgeführt hatte, war hinüber.

Er entschuldigte sich tausendmal. Ich hörte ihm nicht zu, sondern alarmierte die Polizei. Gleich am Telefon erklärte ich, wer mir reingefahren wäre und es kamen nicht nur Streifenpolizisten zum Unfallort, Mallers Chefin war die Erste und sie war alles andere als begeistert.

Diese Hansen hatte Maller von oben bis unten angesehen und wütend gezischt: »Du bist eindeutig zu weit gegangen. Vergiss es endlich. Wir haben den Leichenkünstler, er sitzt lebenslang mit anschließender Sicherungsverwahrung. Lass diesen Mann in Ruhe oder du wirst suspendiert.«

»Mach die Augen auf! Es gibt Unstimmigkeiten. Aber dich interessiert ja nur deine Erfolgsquote. Dir ist scheißegal, dass ein Unschuldiger im Gefä…«

Hansen fiel ihm ins Wort: »Noch einen Pieps von dir und du kannst gleich heute deinen Schreibtisch räumen!«

Wie ein begossener Pudel war Maller in den Dienstwagen gestiegen. Er warf mir einen letzten Blick zu, ehe die beiden davonrasten. Er würde Zeit seines Lebens glauben, dass der Falsche für diese Morde im Gefängnis saß und auf ewig mich verdächtigen. Wenn er das im Stillen für sich tat und mich endlich in Ruhe ließ, durfte er tun und lassen, was er wollte.

Und so kam es. Er verfolgte mich nie wieder.

Doch damit war es noch nicht vorbei. Linda hatte natürlich mitbekommen, warum die Polizei unser Haus durchsucht hatte. Nun fühlte sie sich in meiner Gegenwart nicht mehr wohl. Sie distanzierte sich immer mehr von mir. Ich konnte ihr hundertmal versichern, dass an den Vorwürfen nichts dran war, sie glaubte mir nicht. Ein paar Wochen, nachdem ich aus dem Krankenhaus entlassen worden war, verließ sie mich.

Obwohl ›verließ‹ nicht die korrekte Bezeichnung war. Sie warf mich raus. Ich wohnte einige Tage in einem Hotel, bis ich eine möblierte Wohnung gefunden hatte. Sie blieb mit den Kindern im Haus und forderte Unterhalt. Nun, es hatte alles sein Pro und Contra. Ich war ein freier Mann, hatte aber meine Familie und mein komplettes zweites Leben eingebüßt. Ich musste bei null anfangen. Alles neu aufbauen. Fassade, Darknet, meinen guten Ruf als Künstler. Dazu musste ich etwas komplett Neues erschaffen. Wenn ich weitermachte wie bisher, würde die Polizei sehen, dass jemand so tötete wie der Leichenkünstler. Und dann wäre Maller der Erste, der den Finger hob und mich wieder ins Spiel brachte. Aber solange Theo schwieg, musste ich mir darum keine Gedanken machen. Und so ging ich meiner Arbeit nach. Bereitete die Toten für ihre Begräbnisse vor und hielt Ausschau nach einer Frau, hinter der ich mich verstecken und meiner Passion nachgehen konnte, sobald Theo erwachte.

40

»Er ist verurteilt worden«, sagte Mimi und reichte Karl Heinz die Zeitung. Er las, dass der Leichenkünstler den Rest seines erbärmlichen Lebens im Knast sitzen würde.

»Geschieht ihm recht.«

»Das ist nicht alles, lies den Artikel darunter.«

Die Überschrift lautete ›Vermisste Frau tot‹. Er las den Text laut vor: »Die vermisste Joleen P. ist tot. Wie aus Ermittlerkreisen bekanntgeworden ist, ging die Polizei bisher davon aus, dass der sogenannte ›Leichenkünstler‹ für das Verschwinden der Frau verantwortlich sein könnte. Wie sich jetzt herausstellte, wurde Joleen P. Opfer eines Sexualmordes. Joleen P. arbeitete an einer Fotostrecke, die die Schönheit Prostituierter zeigen und sie mehr in die Gesellschaft einbinden sollte. Das Eintauchen in dieses Milieu wurde ihr zum Verhängnis. Gestern Abend bemerkte die Hotelangestellte Anne K. einen seltsamen Geruch im Keller. Als sie diesem nachging, fand sie eine zerstückelte, in Beutel verpackte Leiche. Dringend tatverdächtig ist der Besitzer des Hotels, Jannis N., der laut Aussagen der Angestellten sowie der Prostituierten, die sein Hotel für ihre Arbeit nutzten, oftmals versucht hatte, sich an den Frauen zu vergehen. Gegen ihn wurden in den letzten Jahren bereits vier Anzeigen wegen versuchter Vergewaltigung erstattet. Jannis N. sitzt aktuell in Untersuchungshaft.«

»Krass, oder?«, kommentierte Mimi.

»Und ich habe mit diesem Jannis über Joleen gesprochen. Ich wäre im Leben nicht darauf gekommen, dass er sie getötet hat.« Karl Heinz schüttelte ungläubig den Kopf über die Abgebrühtheit dieses Mistkerls. »Das Schlimmste ist, ich war ihr so nahe …« Seufzend legte er die Zeitung auf den Küchentisch. Er hatte mit der Suche nach Joleen abgeschlossen und schlussendlich hatte man sie gefunden. »Wie kommst du voran?«

»Geht so, ich wusste nicht, dass die Ausbildung zur Kommissarin so scheiße schwer ist.«

»Wäre auch fatal, wenn jeder Idiot Polizist werden könnte.« Er lachte und dachte an Hansen, die von Mimi noch immer verehrt wurde wie eine Heilige. Er hatte ihr die Polizistenlaufbahn nicht ausreden können, weshalb er beschlossen hatte, sie bei ihrer Polizeikarriere zu unterstützen. Auch Herbert und Elke halfen ihr aus der Ferne. Herbert ließ seine Verbindungen spielen und finanzierte Mimi ihren Lebenstraum. Nach dem Studium an der Polizeihochschule würde sie den Weg gehen, den Karl Heinz nunmehr hinter sich hatte. Vielleicht schaffte Mimi es bis ganz nach oben.

»Du packst das schon«, sagte er.

»Und wie gefällt dir dein Job bei Deniz' Vater?«

»Macht Spaß und bringt Geld. Was will man mehr?«

»Nie wieder Detektivarbeit? Bist du sicher, dass du das durchhältst?«

»So sicher wie das Amen in der Kirche.« Und dieses Mal meinte er es ernst. Er war fertig mit dem Leichenkünstler, Maller, Hansen und wie sie nicht alle hießen. Sollten sie doch machen, was sie wollten. Karl Heinz würde seinen Lebensabend in Ruhe verbringen und solange er konnte, bei dem türkischen Lieferservice aushelfen. Irgendeine Beschäftigung brauchte er schließlich. Die Leute dort waren nett, die Arbeit nicht schwer und die wöchentliche Portion Sucuk vom Grill, die Deniz' Vater springen ließ, wollte er auf keinen Fall missen.

Sein Handy klingelte. Die Nummer war unterdrückt. »Entschuldige mich einen Moment. Ich frage dich gleich weiter ab.« Er ging ins Bad und schloss die Tür hinter sich. »Kellerer?«

»Hey, Karl. Braun hier.«

»Braun! Was gibt's?« Die Erinnerung an seinen Kollegen, der ihm die Akte mit den verfänglichen Fotos von Hansen und Maller gegeben hatte, trat vor seine Augen. Er hatte eine Kommissarin erpressen wollen. Was hatte er sich nur dabei gedacht?

»Du erinnerst dich doch bestimmt an diesen Yoga-Typen, bei dem ich dir helfen sollte, oder?«

»Du meinst die Affäre?«

»Genau, ja.«

Und ob er sich erinnerte. Ohne die Hilfe von Ben und Mimi hatte er seinerzeit die Hilfe von Braun in Anspruch nehmen müssen, Stalzer aber nichts davon erzählt. Andererseits hatte er den Datenschutz gewahrt und Braun nicht Stalzers Namen genannt.

»Was ist damit?«

»Wusstest du, dass besagter Yoga-Lehrer seit Wochen verschwunden ist?«

»Nein, das wusste ich nicht.«

»Jawohl! Kurz nach unseren Recherchen hat er sich in Luft aufgelöst. Das fand ich seltsam. In seinem Haus entdeckte man Kampfspuren, jedoch keine DNA eines möglichen Täters. Die Polizei geht von einem Gewaltverbrechen aus.«

»Ja, und? Was willst du andeuten?«

»Nachdem das mit diesem Leichenkünstler in den Medien war und ich wusste, dass du daran gearbeitet hast, habe ich mich mit dem Thema beschäftigt. Ich wollte wissen, was da abging und bin mit Hilfe meines Technikers ins Darknet.«

»Und?«

»Wusstest du, dass das letzte Opfer des Leichenkünstlers ein Mann war?«

»Nein, aber …?«

»Ich habe mir das Video angesehen. Den Screenshot eines Standbildes schicke ich dir gerade rüber. Schau es dir an und urteile selbst. Wenn du glaubst, wir sollten in dem Fall etwas unternehmen, melde dich bei mir. Wenn nicht, lassen wir es gut sein.« Im Hintergrund rief jemand Brauns Namen, es klang dringend. »Ich muss aufhören.« Dann war er weg.

Karl Heinz setzte sich auf den Badewannenrand, öffnete die E-Mail in seinem Smartphone. Die Qualität des Bildes, die unkenntlich gemachte Umgebung und der Metalltisch zeigten ihm sofort, dass es sich um ein Video des Leichenkünstlers handelte. Es war unverkennbar. Nie würde er die Schreie der Frauen vergessen, die er in den zahllosen Videos gesehen hatte. Und niemals konnte er vergessen, dass er kurz davor gewesen war, diesen Dreckskerl zu schnappen.

Es war eindeutig Mathis, der dort auf dem Tisch lag. Sein Gesicht war eine Maske des Grauens, sein Körper entstellt und doch erkannte Karl Heinz den Yoga-Lehrer auf Anhieb.

Sein Kollege Braun hatte eine weitere Datei angehängt, sie beinhaltete ebenfalls einen Screenshot. Anhand der Beiträge vermutete Karl Heinz, dass es sich hierbei um aktuelle Meinungen handelte, die nach der Verhaftung des Leichenkünstlers verfasst worden waren.

Das war's dann! Keine Kunst mehr. Wie schade.

Wird niemandem fehlen, es gibt viele gute Videos hier. Keine Angst, ihr findet schon was, worauf ihr abspritzen könnt.

Wohl eher du!

Ist euch aufgefallen, dass CreepyCrow sich auch ewig nicht hat blicken lassen? In keinem Forum etc. Geschweige denn ein neues Video.

Der wird auch keinem fehlen!

Karl Heinz lehnte sich zurück. *CreepyCrow* … das war der Mann gewesen, der für ihn den Kontakt zum Künstler hergestellt und dessen brutale Videos er sich angesehen hatte. Warum war er verschwunden? Und weshalb war Mathis in die Fänge des Leichenkünstlers geraten? Konnte es sein, dass …

»Alles in Ordnung bei dir?« Es klopfte an der Badezimmertür.

»Bin sofort wieder da, Mimi!«, antwortete Karl Heinz und betätigte zur Tarnung die Spülung. Als er zu ihr ins Wohnzimmer kam, sagte er: »Ich hab die Chance genutzt, mich zu erleichtern. Im Alter wird die Blase kleiner, hab ich das Gefühl.«

»Wer war es?«

»Ein Freund, er will sich mit mir treffen. Können wir die Übungen auf morgen verschieben?«

»Na klar, viel Spaß!« Sie zwinkerte ihm zu. »Moment! Was ist eigentlich mit dir und Nadine, dieser Sexshop-Maus? Wie lief euer Date vorgestern?«

Karl Heinz zog die Stirn kraus und griff nach seiner Jacke. »Sie hat mir erklärt, warum sie bei unserer ersten Verabredung so abweisend war und abgehauen ist. Schwer eifersüchtiger Ex-Freund, da mische ich mich nicht ein. Es gibt noch andere schöne Frauen mit weniger Problemen.«

»Schade, aber du hast recht, da sollte man sich nicht einmischen. Bis morgen.« Sie vergrub ihre Nase wieder in dem Fachbuch.

Er setzte sich ins Auto und starrte auf den Screenshot. Weshalb war der Leichenkünstler von seinem üblichen Schema abgewichen? Warum ein männliches Opfer? Und wieso hatte er Mathis Genitalien verstümmelt? Affekthandlung? Rache? Eifersucht? Ein betrogener Ehemann!

»Ich beiß ins Lenkrad, wenn die nicht den Falschen haben!« Ohne nachzudenken und die Risiken abzuwägen, fuhr er zu Stalzers Bestattungsinstitut.

41

Es war ein Tag wie jeder andere. Die Arbeit wuchs mir über den Kopf, weil ich nach der Erfahrung mit Freddy keine Lust verspürte, jemanden einzustellen. Aber da ich ohnehin keine Rücksicht mehr auf meine Familie nehmen musste, blieb ich von morgens bis nachts im Institut und arbeitete, bis ich umfiel. Ich brauchte das Geld, um meiner zukünftigen Ex-Frau Unterhalt zu zahlen. Jetzt, da ich nicht an meine Darknet-Einnahmen rankam und in Zukunft keine Kunstwerke zum Verkauf anbieten konnte, musste ich mein Einkommen durch die ehrliche Hälfte meiner Arbeit bestreiten.

Ich hatte den letzten Kunden verabschiedet und wollte die Tür abschließen, um in Ruhe den leidigen Papierkram zu erledigen, als ein Auto mit quietschenden Bremsen vor dem Institut hielt.

»Der hat es wohl ganz eilig«, murrte ich und wartete ab, was geschehen würde.

Ein alter Bekannter stieg aus dem Wagen. Karl Heinz Kellerer, der Detektiv, der mir Mathis geliefert und dessen Angestellten ich unter die Erde gebracht hatte. Rein beruflich natürlich.

Ich zog die Tür auf. »Schön, dich zu sehen«, rief ich, als er sich mir näherte. Er brummelte etwas, das ich nicht verstehen konnte, drängte sich an mir vorbei, lief in mein Büro und nahm dort auf dem Besucherstuhl Platz.

Was hat den denn gebissen?, kommentierte Theo, der sich seit langer Zeit zu Wort meldete.

»Keine Ahnung«, hauchte ich und ließ mich hinter meinem Schreibtisch nieder. »Wie kann ich dir helfen?« Ich nahm Zettel und Stift zur Hand, weil ich damit rechnete, dass er wieder meine Dienste als Bestatter in Anspruch nehmen wollte. Er überraschte mich.

»Du bist der Leichenkünstler.« Er verschränkte die Arme vor der Brust.

»Ich bin wer?«

»Der Leichenkünstler, der Mann, der Dutzende Frauen auf dem Gewissen hat und wegen dessen Taten ein Unschuldiger im Gefängnis sitzt.«

Ich wusste um den Kontakt zwischen Maller und Karl Heinz, also lag mein Verdacht nahe, warum er jetzt auch damit anfing.

»Hat Maller dich geschickt? Hat er dir den Floh ins Ohr gesetzt? Ich bin noch lange kein Mörder, nur weil mein ehemaliger Mitarbeiter das behauptet.«

Karl Heinz' Augen verengten sich. »Er belastet dich? Der, der sein Haus angezündet hat?«

Da hast du zu viel verraten, stöhnte Theo und ich spürte, wie seine Laune sich verdüsterte.

»Ich habe mit meinen Mitarbeitern wohl kein Glück.«

»Wieso?«

»Mich wundert, dass du offenbar keine Ahnung hast, was die letzten Wochen hier los war und dennoch behauptest, ich sei ein Serienkiller.«

»Dann erkläre es mir, ich bin ganz Ohr.« Er sah mich erwartungsvoll an.

»Ich dachte eigentlich, du wärst ein Zeitungsleser. Also gut: Nach Patricks tragischem Ausscheiden aus meinem Betrieb stellte ich jemanden ein. Freddy Müller hieß er, das gab er jedenfalls vor. Er hatte die erforderlichen Unterlagen auf diesen Namen. Zeugnisse, Sozialversicherungsnummer, Krankenversicherung, allen Schnickschnack. Wie sich herausstellte, hatte ich mir den Teufel ins Haus geholt. In Wahrheit heißt er Rolf und ist dieser Künstler, von dem du redest. Er hat versucht, mich umzubringen. Die Polizei kam in letzter Sekunde und rettete mich. Dieser Irre hat alles gestanden und die Beweise waren so erdrückend, dass er verurteilt wurde. Und ich weiß nicht, wieso Maller und jetzt auch noch du denken, ich sei dieser Killer.«

»Wenn ich das richtig verstanden habe, belastet dein Freund dich. Zeugenaussagen sind immer ernst zu nehmen.«

»Mag sein, aber die Polizei hat nichts gegen mich in der Hand, weil es da nichts gibt. Patrick wollte seinen eigenen Arsch retten. Er bot ihnen einen Deal an. Ich denke, dass er sich in diesem Darknet herumtrieb und sich eine Geschichte aus den Fingern sog, um einer längeren Haftstrafe zu entgehen. Außerdem hat er zugegeben, dass er wütend auf mich war, weil ich ihm in seiner schweren Zeit keinen Urlaub gab und so weiter und so fort. Da ist nichts Wahres dran. Alles Lügen.«

Karl Heinz beugte sich vor und wirkte plötzlich wie ein wildes Tier, das auf der Lauer liegt. Ich hatte ihn als netten älteren Herren erlebt, dem der Tod eines geliebten Menschen übel zugesetzt hatte. Jetzt lag in seinem Gesichtsausdruck eine ungewohnte Härte und ich sah den Kripobeamten in ihm, der er einst gewesen war.

»Was ist, wenn ich dir sage, dass ich beweisen kann, dass es keine Lügen sind? Dass dein Freund recht hat und du der Leichenkünstler bist und stattdessen ein Unschuldiger im Gefängnis sitzt.«

Ich lachte. »Unschuldig? Der? Mit Sicherheit nicht.«

Halt die Klappe! Plapper nicht immer drauf los. Lass uns abwarten, was er glaubt, für einen Beweis zu haben.

»Wie kommst du darauf?«, fragte ich, um mir Zeit zu verschaffen. »Er wollte mich umbringen!« Ich schob meine Ärmel hoch und zeigte ihm die Narben, die ich Rolf, Freddy, *CreepyCrow*, diesem Wichser, zu verdanken hatte. »Er wollte mich ausbluten lassen und ich will mir nicht vorstellen, was er mit meiner Leiche gemacht hätte.«

»Das solltest du am besten wissen.« Karl Heinz griff in seine Jackentasche. Ich fürchtete, er würde eine Pistole ziehen, aber es war ein Smartphone. »Ich werde dir jetzt etwas zeigen und danach reden wir weiter.«

Er hielt mir das Display, auf dem ein Foto zu sehen war. Ich brauchte keine zwei Sekunden, um zu erfassen, um wen es sich auf dem Standbild meines Videos handelte. Ich schluckte schwer. Eine instinktive Reaktion meines Körpers. Als ich zu Karl Heinz blickte und erkannte, dass er es auch gesehen hatte, verfluchte ich mich innerlich. Er war ein Ex-Bulle, er achtete auf jedes beschissene Detail! Natürlich sah er, dass dieses Foto Unbehagen in mir auslöste.

»Du erkennst den Mann?«

Es hatte keinen Sinn zu lügen. »Sicher, das ist Mathis, der Loverboy meiner Frau.«

»Du warst eifersüchtig, richtig?«

»War ich nicht. Und selbst wenn, warum hätte ich ihm etwas antun sollen?«

Er lachte. Meine Bemerkung war wirklich selten dämlich. Verdammt!

»Wer, wenn nicht du?« Er beugte sich noch weiter vor, stützte die Unterarme auf meinem Schreibtisch ab und blickte mir in die Augen. »Es ist schon seltsam, dass ausgerechnet der Mann, der mit deiner Frau eine heiße Affäre hatte, in dem Snuff-Video eines Serienkillers auftaucht, dessen normales Beuteschema Damen einer bestimmten Berufsgruppe sind. Findest du das nicht auch verdächtig?«

»Zufall. Purer Zufall! Ich habe ihm nichts getan. Vielleicht hat er auch mit Rolfs Frau gevögelt, was weiß ich.« Ich fühlte mich wie ein Tier in der Falle und Theos war gerade auch keine Hilfe.

»Maller hat dich geschickt, oder? Er ist so besessen von dieser Idee, ich wäre dieser Leichenkünstler, dass er dich verkabelt hat und sich draußen in seinem Wagen vor Spaß einen runterholt. Ich war es nicht, verdammt, und jetzt hau ab!« Ich stand auf.

Karl Heinz schüttelte den Kopf. »Maller hat nichts mit alledem zu tun und ich werde nicht verschwinden. Ich bleibe solange hier sitzen, bis du es zugegeben hast.«

»Du bist doch verrückt! Wenn ich tatsächlich ein gefährlicher Serienkiller wäre, würdest du wohl kaum hierherkommen, mich bis aufs Blut zu reizen, ohne dass Verstärkung auf dich wartet.«

Er nickte, dann ging ihm ein Licht auf. Seine Augen weiteten sich. Die Fronten hatten sich spontan verschoben, jetzt saß er in der Falle. Ich stürzte mich auf ihn, stieß ihn samt Stuhl um. Er war kräftiger, als ich erwartet hatte, schubste mich von sich, sprang auf und trat mir ins Gesicht. Ich ergriff sein Bein und biss ihm in die Wade. Er schrie auf und fiel vor mich. Ich krabbelte zu ihm, würgte ihn. Er rammte mir sein Knie in die Eier, ich kippte neben ihn. Plötzlich war er über mir und drückte mir die Kehle zu. Ich packte ihn an den Ohren wie einen Stier bei den Hörnern und zog daran. Karl Heinz jaulte, ließ meinen Hals aber nicht los. Ich zerrte an seinem Ohr, bis die Haut einriss, sein Griff lockerte sich. Ich befreite mich, drückte ihn von mir, trat nach ihm. Er und ich wussten, dass dies ein Kampf auf Leben und Tod war. Er hatte nicht vor, mich dingfest zu machen und der Polizei auszuliefern. Und ich hatte nicht vor, ihn gehen zu lassen.

Für sein Alter erstaunlich agil, sprang Karl Heinz auf, nahm eine Kampfhaltung ein. Blut lief ihm vom Ohr über den Hals und tropfte auf meinen Teppich. Eine Menge Spuren, die ich zu beseitigen hatte. Ich stand ebenfalls auf, hielt mir die Fäuste wie ein Boxer vor das Gesicht und ging auf ihn zu. Wir umkreisten uns. Er stieß mit seiner Hüfte gegen meinen Schreibtisch, kam ins Wanken. Jetzt! Ich attackierte ihn sofort, schlug ihm aufs halb abgerissene Ohr, rammte ihm meine Linke in den Bauch. Er stöhnte, rappelte sich wieder auf und konterte mit einem Schlag auf meine Nase. Sie knackte, Blut sprudelte. Ich wischte es mir mit dem Handrücken ab.

»Du hast keine Chance, alter Mann.«

»Das werden wir ja sehen.« Er griff an seinen Hosenbund, zog einen länglichen Gegenstand hervor, ein Schnappen ertönte. Ein Springmesser. Na wunderbar! Waren die nicht verboten?

Die Klinge kam auf mich zu. Ich wich aus, prallte ebenfalls gegen den Schreibtisch und stieß mir die Hüfte derart an, dass mein Bein wegknickte. Sofort hieb er mit dem Messer nach mir. Ich ließ mich nach hinten fallen und die Spitze schoss nur wenige Zentimeter an meinem Gesicht vorbei. Beinahe hätte er mir ein Auge ausgestochen, dieser verdammte Scheißkerl!

Schnell war ich wieder auf den Beinen und rammte meine Schulter wie ein Footballspieler in seinen Bauch. Das Messer fiel ihm aus der Hand und knallte klirrend gegen die Tür. Ich griff danach. Es lag zu weit weg, ich bekam es nicht zu fassen. Er schlug mir mit der Faust auf den Kopf, vergrub seine Finger in meinen Haaren und zerrte daran.

»Lass los, du Mädchen!«, brüllte ich und klang dabei wie der verängstigte Junge von damals, als Hjondra mir das Leben zur Hölle gemacht hatte.

Schaffst du es wieder nicht allein?, schaltete sich Theo ein.

»Nein, hilf mir!«

Karl Heinz starrte mich irritiert an, Theo nutzte seine Verwirrung. Er übernahm die Regie. Endlich! Er boxte Karl Heinz gegen den Kehlkopf, ließ meinen Körper zur Seite fallen und ergriff das Messer. Ich war bereit, zuzustechen.

»Bitte!« Er hob mir abwehrend die Hände entgegen. »Ich werde niemandem etwas sagen.«

»Das hättest du dir vorher überlegen sollen!« Theo gab mir einen Stoß. Ich stürzte auf Karl Heinz zu, stieß ihm das Messer in den Wanst. Er brüllte. Ich drehte das Messer in der Wunde, vergrößerte sie, verhundertfachte den Schmerz. Er ging stöhnend auf die Knie. Ich zog die Klinge heraus und wischte sie an meiner Hose ab.

»Zeit zu schlafen.« Ich trat ihm ins Gesicht.

Als er aufwachte, hatte ich ihn bereits in den Keller verfrachtet und auf meinem Tisch festgekettet. Die Polizei hatte ihn mir überlassen, nachdem die Ermittlungen gegen mich abgeschlossen waren.

Karl Heinz ließ seinen Blick schweifen und sagte: »So sieht es hier also unverpixelt aus. Ich hatte recht, nicht wahr? Du bist der Leichenkünstler und nicht der arme Mann, der für dich im Knast sitzt.«

»Armer Mann?« Ich lachte. »Sein Name ist *CreepyCrow* und er ist ebenfalls kein unbeschriebenes Blatt. Offenbar hat ihn mein Ruhm in den Wahnsinn getrieben und er hat ein falsches Geständnis abgelegt.« Ich erzählte ihm, wie es dazu gekommen war, dass nicht ich im Gefängnis saß, sondern ein anderer.

Karl Heinz nickte. »Ich kenne ihn. Nicht persönlich. Ich habe mit ihm geschrieben.« Dann war es an ihm, mir zu erzählen, dass auch er nach mir gesucht hatte. Es war faszinierend, wie seine Ermittlungen ihn zu mir geführt hatten. Was ihn am meisten ärgerte, war die eigentlich äußerst amüsante Tatsache, dass er den Leichenkünstler vor der Nase gehabt und es nicht gemerkt hatte. Und auch der Umstand, dass ein Serienkiller die Beerdigung seines Freundes organisiert hatte, schmeckte ihm ganz und gar nicht.

»Wirst du mich jetzt töten? Lande ich dann ebenfalls im Darknet?«

»Diese Zeiten sind vorbei. Ich kann nicht mehr zurück. Die Polizei würde sofort aufmerksam werden, wenn ich wieder online in Erscheinung trete. Und da dein Freund Maller mich noch im Verdacht hat, werde ich das schön unterlassen. Nein. Ich werde dich einfach abmurksen und entsorgen, dir wird kein Ruhm als eines meiner Kunstwerke zuteil.«

»Wieso tust du das?«

»Töten, meinst du? Ich kann nicht anders. Aber es ist meine Atemluft nicht wert, dir meine Beweggründe anzuvertrauen. Das habe ich einmal getan. Ich habe mich einem Verräter offenbart und dafür wird er büßen. Irgendwann werde ich meine Chance bekommen. Hast du noch etwas zu sagen, ein paar letzte Worte?«

Karl Heinz presste die Lippen zusammen, als habe er nichts mehr zu sagen, ehe er diese Welt verließ, stieß dann jedoch hervor: »Schmor in der Hölle!«

»In der schmore ich schon jetzt.« Blitzschnell zog ich das Skalpell durch seine Kehle. Er zuckte und zappelte, während das Blut aus ihm heraussickerte. Sein Kopf lief rot an, die Augen drohten aus den Höhlen zu springen. Urin entleerte sich, der Schließmuskel konnte den Inhalt des Darms nicht halten. Er starb. Es tat mir leid um ihn. Ich hatte diesen Mann wirklich gemocht. Wir hatten eine gute Zeit miteinander.

»Sei's drum«, sagte ich und räumte auf.

In den nächsten Tagen wartete ich darauf, dass die Polizei oder jemand anderes vor meiner Tür stehen und nach Karl Heinz fragen würde. Nichts geschah. Es hatte den Anschein, dass er niemandem gesagt hatte, welchen Verdacht er hegte.

Seine Asche hatte ich in meinen Trophäenraum gestellt. Er war der Neubeginn. Der Start einer neuen Serie. Die alten Urnen ließ ich, wo sie waren. Sie gehörten dem Künstler. Die neuen gehörten dem ›Schlächter‹, wie Theo uns nun nannte. Wir machten keinen Unterschied mehr im Geschlecht, gaben uns keine Mühe bei der Vielfalt des Tötens. Sie starben nur für uns und verschwanden im Feuer.

Ein paar Monate nach Karl Heinz' Tod hatte ich einen Unfall. Ein BMW-Fahrer war mir in den Leichenwagen gekracht und aus Wut hatte ich ihm die Nase blutig geschlagen. Er zeigte mich wegen Körperverletzung an. Ich erlaubte mir einen Spaß, kontaktierte Herbert Jackels und bat ihn, mich in diesem Fall zu vertreten. Er tat es. Er war mir noch immer dankbar für die schöne Beerdigung seines Sohnes. Bei unserem ersten Treffen fragte er mich, ob ich etwas über Karl Heinz wüsste, er wäre spurlos verschwunden. Sein neuer Arbeitgeber, der Besitzer eines türkischen Lebensmittelladens, hätte ihn als vermisst gemeldet. Er wäre es auch, der sich nun um Karl Heinz' Vogel Herrn Schmidt kümmerte. Ich verneinte und klatschte mit Theo heimlich ab. Herberts Hilfe würde ich später erneut in Anspruch nehmen, aber das ahnte ich zu diesem Zeitpunkt nicht.

Drei Jahre nach Karl Heinz' Tod rief ich Herbert wieder an. Dieses Mal brauchte nicht ich seine Hilfe, sondern mein Sohn. Ich schilderte Herbert die Situation. Er lehnte ab. Er hatte davon in den Nachrichten gehört, er wollte sich dieser Problematik nicht annehmen. Außerdem habe er vor ein paar Wochen einen Herzinfarkt erlitten, der ihm zusetzte. Er verwies mich an einen Kollegen, der momentan der Beste in Sachen Strafverteidigung war. Ich rief ihn an und tatsächlich vertrat er Connor.

Was war passiert? Nun, es war das eingetreten, was Frau Faum – die vor einem Jahr im Sommer in einem See ertrank, Theo war untröstlich – vorhergesagt hatte. Connor hatte seine brutalen Fantasien in die Tat umgesetzt. Er war jetzt neunzehn, in einem Alter, in dem die männliche Sexualität sich ständig neu erfand. Er hatte alles ausprobiert, wie ich hörte. Von Sex mit einem Mann, bis über zwei Frauen, einen Mann und eine Frau, Bondage, SM, und was es sonst noch gab. Jedoch schienen ihn die üblichen Praktiken nicht zufriedenzustellen. Das fand man erst *danach* heraus. Nachdem er zwei Frauen getötet und ihre Leichen geschändet hatte. Er war wie der Rechtsmediziner, der in Jessas Heiligtum die Drogenabhängige missbraucht hatte. Connor erfuhr die Befriedigung durch die Tötung und durch den Sex mit einem Leichnam. Keine schöne Vorstellung für mich als Vater, aber leben und leben lassen sage ich immer. Ich wusste ja, was in ihm schlummerte und es war nur eine Frage der Zeit gewesen, bis er, wenn auch unwissentlich, in die Fußstapfen seines Vaters trat.

Nach dem Mord an der zweiten Frau wurde er von Zeugen dabei beobachtet, wie er blutverschmiert davonlief. Kurz darauf entdeckte man die Tote in einem Waldstück. Mein Sohn hatte ihr die Brüste abgeschnitten und nach dem Sex Teile der Vagina entfernt. Das Abtrennen von Körperteilen lag wohl in der Familie.

Der Fall war klar — alle Beweise sprachen gegen ihn. Und es gab niemanden, der ihm den Ruhm vor der Nase wegschnappte wie bei mir. Er war geliefert. Ein langes Dahinsiechen im Knast stand ihm bevor. Da würde auch der teure Anwalt, den meine Ex-Frau und ich zusammen bezahlten, nichts daran ändern können. Er konnte ihm das Knastleben nur etwas erträglicher machen.

Heute wollte ich meinen Sohn besuchen. Wir hatten uns mehrere Briefe geschrieben, in denen er beteuerte, dass es ihm leidtue und er verstehen könne, wenn ich von ihm enttäuscht wäre. Das war ich tatsächlich, aber anders, als er dachte.

»Wird deine Ex-Frau auch da sein?«, fragte Tanja. Sie fuhr den Wagen und parkte auf dem Knastparkplatz. Sie war seit zwei Jahren meine Freundin. Ich hatte ihr einen Heiratsantrag gemacht und ihr meine Brut in den Unterleib gepflanzt. Sie war im fünften Monat schwanger und bald würde ein weiterer Baustein meiner neuen Fassade errichtet werden.

»Nein, ich treffe mich mit ihm allein.«

»Bist du aufgeregt?«

»Ein bisschen, ja. Ich habe ihn das letzte Mal vor zwei Monaten gesehen. Ich habe Angst davor, ob die Zeit im Knast ihn gezeichnet hat.«

Tanja strich mir über die Wange, gab mir einen Kuss. »Ich bin im Café gegenüber. Wenn etwas ist, ruf mich an.«

»Mache ich, danke.« Ich stieg aus. Ein schwerer Gang. Aus vielerlei Hinsicht. Es dauerte eine halbe Stunde, bis ich die Prozeduren hinter mich gebracht hatte und endlich im Besucherraum auf Connor traf. Auch andere Insassen hatten ihre Familien zu Besuch und der Geräuschpegel der weinenden und lachenden Personen war erdrückend. Connor saß auf einem Stuhl. Er hatte dunkle Ringe unter den Augen. Seine Wangen waren eingefallen und seine Haare verfilzt und fettig. Er sah schrecklich aus. Und beinahe erweckte sein armseliger Anblick Vatergefühle in mir.

Aber nur fast, was?, tönte Theo. *Denk dran, warum wir hier sind.*

Ich dachte daran. Schon seitdem mein Sohn hier drin saß.

Er stand auf. Unsicher, was er tun oder wie er sich mir gegenüber verhalten sollte, trat er von einem Bein auf's andere. Ich schritt auf ihn zu, packte ihn, nahm ihn in den Arm und drückte ihn an mich. Sofort brach er in Tränen aus und klammerte sich wie ein Affe an mich.

»Ist schon gut«, flüsterte ich und strich ihm durchs zerzauste Haar.

»Papa, ich …«

»Sch, beruhig dich, es ist alles gut.«

Wir standen eine gefühlte Ewigkeit da, dann löste ich mich von ihm und wir setzten uns.

»Wie geht es dir?«, fragte ich, dank der Optik meines Sohnes wohl wissend, wie die Antwort ausfallen würde.

»Beschissen. Ich mach seit Wochen kein Auge zu.«

»Das sieht man.«

Connor war nicht an freundlichen Floskeln interessiert. Es platzte sofort aus ihm heraus: »Papa, es tut mir so leid. Ich weiß, unsere Familie hat schwere Zeiten hinter sich. Besonders der Scheiß, als sie dich verdächtigt haben. Daran ist eure Ehe zerbrochen.« Er schlug sich gegen den Kopf. »Und jetzt hab ich so einen Mist gebaut. Alles ist im Arsch. Alle hassen mich. Mama, Maria, du …«

»Ich hasse dich nicht«, unterbrach ich ihn. »Du bist mein Sohn, ich werde dich immer lieben.«

Seine mit Tränen gefüllten Augen fixierten mich. Er tastete mit seinem Blick mein Gesicht ab, vielleicht suchte er nach einer Lüge. Er fand keine. Ich liebte ihn zwar nicht, aber ich hasste ihn auch nicht.

»Wirklich nicht?«

»Nein, du bist, was du bist, und du bist und bleibst mein Sohn.«

»Mama verabscheut mich. Das hat sie mir bei ihrem letzten Besuch gesagt. Sie wollte wissen, wie ich das nur den armen Frauen habe antun können. Sie ekelt sich vor mir. Sie will nicht mehr hierherkommen.« Er griff über den Tisch, nahm meine Hände. »Bitte, rede mit ihr. Ich gehe zugrunde, wenn ich sie nie wiedersehe. Sie ist doch meine Mutter. Bitte, Papa, ich …« Er verstummte.

»Hast du ihr verraten, warum du es getan hast?«

Er senkte den Blick. »Ich musste einfach. Ich hatte diesen inneren Druck. Er hat mich wahnsinnig gemacht.«

»Hat er mit dir gesprochen?«

Erst sah er mich verwirrt an. Vielleicht fühlte er sich ertappt, denn er nickte. »Woher weißt du das?«

»Ich weiß vieles, mein Sohn. Ich verstehe dich. Manchmal muss man dem Druck nachgeben.«

»Du siehst ja, was ich davon habe. Ich werde hier drin verrotten. Mama hasst mich, Maria will mich nie wiedersehen und selbst wenn du mich nicht hasst, wirst du enttäuscht von mir sein.«

Ich nickte. »Das bin ich, aber anders, als du denkst.«

»Wie meinst du das?«

Ich beugte mich über den Tisch, wir hielten uns noch immer an den Händen, und ich senkte meine Stimme. »Kannst du dich an unser Gespräch erinnern, als ich dich wegen der Videos angesprochen habe?«

Er dachte nach. »Ja, kann ich.«

»Erinnerst du dich auch daran, was ich zu dir gesagt habe?«

Er biss sich auf die Unterlippe. Wirkte nachdenklich, kam nicht darauf. »Du hast vieles an diesem Abend gesagt und es ist lange her …«

Ich half seinem Gedächtnis auf die Sprünge. »Ich sagte zu dir, dass, egal wohin dein Weg dich führen würde, du dich nicht erwischen lassen sollst.«

»Damit meintest du bestimmt nicht, dass ich mich nicht bei einem Mord ertappen lassen soll.« Er wurde zu laut.

»Pst, leise.« Ich sah mich um. Keiner der Wärter war auf uns aufmerksam geworden, also fuhr ich fort: »Doch, genau das meinte ich – unter anderem. Es bezog sich auf alles. Und nur deswegen bin ich enttäuscht von dir. Nicht, weil du es getan hast, sondern weil sie dich gefasst haben.«

Jetzt war er ernsthaft verwirrt. »Du bist echt seltsam.«

»Ich weiß, aber ich habe mich nicht erwischen lassen.«

»Wie meinst du das schon wieder?«

Ich winkte ab. »Anderes Thema. Ich kenne eine Möglichkeit, wie du meine Enttäuschung wettmachen kannst. Willst du, dass dein Vater stolz auf dich ist?«

»Wie? Ich … ja, das möchte ich. Ich wünsche mir, dass wenigstens einer aus meiner Familie zu mir hält.«

»Dann hör genau zu. Du hast in einem deiner Briefe erwähnt, dass Patrick bei dir im Zellenblock ist. Ich wusste zwar, dass er in diesem Gefängnis ist, aber nicht, dass ihr fast Zelle an Zelle hockt.«

»Ja, so ist es. Er beharrt immer noch darauf, dass du diese Frauen getötet hast und nicht der Typ, der in Einzelhaft sitzt und nie raus darf. Er sagt, du wärst ein schlechter Mensch.«

»Glaubst du ihm das?«

Connor schüttelte den Kopf.

»Guter Junge, hier ist mein Vorschlag. Patrick hat seine Frau und seine Enkelin auf dem Gewissen. Er ist schuld daran, dass die Polizei hinter mir her war, und dass unsere Familie zerbrochen ist. Vielleicht ist er auch schuld an dem, was mit dir passiert ist. Dir fehlte der Vater, der familiäre Rückhalt. Vielleicht wärst du nicht zum Mörder geworden, wenn er nicht gewesen wäre. Denk in einer ruhigen Minute darüber nach. Und wenn du tief in dich hineingehört hast, und verstehst, was ich meine, mach mich stolz.«

»Und wie?«

»Töte Patrick.«

»Was? Bist du ver…«

»Pst!« Wieder sah ich mich um, weil er zu laut geworden war. Einer der Wärter sah in unsere Richtung, wurde aber von einer Mutter abgelenkt, die während des Gespräches mit ihrem inhaftierten Mann das gemeinsame Kind säugte. Nackte Brüste lenkten jeden Mann ab, egal, was seine derzeitige Aufgabe war.

»Nein, ich bin nicht verrückt. Töte ihn und lass dich nicht erwischen. Dann sind meine Sorgen weg und deine, dass ich enttäuscht von dir bin. Denk darüber nach.« Ich stand auf. »Wenn du es erledigt hast, werde ich es mitbekommen. Erst dann werde ich dich wieder besuchen.«

Connor brach in Tränen aus, als ich ihm den Rücken zukehrte und den Besucherraum verließ. Draußen traf ich Tanja im Café und fuhr mit ihr nach Hause.

Es vergingen zwei Wochen, bis ich in der Zeitung las: *Mörder von Ehefrau und Enkelin tot in Zelle gefunden.* Darunter ein kurzer Artikel, in dem erläutert wurde, dass die Todesursache bisher nicht feststehe und dass es keinen Verdächtigen gäbe.

Ein paar Tage später war zu lesen, dass es eine natürliche Todesursache war, an der Patrick F. verstorben war. Mein Sohn hatte es geschafft. Man hatte ihn nicht erwischt.

Ich besuchte ihn nie wieder.

Ich brach mit meiner Freundin ein paar Wochen nach Patricks Tod alle Zelte in Deutschland ab und wanderte mit ihr in die Niederlande aus. Dort wohnte ein Teil ihrer Familie. Ein Freund hatte ein Bestattungsinstitut und wollte in Rente gehen. Ich übernahm es und führte das erfolgreiche Unternehmen Stalzer in Holland fort. Tanja und ich bekamen im Laufe der Jahre drei Kinder. Und ich entwickelte neue Möglichkeiten, an meine Opfer zu kommen und sie verschwinden zu lassen. Und wenn ich nicht gestorben bin, dann töte ich noch heute.

Danksagung

Ein neues Buch zu veröffentlichen, ist immer wieder spannend und nervenaufreibend, weil man nie weiß, wie es den Lesern gefallen wird. Deswegen kann ich nur hoffen, dass Sie mit dem *Leichenkünstler* Ihren Spaß hatten und möchte mich bei allen Leserinnen und Lesern bedanken, dass Sie sich entschieden haben, dieses Buch zu lesen.

Und ich möchte wie immer einer ganz besonderen Frau danken. Sie hat mir nicht nur das Leben geschenkt, sondern mich gemeinsam mit meinem Vater auch zu dem gemacht, was ich heute bin. Und fast fünfunddreißig Jahre nach meiner Geburt hilft meine Mutter mir heute dabei, mit dem Fehlerchaos meiner Erstentwürfe für ein neues Buch fertigzuwerden. Das hätten wir wohl beide nicht gedacht, was *Mudda* ;)? Dir, Vaddern, meinem Bruder, meinem Mann und allen anderen lieben Menschen aus meinem Leben möchte ich für all die Unterstützung danken.

Einen ganz besonderen Dank verdient der Namensgeber für meinen *Leichenkünstler*. Michael Stalzer, Sänger der Band *Menschliche Energie*, schrieb mich eines Tages bei Facebook an und sagte, er würde sich darüber freuen, auch mal seinen Namen in einem meiner Bücher zu lesen, wie ich es mit anderen Facebook-Freunden bei *Die Anstalt der Toten* getan hatte. Und im Gegenzug, so sagte er, würde er mir ein Lied schreiben. Ich war natürlich ganz aus dem Häuschen vor Freude und ging den Deal ein. Das Ergebnis konnten Sie soeben lesen, in Michaels Teil des Deals können Sie hier auf dem Album *Cut* reinhören:

www.menschlicheenergie.bandcamp.com/album/cut

Und ich danke dem ganzen Team von REDRUM BOOKS. Nicht nur der Leichenkünstler und drei meiner anderen Bücher werden über REDRUM neu verlegt, sondern es erscheint auch bald ein neues Buch von mir dort. Also liebes REDRUM Team: Ein dickes Dankeschön an euch alle!

REDRUM VERLAGSPROGRAMM

Bisher erschienen:

01 Candygirl: *Michael Merhi*
02 Lilith Töchter, Adams Söhne: *Georg Adamah*
03 Höllengeschichten: *Wolfgang Brunner*
04 Roadkill: Alex Miller, Joe De Beer
05 Bad Toys: Anthologie
06 Gone Mad: A.C. Hurts
07 Mindfucker: Joe De Beer
08 All Beauty Must Die: A.C. Hurts
09 Runaways: Alexander Kühl
10 Love Of My Life: A.C. Hurts
11 Klipp Klapp … und du bist tot!: Mari März
12 Carnivore: A.C. Hurts
13 Lyrica: Jane Bresslin
14 Der Feigling: Andreas März
15 Kinderspiele: Wolfgang Brunner
16 Victima: Sam Bennet
17 Blutbrüder: Simone Trojahn
18 Fuck You All: Inhonorus
19a Cannibal Holidays: Ralph D. Chains
19b Die Sodom Lotterie: Ralph D. Chains
20 Kellerspiele: Simone Trojahn
21 Der Leichenficker: Ethan Kink
22 Lyrica – Exodus: Jane Breslin
23 Wutrauschen – Simone Trojahn
24 Der Leichenkünstler: Moe Teratos

SIMONE TROJAHN
REDRUM
HARDCOR
BLUTBRÜDER

BLUTBRÜDER

Sie sind Brüder. Durch ihre Adern fließt dasselbe Blut.

Was sie eint, ist ihr Schicksal ... damals ... in ihrer Kindheit ... auf dem Dachboden ...

Seither tobt in ihnen die Gier nach Zerstörung.

Während der eine verzweifelt dagegen kämpft, hat sich der andere den sadistischen Gelüsten längst hingegeben.

Ist der Blutstrom noch zu stoppen oder werden die Brüder am Ende darin ertrinken?

MICHAEL MERHI
CANDYGIRL
REDRUM BOOKS
»Das dreckigste Buch aller Zeiten!«
»Schockierend...«
»Nichts für schwache Nerven!«
»Das härteste Buch des Jahres 2016!«
RAPE & REVENGE
HORROR ROMAN

CANDYGIRL

Bobby war nicht böse. Das Leben war böse. Die Umstände waren böse. Sein Vater, ja der war abgrundtief böse, aber er?

Bobby?

Niemals!

Das zwölfjährige Mädchen Candygirl gerät in die Fänge des Zuhälters ›Schweineschwarte Bob‹, der ihr das Leben zur Hölle macht. Der sadistische Mann setzt alles daran, das zwölfjährige Mädchen sowohl seelisch als auch körperlich zu brechen. Wie ein Stück Vieh wird das junge Mädchen gebrandmarkt und von einem perversen Kunden an den anderen weitergereicht. Und was war mit Bobby? Bobby interessierte es einfach nicht, ob es kleine Mädchen oder Jungs waren, er nahm sie beide gern, schließlich waren es doch Gottes Kinder und der Mann hasste Gott. Abgrundtief!

»Das liest sich wie Stephen King auf Speed, hart, erbarmungslos und sehr brutal. Absolut nur für erwachsene Leser mit starken Nerven geeignet!«

»Hast du starke Nerven? Nein? Sorry, dann darfst du dieses Buch nicht lesen!«

»Michael Merhi schreibt spannend, wie Stephen King, hart wie Jack Ketchum und gnadenlos wie Richard Laymon.«

REDRUM
RALPH D. CHAINS
CANNIBAL
HOLIDAYS
HARDCORE - ADVENTURE

Cannibal Holidays

Am Tiefpunkt seines Lebens angekommen, entdeckt Peter Logan die Anzeige: ›Reisen Sie mit uns zu den letzten Kannibalen.‹
Es wird für ihn ein wilder Trip mit einer Gruppe von Fetischisten, deren größter Wunsch es ist, von Kannibalen auf Fleisch reduziert zu werden. Im Dschungel angekommen, werden ihre abartigsten Fantasien von der grausamen Realität noch bei Weitem übertroffen. Sex, Drogen und Gewalt ziehen Peter in ihren Bann. Eine Reise, die jeden Rahmen sprengt und die Frage beantwortet, was am Ende des Lebens wirklich übrigbleibt. Keine unsterbliche Seele, sondern nur Kannibalenexkremente und Knochen.

REDRUM
THRILLER
ALEX MILLER
JOE DE BEER

ROADKILL

Was passiert, wenn du auf eine Seele triffst, die dich erkennt? Eine Seele, die selbst mit deinen inneren Dämonen tanzt. Wenn es sein muss, im Rausch explosiver Gewalt.

Stella, Patientin in der geschlossenen Psychiatrie, gelingt die Flucht. Ihr Ziel: das Meer. Auf ihrem Weg dorthin trifft sie Nick. Eine schicksalhafte Begegnung, die alle Mauern niederreißt und zu einem blutigen Horrortrip durch die Republik eskaliert.

»Dieses Buch ist wie eine Line Koks, dunkel, böse, verdorben und reißt dem Leser den Boden unter den Füßen weg.« Michael Merhi

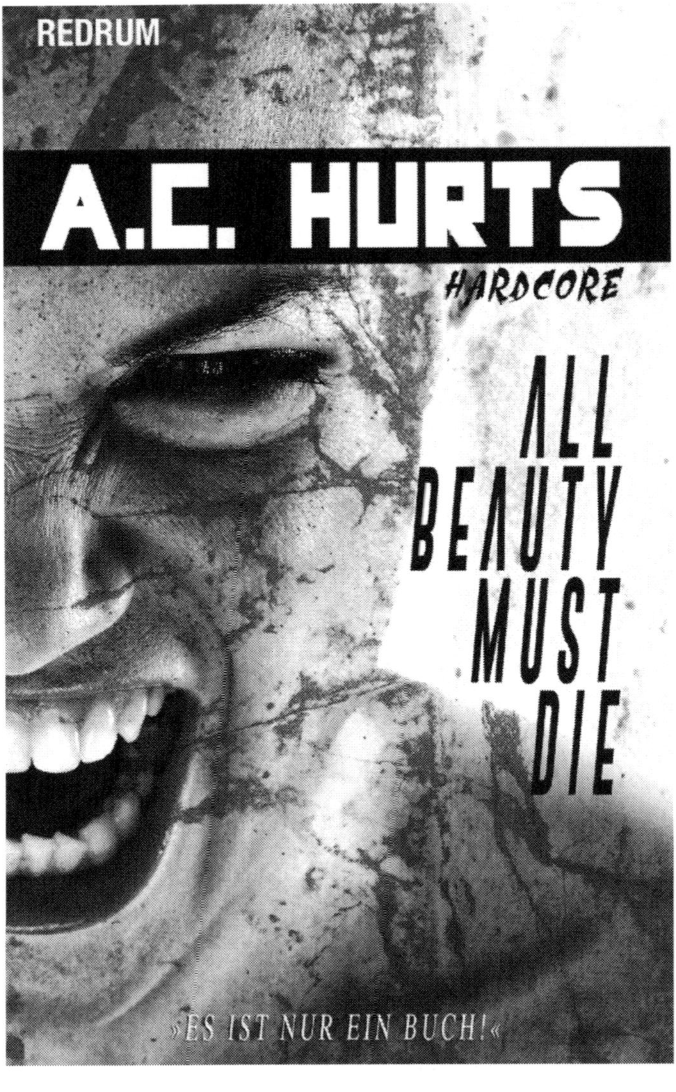
REDRUM
A.C. HURTS
HARDCORE
ALL BEAUTY MUST DIE
»ES IST NUR EIN BUCH!«

ALL BEAUTY MUST DIE

Carter ist der, der die coolsten Events an den Start bringt. Wie wär's mit einer aufregenden »Ladies Night« - dazu gratis und all-inclusive? Im Internet werden 500 Tickets verlost. Wer kann einem solchen Angebot schon widerstehen, Live-Bands, Typberatung, Styling Area?

Bestens gelaunt begeben sich die unwissenden Opfer in die Höhle des Löwen. Doch was als unterhaltsames Highlight des Jahres beginnt, entpuppt sich schnell als beispielloses Snuff-Festival. Ausgewählte User aus aller Welt verfolgen den Blutrausch und äußern ihre Wünsche. Perfider Höhepunkt der Show: die Kür der »Königin der Nacht«. Keine Frau darf überleben, und das Sterben wird für viele zur unsäglichen Qual.

Erfolgsautorin A. C. Hurts in gnadenloser Bestform!

INHONORUS
HARDCORE LYRIC
DAS VOLLE PROGRAMM
FUCK YOU ALL
REDRUM

FUCK YOU ALL

Lange genug habt ihr euch über sie lustig gemacht, sie in Formen gepresst, gequält und gepeinigt. Das Fass ist übergelaufen und nun bekommt ihr Dreckschweine gnadenlos genau das, was ihr verdient …

Brutaler, kompromissloser, aggressiver, menschen- und gesellschaftsverachtender als jemals zuvor … FUCK YOU ALL … Extrem-Literatur mit psychologischer Schlagseite.

Pseudonym: inhonorus (bedeutet so viel wie: nicht in Ehren stehend, nicht angesehen sein, ungeschmückt)

SIMONE
Psycho
Thriller
TROJAHN
WUTRAUSCHEN
REDRUM

WUTRAUSCHEN

Was passiert, wenn sich zwei verlorene Seelen finden?

Als der eigenbrötlerische und durch seine dominante Mutter schwer traumatisierte Marvin die ebenso süße wie sonderbare Altenpflegerin Emma kennenlernt, scheint es Liebe auf den ersten Blick zu sein. Doch Marvin ist nicht der Einzige mit einem düsteren Geheimnis. Emma hat ein massives Problem mit ihrer Wut, diesem heiß brodelnden Biest in ihrem Kopf.

Wird Marvin ihr Retter sein, kann er das Biest zähmen oder verschlingen die Dämonen der Vergangenheit ihre längst verlorenen Seelen?
WUTRAUSCHEN – die etwas andere Liebesgeschichte.

REDRUM loves you!

REDRUM liebt dich!

11444397R00312

Printed in Germany
by Amazon Distribution
GmbH, Leipzig